BASTEI
LÜBBE

ROGER TAYLOR IM
TASCHENBUCH-PROGRAMM:

20 262 Traumfinder

HAWKLAN, DER HEILER
20 280 Band 1: Aufbruch nach Riddin
20 290 Band 2: Der Untergang Fyorlunds
20 298 Band 3: Dämmerung über Orthlund
20 304 Band 4: Entscheidung in Narsindal

ROGER TAYLOR

# das Lied des Glaubens

Roman

Ins Deutsche übertragen
von Susanne Tschirner

BASTEI
LÜBBE

BASTEI LÜBBE TASCHENBUCH
Band 20 330

Erste Auflage: April 1998


Deutsche Lizenzausgabe 1998 by
Bastei-Verlag Gustav H. Lübbe GmbH & Co.,
Bergisch Gladbach
Originaltitel: Whistler
Lektorat: Dr. Lutz Steinhoff / Stefan Bauer
Titelbild: Mick van Houten / Sarah Brown Agency
Umschlaggestaltung: QuadroGrafik, Bensberg
Satz: Fotosatz Steckstor, Rösrath
Druck und Verarbeitung:
Brodard & Taupin, La Flèche, Frankreich
Printed in France
ISBN 3-404-20330-5

# KAPITEL 1

Finstere, unheilverkündende Wolken zogen drohend von Norden herbei.

Den ganzen Tag über türmte sich Wolkenformation auf Wolkenformation, höher und höher, als würden jene, die die Vorhut bildeten, von in Panik geratenen Horden der Nachhut überrannt.

Augen, die am Morgen beiläufig zu ihnen hochgeschaut hatten, wurden besorgt zusammengekniffen, je weiter der Tag voranschritt, denn die Wolken paßten so gar nicht zur Jahreszeit.

Sicher, man mußte mit ungemütlichem, naßkaltem Wetter rechnen, wenn der Winter sich mit aller Macht gegen den beginnenden Frühling stemmte: Ein verhangener Himmel und stürmische, böige Winde, die kalten Regen mit sich brachten, unter Umständen sogar ein bißchen Schnee, würden niemanden überraschen. Aber das ...?

Das war gewiß ein gräßlicher Schneesturm, der sich da zusammenbraute, einer von der Sorte, die sogar im tiefsten Winter eine Seltenheit war.

»Nur ein Gewitter«, erklärte jemand mit gescheitem Gesicht, um sich mit dem Klang seiner eigenen Worte zu beruhigen, nicht, weil er es genauer gewußt hätte.

Denn es lag keine Spannung in der Luft, es fehlte jener prickelnde Vorbote des bevorstehenden Aufruhrs der Elemente, der sonst dafür sorgte, daß sich Menschen und Tieren die Nackenhaare aufstellten.

Und dennoch, irgend etwas zog drohend mit dieser dunklen, mächtigen Wolkenflut einher, etwas, das kaum faßbar durch jedermanns Sinne huschte wie ein Bild, das man im Augenwinkel erhascht und das verschwindet, wenn man es direkt ansieht. Etwas, das unangenehm war – ja, sogar bedrohlich.

Etwas Primitives. Und Furchtbares.

Niemand sprach darüber.

Das Land, das im Schatten dieser sonderbaren Wolkeninvasion lag, sah aus wie ein großer Sporn, der von einem gewaltigen Kontinent in Richtung Süden vorstieß. Es trug den Namen, den es schon immer getragen hatte – Gyronlandt. Der Legende zufolge war es einst ein mächtiger Staat gewesen, der sich im Ruhm seiner Stärke und seines Wohlstands gesonnt hatte, und diese Vergangenheit klang noch immer in dem Namen mit. Im Laufe der Jahrhunderte jedoch, wußte dieselbe Legende zu berichten, war Gyronlandt von einem gräßlichen Bürgerkrieg zerrissen und dann von Eroberungszügen verzweifelter Völker von jenseits des Meers heimgesucht worden, die ihrerseits vor Unheil und Schrecken des Krieges geflohen waren. Und trotz vielfacher Bemühungen, diese alte Einheit zu bewahren – manche waren weise, manche töricht gewesen –, hatte sich Gyronlandt unwiderruflich zu dem entwickelt, was es heute war: ein Land, auf dessen Boden an die zwanzig verschiedenen Staaten mehr oder weniger friedlich zusammenlebten. So kam es, daß ein Land, das immer im Reich der Legende angesiedelt gewesen war, zu banaler Geschichte und die flammenden Reden mythischer Heroen zum Gezänk und Gezeter einer endlosen Reihe politischer Führer geworden waren, die, wie hätte es anders sein können, eine lange, verworrene Spur uneingelöster Versprechen und gebrochener Bündnisse und Verträge hinter sich gelassen hatten.

Trotzdem hatte sich bei fast allen Völkern die Vorstellung gehalten, ›eines Tages‹ werde Gyronlandt wieder vereint werden, eine Vorstellung, die den rosig verklärten Hintergrund aller Jubelveranstaltungen mit auch nur entfernt patriotischem Charakter bildete. Die Tatsache, daß die zahlreichen Staaten unter der Herrschaft (und Mißherrschaft) ebenso vieler Regierungen standen und daß diese Regierungen darüber hinaus einem ständigen, manchmal friedlichen, manchmal auch nicht friedlichen Wandel unterlagen, trug nicht eben dazu bei, diese Einheit zu fördern. Dasselbe galt für die gleichfalls weitverbreitete Vorstellung, daß die gegenwärtige Zwietracht – ›natürlich‹ – die Schuld von ›denen‹ war. Die Identität von ›denen‹ variierte von Zeit zu Zeit, was davon abhing, mit welchem Nachbarstaat man gerade freundschaftliche Beziehungen pflegte, aber selbstverständlich waren ›wir‹ nie die Schuldigen.

Von den Ländern des nördlichen Kontinents wurde Gyronlandt durch eine furchteinflößende Gebirgskette getrennt, die zu überqueren nur wenige Händler und andere Verzweifelte wagten. Die Kräfte, die jene Berge geformt hatten, hatten auch einen schroffen Gebirgszug quer durch Gyronlandt aufgeworfen, der an seinem südlichsten Punkt in eine zerklüftete, unübersichtliche Mittelgebirgsregion auslief. Das war Canol Madreth, der kleinste und zentralste der Staaten von Gyronlandt. Er war zudem der einzige, dessen Grenzen sich nicht verändert hatten, obwohl dies hauptsächlich der Tatsache zuzuschreiben war, daß niemand sich einen Vorteil davon versprach, ein Land zu annektieren, das vor allem aus Bergen und Tälern mit schroffen Hängen und zweifelhafter Fruchtbarkeit bestand. Noch weniger Vorteil versprach man sich davon, über die Einwohner von Canol Madreth zu herrschen – die Madren.

Die freundlicheren unter den anderen Völkern Gyronlandts hielten die Madren für zurückhaltend. Andere, die weniger gutmütig waren, bezeichneten sie als ungehobelt und mürrisch, wobei sie diese Attribute oft mit dem Vorwurf der Dummheit verbanden. Es war nicht zu leugnen, daß die Haltung der Madren Fremden gegenüber eine unangenehme Mischung aus eiskalter Höflichkeit und offenem Mißtrauen war, was nicht dazu beitrug, sie irgend jemandem sympathisch zu machen. Nicht, daß sie das irgendwie gestört hätte. Sie fühlten sich allen ihren Nachbarn haushoch überlegen.

Und, auch das ein fast einzigartiger Charakterzug unter den Völkern von Gyronlandt, die Madren waren religiös. Sie hatten tatsächlich eine Staatsreligion: den Ishrythan. Es handelte sich um einen düsteren Glauben an eine strenge Gottheit, Ishryth, der gemeinsam mit einem Triumvirat von Wächtern für die Schöpfung und den Fortbestand aller Dinge verantwortlich war. Ishryth kämpfte unablässig gegen das Unheil, das sein Bruder Ahmral anrichtete, der mit seinem eigenen Dreigestirn, den Uleryn, ständig die Menschheit in die Irre zu führen versuchte, damit er in dem daraus entstehenden Chaos Ishryths Schöpfung nach seinem eigenen Bild umformen könne. Der Ishrythan war eine Religion der Pflicht und Aufopferung, nicht der Lebensfreude und des Vergnügens, eine Religion, die zukünftige Seligkeit nur gegen Wohlverhalten in der Gegenwart versprach und mit furchtbaren Drohungen ewiger Verdammnis für Abtrünnige und Sünder befrachtet war. Auch die anderen Religionen, die in Gyronlandt existierten, leiteten sich wie der Ishrythan der Madren aus demselben heiligen Buch ab, dem Santyth. Die meisten Gläubigen hatten sich die Freude im Herzen jedoch bewahrt. Wenn sie sich überhaupt der Mühe unterzogen, darüber nachzudenken, so tendierten sie dazu, den Ishrythan bestenfalls für eine falsche Auslegung des Santyth und schlimmstenfalls für eine absichtliche Verzerrung seiner Lehren zu halten, für Ketzerei.

Nicht, daß solche Überlegungen großes Gewicht gehabt hätten, denn in Gyronlandt hingen wenige, auch unter den Madren, ihrer Religion mit großem bekehrenden Eifer an. Die Streitigkeiten, die es zwischen den einzelnen Staaten gab, waren dankenswerterweise frei von religiöser Inbrunst und hingen für gewöhnlich mit Handel und geschäftlichen Dingen zusammen, auch wenn die Gemüter sich hin und wieder an einer umstrittenen Grenzregion erhitzten. Was auch immer der vorgeschobene Grund dieser Zwistigkeiten sein mochte, nicht selten entsprangen sie schierer Gewohnheit.

In der geographischen Mitte von Canol Madreth stand der Ervrin Mallos, Gyronlandts höchster Gipfel. Hoch erhob er sich über seine Nachbarn und beherrschte einen Großteil von Canol Madreth. Ja, sein zerklüfteter, wie abgebrochen wirkender Gipfel war von vielen der umliegenden Staaten aus zu sehen.

Der Ervrin Mallos wirkte seltsam isoliert, als gehöre er nicht wirklich dorthin, sondern sei auf mysteriöse Weise von seiner wahren Heimat in der hohen nördlichen Gebirgskette hierher verfrachtet worden. Der Santyth erzählte die Geschichte von einem furchterregenden Beherrscher der Erde – in menschlicher Gestalt, der ein großes Heer von Anhängern Ishryths zu vernichten versucht hatte, welche die Insel von Gyronlandt, damals ein übler Ort, hatten erobern wollen.

»*. . . und, als er sich davon abwandte, erkannte Ishryth, daß Ahmral dem Auserwählten unter seinen Uleryn große Macht gegeben hatte, die nun durch seinen Willen die Insel durch die Wasser des Ozeans bewegten, als sei sie nichts weiter als ein leichtes Boot. Und als die Insel auf die Landmassen des Kontinents traf, wurde das sich sammelnde Heer der Rechtschaffenen vernichtet und unter einer mächtigen Gebirgskette begraben. Und so groß war Ishryths Schmerz, daß er laut aufschrie und seine Stimme den Himmel zerriß: ›Das werde ich dir mit gleicher Münze heimzahlen‹, und er streckte seine Hand aus und riß aus dem immer noch bebenden Gebirge einen Gipfel heraus und schleuderte ihn auf den Uleryn nieder, so daß er dessen irdische Gestalt für alle Zeiten zerstörte.*«

Kindermärchen, bei weitem grimmiger, wußten eine noch finsterere, noch klaustrophobischere Geschichte von einem furchtbaren König zu berichten, der wegen seiner Grausamkeit und seiner schwarzen Magie lebendig begraben worden war und dessen letzter Entsetzensschrei über sein Geschick so gräßlich gewesen war, daß das Land über ihm es nicht ertragen konnte und sich zu einem gewaltigen Berg auftürmte, bis der Klang seines Schreis nicht mehr zu hören war.

Es hieß aber auch, der Ervrin Mallos sei der Ruheort eines großen Fürsten, der durch Ishryths – oder war es Ahmrals ? – Willen dort schlief, bis ein dunkler geflügelter Bote ihn in einer Zeit der Not wecken solle. Dies besaß jedoch weder die Glaubwürdigkeit des Santyth noch die finstere Gewißheit, die in den geflüsterten Geheimnissen von Kindern verborgen liegt, und so wurde es gemeinhin für eine bloße Erfindung gehalten, obwohl manche wiederum behaupteten, es handle sich ganz im Gegenteil um eine wahre Geschichte, doch sei sie von einem lange vergessenen Reisenden von irgendeinem unbekannten Ort dieser Erde hierhergebracht worden.

Wie die Wahrheit auch aussehen mochte, der Ervrin Mallos war in eine Aura tiefer Stille und noch tieferen Geheimnisses gehüllt, was dazu geführt hatte, daß man ihn zum Sitz des geistlichen und administrativen Zentrums des Ishrythan gemacht hatte: zum Haus der Zeugen. Auf halber Höhe des Bergs gelegen, war das Haus der Zeugen der Ort, wo die Predigerbrüder ausgebildet wurden und wohin sie von Zeit zu Zeit zurückkehrten, um zu fasten und ihren Glauben zu festigen. Hier wurden auch alle theologischen Fragen erörtert und entschieden, ebenso wie Angelegenheiten eher weltlicher Natur, die sich aus der Leitung und Verwaltung einer Staatsreligion ergaben.

Und während sich die finsteren Sturmwolken unerbittlich von Norden herbeiwälzten, neigte sich im Innern des Hauses der Zeugen eine besonders erbittert geführte Diskussion ihrem Ende entgegen. Denn obwohl die Predigerbrüder alle dieselbe dunkle Tracht trugen und obwohl die Versammlungshäuser, die sich in jeder Madren-Gemeinde fanden, dieselbe schlichte und düstere Bauweise aus grauem Stein aufwiesen, war der Ishrythan nicht völlig frei von inneren Differenzen. Der Santyth beinhaltete wie alle religiösen Werke mehr als einen Absatz, der unterschiedliche Deutungen zuließ.

Cassraw stürmte aus der Halle des Disputs, wobei er die schwere Holztür hinter sich zuschlug. Das Krachen vermischte sich mit dem lauten Stimmengewirr, das durch die geöffnete Tür gedrungen war, und hallte durch die steingefliesten Gänge. Es sah fast so aus, als versuche der Lärm, verfolgt vom Echo der Schritte Cassraws, noch vor seinem Urheber aus dem Gebäude zu entkommen.

Zwei Novizenbrüder, die ihren Pflichten nachgegangen waren, traten hastig zur Seite, als die untersetzte, grollende Gestalt an ihnen vorbeistürmte. Sie verneigten sich zögernd, wirkten aber nicht allzu überrascht oder gekränkt darüber, daß sie keine Antwort erhielten. Sie wollten gerade eine geflüsterte Unterhaltung beginnen, als eine zweite Gestalt, offensichtlich in eilfertiger Verfolgung begriffen, an ihnen vorbeieilte.

»Cassraw, warte!« rief Vredech ihm hinterher, als er eine Tribüne erreichte, von der man die Eingangshalle des Hauses der Zeugen überblicken konnte. In seiner Stimme schwangen sowohl flehentliches Bitten als auch Dringlichkeit mit, so daß Cassraw, der schon die Eingangshalle halb durchquert hatte, stehenblieb.

»Warte bitte«, rief Vredech ihm erneut zu.

Diesmal sah Cassraw hoch. Vredech beugte sich vor, die Hände auf die breite steinerne Balustrade gestützt. Cassraw stand genau in der Mitte des komplizierten Mosaikmusters, das strahlenförmig in alle Raumecken verlief. Während Vredech zu seinem Freund hinuntersah, wollte es ihm scheinen, als sei Cassraws zorniges Gesicht an die Stelle des Ishryth-Bildes getreten, welches den Mittelpunkt des Mosaiks bildete, und als fließe sein Zorn aus ihm heraus und erfülle die ganze Halle. Vredech spürte eine eisige, böse Vorahnung in sich aufsteigen und konnte sich einen Augenblick lang nicht mehr bewegen, wie das Kaninchen vor der Schlange. Dann befreite ihn Cassraws Stimme, nein, sie riß ihn eher los.

»Worauf?« sagte er.

Vredech schüttelte den Kopf, um die letzten Reste seiner unheimlichen Vision zu verscheuchen, machte dann kehrt und lief auf die Wendeltreppe zu. Er hatte keine Ahnung, was er sagen würde, wenn er bei seinem Freund angelangt wäre, er war erst einmal dankbar, daß jener nicht mehr weglief.

Cassraw beobachtete ihn, während er die Stufen herunterrannte.

»Warte einfach auf mich«, erklärte Vredech lahm und in Ermangelung eines Geistesblitzes, als er zu ihm ging.

»Worauf, Vredech?« wiederholte Cassraw ungeduldig und streckte ihm die Hand entgegen, als wolle er ihn abwehren.

Kummer lag auf Vredechs Zügen, und er wandte sich ab. Auf Cassraws Gesicht trat ein schuldbewußter Ausdruck, der sein Grollen in einen irritierten Blick verwandelte. »Tu das nicht, Vredech«, sagte er warnend, während er sich seinerseits abwandte und den Blick zu der hohen Dachkuppel hob. »Stell dich mir nicht absichtlich in den Weg, und laß dir weh tun.«

»Du könntest mir doch nie weh –«, setzte Vredech an.

Cassraw wirbelte zu ihm herum. »Ich sagte, tu es nicht!« schrie er. Er zeigte in Richtung der Halle des Disputs. »Ishryth weiß, du bist mein ältester Freund, und ich liebe dich, aber sie sind im Unrecht – und du bist auch im Unrecht, wenn du dich auf ihre Seite stellst. Das Wort ist das Wort.« Er griff in eine Tasche seiner schwarzen Soutane und zog ein kleines Exemplar des Santyth hervor. Um seinen Argumenten Nachdruck zu verleihen, schlug er mit der Handfläche auf das Buch. »Zu unserem Verderben wollen wir nicht darauf hören.«

Vredech sank der Mut, und er konnte seine aufsteigende Wut nicht ganz aus seiner Stimme verbannen.

»Niemand redet davon, daß wir nicht darauf hören wollen«, sagte er. »Warum hörst *du* nie zu, wenn andere Leute ihre Standpunkte vertreten? Warum bist du plötzlich wie besessen davon, den Santyth so wörtlich zu nehmen? Du weißt so gut wie ich, daß er in manchen Passagen ziemlich unverständlich, ja, sogar widersprüchlich ist.«

Cassraw versteifte sich, und wieder fuhr seine Hand in die Höhe, diesmal, um anklagend mit dem Finger auf Vredech zu zeigen. »Das ist Gotteslästerung«, erklärte er mit leiser, heiserer Stimme. »Paß auf, daß –«

»Daß was?« schnitt ihm Vredech das Wort ab, während er die Arme hob und dann ruckartig wieder fallen ließ. »Ich bin nicht derjenige, der sich Ärger eingebrockt hat. Ich bin nicht derjenige, der das Oberhaupt der Kirche einen Ketzer genannt hat. Ich bin nicht derjenige, über den sich seine Gemeinde unablässig beklagt. Ich bin nicht ...« Einen Moment lang fehlten ihm die Worte, doch dann schien er neue Kraft zu sammeln. »Und komm mir nicht mit Gotteslästerung«, fuhr er ärgerlich fort. »Seit wann ist es Gotteslästerung, die Wahrheit zu sagen? Wo es Zweifel gibt, da gibt es halt Zweifel, und die Gotteslästerung liegt allein darin, dieser Tatsache nicht Rechnung zu tragen, das weißt du ganz genau.« Er legte seine Hand auf das Buch, das Cassraw festhielt. »Dies hier ist von Menschen verfaßt, Cassraw«, sagte er in versöhnlicherem Tonfall. »Von weisen und verehrungswürdigen Menschen, aber wie wir alle nicht unfehlbar. Opfer von –«

Er stockte, da er spürte, daß Cassraw sich in jenes verbitterte Schweigen zurückzog, das immer häufiger seine Antwort auf alle vernünftigen Argumente darstellte – wenn er nicht gerade jeglichen Widerspruch niederschrie. »Schon gut, schon gut«, meinte er schnell. »Laß uns nicht wieder darüber streiten. Aber laß uns praktisch vorgehen. Du hast Glück, wenn Mueran dich nicht deines Postens enthebt, wenn du so weitermachst.«

»Es gibt andere, die mit mir übereinstimmen«, warf Cassraw ein.

Vredech bedachte ihn mit einem weltklugen Blick. »Vielleicht, aber das werden sie schnell genug bleiben lassen, sobald ihre Ämter und Posten in Gefahr geraten. Um Himmels willen, zügle deine Zunge. Die Kirche ist so tolerant, verschiedene Meinungen über theologische Fragen zu dulden. Warum willst du mit diesem Unsinn alles aufs Spiel setzen, was du dir erarbeitet hast?«

Er schlug sich mit der flachen Hand gegen die Stirn, als wolle er das unbedachte Wort wieder zurücknehmen. Doch bevor er den Mund öffnen konnte, hastete Cassraw bereits auf die Tür des Haupteingangs zu.

»Tut mir leid«, rief Vredech ihm hinterher und folgte ihm. »Das wollte ich nicht sagen. Es –«

Cassraw hielt schon den eisernen Ring in der Hand, mit dem man die Tür schloß. »Diese Kirche ist verrottet und verdorben vor lauter Kompromissen«, sagte er mit gesenktem Kopf, den Blick auf den Ring geheftet. »Sie muß sich erneuern. Zur Wahrheit des Worts zurückfinden, oder wir sind alle zum Untergang verdammt. Sie muß wieder ganz und heil gemacht werden.« Er verstärkte den Griff seiner Finger um den Ring. »Wie dieser hier, ungebrochen und in sich geschlossen.« Er wandte sich Vredech zu, und seine schwarzen Augen schienen ihn zu durchbohren. »Folge mir, Vredech, oder verlaß mich«, sagte er, und seine Stimme klang tief und volltönend. »Folge mir, oder verlaß mich.«

Vredech bekam es plötzlich mit der Angst zu tun. Er fühlte, wie die Dinge ihm entglitten. Cassraws Wutausbruch in der Halle des Disputs war eine ernste Angelegenheit, mit ein wenig Mühe aber zu kitten: eine Entschuldigung, ein bißchen Buße würde alles wieder einrenken. Doch nun erkannte er, daß etwas Seltsames mit Cassraw vorging. Er spürte wieder einen Hauch jenes Wesenszuges, der ihm schon aufgefallen war, als sie gemeinsam aufgewachsen waren. Ein Wesenszug, der sich verflüchtigt hatte wie ihre Jugend – das hatte er zumindest bis jetzt geglaubt. Ein besessener, beinahe fanatischer Wesenszug, den er bei jemand anderem möglicherweise böse genannt hätte.

Er zögerte, denn ein Teil von ihm sagte: »Laß ihn in Ruhe, du machst alles nur noch schlimmer.« Doch ein größerer Teil von ihm verbot ihm, untätig zu bleiben, wo er Kummer und Schmerz spürte. Er mußte zu ihm durchdringen – irgend etwas unternehmen.

Er legte seine Hand auf die Tür, um zu verhindern, daß Cassraw sie öffnete, und begegnete mühsam dem zermürbenden Blick. »Was wirst du tun?« fragte er. »Du hast eine Frau, an die du denken mußt, eine wichtige Stellung, die du bewahren mußt – eine Stellung, die du angestrebt und verdientermaßen erreicht hast. Ich weiß, du hast Schwierigkeiten mit einigen aus deiner Gemeinde, aber das passiert jedem irgendwann einmal. Du kannst doch das alles nicht einfach aufs Spiel setzen. Komm jetzt mit mir zurück. Wenn wir uns ein bißchen anstrengen, können wir alles wieder ins Lot bringen.«

Doch er hatte noch nicht ausgeredet, da wußte er schon, daß die Worte nicht zu seinem Freund durchgedrungen waren. »Verrottet und verdorben vor lauter Kompromissen, Vredech«, wiederholte Cassraw. »Folge mir, oder verlaß mich.« Dann zog er die Tür auf und ging hinaus.

Vredech ließ ihn gewähren. Er wußte, jeder Widerstand wäre zwecklos. Cassraw hatte immer dazu geneigt, mehr seinen Leidenschaften als seinem Verstand zu gehorchen, und erst, wenn sein Gefühlsaufruhr sich gelegt hätte, würde er wieder zur Vernunft kommen. Wahrscheinlich würde er sich in einer Stunde wieder beruhigt haben und einsehen, daß es sinnvoll wäre, seinen Frieden mit Mueran und den anderen zu machen. Er würde doch seinen Posten in der Kirche nicht ernsthaft aufs Spiel setzen? Er hatte keinen Beruf, den er ausüben, kein Land, von dem er leben konnte. Vredech hob den

Ring an und ließ ihn fallen. Es gab ein dumpfes Geräusch, als er in die ausgeschlagene Kerbe in der Tür fiel. Der Knall wirbelte Vredechs Gedanken durcheinander. Er mußte zurück in die Halle des Disputs und zu den gebotenen Entschuldigungen, mit denen er seinen Freund vor der wohl unvermeidlichen Bestrafung retten könnte.

Er hatte sich kaum einen Schritt von der Tür wegbewegt, als von draußen ein schriller, entsetzter Schrei erklang und sein stummes Selbstgespräch abrupt unterbrach. Er stieß die Tür auf. Cassraw stand am Fuße der breiten, ausgetretenen Steinstufen, die von der Tür hinunterführten. Er schaute zurück zum Haus der Zeugen oder, genauer, er starrte *darüber* hinweg, die Augen weit aufgerissen in einer Mischung aus Schrecken und ... Ekstase?

Vredech nahm zwei Stufen auf einmal, während die Sorge um seinen Freund zurückkehrte und mit jedem seiner Schritte wuchs. Als er ihn erreichte, sah auch er, was Cassraw anstarrte.

Bis zum fernsten Horizont im Westen und im Osten war der Himmel von jenen Wolken bedeckt, die sich im Laufe des Tages zusammengebraut hatten. Doch wenn sie zuvor dunkel gewesen waren, so waren sie nun fast schwarz und hatten sich zu einer furchtbaren Bedrohung entwickelt. Die Wolken hatten sich so hoch aufgetürmt, daß sie den Ervrin Mallos und die ihn umgebenden niedrigeren Gipfel winzig und bedeutungslos erscheinen ließen. Vredech merkte, wie er wankte, als sein Blick unwiderstehlich zu ihrem höchsten Punkt gezogen wurde.

»Bei den Göttern«, flüsterte er und ergriff haltsuchend Cassraws Arm. Vorübergehend vergaß er sowohl seine geistliche Tracht als auch den Ort, wo er sich befand.

»Nein«, hörte er Cassraw flüstern. »Nicht Götter. Aber Gott. Er ist hier. Er ist gekommen. Zu mir.«

Sprachs und rannte auch schon auf das Tor zu, das aus

dem inneren Bezirk des Hauses der Zeugen führte. Als Vredech endlich begriffen hatte, was Cassraw gesagt hatte, war jener schon außer Sicht. Vredech eilte hinter ihm her zum Tor. Zwei Novizenbrüder kamen aus dem Garten des Hauses der Zeugen zurück. Beunruhigt sahen sie zu den Wolken hoch.

»Habt ihr Bruder Cassraw gesehen?« wollte Vredech von ihnen wissen. Er bemühte sich, nicht allzu besorgt zu wirken.

»Gesehen? Er hat mich fast umgerannt«, antwortete einer von ihnen ziemlich empört.

Vredech ignorierte den gekränkten Ton. »Wohin ist er gegangen?« fragte er.

Der zweite Novize streckte den Arm aus. Nicht in Richtung der gewundenen Straße, die hinunter in die Stadt führte, sondern zur gegenüberliegenden Ecke der hohen Mauer, die das Haus der Zeugen umgab. Vredech knurrte ein Dankeschön und machte sich an die Verfolgung.

Das geschieht gar nicht wirklich, dachte er, während er halb ging, halb rannte und sich immer dicht an der Mauer hielt, wodurch er sie instinktiv zwischen sich und die drohenden Wolken brachte. Das hätte eine Routinesitzung des Kapitels werden sollen, um alltägliche Verwaltungsangelegenheiten zu besprechen, aber irgendwie war es Cassraw gelungen, eine theologische Grundsatzdebatte daraus zu machen. Nein, Debatte war nicht das richtige Wort dafür – es hatte sich um einen Schmähmonolog gehandelt. Er hatte sich auf irgendeine belanglose Bemerkung von Mueran gestürzt und es geschafft, darauf eine flammende Strafpredigt aufzubauen. Zunächst hatte es Vredech amüsiert, wie diese scheinbar so logische Gedankenkette aus dem Nichts entstanden war. Es war wie eine Metapher der Schöpfung selbst gewesen: Aus der Leere kam die Große Hitze, und aus der wiederum kamen alle Dinge. Als er sich dem Ende der Mauer näherte, konnte er ein Lächeln nicht unterdrücken. Der Vergleich hielt stand, dachte er, auch wenn er bitter war.

Dann stand er vor der Mauerecke. Leicht keuchend stützte er sich ab, als er um sie herumging.

*Tag des Gerichts …*

Die Worte nahmen in seinen Gedanken Gestalt an, als er sich allein und völlig ausgeliefert vor den schwarzen, brodelnden Wolkenmassen stehen sah, die den Himmel bedeckten.

Ihm war nicht bewußt, wie lange er dort stand, und nur mit außergewöhnlicher Kraftanstrengung gelang es ihm, seine Gedanken wieder auf seinen Freund zu richten. Von hier aus hätte Cassraw ins Tal hinunter- oder auf den schroffen Gipfel hinaufgehen können. Ein Stückchen weiter den Berghang hinab gab es eine kleine einzeln stehende Kapelle, welche die Brüder manchmal benutzten, wenn sie das Bedürfnis nach stiller Kontemplation verspürten. Doch Cassraw war nicht vom Haus der Zeugen weggerannt wie ein Mann, der Stille und Kontemplation suchte. Vredech suchte das steil ansteigende Gelände mit den Augen ab; die bräunlich-graue Tönung wurde durch die bedrückende Finsternis noch hervorgehoben.

»Er ist gekommen. Zu mir.« Cassraws schreckliche Worte fielen ihm wieder ein. Vredech ballte verzweifelt die Fäuste, als könne der physische Druck Cassraws Ausspruch aus der Welt schaffen. Der Mann verlor den Verstand.

Im Augenwinkel bemerkte er eine Bewegung. Vredech schnappte nach Luft: Es war Cassraw. Aber er hatte schon einen großen Vorsprung. Und er rannte beinahe einen grasbewachsenen Hang hinauf.

Vredech schüttelte den Kopf. Er würde viel für seinen alten Freund tun, aber einen Berghang hinaufzustürmen gehörte nicht dazu. Es mußten etwa fünfzehn Jahre her sein, seit er das letzte Mal an einem Berglauf teilgenommen hatte, und seit dieser Zeit hatte er kaum ernsthaft trainiert und war ziemlich glücklich darüber gewesen, sich mit einer der Würde seiner Berufung angemessenen Geschwindigkeit durchs Leben zu bewegen. Selbst der kleine Dauerlauf vom Tor hierher hatte ihn schon zum Keuchen gebracht.

Mit einem Seufzer machte Vredech kehrt und ging zurück.

Hoch über ihm, die Augen weit aufgerissen und auf die brodelnde Finsternis über sich geheftet, stolperte Cassraw unerbittlich weiter, mit schmutzigen, schlammverkrusteten Schuhen und zerrissener Soutane. Zwischen rasselnden Atemzügen flehte er: »Ich komme, Herr. Ich komme. Hab Mitleid mit der Schwäche Deines treuen Dieners. Verlaß mich nicht.«

Die Finsternis schien sich auf ihn hinabzusenken und zu lauschen.

Stille hüllte ihn ein.

Dann antwortete eine Stimme seinen Gebeten.

# KAPITEL 2

Dowinne ging unruhig von Raum zu Raum. Das Gefühl des Unwohlseins war im Verlauf des Tages immer stärker geworden. Es war vermutlich das Wetter, versuchte sie sich mit einem Blick auf die drohenden Wolken einzureden, die sich unablässig über der Stadt auftürmten. Doch kaum war ihr der Gedanke gekommen, da verwarf sie ihn auch schon wieder. Was auch immer sie beunruhigte, es ging viel tiefer als jeder heraufziehende Sturm.

Es entsprach nicht Dowinnes Natur, Schwierigkeiten mit Gleichmut hinzunehmen, und von Zeit zu Zeit knirschte sie mit den Zähnen und bleckte sie vor Wut und Enttäuschung, während sie durch das Haus wanderte. Bis sie ihr verzerrtes Gesicht erblickte, das ihr aus einem Spiegel entgegensah. Es schien sie strafend anzufauchen, weil sie ihre geheimsten Gefühle so bloßgelegt hatte, so daß sie sich hastig zusammenriß und ein berückendes Lächeln auf ihre Lippen zauberte.

Irgend etwas hinter dem Spiegelbild schien sie zu verspotten.

Wieder stellte sie sich ans Fenster. Das Versammlungshaus der Hafen-Gemeinde in Troidmallos war gut ausgestattet, und die Wohnquartiere waren sogar ausgezeichnet. Genau wie es sein muß, dachte Dowinne. Das hier war etwas anderes als das enge, heruntergekommene Versammlungshaus, wo sie angefangen hatten, draußen in der Wildnis vor zehn Jahren, doch Cassraws Ernennung damals, in so jungen Jahren, war schon ein kleiner Erfolg gewesen. Trotzdem ...

Trotzdem war es nicht genug.

Sie verschränkte die Arme vor der Brust und preßte sie fest an ihren Körper, als wolle sie die ehrgeizigen Gedanken zurückhalten, die heute aus irgendeinem Grund so laut um Beachtung schrien. Dann ließ sie, sicher in der Abgeschiedenheit ihres Heims, ihren langgehegten Wünschen freien Lauf. Sie erregten sie. Ganz gleich, was sie jetzt besaß – sie wollte mehr. Sie würde wichtig sein – mächtig. Nicht nur in Troidmallos, sondern in ganz Canol Madreth. Die Menschen würden vor ihr das Knie beugen – würden auf ihre Worte, ihre Gesten achten, genau so, wie sie es jetzt bei anderen tat. Und sie würden sich um ihre Gönnerschaft bemühen. Dowinne konnte sich kaum beherrschen angesichts der berauschenden Aussicht, was ihr alles gehören würde, *falls* es ihr gelänge, die beruflichen Angelegenheiten ihres Mannes in die richtigen Bahnen zu lenken.

Mit bemerkenswerter Klarsicht hatte sie schon in ihrer Jugend erkannt, daß die Kirche in Canol Madreth fast genausoviel Macht hatte wie ihr weltlicher Gegenpart, der Heindral, und daß sie dort die größten Chancen auf künftigen Reichtum und Sicherheit zu erwarten hatte. Denn trotz all ihrer asketischen Beteuerungen war die Kirche reich, und ihren Oberen ging es ausgesprochen gut, auch wenn ihr Lebensstil in den meisten Fällen nicht demonstrativ prunkvoll war. Was aber noch wichtiger war, die Meinung und diskrete Unterstützung der Kirche waren wegen des Einflusses, den sie auf das Volk ausübte, auch in politischen Dingen sehr gefragt. Dowinne schätzte insbesondere die Tatsache, daß die Äußerungen der Kirche im wesentlichen unbelastet von öffentlichen Debatten waren und daß sie vor allem nicht alle vier Jahre die Zustimmung des Volks für die Fortsetzung ihrer Regierung benötigte.

Natürlich konnte sie nicht selbst in die Kirche eintreten – das war ein den Männern vorbehaltenes Privileg –, doch sie konnte es womöglich noch besser treffen. Indem sie den richtigen Mann heiratete und beherrschte, konnte sie ihrerseits jene beherrschen, denen er Befehle erteilte. Und Cassraw war ohne jeden Zweifel der richtige Mann. Sie hielt ihn für so etwas wie ihren fleischgewordenen Ehrgeiz, und ein ums andere Mal hatte er ihre Einschätzung bestätigt.

Zugegeben, seine wilde Leidenschaft hatte sich zunächst als unerwartete Belastung erwiesen, doch sie hatte sie nach und nach auf Neigungen umgelenkt, die sie erträglicher fand und die sich im nachhinein als nützlich erwiesen hatten, sowohl als Ansporn als auch als Lockmittel. Sie lächelte verstohlen, wobei sie instinktiv die Hand vor den Mund hob, um ihre Reaktion zu verbergen, obwohl sie allein war.

Sie mußte immer auf der Hut sein. Sie durfte sich nie zu der Annahme verleiten lassen, Cassraw sei ein gewöhnlicher Mann wie alle anderen; soviel hatte sie ihm Laufe der Jahre gelernt. Trotz all seiner Intelligenz und seines brillanten Verstandes glich er einem wilden Tier, und als solches konnte er vielleicht abgerichtet, aber nie gezähmt werden.

Das unbehagliche Gefühl kehrte zurück, als sie zum Ervrin Mallos hochschaute. Inmitten der sich auftürmenden Wolken erahnte sie eine Macht, ein Echo jener Macht, die sie in ihrem Gemahl spürte. Unvermutet kam ihr eine Spur von Zweifel. Wie konnte sie hoffen, so etwas zu gängeln? Wie konnte sie es wagen?

Gnadenlos unterdrückte sie den Zweifel. Die, die den Willen dazu hatten, konnten alle Stürme meistern.

Aber dennoch, Cassraw hatte sich in letzter Zeit immer seltsamer verhalten. Sein scharfer Verstand schien sich selbst zu verzehren, schien das kluge, subtile Taktieren zu meiden, das er so glänzend beherrschte. Es war fast, als suche er nach immer einfacheren Lösungen. Seine Predigten waren leidenschaftlicher, aber auch primitiver geworden, was nicht allen Schäfchen in seiner Herde gefiel, obwohl manche unter ihnen darauf anzusprechen schienen. Dowinne runzelte die Stirn. Das war nicht die Sorte von Leuten, die sie ihrem Mann als Gefolgschaft wünschte. Nicht genug damit, daß sie ihm bei seinem weiteren Aufstieg in der Kirche nicht nützen würden; sie würden ihn vermutlich geradezu behindern. Aber wie dem auch sei, Unterstützung war Unterstützung, auch wenn sie von notorisch Unzufriedenen und Unfähigen kam, und die ließe sich sicher in der einen oder anderen Weise gewinnbringend verwerten. Sie nahm sich vor, sich diesem Problem in nächster Zukunft zu widmen. Es war immer gut, Alternativen zur Verfügung zu haben. Man konnte nie wissen ...

Ihre Gedanken richteten sich wieder auf Cassraw. Das Leben würde sich bedeutend vereinfachen, wenn sie ihn dazu bewegen konnte, nicht gegen den Strom zu schwimmen. Vielleicht hatte sie in letzter Zeit die Zügel etwas zu straff angezogen. Vielleicht konnte sie ihm dabei helfen, ein bißchen von seiner glühenden Energie zu ... verbrauchen. Sie schlug sich leicht mit der Hand gegen die Brust. Schließlich war das zum jetzigen Zeitpunkt keine allzu unangenehme Aussicht.

Doch auch, nachdem sie diesen Entschluß gefaßt hatte, wollte ihr Unbehagen nicht schwinden. Sie würde nicht eher zur Ruhe kommen, bis er aus dem Haus der Zeugen zurückgekehrt wäre. Cassraw war nie besonders begierig auf Kapitelversammlungen gewesen, und dank der Nörgelei einiger beleidigter Gemeindemitglieder hatte er sich erst vor ein paar Tagen wieder eine von Muerans mit leiser Stimme vorgetragenen Rügen eingehandelt. Bei seiner Rückkehr hatte er sich darüber lustig gemacht, indem er den wichtigtuerischen alten Heuchler nachgeahmt hatte, doch sie hatte den rasenden Zorn unter dem Spott gespürt, und sie hätte es vorgezogen, wenn er Mueran nicht so bald danach wieder begegnet wäre.

Dann stieg aus ihrem tiefsten Innern eine furchtbare Ahnung auf, daß irgend etwas ganz und gar nicht stimmte. Sie begann zu zittern, und einen unglaublichen, schwindelerregenden Moment lang war ihr, als gerate das so sorgsam errichtete Gebäude ihrer Ambitionen ins Wanken. Wieder erhaschte sie einen Blick auf ihr Bild im Spiegel, auf die schlaffe Haltung und den gehetzten Ausdruck in ihren Augen.

»*Nein!*« schrie sie, wirbelte herum und ließ beide Hände mit voller Wucht auf das Fensterbrett niedersausen. Ihre rechte Hand schloß sich um den Fuß einer schweren Metallschale und schleuderte sie klirrend zu Boden. Sie ließ den Schmerz ungehindert durch sich hindurchströmen, damit er diesen überraschenden und furchterregenden Schwächeanfall wegbrannte.

Die Anstrengung raubte ihr jedoch den Atem. Das war der heraufziehende Sturm, entschied sie. Das war alles – nur der Sturm. Doch die Erklärung verschaffte ihr nicht mehr Trost als zuvor.

Wieder schaute sie nach draußen, hinüber zum Berg.

Sie konnte nur das aus grauem Stein errichtete Haus der Zeugen auf halber Höhe erkennen. Es hatte schon immer jämmerlich winzig gewirkt vor der zerklüfteten Macht des Ervrin Mallos, doch nun wirkte selbst der Berg im Verhältnis zu den drohenden Wolkenbänken klein.

»Komm herunter, Cassraw«, flüsterte sie. »Komm herunter. Komm von diesem Berg herunter, bevor der Sturm losbricht.«

*»Komm, mein Diener. Komm näher.«*

Cassraw hörte die Stimme weniger, als daß er spürte, wie sie ihn durchdrang. Sein Körper begann zu zittern, sein Geist in einem Mahlstrom unzusammenhängender Gedanken durcheinanderzuwirbeln. Es war, als versuche alles, was er war, alles, was er je gewußt hatte, verzweifelt zu flüchten, damit es nicht von jener Macht erschlagen und vernichtet wurde, die ihn gerade berührt hatte. Da er jedoch von Beruf und Veranlagung her Prediger war, riß er sich instinktiv zusammen und fand seine Stimme wieder. Sie war heiser und gebrochen, und sie zitterte, doch sie diente ihm als Rettungsanker, an den er sich klammern konnte, wenn auch nur für einen kurzen Augenblick.

»Herr, ich sehe den Staub Deines mächtigen Streitwagens und bin selbst weniger als Nichts davor. Leite mich, Herr. Leite mich.« Die Worte wirkten erbärmlich unpassend.

Obwohl sein Körper nach dem kraftzehrenden Aufstieg nach Luft lechzte, hielt Cassraw in dem nun einsetzenden langen Schweigen den Atem an. Dann erklang die Stimme erneut.

*»Komm näher.«*

Cassraws sich überschlagende Gedanken setzten aus. Verzweifelt blickte er um sich. Unsicher, was er tun sollte, fürchtete er doch gleichzeitig, seine flehende Bitte zu wiederholen. Die Wolken hingen nun direkt über ihm, doch von Süden her beleuchteten noch immer ein paar letzte Lichtstrahlen den Berg. Sie warfen lange Schatten wie ein unnatürlicher, bleicher Sonnenuntergang. Alles um ihn herum sah dadurch unwirklich aus, verschwommen und wie im Traum; ein fremdartiges Bild, das von einem anderen Ort zu ihm drang – von einem Ort, wo er nicht hingehörte. Nur die Dunkelheit über ihm und sein eigenes Bewußtsein waren jetzt noch real – die eine undurchdringlich, lastend, unerträglich schwer, das andere schwach, ein kleines sprudelndes Rinnsal. Ihm war, als stehe er nicht hoch oben auf einem Berg, sondern ducke sich in einer Höhle tief unten, in den verborgenen Fundamenten des Gebirges, dessen erdrückendes Gewicht sich hoch über ihm auftürmte.

Und doch mußte er nach oben gelangen. Dorthin, wo sein Meister wartete. Auf ihn wartete.

Er setzte sich wieder in Bewegung, kletterte ohne Rücksicht über die Felsen, achtete nicht auf den Schaden, den Schuhe und Soutane nahmen, achtete nicht auf die Schnitte und Prellungen, die er sich zuzog, wenn er in dem schwächer werdenden Licht stolperte und immer wieder hinfiel.

Fragen quälten ihn. Was ging hier vor? Welcher Wahnsinn trieb ihn dazu und brachte ihn in Konflikt mit seinen Kirchenoberen, setzte seine Stellung sowohl in der Kirche als auch in der Gemeinschaft aufs Spiel – setzte alte Freundschaften aufs Spiel, vielleicht sogar seine Ehe? Doch all diese Überlegungen hatten keine Bedeutung. Alle wurden sie weggespült von jener felsenfesten Gewißheit, die er verspürt hatte, als er aus dem Haus der Zeugen gestürzt war, sich umgedreht und gesehen hatte, wie der Himmel über ihm finster und bedrohlich geworden war wie der Zorn eines geliebten Vaters, mit großen Buchstaben an die Wand geschrieben.

Und er hatte recht gehabt. Mit jedem seiner Schritte wurde ihm das bestätigt. Er hatte recht. Er hatte recht.

Und jetzt hatte der Herr zu ihm gesprochen: hatte ihn

berührt. Ihn! Hatte ihn vor sein Angesicht gerufen auf diesen uralten Berg, auf diesen geheimnisvollsten aller Berge.

Beim Weiterklettern verfluchte Cassraw seine Beine, weil sie so schwer waren und ihm nicht mehr gehorchen wollten.

Die Kette vermeintlich unwichtiger Ereignisse, die letztendlich dazu geführt hatte, daß er wutentbrannt aus der Halle des Disputs gestürmt war, kam ihm kurz in den Sinn und nahm nun das Aussehen eines gewaltigen goldenen Wegs an, über den er geschickt worden war. »Deine Wege übersteigen unser Verständnis, Herr«, keuchte er. »Das kleinste Staubkorn gehorcht Deinem Plan.«

*»Ich habe wenig Zeit, Diener.«*

Wie ein kalter Hauch durchfuhr die Stimme Cassraw und tadelte ihn dafür, daß er sich vorübergehend von seiner Aufgabe hatte ablenken lassen.

»Vergib mir, Herr«, wiederholte er immer und immer wieder in einer hektischen Litanei, während er über verwitterte Felsen kletterte, die ihn zum Gipfel führen würden.

Dann war das merkwürdige Tageslicht verschwunden. Vage war Cassraw sich eines schwachen Dunstes von Süden bewußt, schaute aber nicht hin, aus Furcht, auch nur einen winzigen Augenblick auf dieser verzweifelten Pilgerschaft zu vergeuden.

Trotzdem konnte er einen Schauder des Entsetzens und der Verzweiflung nicht unterdrücken, als die Dunkelheit sich um ihn schloß, doch nichts durfte ihn aufhalten. Er mußte weitergehen. Er mußte dem Befehl seines Herrn gehorchen, ganz gleich, was es kostete.

Dann war da Licht – ein tanzendes, beunruhigendes Licht, das Cassraws Schatten fieberhaft über die Felsen hin und her huschen ließ – aber es war nicht hell genug, damit er etwas erkennen konnte. Und es kam von oben. Aus Angst, was er zu sehen bekommen mochte, unternahm er keinen Versuch, zu der Lichtquelle hinaufzuschauen. Die üblichen Bilder der Wächter von Ishryth, die sich Zweiflern gegenüber grimmig und furchtbar zeigten, erfüllten seinen Geist.

»Groß ist Deine Weisheit, o Herr. Du kennst alles, Du weißt alles.«

Weiter, höher plagte Cassraw sich, und alle vernünftigen Gedanken, die er noch hegen mochte, wurden von der ungeheuerlichen Verzückung hinweggespült, die ihn nun ungeachtet seiner widerspenstigen Glieder und seines pochenden Herzens vorwärtstrieb.

Und endlich war er da, stand auf der Spitze jener umgekippten, geborstenen Felssäulen, die den Gipfel des Ervrin Mallos bildeten. Mit einer Wucht, die seine Gelenke knirschen ließ, fiel er auf die Knie, um sich dann sofort wieder aufzurichten. Er breitete die Arme aus und warf den Kopf mit geschlossenen Augen zurück, um sein Gesicht der Macht seines Gottes auszusetzen.

Die leisen Zweifel, die er noch gehabt hatte, waren nun getilgt, weggefegt von der Kraft, die er überall um sich herum spüren konnte.

»Herr, tu mit mir, wie Du willst, doch ich flehe Dich an, obwohl ich nur der geringste Deiner Diener bin, verleih mir die Kraft, Deinen Willen in der Welt der Menschen zu erfüllen. Groß sind die Sünden, die dort in Deinem Namen begangen werden. Groß ist die Unkenntnis Deines Worts, und groß sind Täuschung und Hader, mit denen es gelesen wird.«

Er wartete.

Kälte berührte seinen Geist. Er zuckte heftig zusammen, zwang sich dann mühsam zum Stillhalten.

»Herr«, flüsterte er voller Schmerz. »Ich bin Dein. Ich werde Dir dienen mit allem, was ich bin.«

Die Kälte begann sich in ihm auszubreiten, und mit ihr eine böse Vorahnung. Was immer das war, es war nur der Anfang.

Und dennoch hatte es etwas Eigenartiges an sich –

etwas *Menschliches*, fiel Cassraw auf –, obwohl er rasch diesen lästerlichen Gedanken unterdrückte und um Vergebung flehte. Keine Antwort.

Nur die Kälte sickerte zielstrebig weiter in ihn ein.

Und dann nahm sie ihn vollständig in Besitz.

Er wartete, war sich kaum bewußt, daß er noch existierte, obwohl er immer noch spürte, daß tief in seinem Innern, unerreichbar für sein bewußtes Denken, raunende, wispernde Zweifel lauerten. Dann verlagerte sich die Kälte, und einen zeitenthobenen, sengenden Augenblick lang flackerten die Zweifel auf und verschafften sich laut schreiend Gehör. Denn die Empfindungen, die ihn nun mit einemmal überfluteten, waren alles andere als göttlich. Allbeherrschend war eine schreckliche, ungehemmte Wut.

Wut, daß so vieles, was so sorgsam über so lange Zeit hinweg aufgebaut worden war, nun so leicht verlorengegangen sein sollte.

Wut auf die Diener, die Ihn durch ihre Schwäche und Torheit verraten hatten.

Wut, und noch etwas ...

Haß! Tief und unstillbar. Haß auf jene alten Feinde, die sich erhoben und gegen Ihn zu verschwören begonnen hatten.

Und im Sog dieser Gedanken kam eine überwältigende lustvolle Rachgier, blutig und übel.

Alles jedoch war durchdrungen von einem fast unerträglichen Gefühl des Verlusts, und Cassraw konnte die klauengleich scharrende Verzweiflung von jemandem spüren, der sich an irgend etwas festhalten mußte, wie klein es auch sein mochte, wenn Er bleiben wollte ... hier? Und nicht in die ... Leere ... stürzen wollte? Die genauen Konturen der Bilder entzogen sich Cassraw, doch er spürte nur zu gut das Entsetzen, den Halt an diesem Ort zu verlieren und in alle Ewigkeit durch einen Alptraum von Einsamkeit und Ohnmacht zu treiben.

Dann war alles anders. So plötzlich, wie er über ihn

gekommen war, hörte der Aufruhr auf. Ein neues Bewußtsein bewegte sich in Cassraw. Ein winziger Halt war gefunden worden, der gräßliche Fall angehalten. Noch war nicht alles verloren!

*»Schweig still, mein Diener. Ich muß dich prüfen, muß die wahren Tiefen deines Glaubens erkunden.«*

Cassraw verharrte regungslos, die Augen weiterhin geschlossen, den Kopf immer noch in den Nacken geworfen, um das Gesicht dem schwarzen Himmel darzubieten.

»Wie Du willst, Herr«, hauchte er.

Dann war da, wo vorher Kälte gewesen war, eine forschende, tastende Wärme. Obwohl er ein Verhör oder qualvolle Fragen erwartete, geschah nichts. Und doch bewegte sich etwas in ihm. Wie das schwache Rascheln weit entfernter Bäume, schwer faßbar und undeutlich. Dann durchpulste ihn kurz eine grausame, bösartige Befriedigung.

*»Diese dunklen und schrecklichen Gedanken, Cassraw, dieser Zweifel und dieser Haß sind die deinen«*, sagte die Stimme tief und mitleidsvoll, auch wenn sie jetzt eher wie eine wirkliche Stimme und nicht mehr wie die gespenstische Einflüsterung von zuvor klang. *»Sie sind die Bürde, die ich dir auferlegt habe, damit du dich selbst besser erkennst. Doch du hast sie wacker getragen und bist für gut befunden worden.«*

Wieder zitterte Cassraw, diesmal jedoch vor freudiger Erwartung.

*»Es ist mein Wille, daß du hinausgehst und die Wahrheit meines Worts unter deinem Volk und allen Völkern dieses Landes verbreitest. Ein großes Übel hat im Norden sein Haupt erhoben und muß bekämpft werden, wenn nicht die ganze Welt unter seinen Schatten fallen soll. Dieses Land soll eine Zitadelle werden, aus der meine Armeen wieder hervormarschieren werden.«*

Cassraw hätte beinahe die Augen aufgeschlagen. »Herr, ich bin kein Krieger«, antwortete er nüchtern. Ein

Gefühl finsterer Belustigung erfüllte ihn, er wußte nicht, woher es kam.

»*Es gibt viele Schwerter, mein Diener. Das deine ist die Zunge. Benutze es wohl, und Armeen, größer, als du sie dir vorzustellen vermagst, werden kommen. Dies ist mein Wille, und so wird es geschehen. Sei du standfest und wahrhaftig, und laß nicht zu, daß man dir Widerstand leistet.*«

»Doch wer soll mir zuhören, Herr? Und was ist das für ein Übel, das über uns kommen soll?« fragte Cassraw mit schwacher Stimme.

»*Alle werden sie dir zuhören, mein Diener, denn ich habe dich mit meiner Macht gesegnet. Und wo die Menschen zweifeln an meinem Wort, werde ich dir die wahre Bedeutung zeigen.*« Ein Anflug von Ärger kam in die Stimme. »*Alles andere wird zur gegebenen Zeit offenbart werden. Suche nicht, deinen Herrn und seine Worte anzuzweifeln, Diener. Suche nur, zu gehorchen und zu dienen.*«

Da gaben zu guter Letzt Cassraws Beine unter ihm nach, und er sank zu Boden. Die kleinen scharfkantigen Steine, die sich in seine Knie bohrten, gaben seinem Körper allmählich wieder ein Empfinden zurück.

»*Ich muß dich nun verlassen, mein Diener.*«

Die Stimme wurde schwächer. Die Verletzungen, die Cassraw sich bei seinem rücksichtslosen Aufstieg auf den Berg zugezogen hatte, begannen sich bemerkbar zu machen.

»Verlaß mich nicht, Herr«, flehte er und streckte bittend die Arme aus.

Wieder diese Belustigung.

»*Wisse, daß ich immer bei dir sein werde, Cassraw. Immer. Du mußt nur zuhören.*«

Und Cassraw war allein.

Lange noch verharrte er auf den Knien, den Kopf gesenkt, die Arme auf eine flache Felsplatte gestützt. Dann schlug er langsam und furchtsam die Augen auf und blickte um sich. Der Himmel war noch immer finster, doch nun trugen die Wolken das schneebeladene

Grau des Winters und nicht mehr das Unheilvolle, Bedrohliche, was sie kurz zuvor gehabt hatten. Der Ruf, der Cassraw den Ervrin Mallos hinaufgetrieben hatte, war verstummt, doch er konnte die Gegenwart seines Herrn noch immer in sich nachhallen und klingen spüren.

Er schlang die Arme um seinen Oberkörper und beugte sich vor. »Ich hatte recht«, zischte er. »Ich hatte recht, ich hatte recht.« Wieder und wieder, in einer Mischung aus Entsetzen und bösartiger Schadenfreude. »Ich bin der Auserwählte! Sein Auserwählter! Ich hatte recht!« Dann richtete er sich mühsam und unter Schmerzen auf. »Ich bin Dein, Herr, voll und ganz«, rief er verzückt. »Dein! Ich werde die Rechtschaffenen um mich scharen und zu Deinem Wort führen, und gemeinsam werden wir die Sünder in diesem Land und jenseits seiner Grenzen aufspüren und zu Deinem Weg bekehren. Oder vernichten.«

# KAPITEL 3

Vredech schloß leise das Haupttor des Hauses der Zeugen und stieg die Treppe hoch, die ihn zurück in die Halle des Disputs bringen würde. Er atmete noch immer schwer, und seine Hände zitterten leicht. Der Ausdruck in Cassraws Augen, seine letzten unheilvollen Worte und dann sein wahnsinniger Lauf den Berg hinauf, direkt ins Herz von etwas, das ohne jeden Zweifel ein ungeheurer Sturm sein mußte, hafteten ihm noch im Gedächtnis und verstärkten seine Verwirrung und seinen Kummer.

Obwohl er wußte, daß Cassraw körperlich robuster

war als er selbst, war sein Freund doch kein Jüngling mehr und mußte sich verletzen, wenn er auf diese Art einen Berg hochrannte. Und wer konnte schon sagen, welche Art von Unwetter jene Wolken ankündigten oder wie lange es toben würde, wenn es einmal losgebrochen war?

Er hielt vor dem Eingang zur Halle des Disputs inne, um seine aufgewühlten Gedanken zu beruhigen. Leises Stimmengewirr drang zu ihm heraus, und er seufzte. Alles in allem hätte er es vorgezogen, bei seiner Rückkehr einen Tumult vorzufinden. Zumindest hätte er dann Gelegenheit gehabt, sich in eine bestehende Debatte einzuschalten. Nun sah es jedoch so aus, als sei die Angelegenheit erledigt.

Was hast du in meiner Abwesenheit unternommen, Mueran? überlegte er verbittert. Deine Autorität als Bundesmitglied eingesetzt, um Cassraw seines Amtes zu entheben? Nun denn, nicht, solange ich noch eine Zunge in meinem Mund habe!

Mühsam unterdrückte er seinen Ärger. Er durfte nicht zulassen, daß seine Sorge um Cassraw ihn zu einer Unbesonnenheit verleitete. Es wäre ein schwerwiegender Fehler, wie eine störrische Gebirgsziege auf Mueran loszugehen. Takt und diplomatisches Gespür waren nötig, wenn er Cassraw vor den Gegnern schützen wollte, die er sich mit seiner scharfen Zunge gemacht hatte.

Vredech holte tief Luft und öffnete die Tür.

Die Halle des Disputs war, wie die meisten Räume im Haus der Zeugen, schlicht und einfach gehalten. Sie war schmucklos, mit Ausnahme der Rundbogenfenster, deren Laibungen aus steinernem Maßwerk bestanden, in das man alle möglichen Arten von Blättern und Ranken und eigenartigerweise ein wenig finster dreinblickende Gesichter gemeißelt hatte. Wenn eine vollständige Synode abgehalten wurde, saßen die versammelten Predigerbrüder auf Stühlen, die vor drei Wänden aufgestellt waren, wohingegen die Angehörigen des Kapitels, die ranghöheren Brüder, die den Regierenden Rat der Kirche des Ishryth in Canol Madreth bildeten, vor der vierten Wand saßen. Nun jedoch hatten die Angehörigen des Kapitels rund um einen langen, auf Hochglanz polierten Holztisch Platz genommen, der die gesamte Mitte der Halle einnahm.

Alle Augenpaare wandten sich dem eintretenden Vredech zu. Er verneigte sich andeutungsweise, um diese formelle Begrüßung zu erwidern und um dann schnurstracks auf Mueran zuzugehen. Was auch immer in seiner Abwesenheit vorgefallen war, diese unglückliche Angelegenheit würde zweifellos ein besseres Ende nehmen, wenn er hier und jetzt das Richtige tat, wenn er sich um die augenblicklichen Bedürfnisse seines geplagten Freundes kümmerte. Er wartete nicht ab, bis Mueran etwas sagte.

»Cassraw braucht unsere Hilfe«, erklärte er schlicht. »Es geht ihm nicht gut. Es geht ihm überhaupt nicht gut. Er scheint eine Art ... Anfall gehabt zu haben.« Diese Äußerung rief bei einigen der versammelten Brüder vielsagende Blicke hervor, doch Vredech ignorierte sie. »Er ist den Berg hinaufgestürmt, und es braut sich ein fürchterlicher Sturm zusammen. Auch wenn er sich nicht schwer verletzt, hat er gute Chancen, von der Dunkelheit überrascht oder vom Schnee verschüttet zu werden.«

Die Stimmung in der Halle schlug merklich um. Einige der Brüder zeigten offen ihre Verärgerung über dieses neue Problem, mit dem Cassraw sie konfrontierte, doch die meisten schienen ehrlich besorgt. Vredech gewann den Eindruck, daß Mueran zunächst abschätzte, welche der Gruppen die Mehrheit hatte, bevor er etwas erwiderte. Er erteilte sich innerlich jedoch sofort einen harschen Verweis für diesen Mangel an brüderlicher Liebe.

»Aha«, sagte Mueran unbestimmt, aber mit weisem Kopfnicken.

»Der Himmel sah heute morgen tatsächlich übel aus.

Wir müssen sofort jemanden losschicken, der nach ihm Ausschau hält.« Der Redner war Morem, ein freundlicher, sanftmütiger Mann, dem jene berechnende Engstirnigkeit, welche die meisten Angehörigen des Kapitels auszeichnete, abging.

Vredech schüttelte den Kopf und trat näher an den Tisch heran. Vertraulich senkte er die Stimme. »Was für Probleme Cassraw uns auch in letzter Zeit bereitet hat, er ist noch immer ein ranghohes Mitglied der Kirche, und trotz gelegentlicher Beschwerden von den Schreihälsen in seiner Gemeinde liebt und braucht diese ihn doch. Ich muß euch nicht erst darauf hinweisen, wieviel er in der Vergangenheit für die Kirche getan hat, und ich bin sicher, daß er das auch in Zukunft tun wird, wenn er in dieser ... schwierigen Phase ... Hilfe erhält. Aber er braucht *unsere* Hilfe und *unseren* Schutz, und er braucht ihn jetzt. Wir können nicht irgendwelche Bediensteten aus dem Haus der Zeugen auf die Suche nach ihm schicken. Bis zum Abend wüßte jeder in Troidmallos Bescheid. Wir müssen schon selbst gehen.«

Dieser Vorschlag verursachte erhebliche Aufregung. Die Mehrheit der Kapitelmitglieder war zu alt, um selbst bei gutem Wetter in den höheren Bergregionen herumzuklettern, geschweige denn in einem solchen Unwetter.

»Wir könnten ein paar von den Novizen hinschicken«, schlug jemand zögernd vor.

Wieder schüttelte Vredech seinen Kopf. »Der Zustand, in dem Cassraw ist, wird es nicht leichtmachen, sich bei ihm Gehör zu verschaffen«, gab er zu bedenken. »Ich glaube, er befindet sich in einer tiefen spirituellen Krise. Abgesehen von einer allgemeinen Rücksichtnahme, ihm ohne Aufheben durch diese schwierige Phase zu helfen, haben meiner Meinung nach nur wir eine Chance, zu ihm durchzudringen.« Er schnitt mit einer Handbewegung die Einwände einiger Brüder ab und fuhr, den Blick fest auf Mueran gerichtet, mit Nachdruck fort: »Diejenigen unter uns, die es schaffen, sollten auf den

Berg hinaufsteigen und nach ihm suchen, und zwar sofort, bevor er sich zu weit entfernt hat oder dieser Sturm losbricht.«

Mueran setzte eine überaus besorgte Miene auf, als erwäge er den Vorschlag sorgfältig. Vredech wartete. Er hatte seine abschließende Bitte direkt an Mueran gerichtet, um die Angelegenheit zu forcieren. Diesen Kunstgriff hatte er in der Vergangenheit mehr als einmal angewendet, wußte er doch genau, daß der Mann zwar ungern Entscheidungen traf, es jedoch noch mehr verabscheute, als entschlußloser Zauderer dazustehen. Wenn man ihn auf eine so direkte und öffentliche Weise anging, konnte er seine Zustimmung in der Gewißheit geben, daß er den größten Teil der Schuld dem Initiator – dem schwachen Diener – in die Schuhe schieben konnte, wenn sich das Unternnehmen als Fehler herausstellen sollte. Und sollte es ein Erfolg werden, würde er sich in aller Bescheidenheit darin sonnen können. Vredech erteilte sich einen weiteren stummen Verweis wegen mangelnder brüderlicher Liebe.

»Du hast recht, Bruder Vredech«, antwortete Mueran glattzüngig. »Der Gram unseres lieben Bruders Cassraw muß unser oberstes Anliegen sein. Es nützt niemandem, wenn wir zulassen, daß diese Angelegenheit von allen Klatschbasen oder gar den Enthüllern breitgetreten wird.« Das Wort ›Enthüller‹ sorgte für ärgerliches Stirnrunzeln bei fast allen Anwesenden, die vielsagend und zustimmend nickten.

Mueran wandte sich den anderen zu und sagte mit einem bedauernden Lächeln: »Unglücklicherweise bin ich längst über das Alter hinaus, in dem ich noch in den Bergen herumwandern kann, aber diejenigen unter euch, die die Beine und die Jugend dazu haben, machen sich jetzt mit Bruder Vredech auf den Weg. Der Rest von uns wird hier warten und für eure und unseres Bruders glückliche Heimkehr beten.«

»Vielleicht könntest du zusätzlich ein Zimmer und ein

warmes Bett für ihn vorbereiten lassen«, fügte Vredech hinzu. Sein Tonfall war etwas schärfer, als er beabsichtigt hatte.

Muerans Lächeln veränderte sich kaum, doch seine Augen verengten sich leicht, als er königlich das Haupt neigte. Schwerer Fehler, dachte Vredech.

»Praktisch wie eh und je, unser Bruder Vredech«, erklärte Mueran salbungsvoll. »Bruder Cassraw hatte an dir einen guten Freund.«

Eine zweischneidige Bemerkung.

Ein wenig später hatte sich ein Grüppchen von acht Kapitelmitgliedern draußen vor dem Haus der Zeugen eingefunden, eingemummt in schwere Umhänge, Schals und Handschuhe, die sie in der kurzen Zeit hatten auftreiben können. Es hatte mehr als acht Freiwillige gegeben, doch Vredech hatte einigen von ihnen den Aufstieg ausreden müssen. Es hatte keinen Sinn, eine so große Gruppe mitzunehmen, da sie möglicherweise mehr Zeit damit verbringen mußten, sich um die Gruppenmitglieder zu kümmern, als Cassraw zu finden.

Diejenigen Brüder, die zurückblieben, beobachteten alles besorgt vom oberen Treppenabsatz aus oder beschäftigten sich eilfertig damit, Novizen und Diener herumzuscheuchen.

Vredech sah zum Himmel empor und ließ dann den Blick über seine Gefährten gleiten. Die Wolken hingen tiefer und wirkten bedrückender als je zuvor. Er spürte, wie primitive Urängste sich in ihm regten, und einen Augenblick lang wollte er sich wie ein verängstigtes Kind in den sicheren Hafen des Hauses der Zeugen flüchten. Überraschenderweise kostete es ihn erhebliche Anstrengung, sich wieder zu fassen. Er bedachte seinen Freund mit stummen, aber heftigen Vorwürfen wegen dieser Störung.

Dann fiel ihm auf, daß er wie der Rest der Gruppe auch die Schultern einzog und den Kopf tief nach vorne beugte, als drücke ihn der Himmel selbst zu Boden.

Dann straffte er sich und richtete den Blick in dem Bemühen, sich auf die bevorstehende Aufgabe zu konzentrieren, auf den Berg. Der Gipfel war von ihrem Standpunkt aus nicht zu sehen, doch er schätzte, daß er ohnehin mittlerweile von Wolken verhüllt wäre. Er zitterte innerlich angesichts des unwirtlichen Wetters, in das sie sich begeben mußten.

Trotzdem, das war jetzt unwichtig. Cassraw mußte gefunden werden.

»Kommt, Brüder«, verkündete er in beinahe energischem Tonfall. »Wir gewinnen nichts, wenn wir noch länger säu –«

»Einen Moment noch, Bruder Vredech«, unterbrach ihn Muerans Stimme. Die Gruppe auf dem oberen Treppenabsatz teilte sich, um ihn durchzulassen, als er aus dem Haus der Zeugen trat. »Ich glaube, ein kleines Gebet für unseren verlorenen Bruder könnte nicht schaden, nicht wahr?«

Vredech, der es eilig hatte aufzubrechen, schaffte es, einen lobenswert gleichmütigen Gesichtsausdruck aufzusetzen, als er zustimmend den Kopf neigte. Er wußte nur zu gut, daß Mueran ihn dreimal so lange in sanftem Tonfall tadeln würde, falls er den Sinn dieser kleinen Gebetsübung in Zweifel ziehen sollte.

Als Mueran jedoch mit gefalteten Händen und beflissen demütiger Miene den Kopf in seiner üblichen Gebetshaltung zurücklegte, brachte ihn der bedrohliche Himmel so sehr aus der Fassung, daß er kurz stockte.

»Ishryth ... wir flehen Dich an ... leite die Füße unserer Brüder in ihrer ... und ... bewahre unseren geliebten Bruder Cassraw vor Schaden ... in seiner schweren Prüfung ...« Er stotterte und brabbelte zugleich.

Vredech machte sich eine der Pausen zunutze. »So sei es«, verkündete er mit fester Stimme, für den Fall, daß Mueran sich erholen und seinen gewohnten Redefluß fortsetzen sollte. Unsicher hallte die traditionelle Antwort durch die Gruppe, und mehrere Brüder warfen ihrem verehrten Führer hastige Seitenblicke zu, um sich zu vergewissern, ob er tatsächlich zum Ende gekommen war. Vredech verneigte sich ehrfurchtsvoll, um dann seine Gruppe rasch in Marsch zu setzen.

Beim Gehen entspann sich eine Diskussion, was genau sie denn tun sollten. Sollten sie sich in zwei oder drei Grüppchen aufteilen oder zusammenbleiben?

»Wir bleiben fürs erste besser zusammen«, entschied Vredech. »Vielleicht können wir uns aufteilen, wenn wir näher am Gipfel sind – das hängt davon ab, wie das Wetter sich entwickelt. Wir müssen vorsichtig sein. Keiner von uns ist mehr so jung, wie er einmal war. Außerdem wird es mit Sicherheit zu den Enthüllern durchdringen, wenn wir das Ganze noch dadurch verschlimmern, daß einige von uns sich verlaufen und Mueran einen Rettungstrupp aus dem Dorf anfordern muß.«

Sie stapften weiter, hielten gelegentlich an, damit die Langsameren wieder zu ihnen aufschließen und Atem schöpfen konnten. Der Himmel schien sie zu Boden zu drücken, und die Finsternis vertiefte sich. Unerbittlich sickerte sie in ihre Unterhaltungen.

»Wolken wie diese habe ich noch nie gesehen. Es sind weder Schnee-, noch Regen-, noch Gewitterwolken.« Der Redner war Horld, ein hochaufgeschossener, schlaksiger Mann und der einzige in der Gruppe, dem der Aufstieg keine körperlichen Beschwerden zu bereiten schien. Ehemals Schmied, hatte er sich erst spät im Leben der Kirche zugewandt, nachdem er auf wundersame Weise einem furchtbaren Brand in seiner Schmiede entronnen war. Er war für seine lebendigen Predigten berühmt, an denen noch der Qualm, die Hitze und der Lärm seines alten Gewerbes zu hängen schienen, und obwohl er in gewisser Weise der Schrecken seiner Gemeinde war, machten ihn sein Mitgefühl und seine praktische seelsorgerische Arbeit zu einem ebenso geliebten wie gefürchteten Mann. Vredech war froh, daß er der Kapitelsitzung beigewohnt hatte.

»Der Tag des Gerichts.«

Vredech zuckte bei den Worten zusammen, denn sie stellten ein Echo jener Gedanken dar, die ihm gekommen waren, als er aus dem Windschatten des Hauses der Zeugen getreten war und allein und ungeschützt vor den brodelnden Wolken gestanden hatte.

»Eine unheilvolle Redewendung, Laffran«, sagte er, während er mit einer plötzlich wie ausgetrockneten Kehle kämpfte, um eine Unbeschwertheit an den Tag zu legen, die er nicht empfand.

»Kam mir nur gerade in den Sinn, Bruder«, entschuldigte sich Laffran.

Horld knurrte. »Der Tag des Gerichts wird dunkler, heißer und lauter sein als dies hier«, erklärte er wegwerfend, doch in seinem Benehmen lag eine unbehagliche Spannung. Mit einer ungeduldigen Geste trieb er die Gruppe weiter.

»Ja, da bin ich mir sicher. Und außerdem bin ich der festen Überzeugung, daß Ishryth uns vorher irgendeinen Wink gegeben hätte.« Morems ein wenig ehrfurchtslose Bemerkung beantwortete Horld mit einem strengen Stirnrunzeln, doch als er merkte, daß sein älterer Kollege sichtlich unter den Anstrengungen des Aufstiegs litt, streckte er den Arm aus, um ihm zu helfen.

Vredech führte das Gespräch auf weniger gefährliches Terrain zurück. »Trotzdem, sie sind schon seltsam, diese Wolken«, meinte er. »Sie müssen unglaublich hoch aufgetürmt sein, um diese Dunkelheit zu erreichen.« Er sah Horld an. »Außerdem hast du recht, sie riechen nicht nach Regen oder Schnee und ganz gewiß nicht nach Gewitter. Laß uns hoffen, daß sie genauso still verschwinden, wie sie aufgezogen sind, was immer sie auch sein mögen.«

Niemand schien Lust zu haben, das Thema weiter zu verfolgen, und die Gruppe plagte sich über zunehmend steile Hänge langsam weiter nach oben. Das Tageslicht begann zu verblassen. Vredech verfluchte sich insgeheim, weil er nicht an Laternen gedacht hatte, aber mit einer solchen Finsternis hatte er nicht gerechnet. Er war schon oft in seinem Leben in Wolkenbänke geraten, manchmal auch in extrem schlechte Sichtverhältnisse, aber dies hier war ja beinahe wie die Nacht.

»Wir werden anhalten müssen«, erklärte er schließlich. »Dieses Licht ist entsetzlich. Es ist zu gefährlich, weiterzugehen. Sonst verletzt sich noch jemand von uns.«

»Wir können Cassraw nicht im Stich lassen«, wandte Laffran ein.

»Nein, Vredech hat recht«, mischte Horld sich mit düsterer Miene ein. »Wir brauchen Licht. Es wird schon schwierig genug werden, zum Haus der Zeugen zurückzufinden, geschweige denn weiterzugehen oder auch nach Cassraw Ausschau zu halten.«

Es gab jedoch erheblichen Widerstand gegen diese schlichte, praktische Logik, und ein paar Minuten lang blieb die Gruppe, wo sie war. Manche ruhten sich auf den Felsen aus, andere versuchten, die Finsternis mit ihren Blicken zu durchdringen.

Unvermittelt nahm Horld Vredech am Arm und zeigte nach vorn. Seine Hand war mittlerweile kaum mehr als ein weißer, verschwommener Umriß.

»Da«, flüsterte er, als fürchtete er, die anderen könnten ihn hören. Vredech kniff die Augen zusammen und beugte sich vor, konnte jedoch zunächst nichts erkennen. Er zuckte die Schultern.

»Licht«, sagte Horld, immer noch im Flüsterton. »Da oben – siehst du's?«

Vredech wollte die Frage schon verneinen, als er erkannte, daß tatsächlich von irgendwoher Licht kam. Ja, in der Tat, es kam von überall her. Schwach, aber mit einer gelblichen und, wie es Vredech scheinen wollte, ungesunden Schattierung ließ es ihre Umrisse deutlich werden. Vorübergehend verlor er die Orientierung, und er fühlte sich, als sei er gar nicht wirklich da. Er schüttelte sich, um wieder einen klaren Kopf zu bekommen.

»Was ist das?« fragte Laffran mit unsicherer Stimme.

»Es sind die Wolken um den Gipfel«, antwortete Vredech langsam. »Sie scheinen zu leuchten. Als wenn dort etwas ...« Er zögerte. »Als wenn etwas ...« *in ihnen wäre,* wollte er sagen. *Etwas ... Böses.* Gedanken bedrängten ihn, durchsetzt mit einer prickelnden, unbegründeten Warnung vor Gefahr.

Der Tag des Gerichts.

Gott ist hier.

Er ist gekommen.

*Zu mir.*

Du benimmst dich wie ein Kind, das Angst im Dunkeln hat, rief er sich stumm zur Ordnung, um seinen wachsenden inneren Aufruhr zum Schweigen zu bringen. Es gelang ihm nicht ganz, und als er seine Bemerkung mit einem matten »So etwas habe ich noch nie gesehen« beendete, hatte er Mühe, daß seine Stimme nicht zitterte.

Horld grunzte und brachte Vredech mit seinem unverblümten Sinn fürs Praktische wieder auf den Boden der Tatsachen zurück. »Wahrscheinlich eine Art Blitz«, mutmaßte er. »Sollen wir weitergehen?«

Vredech überlegte kurz. Düstere, undeutliche Ängste lagen im Widerstreit mit seiner Sorge um Cassraw. Im Bemühen, die Meinung der Mehrheit herauszufinden, ließ er den Blick über die Gruppe wandern, wobei er sich nur allzusehr der Tatsache bewußt war, daß er jetzt nicht anders handelte als Mueran. Doch obwohl er in dem dämmrigen Licht die Gesichter erkennen konnte, war es ihm nicht möglich, ihren Ausdruck zu deuten. Und beunruhigenderweise waren alle Augenpaare zu tiefen schwarzen Löchern geworden.

»Noch ein Stückchen«, entschied er. »Aber seid vorsichtig und bleibt zusammen.«

Und schon hatte die kleine Gruppe sich wieder in Marsch gesetzt und bewegte sich zögernd durch das unheimliche Licht.

»Ich frage mich nur, was es sein könnte«, sinnierte Morem.

»Es ist Ishryths Wille.«

Vredech wandte sich demjenigen zu, der das gesagt hatte. Es war Laffran. Zu seinem nicht geringen Entsetzen überkam ihn der heftige Drang, Laffran für seine Dummheit zu verwünschen. Wegen Cassraws lächerlichem Aberglauben befanden sie sich auf diesem elenden und zu allem Überfluß auch noch gefährlichen Weg. Nichts brauchten sie jetzt so wenig wie weitere abergläubische Sprüche, die ihr Urteilsvermögen trüben würden. Der Gedanke war beinahe ketzerisch, aber es war die Macht seines Zorns, die ihn so erschreckte, daß er sich brüsk von Laffran abwandte. »Alle Dinge sind Ishryths Wille«, murmelte er.

»So sei es«, hörte er Laffran erwidern.

Vredech legte die Hand auf seine Stirn. Ihm war, als ersticke er. *Der Tag des Gerichts.* Wieder kamen ihm die Worte in den Sinn, und diesmal weigerten sie sich hartnäckig, wieder zu verschwinden.

»Geht es dir gut?« Morems Stimme klang besorgt.

»Ja«, gab er so beiläufig wie möglich zur Antwort. »Nur ein bißchen zittrig. Ich bin nicht mehr so in Form, wie ich dachte.« Doch tief in seinem Innern regte sich etwas und stieg hoch wie Erbrochenes.

Dann sah er sie. Schatten.

Er erstarrte.

Sie bewegten sich auf ihn zu, schwarz vor der widernatürlichen Finsternis.

Schwebend ...

Schwankend ...

# KAPITEL 4

Vredech stand regungslos da, gelähmt vom Kampf zwischen der primitiven Angst, die in ihm aufstieg, und den Eingebungen seines Verstandes, der ihm sagte, das, was er dort sah, seien irgendwelche seltsamen optischen Illusionen. Er mußte einer Sinnestäuschung erlegen sein, hervorgerufen durch die ungewohnte Anstrengung, in diesem eigenartigen, die Konturen verzerrenden Licht den Berg hinaufzuhetzen.

Er rieb sich mit dem Arm übers Gesicht. Die Geste hätte ihn eigentlich beruhigen sollen, doch sie fühlte sich fremdartig und unnatürlich an, als gehöre der Arm nicht mehr ihm, sondern irgendeiner leeren Hülle. Und es kam noch schlimmer. Er hielt die Luft an. Im Dunkeln hinter seinen geschlossenen Augenlidern, wo er Zuflucht gesucht hatte, waren die Schatten ebenfalls; sie tanzten verführerisch und abstoßend zugleich durch die trüben Lichter und Muster, die dort wohnten. Voller Entsetzen schlug er die Augen auf. Er konnte spüren, wie die kalte Gebirgsluft in seine Lungen eindrang, doch auch sie brachte ihn nicht wieder zu sich. Die Schatten waren immer noch da. Sie waren außerhalb seines Körpers und auch in ihm, und der letzte Rest von Normalität war dahin.

Trotzdem arbeitete sein Verstand hartnäckig weiter. Waren sie etwas Reales, oder litt er tatsächlich an irgendeiner Form von Höhenkrankheit? Er sollte sich an seine Gefährten wenden und mit ihnen reden, sie fragen, was ihrer Meinung nach hier vorging; sie fragen, was sie sehen konnten. Aber er vermochte es nicht. Er war unfähig, sich zu rühren, unfähig, loszuschreien ...

Plötzlich schlossen sich die Schatten um ihn.

In der Dunkelheit, die keine Dunkelheit war, in dem Jetzt, das kein Jetzt mehr war, hallte ein lärmendes Stimmengewirr durch Vredech. Stimmen voller wiedererwachter Hoffnung, ein entsetzliches Schicksal, dem man entflohen war. Stimmen, erhoben zu einer wilden, entfesselten Danksagung.

Doch es lag keine Verzückung in dem Laut . . . wenn es denn überhaupt ein Laut war. Es ähnelte mehr dem hämischen Triumph barbarischer Krieger, die sich am Abschlachten eines schwächeren Feindes weideten. Nein! Es war sogar schlimmer als das. Es war etwas Uranfängliches. Etwas, das jenseits der finstersten Bereiche der menschlichen Natur lag. Etwas aus der Zeit vor aller Zeit, bevor die Menschheit Menschheit war.

Etwas, das den Geist auch des Lasterhaftesten verdorren und vergehen läßt.

Unter der Wucht dieser Offenbarung schlug Vredech um sich, auf der Suche nach einem Anker, der ihm inmitten dieses Schreckens seine geistige Gesundheit bewahren würde. Ein Gebet fiel ihm ein.

Ishryth beschütze mich.

Stumm nahmen die Worte in der Finsternis Gestalt an.

Der Stimmentumult ließ nicht nach, er veränderte angesichts dieses leisen, hellen Trompetenschalls nur seinen Charakter. Er bekam etwas Abgehacktes, Unwirkliches. Vredech wurde sich vage seines eigenen Atems bewußt, der flach und furchtsam ging. Dadurch konnte er sein Bewußtsein noch ein wenig mehr konzentrieren.

*»Was ist das?«*

Vredech spürte die Frage eher, als daß er sie hörte, obwohl ihre stimmliche Äußerung kalt und schrecklich war, die Essenz jenes grauenhaften Siegestaumels, der nun in den Hintergrund trat.

Dann durchdrang ihn die Dunkelheit, tastend, forschend. Eine Andeutung plötzlich aufkommender Zweifel klang mit, dann kam die Angst. Und eine aufkeimende, furchterregende Wut. Aber dennoch, so menschlich diese Gefühlsregungen auch waren, in ihnen lag etwas, das nach gewöhnlichen Maßstäben nicht hervorgebracht werden konnte. Durch sein wachsendes Entsetzen hindurch merkte Vredech, daß seine Hände sich zu bewegen, zu heben versuchten, als wollten sie ihn vor einem unerwarteten und plötzlichen Angriff schützen. Doch nichts konnte gegen das bestehen, was ihn nun hielt. In das Schweigen hinein fiel ihm ein anderes Gebet ein, ein Banngebet. »Weiche von mir, Gezücht Ahmrals! Weiche von mir!«

Wirkungslos verhallte sein stummes Gebet, bedeutungslos jenseits aller Vorstellungskraft. Und dennoch, um sein schwaches Echo herum nahm etwas Gestalt an.

Eine finstere Belustigung?

Dann ... Erleichterung?

Und jäh wurde er entlassen. Er war weniger als nichts. Ein winziges Staubkorn ...

Kurzfristig kehrten die Zweifel zurück und ließen Vredech bis ins Mark frösteln.

Und wieder wurde er entlassen.

Er fiel. Stürzte in die Dunkelheit.

»Vredech! Vredech!«

Überall um ihn herum brachen Stimmen durch die Dunkelheit und zogen ihn hoch. Ebenso wie Arme, die um ihn geschlungen wurden.

Vredechs Augen öffneten sich, und er blickte in die nicht ganz so tiefe Dunkelheit, die auf dem Berg herrschte. Sie blendete ihn fast, so scharf war der Kontrast zu ... wo immer er auch gewesen war.

»Vredech, was ist los? Geht es dir gut?«

Die Stimme brachte ihn noch weiter zu sich. Sie gehörte Horld, genauso wie die starken Arme, die ihn festhielten. Er merkte, daß jener mit ganzem Gewicht an ihm hing. Mit erheblicher Willensanstrengung brachte er seine Beine dazu, ihn wieder zu tragen.

»Tut mir leid«, murmelte er, und die eigene Stimme klang ihm fremd in den Ohren.

»Geht es dir gut?« wurde die Frage wiederholt.

Er nickte und löste Horlds Arme behutsam von seinem Oberkörper. »Habt ihr das gesehen, gehört?« fragte er und schaute seine Brüder der Reihe nach an.

»Was sollen wir gesehen haben? Oder gehört?«

»Die Schatten. Das gräßliche Geräusch. Diese Präsenz ...« Seine Stimme verebbte, als um ihn herum wieder Normalität einkehrte. Dann trat ein verlegenes Schweigen ein.

»Ich habe nur gesehen, wie du mit den Armen herumgefuchtelt hast und dann zusammengebrochen bist«, antwortete Horld mit einem besorgten Blick auf ihn. »Du bist wahrscheinlich zu schnell aufgestiegen. Du bist nicht mehr so gut in Form wie –«

»Nein«, unterbrach ihn Vredech, entfernte sich ein Stückchen von ihm und starrte eindringlich in die Düsternis. »Da draußen *war* etwas – Schatten. Schatten, die sich bewegt haben. Du mußt sie gesehen haben, oder ...?« Er preßte die Hand an seine Schläfe. »Und etwas noch Schlimmeres. Etwas ... Lebendiges. Grauenhaftes. Und es war auch in meinem Geist.«

Morem nahm ihn sachte am Arm. »Ich denke, wir machen uns jetzt besser auf den Rückweg, Vred«, schlug er vor, obwohl die Bemerkung an die anderen gerichtet war. »Da waren keine Schatten oder sonst etwas. Alles, was wir gesehen haben, war, wie Horld dich gepackt und festgehalten hat.«

Vredech wollte widersprechen. Schon möglich, daß er nicht mehr der Mann war, der er einmal war, aber er war besser in Form als alle hier, von Horld vielleicht einmal abgesehen, und er *hatte* nicht irgendeine durch Erschöpfung hervorgerufene Halluzination gehabt. Bei Ishryth, er war oft genug im Gebirge gewandert! Und er *hatte* gesehen, was er gesehen hatte, und gehört, was er gehört hatte. Schlimmer noch, er konnte in sich noch immer den hartnäckigen Nachhall der furchtbaren Präsenz spüren, die ihn heimgesucht hatte. Er konnte sich nur mit Mühe eines Schauders erwehren. Dennoch war er schon zu lange Kapitelmitglied, um so schnell die Fähigkeit zu verlieren, neben sich zu treten und sein Verhalten und alles, was es implizierte, mit den Augen seiner Gefährten zu sehen. Offenbar war alles, was er erlebt hatte, nur ihm allein widerfahren, und wenn er weiter darauf beharren würde, die anderen mit Fragen zu bestürmen, würden sie – nicht grundlos – zu der Annahme gelangen, daß er wirres Zeug redete und phantasierte. Daß er vielleicht durch seinen Umgang mit Cassraw irgendwie angesteckt worden sei. Man mußte diese kleine Expedition abbrechen und eine neue ausrüsten, an der unweigerlich die Bediensteten oder Novizen aus dem Haus der Zeugen beteiligt werden mußten. So würde die Begebenheit Eingang in den Stadtklatsch finden, wo man Cassraws spektakuläre Flucht üppig mit Geschichten über seine offensichtliche Geistesgestörtheit ausschmücken würde. Vermutlich würde es ihn zwar nicht seinen Sitz im Kapitel kosten, seine Autorität dort aber untergraben und umgekehrt die von Mueran und den anderen Opportunisten festigen. Das wäre nicht im Interesse der Kirche. Und was erst die Enthüller daraus machen würden ...

Das gab den Ausschlag. Welch seltsame Anwandlung er gerade auch gehabt hatte, er würde das Nachdenken auf später verschieben müssen. Nun war es an der Zeit, sich um das Naheliegende zu kümmern.

»Tut mir leid«, äußerte er in einem beherzten Tonfall, der alles andere als echt war. »Nur ein kleiner Schwindelanfall.« Er nickte Horld zu. »Du hast wohl recht. Ich bin zu schnell gewandert und habe mir den Kopf wegen Cassraw zerbrochen, und das alles in diesem fürchterlichen Licht. Ich bin jetzt wieder in Ordnung. Laßt uns noch ein Stückchen weitergehen.«

Horld knurrte etwas Unverbindliches. Vredech war sich sicher, daß er bei besseren Lichtverhältnissen deutliche Zweifel im Gesicht des hochaufgeschossenen Mannes entdeckt hätte. Aus diesem Grund ging er der Gefahr einer weiteren Diskussion aus dem Weg, indem er zügig ausschritt. Das eilige Schlurfen hinter ihm sagte ihm, daß sein drängendstes Problem gelöst war; seine entschlossene Handlungsweise hatte jedes weitere Verhör beendet und die Fortsetzung der Suche bewirkt. Obwohl die Fragen, die die jüngsten Ereignisse heraufbeschworen hatten, lauthals Beachtung forderten, gelang es ihm irgendwie, sie beiseite zu schieben. Er befand sich auf dem Ervrin Mallos, in der Dunkelheit, und er suchte in Gesellschaft einer nicht allzu robusten Wanderergruppe seinen verrückt gewordenen Freund. Er mußte wachsam bleiben, angestrengt auf irgendwelche Spuren von Cassraw oder auf Anzeichen von Erschöpfung unter seinen Gefährten achten, die Ohren aufsperren und nicht zuletzt, so rief er sich in Erinnerung, auf seine eigenen Füße aufpassen. Unachtsamkeit konnte dazu führen, daß er über irgendeine Klippe stürzte und so in die Lage versetzt wurde, die Antwort auf einige der großen Rätsel dieses Lebens herauszufinden – auf die harte Tour. Bei dieser Vorstellung mußte er trotz seiner Sorgen schmunzeln.

»Nicht so schnell, Vred«, tönte es vorwurfsvoll von hinten.

Er drehte sich um und sah, daß seine Gefährten ein Stück zurückgeblieben waren, verschwommene Gestalten in der Dämmerung. Er stützte sich mit der Hand auf einen Felsen in seiner Nähe. Die kalte, feuchte Berührung verschaffte ihm ein Gefühl der Beruhigung. Dieser Felsen war hier, jetzt, genau wie er selbst. Er fühlte sich erleichtert.

»Tut mir leid«, rief er zurück. »Ich muß den zweiten Wind bekommen haben.«

Es hagelte Beschwerden, als ihn schließlich alle eingeholt hatten.

»Wir hätten zurückgehen und ein paar Laternen holen sollen ...«

»Und mehr Hilfe ...«

Vredech schaute zu den Wolken hoch, bevor er antwortete. Das trübe, wabernde gelbliche Licht zuckte noch immer durch sie hindurch. Es hatte eine ungesunde Färbung und erhellte nicht eben viel, aber immerhin verhinderte es eine völlige Dunkelheit. Einen kurzen, schwindelerregenden Moment lang war ihm, als schaue er nicht nach oben, sondern nach unten, hinab in einen schrecklichen Abgrund, geradewegs in das Auge dessen, was ihn berührt hatte – was auch immer es gewesen sein mochte. Er wandte seine Aufmerksamkeit wieder seinen Gefährten zu.

»Ich weiß nicht«, räumte er ein. »Wir haben es schon so weit geschafft, und das Licht ist gerade noch hell genug, daß wir weitermachen könnten, wenn wir vorsichtig sind. Ich würde höchst ungern umkehren, ohne zumindest noch einmal den Versuch unternommen zu haben, Cassraw zu finden. Möglicherweise ist er in arger Bedrängnis.«

Ein kurzes Schweigen trat ein.

»Irgend jemand muß ihn ja finden, früher oder später«, erklärte Morem schließlich.

Horld sah zu den schwach schimmernden Wolken hinauf. »Das sieht nicht gut aus«, sagte er. »Ich wüßte zu gerne, was die Ursache dieses Phänomens ist. Ich habe so etwas noch nie gesehen, noch nie.«

»Das hat keiner von uns«, merkte Vredech an. »Aber Licht ist Licht. Wir sollten es ausnutzen, solange wir es noch können.«

»Und wenn es erlischt?«

Laffrans nüchterne Frage brachte die Gruppe erneut für einen Moment zum Schweigen. Vredech wartete ab.

Horld schüttelte den Kopf. »Es wird nicht erlöschen«, versprach er. »Was immer es verursacht, es ist zu groß, um sich wie eine Lampe im Versammlungshaus an- und ausstellen zu lassen. Nein, es erlischt nicht.«

In seinem Tonfall lag eine Spur jener Geringschätzung, die ein Mann der Tat gegenüber Theoretikern empfindet.

Laffran begehrte auf. »Und wenn diese Wolken sich entschließen, ihren Inhalt über uns auszuschütten? Regen, Schnee, Wind – was dann?« fragte er. »Es wird kälter, wie du vielleicht bemerkt hast.«

»Dann wird es unter unseren Umhängen feucht und kalt«, konterte Horld. Er sprach betont langsam.

Die beiden empfanden brüderliche Wertschätzung füreinander, wie es sich für Männer in ihrer Stellung gehörte, aber kaum Sympathie, und ihre Streitereien, meist um Kleinigkeiten, waren ein belebendes Element auf fast allen Kapitelsitzungen. Vredech schritt schnell ein, bevor sich hier ein weiterer Streit entwickeln konnte. »Also dann auf zu Ishryths Rasen«, sagte er, halb Vorschlag, halb Anweisung. »Es ist nicht mehr weit. Dort können wir unsere Lage erneut überdenken.«

Ishryths Rasen war ein sanft abfallendes, grasbewachsenes Areal, wo viele Wanderer eine Rast einzulegen pflegten, bevor sie die letzte steinige Kletterpartie hoch zum Gipfel in Angriff nahmen.

Es lag geschützt, war sehr schön und bot bei schönem Wetter herrliche Ausblicke über die Bergwelt von Canol Madreth.

Laffran und Horld schienen keine große Neigung zu verspüren, ihren Streit fortzusetzen, und da niemand etwas gegen den Waffenstillstand einzuwenden hatte, setzte sich der kleine Trupp wieder in Bewegung. Vredech, der sich noch immer sonderbar leichtfüßig und schwungvoll fühlte, wußte seine Schritte diesmal besser zu zügeln.

Wie Horld vorausgesagt hatte, ließ das Licht von oben keine Anzeichen eines Schwächerwerdens erkennen, obwohl seine Intensität auch weiterhin schwankte, indem es langsam und ungleichmäßig nach einem unbekannten Rhythmus pulsierte. Kaum einer der Wanderer schaute indes freiwillig nach oben, waren sie doch offensichtlich mehr damit beschäftigt zu sehen, wo sie ihre Füße hinsetzten. Während sie weiterwanderten, wurde es kälter. Nicht die beißende Kälte winterlichen Frosts, sondern eine klebrige, unangenehm feuchte Kälte.

Vredech ließ den Blick über die vertraute und nun so fremd gewordene Landschaft schweifen. Nacht am Tage, eine Grabeskälte, und das Ganze von einem Licht erhellt, das weder von der Sonne noch vom Mond kam, sondern...? Das Wort *krankhaft* kam ihm in den Sinn, doch er verwarf es auf der Stelle und wandte, während er sich einen stummen Rüffel für diese Abschweifung erteilte, seine Aufmerksamkeit wieder darauf, wo er seine Füße hinsetzte.

Dann, nach einer rutschigen und gefährlichen Kletterpartie, eine enge Wasserrinne hinauf, durch die ein kleiner Bach floß, und sie betraten Ishryths Rasen.

»Es ist heller geworden«, stellte Morem erstaunt fest.

»Vermutlich, weil wir gerade aus der Wasserrinne gekommen sind«, versetzte Horld, wobei sein Tonfall freundlicher klang, als wenn er die Bemerkung an Laffran gerichtet hätte.

»Wie dem auch sei, angenehmer ist es nicht geworden«, sagte Vredech. Die Köpfe der acht dunklen Schattengestalten nickten einmütig, als sie sich auf der weichen grünen Grasfläche umsahen, die in dem gespenstischen Wolkenlicht stumpf und leblos wirkte.

Während er seinen Gefährten bedeutete, erst einmal an Ort und Stelle zu bleiben, schritt Vredech über die Lichtung auf einen Felsvorsprung zu, von dem aus man einen weiten Blick über das Tal hatte. Erst, als er ihn erreicht hatte, wurde ihm klar, daß er insgeheim gehofft hatte, tief unten Troidmallos mit seinen Lichtern zu erblicken, die wie gastfreundliche Leuchtfeuer zu ihm hochfunkeln würden. Wenn diese gewaltige Wolkenbank so weit vorgerückt war, daß sie selbst den Gipfel einhüllte, mußten in der Stadt mittlerweile alle Lichter angezündet sein. Aber da war nichts. Nur diese undurchdringliche Dunkelheit. Nicht einmal ein schwacher grauer Tageslichtschimmer sickerte durch und ließ dort, wo sich die Dunkelheit über den Berg gestülpt hatte, den Rand der Wolken erkennen.

Nichts.

Nur Schwärze.

Und Stille. Kein auch noch so schwaches Geräusch aus dem Tal tief unten, kein Vogelschrei, keine Brise.

Nichts.

Es war, als habe die Welt aufgehört zu existieren, und er und seine Gefährten seien allein in einer endlosen Leere.

Diesmal konnte sich Vredech eines Schauders nicht mehr erwehren. Teils aufgrund der zunehmenden Kälte, teils, weil ihn ein tiefer innerer Drang dazu trieb. Erneut verspürte er das Bedürfnis zu beten, wehrte sich jedoch dagegen. Daran sind nur diese außergewöhnlichen Wetterbedingungen schuld, zwang er sich zu denken. Das ist alles. Ich bin doch kein abergläubischer Wilder, der sich in irgendein hirnloses Ritual flüchtet, wenn er mit dem Unbekannten konfrontiert wird. Ich benutze den Verstand, den Ishryth mir verliehen hat. Ich denke. Ich lerne. Ich strebe danach, seine Mysterien zu ergründen.

Das stimmte. Doch es verhinderte nicht, daß ihn erneut ein Schauder ergriff.

Die anderen gesellten sich nach und nach zu ihm. Wie eine Phalanx umstanden sie ihn und starrten in die Dunkelheit. Sie stampften ein wenig mit den Füßen und schlugen mit den Armen, doch nach und nach verebbte auch das.

»Beängstigend.«

Morems schlichtes Eingeständnis weckte leise Schuldgefühle in Vredech.

»Ja«, gab er zu. »Das ist es. Ich vermute, wir sollten einfach dankbar dafür sein, daß wir nicht im Zentrum eines Schneesturms oder eines Gewitters stehen.«

»Trotzdem«, fügte Laffran hinzu. Vredech mußte über seinen leicht gekränkten Tonfall lächeln.

»Nun denn«, meinte er, drehte der Leere hinter sich

den Rücken zu und sah seine Gefährten an, »für den Fall, daß das Wetter noch ein paar Überraschungen für uns bereithält, sollten wir jetzt besser entscheiden, was wir als nächstes zu tun gedenken. Ich möchte nicht gern zurück, ohne ernsthaft nach Cassraw gesucht zu haben, aber das Gelände wird ab hier wesentlich steiler und rauher, und so etwas wie einen deutlich markierten Weg gibt es nicht. Es wäre durchaus möglich, daß wir ihn gar nicht bemerken und selbst Schwierigkeiten bekommen. Und die Temperatur bereitet mir Sorgen.«

»Wie war Cassraw denn gekleidet?« wollte jemand wissen.

Vredech schnitt eine Grimasse. Alles in allem hatten sie keine echten Alternativen. »Nur das, was er trug, als er aus der Halle des Disputs stürmte. Keinen Übermantel, keinen Umhang, nichts.«

»Dann *müssen* ein paar von uns weitergehen«, erklärte Horld. »Die Dunkelheit ist ein ernstes Problem, aber wenn es noch kälter wird, dann gerät Cassraw bald in eine lebensbedrohliche Lage, auch wenn er noch so zäh ist.«

»Du hast vollkommen recht«, stimmte Vredech ihm zu. Wieder ließ er den Blick in die Runde schweifen und wünschte sich, er könne ihre Gesichter erkennen und ihre Gedanken lesen. »Solange wir auch nur ein bißchen Sicht haben, müssen wir weitermachen.«

»Ich glaube nicht, daß ich noch lange weiterkomme«, gestand Morem. »Diese Wasserrinne war ganz schön kraftzehrend.«

»Wir müssen uns aufteilen«, entschied Vredech, während er dem anderen beruhigend die Hand auf die Schulter legte. »Horld und ich haben noch ein bißchen Luft. Wir gehen bis zum Gipfel hoch. Der Rest von euch bleibt hier und versucht, sich warmzuhalten. Achtet auf jedes Geräusch, für den Fall, daß wir Cassraw verpassen und er allein herunterkommt.«

Kein Widerspruch wurde laut.

»Bist du in Ordnung?« fragte Horld mit gesenkter Stimme, als sie sich von der Gruppe entfernten und vorsichtig ihren Weg über die Geröllschütte zu bahnen begannen, die sie zum Gipfel hochbringen würde.

»Mir geht's gut«, entgegnete Vredech. »Ich bin nicht gerade glücklich, warm und wohl ist mir auch nicht, aber abgesehen davon – danke, mir geht's gut.«

Horld grunzte. »Das war ein sonderbarer Anfall, den du vorhin hattest«, meinte er.

»Ist ein sonderbarer Tag«, antwortete Vredech ausweichend.

»Das läßt sich nicht leugnen«, pflichtete Horld ihm bei. »Was ist Cassraw deiner Meinung nach widerfahren, daß er so losgestürmt ist?«

Vredech zuckte niedergeschlagen mit den Schultern. Er hatte keine Lust, Cassraws Verhalten zu erörtern. In der Tat, er hatte keine Lust, irgend etwas zu erörtern. Wenn er seinen Gedanken erst einmal freien Lauf ließ, war er alles andere als sicher, ob er sie für sich würde behalten können. Nur mit Hilfe der körperlichen Disziplin, die er sich auferlegen mußte, um im Dunkeln über die Felsen zu klettern, hielt er seinen Kummer im Zaum. Aber dennoch, er mußte Horld eine Antwort geben.

»Ich habe keine Ahnung«, sagte er. »Er ist schon immer ziemlich ... leidenschaftlich gewesen. Vielleicht sind es die Schwierigkeiten, die er mit seiner Gemeinde hat. Einige seiner Schäfchen sind recht lästig, und er nimmt sich die Dinge weit mehr zu Herzen, als die meisten Leute ahnen.«

»Ich habe immer behauptet, er sei zu jung für die Hafen-Gemeinde«, grübelte Horld. »Das ist eine große Verantwortung. Er hätte noch ein oder zwei Jahre als Angehöriger des Kapitels dienen sollen, bevor er eine solche Aufgabe zugeteilt bekam.«

Horlds Bedenken waren nicht neu. Seine Denkweise war ziemlich konservativ, und obwohl er selbst nur kurze Zeit länger als Cassraw in der Kirche war, war er überaus vorsichtig, ja geradezu argwöhnisch in Bezug auf junge Männer, die zu schnell aufstiegen. Aber er hatte seine Meinung immer offen und ohne jede Schärfe ausgesprochen, so daß sie zur Genüge bekannt war. Vredech beschlich das Gefühl, daß Horld, ganz untypisch für ihn, um die Sache herumredete, anstatt sie ohne Umschweife auszusprechen. Er ging das Risiko ein und wechselte abrupt das Thema.

»Diese Kälte wird immer schlimmer. Sie schneidet mir durch Mark und Bein«, gestand er.

Horld ging ein Stückchen weiter, ohne ihm Antwort zu geben. Wieder spürte Vredech dieses Unbehagen an Horld. Dann blieb der Gefährte unvermittelt stehen. »Sieh«, flüsterte er. Vredech konnte vage Horlds Arm ausmachen, der hoch in die Dunkelheit zeigte. Er schaute in die Richtung, konnte aber nichts erkennen.

»Was?« fragte er.

»Da«, versetzte Horld ungehalten. »Sieh nur – dieses Licht.«

Langsam paßten Vredechs Augen sich an die Lichtverhältnisse an. Er sah, daß ein Teil des Himmels vor ihnen merklich heller war als der Rest. Trotzdem blieb die Beleuchtung schlecht. Es schien eher, als balle sich all das Unangenehme in dem fremdartigen Wolkenlicht zusammen. Kalte Furcht ergriff ihn, als könne etwas hinter den Felsen lauern, deren Umrisse sich nun schwach am Horizont abzeichneten.

»Was glaubst du, was es ist?« fragte er im Flüsterton.

»Ich weiß nicht«, erwiderte Horld. »Aber du hast recht, diese Kälte scheint mit jedem Schritt schlimmer zu werden. Komm weiter.« Und fort war er.

»Warte«, rief Vredech ihm hinterher, allerdings immer noch leise.

Doch Horld schien ihn nicht zu hören. Es war beinahe, als werde er an unsichtbaren Fäden vorwärts gezogen.

»Warte!« rief Vredech erneut, diesmal mit mehr Nachdruck. Seine Stimme hallte scharf durch die kalte Dunkelheit, und Horld blieb stehen und drehte sich um.

»Tut mir leid«, murmelte er, als Vredech ihn einholte.

Vredech verspürte eine Aufwallung von Ärger. »Um Himmels willen, Horld, wir müssen zusammenbleiben! *Ein* Vermißter auf dem Berg ist schlimm genug!« Sofort tat es ihm leid, doch er fand nicht die Worte, um sein Bedauern auszudrücken. Die beiden Männer standen da und starrten einander stumm an, waren sich des jeweils anderen nur als eines dunklen Flecks in der Dunkelheit bewußt.

Und dann veränderte sich diese Dunkelheit. Düstere Schatten wurden herausgemeißelt, verliehen den Umrissen Gestalt und Tiefe, auch wenn immer noch mehr verhüllt als beleuchtet war. Instinktiv hoben beide Männer den Blick.

Vredech atmete scharf ein, während Horld den Zeigefinger über dem Herzen krümmte, eine uralte Geste, um Ishryths Schutz anzurufen, in der Kirche längst aus der Mode gekommen, aber bei vielen ihrer Gläubigen noch in Gebrauch.

Flackernde Lichter erweckten den Himmel zum Leben. Die feuchte Kälte, die Vredech durchdrang, regte sich in seinem Innern in zwingender Harmonie mit dem, was er sah: auf und ab, stärker, dann wieder schwächer, saugte sie ihm mit ihrer Grabeskälte den Atem aus der Lunge. Wieder schien es ihm, als befinde er sich in Gesellschaft einer großen Menge, die in einer unheiligen Siegesfeier umherwirbelte und tanzte. Aber war es tatsächlich eine Menge? Er gewann einen flüchtigen Eindruck von einer einzigen Wesenheit, zerbrochen, bis in die Grundfeste erschüttert: eine Myriade schnatternder Scherben, die wieder ein Ganzes zu werden versuchten. Zitternde Echos der bösartigen Berührung, die er kurz zuvor verspürt hatte, strömten durch seinen Körper, und er hob die Hand, nicht nur, um sie abzuwehren, sondern als könne er in irgendeiner Weise die gräßliche Verschmelzung verhindern, die sich, wie er fühlte, dort vollzog.

»Ishryth«, hörte er Horld in ehrfürchtigem Schrecken murmeln.

Das Wort hallte in Vredech nach, und von irgendwo aus seinen tiefsten Tiefen stieg ein großes »Nein!« auf. Doch er fand die Stimme nicht, um es auszusprechen. Er war ohnmächtig.

Die Lichter tanzten weiter, vollführten Bewegungen, die immer schneller und verschlungener wurden, während Vredech sich der Verzweiflung überließ, verzehrt von der Gewißheit, daß es etwas gab, was er tun konnte – tun mußte –, wenn er nur wüßte, was.

Dann vereinten sich die Lichter und wurden zu einem einzigen Stern, unerträglich hell für die beiden Männer nach ihrer langen Wanderung durch die Dunkelheit.

Und dann war es vorbei.

Der Stern war fort.

Jegliches Licht war verschwunden.

Die Dunkelheit kehrte zurück, vollständig und absolut.

Beide Männer schrien auf, weil sie plötzlich nichts mehr sahen, und griffen wild nacheinander. Ihre Hände trafen sich zufällig und hielten sich verzweifelt fest. Vredech hätte nicht sagen können, wie lange sie so dastanden, während Urängste kreischend und schnatternd auf sie einstürmten, doch schließlich hörte er seine eigene Stimme zitternd und atemlos sagen: »Wir müssen runtergehen. Ganz langsam, vorsichtig, Schritt für Schritt. Müssen uns den Weg ertasten. Und wir dürfen uns nicht loslassen.« Der Klang seiner eigenen Worte half ihm, wieder ein wenig die Kontrolle über das wirre Geschrei in seinem Kopf zurückzugewinnen. Horld gab keine Antwort, aber der Druck seiner Finger verstärkte sich. Aber keiner der beiden Männer rührte sich.

»Ich glaube, ich kann wieder sehen.«

Horlds Stimme war kaum mehr als ein Flüstern.

Vredech beugte sich vor, um ihn besser hören zu können, und dann sah auch er allmählich, daß das Grau, das er für eine Reaktion seiner Augen auf die jähe Dunkelheit gehalten hatte, tatsächlich real war. Er blinzelte mehrmals und rieb sich mit der freien Hand die Augen.

Dann lockerte sich Horlds fast schmerzhaft fester Griff, und sein Gefährte war wieder eine Gestalt, die neben ihm stand und in das stumpfe, mit Schneeflocken gesprenkelte Grau eines ganz normalen Winterhimmels hinaufsah. Die Felsen um sie herum standen aus ihren Gräbern auf. Die Kälte um sie herum war nur noch die Kälte eines spätwinterlichen Tags im Gebirge, und eine leichte Brise begann zu wehen.

Erleichterung machte sich in Vredech breit und trieb die letzten Minuten des Schreckens aus, als hätten sie nie existiert.

»Es ist vorbei«, sagte er, wußte aber kaum, was er damit meinte. »Es ist vorbei.«

Da legte sich eine schwere Hand auf seine Schulter, und eine vertraute und doch fremde Stimme sprach:

»Nein, meine Freunde. Es beginnt. Es beginnt.«

## KAPITEL 5

Beide Männer erschraken heftig und wirbelten herum. Horld verlor dabei das Gleichgewicht, doch Cassraws Hand auf seiner Schulter verhinderte einen Sturz und hielt ihn mühelos fest. Vredechs Sinne waren durch diesen plötzlichen Schreck so geschärft, daß er Cassraws ganze Erscheinung auf einen Schlag in sich aufnahm. Er sah die formelle schwarze Soutane, elegant und gut verarbeitet, nun jedoch so zerrissen und beschmutzt, daß sie nicht mehr zu retten war. Er sah die blutigen Striemen, die sich durch einige der größeren Risse zeigten. Er nahm das schmutzverschmierte Gesicht und das zerzauste Haar wahr, die zerschrammten und blutigen Hände. Doch welchen Kummer ihm das auch bereiten mochte, Vredech erschien es nur wie die äußerliche Manifestation einer viel tiefergehenden Veränderung. Denn trotz seines dunklen und schmutzigen Gewandes schien Cassraws Person in der Düsternis zu strahlen wie ein Licht, das ihm von irgendeinem weit entfernten Ort leuchten mochte, wie Sonnenlicht, das unvermutet durch Gewitterwolken dringt.

Und seine Augen ... Vredech zuckte zusammen.

Waren sie schwarz ...?

Nicht nur die Iris, sondern der gesamte Augapfel ...?

Wie Gruben in der Nacht.

Vredech hatte diesen beängstigenden Eindruck kaum aufgenommen, als er sich auch schon verflüchtigte und Cassraw nur noch sein vertrauter Freund war, zerschunden und arg in Mitleidenschaft gezogen, aber scheinbar unverletzt. Vorsichtig stützte er Horld.

Horld hingegen war alles andere als dankbar, auch wenn Cassraw ihn vermutlich vor einem unangenehmen Sturz bewahrt hatte. Er riß seinen Arm los, und der Hufschmied in ihm machte den Mund auf und begann, Cassraw tüchtig dafür zu verfluchen, daß er sich so verstohlen und leise angeschlichen hatte. Cassraw entgegnete nichts, sondern sah ihn einfach nur an und lächelte abwesend. Horlds Schimpftirade brach schmählich in sich zusammen, da sie auf keinerlei Widerstand traf. Die Pflichten, die mit seiner späten Berufung einhergingen, fielen ihm wieder ein und warfen ihm seine Unbeherrschtheit vor. So kam es, daß seine Strafpredigt nach ein paar barschen, impulsiven Sätzen von mitleidigen und besorgten Fragen aufgelockert wurde. Immer noch entgegnete Cassraw nichts, doch sein Lächeln wurde wissend wie bei einem verständnisvollen Vater, der geduldig darauf wartet, daß seine lärmenden Kinder verstummen.

»Wo hast du gesteckt? Was ist mit dir passiert?« fragte Vredech mehrmals, während Horlds Schimpftirade anhielt, doch als sie dann verebbte, blieben auch ihm die Fragen im Hals stecken. Er würde keine Antworten erhalten: Das war ihm so klar, als hätte Cassraw sich die schmutzbesudelte Hand auf den Mund gelegt, um ihn zum Schweigen zu zwingen.

Dann nahm Cassraw sie am Arm und bedeutete ihnen wortlos, den Berg hinunterzusteigen. Sein Griff war zwar nicht schmerzhaft, aber doch zwingend, und für ein kurzes Stück sahen Vredech und Horld sich gleichsam mitgeschleift.

Das Gelände war allerdings zu uneben, um sich länger so fortzubewegen, und nach einer kleinen Weile ließ Cassraw seine Schutzbefohlenen los und wanderte allein weiter. Sein Schrittempo war nicht das eines Mannes, der soeben ohne Rücksicht auf seine Gesundheit einen Berg hochgestürmt und eine schwere Prüfung durchgemacht hatte, so daß Vredech und Horld immer weiter hinter ihm zurückfielen.

Als er den Rest der Gruppe erreichte, der auf Ishryths Rasen wartete, hatte Cassraw nicht nur einen bedeutenden Vorsprung vor seinen Möchtegern-Rettern, sondern wirkte auch bedeutend frischer als sie.

Die Kapitelbrüder drängten sich um ihn und bombardierten ihn mit Fragen, aber seine einzige Reaktion darauf bestand in einem gelegentlichen Kopfnicken und geheimnisvollen Lächeln. Als Horld und Vredech eintrafen, wurden die Fragen an sie gerichtet, doch auch sie konnten nur mit den Schultern zucken.

»Wir haben nicht ihn gefunden, sondern er hat uns gefunden. Als die Dunkelheit nachließ, stand er plötzlich hinter uns. Und, nein, er hat seitdem kein Wort gesagt«, antworteten sie mehrmals. Als hätten sie sich abgesprochen, erwähnten sie die rätselhafte Bemerkung, mit der er sie begrüßt hatte, nicht.

Morem hatte in jüngeren Jahren eine Ausbildung als Arzt genossen, und obwohl er später die Kirche als seine wahre Berufung erkannt hatte, besaß er doch noch beträchtliche Fähigkeiten als Heiler. »Er steht vermutlich unter Schock«, stellte er mit ruhiger Stimme fest. »Die Menschen benehmen sich dann sehr merkwürdig. Er sieht schlimm aus, aber zumindest scheint er nicht ernsthaft verletzt zu sein. Wir sollten ihn nicht weiter quälen. Möglicherweise ist sein Zustand bedenklicher, als es scheint. Ich denke, wir sollten jetzt einfach zurückgehen und die Dinge ihren Lauf nehmen lassen. Er wird uns erzählen, was ihm zugestoßen ist, wenn er dazu bereit ist.«

Er hatte indes noch nicht ausgeredet, als Cassraw sich schon wieder in Bewegung setzte. Er begab sich an den Klippenrand, wo Vredech vor kurzem gestanden hatte, und schaute in die furchterregende schwarze Leere hinaus. Obwohl das Licht grau und winterlich war, wirkte die Szenerie jetzt vertrauter. Weit unten konnte man die Lichter von Troidmallos blinken sehen, und die Umrisse der meisten umliegenden Berge waren zu erkennen. Während Cassraw das trübe Panorama in Augenschein nahm, bewegte sich sein Kopf hin und her, dann nickte er sehr langsam vor sich hin und breitete die Arme weit aus, als wolle er das ganze Land an seine Brust drücken.

Seine Gefährten beobachteten ihn schweigend. Sie wußten nicht, was sie tun sollten. Ihnen blieb jedoch wenig Zeit zum Grübeln, denn nachdem seine kurze Kontemplation beendet war, bestimmte Cassraw erneut den Gang der Dinge. Er überquerte Ishryths Rasen und schritt auf die Wasserrinne zu, mit der der Abstieg zum Haus der Zeugen begann.

Auch der Rückweg gewährte den Brüdern keine großen Einblicke in Cassraws Befinden. Ganz im Gegenteil: Ihre Verwirrung nahm noch zu, als Cassraw, obwohl er unerbittlich weiter schwieg, praktisch das Kommando über die Gruppe zu übernehmen begann, indem er zwischen ihnen hin und her eilte und geduldig die schwächeren Brüder stützte, die nun langsam den Anstrengungen ihrer seltsamen Wanderung Tribut zollen mußten.

Endlich kam das Haus der Zeugen in Sicht.

Cassraw hielt auf einem Felsvorsprung an und schaute mit fast besitzergreifendem Blick auf die Anlage hinunter. Dann drehte er sich um und sah zum Gipfel des Ervrin Mallos empor. Wenig später nickte er vor sich hin, wie kurz zuvor am Rand von Ishryths Rasen. Vredech wollte es scheinen, als fasse Cassraw einen Entschluß.

Der kleine Trupp, der jetzt nur noch langsam und müde vorankam, bewegte sich über die letzten Abhänge auf das Haus der Zeugen zu und wurde von Mueran und mehreren anderen Angehörigen des Kapitels in Empfang genommen. Als die Dunkelheit verschwunden war, hatte Mueran sie hinausgeführt, nachdem er dafür gesorgt hatte, daß alle Novizen und Bediensteten anderswo in dem Gebäude beschäftigt waren. Vredech meinte ein kurzes ärgerliches Aufblitzen in Cassraws Augen zu bemerken, als er das Bundesmitglied erblickte, doch es war schon wieder erloschen, bevor es ihm recht bewußt wurde.

Sehr deutlich konnte er dagegen den inneren Kampf in Muerans Augen lesen, auch wenn er nur unbedeutend länger als Cassraws vermeintlicher Ärger dauerte. Wie würde sein Empfang aussehen, vorwurfsvoll oder brüderlich milde?

Ein schmerzlicher Ausdruck trat auf Muerans Züge, und er öffnete seine Arme. Letzteres also.

»Bruder Cassraw«, sagte er. »Wir haben uns große Sorgen um dich gemacht.« Er sah die anderen der Reihe nach an. »Um euch alle. Die Dunkelheit schien nach eurem Weggang noch zuzunehmen.« Er sah flüchtig zum Himmel empor. »Ich hätte nie gedacht, daß ich einmal froh sein würde, einen so trostlosen Winterhimmel zu erblicken, aber ...« In dem Bemühen, die Spannung zu lockern, kicherte er leutselig, doch es kam nur ein mißtönendes Krächzen heraus, und er schloß verlegen: »Wie dem auch sei, Ishryth sei gelobt, daß er die Dunkelheit von uns genommen hat.«

Cassraw fixierte ihn mit einem strengen Blick. »Wahrlich, an diesem Tag hat Ishryth seinen Willen offenbart«, brach er überraschend sein Schweigen.

Durch Cassraws Blick verunsichert, wirkte Mueran ziemlich ratlos. Er nickte unverbindlich und entgegnete schwach: »Drinnen haben wir warmes Essen und ein gemütliches Feuerchen für euch alle.«

Cassraws Antwort bestand in einer herrischen Geste, die alle zum Haus der Zeugen scheuchte. Seine anmaßende Handlungsweise bewog Mueran dazu, die Stirn zu runzeln, aber er machte mit den anderen kehrt und schloß nach einem kurzen, nicht sonderlich würdevollen Spurt zu Cassraw auf, der nun forsch ausschritt und seine Herde zurückließ.

Im Haus der Zeugen angekommen, schritt Cassraw mit unverminderter Geschwindigkeit auf die Halle des Disputs zu, in seinem Kielwasser die Gruppe, geräuschvoll, aber zu verwirrt, um ihm Fragen zu stellen. Mit jedem Schritt schien er an Tatkraft zu gewinnen. Mueran hatte längst den Versuch aufgegeben, mit ihm Schritt zu halten, und warf besorgte Blicke um sich, ob nicht vielleicht irgendein Novize oder Diener seine sorgfältig zugeteilte Arbeit im Stich gelassen hatte und Zeuge dieser würdelosen Prozession wurde. Von Zeit zu Zeit hob er die Hand, als sei er im Begriff, Cassraw etwas zuzurufen, doch kein Laut kam über seine Lippen.

Plötzlich hatte Vredech genug. Müde und erschöpft nach der Anstrengung, im Dunkeln den Berg zu besteigen, und dem nervenaufreibenden, sonderbaren Abstieg war seine Geduld schlagartig am Ende. Genau in dem Augenblick, als Cassraw die Halle des Disputs erreichte, lief er nach vorn, stellte sich ihm in den Weg und legte entschlossen die Hand auf die Tür.

»Genug, Cassraw. Genug.« Er war außer Atem, aber seine Stimme klang dennoch kraftvoll und zornig. Die anderen verstummten. »Ich weiß nicht, was du tust, oder ob *du* selbst überhaupt weißt, was du tust, aber einige von uns, die sich auf die Suche nach dir gemacht haben, sind aus eben diesem Grund in einem mitleiderregenden Zustand. Sie brauchen *sofort* Ruhe und Pflege.« Er musterte Cassraw von Kopf bis Fuß, und sein Tonfall wurde versöhnlicher. »Genau wie du, um Himmels willen! Was immer dich auf den Beinen hält, du wirst dafür bezahlen müssen, wenn du dich nicht ausruhst.« Ohne seine Antwort abzuwarten, wandte er sich zu Mueran um. »Warmes Essen und ein Feuer, sagtest du? Wo?«

Mueran nickte zögernd. »Im Gästezimmer neben dem Refektorium. Ich –«

»Dann laßt uns hinaufgehen«, schnitt Vredech ihm das Wort ab. »Laßt uns warten, bis wir uns gewaschen und gegessen haben und wieder ein wenig Normalität eingekehrt ist, bevor wir darüber reden, was hier geschehen ist.«

Sein Vorschlag fand allgemeine Zustimmung.

»Natürlich«, sagte nun auch Mueran. »Du hast vollkommen recht, Bruder Vredech. Wir müssen –«

»Nein!« Cassraw hatte sich nicht gerührt, seitdem Vredech ihm den Weg vertreten hatte. Als er nun das Wort ergriff, geriet alles an ihm in Bewegung. Vredech wich zurück, denn Cassraw hatte ihm direkt ins Gesicht gesprochen, aber dann sah er Cassraw sofort wieder an.

»Es gibt Dinge, die ihr erfahren müßt«, fuhr Cassraw fort. Er wandte sich offensichtlich an alle Anwesenden, redete aber noch immer direkt und mit Nachdruck in Vredechs Gesicht. »Dinge von großer Wichtigkeit. Dinge, die –«

»Genug, habe ich gesagt, Cassraw!« rief Vredech. »Ich meine es ernst. Du hast uns heute schon genug Schwierigkeiten gemacht. Dir geht es nicht gut – du brauchst Ruhe. Wir alle brauchen Ruhe.«

Mit einemmal flammten Cassraws Augen auf, und er langte an Vredech vorbei, um den Türknauf an der Halle des Disputs zu ergreifen. Während Vredech in die schwarzen Augen seines alten Freundes blickte, wollte es ihm einen kurzen Moment lang scheinen, als schaue er geradewegs in das Herz der Dunkelheit, die sich so drohend auf den Tag gelegt hatte. Die Erinnerung an die tanzenden Schatten und die furchtbare Präsenz, die ihn berührt hatte, tauchte am Rande seines Bewußtseins auf und drohte das schnatternde Heer von Fragen loszulassen, das er bis jetzt noch hatte im Zaum halten können. Doch wie auch während des letzten Abschnitts seines Aufstiegs auf den Berg regte sich etwas in seinem Innern, etwas Tiefes und Entschlossenes. Und dann gab es keinen Mueran mehr, keine Brüder, keine Halle des Disputs. Nichts außer ihm und Cassraw.

Und obwohl Cassraw sein Freund war, mußte er sich ihm entgegenstellen.

Wille gegen Wille.

Es gab keinen vernünftigen Grund für diese Erkenntnis. Es war einfach die Wahrheit.

Er durfte nicht nachgeben.

Aber es war kein Machtrausch, der über ihn kam. Er sagte einfach: »Nein.« Ganz leise. »Bei meiner Liebe zu dir, alter Freund. Nein.«

Und dann stand er wieder vor der Tür zur Halle des Disputs, und es war plötzlich sehr laut um ihn herum, und seine Mitbrüder stürzten herbei, um den zu Boden sinkenden Cassraw aufzufangen.

»Unsere Aufgabe ist der Glauben des Volkes«, erklärte Mueran auf der hastig einberufenen Versammlung, die auf Cassraws Zusammenbruch folgte. »Wir müssen tun, was in unserer Macht steht, um die Kirche zu schützen.

Die Nachricht, daß einer unserer Brüder ... den Verstand verloren hat, weil ihm möglicherweise zu früh zu viel aufgebürdet wurde, würde zu tiefem Zweifel und Kummer in unseren Gemeinden führen.« Und dann kam er darauf zu sprechen, was er wirklich dachte. »Und wer vermag zu sagen, was die Enthüller daraus machen? Die Wahrheit dürfte uns schon genug Probleme bereiten, auch ohne das, was *sie* behaupten werden. Das letzte, was wir jetzt brauchen können, ist eine erneute Diskussion über die Hafen-Gemeinde.«

Seine Beurteilung von Cassraws Zustand wurde indes nicht unwidersprochen hingenommen. »Cassraw hat nicht den Verstand verloren, er ist besessen«, erklärte Laffran in barschem Ton. »In ihn ist ein Diener Ahmrals gefahren.«

Diese Äußerung führte zu einem Aufruhr am Tisch, doch Vredech, für gewöhnlich ein erklärter Gegner solcher Auffassungen, blieb merkwürdig still, auch wenn sich mehrere Köpfe erwartungsvoll zu ihm umwandten.

Dann sprach Mueran an seiner Statt. »Das ist genau die Art von Bemerkungen, die wir tunlichst vermeiden müssen, Bruder Laffran«, sagte er. »Besessenheit ist ein überaus problematisches Thema, nicht zuletzt deshalb, weil es selbst heute noch bleibende Erinnerungen an ... weniger glückliche Zeiten weckt.« Das war Muerans unterstreichende Beschreibung der Ära des Gerichts der Wahrheitsfinder, als Methoden von abstoßender Brutalität angewandt wurden, um Ahmrals Diener ausfindig zu machen. Eine dunkle Zeit, in der die Kirche zugleich mächtiger und unzivilisierter gewesen war, eine Zeit, bevor die Vernunft sich durchgesetzt und die Auswüchse des Aberglaubens beschnitten hatte. Das Gericht der Wahrheitsfinder, eine von der Kirche eingesetzte Institution, um den Glauben und seine Reinheit zu bewahren, hatte am Ende zur Verfolgung von Tausenden und Abertausenden aufgrund der geringfügigsten Abweichungen vom Wahren Weg geführt. Es war schließlich von den gesellschaftlichen Kräften eines immer nervöser werdenden weltlichen Staates, ermächtigt von einer des Tötens müden Bevölkerung, hinweggefegt worden, doch sein Name lebte fort als der Inbegriff von Schreckensherrschaft, Sadismus und Brutalität und allem Schlechten in der menschlichen Natur. Die moderne Kirche des Ishryth wollte mit dieser Epoche nichts mehr zu tun haben, doch wenn sie wider Willen in diesbezügliche Streitgespräche verwickelt wurde, neigte sie auffällig zu rechtfertigendem Verhalten.

Laffran machte Anstalten, Mueran zu unterbrechen, doch dieser fuhr ungerührt fort: »Ich werde jetzt keine Diskussion darüber zulassen«, erklärte er mit ungewohnter Festigkeit. »Die Position der Kirche ist unmißverständlich. Der Santyth ist in dieser Angelegenheit bestenfalls doppeldeutig, aber wir ziehen es vor, nach rationalen Gründen für eine Krankheit zu suchen, bevor wir Ahmrals persönliches Eingreifen bemühen.«

Obwohl Mueran lediglich die offizielle Lehrmeinung der Kirche zu diesem Thema wiedergab, war er alles andere als glücklich. Laffrans Einwurf konnte die Versammlung in die stürmischsten theologischen Wasser werfen, wohingegen er verzweifelt bemüht war, die Debatte auf einer sachlichen, pragmatischen Ebene zu halten: ein kranker Mitbruder, der ein peinliches Verwaltungsproblem darstellte.

Das Eintreffen Morems, der Cassraw ärztlich betreute, ersparte ihm weitere Diskussionen. Er begab sich schnurstracks zu seinem Platz, ließ sich schwerfällig auf den Stuhl sinken und vergrub den Kopf in seinen Händen. Als er wieder aufsah, erschrak er ein wenig, als überrasche es ihn, sich dort wiederzufinden, wo er war.

»Verzeiht«, begann er. »Ich war in Gedanken.«

Morems Verhalten war nicht dazu angetan, Muerans Sorgen zu zerstreuen. »Wie geht es Bruder Cassraw?« erkundigte er sich. Es gelang ihm, seine Stimme einigermaßen gefaßt klingen zu lassen.

Morem runzelte die Stirn. »Ich weiß es nicht«, antwortete er. »Er hat am ganzen Körper Schnitte und Prellungen. Er muß wohl beim Aufstieg mehrfach gestürzt sein, aber er hat keine Kopfverletzungen oder irgend etwas in der Art erlitten, was sein Verhalten erklären könnte.«

Laffran räusperte sich geräuschvoll und reckte das Kinn vor. Mueran funkelte ihn an. »Wäre es möglich, daß er einfach erschöpft ist?« schlug er hoffnungsvoll vor.

»Wir sind alle erschöpft, Mueran«, erwiderte Morem in ungewöhnlich scharfem Ton. »Der Tag hat sich ganz anders entwickelt, als wir alle es gedacht haben. Aber keiner von uns ist am Rande eines Nervenzusammenbruchs. Und Cassraw ist von uns allen wahrscheinlich körperlich am besten in Form.«

Betretenes Schweigen trat ein. Mueran wußte nicht mehr, was er fragen sollte, und Morem schien nicht geneigt, irgendwelche Mutmaßungen über Cassraws Zustand zu äußern. Vredech hob den Kopf. Es bereitete ihm Mühe, sich zu konzentrieren. Er wollte weg von hier. Er mußte gründlich über alles nachdenken, was am heutigen Tag vorgefallen war; mußte die Fragen loslassen, die lauthals seine Aufmerksamkeit forderten und ihn daran hinderten, klar zu denken. Er wandte sich an Morem. »Das soll kein Mißtrauen gegen dich sein, Morem, aber glaubst du, wir sollten seinen Hausarzt zu Rate ziehen?« fragte er.

Mueran trommelte nervös mit den Fingern auf den Tisch.

»Ich denke, nein«, gab Morem nach kurzem Überlegen zur Antwort. »Cassraw wird noch eine Weile ziemliche Schmerzen haben, was er seiner rücksichtslosen Bergerstürmung zu verdanken hat, aber ich habe ihn sehr eingehend untersucht, und er hat sich nichts gebrochen. Noch verliert er Blut. Alles wirklich Wichtige scheint in Ordnung zu sein. Puls, Atmung – ruhiger und regelmäßiger als meine, das kann ich euch sagen. Reflexe – prächtig.« Vorsichtig fuhr er sich über die Oberschenkel.

»Er müßte eigentlich hellwach sein und brummeln wie der Rest von uns und nicht regungslos daliegen.«

»Nun, irgend etwas müssen wir unternehmen«, erklärte Mueran nichtssagend.

»Vielleicht könnte seine Frau helfen«, meinte Morem, während seine Miene sich ein wenig aufhellte.

Die Stimmung am Tisch schlug um. »Wir dürfen nicht einfach so eine Frau ins Haus der Zeugen bringen«, empörte sich Laffran mit hochgezogenen Augenbrauen. »Das ist . . .« Er verhaspelte sich.

». . . eine gute Idee«, hörte Vredech sich sagen. »Wenn Morem uns versichert, daß er nicht ernsthaft verletzt ist, genügt mir das. Und wenn körperlich mit ihm alles stimmt, dann ist es der Kopf oder das Herz«, fuhr er fort und tippte mit dem Finger erst an seinen Kopf und dann auf seine Brust. »In beiden Fällen hat seine Frau bessere Voraussetzungen als irgendeiner von uns, zu ihm durchzudringen.« Er schlug einen nüchternen Tonfall an. »Außerdem wäre Cassraw heute nacht heimgekommen. Sie wird auf ihn warten.«

So kam es, daß Laffran trotz seiner Vorbehalte Dowinne zum Haus der Zeugen begleitete. Nach seiner Ankündigung, Cassraw habe ›eine Art Unfall‹ gehabt, hatte er sich widerwillig gezwungen gesehen, Dowinne dahingehend zu beruhigen, daß ihrem Mann nichts Schlimmes passiert sei, Mueran es jedoch für sinnvoll erachte, daß sie bei ihm sei. Seine Versicherungen kamen einer Lüge gefährlich nahe und verursachten ihm beträchtliches Unbehagen, aber er konnte nichts anderes tun, als sie in dem düsteren Lampenlicht ziemlich verlegen anzulächeln, während sie in der Kutsche durchgeschüttelt wurden.

Dowinne kam es nicht merkwürdig vor, daß sie in einer Kirchenkutsche mit zugezogenen Vorhängen fuhr. Hätte sie überhaupt darüber nachgedacht, wäre sie vermutlich zu dem Schluß gekommen, daß es immer noch recht finster und außerdem spät am Tag war, auch wenn diese ekelhaften schwarzen Wolken sich aufgelöst hatten. Die Wahrheit war, daß Mueran verhindern wollte, daß auch nur eine Andeutung von etwas Ungewöhnlichem aus dem Kreis derer herausdrang, die es schon wußten, und die Neuigkeit, daß Cassraws Frau durch die Straßen zum Haus der Zeugen kutschiert wurde, würde in weniger als einer Stunde die Runde in der Stadt machen.

Dowinne war mit ihren Gedanken jedoch weit weg. Nach dem ersten Schrecken, den Laffrans Botschaft ihr eingejagt hatte, versuchte sie herauszubekommen, was eigentlich geschehen war, damit sie entscheiden konnte, wie sie bei ihrer Ankunft im Haus der Zeugen aufzutreten hätte. Doch ohne Erfolg. Außer ein oder zwei Dienerinnen ließ man Frauen nur selten ins Haus der Zeugen, und dann für gewöhnlich nur bei besonderen offiziellen Gelegenheiten. Aus diesem Grund war ihr trotz Laffrans Beteuerungen klar, daß etwas Ernstes passiert sein mußte, auch wenn ihr Mann keinen gesundheitlichen Schaden erlitten hatte. Ein- oder zweimal fragte sie Laffran, aber er wich ihr aus und hatte offensichtlich Befehl, nichts preiszugeben. Nach einer Weile lehnte sie sich in die Ecke ihrer Sitzbank zurück, hob die Hand und stützte ihren Kopf darauf, was Laffran sehr zu erleichtern schien, denn er hatte schon überall in der Kutsche hingesehen, um nur nicht ihrem Blick begegnen zu müssen. Bei Dowinne hatte er schon immer ein ungutes Gefühl gehabt, und unter diesen Umständen mit ihr zusammengepfercht zu sein erwies sich als harte Prüfung.

Auch in der Dunkelheit hinter ihrer Hand fand Dowinne nicht die Ruhe zum Nachdenken, die sie gesucht hatte. Unbewußt hob sie die andere Hand und strich über die Prellung, die sie sich unabsichtlich zugefügt hatte, als sie kurz zuvor gegen die Metallschale gestoßen war. Der leichte Schmerz brachte all die Gedanken zurück, die sie schon den ganzen Tag über gequält hatten; das Gefühl, daß etwas Schlimmes geschehen würde, daß sich Kräfte in Bewegung setzten, die jenseits ihrer und ihres Mannes Einflußnahme lagen. Nichts, was sich mit Mitteln der Logik erklären ließe, aber nichtsdestotrotz sehr real. Es konnte als Maßstab für Dowinnes Persönlichkeit gelten, daß sich nicht die geringste Regung auf ihrem Gesicht abzeichnete, während sie sich dieser unbekannten, sinnlosen Störung stellte und zu dem Ergebnis gelangte, sie käme mit allem zurecht, wie hart oder seltsam es auch sein mochte.

Wachsam, aber gefaßt und jetzt auch wieder mit klaren Gedanken, ließ sie die Hand sinken und musterte ihren Reisegenossen. Wieder lächelte er andeutungsweise, worauf sie ihrerseits mit einem unsicheren, aber berechnenden Lächeln reagierte. »Wir sind bald am Ziel«, sagte er überflüssigerweise und schlug den berufsmäßigen Tonfall für Krankenbesuche an.

Ein Teil von Dowinnes altem Selbst hatte bereits den unauffälligen Luxus der Kutsche registriert, doch nun fiel ihr zusätzlich die noch unauffälligere Qualität ihrer Bauweise auf, die durch die Tatsache unterstrichen wurde, daß sie es nicht bemerkt hatte, als sie das letzte, recht steil ansteigende Wegstück in Angriff genommen hatten. Es bestätigte sie in ihrem neuen Entschluß. Sie würde sich um das anstehende Problem kümmern, ohne ihre langfristigen Ambitionen auch nur einen Augenblick lang aus den Augen zu verlieren.

Als die Kutsche schließlich vor dem Haus der Zeugen zum Stehen kam, half Laffran Dowinne die kleine Kutschleiter hinunter. Nie war sie zuversichtlicher gewesen. Das, was hier geschehen würde – oder bereits geschehen war –, war nichts Schlimmes, es war nur beunruhigend: etwas, das Veränderungen nach sich zog. Und das konnte nur zu ihrem Vorteil sein.

# KAPITEL 6

Privv war Enthüller. Er war gerne Enthüller – was auch sonst? Er war immer ein Wurm gewesen. Zugegeben, ein Wurm mit einigem Talent zum Phrasendreschen, aber nichtsdestoweniger ein Wurm; am zufriedensten, wenn er durch die verkommenen Randbereiche der Gesellschaft kriechen oder die dunkelsten Labyrinthe des menschlichen Wesens ans Tageslicht zerren konnte. Nicht, daß er seine eigenen Beweggründe für niedrig gehalten hätte: Er konnte seinen freigewählten Beruf, wie er es nannte, wenn er sich würdig fühlte, vor den Besten von ihnen rechtfertigen.

»Nur Leute wie wir garantieren unsere angestammte Freiheit. Die Leute haben ein Recht darauf zu erfahren, was die Heinder in ihrem Namen tun. Und die Kapitelmitglieder der Kirche in ihren geheimen Versammlungen. Und die reichen Kaufleute. Und die Gildenmeister.«

Und alle anderen, die sich irgendeine entfernt menschliche Schwäche zuschulden kommen ließen, die dem blind zuschlagenden und allzeit hungrigen Gott des Klatsches, dem Privv so hingebungsvoll diente, als Nahrung dienen konnte.

Es änderte nichts, daß selbstverständlich auch viel Wahres an seinen Worten war. Mehr als ein paar Staaten in Gyronlandt litten unter der Knute von Unterdrückern der einen oder anderen Art, und die ersten beiden der von solchen Regierungen sofort nach der Machtübernahme erlassenen Gesetze zielten unweigerlich darauf ab, erstens ihre treuen Untertanen zu entwaffnen und zweitens sämtliche Enthüller aus dem Land zu jagen, um sicherzustellen, daß so wenig wie möglich von dem, was wirklich geschah, an die Öffentlichkeit drang.

Enthüller waren eine feste Bastion gegen solche Eventualitäten.

Manchmal.

Sie waren auch ein großes Ärgernis.

Oft.

Privv blickte finster drein und kratzte sich ungehemmt. Er nahm die Füße vom Tisch und ging wieder ans Fenster.

Er war zwar in keinerlei Hinsicht ein für Schönheit empfänglicher Mensch, aber nichtsdestotrotz genoß er den Blick von diesem ganz besonderen Raum. Im Norden erhoben sich die Felsmassen des Ervrin Mallos, an dessen Hängen auf halber Höhe an klaren Tagen das Haus der Zeugen zu sehen war. Im Osten, bei fast jedem Wetter außer dem schlechtesten sichtbar, reckten sich die eleganten Türme des PlasHein gen Himmel, des Sitzes der Heindral.

Sehr passend, dachte er immer, wenn er seinen feierlichen Moment hatte, daß er die beiden Hauptinstitutionen des Staats ständig im Blick hatte. Das hatte eine gewisse symbolische Bedeutung. Genau da gehörten sie beide nämlich hin. So mußte es sein. Wer außer ihm könnte die Wächter besser bewachen?

Doch im Augenblick befand er sich nicht in solch philosophischer Stimmung, und seine Augen waren zusammengekniffen und zeigten einen grüblerischen Ausdruck, während er zu den vagen Umrissen des Hauses der Zeugen hinausschaute. Sein Daumen näherte sich dem Mund, und er begann hingebungsvoll auf dem Nagel herumzukauen.

»Das dürfte dir aber gar nicht gefallen, wenn all das wieder losgeht.«

Die Stimme war ungewöhnlich. Eine weibliche, hohe, schrille und einschüchternde Stimme, alles in allem unangenehm. Außerdem existierte sie nur in Privvs Kopf. Nicht, daß er sie sich einbildete – sie war nur allzu real. Sie gehörte Leck. Für Privv war Leck seine Gefährtin, ja sogar seine Partnerin. Für alle anderen war sie seine Katze.

»Halt's Maul«, versetzte Privv ungehalten. »Ich versuche nachzudenken.«

Ein verächtliches Zischen, dessen Bedeutung ziemlich klar war, erfüllte seinen Kopf, doch da es keine richtige Antwort gab, auf die er etwas hätte entgegnen können, gab Privv sich damit zufrieden, die Lippen zu einem stummen Feixen zu verziehen. Die meisten Menschen lassen die Feixerei irgendwann bleiben, wenn sie erwachsen werden, doch Privv hatte das, wie es gewöhnlich bei Enthüllern der Fall war, nicht geschafft. So kam es, daß eine der weniger netten Eigenheiten der Jugend zu einem Erkennungsmerkmal von Erwachsenen geworden war. Das Feixen bildete gleichsam das Grundmuster seines gesamten Denkens. Zugegeben, normalerweise erlaubte er es sich nur im trauten Schutz seiner eigenen vier Wände, wie auch jetzt gerade. Doch wenn er sich überhaupt einmal Gedanken darüber gemacht hätte, wäre er zweifellos zu dem Ergebnis gelangt, daß es sich um einen heilsamen und nützlichen inneren Wert handelte. Er war noch nie in der Lage gewesen, zwischen Skepsis und Zynismus zu unterscheiden.

Wie es möglich war, daß sich Privv und Leck auf diese Weise miteinander verständigten, ist unbekannt. Keiner von beiden konnte sich mit jemand anderem auf diese Weise verständigen, soweit sie wußten, und keiner von beiden hatte Eltern mit dieser Fähigkeit. Nicht, daß es einzigartig in Canol Madreth oder auch in Gyronlandt gewesen wäre, aber selten war es schon. Und noch immer waren damit schwache Anklänge an das Gericht der Wahrheitsfinder verbunden. Bei den Richtern der Wahrheitssuche hatte die Fähigkeit, sich auf diese Weise mit einem Tier verständigen zu können, als unbestreitbares Indiz dafür gegolten, daß der Betreffende Umgang mit dem Großen Zerstörer Ahmral pflegte. Ja, mehr noch, eine solche Person mochte sehr wohl von einem

Seiner Dämonen besessen sein und durfte damit rechnen, zum Wohle der Kirche und natürlich ihrer eigenen Seele nachhaltig vernichtet zu werden. Heutzutage, in ihrer aufgeklärten Zeit, manifestierte sich der letzte Rest dieser Furcht, die so Entsetzliches hervorgebracht hatte, nur in dem unausgesprochenen, aber allgemein verbreiteten Vorurteil, daß Menschen mit dieser besonderen Fähigkeit in der guten Gesellschaft nicht gern gesehen wurden.

Nicht, daß Privv sich allzusehr darüber gegrämt hätte, was gesellschaftsfähig war und was nicht. Ihm reichte es, daß er über seine Begabung Stillschweigen bewahrte und darüber hinaus wußte, wie man die notwendigen Geräusche produzierte, um sich ungehindert auf der gesellschaftlichen Ebene bewegen zu können, auf der er sich gerade befand. Seine einzige wahre Leidenschaft galt der Anhäufung von Reichtümern, gefolgt von dem Wunsch, sowohl berühmt als auch geachtet zu werden, was angesichts seiner Berufswahl und seiner innerlichen Verachtung für die Gesellschaft ein wenig inkonsequent erscheinen mochte. Außerdem machte es ihm Spaß, Menschen und Ereignisse zu manipulieren – was gleichermaßen sein Steckenpferd, sein berufliches Handwerkszeug als auch sein Ehrgeiz war. Mit Sicherheit verspürte er keine Lust, sich freiwillig den Beschränkungen zu unterwerfen, die mit den herkömmlichen Wegen zur Macht einhergingen, vor allem in Heindral und bei der Kirche. Als Enthüller war er natürlich frei davon, da das Gewerbe als solches in Canol Madreth verhältnismäßig neu war.

Leck schien Privv von der charakterlichen Veranlagung her sehr ähnlich zu sein – aber wer konnte schon sagen, welche Ambitionen eine Katze haben mochte? Sie war allerdings ein echtes Raubtier – sie genoß es wirklich, Macht auszuüben, genoß es in vollen Zügen und als Selbstzweck. Eine ganz gewöhnliche, unschuldig wirkende Katze, hauptsächlich weiß, aber mit mehreren geschecktem Markierungen, die ohne Symmetrie und erkennbare Ordnung über ihren Körper verteilt waren, gab sie sich gemeinhin liebenswert, strich unterschiedslos um die Beine von allen, die sich als nützlich erweisen mochten, und selbstverständlich aus purem Vergnügen um die Beine derjenigen unter Privvs Besuchern, die Katzen haßten. Sie legte denselben Mangel an Ethik und Moral an den Tag, der Privv auszeichnete. Im Gegensatz zu dem Enthüller allerdings hatte sie zumindest einen Hauch von Rechtfertigung für ihre Veranlagung: Schließlich war sie kein Mensch.

Tatsächlich war sie unverhältnismäßig stolz auf diese Tatsache. Sie war in der Lage, einen so beißenden Hohn über die Menschheit an sich auszugießen, daß selbst Privv mit den Zähnen knirschte.

Dieses in beinahe jeglicher Hinsicht unliebenswürdige Paar kümmerte sich dennoch um die Bedürfnisse des jeweils anderen, oder, besser ausgedrückt, sie dienten den Zwecken ihres Partners, für gewöhnlich grollend und nur mit geringer oder gar keiner Zuneigung. Dennoch waren sie mit Ketten aneinandergefesselt, die tiefer gingen, als daß einer von ihnen sie hätte erreichen können. Ketten, derer sie sich kaum bewußt waren, außer daß sie eben da und vermutlich unzerreißbar waren. Ketten, ohne die es ihre seltsame gemeinsame Fähigkeit nicht gab.

»Und bitte erzähl mir doch, wenn du damit fertig bist, deine Hand abzunagen, welches Phänomen sich augenblicklich der Gnade deiner Aufmerksamkeit erfreuen darf«, fuhr Leck fort, sprang auf das Fensterbrett und folgte seinem Blick. »Solltest du nicht diesen Beitrag über die Marktbeamten zu Ende bringen?«

»Damit eilt es nicht«, gähnte Privv. »Nebenbei bemerkt, es schadet nicht, wenn sie ein bißchen ins Schwitzen kommen. Mit ein wenig Glück versuchen sie womöglich, mich zu bestechen, und wir bekommen eine noch bessere Geschichte geliefert.«

»Das stimmt«, räumte Leck ein. »Außer natürlich, sie bieten dir ein wirklich lohendes Sümmchen an.«

Privv kicherte. »Na ja, in solchen Dingen muß man halt sein professionelles Urteilsvermögen spielen lassen, nicht wahr? Diese Angelegenheiten haben auch langfristige Folgen, die beachtet sein wollen.«

»Für gewöhnlich bereitet dir das doch kein Kopfzerbrechen, solange es um Geld geht«, entgegnete Leck, während sie sich genüßlich streckte.

Privv schüttelte den Kopf. »Als Marionettenspieler halte ich immer Ausschau nach den Fäden, vor allem, wenn sie an meinem Körper haften sollten.«

Leck schützte vorübergehend Desinteresse vor, um sich dann an ihn zu lehnen und ihn zu umschmeicheln. »Was geht hier vor, Privv? Ich rieche ... interessante Entwicklungen. Wirklich interessant. Du hast schon den ganzen Tag über geschwiegen und zum Berg hinübergeschaut. Wie ich sehe, kann man das Haus der Zeugen heute deutlich erkennen. Du spielst doch nicht mit dem Gedanken, der Kirche beizutreten, oder? Leidest nicht unter religiösen Skrupeln, ausgelöst durch die dunklen Wolken, die über uns hinweggezogen sind?«

Privv überhörte ihren Sarkasmus. Es war ohnehin an der Zeit, Leck einzuweihen. Sie könnte langsam anfangen, zusätzliche Informationen über diese Angelegenheit aufzustöbern. Er sparte sich die Vorrede.

»Da ist etwas im Gange«, sagte er mit einem Kopfnicken in Richtung des Ervrin Mallos, »im Haus der Zeugen. Etwas ist vorgefallen – etwas Spektakuläres. Und sie versuchen, nichts nach außen dringen zu lassen.«

»Aha«, schnurrte Leck, deren Interesse schlagartig geweckt war. »Ein kleiner Skandal unter den Klerikern, häh? Ausgezeichnet! Ehebruch, Knabenliebe oder Zaster?«

Privv schüttelte seinen Kopf. »Ich weiß es nicht. Aber ich spüre es in den Haarspitzen, daß bei ihnen was im Busch ist.«

»Erzähl, erzähl.«

Privv kehrte wieder zu seinem Platz zurück. Er kippte auf dem Stuhl nach hinten und legte einen Fuß auf den Tisch, wobei er einen Teller zum Klappern brachte, auf dem die verkrusteten Reste einer halb verzehrten Mahlzeit verstreut lagen. Er begann vor und zurück zu wippen und wieder an seinem Daumen zu kauen.

»Ich habe letzte Nacht meinen geistlichen Beistand getroffen«, begann er.

»Die in alle Geheimnisse eingeweihte männliche Putzfee der Kirche?« fragte Leck.

»Den Oberaufseher der Reinigungskräfte des Hauses der Zeugen«, berichtigte sie Privv.

»Die männliche Putzfee.« Leck blieb bei ihrer Version. »Ich kenne ihn – vom Sehen und vom Riechen. Eine der Kreaturen, die du gelegentlich benutzt.«

»Ein alter Freund und einer meiner achtbarsten persönlichen Informanten mit einem nie erlahmenden Interesse an der Verbreitung der Wahrheit«, versetzte Privv.

Leck grinste höhnisch. »Ein gedungenes Klatschmaul, willst du sagen. Wer hätte jemals gehört, daß ein Enthüller Freunde hätte?«

»Möchtest du es jetzt erfahren oder nicht?« sagte Privv in gereiztem Tonfall.

»Du wirst es mir doch sowieso erzählen«, entgegnete Leck, »sobald du etwas von mir willst. Such's dir aus, wann – jetzt oder später. *So* brennend interessiert es mich nicht.« Sie wandte sich ab und sah wieder aus dem Fenster.

Privv bedachte ihren Hinterkopf mit einem Fluch. »Ich habe also meinen Mann letzte Nacht getroffen.«

»Das sagtest du bereits.«

Privv entschied sich für eisige Zurückhaltung und schaffte es mühsam, seine eingangs gemachte Erklärung nicht zu wiederholen. »Er sagt, auf der Kapitelversammlung gestern habe es Krawall gegeben.«

Leck tat erschrocken. »Doch nicht etwa ein neuer Soutanenschnitt? Oder gar ein Streit über die Druckverträge der Gebetsblätter?«

»Hörst du jetzt zu?« fuhr Privv sie an.

Ein längeres Schweigen trat ein.

»Also gut, mach weiter«, forderte Leck ihn schließlich auf.

Privv schwang auch sein anderes Bein auf die Tischplatte und spuckte Teile seines Daumennagels aus. »Mein Mann sagt, eines der Kapitelmitglieder sei zornentbrannt aus der Versammlung raus und den Berg hinaufgestürmt. Mitten in diese Wolke hinein.«

»Noch ein Fall von Wolkenhysterie, häh?« Lecks Tonfall war nur leicht sarkastisch. Das Vorüberziehen dieser schwarzen Wolke hatte eine Menge seltsamer Ereignisse nach sich gezogen, und die Enthüller erstickten geradezu an einem Übermaß wüster Geschichten. Mit ihrer üblichen Erfindungsgabe hatten sie dafür den Begriff ›Wolkenhysterie‹ geprägt.

Privv schüttelte den Kopf. »Ein bißchen ernster ist es meiner Ansicht nach schon«, äußerte er, »weil ein halbes Dutzend der anderen Kapitelmitglieder – Kapitelmitglieder, man höre und staune – hinter ihm hergelaufen ist, während Mueran und die anderen sich ziemlich eifrig bemüht haben, alle Fragen der Novizen oder Bediensteten abzuwiegeln.«

Leck drehte sich zu Privv um. Er lächelte angesichts der Neugier, die jetzt zu ihm durchdrang, und schwieg, bis sie schließlich fragte: »Und?«

»Und dann kamen sie wieder herunter.«

Leck sprang von ihrem Fensterbrett. Mit einem einzigen Satz landete sie auf seinem Schoß. Ihre Krallen bohrten sich in seine Schenkel, während sie ihm direkt ins Gesicht miaute. Das weit aufgerissene Maul zeigte sämtliche Zähne – weiß, scharf, gefährlich.

»Schon gut, verlier bitte nicht die Fassung, meine Liebe«, meinte Privv nervös.

»Erzähl mir einfach, was passiert ist.«

Privvs Erregung war nun deutlich spürbar. »Mein Mann ist sich ziemlich sicher, daß es sich um Cassraw handelte. Er hatte den Namen von zwei Novizen, bevor Mueran mit ihnen sprechen konnte. Offenbar ist Cassraw so übereilt aus dem Haus der Zeugen gestürmt, daß er einen von ihnen fast umgerannt hat. Und er starrte zu der Wolke hoch und brabbelte etwas, aber sie konnten nicht verstehen, was.«

»Cassraw also?« überlegte Leck fasziniert. »Der Ehrgeizling. Der, der mit ziemlich viel Lärm die Hafen-Gemeinde gekriegt hat. Der Jüngste aller Zeiten. Der, der in den letzten paar Monaten seine ganze Gemeinde gegen sich aufgebracht hat mit seinen sturen Predigten über absoluten Gehorsam den Worten des Santyth gegenüber. Glaubst du, die Belastung hat ihn den Verstand gekostet?« Sie schnurrte genüßlich. »Das ist ja wie der Fuchs im Hühnerstall. Komm schon – erzähl mir den Rest.«

»Der Rest ist leider sehr vage«, gestand Privv mit schmerzlicher Miene. »Aber nicht minder interessant. Offensichtlich kamen sie alle unverletzt zurück, Cassraw und die anderen, und kurz darauf teilte Mueran allen Bediensteten mit, daß sie diese Nacht nicht in die Stadt zurückgehen könnten – für den Fall, daß das Gewitter wiederkäme und man sie brauchen würde, behauptete er.«

»Und dein Mann?« fragte Leck.

Privv zuckte die Schulter. »Er gehört praktisch zur Einrichtung. Er nickt und tut blöde, und dann macht er, was er will. Außerdem werden sie doch ihren armen tumben Putzmann nicht entlassen, weil er das tut, was er bis jetzt jede Nacht seines Lebens getan hat, oder?«

Lecks Laune kühlte angesichts dieser Gedächtnishilfe ein wenig ab. »Wie betrunken war er, als du mit ihm gesprochen hast?« wollte sie wissen.

»Überhaupt nicht«, erwiderte Privv ohne rechte Überzeugung, da er den Wink verstanden und das »Und wie betrunken warst *du*?« der Katze am Rande mitbekommen hatte. »Und das ist noch nicht alles«, fuhr er fort und zog es vor, nicht weiter darauf einzugehen.

Leck wartete.

»Er schwört, als er am Hafen-Versammlungshaus vorbeikam, sah er Cassraws liebe Gemahlin in eine Kutsche der Kirche einsteigen.«

»Tatsächlich?« schnurrte Leck mit wiedererwachtem Interesse. »Vielleicht geht es doch um Ehebruch. Vielleicht verteilt sie ihre ... Gunst, um Cassraws Karriere ein bißchen zu befördern.«

Privv runzelte die Stirn. »Das ist doch lachhaft«, antwortete er ärgerlich. »Diese Sache hat alle Anzeichen, sich zu etwas wirklich Lohnendem zu entwickeln. Eine Kirchenkutsche, die eine Frau ins Haus der Zeugen bringt. Ausgangssperre für die komplette Dienerschaft.«

»Ja, ja. Sie haben etwas zu verbergen. Etwas zu verbergen«, leierte Leck. »Wo sollen wir ansetzen?«

Privv überlegte kurz. »Wir können überprüfen, ob Dowinne Cassrawen im Hafen-Versammlungshaus weilt, wie es sich geziemt, und falls dem nicht so sein sollte, nun, dann sind vermutlich Unschuld und Unverfrorenheit unsere besten Waffen. Wir sollten ihnen die Falle oben im Haus der Zeugen stellen. An die Tür klopfen. Ein bißchen Gerede über die Dinge, die sich zugetragen haben, als die Wolke am Himmel hing, dann fragen, ob sie selbst irgend etwas Ungewöhnliches bemerkt haben, da sie ja soviel näher dran waren als wir anderen ...«

»Und ich schleiche mich hintenrum ein. Finde heraus, was wirklich abläuft.«

Morem öffnete vorsichtig die Tür. Er war in Gedanken versunken durch die Halle des Disputs gegangen, als ein lautes Klopfkonzert ihn aufgeschreckt und ihn ungeachtet des Dienerprotokolls, welches besagte, es sei nicht die

Aufgabe von Kapitelmitgliedern, solche Dinge zu tun, zum Eingang gelockt hatte. Privvs untersetzte Gestalt füllte sofort den Platz aus, den Morems Zögern ihm ließ. Er stand sehr dicht an der Tür, und Morem, der kurz erschrak, wich ein wenig zurück. Doch seine angenehme und offene Art schützte ihn beinahe vor allem, und nachdem er sich wieder ein wenig gefaßt hatte, erwiderte er Privvs öliges Lächeln nicht minder freundlich. Morem war trotz aller Liebenswürdigkeit und Sanftmütigkeit kein Narr, und bei Privvs Ankündigung, er sei Enthüller, begann sich seine Miene ein wenig zu umwölken. Instinktiv wollte er die Tür wieder schließen. Privv schaffte es, sich gerade noch rechtzeitig in Erinnerung zu rufen, wo er sich befand, so daß er seinen Fuß *nicht* in den sich langsam schließenden Türspalt schob.

Statt dessen lächelte er noch ein wenig breiter und begann auf Morem einzureden, wie er es sich vorher zurechtgelegt hatte, bevor dieser sich zu einem Entschluß durchringen konnte.

Morem bekam die Quintessenz der Einleitung gerade noch mit. »Die schwarze Wolke ... eine Menge merkwürdiger Dinge letzte Nacht ... die Leute haben lebhaft geträumt ... Stimmen gehört, Gesang, Schreie ... komische Geräusche ... sich bewegende Gestalten. Die Blätter waren diesen Morgen voll davon, so daß ich gedacht habe ...«

»Könntet Ihr einen Augenblick warten?« gelang es Morem einzuwerfen. »Ich glaube, Ihr solltet mit jemand anderem sprechen.« Und mit untypischer Schnelligkeit schlug er Privv die Tür vor der Nase zu und schlurfte durch die Eingangshalle davon.

»Ich bin drinnen.«

Privv nickte, als Lecks Stimme in seinem Kopf ertönte. Dann drehte er sich um und schaute müßig über das Tal hinaus, obwohl er nichts erkennen konnte. Tonlos begann er vor sich hinzupfeifen und von einem auf den anderen Fuß zu treten. Wen würden sie ihm schicken?

fragte er sich. Den alten Morem würden sie nicht zurückschicken, ganz gewiß nicht – das wäre *zu* einfach. Vielleicht Mueran – holla, *das* wäre aufschlußreich. Vielleicht würden sie auch einen Diener schicken, um ihm ausrichten zu lassen, daß sie nichts zu sagen hätten. Das wäre das Wahrscheinlichste. Er übte kurz seinen Ich-bin-ja-so-enttäuscht-Blick. Möglicherweise konnte er die Sympathie des Dieners gewinnen und ihn in ein Gespräch verwickeln. Man durfte sich keine Gelegenheit entgehen lassen. Er hatte einen Kontaktmann, aber die Bediensteten des Hauses der Zeugen waren gemeinhin ein arroganter, selbstgerechter Haufen mit einem übertrieben hohen Selbstwertgefühl, dem man sich auf normale Weise nur schwer nähern konnte. Trotzdem, Diener waren Diener – bezahlte Gefolgsleute. Am Ende konnte man sich immer auf einen Preis einigen. Alles, was man brauchte, war ein offenes Ohr und ein bißchen Phantasie.

Unvermittelt öffnete sich die Tür. Er drehte sich um und starrte in ein bekanntes Gesicht. Jegliche Hoffnung auf einen schnellen Erfolg schwand dahin.

»Schön, schön. Privv, mein Lieblingsenthüller. Wie nett, Euch zu sehen«, sagte Horld, während Stimme und Körperhaltung seine Worte Lügen straften.

Privv verging das Lächeln. Er schluckte.

»Oh«, machte er, während er sich an die Artikel erinnerte, die er vor vielen Jahren über Horld verfaßt und in denen er haltlose Verdächtigungen geäußert hatte, der Hufschmied habe seine Schmiede in einem Trotzakt gegen seinen Grundbesitzer selbst in Brand gesteckt. Er hatte damals noch nicht die Weitsicht besessen, über die er heute verfügte, auch wenn die Artikel ihm in Enthüllerkreisen einen ziemlichen Bekanntheitsgrad verschafft und sich sowohl in finanzieller als auch in beruflicher Hinsicht als sehr lukrativ erwiesen hatten. Er hatte noch eine Zeitlang danach zynische Anspielungen über Horlds darauffolgende Bekehrung zur Kirche verbreitet und erst damit aufgehört, als sich andere, noch bessere

Skandale abgezeichnet hatten. Dies war jedoch erst das zweite Mal, daß er ihn persönlich traf, und er fühlte sich, zugegebenermaßen nicht zum ersten Mal in seinem Leben, mehr als nur ein wenig angreifbar.

Horld machte einen Schritt auf ihn zu, während er die Tür hinter sich zuzog. Wenn er wollte, konnte er sehr einschüchternd wirken. Drohend baute er sich vor Privv auf. Aber Privv war unverwüstlich. Er hielt ihm die Hand hin. »Es ist lange her, Bruder Horld«, begrüßte er ihn. »Tatsächlich, wir sind uns das letzte Mal begegnet, bevor Ihr ordiniert wart. Es scheint Euch ja mittlerweile ausgesprochen gut zu gehen. Kapitelmitglied und all das.«

Aus purer Gewohnheit ergriff Horld Privvs ausgestreckte Hand. Den Enthüller überfiel ein leichtes Zittern, als sich die riesige muskulöse Faust des einstigen Schmieds um seine inzwischen ziemlich feuchtkalte Hand schloß. Er zog sie so schnell zurück, wie es ihm möglich war, ohne unhöflich zu wirken.

Horld legte seine anfängliche Höflichkeit schnell ab. »Was wollt Ihr, Privv?« fragte er in schroffem Ton.

In Ermangelung einer originelleren Idee schwadronierte Privv etwas über die große Wolke, wie er es auch bei Morem getan hatte. Horld sah aus, als habe er eine Menge dazu zu sagen, doch als Privv ausgeredet hatte, schüttelte er ganz langsam seinen Kopf und antwortete: »Nein. Wir haben hier keine ungewöhnlichen Vorkommnisse gehabt. Es war nur eine sehr eigenartige Wetterlage. Die Leute werden überängstlich. Wir sollten dankbar sein, daß das Unwetter sich nicht wirklich entladen hat, nicht wahr? Dann hätten sie etwas gehabt, über das sie sich wirklich hätten Sorgen machen können. Aber natürlich, die Menschen lesen heutzutage ja überall solchen Unsinn, nicht? Auf Wiedersehen.« Und er zog sich ins Haus der Zeugen zurück, fast bevor Privv etwas entgegnen konnte.

»Was ist mit Cassraw?« platzte er los.

Horld hielt inne, um sich dann halb zu ihm zurückzuwenden. »Sie haben etwas zu verbergen, etwas zu verbergen«, hallte Lecks Singsang durch Privvs Gedanken, während er die Körperhaltung des Klerikers zu deuten versuchte.

»Ihr meint wohl *Bruder* Cassraw?« fragte Horld streng in seinem schönsten Predigerton. Aber Privv war schon zu lange immun gegen das, was die Begegnungen mit der Kirche in jungen Jahren bewirkt hatten, um sich ernsthaft einschüchtern zu lassen.

»Natürlich«, beeilte er sich zu versichern. »Vergebt mir.« Dann fügte er hinzu, bevor Horld sich wieder zur Tür umdrehen konnte: »Ich hörte, daß *Bruder* Cassraw gestern einen Unfall gehabt hat.«

Horld sah ihm direkt in die Augen. Sein Gesichtsausdruck war undurchdringlich. »Wo habt Ihr denn so ein Märchen gehört?« fragte er zurück.

Privv zuckte die Schulter. »Man liest halt so einiges auf«, versetzte er gleichmütig.

Horld nickte verständnisvoll. »Das glaube ich gerne«, entgegnete er. »Was für einen interessanten Beruf Ihr Euch doch ausgesucht habt!« Und dann, obwohl er sich nicht zu beeilen schien, war er plötzlich durch die Tür verschwunden und zog sie leise zu.

Diesmal gingen Privvs Reflexe mit ihm durch, bevor er sich eines Besseren besinnen konnte, und die schwere Tür prallte schmerzhaft gegen seine Zehen. Die Tatsache, daß Horld der Tür noch einmal einen kräftigen Schubs gab – vielleicht klemmten ja die Angeln? –, bevor er zu seinem größten Bedauern Privvs Fuß als die Ursache des Problems erkannte, trug nicht dazu bei, Privvs Schmerzen zu lindern.

»Du liebe Güte«, sagte Horld mit einer Stimme, der jegliches Mitgefühl abging. »Ihr müßt besser aufpassen. Wenn Ihr so weitermacht, werdet Ihr noch ernsthaft Schaden nehmen.« Er sah Privv ins Gesicht. »Wolltet Ihr mich noch etwas fragen?«

Dann machte er die Tür wieder auf, um Privvs eingeklemmten Fuß zu befreien.

»Bruder Cassraw«, Privv biß beim Sprechen die Zähne zusammen, »ich glaube, er hatte gestern nacht einen Unfall.«

»Ach. Der kleine Leckerbissen, den Ihr … aufgelesen habt«, schien Horld sich zu erinnern. »Ich kann mir zwar nicht vorstellen, wo Ihr das aufgelesen haben könntet, aber es entspricht in etwa der Wahrheit. Bruder Cassraw machte gestern abend nach einer langen Kapitelsitzung einen Spaziergang, um ein bißchen frische Luft zu schnappen, doch da die Lichtverhältnisse ziemlich schlecht waren, ist er unglücklicherweise gestürzt. Er wird noch ein oder zwei Tage ein wenig steif sein, aber das dürfte kaum von Interesse für Eure Leser sein. Selbstverständlich dürft Ihr ihnen versichern, daß er sich nicht ernsthaft verletzt hat.«

Er legte Privv die Hand auf die Schulter, als wolle er ihn sanft auf den Rückweg den Berg hinunter schicken, doch Privv hielt die Stellung.

»Er ist spazierengegangen, als die dicksten Gewitterwolken, die jemals gesehen wurden, direkt über ihm hingen«, rief er aus, die Augen weit aufgerissen, die Brauen hoch gewölbt.

Horld nickte. Es widerstrebte ihm, die Wahrheit noch mehr zu beugen. Zudem war er sich sehr wohl der Tatsache bewußt, daß er, indem er dem mächtigen Impuls widerstand, dieses Individuum zu erdrosseln, ihm eine unverdiente Wohltat erwies. So ließ er seine Hand auf Privvs Schulter ruhen und riskierte einen weiteren Schritt in Richtung Verdammnis.

»Bruder Cassraw ist ein Mann mit einem wachen, wißbegierigen Geist«, sagte er. »Sehr wißbegierig. Während wir uns damit zufriedengaben, das Phänomen aus sicherer Position zu beobachten, zog es ihn mitten hinein. Und die Wolken waren in der Tat ein bemerkenswerter Anblick von hier oben. Er nahm wohl an, er riskiere schlimmstenfalls, völlig durchnäßt zu werden, und fort war er.« Er zuckte mit den Schultern, als sei dies das Ende der Geschichte, doch Privvs Schweigen und sein erwartungsvoller Gesichtsausdruck verleiteten Horld dazu weiterzumachen. »Als er länger als erwartet ausblieb, wurden wir ein wenig besorgt, und ein paar von uns machten sich auf den Weg, um nach ihm Ausschau zu halten. Wir begegneten ihm, als er humpelnd wieder herunterkam.«

Bevor Privv ihm weitere Zugeständnisse entlocken konnte, drang Lecks Stimme in seine Gedanken. »Ich bekomme hier nichts heraus. Sie sind alle zu emsig mit den Vorbereitungen für eine Mahlzeit beschäftigt, als daß sie Lust auf ein bißchen Klatsch hätten. Ich kann dir sagen, diese Leute lassen es sich gut schmecken. Alles andere als fromme Askese, soviel steht fest.«

Privv gab keine Antwort. »Könnte ich vielleicht ein paar Worte mit Bruder Cassraw wechseln?« bat er Horld. »Ich bin sicher, meine Leser würde es brennend interessieren, ein paar Eindrücke aus erster Hand über diese Wolke zu erhalten.«

»Nein«, beschied ihn Horld kategorisch und ein wenig zu hastig. »Ich fürchte, wir sind mitten in einer Sitzung. Vielleicht könntet Ihr Euch ins Hafen-Versammlungshaus begeben und einen Termin mit ihm ausmachen. Ich bin sicher, er wird gern mit Euch reden, wenn er Zeit hat.«

»Von dort komme ich gerade«, entgegnete Privv. »Aber außer der Haushälterin ist niemand da. Offenbar wurde seine Frau gestern nacht zu einem dringenden Fall gerufen.«

Er spürte, wie der Griff von Horlds Hand auf seiner Schulter sich verstärkte.

*Sie haben etwas zu verbergen, etwas zu verbergen.*

Plötzlich schnitt ein zischender Atemzug wie ein knarzendes Sägeblatt durch Privvs wachsende Hochstimmung. Er fühlte, wie die Haare in seinem Nacken und auf seinen Unterarmen prickelten und sich aufrichteten. Dann wurde seine Nase von intensiven und berauschenden Düften, seine Ohren von sonderbaren, übertrieben lauten Geräuschen und sein Geist von fremdartigen Bildern überschwemmt. Instinktiv hob er die Hände und rieb sich kräftig über die Nase und den Nacken, um das Gefühl abzuschütteln. Doch Lecks mächtige und ängstliche Reaktion wollte nicht von ihm weichen.

Er begann unsicher zu schwanken.

## KAPITEL 7

»Um Himmels willen, Katze, was tust du da?« rief Privv stumm aus, als Lecks überwältigende Gefühle ihn überfluteten.

»Was ist los?« drang Horlds Stimme durch den Aufruhr, schwach und verzerrt, als befinde er sich weit weg. Und die hohe Gestalt des Klerikers im Rahmen der Eingangstür des Hauses der Zeugen schien sowohl nah als auch fern zu sein, schien an beiden Enden eines langen, riesigen Tunnels zu stehen. Irgendwie schaffte Privv es, zu nicken, sprechen konnte er indes nicht. Was auch immer Leck begegnet war, ihre Reaktion drohte ihn zu überwältigen. Privv holte tief Luft. Er mußte mit jeder Unze seines Willens nach dem Geist der Katze greifen und sie beruhigen, oder er würde vollends von ihrer Tiernatur hinweggefegt werden. Schlimm genug, wenn das geschah, wenn er allein war, aber hier ...

Die Folgen waren nicht auszudenken. Er mußte Widerstand leisten, solange er noch ansatzweise Zugriff auf seine menschliche Natur hatte.

Trotzdem hatte er nicht den Hauch einer Ahnung, was ihr und ihm widerfuhr. Bei den seltenen Gelegenheiten, wo dergleichen in der Vergangenheit vorgekommen war, hatte es sich darum gehandelt, daß Leck unfähig gewesen war, sich den unwillkommenen Aufmerksamkeiten eines Hundes zu entziehen. Aber das war jetzt nicht der Fall, das wußte Privv. Die Emotionen, die von solchen Vorfällen ausgelöst wurden, waren nicht so schlimm wie dies hier. Und außerdem waren sie ganz anders geartet; geladen mit einer massiven kreatürlichen Gewalt, welche den tieferen Schichten der menschlichen Natur durchaus nicht fremd war. Für gewöhnlich ließ er ihnen freien Lauf, fürchtete er doch, eine Einmischung von seiner Seite könne die Fähigkeit seiner Partnerin zur Selbstverteidigung beeinträchtigen. Aber das hier war etwas ganz anderes. Und er wurde tiefer und tiefer hineingezogen.

Er fühlte Horlds Arm um sich, der ihn stützte.

*Nein!* schrie er sich selbst zu. *Nicht hier. Das darf nicht geschehen!* Doch während diese Gedanken noch auf ihn einstürmten, kamen auch schon andere, intrigant und ehrgeizig. Er war kurz davor, ins Haus der Zeugen zu gelangen, in den Mittelpunkt einer beträchtlichen Aufregung. Ungeahnte Möglichkeiten eröffneten sich ihm.

Doch diese mögliche Belohnung war wie ein Korken in einem aufgewühlten Ozean. Und Privv ertrank. Bilder wirbelten und tanzten durch seinen Geist, während er gegen Lecks angsterfüllte Sturheit kämpfte. »Katze!« schrie er verzweifelt durch das Chaos in seinem Innern, in der Hoffnung, dieser einfache Ausruf möge sie ablenken, doch die Empfindungen gerieten nicht einmal ansatzweise ins Wanken, und plötzlich erwachte ein bislang tief verborgener Teil seines Ichs. Als er Leck abermals zu erreichen versuchte, ging er mit grausamer und brutaler Entschlossenheit vor. Jetzt war es ein Kampf mit der ungetrübten tierhaften Wildheit seiner Partnerin um die Kontrolle der gemeinsamen Grundlage ihrer beider

Psyche, und unter solchen Umständen konnte es nur einen Sieger geben. Solcherart bedroht, trat seine eigene primitive Natur in den Vordergrund, und die war weitaus schlechter, als irgendein Tier es sein konnte.

»Genug!«

Der Befehl, mit unvorstellbar grausamen Folgen behaftet, die weit über die eigentliche Wortbedeutung hinausgingen, toste durch die geheimnisvollen Gänge ihrer Verbindung. Mit rasender Wut bäumte sich Lecks Geist gegen die Wucht seines Befehls auf und erfüllte Privvs Gedanken mit einem erbosten Wutanfall aus blitzenden Zähnen und messerscharfen Krallen. Dennoch unterwarf sie sich der mächtigeren Drohung.

Der ganze Vorfall hatte vielleicht nur wenige Sekunden gedauert, doch als der innere Aufruhr sich zu legen begann, wurde Privv bewußt, daß er fast von Horld getragen wurde, zu einer langen Sitzbank auf der anderen Seite der Eingangshalle. Auch gewann er einen flüchtigen Eindruck von Morem, der irgendwo in der Nähe sein mußte. Ich bin drinnen, jubelte er innerlich und vergaß vorübergehend, was ihm zu diesem Erfolg verholfen hatte. Und in diesem Moment brach Lecks Zorn wieder über ihn herein.

»Mach das nie wieder«, bekam er ihren mörderischen Ausbruch zu spüren.

Obwohl es ihn in den Fingern juckte, reagierte Privv nicht auf ihre Wut. Leck war unterjocht worden, und das, was menschlich an ihr war, würde ihn verfluchen wollen. Jetzt konnte man ihr ungestraft freien Lauf lassen. Er gestattete Horld, ihn auf die Bank zu setzen.

»Geht es wieder besser?«

Seine eigene Frage an Leck verschmolz mit Horlds Besorgnis, und die Worte bildeten ein unangenehmes Echo in seinem Kopf. Er hob kraftlos die Hand, um Horlds Frage abzuwehren, und sagte leise: »Einen Moment, bitte.«

»Leck, was in Teufels Namen sollte das?« fragte er.

Überraschend erhielt er keine weitere Verwünschung zur Antwort. Leck bewahrte eisiges Schweigen.

»Ein treffendes Wort, das mit dem Teufel«, hörte er ihre rätselhafte Antwort. »Ich muß nachdenken.«

»Aber . . .«

Durch ein ganz besonderes Schweigen hallte das Wort zu ihm zurück. Leck hatte sich zurückgezogen. Privv, den Kopf gesenkt, damit Horld sein Gesicht nicht sehen konnte, zog eine Grimasse. Leck war zutiefst verstört, ihre Sprache mit Bildern durchsetzt gewesen, deren Bedeutung er nicht einmal ansatzweise begreifen konnte. Er versuchte zu ihr durchzudringen, behutsamer diesmal.

»Ich verstehe nicht«, erwiderte er. »Was ist passiert? Hat dich irgend etwas bedroht?«

Er erhielt immer noch keine Antwort.

Privv fluchte stumm, hatte jedoch weder Lust noch Kraft, seine Partnerin noch einmal anzugreifen. Hier hatte sich etwas überaus Seltsames ereignet – etwas, das weder er noch sie, wie er stark vermutete, jemals erlebt hatte. Aber er konnte nicht das Haus der Zeugen durchsuchen, um herauszufinden, was es gewesen war, und er wußte nur zu gut, daß es ihm nichts einbringen würde, ihr weiter zuzusetzen. Außerdem taten sich hier ungeahnte Möglichkeiten für ihn auf. Horld beugte sich noch immer mit ehrlich besorgter Miene über ihn. Wieder fragte er: »Geht es wieder besser?«

Privv sah jäh zu ihm hoch, woraufhin Horld erschrak. »Ja, ja«, nickte er. Er legte sich eine glaubwürdige Lüge zurecht. »Ich vermute, ich habe in letzter Zeit zu hart gearbeitet«, erklärte er. Noch bevor er den Satz beendet hatte, fiel ihm ein, daß diese Ausrede nicht dazu angetan sein konnte, Sympathie in Horld zu wecken. »Aber jetzt bin ich wieder in Ordnung, danke«, beeilte er sich hinzuzufügen. Mühsam unterdrückte er seine Sorge um Leck. Was immer geschehen war, es war vorüber. Augenscheinlich befand sie sich jetzt nicht mehr in Gefahr, und zweifellos würde er alles zu gegebener Zeit erfahren. Er fühlte sich ein wenig erleichtert, und sofort begann sich der Opportunist wieder in ihm zu regen.

»Könnte ich vielleicht noch einen Augenblick sitzen bleiben?« bat er und ließ den Blick durch die Eingangshalle mit ihrem kostbaren Mosaikfußboden wandern, den geschwungenen Treppen und den kannelierten Säulen, die sich bis unter die Kuppel erhoben. »Das alles ist sehr beruhigend hier. Wäre es vermessen, um ein Glas Wasser zu bitten?«

Horld erwog die Bitte, denn sein Argwohn gegenüber dem Enthüller kehrte im gleichen Maße zurück, wie Privv sich erholte. »Nein, nicht im geringsten«, gab er bedächtig zur Antwort und sah sich nach einem Bediensteten um, der den Botengang erledigen sollte, um nicht das Risiko eingehen zu müssen, Privv allein zu lassen. Doch in diesem Augenblick tauchte ein sehr beschäftigt wirkender Morem mit einem Glas Wasser und einer großen Decke auf. Privv lehnte die Decke mit einer Handbewegung ab, kippte das Wasser jedoch gierig herunter. Er fühlte sich wie ausgetrocknet – seine Kehle schmerzte richtig, so rauh war sie. Angst, diagnostizierte er. Lecks Angst. Wieder versuchte er vorsichtig zu ihr durchzudringen, doch obwohl er die Anwesenheit der Katze spüren konnte, erhielt er keine Antwort.

Morem musterte ihn gleichermaßen besorgt und berechnend. Zielstrebig hantierte er mit der Decke herum, da es ihm offenbar widerstrebte, sie loszulassen, bevor er sie ihrem medizinischen Zweck zugeführt hatte. Privv erhob sich, um sein wiedergefundenes Wohlbefinden zu demonstrieren.

»Ich danke Euch – Bruder Morem, nicht wahr?« sagte er, während er ihm das leere Glas zurückgab, damit er sich nicht länger mit der Decke zu schaffen machte. Morem lächelte breit, geschmeichelt, weil der andere ihn überraschenderweise kannte. Als er jedoch zum Sprechen ansetzte, trat Horld mit finsterer Miene schützend zwischen sie. Er legte Privv kameradschaftlich, aber bestimmt den Arm um die Schultern und schob ihn langsam auf den Ausgang zu.

»Nun, wenn Ihr sicher seid, daß alles wieder in Ordnung ist, fürchte ich, daß ich Euch wieder hinausgeleiten muß. Wir müssen noch unsere Sitzung abschließen, und sie hat schon recht lange gedauert.«

»Ich verstehe, natürlich«, stieß Privv hervor, riskierte es jedoch, noch einmal kurz innezuhalten. »Und es tut mir leid wegen der Störung. Aber da ich nun schon einmal hier bin, frage ich mich, ob es nicht vielleicht möglich wäre, ein Wort mit Bruder Cassraw zu wechseln. Wenn ich ein Gerücht über einen Unfall aufgelesen habe, weiß es morgen die ganze Hafen-Gemeinde. Ein Wort in meinem Blatt könnte eine Menge dummes Gerede verhindern.«

Horld schob ihn weiter in Richtung Tür. »Tut mir leid. Wie ich Euch gerade sagte, ruht Bruder Cassraw sich aus. Er ist alles andere als froh über seinen kleinen Sturz und würde mit Sicherheit nicht gerne gestört werden.« Er warf Morem einen bedeutungsvollen Blick zu. »Wie Bruder Morem Euch sicher bestätigen wird. Nebenbei bemerkt, ich bezweifle, daß irgend jemand Interesse an einem solch banalen Zwischenfall haben dürfte, findet Ihr nicht auch?« schloß er, als sie die Tür erreichten.

Privv kam, was gar nicht zu ihm paßte, beinahe ins Stottern, als Horld die Tür öffnete und ihn entschlossen hinausschob. »Na dann, ja, danke ... ähm ...«

Sein Blick huschte an Horld vorbei in die Eingangshalle zurück. Es war Cassraw, der gerade die Treppe herunterkam.

»Aha!« rief er aus, und seine Miene hellte sich auf.

Sowohl Horld als auch Morem bekamen den Blick mit und sahen sich um. Morem reagierte mit unverhohlenem Erstaunen, doch Horld legte einfach den Arm vor die Tür, um Privv draußen zu halten.

»Da habt Ihr es«, sagte er zu Privv, ohne ihn anzusehen. »Wie ich bereits erwähnte, Bruder Cassraw geht es prächtig. Kein Grund zur Sorge. Ich fürchte, Ihr habt Euch ganz umsonst heraufbemüht. Trotzdem, ich denke, Ihr dürftet eine Menge anderer Dinge finden, über die Ihr Eure Leser ... beruhigen könnt.«

Doch Privv war kein Mann, der sich von höflichen Bedenken behindern ließ, wenn es wichtig wurde.

»Bruder Cassraw«, rief er in die Halle und winkte an Horld vorbei. »Bruder Cassraw. Habt Ihr eine Minute Zeit für mich?«

Er merkte, wie Horlds Pranke sich zu einer höchst unpriesterlichen Faust ballte, doch er lächelte nur noch breiter und winkte noch hektischer. Cassraw hatte inzwischen die unterste Stufe der Treppe erreicht und wurde von einem ängstlich besorgten Morem angesprochen. Er nickte zu irgend etwas, was Morem sagte, und sah dann zum Eingang hinüber. Horld, gehörig aus der Fassung gebracht durch das Auftauchen des Mannes, den er bewußtlos in seinem Zimmer liegen wähnte, war im Begriff, Privv mit schierer Gewalt aus der Tür zu schieben und ihm diese vor der Nase zuzuknallen. Er bekam Alpträume von Privv, der Cassraw mit Fragen durchlöcherte und von diesem nur das unheimliche Nicken und Lächeln erntete, das Cassraws Verhalten vor seinem Zusammenbruch gekennzeichnet hatte. Er konnte schon die bis zur Unkenntlichkeit entstellten Kommentare in Privvs Blatt lesen.

Als er sich bereit machte, diesem widerwärtigen Kerl einen kräftigen Stoß zu versetzen, rief Cassraw: »Wer ist es denn, Bruder?«

Er schob Morem zur Seite und klang wieder ganz so, wie man ihn kannte.

Diesmal kam Horld ins Stottern. »Es ist nur ein Enthüller, Bruder Cassraw. Er wollte gerade wieder gehen.«

»Bruder Cassraw – nur eine Minute, bitte.« Privvs Redeschwall versiegte auch nach diesem Wortwechsel nicht.

Cassraw sah ihn kurz an, dann hob er die Hand und winkte ihn heran. »Laß ihn ein«, wandte er sich an Horld. »Ich bin sicher, wir können ein oder zwei Minuten für ihn erübrigen. Wir dürfen uns diesen modernen Entwicklungen nicht verschließen, nicht wahr?«

Horld hätte dem heftig widersprechen können, doch statt dessen ließ er mit offenkundigem Widerstreben den Arm sinken. Privv, nun unbehindert, eilte an ihm vorbei und stürzte sich auf Cassraw wie ein Hund aufs Futter. Horld sah ihm mit unverhülltem Abscheu hinterher. Cassraw ließ den Enthüller wieder auf der Bank Platz nehmen und setzte sich neben ihn. Horld baute sich wie ein Hütehund vor ihnen auf, während Morem sich im Hintergrund hielt und sie unbehaglich beobachtete.

»Wir müssen unsere Sitzung fortsetzen, Bruder Cassraw«, erklärte Horld bedeutungsvoll. »Wir haben noch sehr viel zu besprechen.«

Cassraw nickte. »Ich weiß«, antwortete er. Dann wandte er sich vertraulich an Privv. »Ich fürchte, mein kleiner Spaziergang gestern hat mir nicht nur eine oder zwei Beulen eingetragen, er hat auch eine beträchtliche Zahl administrativer Probleme aufgeworfen, weshalb ich mich nicht lange mit Euch unterhalten kann. In welcher Angelegenheit wolltet Ihr mich sprechen?«

Bevor Privv Antwort geben konnte, fuhr Cassraw kaum merklich zusammen. Dann lächelte er und schüttelte den Kopf. »Komm«, sagte er zu jemand anderem als Privv, bückte sich und hob etwas hoch. »Ich weiß nicht, wie du hier hereingekommen bist, aber du hast mich schon die ganze Zeit verfolgt, seit ich aus meinem Zimmer gekommen bin, nicht wahr?«

Er setzte sich die Last auf den Schoß.

Und Privv erblickte zu seinem größten Erstaunen Leck, die es sich auf Cassraws Schoß gemütlich machte.

Cassraw breitete die Arme weit aus und wandte sich an die versammelten Kapitelbrüder. An Händen und Gesicht waren noch die Verletzungen zu sehen, die er sich am vergangenen Tag zugezogen hatte, doch er war säuberlich gekämmt und gekleidet und hatte sich offensichtlich wieder vollständig in der Gewalt.

»Meine Freunde, was kann ich sagen?« begann er. »Euch um Verzeihung bitten, gewiß. Und danken – für Eure Geduld und Eure Gebete. Und Bruder Vredech und Bruder Horld und den anderen meinen besonderen Dank für ihren Mut und ihre brüderliche Liebe aussprechen, sich in die Dunkelheit hinauszubegeben und mich zu suchen. Ganz zu schweigen von ihrer ausgezeichneten praktischen Arbeit, mich hierher zurückzuschaffen.« Er wandte sich dem Kopfende des Tischs zu. »Bruder Mueran, Euch insbesondere habe ich um Verzeihung zu bitten für mehr als nur den Ärger, den ich Euch gestern bereitet habe. Mein Benehmen in letzter Zeit hat viel zu wünschen übrig gelassen. Dessen bin ich mir nun nur allzusehr bewußt.« Er faltete die Hände und richtete den Blick an die Decke. »Ishryths Wege sind in der Tat oft unbegreiflich, und was immer mich zu dieser ... Eskapade ... gestern verleitet und mich die ganze Nacht und den Großteil des heutigen Tages über in jenen mysteriösen Schlaf gebannt hat, hat mich wieder zur Vernunft gebracht.«

Er hielt mit ausgestreckten Armen die zerrissene und beschmutzte Soutane vor sich, die er getragen hatte. »Dieses Gewand hier werde ich an einem besonderen Platz in meinem Wohnbereich im Versammlungshaus aufhängen, damit es mir als ständige Mahnung dient, wohin der Hochmut Menschen bringen kann.« Er entspannte sich ein wenig und lächelte wehmütig. »Und um für eine weitere Art von Mahnung zu sorgen: Sollte man mich jemals erneut dabei ertappen, wie ich mich gegen die Wege der Kirche stemme oder in Debatten auf unvernünftige Weise auf meiner Starrköpfigkeit beharre, dann erteile ich Euch hiermit die Erlaubnis, mich zur Ordnung zu rufen und zu sagen: ›Bruder Cassraw, denke an die Lektion, die du in der Dunkelheit gelernt hast.‹«

Mehrere Brüder klatschten ihm spontan und begeistert Beifall, und die meisten anderen nickten zustimmend und erleichtert angesichts seiner Ansprache. Denn obwohl sie nur kurz gewesen war, hatten die Schlichtheit und Offenheit des Vortrags doch alle Zuhörer in Bann geschlagen: Cassraw konnte sehr überzeugend reden, wenn er wollte. Nur Vredech hegte noch Zweifel an dem plötzlichen Sinneswandel seines Freundes. Man konnte es ihm ansehen, und unglücklicherweise fiel es Mueran auf. Nachdem sich die furchtbaren Probleme des gestrigen Tages scheinbar vor seinen Augen in Luft aufgelöst hatten und die begründete Hoffnung bestand, nun werde wieder Normalität einkehren, war es Mueran zumute, als sei ihm eine große Last von der Seele genommen worden. Deshalb tat er auch alles, um dafür zu sorgen, daß das Kapitel Cassraws Widerruf einstimmig annahm. Es war ein glücklicher Zufall gewesen, daß Cassraw rechtzeitig aus seinem merkwürdigen Koma erwacht war, um diesen erbärmlichen Enthüller zu beschwichtigen, aber man konnte nie vorsichtig genug sein. Enthüller waren in der Lage, die kleinste Unstimmigkeit zu einem Schisma aufzubauschen, aus dem unbedeutendsten Fehltritt einen Skandal zu machen. Eine gemeinsame Front war notwendig, wenn auch nur für die nächsten paar Tage, bis Cassraw Frieden mit denjenigen Schäfchen aus seiner Herde geschlossen hätte, die er vor den Kopf gestoßen hatte.

»Bruder Vredech, Ihr wirkt nicht übermäßig glücklich«, wagte er einzuwerfen.

Vredech fand sich unvermutet im Mittelpunkt der gutmütigen Aufmerksamkeit seiner Mitbrüder stehen. Unter diesem Druck zwang er sich zu einem Lächeln, nach dem ihm überhaupt nicht war. Er sah Cassraw an, als erwarte er den Urteilsspruch. Vredech spürte den

Willen aller Versammelten und die mächtige, treibende Kraft der kleinen Dinge des Alltags, die wieder ihre Ansprüche geltend machten. Laßt alles, wie es ist. Er war nicht unempfindlich gegenüber diesem Druck. Veränderung macht Angst.

»Es tut mir leid«, versetzte er mit einem entwaffnenden Achselzucken, während er seine Gedanken sammelte. »Ich bin nicht ganz auf der Höhe. Ich habe gestern nacht schlecht geschlafen, trotz der Anstrengungen des vorausgegangenen Tages.«

»Ich bezweifle, daß auch nur ein einziger von uns gut geschlafen hat«, bemerkte Mueran. Er ließ zu, daß ein Hauch von Vorwurf in seinem Tonfall mitschwang. »Wo Bruder Cassraw bewußtlos in unserer Mitte lag.«

Vredech drängte es nun, den prüfenden Blicken zu entgehen. Ihm war jedoch, als sträubten sich die Worte, über seine Lippen zu kommen, und nur mit großer Anstrengung gelang es ihm zu antworten: »Ich bin wirklich froh, daß Bruder Cassraw in jeglicher Hinsicht wieder unter uns weilt.«

Das genügte Mueran. Er wandte sich an Cassraw und bedeutete ihm, sich zu setzen. Bevor Cassraw der Aufforderung gehorchte, drehte er sich mit einem Gesicht voller Dankbarkeit noch einmal zu Vredech um. Nun war er wieder der Cassraw, den jeder kannte und mochte, der Mann, dessen Fleiß und Fähigkeit ihn dazu prädestiniert hatten, die Hafen-Gemeinde zu übernehmen.

Nein! schrien tief in Vredechs Innern protestierende Stimmen auf. Das war *nicht* Cassraw. Er war verändert. Irgend etwas stimmte nicht, irgend etwas war verkehrt.

*Verkehrt.*

Er wehrte die Stimmen ab, brachte sie aus dem Wunsch heraus, wieder mit allem ins reine zu kommen, zum Schweigen. Auf sein aufmunterndes Nicken hin setzte Cassraw sich schließlich hin. Er beugte sich vor und stützte die Ellbogen auf die sorgfältig zusammengefaltete Soutane. Mueran hetzte die Versammlung durch diejenigen Punkte der Tagesordnung, die aufgrund von Cassraws überstürztem Abgang am gestrigen Tage unerledigt geblieben waren, und anschließend gingen die Kapitelmitglieder eilig und unzeremoniell auseinander.

Während sie sich alle in der Eingangshalle drängten, bildete Cassraw den natürlichen Mittelpunkt der Geschäftigkeit. Vredech, der ihn aus einiger Entfernung beobachtete, bemerkte, daß die meisten Cassraw die Hand schüttelten und ihm alles Gute wünschten, ein oder zwei aber ausführlicher und länger mit gesenktem Kopf mit ihm sprachen, als dämpften sie trotz des Lärms um sie herum ihre Stimmen. Wie Verschwörer, kam es ihm in den Sinn, woraufhin er sofort wieder ein schlechtes Gewissen bekam. Wo hatte er nur diese lächerliche Vorstellung her?

Mit einem Achselzucken tat er sie ab. Er war müde nach einer üblen Nacht, das war alles. Cassraw war wieder wohlauf und bei ihnen, das war es doch, was zählte, oder?

Dann kam ihm ein weiterer unangenehmer Gedanke. Konnte es sein, daß er eifersüchtig auf seinen alten Freund war, dessen Stern nun offenbar wieder im Aufsteigen begriffen war? Obwohl sie gemeinsam in die Kirche eingetreten waren, war Cassraw schneller und höher emporgekommen als Vredech. Aber auf der anderen Seite hatte er auch nie angestrebt, wonach es Cassraw verlangte. Er hatte immer nur das gewollt, was er nach und nach erreicht hatte. Zwischen ihnen hatte es nie einen Wettstreit gegeben. Trotzdem, man konnte nie wissen. Er lächelte vor sich hin. Wir entdecken immer wieder neue Maßstäbe, nach denen wir uns selbst beurteilen, dachte er.

Und dann wurde auch er wie der Rest von Cassraw angezogen, und er schüttelte ihm die Hand und wünschte ihm Glück.

Doch noch während er das tat, brachten die Stimmen sich wieder zu Gehör.

Verkehrt.

*Verkehrt.*

Privvs Einspänner ratterte die kurvenreiche Straße hinunter, die vom Haus der Zeugen in die Stadt führte.

»In Ordnung. Waffenstillstand«, sagte er nach langem Schweigen. »Was ich getan habe, tut mir leid, aber du warst völlig außer Kontrolle geraten. Ich hätte mich geifernd und kratzend auf dem Boden gewunden, wenn ich dich nicht irgendwie aufgehalten hätte.« Er kam nicht umhin, sich ein wenig leid zu tun. »Und es hat mich ganz schön Kraft gekostet, das kann ich dir sagen. Ich bin noch immer ganz zittrig.«

Mit Lecks Selbstmitleid und Gekränktheit konnte er jedoch nicht mithalten. »Oh, du mußt mir nichts erklären. Ich weiß, wie es mit euch Menschen ist – nur zu gut«, versetzte sie beleidigt. »Wenn irgendwas schiefgeht – versetz deiner Katze einen Tritt. Nebenbei bemerkt, was ist falsch an Geifern und Kratzen? Das ist einigen Dingen, die *ihr* beherrscht, bei weitem vorzuziehen. Besonders mit –«

Bilder begannen in Privvs Kopf Gestalt anzunehmen. »Ja, ja, schon gut«, beeilte er sich zu versichern. »Ich sagte ja bereits, es tut mir leid. Laß uns das Ganze vergessen. Aber erzähl mir endlich, worum es eigentlich ging und warum du auf Cassraws Schoß herumklettern mußtest.«

»So lautete mein Auftrag«, versetzte Leck pikiert.

Die Antwort brachte Privv aus dem Konzept. Ins Haus der Zeugen hineingekommen zu sein, zusammen mit seinem Gespräch mit Cassraw unter diesen Umständen, ganz zu schweigen von Lecks absonderlichem Anfall, den diese Erfolge vorübergehend in den Schatten gestellt hatten – die Begeisterung darüber hatte ihn so beschäftigt, daß er fast vergessen hatte, warum sie eigentlich hochgefahren waren. Lecks knappe Gedächtnishilfe ernüchterte ihn.

»Ach ja«, antwortete er schwach und fügte hinzu: »Und du hast ihn gut erledigt, indem du Cassraw aufgespürt hast und so weiter. Schade, daß trotzdem keine lohnende Geschichte dabei herausgekommen ist.«

»Das würde ich nicht behaupten«, widersprach Leck.

»Wie denn? ›Kapitelmitglied macht Spaziergang und fällt hin‹«, zitierte Privv höhnisch. »Damit sich jemand dafür interessiert, müßte es saure Gurken regnen. Ich denke, ich bringe ein bißchen Schwung in diese Geschichte mit den Marktbeamten. Das läßt sich vielversprechend an. Es würde mich nicht überraschen, wenn sich hinter den Kulissen irgendwo ein Heinder herumtreiben würde.« Er begann zu spekulieren. »Einen richtigen PlasHein-Skandal hatten wir nicht mehr seit –«

»Tagen«, unterbrach ihn Leck verächtlich. »Und den hast du auch ganz allein selbst fabriziert. Laß jemand anderen den nächsten fabrizieren, oder du findest dich auf der schwarzen Liste der Hüter wieder.«

Privv zuckte wegwerfend mit der Schulter. »Enthüllerprivileg«, plapperte er. »Die können mir wegen vernünftiger Spekulationen nichts anhaben. Nebenbei bemerkt, niemand hat es geleugnet.«

Leck ließ sich nicht auf eine Diskussion mit ihm ein. »Mach, was du willst«, sagte sie gleichgültig. »Aber gib mir nicht die Schuld, wenn es im Morgengrauen an deiner Tür klopft.« Sie gähnte und streckte sich.

Privv warf ihr einen beleidigten Blick zu, und sie fuhren eine Zeitlang schweigend weiter. Als sie durch die reich verzierten Tore kamen, die die Grenze des offiziellen Kirchengeländes markierten, stießen sie beinah mit einer Kutsche zusammen, die auf der öffentlichen Straße fuhr. Es war wie gewöhnlich Privvs Schuld, obwohl die Einzelheiten seines Fahrfehlers in dem darauffolgenden Austausch von Verwünschungen nicht klar zur Sprache kamen. Dennoch löste der Zwischenfall die gespannte Stimmung zwischen den beiden.

»Um was ging es eigentlich bei der ganzen Geschichte da oben?« erkundigte sich Privv schließlich, nachdem er das Pony wieder unter Kontrolle hatte. »Ein Hund war es nicht, soviel ist mir klar.«

Auf der Stelle überflutete ihn eine wirre Gefühlsmischung. Er blickte auf die Katze hinunter, um herauszufinden, ob man ihr äußerlich irgend etwas ansehen konnte, doch sie lag regungslos, scheinbar schlafend da. Ihre Stimme hingegen war hellwach und schrill. »Ich weiß es nicht«, gestand sie. »Es hatte mit Cassraw zu tun. Er hat etwas Seltsames an sich. Sehr seltsam. Etwas, das ich noch nie zuvor an einem Menschen gespürt habe.«

»Was meinst du damit?« wollte Privv wissen.

»Ich hab' doch gerade gesagt, daß ich es nicht weiß, oder?« fuhr sie ihn ärgerlich an. »Warum hörst du mir nie zu?«

»Wie würde es dir gefallen, zu Fuß nach Hause zu gehen, Katze?«

»Das wäre vermutlich sicherer, als mit dir zu fahren. Willst du, daß ich dir jetzt etwas über Cassraw erzähle, oder nicht?«

»Entschuldigung, mach weiter«, lenkte Privv nicht eben elegant ein.

Leck wurde plötzlich sehr ernst. »Es ist wichtig, Privv«, sagte sie. »An Cassraw ist etwas *wirklich* Fremdartiges.« Dann, ziemlich verlegen: »Ich habe sogar versucht, zu ihm durchzudringen.«

Privv sah erstaunt zu ihr hinunter. »Und?« fragte er nach kurzem Zögern.

»Natürlich nichts«, antwortete Leck nach einer kurzen Pause. »Aber ...« Sie stockte. »Es war beinahe, als wehre er mich bewußt ab. Es war sehr sonderbar.«

Privv wirkte enttäuscht. »Der Mann ist ein Priester, um Himmels willen«, sagte er. »Sie sind alle ein bißchen sonderbar. Das sollten wir eigentlich wissen. Manchmal haben sie uns tolle Geschichten geliefert – besser als jede, die wir uns ausdenken könnten.« Er lachte.

Lecks Antwort war sarkastisch. »Das waren auch nur gewöhnliche Sterbliche«, sagte sie, »die sich mit dem abgaben, womit ihr euch alle abgebt. Sie hatten nichts Fremdartiges an sich, nur ein bißchen mehr Schuld und Größenwahn als der Rest von euch. Cassraw ist anders.« Erneut zögerte sie, dann setzte sie sich unvermittelt aufrecht hin. »Er ist nicht menschlich«, platzte es fast gegen ihren Willen aus ihr heraus. Ihre überraschende Bewegung und der Nachdruck ihrer Worte erschreckte Privv, doch bevor er irgend etwas entgegnen konnte, füllten wilde, tierische Bilder seinen Geist aus.

»Hör auf damit. Wir kippen noch um«, beschwerte er sich, während er die Katze mit dem Fuß anstupste.

Leck fauchte ihn böse an. »Und du hörst *damit* auf«, zischte sie und hob die Pfote mit ausgefahrenen Krallen. »Ich versuche nachzudenken. Dieser ... Mann ... hat mich zu Tode geängstigt, als ich ihn das erste Mal sah.«

»Warum?« fragte Privv.

»Ich hab's dir doch gesagt, ich weiß es nicht«, fuhr Leck ihn an. Wieder strömten eigenartige Bilder in Privvs Gedanken. Diesmal reagierte er nicht.

»Warum bist du ihm dann so um die Beine gegangen?« erkundigte er sich behutsam, als Leck sich wieder ein wenig beruhigt zu haben schien.

»Weil er ... mächtig ist«, erwiderte Leck nach langem Schweigen. Ihre Stimme klang nachdenklich. »Wir müssen Cassraw im Auge behalten, Privv. Uns mit ihm verbünden. Wo er ist, werden sich jede Menge Dinge tun. Spektakuläre Dinge. Gefährliche Dinge.«

# KAPITEL 8

Vredech warf seinen Umhang auf einen Stuhl und schlüpfte in einen anderen. Er preßte die Hände an seine Schläfen. Er hatte gehofft, die gemächliche Fahrt vom Haus der Zeugen hinunter und durch die Straßen der Stadt würde ihn beruhigen und entspannen, aber dem war nicht so. Er fühlte sich eher noch verstörter und angespannter als vor Cassraws scheinbar wundersamer Genesung. Er holte tief Luft und legte seine Hand auf ein Exemplar des Santyth, das auf einem Tischchen neben dem Stuhl lag. Es war ein altes, abgenutztes Exemplar, und sein Platz auf dem Tischchen war ein Ehrenplatz, denn es hatte ursprünglich seinem Vater gehört. Aufgrund einer Ironie des Schicksals, die Vredech immer zu schätzen gewußt hatte, war sein Vater eine Rarität in der madrenischen Gesellschaft gewesen: ein Ungläubiger. »Sind ein paar gute Geschichten drin, Sohn. Und eine Menge Weisheit – keiner will das leugnen. Und gut geschrieben ist es auch. Aber der Große Schöpfer aller Dinge? Ishryth?« Dann hatte er immer den Kopf geschüttelt. »Nein. Das ist Menschenwerk. Nur Menschen bringen es fertig, sich einen Schöpfer nach ihrem eigenen Bild zu erschaffen. Ich glaube nicht, daß sie Unheil damit anrichten wollten, aber trotzdem ist es nur das Werk von Menschen. Menschen, die mit der Dunkelheit hadern. Ebenso unwissend wie wir.«

Er hielt große Stücke auf die Vernunft und löste mit ihrer Hilfe ohne Erbarmen alle Probleme, die so unvorsichtig waren, seinen Weg zu kreuzen, doch er war in seiner Überzeugung weder bigott, noch versuchte er, andere zu bekehren.

»Du mußt jederzeit deinen Kopf benutzen, Junge. Wissen ist unser bester Schutz.« Dann pflegte er sich auf die Brust zu klopfen. »Dein Glaube aber ist, was du in deinem Herzen findest. Es entzieht sich der Vernunft, weshalb man darüber auch nicht diskutieren kann, und es muß still im Innern eines jeden bleiben und darf nicht von einer Kanzel herunter gepredigt werden. Die meisten dieser Leute benutzen das, was sie Glauben nennen, als Ausrede für einen erschreckenden Mangel an klarer Urteilskraft. Denkfaulheit, mehr ist ihr Glaube nicht. Denkfaulheit. Dafür habe ich keine Zeit. Das ist Gotteslästerung.« Über diesen Schluß pflegte er immer herzhaft zu lachen.

Für Vredech war es, als hallten seine Worte noch in diesem Raum nach.

Für ihn war es eine ziemliche Enttäuschung gewesen, daß sein einziger Sohn sich der Kirche zugewandt hatte, und anfangs hatte es deswegen, ganz untypisch für ihr Verhältnis, einige Mißstimmigkeiten gegeben. Doch am Ende hatte er zu seinen Überzeugungen gestanden, seinem Sohn alles Gute gewünscht und ihn unterstützt, wo er nur konnte, selbst in jenen Phasen des Zweifels, die jeden befallen, der eine solche Berufung wählt. Sie waren bis zum Ende Freunde geblieben, und so kam es, daß er ihm selbst nach seinem Tod noch eine Stütze war.

Nun, da er sich im Schatten seines Vaters ausruhen konnte, begann Vredech mit sich selbst zu reden, wobei er ganz bewußt den alten Herrn nachäffte: »Das bringt diese heimtückischen Gedanken an die Oberfläche, diesen inneren Schweinehund, der immer im Verborgenen lauert und nur darauf wartet, daß du einen schlechten Tag hast, um sich aus dem Hinterhalt auf dich zu stürzen.«

»Cassraw ist mein Freund. Ich glaube nicht, daß ich neidisch auf ihn bin«, sagte Vredech und sprach damit seine schlimmste Befürchtung aus. Er schlug mit der Hand leicht auf den Santyth. »Die Hafen-Gemeinde hätte ich bestimmt nicht gewollt. Dowinne vielleicht.« Bei diesem Eingeständnis ließ er den Blick durch den Raum schweifen, obwohl er genau wußte, daß er allein im Haus war. »Ich weiß, er kann eine ziemliche Nervensäge sein, aber meist ist *er* derjenige, der am stärksten darunter leidet. Und ich war ehrlich froh, als er unverletzt wieder vom Berg herunterkam, auch wenn er ... merkwürdig war.«

Die schwarzen Wolken drängten sich wieder drohend in seine Gedanken.

Der Tag des Gerichts.

Verkehrt.

Verkehrt.

Vredech fluchte und stand auf. Die jähe Bewegung führte dazu, daß ihn ein plötzlicher Schwindel erfaßte, und er setzte sich wieder hin, legte den Kopf zurück und verschränkte die Arme im Nacken. »Mensch, sieh zu, daß du dich wieder in die Gewalt bekommst«, murmelte er. »Entspann dich. Nimm es ein Stündchen auf die leichte Schulter. Du hast ein paar komische Tage und eine üble Nacht hinter dir.«

Die Erinnerung an die letzte Nacht bewirkte jedoch nur, daß er sich wieder aufrecht und verkrampft hinsetzte. Nach den Anstrengungen eines Nachmittags, wie er ihn schon seit Jahren nicht mehr erlebt hatte, hätte er eigentlich tief schlafen sollen, doch er hatte hellwach und voller Unruhe im Bett gelegen und sich den Kopf zermartert. Wiederholt war er eingeschlummert und wieder aufgewacht, meist nicht in der Lage zu unterscheiden, was Schlaf, was Wachen war, während die Erinnerungen an den vergangenen Tag ihn unbarmherzig gequält hatten. Cassraw plötzlich an seiner Seite, fremd, herrisch – ja nahezu mesmerisch –, um dann dazuliegen, still und stumm und dennoch, so spürte Vredech, irgendwie wachsam und lauernd. Und dann die furchtbare Erinnerung an jene tanzenden schwarzen Schatten, die jene wahrhaft schreckliche Präsenz mit sich gebracht hatten. Wie sie in ihn eingedrungen war, ihn erforscht und dann fallengelassen hatte! War das real gewesen? Oder war es nur eine Täuschung, hervorgerufen durch das Licht und die Umstände, die sein Körper und seine Sinne mißverstanden hatten? Es hatte sich real genug angefühlt, aber was dann? Wenn es real *war*, was für ein gräßliches Ding war es dann? Und was war Cassraw zugestoßen, der vermutlich seinem Zentrum noch näher gewesen war? Und wenn es nicht real war, was war dann mit ihm los, daß er so lebendige, täuschend echte Halluzinationen hatte?

Er lehnte sich zurück, streckte die Beine aus und schloß die Augen, in der Absicht, seine Gedanken ein für allemal zu ordnen. Fast augenblicklich befand er sich wieder in der Halle des Disputs, genau in dem Augenblick, als Cassraw ihn über den Tisch hinweg angeschaut hatte – der alte, vertraute Cassraw. Und auf seine Zustimmung gewartet hatte – auf seine Hilfe? Aber immer noch stimmte irgend etwas an dieser Szene nicht, auch wenn er nicht den Finger darauf legen konnte. Da war etwas Falsches, etwas Verkehrtes, was sich seinem Zugriff auf quälende Weise entzog. Und durch diese kaum merkliche Bewegung geriet Cassraws Gesicht in den Schein jenes feindseligen Lichts, das aus der schwarzen Wolke gedrungen war, jener schwarzen Wolke, unter der sich all diese Merkwürdigkeiten abgespielt hatten. Und in der Tat, jetzt erkannte Vredech, daß Cassraws Gesicht das Licht *war.* Und er war auch die Wolke, gewaltig und übermächtig, die drohend über dem ganzen Land und jenseits seiner Grenzen hing, mit stechendem Blick, mit einem Gesicht, das die hochmütige Gleichgültigkeit absoluter Macht offenbarte. Vredech wollte in Todesfurcht vor dieser Erscheinung auf die Knie sinken, denn er wußte, obwohl er unbedeutend wie ein Staubkorn war, wäre doch jeder einzelne seiner Gedanken bekannt und verstanden, er selbst aber zutiefst unwürdig. Nichts konnte einer solchen Macht widerstehen, nichts vor ihr verborgen bleiben. Sein demütiger, bedingungsloser Gehorsam wurde verlangt. Aber er würde sich nicht unterwerfen. Es war ein Greuel: Es mußte bekämpft werden. Er wollte es anschreien, trotzig die Faust schütteln, wie vergeblich das auch sein mochte.

»Du bist auch nur ein Mensch, Cassraw«, rief er empor in das hallende Gewölbe. »Sterblich und fehlbar wie wir alle.«

Er erntete nur Gelächter, höhnisches, entmenschtes Gelächter. »Sterblich, alter Freund? Sterblich? Gott hat mich aufgesucht. Folge mir, oder ...«

»Verlaß mich«, ergänzte Vredech.

»Folge mir, oder stirb. Stirb, und sei verdammt in alle Ewigkeit. Ich bin der Tag des Gerichts. Alles wird gewogen werden. Mein ist die neue Welt.«

Cassraws Gesicht erschien übergroß vor seinem geistigen Auge.

Er merkte, wie es ihm eng um die Brust wurde, wie seine Schultern zuckten, als laste der Himmel selbst auf ihnen.

»Du bist auch nur ein Mensch«, keuchte er.

»*Du* bist der Mensch von uns beiden.«

Das Gesicht wurde immer größer, bis es nur noch ein einziges Auge war, mit einer schwarzen Iris, so gewaltig wie ein toter Mond.

Vredech starrte in dieses Auge, vermochte kaum noch zu atmen. Dann war, schwarz vor der Schwärze, ein Heer von Schatten über ihm, die durcheinanderwirbelten und tanzten, voller Hohn und schauderhaftem Lärm. Er schlug wild mit den Armen um sich, als wolle er sie abwehren, doch vergeblich. Sie waren da und doch nicht da. In seinem Innern und außerhalb von ihm. Sie wurden größer. Und größer. Lauter und lauter.

Dann trat abrupt Stille ein, furchtbar und allumfassend, wie es in jenem angsteinflößenden Moment auf dem Berg gewesen war, als Cassraw wieder aufgetaucht war.

Vredech wartete, während ihm der Atem in der Brust zu gefrieren schien.

Eine Hand schloß sich um seine Schulter.

Dowinne und Cassraw fuhren in einer Kirchenkutsche zurück aus dem Haus der Zeugen, während Cassraws eigener kleiner Einspänner von einem Bediensteten zurückgebracht wurde. Dowinnes blaßblaue Augen waren mitleidlos auf ihren Mann geheftet, und ihre Hände zuckten unablässig. Ihre Schultern waren hochgezogen und steif. Im Gegensatz zu ihr schaute Cassraw ruhig aus dem Fenster und beobachtete, wie die Tallandschaft langsam näher rückte und sie schließlich umgab, während die Kutsche die Bergstraße hinabfuhr.

Das Geräusch der Wagenräder veränderte sich, als sie durch das Tor am Ende des Kirchengeländes fuhren und auf die öffentliche Straße einbogen. Die Veränderung veranlaßte Dowinne, das Schweigen zu brechen.

»Nun?« fragte sie.

Ohne von seiner stillen Betrachtung zu lassen, hob Cassraw eine Hand, als wolle er ihr die Frage untersagen. Dowinne beugte sich vor und schlug seine Hand nicht allzu sanft beiseite. Cassraw wandte sich ihr mit einer abgehackten Bewegung zu, so daß sie erschrak. Dennoch hielt sie weiterhin seinen Blick.

»Nun?« wiederholte sie, diesmal mit mehr Nachdruck. Sein Blick wurde spöttisch. »Das machst du jetzt schon zum zweiten Mal«, stellte Dowinne fest, als beantworte sie eine unausgesprochene Frage. »Und es hat mir schon beim ersten Mal nicht gefallen. Jetzt erzähl mir, was passiert ist. Alles. Sofort.«

Als sie Luft holte, um fortzufahren, lächelte Cassraw und hob wieder seine Hand.

»Wenn wir zu Hause sind«, entgegnete er einfach. Das Lächeln war bezaubernd, die Stimme jedoch eine komische Mischung aus Befehl und Nachgiebigkeit. Dowinnes Entschlossenheit geriet ins Wanken. »Wenn wir zu Hause sind«, wiederholte er.

»Also gut«, antwortete sie ausdruckslos, doch ihre Stirn legte sich in Falten, als Cassraw sich abwandte und wieder aus dem Fenster schaute. Die Kutsche bewegte sich mittlerweile recht langsam vorwärts, nicht, weil sie einen der zahlreichen Hügel von Troidmallos hinauffuhr, sondern weil sie ein Stadtviertel durchquerte, das von den Werkstätten, Büros und Lagerhäusern von Canol Madreths größten Handelsgesellschaften beherrscht wurde, und die Straßen dementsprechend voll waren. Außer Fußgängern und Reitern sah man alle möglichen Kutschen und Karren, die sich ihren Weg durch die breiten Straßen bahnten: die leichten Einspänner, welche die Boten des PlasHein benutzten, die prächtigen und würdevollen Kutschen der Handelsgesellschaften, die rasselnden öffentlichen Kutschen mit ihren lärmenden Fahrern und sogar einige der mächtigen, mit sechs Pferden bespannten Wagen, die Holz und Baumwolle und Ölfässer und Wein und all die anderen Waren transportierten, die Canol Madreths Handelsbedarf deckten. Cassraws Blicke schweiften müßig über die bunte Szenerie. Hin und wieder hob sich grüßend eine Hand aus der geschäftigen Menge, was er mit einem Kopfnicken und einer kleinen, aber deutlichen Handbewegung beantwortete.

Kurzfristig spielte Dowinne mit der Idee, ihn erneut zu befragen, doch sie ließ sie schnell wieder fallen. Vielleicht hatte er das Bedürfnis, Ordnung in seine Gedanken zu bringen, bevor er sich ihr mitteilte. Außerdem hätte sie viel Zeit, wenn sie erst einmal zu Hause wären. Dann mußte sie nicht immer über die Schulter sehen und auf die Reaktionen der anderen achten, wenn sie mit Cassraws Verstocktheit zu Rande kommen mußte.

Als Cassraw wortlos den Gruß eines weiteren Passanten erwiderte, schob Dowinne Sorgen und Groll fürs erste beiseite und genoß ganz einfach den Luxus der Kutsche. Zumindest während dieser Fahrt konnte sie sich vorstellen, ein hoher ausländischer Staatsgast oder irgendeine andere öffentliche Berühmtheit zu sein, mächtig und allseits geachtet. Als sie dem Blick ihres Gatten folgte, bemerkte sie mit Genugtuung, daß sich viele Augenpaare der Kutsche zuwandten. Und darüber hinaus lief eine Wellenbewegung durch die Menge, ein stiller, aber auffallender und stetiger Rhythmus kreisender Hände, die das alte Zeichen des Rings über ihren Herzen machten. Und diejenigen, die das taten, waren keineswegs alle alt, registrierte Dowinne.

»Tief in unserem Volk verwurzelt, die Religion«, äußerte Cassraw, ohne sich zu ihr umzudrehen. »Gehorsam gegenüber den alten Wegen. Gut.«

Im ungewissen, an wen die Bemerkung gerichtet war, schwieg Dowinne und gab sich damit zufrieden, in der eingebildeten Achtung der Menge zu baden und den sehr realen Luxus der Kutsche zu genießen.

Dann kamen sie in denjenigen Teil der Stadt, den *die* Leute als Wohnsitz bevorzugten, die sich um Geld keine Sorgen zu machen brauchten – die Kaufleute, die Heinder, hochrangige Beamte aus städtischen Behörden und Regierung sowie diejenigen, die einfach nur reich waren – der Hafen-Distrikt. Große Steinhäuser, mehrere Stockwerke hoch und mit steilen, schiefergedeckten Dächern in der traditionellen madrenischen Bauweise versuchten, den Bergen in der Umgebung nachzueifern. Manche standen in eindrucksvollen, geschwungenen Gebäudereihen, andere einzeln inmitten eigener Grünanlagen und Parks. Sie hätten möglicherweise bedrückend gewirkt, wären sie nicht so weitläufig und mit so großzügigen Freiräumen und Gärten um sie herum errichtet worden und wären die Straßen selbst nicht so breit und leer gewesen. Dowinne betrachtete diese sichtbaren Beweise des Reichtums und glühte vor Stolz. Das Versammlungshaus, so verschwenderisch es im Vergleich zu anderen Versammlungshäusern auch sein mochte, konnte sich nicht einmal ansatzweise mit diesen Prachtbauten messen, und Cassraw und sie verfügten auch nicht über den Reichtum, für den sie standen, aber trotz alledem *wohnten* sie hier, mitten im Hafen, und kümmerten sich um die geistigen Bedürfnisse der Reichen und Mächtigen. Ihre Gedanken waren ein Echo von Cassraws Worten. Es war gut.

Trotzdem. So, wie am gestrigen Tag die schwarze Wolke aus dem Nichts aufgezogen war und das Land verfinstert hatte, kehrten auch Dowinnes Sorgen zurück, um ihr den Spaß zu verderben und ihre Stimmung zu trüben. Was war Cassraw auf seinem ›kleinen Spaziergang auf den Berg‹, wie Mueran es auszudrücken beliebt hatte, zugestoßen? Was war in ihn gefahren, daß er so etwas überhaupt gemacht hatte? In dem Durcheinander bei ihrer Ankunft im Haus der Zeugen war es ihr nicht eingefallen, das Bundesmitglied danach zu fragen, doch während sie hilflos die ganze Nacht neben Cassraws regloser Gestalt gesessen hatte, grübelnd und einmal tatsächlich kurz davor, zu beten, waren ihr diese und andere Gedanken gekommen. Und irgend etwas *war* zweifellos geschehen. Denn trotz aller Freundlichkeit nach seinem jähen Erwachen, trotz der allgemeinen Versöhnung, die er hinter den geschlossenen Türen der Halle des Disputs offenbar herbeigeführt hatte, war ihr Mann verändert. Das gutmütige, konziliante Äußere, das wie der alte Cassraw aussah, war nur eine Maske, ein Schild. Dahinter verbarg sich etwas ganz anderes.

»Komm.«

Cassraws Stimme schreckte sie auf. Er stand in der Türöffnung der Kutsche und hielt ihr die Hand hin.

»Komm. Wir sind zu Hause«, sagte er.

Als sie den hinter ihrem Gatten wartenden Kutscher erblickte, riß Dowinne sich schnell zusammen und lächelte gewinnend. »Tut mir leid, mein Lieber«, antwortete sie, während sie die dargebotene Hand ergriff. »Ich habe mir erlaubt, ein wenig zu träumen.«

Als die Tür ihres Wohntrakts sich hinter ihnen

geschlossen hatte, verschwand das Lächeln schlagartig aus dem Gesicht. An seine Stelle trat ein ärgerlicher, strenger Blick. »Also«, fragte sie den sich entfernenden Gemahl, »jetzt erzählst du mir alles, was vorgefallen ist, bevor du auch nur einen einzigen Schritt weiter machst.«

Cassraw blieb stehen und drehte sich um. Er musterte sie eindringlich. Sein Gesicht hatte einen merkwürdigen Ausdruck angenommen, und einen kleinen Moment lang bekam Dowinne es mit der Angst zu tun. Sie hatte immer gewußt, daß dicht unter der Oberfläche ihres Mannes etwas sehr Gewalttätiges lauerte, aber sie hatte auch gewußt, daß es im Zaum gehalten wurde und daß seine vielfältigen Leidenschaften ihm wenigstens teilweise als Ventil dienten. Aber sie war keine Jagdbeute. Sie wußte, wenn sie jetzt zurückwich, würde sie gerade das auslösen, wovor sie sich fürchtete. Und sie wußte außerdem, daß auch in ihr eine gewisse Wildheit schlummerte, falls es zum Äußersten kommen sollte ...

»Wenn du damit fertig bist, mich anzustarren, Enryc«, sagte sie mit kalter Stimme, »könntest du vielleicht meine Frage beantworten. Erzähl mir um Himmels willen, was hier vorgeht. Ich werde völlig überraschend ins Haus der Zeugen hinaufgeschafft und muß mit ansehen, wie du ...« Sie machte eine vage Handbewegung ... »schläfst, bewußtlos bist, was weiß ich. Dein Gewand ruiniert, du selbst mit Schnittwunden und Prellungen übersät. Mueran schwätzt etwas daher, du hättest ›frische Luft geschnappt‹ und seist ›gestürzt‹, Morem versucht beruhigend zu wirken, was ihm gründlich mißlingt. Und beide lügen wie gedruckt.« Sie hielt inne, doch da Cassraw keine Anstalten unternahm, etwas zu erwidern, redete sie weiter. Sie legte eine Hand auf seinen Arm und schlug einen versöhnlicheren Tonfall an. »So eine Nacht habe ich noch nicht erlebt. Du hast mich beinahe zu Tode erschreckt. Ich wußte nicht, was ich tun sollte, außer dazusitzen und deine Hand zu halten und zu hoffen.«

»Und zu beten«, warf Cassraw in überraschend vorwurfsvollem Tonfall ein. »Seine Gnade erbitten, auf daß Er dich in deiner Prüfung leiten möge.«

»Oh, ja«, hörte Dowinne sich antworten. »Selbstverständlich. Beten. Das versteht sich von selbst.«

Ihre Gedanken überschlugen sich. Während ihres Zusammenlebens hatte Cassraw noch nie eine solche Bemerkung zu ihr gemacht. Es brachte sie völlig aus dem Gleichgewicht. Sie wußte, was von ihr als Gattin eines Predigerbruders erwartet wurde, und sie hielt die religiösen Vorschriften des Ishrythan peinlich genau, ja manchmal sogar kenntnisreicher als ihr Mann ein. Da sie in einer strenggläubigen Familie aufgewachsen war, hatte sie sich ihr Leben lang nicht anders verhalten, so daß es ihr keinerlei Mühe bereitete. Aber es wirklich zu *glauben*! Das war doch wohl etwas für Kinder und Leichtgläubige. Da sie bereits recht früh festgestellt hatte, daß Heuchelei alles andere als selten war und daß nie jemand für seine Missetaten bestraft wurde, es sei denn, er wurde von einer menschlichen Institution überführt, war Dowinne schon vor langer Zeit zu der Ansicht gelangt, das die gesamte Religion beherrschende Bild eines strengen und bedrohlichen Ishryth sei in Wahrheit nur ein weiteres Mittel politischer Kontrolle. Sie war immer davon ausgegangen, daß Cassraw so dachte, wie sie handelte, und daß seine Entscheidung für die Kirche nur ein Mittel gewesen war, schnell zu Macht und Reichtum zu gelangen. Zwangsläufig hatte es sich dabei jedoch um eine unausgesprochene Annahme gehandelt. Schon als Kind hatte sie gelernt, daß man über solche Dinge nicht sprach. Das verlangte völliges Aufgehen in ihrer Rolle, und schon der kleinste Riß in ihrem Schutzschild konnte sich als Vorbote einer Katastrophe erweisen.

Hatte sie sich etwa die ganze Zeit geirrt? Hatte Cassraw seine frommen Beteuerungen, seine flammenden Predigten etwa *ernst* gemeint? Sie begann die letzten

Monate in einem anderen Licht zu sehen. Sie hatte angenommen – oder, genauer gesagt, gehofft –, Cassraws zunehmend primitive Art zu predigen sei Teil einer Strategie, um im Kirchenvolk mehr Unterstützung für seine Person zu gewinnen. Sie hatte nicht versucht, mit ihm darüber zu reden, wußte sie doch, daß er es vorzug, seine Pläne erst in die Tat umzusetzen, bevor er damit zu ihr kam. In ihren schlimmsten Befürchtungen hatte sie geglaubt, er sei überarbeitet, aber Cassraw war eine zähe, unermüdliche Person, die keine Veranlagung zu irgendwelchen körperlichen Schwächen hatte. Nun schien es, als habe sie sich möglicherweise geirrt. Die Aussicht erschreckte sie, und zum zweiten Mal innerhalb kürzester Frist schien ihr gesamtes Lebenswerk ins Wanken zu geraten. Da sie spürte, wie ihr das Blut aus dem Gesicht wich, wandte sie sich rasch ab und begann an ihrem Umhang zu nesteln. Sie brauchte dringend ein wenig Zeit, um sich zu fassen.

Sei's drum, dachte sie energisch. So wichtig war es auch nicht. Dann hatte sie sich eben geirrt, punktum. Das änderte auch nichts. Sie würde eben noch mehr auf der Hut sein müssen, damit ihr Schutzschild intakt blieb.

Und so sehr konnte sie sich auch gar nicht geirrt haben, oder?

Es war doch schlichtweg unmöglich, daß sie den Mann über eine so lange Zeitspanne hinweg von Grund auf mißverstanden hatte.

Auf diesem verdammten Berg *war* etwas passiert. Und dringender als je zuvor mußte sie herausbekommen, was.

Der Kreis ihrer Gedanken schloß sich. Wieder auf sicherem Boden, fand sie zu ihrer Selbstbeherrschung zurück. Sie faltete ihren Umhang sorgfältig zusammen, legte ihn mit einer fast zärtlichen Geste über die Stuhllehne und wandte sich ihrem Gemahl zu.

»Nun?« fragte sie.

»Was, nun?«

»Was ist passiert?« Dowinne gestattete sich einen Anflug von Zorn in der Stimme.

»Deine Gebete wurden erhört«, gab Cassraw ohne die geringste Ironie zur Antwort. »Ich bin heimgekehrt.«

Dowinne legte ihre Hände an die Schläfen. »Aber was ist passiert?« wiederholte sie ihre Frage. »Warum bist du mitten in einer Kapitelsitzung auf die Idee gekommen, im Gebirge spazierenzugehen? Und vor allem mitten in diesen Sturm hinein? Und wo bist du gestürzt, und warum, und wer hat dich gefunden, und was haben sie gemacht, als sie dich gesucht –«

»Genug, Dowinne.« Cassraw schnitt ihr das Wort ab. Er hob beide Hände, als wolle er sie von sich weghalten. »So viele Fragen.« Er legte ihr einen Arm um die Schulter und führte sie zu einem Stuhl am Fenster.

*»Rede mit ihr«*, verlangte die Stimme in seinem Innern. *»Du weißt jetzt, wie. Sie ist zu stark, um sie als Gegnerin zu haben, und zu wertvoll, um sich ihrer zu entledigen. Sie wird deine rechte Hand werden, wie du die Meine bist.«*

Die Worte stimmten mit seinen eigenen Gedanken überein.

Er lächelte. So hatte Dowinne ihn schon lange nicht mehr lächeln sehen. »Zügle deine Ungeduld, meine Liebe«, sagte er. »Ich werde dir alles berichten, sobald ich für mich selbst Klarheit gewonnen habe.« Dowinne wollte etwas einwerfen, doch Cassraw gebot ihr mit erhobener Hand zu schweigen. Dann wandte er sich kaum merklich von ihr ab und schaute aus dem Fenster, als habe er Angst, ihrem Blick zu begegnen.

»Wie du dir vielleicht denken kannst, waren die letzten Monate sehr ... schwierig für mich«, begann er. »Vieles an der Kirche hat mir Sorgen bereitet.« Seine Hand legte sich über die Manteltasche, in der er sein vertrautes Exemplar des Santyth aufbewahrte, und tätschelte es beruhigend. »Doch ich habe auf falsche Weise nach Antworten gesucht. Habe Menschen vor den Kopf gestoßen, die ich mir hätte zu Freunden machen sollen, habe mich gegen Leute gewandt, die meine Verbündeten hätten sein sollen, habe es an Achtung vor dem Bundesmitglied fehlen lassen ...« Er schüttelte den Kopf. »Schlimme Dinge. Krasse Fehleinschätzungen. Ich will sie nicht entschuldigen.« Er sah Dowinne mit ernstem Blick in die Augen. »Doch das alles liegt jetzt hinter mir. Etwas ... Wundervolles ... ist mir gestern widerfahren.« Wieder hob er die Hand, um weitere Fragen abzuwehren. »Ich kann dir noch nicht erzählen, was mir widerfahren ist – noch nicht, die Zeit ist noch nicht reif. Ich muß dich bitten, mir einfach zu vertrauen.« Erregung machte sich auf seinem Gesicht breit. »Aber große Veränderungen kündigen sich an, Dowinne. Und ich ... *wir* ... werden an ihrer Spitze reiten. Werden eine neue Ära beginnen, eine Ära, in der nur noch Sein Wort Geltung haben wird, in der Canol Madreth erneut das Zentrum eines im Schoße der Kirche wiedervereinten Gyronlandts sein wird.«

Dowinne ließ das Gesicht ihres Gatten während dieser pathetischen Rede nicht aus den Augen. Verzweifelt suchte sie mit all ihren Sinnen nach einer Bestätigung dessen, was sie seinen Worten entnahm, nämlich daß sein Geist zerrüttet sei. Aber sie fand nichts. Seine Stimme und sein Gebaren wirkten zwar erregt, aber nicht hysterisch. Und auch in seinen Gesten, seinem Gesichtsausdruck und sogar den verräterischen Augen gab es nichts, was darauf hinwies, daß er nicht mehr ganz bei Sinnen sei.

Es mußte sich um einen Plan handeln, entschied sie. Er hatte eingesehen, wie töricht sein Benehmen in den letzten Monaten gewesen war, und hatte beschlossen, die Richtung zu wechseln. Aber ein wiedervereintes Gyronlandt ...

Trotz seiner Bitte konnte sie sich eine Frage nicht verkneifen.

»Ich kann glauben, daß du Bundesmitglied wirst, Enryc«, warf sie ein, »aber ein vereintes Gyronlandt? Und im Schoße der Kirche? Zwanzig oder mehr verschiedene Staaten mit allen erdenklichen Regierungsformen und Religionen – oder einem Mangel an denselben –, und alle sind sie größer und mächtiger als Canol Madreth: Selbst der ehrgeizigste Politiker würde davor zurückschrecken, so etwas zu versprechen.«

Er machte ihr keinen Vorwurf. Statt dessen nickte Cassraw nur, lächelte erneut und machte eine wegwerfende Handbewegung. »Politiker«, höhnte er. »Marktschreier und Scharlatane. Männer mit Träumen, die ihre dürftigen Fähigkeiten weit übersteigen, und doch ohne eine Vision, die über die nächste Akklamation oder die nächste Blätterausbeute hinausginge.« Er stand auf und schaute zum Ervrin Mallos hinüber, der sich dunkel und massig vor dem grauen Himmel abzeichnete. »Sie lärmen herum, ohne auch nur den Hauch einer wahren geistigen Führung zu haben.« Er schüttelte den Kopf. »Sie haben keine Ahnung vom Wesen der Institutionen, denen sie offenbar vorstehen, nicht im geringsten. Sie sind blind, Dowinne, blind bis auf den letzten Mann, aber ich werde ihnen das Licht bringen und sie sehend machen. Das Einzige Wahre Licht.« Er verstummte. »Was ihre Religionen angeht«, fuhr er mit einer Stimme fort, deren finstere Untertöne Dowinne aufhorchen ließen, »das sind nichts als Irrlehren, Ketzerei, alle. Wie Weizen unter der Sense des Schnitters werden sie fallen vor dem, was kommt. Wir werden eine grimmige Ernte halten.«

Bei Cassraws Worten rieselte Dowinne ein Schauder der Erregung über den Rücken. Aus ihm schien eine Macht zu sprechen, die sie nie zuvor bemerkt hatte. Sie tadelte sich. Bleib ruhig. Sei still. Und vor allem, hör gut zu! Sie versuchte es noch einmal. »Ich habe nie an deiner Vision gezweifelt, Enryc«, beschwor sie ihn. »Nie – das weißt du. Aber das, was du jetzt sagst, klingt so wüst wie das, was ein Politiker in einer Akklamationsrede erzählt.« Dann wagte sie sich auf gefährliches Terrain. »Oder so dumm wie das wirre Geschwafel von diesen falschen religiösen Propheten, die von Zeit zu Zeit aufstehen, um die Leichtgläubigen und Narren zu verführen.« Cassraws Augen sprühten Blitze.

Dowinne wappnete sich, obwohl sie nicht wußte, gegen was.

*»Sie gehört zu Uns. Keine Angst. Es ist nicht einfach, sie zu überzeugen. Führe, und sie wird dir folgen.«*

Mit erheblicher Mühe unterdrückte Cassraw seinen Zorn. »Ich bin keines von beiden, Dowinne. Wenn du das nicht selbst weißt, dann beobachte mich und lerne. Du wirst an meiner Seite stehen, wie du die ganze Zeit an meiner Seite gestanden hast.«

Wieder spürte sie diese Macht an ihm, die ihr neu war. Er war weder wahnsinnig noch naiv oder dumm. Er war stark und gesund und von einer Sendung erfüllt, deren Ziel sie nicht kannte, die aber ihren eigenen Wünschen dienlich sein würde.

Unvermittelt streckte er beide Hände nach ihr aus. »Wirst du mir vertrauen und folgen?« fragte er sehr, sehr leise. Diesmal wurde sie von der Macht an ihm nahezu überwältigt. Zweifel schlichen sich in ihre Gedanken, doch unter diesen Zweifeln erstarkte eine Gewißheit, die sie vorwärtstrieb.

Sie stand auf und ergriff seine ausgestreckten Hände. »Ja, mein Liebster«, sagte sie. »Das werde ich.«

# KAPITEL 9

Vredech sprang entsetzt von seinem Stuhl auf und schwankte durch den Raum. Er versuchte verzweifelt, nicht den Verstand zu verlieren. Er wurde sich eines Schreis bewußt, der sich mit seinem eigenen vermischte, und als seine Augen wieder deutlich sahen, entglitt ihm die Realität erneut. Er starrte in Cassraws Gesicht, dessen Augen und Mund voller Furcht aufgerissen waren.

Sein Geist taumelte am Rande des Abgrunds.

Der Mund begann sich zu bewegen. Langsame, schleppende Worte drangen zu ihm durch.

»Es tut mir leid, Bruder Vredech«, sagten sie atemlos. »Ich wollte Euch nicht erschrecken. Ich ...« Er vernahm einen bebenden, aber erleichterten Atemzug. »Ihr habt mich ganz schön erschreckt, so wie Ihr aufgesprungen seid und losgeschrien habt.«

Vredechs Blick klärte sich, und irgendwie fand er seine Stimme wieder. »Skynner. Hüter Skynner«, keuchte er und schlug sich mit der Hand auf die Brust, als wolle er sein immer noch wie verrückt pochendes Herz zum Schweigen bringen. Die beiden Männer starrten einander einen Augenblick lang an, um dann gleichzeitig Entschuldigungen zu stammeln. Am Ende hatten beide sich wieder gefaßt, und Vredech bat seinen Besucher, Platz zu nehmen.

Haron Skynner, ein bulliger Mann mittleren Alters, war Hüter – Hüter-Wachtmeister, um seine genaue Rangbezeichnung zu benutzen –, ein Angehöriger jener würdigen bürgerlichen Organisation, die im Namen des Heindral in den Straßen von Troidmallos für Recht und Ordnung sorgte. Die Tätigkeit war nicht klar umrissen, und man beurteilte die Hüter hauptsächlich nach ihrem Vermögen, die Unruhestifter in der Stadt unter Kontrolle zu halten; wie genau sie dabei die gesetzlichen Bestimmungen beachteten war weniger wichtig. Doch sie wurden vom Großteil der Bevölkerung geachtet, wenn auch nicht immer geliebt. Und im allgemeinen waren sie fähig und ehrlich. Nicht, daß Hüter Skynner und seine Kollegen nicht gelegentlich großzügige Spenden von den ortsansässigen Händlern annehmen würden, als Zeichen der Dankbarkeit für geleistete Dienste. Dabei handelte es sich in den seltensten Fällen um Geld – das überschritt tatsächlich die Grenzen des Erlaubten –, aber eine Mahlzeit hier, ein Stück Rindfleisch dort, ein Laib Brot, ein Federvieh, ein günstiger Rabatt auf dieses oder jenes. Offiziell wurde das zwar nicht gerne gesehen, ja, es widersprach in der Tat den vom Heindral festgelegten Richtlinien für das Verhalten der Hüter, aber man muß in diesen Dingen realistisch und flexibel sein, nicht wahr?

»Was wollt Ihr, Haron?« fragte Vredech, nachdem die Wogen der Panik sich geglättet hatten.

Skynner seufzte ausgiebig und voller Bedauern. »Es geht um den Irren Jarry, fürchte ich«, antwortete er.

Eine Vorahnung dessen, was jetzt folgen würde, ließ Vredechs Hauptsorgen fürs erste wieder in den Hintergrund treten. Während er die Hand zum Mund hob, kippte er ein imaginäres Glas aus. Skynner nickte.

»Wer hat es ihm gegeben?« fragte Vredech stirnrunzelnd.

Skynner ließ ein Achselzucken sehen. »Keiner von den ortsansässigen Gastwirten, soviel steht fest«, erwiderte er. »Sie legen zuviel Wert auf ihre Genehmigung – ganz zu schweigen von ihrem Besitz. Vielleicht waren es junge Burschen, die sich einen Jux gemacht haben, vielleicht war aber auch nur jemand gedankenlos, während er in der Nähe war. Ihr wißt, wie er ist, wenn ihn der Drang nach einem Gläschen überkommt.«

»In der Tat, das weiß ich«, seufzte Vredech, während er sich müde von seinem Sitz erhob. »Wo ist er?«

Skynner stand ebenfalls auf und griff schuldbewußt nach seiner Mütze. »Es tut mir ehrlich leid, daß ich Euch so erschreckt habe«, versicherte er noch einmal. »Ich sehe, Ihr seid erschöpft. Ihr müßt nicht mitkommen, wenn es zu anstrengend ist. Wir werden schon mit ihm fertig. Ich dachte nur ... nach dem letzten Mal ...« Er zog die Augenbrauen hoch und ließ den Satz unvollendet.

Einen Moment lang war die Versuchung in ihm groß. Jarry konnte ganz schön lästig sein, wenn er betrunken war, aber Skynners Miene besagte, wenn die Hüter sich mit ihm befassen würden, bliebe ihnen aller Voraussicht nach nichts anderes übrig, als zur Gewalt zu greifen – und wer konnte schon sagen, wozu das führen mochte?

Während Vredech noch in sein stummes Zwiegespräch vertieft war, setzte Skynner hinzu: »Wie ich hörte, hattet Ihr ein kleines Problem oben im Haus der Zeugen?« Vredech mußte über die betonte Gleichgültigkeit seines Gegenübers kichern, und die letzten Zweifel schwanden. Armer Mueran, dachte er, der glaubt doch wirklich, er könne in Troidmallos etwas geheimhalten. Aus Erfahrung wußte er, daß es nicht nur zwecklos, sondern auch töricht wäre, Skynner gegenüber Ausflüchte zu gebrauchen; er mochte und respektierte den Mann. Und wenn die Hüter die wahre Geschichte erfuhren, hätte das den angenehmen Nebeneffekt, daß das dümmste Geschwätz, das sicherlich bald die Runde machen würde, unterdrückt würde. Er vereinfachte den Sachverhalt ein wenig und erzählte die Wahrheit. Nun ja, den größten Teil der Wahrheit.

»Wir hatten eine schwierige Sitzung«, begann er. »Cassraw ging nach draußen, um sich ein wenig Bewegung zu verschaffen und Klarheit in seine Gedanken zu bekommen, und dabei ist er unglücklich gestürzt. Plötzlich verfinsterte diese Wolke das ganze Land und schluckte alles Licht. Er hatte Glück, mit ein paar Kratzern davonzukommen.« Dann gab er mit einem vielsagenden Lächeln seinen eigenen politischen Kommentar ab. »Solltet Ihr irgend etwas völlig anderes gehört haben, mag Euch das einen Anhaltspunkt für die Verläßlichkeit Eurer Informanten geben.«

Skynner grinste. »Ich werde Euren Rat gebührend zu würdigen wissen«, versetzte er.

»Kommt«, drängte Vredech, während er nach seinem Umhang griff. »Bringt mich zu Jarry. Ich will tun, was in meiner Macht steht. Kapitelsitzungen sind selbst unter günstigen Umständen nicht gerade meine Lieblingsbeschäftigung, und die, von der ich Euch gerade erzählt habe, war besonders anstrengend, auch ohne Cassraws Mißgeschick. Ein bißchen praktische Seelsorge wird mir helfen, wieder einen klaren Kopf zu bekommen.«

»Laßt es nicht zu praktisch angehen, Bruder«, warf Skynner ein. »Ich bin zu Euch gekommen, um just das zu verhindern.«

Jarold Harverson – jeder, der ihn kannte, nannte ihn nur den ›irren Jarry‹ – war ein sehr großer und kräftiger Mann. Außerdem war er seltsam. Manche nannten ihn blöd, manche einfältig. Kinder liebten ihn für gewöhnlich, mit Ausnahme derjenigen, die sich von der Furcht ihrer Eltern hatten anstecken lassen; sie rannten ängstlich vor ihm weg oder um ihn herum und bewarfen ihn mit Spott und allem sonstigen, was in die Hand zu nehmen sie sich trauten. Die Ärzte, die ihn hin und wieder untersucht hatten, pflegten den Kopf zu schütteln und in Ermangelung eines Geistesblitzes zu erklären, sein ›Zustand‹ sei einem gefährlichen Fieber zuzuschreiben, das er sich als Junge zugezogen habe, und man könne nichts für ihn tun.

Trotz ihrer Veranlagung zur Strenge behandelten die Madren Menschen wie Jarry freundlicher als viele. Andere Staaten in Gyronlandt jagten und verfolgten sie, pferchten sie nicht selten unter menschenunwürdigen Bedingungen ein und setzten sie den rückständigen Behandlungsmethoden von Ärzten aus, die noch weniger als ihre Kollegen aus Canol Madreth gewillt waren, ihre Unwissenheit einzugestehen. Die meisten Madren hingegen, obwohl auch sie vorsichtig waren, behielten diese Menschen im Auge, kümmerten sich um sie, nahmen Rücksicht auf sie und ergriffen darüber hinaus alle erdenklichen Vorsichtsmaßnahmen, um zu verhindern, daß die Unglücklichen sich selbst oder anderen ein Leid zufügten.

Einige wenige behaupteten von Jarry, er ›sehe mit anderen Augen‹. Obwohl er nicht genau wußte, was das heißen sollte, hegte Vredech eine heimliche Vorliebe für diese Version, denn Jarrys Verhalten wirkte oft abwesend und aufmerksam zugleich, als weile er tatsächlich an einem anderen Ort. Und manchmal konnte er so herzerweichend sanftmütig und einfühlsam sein, daß Vredech sich vor ihm mehr als einmal ganz klein und demütig gefühlt hatte. Dennoch war er manchmal unbestreitbar seltsam, rannte hektisch umher, als fliehe er vor einem gräßlichen Verfolger, faselte und predigte in einer scheinbar unzusammenhängenden fremden Sprache, die aber niemand kannte. Traurigerweise waren ihm auch die dunkelsten Seiten der menschlichen Natur nicht fremd. Er konnte gewalttätig werden – sehr gewalttätig. Obwohl das nur unter einer Bedingung geschah: Wenn er getrunken hatte.

Das Trinken wurde von der Kirche in Canol Madreth mit großem Argwohn betrachtet: Weil es den Leuten Spaß machte, so lautete die überwiegende Meinung der Fremden. Sei es, wie es wolle, die kirchliche Mißbilligung war eine Tatsache. Obwohl die Kirche hinnehmen mußte, daß sie das Trinken als gesellschaftliches Laster nicht völlig ausrotten konnte, solange weite Teile der Bevölkerung es als gesellschaftliche Errungenschaft betrachteten, so erwartete sie doch von ihren Predigerbrüdern, es von Zeit zu Zeit von ihren Kanzeln herab heftig zu geißeln. Des weiteren verlangte man von ihnen, völlig abstinent zu leben, eine Forderung, die für Privv und die anderen Enthüller eine nie versiegende Quelle für Skandale darstellte. Es war gleichwohl den langjährigen Bemühungen der Kirche zuzuschreiben, daß die Gastwirte von Canol Madreth an ihre Genehmigungen gebunden waren – ein absonderliches Wirrwarr kleinlicher Weisungen und Satzungen, die sie darauf verpflichteten, die Vorschriften einzuhalten, wenn sie ihr Gewerbe weiterführen wollten. Die Komplexität der

Genehmigungsgesetze war für die Hüter, die Gastwirte, einen Großteil der Öffentlichkeit und nahezu alle Fremden Anlaß zu endlosen Beschwerden. Besonders letztere sah man des öfteren sprachlos die Liste der Einschränkungen studieren, die an jeder Gasthaustür zu hängen hatten und ihnen mitteilten, warum sie die nächsten Stunden durstig bleiben mußten.

Insgesamt beklagten die Gastwirte sich jedoch nur in Maßen – das Durcheinander, das eine erneute Revision der Genehmigungsgesetze durch den Heindral mit sich bringen würde, war nicht auszudenken. Man hatte noch nie gehört, daß der Heindral jemals grundsätzlich die Notwendigkeit oder den Nutzen eines Gesetzes in Frage gestellt hätte. Ihre übliche Methode, Regelungen dem gesellschaftlichen Wandel anzupassen, bestand darin, einem existierenden Statut Zusätze und endloses Stückwerk hinzuzufügen. So kam es, daß die Gesetze des Heindral oft mit obskuren und komplizierten Nachträgen befrachtet waren. Nicht wenige davon waren insofern völlig bedeutungslos, als die gesellschaftlichen Bedingungen, für die man sie entworfen hatte, schon längst weggefallen waren. Außerdem waren die Gastwirte ausnahmslos vorsichtige Menschen. Empfindliche Geldbußen drohten jedem, der dumm genug war, den Bedingungen seiner Genehmigung zuwiderzuhandeln.

Daher war Skynner fest davon überzeugt, daß Jarry seinen Alkohol nicht aus einer gesetzlich dazu berechtigten Quelle haben könne – nicht, daß die Quelle im Augenblick irgendwie von Bedeutung gewesen wäre. Bedauerlicherweise gab es Zeiten, in denen Jarry sich mit viel Energie jenen Trost zu verschaffen suchte, den er im Trinken fand, und wie es bei jedem so veranlagten Individuum war: auftreiben konnte man Alkohol überall. Warum Jarry so getrieben wurde, wußte niemand zu sagen. Hätte man die Kirche gefragt, so hätte sie sich zweifellos auf jenes uralte Dogma zurückgezogen, daß der Mensch von Natur aus schlecht sei und notwendigerweise solche Dinge tat, wenn man ihn nicht unter Androhung göttlicher oder menschlicher Vergeltung davon abhielt. Vredech persönlich neigte zu der Auffassung, daß die unbekannten Welten, in die Jarry blickte, manchmal so entsetzlich wurden, daß er einfach Vergessen suchte. Er erörterte diese Auffassung mit niemandem, aber nun, da er neben Skynner zu dem Platz eilte, wo Jarry das letzte Mal gesehen worden war, kam sie ihm wieder in den Sinn.

Er ertappte sich bei dem Gedanken: Wenn ich in der Lage wäre zu sehen, was er sieht, könnte ich ihm möglicherweise helfen. Der Gedanke bekam eine solch ungewöhnliche, eigenartige Dynamik, daß er ihn mit einem inneren Schaudern beiseite schob; in den letzten zwei Tagen hatte er in genügend fremdartige Welten geblickt, die ganz allein ihm gehörten. Jetzt war der Zeitpunkt für nüchternes, pragmatisches Vorgehen gekommen. Seine Erfahrung als Vermittler war gefordert, wenn er Jarry die unvermeidlich harten Prügel und zweifellos mehreren Hütern Verletzungen ersparen wollte. Außerdem bestand bei solchen Gelegenheiten immer die Gefahr, daß es zu mehr als blauen Augen und Verstauchungen kam, was dann dazu führen mochte, daß Jarry zum Wohle der Öffentlichkeit eingesperrt wurde, möglicherweise für den Rest seines Lebens. Das war eine besonders schreckliche Vorstellung. Obwohl Jarry ein Zuhause besaß, das von mehreren Verwandten und Freunden geführt wurde, hielt er sich nicht gerne in geschlossenen Räumen auf. Abgesehen von Hunger und Müdigkeit hielt nur das schlimmste Unwetter ihn davon ab, auszugehen. Ihn ins Gefängnis zu werfen würde bedeuten, ihn in die schlimmste aller Welten zu stoßen, zu der er Zugang hatte.

Eine Gestalt kam auf Vredech zugerannt. Es war ein zweiter Hüter. Er begrüßte Vredech mit einem knappen, aber respektvollen Kopfnicken, um sich dann an Skynner zu wenden. »Er ist wieder auf dem Weg. Sieht so aus, als bewege er sich Richtung Mirrylan-Platz.« Er wirkte besorgt. »Er belästigt die Leute immer noch – schreit sie an und so weiter.«

Skynner runzelte die Stirn. »Was habt ihr unternommen?« wollte er wissen.

»Wir haben ihn nur im Auge behalten, wie Ihr befohlen habt«, erhielt er zur Antwort. »Ich weiß genau, wie er auf unsere Uniformen reagiert, wenn er sich in diesem Zustand befindet.«

Skynner antwortete nicht, sondern bog abrupt in eine kleine Seitengasse ein. Vredech und der Hüter schwenkten hinter ihm ein, und das Trio bewegte sich in einer krummen Linie vorwärts, sorgsam darauf bedacht, dem Unrat und Abfall auszuweichen, der das Pflaster bedeckte. Hin und wieder, wenn seine Besorgnis Überhand nahm, verfiel Skynner, der mit langen, weitausgreifenden Schritten ging, in Laufschritt. Vredech war deshalb leicht außer Atem und ziemlich rot im Gesicht, als sie aus der Gasse heraustraten. Er legte Skynner die Hand auf den Arm, damit er sein Tempo verlangsamte. Der große Mann tat ihm den Gefallen, wenn auch widerwillig.

Ein Geräusch drang an ihre Ohren. Jemand brüllte.

»Er ist auf dem Platz«, sagte der Hüter und zeigte nach vorn. Vredech erblickte eine kleine Gruppe von Hütern, die am anderen Ende der Straße Aufstellung genommen hatte. An ihren Bewegungen konnte man erkennen, daß sie darauf aus waren zu erfahren, was um die Ecke vor sich ging, ohne selbst gesehen zu werden. Manche von ihnen schwangen ihre Schlagstöcke.

»Sofort weg damit«, sagte Vredech verärgert, als er die Gruppe erreichte. Ein oder zwei der Hüter sahen Skynner an, der angesichts ihres Zögerns, den Befehl des Predigerbruders zu befolgen, nur finster die Braue furchte.

Vredech schaute um die Ecke auf den Mirrylan-Platz. Er war einer der älteren Plätze von Troidmallos, doch obwohl man sein Alter an den umliegenden Gebäuden und dem abgenutzten, mit tiefen Fahrrillen gefurchten Pflaster erkennen konnte, besaß er doch immer eine ausgesprochen luftige, freie Atmosphäre, was ihn beliebter als viele der neueren Plätze mit ihren sorgfältig gepflegten Rasenflächen und Bäumen machte.

Die Menschen, die nun an den Rändern des Platzes herumstanden, interessierten sich jedoch nicht für die subtilen Geheimnisse seines städtebaulichen Charmes. Ihre Aufmerksamkeit war auf die Platzmitte gerichtet, wo sich ein kleiner steinerner Turm erhob. Er markierte die Stelle, wo vor langer Zeit einmal ein Brunnen gestanden hatte. Die Stimmung der Menge war eine Mischung aus Aufregung mit einem nicht unerheblichen Schuß Vorfreude. Nachdem er Skynner und den anderen bedeutet hatte, zu bleiben, wo sie waren, bog Vredech um die Ecke und ging auf das Steintürmchen zu. Er setzte seine Predigermiene auf und bedachte die Zuschauer, an denen er vorbeiging, mit einem strengen Blick. Die meisten scharrten unter seinem Blick unbehaglich mit den Füßen, doch er blieb nicht stehen, um sie heftiger zu tadeln. Statt dessen konzentrierte er sich auf die riesige Gestalt von Jarry, die am Fuße der breiten Stufen, die als Podest des Türmchens dienten, unruhig auf und ab lief. In der einen Hand hatte er eine halbleere Flasche, mit der anderen gestikulierte er wild, während er gleichzeitig irgend etwas brüllte, was Vredech nicht verstehen konnte.

Vredech, der sich bewußt war, daß nun alle Augen auf ihm ruhten, richtete sich hoch auf. Er war bemüht, sich seine Besorgnis nicht anmerken zu lassen. Keine leichte Aufgabe, denn ein Großteil seiner Gedanken war mit der Frage beschäftigt: »Was mache ich hier bloß?« Jarry war noch größer als Skynner und genauso stark, wie seine gewaltigen Muskelpakete ahnen ließen. Und gerade in diesem Moment kam eine furchterregende Dynamik in seine weitausgreifenden Schritte. Vredech nahm den alten Turm mit seinem schmutzigen, abblätternden Putz und dem steilen, mit Moospolstern gefleckten Schieferdach in Augenschein. An den Dachtraufen war er kaum mehr als doppelmannshoch, doch Jarrys Größe verzerrte seine Proportionen derart, daß Vredech den Eindruck hatte, eine Abbildung aus einem Kinderbuch vor sich zu haben, auf der ein gewaltiger Riese eine mächtige Turmfeste bewachte.

Eigenartigerweise verblaßte der Eindruck nicht sofort, und einen entsetzlichen Augenblick lang fühlte er sich, als schrumpfe er, während er sich der furchteinflößenden Gestalt näherte. Ihm fiel ein, was sein Vater immer gesagt hatte: »Sieh die Dinge, wie sie sind.« Ein einfacher, aber weiser Rat, der ihm oft gute Dienste geleistet hatte, auch wenn er alles andere als leicht zu befolgen war. Dann sah er wieder Jarry und den alten Brunnenturm vor sich. Und Jarry war Jarry, ein in einem Männerkörper gefangenes Kind. Vredech ging weiter auf ihn zu, diesmal in einem gemächlichen Schlendern und aus einer Richtung, die sicherstellte, daß Jarry ihn sehen konnte, bevor er ihm allzu nah gekommen war. Er lächelte.

»Jarold«, rief er ihm zu, »was ist los?«

Jarry nahm die Flasche vom Mund und begann sich panisch umzusehen. Vredech holte tief Luft und ging auf ihn zu.

»Was ist denn los?« fragte er ein zweites Mal und blickte in abwesende, furchterfüllte Augen, rotgeädert und blutunterlaufen vom vielen Alkohol. Flammende Wut stieg in Vredech auf. Wer immer das zu verantworten hatte, gehörte ausgepeitscht! Er unterdrückte seine Zorneswallung, damit Jarry, der in jeder Verfassung überaus hellhörig blieb, ja, dessen Sinne durch das, was ihn zum Trinken gebracht hatte, womöglich noch geschärft waren, es nicht spürte und entsprechend darauf reagierte.

Er war es jedoch, der Jarrys Stimmung spürte, denn eine mächtige Woge der Angst brandete über ihn hinweg. Vredech merkte, daß ihm Tränen in die Augen traten.

»Jarry, hab keine Angst. Ich bin es«, sagte er ein wenig heiser. »Bruder Vredech. Erkennst du mich?«

Ein langes Schweigen antwortete ihm, dann ein lautes Klirren, das ihn heftig zusammenfahren ließ. Jarry hatte die Flasche fallenlassen, die in einem glitzernden Sprühnebel aus Flüssigkeit und Glasscherben auf dem Pflaster zersprungen war. Bevor Vredech überhaupt realisierte, was geschah, stand Jarry vor ihm, und seine schweren Pranken lagen auf seinen Schultern. Paradoxerweise war die Bewegung so schnell gewesen, daß Vredech keine Zeit zum Fürchten blieb. Der große Mann beugte sich vor und spähte mit trübem, suchendem Blick in seine Augen. Vredech bemühte sich, nicht vor dem Alkoholdunst in Jarrys Atem zurückzuweichen. Dann sah Jarry plötzlich an ihm vorbei, und sein Gesichtsausdruck veränderte sich – wurde bösartig und zornig. Vredech schaute kurz an der großen Hand auf seiner Schulter entlang und erblickte einen Trupp von Hütern, die sich rasch näherten, weil sie offenbar befürchteten, Jarry greife ihn an.

»Geht zurück. Ich bin nicht in Schwierigkeiten. Alles in Ordnung«, rief er ihnen zu, wenn er damit auch mehr seiner Hoffnung als irgendeiner Gewißheit Ausdruck gab.

Der Trupp zögerte. Vredech fühlte, wie Jarrys Hände auf seiner Schulter sich bewegten. Er war im Begriff, ihn loszulassen, vermutlich in der Absicht, die Hüter anzugreifen. So fest er konnte, packte er eine der beiden großen Hände und schrie laut und gebieterisch in Jarrys Gesicht: »Nein!« Dann ließ er einen weiteren ernsten Appell an seine Möchtegern-Retter folgen. »Geht zurück, schnell. Geht außer Sicht. Sofort! Ihr macht ihn nur wütend!«

Ziemlich widerstrebend taten die Hüter, wie ihnen geheißen, und sobald sie sich zurückzuziehen begannen, wandte Vredech seine Aufmerksamkeit wieder Jarry zu.

Er versuchte die Hand zu schütteln, die er festhielt, um Jarrys drohenden Blick von den zurückweichenden Hütern zu lösen, jedoch ohne sichtbaren Erfolg. Es schien eher, als gelinge es ihm lediglich, sich selbst zu schütteln. Jarry bewegte sich keinen Zoll, stand da wie mit dem Boden verwachsen. Trotz seiner wachsenden Sorge um seine eigene Sicherheit verspürte er einen Anflug von Mitleid mit den Hütern, die diesen gefährlichen Muskelklotz bezwingen mußten, falls er mit seiner Friedensmission scheiterte. Kein Wunder, daß sie ihre Schlagstöcke gezogen hatten!

Dann redete Jarry. Er plapperte ihm unzusammenhängendes Zeug in die Ohren, während seine Hände sich schmerzhaft um seine Schulter schlossen und wieder lockerten. »Hör auf damit, Jarry, du tust mir weh«, sagte Vredech. Es gelang ihm, immer noch gebieterisch zu klingen, auch wenn er es nun langsam mit der Angst zu tun bekam. In seiner Verzweiflung drückte er von unten gegen Jarrys Handgelenke, um seinen Griff zu lockern. Er hatte teilweise Erfolg, obwohl er merkte, wie seine Knie unter der Anstrengung zu zittern begannen. Da er körperlichen Kontakt, geschweige denn Gewaltanwendung überhaupt nicht gewöhnt war, hätte er am liebsten losgebrüllt, um diesen lächerlichen Kampf zu beenden, doch dann kam ihm ein klügerer Einfall. »Genug, Jarry«, sagte er sehr leise und freundlich. »Genug, du tust mir weh. Das willst du doch nicht, oder? Ich bin dein Freund, erinnerst du dich? Sieh, die Hüter sind fort. Laß mich los, damit wir uns anständig unterhalten können. Dann kannst du mir erzählen, was los ist.«

Wie er gehofft hatte, war es eher der Tonfall als die Worte selbst, der zu seinem Gegenüber durchdrang. Die Hände ließen von ihm ab. Seine plötzlich nicht mehr belasteten Beine gaben nach, und er mußte sich kurz auf Jarrys Arm stützen. Jarry starrte ihn wieder an, und ein flüchtiges Wiedererkennen flackerte in seinen zwinkernden Augen auf. Dann war da wieder nichts als Furcht.

Sein Mund öffnete sich zu einem Schrei, der dieser Furcht Ausdruck verlieh. Vredech zuckte unter der inneren Qual zusammen. Er nahm Jarrys große Hand in seine beiden. »Du bist in Sicherheit, Jarry«, sagte er in das Gebrüll hinein. »Niemand tut dir etwas. Hör mir zu. *Niemand tut dir etwas.*«

Jarry riß die Arme hoch und gestikulierte abwehrend. »Er ist hier«, widersprach er, und seine Stimme zitterte, war aber recht deutlich vernehmbar. Die plötzliche Klarheit seiner Ausdrucksweise erschreckte Vredech.

»Wer ist hier?« fragte er nur.

Jarry schoß einen angstvollen Blick gen Himmel, dann beugte er sich so weit zu Vredech vor, daß ihre Gesichter sich beinahe berührten. »Er ist hier«, flüsterte er heiser. »Er.«

Vredech schüttelte den Kopf. »Ich verstehe nicht«, sagte er. »Wer ist hier? Hat dir jemand Angst gemacht?«

Jarry stieß ein erbarmungswürdiges Winseln aus, um dann die Hand anzusehen, in der er die Flasche gehalten hatte. Ein abwesender, verlorener Ausdruck trat in seine Augen.

»Sie ist fort, Jarry«, beruhigte Vredech ihn. »Du hast die Flasche fallenlassen, und sie ist zerbrochen. Wie dem auch sei, du weißt, es ist nicht gut für dich. Es bringt dich nur in Schwierigkeiten.« Er wollte ihn fragen, wer ihm das gegeben hatte, doch selbst wenn Jarry sich erinnern sollte, war es unwahrscheinlich, daß er den Namen seines Wohltäters preisgeben würde. Außerdem war es wichtig, daß Jarry jetzt reden konnte. Er durfte sich nicht in ein trotziges Schweigen zurückziehen. »Warum hast du angefangen zu trinken, Jarry?« fragte er statt dessen. »Das hast du schon lange nicht mehr getan.«

»Trinken. Trinken«, lallte Jarry und sah erst seine leere Hand und dann Vredech an. »Muß was zu trinken haben.« Er wurde zusehends aufgeregter. Vredech, der einen schier überwältigenden Fluchttrieb unterdrücken mußte, hielt die Stellung.

»Nein«, versetzte er entschlossen. »Nichts zu trinken. Das ist schlecht für dich. Du wirst nur dir und anderen Leuten etwas antun.«

»Nein. Nein. Jarry tut niemand nichts an. Trinken.«

»Warum?«

Jarry senkte den Kopf und begann, krampfhaft seine Hände zusammenzupressen.

Vredech legte seine Hände über Jarrys und beugte sich vor, um ihm ins Gesicht zu sehen. »Warum?« wiederholte er behutsam seine Frage.

»Verstecken. Jarry verstecken.« Dann stieß er jäh einen lauten Schrei aus und riß die Arme hoch, so daß Vredech zurücktaumelte. Während er noch versuchte, das Gleichgewicht wiederzufinden, erblickte Vredech die Hüter, die mit gezogenen Schlagstöcken über den Platz auf sie zukamen.

Gleichzeitig sah er, daß Jarry regungslos dastand, die Hand schützend über den Kopf gelegt. Er dachte kaum darüber nach, was er tat, doch er wußte genau, daß kein Befehl von ihm die Hüter jetzt noch davon abhalten würde, Jarry unschädlich zu machen. So warf er sich nach vorn und baute sich zwischen ihnen und dem schwankenden Jarry auf.

Beschwichtigend streckte er ihnen die Arme entgegen. »Ich bin in Ordnung«, rief er. »Laßt ihn in Ruhe. Es war nur ein Mißverständnis.« Er suchte Skynners Blick. »Bitte, Haron. Bitte.«

»Er ist gefährlich in diesem Zustand, Bruder«, erwiderte Skynner erregt. »Ihr habt Euch fast der Länge nach aufs Pflaster gelegt. Ich kann nicht zu –«

»Er ist hier. Jarry verstecken. Jarry verstecken.«

Jarrys Aufschrei unterbrach ihn. Ihm folgte ein klagender Schrei, der so mitleiderregend klang, daß sogar einige der hartgesottenen Hüter gequält dreinblickten. Vredech, die eine Hand immer noch ausgestreckt, um seine Möchtegern-Verteidiger zurückzuhalten, wandte sich ihm wieder zu. Jarry hatte sein Gesicht zwischen den Armen vergraben. Skynner winkte seine Männer wieder ein Stückchen zurück.

»Er bricht zusammen«, flüsterte einer von ihnen, von Vredechs Besorgnis angesteckt.

Er hatte noch nicht ausgeredet, als Jarry auch schon langsam in die Knie sank. Dann beugte er sich vor, die Hände immer noch schützend um seinen Kopf geschlungen, als wolle er sich so klein wie möglich machen. Er jammerte in einem fort. Vredech kniete sich neben ihn. Dabei fiel ihm auf, daß die Zuschauer, durch Neugier kühn gemacht, allmählich näherkamen. Er nickte Skynner vielsagend zu, und der schickte auf der Stelle ein paar seiner Männer los, um die Gaffer zu verscheuchen.

Vredech blieb nichts anderes übrig, als seine Arme um Jarry zu legen und beruhigend auf ihn einzureden. »Du bist in Sicherheit. Niemand wird dir etwas tun. Du brauchst dich nicht zu verstecken.« Die einzige Reaktion, die er indes erntete, war das nicht nachlassende Jammern.

»Was ist los mit ihm?«

Als Vredech hochsah, erblickte er Privv, den nur der Schlagstock eines Hüters daran hinderte, noch näher zu kommen. Vredech drehte das Gesicht weg, damit man nicht sehen konnte, wie sehr er das alles verabscheute. Wegen der Indiskretionen einiger seiner Gemeindemitglieder kannte er Privv schon länger. Trotz seiner religiösen Überzeugungen fiel es ihm nicht schwer, ihn und andere Enthüller seiner Art zu verachten, die absichtlich mit allem hausieren gingen, was schmerzlich für die Menschen war, und auch noch zu behaupten wagten, es handle sich dabei um eine bürgerliche Tugend. Er hatte von Privvs Eskapaden im Haus der Zeugen gehört und betrachtete sie wie Horld mit äußerstem Mißtrauen. Außerdem hatte es ihn gehörig aus der Fassung gebracht, daß Cassraw so bereitwillig mit dem verkommenen Subjekt gesprochen hatte, auch wenn er keinen genauen Grund dafür hätte angeben können.

»Irgend jemand hat ihm zu trinken gegeben«, antwortete er. Dann erwachte ein bösartiger kleiner Teufel in ihm und bewog ihn, sich zu Privv umzuwenden. »Das wart nicht zufällig Ihr, oder?« fragte er mit strenger Miene. Privvs unterdrücktes Erschrecken bereitete ihm Genugtuung. Dir gefallen wohl deine eigenen Tricks nicht mehr, nicht wahr? dachte er. Der Enthüller riß sich jedoch sofort wieder zusammen und setzte eine beleidigte Miene auf.

»Warum sollte ausgerechnet ich wohl so etwas tun?« fragte er mit unschuldigen großen Augen. Vredech würdigte ihn keiner Antwort, sondern kümmerte sich wieder um den am Boden kauernden Jarry.

»Bitte geht weiter, mein Herr«, sagte der Hüter. »Hier gibt es nichts für Euch zu sehen.«

Privv nahm keine Notiz von ihm. »Was hat er vorhin gefaselt?« fragte er Vredech über den Arm des Hüters hinweg.

»Geht weg, Privv«, seufzte Vredech. »Hier gibt es nichts für Euch – nur eine arme, unglückliche Seele, die vor irgend etwas Angst hat, was nur in ihrer Phantasie existiert. Jarry kommt bald wieder in Ordnung, wenn man ihn in Ruhe läßt.«

Privv rümpfte nachdenklich die Nase, zuckte dann die Schulter und trollte sich fort, während seine Gedanken darum kreisten, wie er den Zwischenfall darstellen und dabei diesen groben Prediger subtil in ein schlechtes Licht stellen konnte. Vredech stellte ein stetes Ärgernis für ihn dar. Er war, um Himmels willen, Kapitelmitglied; er durfte nicht auf diese Weise mit Leuten reden, nur weil sie ihren Job taten! Privv suchte die sich langsam zerstreuende Menge nach bekannten Gesichtern ab, von denen er die ganze Geschichte erfahren konnte, die sich hier soeben abgespielt hatte. Er fand oft, daß die Wahrheit einen recht nützlichen Ausgangspunkt für eine gute Geschichte abgab.

Privv war schon aus Vredechs Gedanken verschwunden, als dieser seine Aufmerksamkeit wieder dem immer noch reglosen und winselnden Jarry zuwandte. Während er ihn betrachtete, zerplatzte ein dicker Regentropfen geräuschvoll zu einem dunklen Stern auf dem Pflaster zu seinen Füßen. Jarry schrak zusammen wie bei einem Donnerschlag. Seine Augen weiteten sich, als er den nassen Flecken erblickte, zu dem sich rasch andere gesellten. Zögernd streckte er die Hand aus und berührte ihn mit der Spitze seines Zeigefingers. Seine Hand zuckte krampfhaft zurück.

»Komm, Jarry«, sagte Vredech. »Laß uns nach Hause gehen. Es fängt an zu regnen.«

Aber Jarry rieb sich seinen Zeigefinger, als wolle er etwas besonders Unangenehmes oder Schmerzhaftes loswerden. Er schaute unablässig zum Himmel hoch, und Vredech bemerkte, daß er zitterte.

»Er ist hier«, sagte er in einem kindlichen Flüsterton. Er hielt seinen Finger dicht vor sein Gesicht, um ihn zu begutachten. »Er war da oben. Jetzt ist Er hier unten.« Vredech kam nicht umhin, selbst nach oben zu schauen, aber es war nichts zu sehen außer den grauen Wolken und den tanzenden schwarzen Regenpunkten, die auf sein nach oben gewandtes Gesicht fielen.

»Wer ist Er?« fragte er unbeholfen. »Wer ist hier? Wer flößt dir solche Angst ein?«

Skynner kam zurück und hockte sich neben sie. »Der Regen vertreibt die letzten Zuschauer. Habt Ihr herausgefunden, was mit ihm los ist?«

Vredech schüttelte den Kopf. »Ich bringe ihn heim, sobald ich kann. Vielleicht erzählt er es mir, vorausgesetzt, er erinnert sich noch, wenn der Anfall vorbei ist.« Er senkte die Stimme. »Aber er hat tödliche Angst vor irgend etwas – oder irgend jemandem.«

Skynner zuckte die Schulter. »Es ist sehr schade, daß er vor mir nicht noch mehr Angst hat«, sagte er wehmütig. »Trotzdem, er scheint mir jetzt ruhig genug zu sein. Wenn Ihr mit ihm soweit zufrieden seid, kann ich Euch zwei Burschen zu Eurer Unterstützung dalassen, aber die anderen müssen jetzt wieder ihren Dienst aufnehmen. Manche von ihnen nutzen eine kleine Unterbrechung wie diese hier aus, um sich ein oder zwei Stündchen davonzustehlen.«

Eine Hand zerrte an Vredechs Ärmel, bevor er antworten konnte. Es war Jarrys Hand. Als er dem Blick des Riesen begegnete, fiel ihm zum ersten Mal auf, daß dessen Augen wie Cassraws und seine eigenen schwarz waren. »Ich sah Ihn auferstehen und den Himmel ausfüllen, und Sein großer Mantel der Nacht verschlang den heiligen Berg und bedeckte das ganze Land. Ich hörte, wie Seine Schreie von Verzweiflung in Jubel umschlugen, als ich auf den Traumwegen wanderte.« Seine Hand krallte sich um Vredechs Arm. »Grauenhaft. Grauenhaft. Und nun wandelt Er wieder unter uns.«

Völlig verdutzt über diesen unvermittelten Ausbruch von Beredsamkeit konnte Vredech nur fragen: »Wer, Jarry?«

Jarry schluckte, als würde er an den Worten ersticken.

»Ahmral, Bruder. Ahmral«, sagte er ganz leise.

Skynner kicherte und machte Anstalten, Jarry auf die Füße zu ziehen. Er zwinkerte Vredech zu. »Zerbrich dir darüber nicht den Kopf, Jarry«, sagte er. »Du bist nicht der erste, der den Teufel sieht, wenn er ein paar zuviel gekippt hat.«

Vredech sagte nichts. Jarrys Worte hatten ihn in den gestrigen Tag zurückversetzt, als auch er, allein in der Dunkelheit, einen schrecklichen Jubel vernommen hatte. Und als auch er in seiner Angst ausgerufen hatte: »Weiche von mir, Gezücht Ahmrals. *Weiche von mir.*«

# KAPITEL 10

Troidmallos fand schon bald zu seiner alltäglichen Routine zurück. So schien es wenigstens. Die mysteriöse Wolke mit dem drohenden Unwetter, das sich nicht entladen hatte, verlor ihren Status als lohnendes Thema von Klatsch und Spekulation, nicht zuletzt deshalb, weil das Wetter allgemein besser wurde. Der Winter plagte sie noch gelegentlich mit seinen letzten Zuckungen, doch alles in allem wurde der graue Himmel blauer, und die kalten, feuchten Winde wurden wärmer und trockener. Dann begann sich ein zaghafter grüner Schimmer auf Bäumen und Büschen zu zeigen, der definitiv bewies, daß der Frühling im Anmarsch war. Die Kirche blieb dabei, Cassraw sei spazierengegangen, um nach einer langen Sitzung frische Luft zu schnappen, und gestürzt, als die Sichtverhältnisse sich plötzlich verschlechterten. Das Kapitel bewahrte einmütig Schweigen über den wahren Grund seiner erzürnten Flucht aus dem Haus der Zeugen, sein merkwürdiges Benehmen nach seiner Rückkehr sowie seinen noch merkwürdigeren Zusammenbruch samt anschließender Genesung. Privv hatte ernste Zweifel am Wahrheitsgehalt dieser Verlautbarungen, denn mit der Spürnase eines Rüden, der eine heiße Hündin riecht, witterte er Heimlichtuerei und geschlossene Reihen. Die Tatsache, daß Cassraw alles freimütig zugab, entzog ihm jedoch alle Grundlagen, mit denen er hätte arbeiten können. Und er wollte nichts zu weit Hergeholtes schreiben, aus Angst, diesen noch nicht so recht greifbaren Faden guten Willens zu verlieren, der Cassraw dazu bewogen hatte, mit ihm zu reden, und der, da war er sich sicher, mit entsprechender Sorgfalt und Zeit zu einem wahrhaft wertvollen Seil geknüpft werden konnte. Was Jarrys Eskapade anging, die ja leider ohne spektakulären oder gewaltsamen Höhepunkt zu Ende gegangen war, so gab sie lediglich eine bittere kleine Notiz in einem oder zwei der weniger gelesenen Blätter ab.

Aber es hatte Veränderungen gegeben. Eine unterschwellige Flut kam ins Rollen, denn in der Nacht, die auf die geheimnisvolle Verwandlung Cassraws folgte, waren viele absonderlichen Dinge geschehen. Die Menschen hatten lebhafte Träume gehabt: die einen abstoßende und furchterregende, die anderen verheißungsvolle, die die Erfüllung verstörender Begierden zu versprechen schienen. Andere behaupteten, Geräusche gehört zu haben – unirdische Gesänge, unheimliche Lieder, ja, sogar Schreie. Und manche berichteten, sie hätten ... Dinge ... durch die Straßen huschen sehen – dunkle Dinge, wie Schatten, aber ohne jemanden, der einen Schatten hätte werfen können. Eine Handvoll dieser Erzählungen wurde von den Enthüllern aufgegriffen, verzerrt und von allen außer den Betroffenen schnell wieder vergessen. Noch viel mehr Menschen als die, die darüber zu sprechen bereit waren, hatten jedoch in jener Nacht eine Berührung verspürt, und in all diesen Menschen schwärte die Erinnerung ... und schwärte.

Nur die Predigerbrüder hätten über Anhaltspunkte verfügt, das Geschehene einzuordnen, denn ein Gemeindemitglied nach dem anderen – das eine schuldbewußt, das andere verwirrt, wieder ein anderes verängstigt – kam zu ihnen, um zögernd über dieses und jenes zu plaudern, bis sie sich ein Herz faßten und das ansprachen, weswegen sie wirklich gekommen waren: einen Traum, eine Vision, eine Erscheinung. Aber die Predigerbrüder trafen sich nicht sehr häufig und hatten auch dann keinen Grund, solche seelsorgerischen Angelegenheiten zu erörtern, auch wenn einige von ihnen ausgesprochen seltsam waren. Und so kam es, daß die Anhaltspunkte, die sie bekamen, unbeachtet blieben.

Und die Flut schwoll ungehindert an.

Außerdem war weitaus Ernsthafteres im Gange. Ein angesehener Madren-Händler war auf einer Auslandsreise ermordet worden.

Canol Madreths direkter Nachbar im Westen war Tirfelden, größer und bevölkerungsreicher als Canol Madreth. Dort ging es zudem wesentlich lebhafter zu. Nicht, daß das immer zum Vorteil seiner Bürger gewesen wäre. Erst vor wenigen Jahrzehnten hatten sie sich von einer langen Periode der Unterdrückung und Gewaltherrschaft befreien können und erfreuten sich seitdem eines Regierungssystems, das demjenigen von Canol Madreth nicht unähnlich war, außer daß die Felden nicht, wie die Madren, drei, sondern nicht weniger als fünfzehn große politische Parteien hatten – oder siebzehn oder dreizehn oder was auch immer, denn das hing von den jeweiligen Verträgen, Koalitionen, Allianzen und Umgruppierungen ab, die gerade an der Tagesordnung waren. Darüber hinaus waren die Felden, die nicht unter der ständigen bedrückenden Präsenz des zentralen Gebirges wohnten und nicht unter der Fuchtel einer strengen Religion standen, im allgemeinen ein viel lebenslustigeres Volk als die Madren. Man sagte ihm nach, es handle zuerst und denke dann erst nach. Ob man hierin Ursache oder Folge der häufigen und gewaltsamen, ja fast schon zur Tradition gewordenen Regierungswechsel sehen wollte, hing vom jeweiligen Standpunkt ab, aber Tatsache war, daß sie ohne zu zögern auf die Straße gingen, wann immer ihre Regierung etwas Unpopuläres beschloß.

In Ermangelung brutaler Unterdrückung von oben, um das Volk zu einigen, manifestierte sich diese Art von politischer Begeisterung üblicherweise in Straßenkämpfen zwischen den zahllosen Gruppierungen, die ständig und lautstark ›gerechte und gleiche Behandlung‹ einforderten.

Die Madren verabscheuten die Felden, während diese

sie ihrerseits für sauertöpfische, humorlose religiöse Fanatiker hielten. Wie dem auch sei, Geschäft war Geschäft, und so gab es einen gewissen Warenaustausch zwischen den beiden Ländern, vor allem mit Holz. Er versetzte die Madren in die Lage, einen Teil ihrer finsteren Wälder gegen Erze und Eisen einzutauschen, die die Felden schürften und verarbeiteten.

Bei diesem Handelsaustausch geschah es, daß zwei madrenische Kaufleute sich zu einem Zeitpunkt in Tirfelden aufhielten, als die Emotionen dort wegen irgendeines geplanten Gesetzes hohe Wellen schlugen. Berauscht von der Offenheit und Freizügigkeit der tirfeldischen Gesellschaft, die ihnen die Beschränkungen ihres Heimatlandes noch viel erdrückender erscheinen ließ, hatten die beiden Männer sich in einer örtlichen Schenke ins Vergnügen gestürzt und, nicht an die Stärke und grenzenlose Verfügbarkeit des tirfeldischen Biers gewöhnt, sich unklugerweise in eine ausgesprochen hitzige Debatte verwickeln lassen. Als diese damit endete, daß man sie beschimpfte und allgemein verhöhnte und dabei ihr Land und ihre Religion nicht aussparte, zahlten sie es ihren Beleidigern mit gleicher Münze heim, und in dem darauffolgenden Handgemenge wurde der eine Mann getötet und der andere schwer verwundet.

In den Augen der Madren fiel die Antwort der tirfeldischen Autoritäten auf diesen Zwischenfall alles andere als zufriedenstellend aus. Selbst geübte Heuchler reagierten darauf besonders empfindlich, so daß man die aus Tirfelden eintreffenden Äußerungen des Bedauerns und Entsetzens für völlig unzureichend und nicht ernstgemeint hielt, zumal man offenbar nur geringe oder gar keine Anstrengungen unternommen hatte, die Täter dingfest zu machen – angeblich einige der glühendsten Anhänger der augenblicklich herrschenden Regierungspartei. Die Madren sahen ihren Verdacht bestätigt, als der Vorfall Gegenstand der Debatten des tirfeldischen Kongresses wurde.

Der Kongreß war selbst im günstigsten Fall kein ideales Forum politischer Kultur und maßvoller Redekunst, und das Schicksal der beiden Madren wurde schon bald zu einem Federball, den die verschiedenen Parteien der Kammer einander um die Ohren schlugen, um selber Punkte zu sammeln. Ein offizieller Beobachter der Madren stürmte wutentbrannt vor Abschluß der Debatte aus der Kammer und verlangte von der Regierung Tirfeldens eine offizielle Entschuldigung und Entschädigung für die Familien der beiden Opfer. Angesichts des erheblichen Unmuts dieses Beobachters versprach man es ihm, doch nachdem er gegangen war, wurde die Angelegenheit in einer weiteren Kongreßdebatte erneut zum Thema. Obwohl diese Debatte etwas ernster als die erste verlief, wurde gehörige nationale Empörung laut über das, wie man meinte, anmaßende Benehmen des offiziellen madrenischen Vertreters, so daß das Entschädigungsangebot am Ende heruntergesetzt wurde. Zu diesem Zeitpunkt war die Angelegenheit bereits zu den Enthüllern vorgedrungen, und Canol Madreth wurde von einer breiten Palette blutrünstiger Versionen des Tathergangs überschwemmt. Nachrichten über das unappetitliche Schachern des Kongresses von Tirfelden schmückten diese Erzählungen aus. Die Heinder, die wiederholt auf den ›Volkszorn‹ hingewiesen wurden, fühlten sich allmählich unter Druck gesetzt, ›etwas zu unternehmen‹.

In Wahrheit existierte dieser Druck kaum. Diejenigen, die etwas darüber lasen, reagierten auf die unterschiedlichste Weise, von Gleichgültigkeit bis zu echter Betroffenheit und Mitleid, aber nur ganz wenige drängten ihre Heinder zum Handeln. Zudem war nicht zu leugnen, daß die durchaus vorhandene Sympathie dadurch gedämpft wurde, ›daß die beiden Männer schließlich getrunken hatten ...‹ mit all dem, was daraus folgte. Strafe für die Sünden war ein wichtiges Element im Ishrythan. Aber eine Dummheit zeugt die andere, und so gelang es dem Heindral, selbsttätig eine Krise heraufzubeschwören, indem er auf etwas reagierte, was es eigentlich gar nicht gab.

Die Legislaturperiode war schon weit in ihre zweite Hälfte vorgerückt, und die Gedanken begannen sich schon der nächsten Akklamation zuzuwenden, als sich der Tirfelden-Zwischenfall ereignete. Aus diesem Grunde wurde er zu einer Gelegenheit für die Heinder, unter den Augen der Öffentlichkeit um die besten Positionen zu rangeln. Die regierende Partei der Kastellane brachte überraschend den Antrag ein, alle zur Zeit in Canol Madreth lebenden Felden auszuweisen und ihre Güter zu beschlagnahmen. Das war eine kühne, mit viel Prahlerei hingeworfene Geste, die zweifellos gut ankommen würde, wenn man sich zu gegebener Zeit um die Gunst der Wähler bemühte. Der Antrag wurde indes nur in der festen Überzeugung gestellt, daß die anderen beiden Parteien sich umgehend zusammenschließen und dagegen stimmen würden. Und in der Tat, die größte Oppositionspartei, die Pflüger, spielte ihre Rolle perfekt, indem sie mächtige, aber maßvolle Reden schwang und gleichzeitig ›ihre Trauer und ihre Wut‹ über diese Freveltat zum Ausdruck brachte. Doch aus Angst vor dem, was die ihrer Ansicht nach aller Vernunft beraubten Kastellane planten, schlugen sie eine ›wirkungsvollere und unparteiischere Maßnahme‹ vor, nämlich jeglichen Handel mit Tirfelden abzubrechen, da die Felden ihr Holz angeblich dringender brauchten als die Madren das tirfeldische Eisen. Heftige Debatten waren die Folge, in deren Verlauf die Kastellane als diktatorisch, ja sogar als Kriegstreiber angeprangert wurden, während die Pflüger als naive Beschwichtiger und Feiglinge beschimpft wurden, denen das Schicksal der im Holzhandel Beschäftigten vollkommen gleichgültig sei. Dann ergriff der Führer der dritten und kleinsten Partei das Wort.

Die Partei der Zeugen war bereits seit mehreren Dekaden die kleinste Gruppierung. Das bißchen Macht, das sie bislang hatte ausüben dürfen, hatte immer davon abgehangen, daß die anderen beiden Parteien in etwa über die gleiche Stimmenanzahl verfügten und sie das Zünglein an der Waage spielen konnte. Da es unwahrscheinlich war, daß sie in naher Zukunft jemals an die Macht kommen würde, besaß sie das Privileg, die abenteuerlichsten Ideen vorzubringen, aber sie kannte ihren Platz im Parteiengefüge und verstieg sich nie zu irgendwelchen Verrücktheiten, wenn wirklich ernste Angelegenheiten erörtert wurden. Das Besondere an der Partei der Zeugen war ihr religiöses Element. Sie hatte, einzigartig unter allen Parteien, tatsächlich Predigerbrüder in ihren Reihen und strich immer unerbittlich die moralischen und religiösen Aspekte einer jeder Frage heraus, die zur Debatte stand. Wenn einer ihrer Sprecher sich zu reden anschickte, begrüßte ihn die Versammlung nicht selten mit einem unbewußten, aber von Herzen kommenden Seufzer.

Nun herrschte ein fast respektvolles Schweigen, als Toom Drommel sich erhob, um die Meinung seiner Partei kundzutun. Gespannte Erwartung erfüllte die Kammer – die Erwartung, daß Drommel die Kastellane für ihren kriegerischen Vorschlag rügen werde, diesen Vorschlag mit seiner grausamen Mißachtung auch nur der elementarsten Grundbegriffe der Gerechtigkeit, der feldische Bürger verfolgen wollte, welche ganz offensichtlich nichts mit der Ermordung des Kaufmanns zu tun hatten und die mit Recht von den madrenischen Autoritäten Schutz und nicht Verfolgung erwarten durften. Dann würde er sich gegen die Pflüger wenden, um ihnen ihre Naivität in wirtschaftlichen Dingen vorzuwerfen, da sie sich offenbar der Illusion hingaben, der Verlust der Handelsbeziehungen zu Canol Madreth werde Tirfelden ökonomisch auch nur ansatzweise treffen. Er würde schließlich damit enden, daß seine Partei gegen beide Anträge stimmen werde, wodurch er beide Parteien der Notwendigkeit enthob, irgend etwas zu unternehmen, was über das Untergraben des Standpunkts der Partei der Zeugen hinausging. Im Anschluß daran würde die Angelegenheit aus dem Licht der Öffentlichkeit verschwinden und von Beamten der jeweiligen Regierungen ausgehandelt werden.

Völlig unerwartet sagte Toom jedoch: »Wir werden den Antrag der Kastellane unterstützen«, und setzte sich wieder hin.

Kurzfristig sah es so aus, als würden die Kastellane ihren Führer verlieren, denn er lief zuerst rot und dann dunkelrot an, aber irgendwie überlebte er den Schlag und war innerhalb weniger Sekunden wieder auf den Beinen.

Wie jedermann.

Privv hoch oben auf der Zuschauergalerie rieb sich schadenfroh die Hände. Er kannte ziemlich viele Felden und konnte schon Geschichten für mehrere Wochen aus dem Boden sprießen sehen, die ihm in der Folge eine Menge Geld einbringen würden. Er begriff, was die Kastellane und Pflüger nicht erkannt hatten, daß nämlich Toom Drommel und seine Partei zwar einerseits keine gesteigerte Lust verspürten, mit der wirtschaftlichen Inkompetenz der Pflüger oder dem prahlerischen Waffenrasseln der Kastellane in Verbindung gebracht zu werden, daß sie aber andererseits auch kein Interesse daran hatten, als die Partei dazustehen, die sich nicht entscheiden oder keinen festen Standpunkt einnehmen konnte, wenn es um die Sicherheit der madrenischen Bürger ging. Aus diesem Grund hatten sie sich entschlossen, die Kastellane zu zwingen, Farbe zu bekennen. Denn indem sie sie unterstützten, würde die Partei der Zeugen beim Schutz der Landesbürger im Ausland einen starken und resoluten Eindruck machen – eine überaus nützliche Eigenschaft, die in der Vorlaufphase einer Akklamation gebührend herausgestellt werden konnte, während sie gleichzeitig Gelegenheit gab, die Kastellane als schwach und wankelmütig zu schmähen. Denn die Kastellane hatten keinerlei Möglichkeit, ihren

Vorschlag in die Tat umzusetzen, ohne einen Bruch mit Tirfelden heraufzubeschwören – einer sehr viel größeren und reicheren Nation.

Privv wartete auf den unvermeidlichen Ausgang der Sache. Wenn der Aufruhr sich gelegt hätte, würden die Kastellane die Debatte ohne Abstimmung beenden und zu einer panischen Zusammenkunft mit den Parteioberen hasten, wo sie versuchen würden, einen Ausweg aus dem Dilemma zu finden, ohne daß der Rückzieher zu öffentlich oder zu demütigend sein würde.

Toom Drommel saß mit verschränkten Armen und zufriedenem Lächeln da, und Privv beobachtete ihn scharf. Er hatte den Mann falsch eingeschätzt. Er hatte ihn immer für eine der vielen Nervensägen in dieser Welt gehalten, aber offenbar steckte mehr in ihm, als man auf den ersten Blick erkannte. Er hatte die Selbstgefälligkeit und politische Unachtsamkeit der Kastellane klar durchschaut und ihnen mit seiner knappen Erklärung erheblich geschadet. Außerdem hatte er seiner eigenen Partei eine Menge genützt. Während er den Mann beobachtete, der ruhig und gelassen inmitten des Tohuwabohus saß, dämmerte es Privv, daß Toom Drommel eine politische Kraft war, mit der man in Zukunft rechnen mußte. Und er verschaffte seiner Partei einen großen Aufschwung für die nächste Akklamation. Interessante Zeiten, die ihnen da bevorstanden, dachte Privv. Interessante Zeiten.

Das einzige erklärte Interesse der Kirche an der Affäre um den ermordeten Kaufmann war schlichtes Mitgefühl für die Familie des Verblichenen. Natürlich hatte die Kirche auch ein ständiges und beträchtliches Interesse an allen politischen Vorgängen im Lande, doch sie achtete diskret, um nicht zu sagen peinlich darauf, daß sie immer über dem Parteienzank und dem politischen Alltagsgeschäft stand. In diesem Fall beschränkte sie sich zunächst darauf, die Ereignisse zu beobachten und richtig einzuschätzen.

Abgesehen von der Aufgabe, die Geschehnisse im Heindral gebührend zur Kenntnis zu nehmen und sich der alltäglichen Routine der Kirchenarbeit zu widmen, forderten zwei weitere Themen die Aufmerksamkeit von Mueran und seinem Stab im Haus der Zeugen. Das eine war die Verwandlung, die mit Cassraw vorgegangen war, das andere die Verwandlung, die mit Vredech vorgegangen war. Wo hingegen die Erwähnung von Cassraws Namen vorher nur ein müdes Stirnrunzeln bei Mueran hervorgerufen hatte, während er sich auf weitere Klagen aus der Hafen-Gemeinde oder eine weitere Strafpredigt über den Santyth von Cassraw selbst gefaßt machte, zauberte sie nun ein freundliches Lächeln auf seine Züge. Klagen waren zu Belobigungen geworden. Seit seinem ›Anfall‹ schien Cassraw ein ganz anderer und weit umgänglicherer Mensch geworden zu sein, der sich als würdiger Pfründeninhaber der Hafen-Gemeinde erwies. Er hatte anscheinend seine zunehmende Besessenheit hinsichtlich der wörtlichen Auslegung des Santyth überwunden und stürzte sich mit ganzem Herzen in seine seelsorgerische Arbeit, indem er unermüdlich in Bewegung war, den Mitgliedern seiner Gemeinde mit Rat und Tat zur Seite stand, mit ihnen sprach, ihnen zuhörte, was immer die Umstände erforderten. Und seine Predigten waren fast schon legendär. Die Anwesenheitszahlen in seinem Versammlungshaus waren höher denn je, weil abtrünnig gewordene Gemeindemitglieder in den Schoß der Kirche zurückkehrten und die Leute sogar aus anderen Gemeinden herbeiströmten, nur um ihn zu hören. Er hatte sogar eine besondere Organisation ins Leben gerufen, deren Aufgabe darin bestand, sich um die Bedürfnisse einer Gruppe jugendlicher Unruhestifter zu kümmern, die seit einiger Zeit in der Gegend ihr Unwesen getrieben hatte. Mueran hegte Vorbehalte gegen den Namen, den man dieser Organisation gegeben hatte – die Ritter von Ishryth – , aber Cassraw hatte ihn lachend beruhigt. »Du weißt doch, wie junge Männer sind. Sie müssen mannhaft wirken – wenn auch nur in ihren eigenen Augen. Ich bezweifle, daß ich sie mit einem Namen wie ›Hafen-Gemeinde-Gruppe für die Würdigung des Santyth‹ hätte locken können.« Dann fügte er hinzu, eine Hand auf Muerans Schulter, fest und voller wohlmeinender Entschlossenheit: »Du brauchst dir keine Sorgen zu machen. Sie sind ein bißchen wild, aber im Herzen sind es alles brave Burschen. Außerdem ist es besser, wir beschäftigen sie irgendwie, als daß wir sie sich selbst überlassen.«

Ja, überlegte Mueran, Cassraw entwickelte sich wirklich prächtig. Jetzt war er wieder auf dem Weg, der ihm von Anfang an bestimmt gewesen zu sein schien – der Weg, der ihn am Ende zum Bundesmitglied machen würde. Mueran legte allerdings besonderen Nachdruck auf das ›am Ende‹.

Mit Vredech war es eine ganz andere Sache. Seit diesem einen Zwischenfall begannen Mueran die ersten Beschwerden überhaupt über ihn zu erreichen. Vredech wurde mürrisch, war auf einmal lasch in der Erledigung seiner Gemeindepflichten. Manche deuteten sogar an, daß sein Glauben alles andere als gefestigt sei. Besorgt ließ Mueran ihn ins Haus der Zeugen kommen, diagnostizierte aber nach einem längeren Gespräch offensichtlich nichts anderes als Erschöpfung. »Uns in die Schmerzen anderer hineinzuversetzen ist eine der schwersten Aufgaben, die unser geistliches Amt uns auferlegt, Bruder Vredech, aber wir müssen einen hohen Preis zahlen, wenn wir nicht lernen, uns von diesem Schmerz auch wieder freizumachen.« Er imitierte Cassraws vertrauliche Geste. »Ich glaube, das, was Bruder Cassraw letzte Woche widerfahren ist, hat dich mehr beunruhigt, als du es dir eingestehen möchtest, aber er ist wohlauf und gesund, während du dich immer noch in der Finsternis abzuplagen scheinst. Wenn du es wünschst, kann ich einen Ersatzprediger besorgen, der deine Gemeinde für ein paar Wochen übernimmt, damit du dich ausruhen und deine Kraftreserven wieder auffüllen kannst.«

Vredech lächelte jedoch und lehnte das Angebot dankend ab, während er gleichzeitig versprach, Muerans guten Rat zu beherzigen und sich auf die Probleme seiner Gemeindemitglieder mit etwas weniger persönlicher Betroffenheit einzulassen. In Wahrheit erschütterte ihn Muerans Angebot, einen Ersatzprediger für ihn zu finden, zutiefst. Das letzte, was er jetzt brauchte, war, sich selbst und seinen Grübeleien überlassen zu werden. Die Arbeit war möglicherweise das einzige, was ihn geistig gesund hielt. Nichtsdestoweniger hatte er die ernsten Untertöne in Muerans Worten durchaus vernommen, und er wußte, falls er sie in den Wind schlug, mochte er nicht nur seine Zukunft in der Kirche, sondern auch seine Gemeinde aufs Spiel setzen. Diese Erkenntnis half ihm dabei, kehrtzumachen und dem ins Gesicht zu sehen, was mit ihm geschah.

Aber was geschah denn überhaupt?

An jenem Abend, nach seiner Rückkehr aus dem Haus der Zeugen, saß er allein vor der grauen Asche eines erlöschenden Feuers und beschloß, die Ursachen jener Dunkelheit zu erforschen, die sich wie ein feuchter, klebriger Umhang um ihn gelegt zu haben schien. Gewisse Dinge waren offensichtlich. Das Wichtigste war, daß er nicht mehr gut schlief. Er konnte sich nicht daran erinnern, jemals in seinem Leben geträumt zu haben, aber jetzt, wenn er die Augen schloß, sah er sich manchmal in die tanzenden Schatten blicken, die ihn auf dem Berg umhüllt hatten. In ihrer Schwärze glichen sie bodenlosen Gruben ... Dann schlug er immer die Augen auf, voller Angst, was er sehen oder was passieren mochte, falls sie ...

Falls sie was?

Es gab keine Antwort auf diese Frage. Nur die Angst vor irgendeiner unbekannten Konsequenz.

Und er würde das Getöse jenes schrecklichen Siegesjubels hören; primitive, barbarische Untiefen in seiner Persönlichkeit erkennen, die besser auf immer verborgen blieben. Selbst jetzt noch zuckten seine Hände nervös zu seinen Ohren hoch. Was, in Ishryths Namen, war auf diesem Berg geschehen? Was hatte das alles zu bedeuten? Und warum verfolgten diese ... Erinnerungen ..., wenn es denn Erinnerungen waren, ihn auf diese Weise?

Verlor er den Verstand?

»Nein, nein«, murmelte er beschwichtigend vor sich hin. Er war durcheinander und gereizt – ja sogar verängstigt, gab er zu. Aber verrückt gewiß nicht. Er hatte gesehen, was er gesehen hatte, und er hatte gehört, was er gehört hatte; dessen war er sicher, obwohl die anderen aus irgendeinem Grund nicht dasselbe erlebt hatten. Er klammerte sich an die Vernunft. Der Wahnsinn warf seinen Schatten voraus. Er hatte weder Fieber noch irgendwelche anderen Anzeichen einer körperlichen Krankheit gezeigt, auch jetzt nicht, außer dem anhaltenden Unwohlsein im Magen – doch das kam, wie er aus Erfahrung wußte, weil er sich ängstigte. Es würde vergehen, wenn er zwei Dinge erledigt hätte – herausfinden, was ihm Angst machte, und etwas dagegen unternehmen.

Er faßte einen unabänderlichen Entschluß. Er würde heute nacht in diesem Sessel sitzenbleiben, bis er jeden einzelnen Aspekt dieses seltsamen Tages untersucht hätte und zu einem Ergebnis gekommen wäre. Das hieß eine durchwachte Nacht. Er betete ein bißchen, aber mehr aus Gewohnheit als aus innerem Bedürfnis, und die Worte hallten hohl und leer durch seinen Kopf. Es kümmerte ihn nicht allzusehr. Ishryth war kein leicht zu erweichender Gott, der dazu neigte, einem auf die erste Bitte hin den Weg zu ebnen. Ishryth half denen, die sich selbst halfen, und nur denen. Vredech wußte, daß er nur in seinem eigenen Streben die Hand von Ishryth erkennen würde.

Nachdem er seinen Entschluß erneuert hatte, schloß er

die Fensterläden, um die Nacht draußen zu halten, und löschte dann alle Lampen mit Ausnahme einer einzigen, die er so weit dämpfte, daß sie nicht mehr Licht als eine einsame Kerze verbreitete. Aber warm und tröstlich war das Licht, das sein Zimmer in eine Höhle voller friedlicher, klar umrissener Schatten verwandelte. Er lehnte sich in seinen Sessel zurück und versuchte eine Zeitlang, seine wirren Gedanken zu ordnen. Nach wenigen Minuten aber lächelte er leicht. Manche Lektionen mußte man eben immer wieder von neuem lernen. Er hatte in seinem Leben schon genug emotionale und spirituelle Krisen durchgemacht, um zu wissen, was er wissen mußte. Mit Macht zu versuchen, seinen inneren Aufruhr zum Schweigen zu bringen, war bestimmt keine Lösung! Mit einiger Mühe gab er den Versuch auf und ließ seinen Gedanken freien Lauf.

Außenstehenden wäre Vredech lediglich als ein Mann erschienen, der allein und regungslos in seinem Sessel saß. Ein Mann, der sich nach der Plackerei des Tages Ruhe gönnte. In seinem Innern jedoch ging es hoch her, denn eine wahre Gedankenflut wälzte sich durch seinen Geist. Er unternahm keinen Versuch, sie einzudämmen.

Laß es fließen.

Laß es fließen.

Er würde zu keinem befriedigenden Abschluß kommen, das wußte er. Dies hier war kein geordnetes Durchsortieren von Fakten und Ereignissen, dies war eine schmerzhafte, furchteinflößende Veränderung seiner Seelenlandschaft. Wenn es vorüber war, wäre alles wieder beim alten und doch ganz anders. Er würde mehr sehen, würde wieder klar sehen. Und selbst wenn es ihm nicht gefallen würde, was er zu sehen bekam, würde er ihm geradewegs in die Augen schauen. *Die Dinge sehen, wie sie waren.*

Es war eine scheußliche, schmerzhafte Zeitspanne, doch schließlich hatte die Flut sich wieder gelegt.

Vredech erwachte mit einem leisen Ruck. Er erinnerte

sich nicht mehr, wann er eingeschlafen war oder worüber er zuletzt nachgedacht hatte. Alles, was er besaß, war eine flüchtige Erinnerung an einen Laut, eine Note, die sich in der Ferne verlor.

Er fühlte sich leer. Seine Hände zitterten leicht, und als er sich an die Stirn griff, stellte er fest, daß er schwitzte. Er ließ den Blick durch den Raum wandern und freute sich einfach an einem letzten Augenblick des Friedens nach seiner seltsamen, ergebnislosen Prüfung. Die Schatten, die seinem Zimmer eine neue Gestalt gaben, schwankten, als die Lampe, deren Licht ein wenig zu weit heruntergestellt war, zu flackern begann. Hier ist gut sein, dachte er, und in seinem Innern nahm ein tiefempfundenes Dankgebet Gestalt an.

Dann faßte er seine Suche zusammen, indem er die Gedanken wieder auf die Dunkelheit richtete, welche den Ervrin Mallos eingehüllt hatte. Die Schatten, der Krach, die kalte Präsenz, die ihn geprüft und als wertlos entlassen hatte ... was immer es gewesen war, es war real gewesen. Dessen war er sich immer noch sicher. Sie waren kein Trugbild seiner Phantasie, hervorgerufen durch Erschöpfung oder die Sorge um Cassraw. Seine Hand klammerte sich um die Armlehne seines Sessels. Sie waren so wirklich gewesen wie dieser Sessel. Entweder das, oder er war völlig verrückt geworden, und dagegen konnte er naturgemäß nichts unternehmen. Außerdem konnte er sich des Eindrucks nicht erwehren, daß auch Horld irgend etwas gesehen oder gespürt hatte, obwohl er keine Ahnung hatte, wie er die Angelegenheit vor ihm zur Sprache bringen sollte.

Aber wenn sie real waren, was waren sie dann? Und was hatte das Ganze zu bedeuten? Keinesfalls war es, wie Cassraw gefaselt hatte, eine Erscheinung von Ishryth gewesen. Der Tag des Gerichts! Die Worte und seine eigene Reaktion auf die Wolken damals schienen ihn jetzt zu verspotten. Er und die anderen Brüder hatten sich wie Primitive verhalten, die sich in ihre Höhlen verkrochen, wenn Blitze den Himmel zerrissen und Donnerschläge ihnen ihre eigene Bedeutungslosigkeit vor Augen führten. Seine Reaktion war theologisch völlig haltlos gewesen. Die Abschnitte im Santyth, die sich auf diesen Schreckenstag bezogen, sprachen nicht von Dunkelheit, sondern von einem grellen Licht, und sie waren ohnehin in einem so sonderbaren, dunklen Stil gehalten, daß einige Schriftgelehrte sogar vorgeschlagen hatten, man könne sie so interpretieren, wonach der Tag so weit in der Zukunft liege, daß er auch eine ferne Vergangenheit sein könne. Eine merkwürdige, seltsam beunruhigende Vorstellung. Und außerdem, wenn man alles auf eine weniger akademische Weise betrachtete: alles war schließlich noch da, und das Leben ging weiter. Darüber hinaus sah er keinen Grund, seine vor langer Zeit gewonnene Überzeugung über göttliche Einmischung zu revidieren – Ishryth führte keine Taschenspielertricks auf zur Erbauung der Kindischen und Leichtgläubigen. Und die so überaus menschlichen Empfindungen, die alles durchdrungen hatten, überzeugten Vredech davon, daß an jenem Tag ein anderer als Ishryths Wille am Werk gewesen war. Aber selbst diese Erkenntnis brachte ihn einer Antwort nicht näher. Und was immer es gewesen war, es war eine Heimsuchung von unglaublicher Macht gewesen.

Vredech sah mit starrem Blick in die Asche des inzwischen erkalteten Feuers. Ihm fiel nichts ein. Alles, was er erlebt hatte, überschritt die Grenzen seiner bisherigen Erfahrungswelt.

Trostlosigkeit überkam ihn, und alles um ihn herum schien so grau und öde wie die Asche im Kamin zu werden. Dann regte sich wieder etwas in ihm. Da er hier offenbar nicht weiterkam, würde er sich an anderer Stelle umsehen müssen. Er mußte sich damit beschäftigen, welche Folgen jener Tag gehabt hatte. Er mußte seine Aufmerksamkeit auf das Zentrum der Störung richten – auf seinen Freund Cassraw.

# KAPITEL 11

Die Aussicht ließ in Vredech schwere Schuldgefühle wachsen. Der Santyth verkündete, der Mensch sei Ishryths größte, bedeutendste und geheimnisvollste Schöpfung. Ein Mensch solle seinen Mitmenschen nicht untersuchen, als sei er ein interessantes Insekt oder eine seltene Pflanze. Am wenigsten, wenn dieser Mitmensch ein alter Freund war. Aber was blieb ihm anderes übrig? Im Schatten jener Wolke war etwas geschehen, was ihn beeinflußt, auf üble Weise beeinflußt hatte. Und das um so mehr, als Cassraw bereits verwirrt gewesen war, als er sich mit diesem wahnsinnigen Eifer in das Herz dieses Dings gestürzt hatte. Andere, wie Mueran, mochten den Mann, der vom Berg heruntergekommen war, für eine wesentliche Verbesserung gegenüber jenem halten, der hinaufgegangen war, aber das war ein Irrtum. Das war der einfache Weg, der Weg, alles ohne zu fragen, ohne zu prüfen hinzunehmen. Das war die verführerische Abkürzung, die nur in die Wildnis, zu Blindheit und Lähmung führen konnte. Vredech erkannte den Einfluß seines Vaters, der seine Gedanken vorwärtstrieb.

Cassraw warf zu viele Fragen auf. Was war das für ein seltsam abwesender Gesichtsausdruck gewesen, als er aus der Dunkelkeit gekommen war – Überheblichkeit, maßloser Stolz? Fanatismus, ja selbst Wahnsinn? Vielleicht all das und noch viel mehr. Was hatte seinen Zusammenbruch bewirkt, als Vredech sich ihm vor der Tür zur Halle des Disputs entgegengestellt hatte? Was hatte sein nicht minder rätselhaftes Erwachen am darauffolgenden Tag bewirkt, als das Kapitel an der Schwelle zu einer Panik gestanden hatte, angesichts der Frage, was man wegen ihm unternehmen solle? Es geschah gewiß nicht aus mangelnder Achtung oder Gemeinheit, daß er Antworten auf solche Fragen suchte. Vredech stählte sich für seine Aufgabe.

In aller Ruhe begann er die Momente von Cassraws Flucht aus dem Haus der Zeugen bis zu seinem unvermittelten Auftauchen aus der Dunkelheit noch einmal in allen Einzelheiten durchzugehen. Er entsann sich des Zorns, der für Bruchteile von Sekunden in den Augen seines alten Freundes aufgeflackert war, als sie Mueran und die anderen getroffen hatten, die ihnen entgegengegangen waren. Mit Schaudern erinnerte er sich an den grausamen Blick, den Cassraw ihm zugeworfen hatte, als er ihm den Zugang zur Halle des Disputs verwehrt hatte, und an den furchtbaren Zusammenprall ihrer Willen, der darauf gefolgt war. Was hatte ihn dazu bewogen, sich Cassraws Entschlossenheit so unbeirrt zu widersetzen? Und was hatte diese Entschlossenheit in Cassraw geweckt? Was hatte Cassraw vorgehabt?

Und wer *war* dieser Cassraw, den sie da zurückerhalten hatten? Obwohl es den Anschein hatte, konnte Vredech nur schwer glauben, daß der Mann *der* war, der er zu sein schien, der Mann, der er einmal gewesen war – unermüdlich, nachdenklich, hilfsbereit, ein wahrer Predigerbruder. Vredechs Schuldgefühle verstärkten sich. Was in aller Welt war falsch an diesen Eigenschaften?

*Sie sind falsch,* erhielt er zur Antwort, kalt und erschreckend wie Eiswasser, das man ihm ins Gesicht schüttete. *Sie sind eine Maske, ein Schutzschild, eine Verkleidung, die er trägt. Und da du das weißt, wie könntest du da* nicht *danach forschen, was sich dahinter verbirgt?*

Das vernichtende Urteil über Cassraw wollte nicht weichen. Vredech überdachte Cassraws Verhalten während der letzten Monate. Sich mehr und mehr auf die wörtliche Auslegung des Santyth versteifend, hatte er seine beträchtliche Energie darauf verwandt – oder verschwendet –, praktisch jeden vor den Kopf zu stoßen, den er vor den Kopf stoßen konnte. Mit seinem geschärften Bewußtsein konnte Vredech jetzt erkennen, daß Cassraw selbst es gewesen war, der erbarmungslos auf seinen eigenen Zusammenbruch hingearbeitet hatte. Und jetzt sollte er auf einmal wieder gesund und verständig sein. Wieder er selbst ...

Niemals!

Es war verkehrt.

*Verkehrt.*

Aber wenn er nicht das war, was er zu sein schien, was war er dann? Welcher *Dämon* lauerte hinter der Maske? Die Tatsache, daß dieses Wort in seinen Gedanken auftauchte, entsetzte Vredech, doch mit dem Wort kam ihm die Erinnerung an Jarry und seine qualvoll hartnäckigen Beteuerungen: »Er war da oben. Jetzt ist Er hier unten ... Und nun wandelt Er wieder unter uns ... Ahmral.«

Vredech erhob sich. Die Schatten im Raum huschten ruhelos umher, als seine plötzliche Bewegung die Lampenflamme zum Flackern brachte. Sowohl seine Intuition als auch sein Verstand sagten ihm, er müsse solche fremdartigen, überraschenden Gedanken zur Kenntnis nehmen. Aber an so etwas wie Ahmral in menschlicher Gestalt auch nur zu denken war lächerlich. Er versuchte über seine törichten Ideen zu lachen, mußte jedoch feststellen, daß er es nicht fertigbrachte. Seit den Zeiten der Wahrheitsfinder hatte man sich Ahmral nicht mehr ernsthaft als greifbare Person, als Dämon, vorgestellt, der tatsächlich in irgendwelche Menschen fahren oder feindselige Akte gegen einzelne von ihnen begehen konnte. Zugegeben, einige der weniger intellektuell veranlagten Mitglieder der Kirche sahen ihn noch immer so, aber die herrschende theologische Meinung und, nicht zu vergessen, die Vernunft reduzierten ihn auf eine Metapher für das Böse, das in jedem Menschen wohnt: ein sehr realer Feind also und zudem einer, den man unablässig bekämpfen mußte – aber eine Person? Ein Wesen? Das war lachhaft, ja gefährlich.

Dennoch ließ sich der Gedanke nicht beiseite schieben.

In seinem Innern war noch der furchtbare Nachhall dessen, was er empfunden hatte, als er in Jarrys schwarze Augen geblickt und ihn das Kommen Ahmrals verkünden gehört hatte. Jener Nachhall, der ihn wie ein ertrunkener, an die Wasseroberfläche treibender Körper an sein eigenes Verhalten auf dem Berg gemahnte – hatte er nicht ausgerufen: »Weiche von mir, Ahmral!«

Er setzte sich wieder hin und begann nervös mit den Fingern auf die Armlehne zu trommeln.

»Primitiver, als ich dachte«, sagte er laut in den Raum hinein, als könne ihn das Eingeständnis irgendwie schützen.

Aber wo stand er jetzt? Wo hatte seine vielgepriesene Logik ihn hingebracht? Zurück durch die Jahrhunderte in die Zeit der Wahrheitsfinder. Zurück zu Unvernunft und Aberglauben, wo man Ahmral als Sündenbock für alle Dingen hatte finden können.

Gereizt unterband er das ständige Zucken seiner Finger, indem er die Armlehnen fest umklammerte. Er konnte sein Herz pochen spüren, und sein Atem ging flach und schnell. Er wünschte sich aus ganzem Herzen, diesen Unsinn vergessen, sich wieder hinter seine Alltagsmaske zurückziehen zu können und so zu tun, als sei alles beim alten. Vielleicht sollte er damit aufhören, sich den Kopf über Cassraw zu zerbrechen. Was tat er denn schon Gefährliches? Außerdem sollte er Morem fragen, ob der nicht ein Mittel gegen seine Schlaflosigkeit wußte ...

Er ließ die Gedanken ins Leere laufen. Nichts hatte sich geändert. Der größere Teil von ihm bestand hartnäckig darauf: Beende deine Nachtwache, Prediger. Die Dämmerung liegt noch in weiter Ferne.

Er konnte nicht zurück.

Die Gedanken, die ihn verfolgten, konnten nicht nur nicht, nein, sie durften auch nicht hinter *irgendeiner* Maske versteckt werden. Masken waren etwas, um mit den banalen Ärgernissen des Lebens fertigzuwerden, nicht, um dahinter zu leben. Dort lag der wahre Wahnsinn.

Der Gedanke brachte ihn zu Cassraw zurück, und aus dem Nichts fiel ihm der Name von Dowinne ein. Verwirrt gestattete Vredech seinen Gedanken, bei ihr zu verweilen. Er fühlte sich immer noch zu ihr hingezogen, doch das war eine nie ausgesprochene und schon lange begrabene Leidenschaft. Sie war jemand, der hinter einer Maske lebte, dessen war er sich sicher. Charmant und klug, eine hart arbeitende Stütze für ihren Gemahl, schien Dowinne die ideale Frau für einen Prediger zu sein. Aber irgend etwas hatte Vredech immer an ihr gestört, als paßten die Blicke, die aus ihren Augen kamen, nicht zu den Gesten, die ihre Hände vollführten, oder zu den Worten, die ihr Mund hervorbrachte. Er schüttelte den Kopf. Jetzt war es aber genug. Er konnte doch nicht jeden analysieren! Vielleicht war sie nur schüchtern und führte diese Scharade auf, um das zu verbergen.

Und der bloße Gedanke an sie machte ihn unruhig. Außerdem hatte sie sicherlich nichts mit dem zu tun, was Cassraw auf dem Berg zugestoßen war.

Er ließ die Gedanken an Dowinne los und schloß die Augen.

Wieder umhüllten ihn die Schatten!

Einen kurzen Augenblick lang befand er sich an der Schwelle zur Panik. Er hörte, wie er die Luft mit einem tiefen, tierischen Kreischen einsog, aber irgendwie gelang es ihm, seine Selbstbeherrschung wiederzufinden. Zum ersten Mal, seit Vredech den Schatten auf dem Berg begegnet war, blieb er in ihrer Gegenwart ruhig. Ob sie etwas Reales waren, das sein Zimmer ausfüllen würde, wenn er die Augen aufschlug, oder ob sie nur ein Produkt seines fieberhaft arbeitenden Hirns waren, diesmal würde er sie genau in Augenschein nehmen, komme, was da wolle.

Er wartete regungslos und ignorierte die sich jetzt wieder meldenden inneren Stimmen, die seine geistige Gesundheit in Zweifel zogen.

Und dann sah ... fühlte? ... er, daß die Schatten nicht mehr schwankten und tanzten. Auch sie warteten.

Was bist du? dachte er.

Was bist du? vernahm er das Echo seiner eigenen Frage. Die Schatten erbebten, als seine Stimme sie erreichte, und mit diesem Beben veränderten sie sich. Und doch war der Akt der Verwandlung nicht wahrnehmbar. Vredech stellte nur fest, daß seine Perspektive danach eine andere war. Waren sie hier, ganz in seiner Nähe und umschlossen von den Grenzen seiner Blindsicht oder seines vertrauten, soliden Zimmers, oder waren sie hochaufragende Geschöpfe, weit verstreut auf einer gewaltigen Ebene? Es gab keinerlei Anhaltspunkte.

War das ein Traum? Nein, das konnte nicht sein. Er träumte nicht. Hatte nie geträumt. Trotzdem, was sonst konnte diese absonderliche und unheimliche Szenerie sein? Er fand keine Antwort.

Alles war still. Nichts geschah. Nur Schatten, nah oder fern, wartend.

Worauf?

Und dennoch ...?

Und dennoch, während er noch die reglosen Gestalten um ihn herum betrachtete, wußte er, daß er in seinem Zimmer war. Unter seiner Hand spürte er das Holz der Armlehne. Sein Rücken und sein Kopf preßten sich gegen vertraute Umrisse. Und in seiner Nase waren die schwachen Gerüche seines kalten Zimmers. Er wußte, schlüge er die Augen auf, würde er die graue Asche im Kamin und die weichen Schatten erblicken, die seine einsame Lampe warf.

Oder würde er ...?

Waren diese Sinneseindrücke nur Erinnerungen? Nicht realer als die Landschaft, in der er sich nun wiederfand? Denn er befand sich tatsächlich in einer Landschaft, das wußte er so sicher, wie er wußte, daß er sich in seinem Zimmer befand. Und wenn er einen Schritt nach vorn täte, dann würde er sowohl in seinem Zimmer sitzen als auch an diesem fremden, stummen Ort umhergehen.

Das sind nicht die Gedanken eines geistig gesunden Menschen, dachte er.

Das ist ein Traum.

Aber. Kälte jetzt. Nein. Du kannst nicht träumen. Das ist kein Traum.

Sollte er die Augen öffnen? Konnte er diese gespenstische Welt mit ihren lauernden Schatten aus seinem Gedächtnis löschen? Zweifel. Nein, es mußte seinen Lauf nehmen, entschied er. Er mußte abwarten, was geschah.

Und so wartete er. Entspannte sich in seinem Stuhl, entspannte sich in jener Welt der Schatten, die ihn heimgesucht hatte. Zeit existierte nicht mehr. Es gab keine Vergangenheit, keine Zukunft. Die Dämmerung lag nicht mehr in weiter Ferne; sie existierte einfach nicht mehr.

Und obwohl er keine Bewegung um sich herum wahrnehmen konnte, war doch alles ein einziger fließender Wandel. Wo immer sein Blick hinfiel, waren Schatten in der Nähe – oder in der Ferne –, aber immer, wenn er ein zweites Mal hinschaute, hatte die Szenerie sich verändert. Manchmal nur geringfügig, manchmal nachhaltig. Und wenn er es recht bedachte, waren diese Dinge denn wirklich Schatten? Wie konnte es einen Schatten geben, wenn es kein Licht und keine Gestalt gab, die ihn hätte werfen können? Und dort gab es weder Licht noch Gestalt, nur Dunkelheit inmitten von Dunkelheit.

Aber wenn es keine Schatten waren, was war es dann?

Er sah sich einen Schatten genauer an. Es schien ihm, als spüre er seinen prüfenden Blick. Und erneut hatte seine Perspektive sich geändert, obwohl er keinen Übergang hatte feststellen können. Dies war weder ein Schatten, noch war es ein fester Körper. Es war eine Bresche, dachte er. Der Gedanke überkam ihn eher wie eine alte, wiedererinnerte Vorstellung als wie ein vernünftiger

Schluß. Dennoch fühlte es sich nicht wie die Öffnung einer Höhle oder eines unterirdischen Gangs an, sondern vielmehr wie eine Tür, ein Portal zu ... einer anderen Welt.

Jäh und erschreckend verspürte er ein heftiges Schwindelgefühl, als würde er, wenn er jetzt auch nur einen einzigen Schritt nach vorn täte, in unauslotbare Abgründe stürzen. Seltsamerweise war die Empfindung irgendwie auch angenehm.

Seine Gedanken störten die Landschaft. Kaum merklich begann sich eine gewisse Ruhelosigkeit in ihr auszubreiten. Es war, als öffneten sich weitere Türen. Windstöße rauschten durch sie hindurch, die die Geräusche und Gerüche anderer Welten mit sich brachten, und ...

... lauschende Ohren und spähende Augen?

Bin ich etwa nur einer von unzähligen? dachte er, als das hallende Schweigen seinen ganzen Körper mit Prickeln erfüllte.

Dann wurde ein Teil der sich unablässig verändernden Dunkelheit zu einem Laut. Er beugte sich vor, um ihn besser hören zu können, und tatsächlich, er wurde lauter: drei Töne, einzelne Noten, hoch und klagend. Bald hier, bald dort. Manchmal langgezogen, manchmal abgehackt, einem schwankenden Rhythmus gehorchend, aber recht deutlich hörbar. Und mit einer Macht, die Aufmerksamkeit forderte.

Vredechs Augen zuckten krampfhaft hinter den geschlossenen Lidern. Und dann waren die Schatten wieder Schatten, tanzende, umherhuschende Schatten. Bedauern erfüllte ihn, als sei er verantwortlich für diesen plötzlichen Wandel. Geht nicht, rief er stumm. Bleibt. Erklärt. Was seid ihr? Was geht hier vor? Warum ...?

Doch die Zeit war zurückgekehrt. Das Jetzt war wieder das endlose Werden und Vergehen, welches das Gesetz dieser Welt darstellte. Die Schatten entglitten ihm wie Rauch im Hauch des Windes. Nur der Laut blieb. Immer und immer wieder, dieselben drei Töne. Immer gleich und doch immer anders. Flötentöne. Bewußt und absichtsvoll. Und von Zeit zu Zeit nahmen sie etwas Krächzendes und Rauhes an, das ihre Wehmut in eine dumpfe, kalte Trostlosigkeit verwandelte.

Vredech versuchte die wallende Düsternis mit seinen Blicken zu durchdringen.

Jemand anderes teilte diese mysteriöse Welt mit ihm ...

»Auf den Traumwegen reisen.« Jarrys Worte fielen ihm wieder ein.

Und dann war der Spieler da.

Es hatte keinerlei Anzeichen für sein Kommen gegeben, aber Vredech konnte ihn sehen, wie er nur wenige Schritte von ihm entfernt dastand, ein verschwommener, undeutlicher Umriß in der Dunkelheit. Dann kam er auf ihn zu, und seine Gestalt wurde allmählich sichtbar.

Fast, als wenn ich das Licht wäre, dachte Vredech, obwohl er viel zu beschäftigt war, den Ankömmling zu mustern, und zuviel Angst hatte, weiter über die Fremdartigkeit dieser Vorstellung nachzudenken.

Von ähnlicher Körpergröße wie er selbst, aber dünner und grobknochiger, mit einer Gestalt, die den Eindruck von Gebücktheit oder Verwachsenheit erweckte, obwohl keine offensichtliche Verkrüppelung ins Auge fiel, hatte der Mann große, wild blickende Augen in einem hageren Gesicht, das von einer Mähne ebenso wilden Haars bekrönt und von einem dünnen, widerspenstigen Bart eingerahmt wurde. Lange, knochige Finger glitten bedächtig über eine glitzernde schwarze Flöte, und rote Lippen schlossen sich zielstrebig um die Mundöffnung. Als Klänge aus der Flöte ertönten, wollte Vredech schier das Herz zerspringen.

Dann kniff der Fremde die Augen kaum merklich zusammen und nahm Vredech in Augenschein. Die Flötentöne brachen ab, und die letzte Note verhallte allmählich. Die Flöte verließ den Mund, hielt inne und wanderte schließlich in einem langsamen, schwungvollen

Bogen von einer Hand des Mannes in die andere, als habe sie einen eigenen Willen, bis sie schließlich zwischen Körper und Oberarm des dünnen Mannes geklemmt wurde. Er legte seine knochige Hand auf das hervorstehende Ende.

Vredech starrte ihn mit offenem Mund an. Der Mann beugte sich ein wenig vor, kniff seine Augen noch mehr zusammen und legte den Kopf ein bißchen schief, als könne er so besser erkennen, was da vor ihm stand. Dann furchte sich seine Stirn, und die Hand, die über dem Ende der Flöte lag, hob sie an den Mund. Nicht so, als wolle er wieder spielen, sondern eher so, als flüstere er ihr vertraulich etwas zu.

»Wer seid Ihr?« hörte Vredech sich fragen.

Die Gefühlsskala, die sich daraufhin auf dem Gesicht des Mannes abzeichnete, überraschte Vredech zutiefst. Unsicherheit und Furcht wurden sichtbar, vermischt mit Erleichterung und Glück, Trauer und Schicksalsergebenheit. Und ein nicht geringer Anteil von Verärgerung.

Der Prediger in Vredech versuchte zu ihm vorzudringen. »Habt keine Angst«, beruhigte er ihn, doch er hatte noch nicht ausgesprochen, als ihm aufging, wie sinnlos dieser Satz an diesem Ort war. Was wußte er schon über die Schmerzen und Verletzungen, die diese Welt einem zufügte? Trotzdem, er hatte einfach etwas sagen müssen.

Der Mann schien sich wieder im Flüsterton mit seiner Flöte zu unterhalten. Dann zeigte die Flöte plötzlich auf Vredech, ein Mittelding zwischen einem Schwert, das ihn durchbohren sollte, und dem Stock eines Lehrers, der auf ihn wies. Und eines der wild blickenden Augen sah ihn blinzelnd über die Flöte hinweg an.

»Wer seid *Ihr*?« fragte der Mund. Die Stimme hatte einen merkwürdigen Akzent, und die Worte wurden mit der Deutlichkeit von Peitschenhieben ausgesprochen.

»Ich bin Allyn Vredech, Predigerbruder in der Kirche des Ishryth«, antwortete Vredech, ohne zu überlegen. Es war, als hätte die Wucht der Frage die Antwort förmlich aus ihm herausgepreßt. Die Schatten tanzten. Das Auge, das ihn über die Flöte hinweg musterte, blitzte kurz auf, während die Information verarbeitet wurde.

»Es war vermutlich dumm, überhaupt zu fragen«, sagte der Ankömmling, allerdings mehr zu sich selbst als zu Vredech. Dann richtete er sich auf, und die Flöte kreiste langsam von Hand zu Hand. Vredech mußte feststellen, daß er begutachtet wurde, als sei er eine seltene Pflanze oder ungewöhnliche Skulptur. »Vielleicht hätte ich besser fragen sollen, was *Ihr* seid. Oder wo Ihr seid. Wo sind wir?«

Vredech machte den Mund auf, um irgend etwas zu entgegnen, aber die Gestalt redete weiter. Wieder gewann Vredech den Eindruck, als würden die Worte nicht an ihn gerichtet, sondern eher in seiner Gegenwart ausgesprochen.

»Soll ich freikommen? Soll ich endlich erwachen?«

Er setzte die Flöte an seine Lippen, und erneut erklangen die drei Töne, ganz zart, leicht, wie hingeworfen, während die Augen sich weiteten und Vredech wieder fixierten. Ihr Ausdruck war sowohl erwartungsvoll als auch höhnisch.

»Ich begreife nicht, was Ihr meint«, sagte Vredech zögernd. »Ich weiß nicht, wo dieser Ort liegen könnte, außer daß ich vielleicht träume. Aber warum mir mein Traum eine solche Schöpfung wie Euch zeigen sollte, vermag ich nicht zu erklären.«

Die Gestalt hockte sich hin und blies noch einmal, sehr bedächtig, die drei Noten. Dann beugte sie sich vor und musterte Vredech überraschend konzentriert.

»Fein, fein«, murmelte der Mann und verzog das Gesicht, als versuche er sich an etwas zu erinnern. »Direkt aus meiner Kindheit, das seid Ihr doch, nicht wahr? Nachtaugen. Nachtaugen.«

Er wiegte sich hin und her, während sein Mund sich zu einem tonlosen Pfiff schürzte, und dann:

*Augen der Nacht,*
*Zum Träumen erwacht,*
*Dunkelnder Blick,*
*Die Wege zurück,*
*Das Herz zu finden,*
*Mußt du dich binden.*

Er schien zufrieden zu sein. »Stellt Euch das nur vor«, sagte er. »Ist schon eine ganze Weile her, daß ich das gehört habe, glaube ich. Frage – habt Ihr das Gedicht gebracht, oder hat das Gedicht Euch gebracht? Seltsames, erschreckendes Bild. Woher weiß ich das? Bringt die Verse für mich zu Ende ... wie habe ich Euch genannt? Ach ja, Prediger, nicht wahr? Bringt den Reim für mich zu Ende, Prediger.« Er riß die Hände hoch und erstarrte in dieser Haltung, ein Kind beim Spielen, den Kopf erwartungsvoll und herausfordernd zur Seite gelegt.

Vredech war fasziniert von seinen Mätzchen, und die Neugier gewann die Oberhand über seine Vorsicht und die wieder einsetzenden Zweifel an seiner geistigen Gesundheit. Zudem fand er die Gedichtzeilen, obwohl er sie nie zuvor gehört hatte, überaus beunruhigend. Er verweilte nicht länger bei dieser Empfindung.

»Ihr habt mich gar nichts genannt«, versetzte er bedächtig. »Ihr habt mich gefragt, wer ich sei. Ich habe es Euch gesagt – ich *bin* Prediger. Und Euer Gedicht kenne ich überhaupt nicht.« Er versuchte das Ganze nüchtern zu betrachten. »Hört sich an wie ein Kinderreim.«

Der Mann tippte sich mit seinem langen, knochigen Zeigefinger auf die Lippen, als lausche er. »Seltsam, seltsam. Warum sollte ich mir einen Prediger gewünscht haben?« sprach er geistesabwesend vor sich hin. »Warum ausgerechnet einen Prediger?« Die Flöte war wieder an seinem Mund, und während er Vredech weiterhin musterte, erklangen zwei oder drei unzusammenhängende und versonnene Töne. Dann wandte er sich direkt an ihn. »Warum einen Prediger, Prediger? Ich habe dich hierhergeholt. Ja in der Tat, ich habe dich *gemacht*. Sag mir, warum.«

*Gewebe der Zeiten,*
*Schmerz zu bereiten,*
*Zerrissen der Sinn,*
*Vor allem Anbeginn.*

Vredech sagte einfach auf, was ihm in den Sinn kam. Er holte zischend Luft.

Er hatte die Verse nie zuvor gehört, doch sie riefen ein Entsetzen in ihm hervor, das in keinerlei Verhältnis zu ihrem Wortsinn stand.

»Aha!« rief der Mann triumphierend aus. »Noch nie gehört, häh?« Dann verblaßte der triumphierende Blick, und Resignation trat an seine Stelle. Sein grobknochiger Finger fiel herunter. Er sah sich um. »Das ist mir vielleicht ein seltsamer Ort! Ich dachte ...« Er zuckte die Schulter. »Na ja, ich war noch nie gut im Selbstbetrügen. Ihr mögt jetzt gehen. Ich gehe weiter, wohin auch immer.« Er redete wieder mit sich selbst. »Wohin auch immer.«

Er bewegte sich jedoch nicht, sondern hob die Flöte wieder an den Mund und begann ein lebhaftes Tanzlied zu spielen, dessen mitreißender Rhythmus ins Blut ging. Vredech merkte, wie seine Stimmung sich hob und daß die Schatten um sie herum wieder zu tanzen begannen. Auf dem Gesicht des Flötenspielers war indes nicht ein Hauch jener Fröhlichkeit zu sehen, die seine Musik verbreitete, und außerdem fixierte er Vredech weiterhin scharf.

Recht überraschend ließ er die Flöte wieder sinken. Die Schatten reckten sich einmal hoch empor und hielten dann mitten im Tanz inne. »Werde ich jetzt erwachen?« fragte der Mann. »Ist es das? Stehst du über mir, Priester – lauernd, wartend?« Erneut ließ er die Augen schweifen und fixierte dann wieder Vredech mit seinem bohrenden

Blick. »Hier bin ich noch nie gewesen. Und ich habe auch noch nie etwas so Traumähnliches wie dich geschaffen mit deinem Märchenreim-Gesicht. Werde ich erwachen?«

Vredech zuckte vor dem Leid in dessen Stimme zurück.

»Ich weiß nicht, was Ihr meint«, versetzte er. »Und ich weiß wirklich nicht, warum ich mich mit Euch unterhalte. Schließlich seid Ihr nur ein Produkt meiner Phantasie. Etwas, das verschwindet, wenn ich meine Augen öffne.« Dann, ein bißchen beleidigt: »Und was gibt es an meinem Gesicht auszusetzen?« Seine Hand löste sich von der Armlehne des Sessels und hob sich, um seine Wange zu berühren. Er mußte sich rasieren, entschied er, aber das war kaum ein Grund für eine so eigenartige Bemerkung.

Was mache ich eigentlich hier? dachte er mit plötzlicher Wut.

Er benahm sich ja so, als wenn dieses Individuum wirklich hier wäre. Er ist ein Geschöpf meiner Phantasie – anders kann es nicht sein. Aber warum sollte ich eine so absonderliche Person erfinden? Und wieso konnte ich diesen Reim aufsagen? Er schauderte. Seine Worte schienen etwas Tiefes und Furchterregendes in ihm selbst berührt zu haben.

Möglicherweise war das immer so in Träumen. Er hatte davon gehört. Keine Logik, kein Sinn, alle möglichen unzusammenhängenden Ereignisse in einen Topf geworfen, manchmal Angstgefühle ohne ersichtlichen Grund.

Aber er träumte nicht.

Der Mann sprach wieder: »Es gibt nichts an Eurem Gesicht auszusetzen, Nachtaugen«, sagte er. »Ihr seid genauso, wie ich mir Euch vorgestellt habe. Aber laßt uns ein für allemal klarstellen, wer hier das Produkt von wessen Phantasie ist.« Er spielte einen schnellen, schrillen Triller, der über Vredech herzufallen schien. »Ich bin hier der Reale, der, der irgendwo in einem Schlaf liegt, aus dem er nicht erwachen kann. Ihr seid der –« Er stockte, zögerte, riß dann die Hände hoch. »Was mache ich hier eigentlich?« rief er aus. Vredech merkte, daß er lachen mußte, weil der Mann seine eigenen Gedanken wiederholte.

Die Flöte zeigte wieder erregt auf ihn. »Was tue ich bloß? Mich mit Euch zu unterhalten, als wenn Ihr existieren würdet.«

Vredech folgte einer spontanen Eingebung. »Wer seid Ihr, Schläfer?« fragte er. »Ich habe Euch meinen Namen genannt. Ich bin Allyn Vredech, Predigerbruder in der Kirche des Ishryth in Canol Madreth.« Und dann fügte er ziemlich verschämt hinzu: »Ich vermute, ich habe gerade meinen ersten Traum.«

Die Flöte, die auf dem Weg zum Mund gewesen war, hielt jäh inne.

»Nachtaugen können nicht träumen«, sagte ihr Besitzer wegwerfend. »Ihr solltet ...« Er zögerte. »Ich ... ich ... sollte das wissen.« Das hagere Gesicht nahm einen sorgenvollen Ausdruck an, und, in keinem Verhältnis dazu stehend, zwirbelten die knochigen Hände die Flöte umher, so daß sie sich den struppigen Bart hinaufwand, bis sie kurz unter dem Kinn des Mannes zum Halten kam.

Die Hände wiederholten den Vorgang in umgekehrter Richtung, und die Flöte näherte sich dem roten Mund, um ihn nachdenklich zu berühren.

»Warum hätte ich Euch das sagen lassen sollen?« wunderte sich der Mann. »Warum sollte –«

»Ihr habt mich gar nichts sagen lassen«, schnitt Vredech ihm barsch das Wort ab. »Ich bin eine selbständige Persönlichkeit und stehe in Ishryths Gewalt. Ich sage, was *ich* sagen will ...«

»Zum Beispiel Verszeilen, die Ihr noch nie zuvor gehört habt?«

Die spöttische Mahnung traf Vredech. »Wenn ich diesen Ort aus dem Nichts erschaffen kann, dazu ein Wesen wie Euch, dann werde ich mir ja wohl auch einen dummen Kinderreim ausdenken können.« Er schrie beinah. Dann begann er zu seiner eigenen Verlegenheit auf den Mann einzuschwatzen. »Und jetzt sagt mir doch, wer Ihr seid. Es ist nur gerecht, oder?«

Die Flöte stieß einen verzerrten, kehligen Laut hervor, der Vredech erschreckte.

»Ihr wißt, diese Frage kann ich nicht beantworten«, erklärte der Mann. Der noch nachklingende Flötenton verzerrte seine Stimme auf unheimliche Weise. »Ich kann Euch alle Namen geben, also sagt es mir gar nichts, daß Ihr sie kennt und stolz verkündet. Aber Ihr wißt, daß mein Name verschwunden ist. Darum verspottet Ihr mich auch, nicht wahr? Wenn ich ihn kennen würde, könnte ich vielleicht erwachen und wäre alles los.«

»Wie nennt Ihr Euch denn?« fragte Vredech, den dieser seltsame Dialog zunehmend verwirrte.

Der Mann zog lässig eine Schulter hoch.

»Ich weiß nicht, ob ich Lust habe, diesen Unfug weiter mitzumachen«, sagte er. »Ihr wißt doch, wie Ihr mich nennt.«

Vredech schüttelte den Kopf. »Nein, Pfeifer, ich weiß nicht –«

»Aha! Zweimal, Prediger. Zweimal.« Die Augen waren wieder weit aufgerissen und funkelten in wildem Triumph, und die Flöte kreiste von Hand zu Hand. Dann war sie wieder am Mund, und die drei klagenden Töne erklangen, immer und immer wieder, während der Spieler seinen Kopf hin und her bewegte und hypnotisch schwankte. Das Echo war überall um Vredech herum, als der Mann erneut das Wort ergriff. »Geh aus meinem Traum, Nachtaugen«, sagte er, und seine Stimme war voller Wut. »Falscher Führer. Weck mich, oder laß mich in Ruhe.«

»Ich . . .«

»*Weck mich, oder laß mich in Ruhe.*« Schneidend.

Vredech streckte ihm flehend die Arme entgegen. »Nein. Ich ...«

Das Gesicht des Mannes wurde aschfahl vor Wut, und Vredech wollte es scheinen, als bestehe seine gesamte Welt nur noch aus dieser Wut. Und aus der kreischenden Stimme.

**»Fahr zur Hölle, Priester!«**

Vredech riß die Augen auf. Er stand mitten im Zimmer, und erst allmählich wurde ihm klar, daß die seltsame Schattenwelt fort war. Es nützte nichts, daß um ihn herum noch die Echos der verzweifelten Noten dieses seltsamen Mannes erklangen, vermischt mit seiner wilden Verwünschung. Vredech preßte sich die Hände auf die Ohren, aber das schien nur die Töne in seinen Gehörgängen einzuschließen. Leicht taumelnd stützte er sich am Kaminsims ab. Dabei erblickte er sein Abbild in einem kleinen Spiegel, der dort stand. Er war seit Generationen in seiner Familie, ein schlichter schwarzer Rahmen, merkwürdig glatt, der ein versilbertes Glas hielt, das völlig makellos war und durch nichts sein hohes Alter verriet. Als Kind hatte er manchmal so angestrengt hineingestarrt, daß er nach einer Weile das Gefühl bekommen hatte, er sei das Abbild und der Raum im Spiegel die Realität: das wahre Leben, vollendet und unerreichbar.

Damals hatte ihn das erschreckt, und jetzt erschreckte er sich aus einem anderen Grund.

Denn das Gesicht, das ihn aus dem dunklen Zimmer mit seiner unruhig flackernden Lampe heraus ansah, hatte Augen, deren Höhlen so schwarz wie Kohle waren.

## KAPITEL 12

*Augen der Nacht,*
*Zum Träumen erwacht,*
*Dunkelnder Blick,*
*Die Wege zurück ...*

Wie Grabgeläut hallten die Worte durch Vredechs Gedanken, und mit einem Aufschrei riß er sich von dem angsteinflößenden Spiegelbild los. Er wollte nur noch fort, fort und bohrte sich die Fingerspitzen in die geschlossenen Augenlider. Du bist noch halb am Schlafen, dachte er panikerfüllt. Du bist gerade erst aufgewacht. Es ist nur das Lampenlicht. Es ist ...

Er gab auf. Er hatte keine Wahl, als zu überprüfen, ob er beim erstenmal richtig gesehen hatte.

Seine Hände zitterten, als er sich zwang, den Spiegel zu ergreifen. Zunächst konnte er nicht scharf sehen, was zu hektischem Blinzeln führte, bis sich sein Blick schließlich klärte. Seine Augen waren in tiefen Schatten getaucht. Mit immer noch fahrigen Händen nahm er den Spiegel und drehte sich um, so daß das schwache Lampenlicht direkt auf sein Gesicht fiel. Er zog in einer albernen Anwandlung ein langes Gesicht und riß die Augen weit auf, eine unbewußte Nachahmung der Traumfigur, die ihn gerade so gewaltsam in den Wachzustand zurückkatapultiert hatte.

Einen entsetzlichen Augenblick lang meinte er, wieder in die schwarzen Augäpfel zu blicken, die der Spiegel ihm vorhin gezeigt hatte.

Doch als er noch einmal mit den Augen zwinkerte, war die Vision verschwunden. Sein eigenes Gesicht, schief und verzerrt, starrte ihn mit wildem Blick an, aber seine Augen waren ganz normal. Erleichterung überkam ihn.

»Natürlich. Natürlich«, flüsterte er, als er, wieder einigermaßen gefaßt, den Spiegel auf den Kaminsims zurückstellte. »Was hast du denn erwartet, du Narr?« Er ging zu seinem Sessel zurück, wobei er sich die Stirn mit den Fingerspitzen massierte und wiederholt murmelte: »Du Narr, du Narr!« Er drehte die einsame Lampe höher und entzündete eine zweite. Das Licht flammte auf und beleuchtete den ganzen Raum, und obwohl sich manche der Schatten vertieften, nahm das Zimmer insgesamt doch wieder sein vertrautes Aussehen an.

Nachtaugen, Nachtaugen. Die Erinnerung an die Worte ließ ihm einen Schauder den Rücken hinunterrieseln. So viele Bilder, dachte er. Das war also ein Traum, oder? Für ihn bedurfte es nun keiner Erklärung mehr, warum die Menschen nach solchen Erfahrungen manchmal zu ihm kamen und seinen Rat suchten. Er war so lebendig gewesen: wirklich und unwirklich zugleich. Es fiel nicht schwer, an diesem seltsamen Ort an seiner geistigen Gesundheit zu zweifeln – wo immer es gewesen sein mochte.

Es mußte so sein, wie sein Vater einmal vermutet hatte – vielleicht träumte er in Wahrheit regelmäßig, konnte sich aber für gewöhnlich nicht daran erinnern. Nun hatte er sich aus irgendeinem Grund erinnert. Diese Erklärung war doch nicht allzuschwer zu akzeptieren, oder? Außerdem wußte er genau, daß, entgegen den Beteuerungen alter Damen, alle Träume aus dem eigenen Inneren kamen. Was er gesehen, gehört, gefühlt hatte, konnte nur er selbst geschaffen haben, wie seltsam ihm die ganze Angelegenheit auch erscheinen mochte.

»Nachtaugen können nicht träumen.« Die Worte des Fremden fielen ihm wieder ein und schienen die Erklärung, die er sich zurechtgelegt hatte, zu widerlegen. Er entsann sich noch genau der Stimme des Pfeifers, wegwerfend, verächtlich fast, daß man eine solche

Selbstverständlichkeit überhaupt erwähnen mußte. Doch abgesehen von der komischen Bemerkung bezüglich seiner Augen war er schon, seit er denken konnte, davon überzeugt, daß er nie träumte.

Dann mußte er plötzlich wieder daran denken, wie er und seine Mitbrüder sich auf der Suche nach Cassraw in der Dunkelheit den Berg hinaufgequält hatten. An einem bestimmten Zeitpunkt war das Licht so fremd gewesen, daß auch ihre Augen wie schwarze Gruben aussahen. Die Erinnerung verschaffte ihm eine gewisse Erleichterung. Aha, daher hatte er also *diese* Idee.

Was den Rest betraf, sich seltsame Gestalten und ein Gespräch auszudenken, das nur dazu angetan war, daß er sich selbst quälte, dieses Rätsel mußte er ein andermal lösen. Die Sorge um seine geistige Gesundheit war nahezu vergessen, verscheucht von der Beständigkeit seiner alltäglichen Umgebung, die ihn wieder beruhigend umschloß.

Er lehnte sich in seinen Sessel zurück und starrte an die Decke. Langsam wurde sein Atem ruhiger, sein Herz begann gleichmäßiger zu schlagen, und seine Hände hörten allmählich auf zu zittern. Seine Gedanken wandten sich wieder den Problemen zu, die ihn beschäftigt hatten, als er sich zu Beginn des Abends hingesetzt hatte. Trotzdem verspürte er einen seltsamen Widerwillen, sich von den lebhaften, starken Empfindungen zu entfernen, die er gerade hinter sich gelassen hatte.

Aber er hatte ja später noch genügend Zeit, diese neue Erfahrung zu überdenken. Im Augenblick hatte er sich mit wichtigeren Betrachtungen als seinem ersten Traum zu beschäftigen – seinem ersten Traum, an den er sich erinnerte, berichtigte er sich schnell. Geräuschvoll schlug er sich mit den Händen auf die Knie und setzte sich aufrecht hin, eine Ermunterung an sich selbst, jetzt endlich voranzumachen. Noch war seine Nachtwache nicht beendet. Er mußte eine Lösung für seinen aufgewühlten Gemütszustand in jüngster Zeit finden, und die Nacht zu verschlafen – zu verträumen – trug wohl kaum dazu bei. Dennoch hatte sich etwas geändert. *Er* hatte sich geändert. Wie in der Schattenwelt, die er soeben verlassen hatte, hatte sein Blickwinkel sich subtil verändert, ohne daß er hätte sagen können, auf welche Weise. Vielleicht waren die Gedanken und Ideen, die ihm in dem Traum gekommen waren, die seines Vaters gewesen, »der innere Schweinehund, der dicht unter der Oberfläche lauert, um irgendwann aus dem Hinterhalt über dich herzufallen.« Vielleicht war das Ganze eine Art Katharsis gewesen ... eine innere Reinigung, eine Läuterung. Gewiß, es hatte ihn auf eine Weise in Anspruch genommen, wie er es noch nie erlebt hatte. Der Ort, wenn es denn ein ›Ort‹ war, hatte trotz seiner unheimlichen und verwirrenden Atmosphäre einen nicht minder realen Eindruck als dieses Zimmer auf ihn gemacht. Und die sonderbare Gestalt des Pfeifers, mit dieser Melodie, die einen nicht losließ – aus welchen Tiefen war er auferstanden, um Vredech mit spöttischen Bemerkungen über seine eigene Existenz auf die Probe zu stellen? Und der Pfeifer hatte Vredech zweimal in die Falle gelockt, das erste Mal mit dem Kinderreim, das zweite Mal mit seinem Namen. Das war wirklich zutiefst beunruhigend. Für welchen Akt der Selbstkasteiung stand das nun wieder?

Was diesen Reim anging – diesen verfluchten, dummen Reim! Der war ihm nicht einmal ansatzweise vertraut gewesen, und doch kannte Vredech ihn nun, als hätte er ihn schon sein Leben lang begleitet. Immer noch ging er ihm durch den Kopf und forderte Aufmerksamkeit. Warum sollte er ihn so beunruhigen – nein – warum sollte er ihn so verängstigen? Er sagte ihn mit stummen Lippenbewegungen noch einmal auf, suchte nach Hinweisen, die ihm dabei helfen konnten, seinen Ursprung zurückzuverfolgen. Aber er fand nichts, gar nichts, und er erfüllte ihn noch immer mit einem Schrecken, der durch die wörtliche Bedeutung der Verse nicht im geringsten gerechtfertigt war. Außerdem fand er heraus, daß der Reim ihm die intensiven Empfindungen jener Traumwelt zurückbrachte. Der Atem stockte ihm, und einen kurzen Moment lang meinte er schon, die festen Umrisse seines Zimmers würden erneut verschwimmen.

Wütend schob er den Eindruck beiseite. Zweifellos würde ihm in den nächsten Tagen einfallen, daß er den Reim in der Schule oder von seiner Mutter oder Großmutter oder Großtante gelernt hatte, und dann wäre wieder alles klar. Wenn er sich jetzt noch lange den Kopf zerbrach, würde er den Zeitpunkt der Offenbarung nur weiter hinausschieben.

Er ging zum Fenster und stieß die Läden auf. Draußen war es noch dunkel, und alles, was er zuerst erkennen konnte, war sein eigenes Spiegelbild, dessen Silhouette sich vor dem hellen Zimmer abzeichnete. Einen Moment betrachtete er es versonnen, aber dann preßte er die Nase gegen die Scheibe und schaute nach draußen auf die schwach beleuchteten Straßen der Stadt hinunter. Der Regen, der an den Scheiben herunterlief, ließ die wenigen brennenden Straßenlampen verschwimmen. Als er die Läden sachte wieder schloß, traf er einen Entschluß. Er nahm seinen Umhang und verließ leise das Zimmer.

Die Schatten bewegten sich leicht, als er hinausging und die Tür offenstehen ließ, dann, Sekunden später, flackerten und tanzten sie ein wenig hektischer, als ein kalter Luftzug von der Straße hereinwehte. Die Lampen brannten ungestört weiter, als das Geräusch der sich schließenden Tür des Versammlungshauses verhallte.

In jener Nacht ereignete sich in Troidmallos ein Mord. Ein besonders scheußlicher Mord.

Skynner hatte verquollene Augen und war äußerst gereizt, als er am Tatort eintraf. Auch die Geschehnisse dort waren nicht dazu angetan, seine Laune zu verbessern. Morde wurden nur selten in der Stadt verübt, doch er hatte das Pech gehabt, in seiner Zeit als Hüter schon mit einigen konfrontiert worden zu sein. Paradoxerweise brauchte man für gewöhnlich trotz des Grauens, das mit einem solchen Verbrechen verbunden war, nicht lange nach Motiv und Täter zu fahnden. Zuerst befragte er immer die Ehegatten oder Partner, dann die nahen Verwandten, gefolgt von engen Freunden und vielleicht Geschäftspartnern. Aus diesen Verhören setzte sich zumeist schnell ein Bild zusammen, das ihn unbarmherzig ans Ziel brachte – in der Regel irgendein mitleiderregendes, vom Leben benachteiligtes Individuum mit herzlich wenig Gewalt über sein eigenes Schicksal, und zum Zeitpunkt seiner Überführung oft schon völlig von den Kräften zermürbt, die ihn oder sie zu einem solchen Gewaltausbruch verleitet hatten.

Manchmal war Mord das Ergebnis einer Rauferei unter Jugendlichen, und auch diese Fälle waren normalerweise leicht zu lösen. Gelegentlich handelte es sich um das abrupte und böse Ende eines Streits oder um eine Verschiebung der Machtverhältnisse in der Unterwelt, die Troidmallos wie jede vergleichbare Stadt in Gyronlandt besaß. Solche Fälle untersuchte Skynner immer mit hinreichender Sorgfalt, um sein Hüter-Gewissen zu beruhigen, vermied es jedoch tunlichst, in puncto Eifer über das Ziel hinauszuschießen. Im allgemeinen sah er solche Fälle pragmatisch: »Einer weniger, um den ich mir Sorgen machen muß. Eigentlich schade, daß es nicht mehr von ihnen erwischt. Würde uns eine Menge Ärger ersparen.« Eine weitverbreitete Ansicht.

In der Regel bereitete es ihm wenig Genugtuung, Mörder ihrer gerechten Strafe zuzuführen, da all diese Affären ausnahmslos etwas Erbärmliches an sich hatten. Er fühlte sich hinterher immer irgendwie beschmutzt.

Skynner hegte daher äußerst gemischte Gefühle, als er Albor, dem wachhabenden Hüter, der die Leiche entdeckt hatte, in eine schmale Gasse zwischen zwei Lagerhäusern folgte. Seine Hoffnung auf eine schnelle Aufklärung war recht groß, aber er konnte förmlich schon den Unrat riechen, den die nächsten Tage ihm bescheren würden, wenn er wieder einmal das trostlose Leben des Opfers und wer weiß wie vieler anderer elender Existenzen durchforschen mußte. Er schob die trübe Aussicht beiseite. Es war unvermeidlich, also bestand kein Grund, es gleich zweimal zu durchleiden. Jetzt mußte er sich erst einmal gegen den grausigen Anblick wappnen, der ihn erwartete. Ihm war klar, daß er als erfahrener Hüter-Wachtmeister eine angemessen gleichgültige Miene zur Schau zu tragen hatte. Albors ungewohntes Widerstreben, ins Detail zu gehen, beunruhigte ihn allerdings ein wenig.

In der Mitte der Gasse erreichten sie einen kleinen Kreis tropfnasser Hüter, alle mit hochgedrehten Laternen, als brauchten sie eine Art besonderen Schutz, um die Nacht im Zaum zu halten. Bei seiner Ankunft teilte sich der Kreis schweigend. Rasch ließ Skynner den Blick über die Gesichter seiner Männer gleiten. Mit Ausnahme von Albor waren sie alle ziemlich jung. Einer war offensichtlich sehr bedrückt, und zwei grinsten verlegen, während der Rest sich ohne rechten Erfolg bemühte, undurchdringliche Mienen aufzusetzen. Neugierig, nervös und beschämt über beides, dachte Skynner. Ein weiteres Problem für ihn. Doch auch er konnte nicht verhindern, daß sein Mundwinkel sich nach unten zog, als er sein inneres Widerstreben überwand und tat, was er tun mußte. Er bückte sich und zog das Tuch weg, das irgend jemand über den Körper gebreitet hatte. Albor hielt eine Lampe dicht neben das nach oben gewandte Gesicht. Silbrig und schwarz tänzelte der Sprühregen durch ihren Lichtkegel. Skynners Stirn legte sich betrübt in Falten, als er in die furchterfüllten Augen eines jungen Mannes blickte. Zum ersten Mal, obwohl er keinen Grund dafür angeben konnte, gerieten seine routinemäßigen Hoffnungen auf eine rasche Aufklärung des Verbrechens ins Wanken.

»Kennt ihn jemand?« fragte er, ohne sich umzudrehen, und zog gleichzeitig das Tuch ganz zurück. Hinter sich hörte er eine Art kollektives Luftanhalten. Das Lampenlicht enthüllte eine durchschnittene Kehle und eine Tunika, die von einem unregelmäßigen Muster blutverschmierter Schnitte bedeckt war.

»Falls irgendeinem schlecht wird, geht er bitte jetzt ans andere Ende der Gasse und kommt dann schnellstens wieder zurück. Ihr seid Hüter, und ihr seid im Dienst«, knurrte Skynner mitleidlos, während er sich umdrehte und seine Männer anfunkelte. Niemand rührte sich, aber alle Gesichter waren angespannt und hart. »Kennt ihn irgend jemand?« wiederholte er gereizt. »Ich habe keine Lust, hier die ganze Nacht zu hocken und naß zu werden, während ihr versucht, eure fünf Sinne wieder zusammenzubekommen.«

Sie zögerten immer noch.

»Kommt, seht ihn euch an, um Himmels willen!« rief er, während er sich aufrichtete. »Er beißt nicht mehr, armer Kerl. Aber *ich* beiße.«

Das genügte, um seine Männer mit neuer Tatkraft zu erfüllen.

Es sah so aus, als ob niemand ihn kannte.

»Phantastisch«, murmelte er trocken und ließ den Blick über die Mauern der Lagerhäuser gleiten, die die Gasse säumten. Dunkel glitzernd erstreckten sie sich wie düstere Beobachter in die Nacht jenseits des auf und ab hüpfenden Lichtkegels, den die Laternen warfen. Hier würde man weder Zeugen noch Bewohner auftreiben können. »Nun, er mag hier gestorben sein, aber gelebt hat er hier bestimmt nicht, soviel steht fest«, verkündete Skynner. »Wir werden warten müssen, bis jemand vorbeikommt und nach ihm sucht. Wenn das nichts bringt, fürchte ich, müssen wir sein Bild öffentlich aushängen.« Er schüttelte den Kopf und fluchte leise vor sich hin. Dann begann er die Taschen des Mannes zu durchsuchen. »Leer«, stellte er fest, und seine Stimme klang ein bißchen erstaunt. »Seht euch um. Schaut, ob irgendwo ein Bündel oder eine Tasche herumliegt.«

Eine Weile brach hektische Betriebsamkeit in der Gasse aus, aber es wurde nichts gefunden.

»Raubmord«, schloß Skynner, doch er runzelte skeptisch die Stirn. Straßenräuber arbeiteten für gewöhnlich in Gruppen von drei oder mehr und versuchten es erst einmal mit Einschüchterung oder im schlimmsten Fall mit Keulen, ganz selten mit Messern. Sie wollten nicht das Risiko eingehen, daß Menschen ums Leben kamen, denn dann hatten sie die Hüter auf dem Hals. Irgend etwas war hier schiefgegangen. Der Junge hatte sich gewehrt, hatte Widerstand geleistet. Jemand hatte Panik bekommen oder ...

Oder was?

Er sah sich die zerfetzte Kehle und die Vielzahl von Wunden auf der Brust des jungen Mannes an, dann zog er das Tuch mit einer übertriebenen Geste wieder über ihn, um seine Reaktion auf die Gedanken zu verbergen, die ihn nun überfielen. Dieser Mord war nicht das Ergebnis eines unglücklichen Zwischenfalls bei einer Rauferei. Er war das Ergebnis einer entfesselten, rasenden Wut – und das wies auf einen eifersüchtigen Liebhaber oder einen betrogenen Ehemann hin. Und dennoch hatte man dem Ermordeten offenbar alle Besitztümer abgenommen.

Ein wilder, ungehemmter Mord *und* Raub. Das ergab keinen Sinn. Oder, besser gesagt, einen solchen, über den er lieber nicht nachdenken wollte. Und noch etwas anderes bereitete ihm Sorgen, obwohl er es nicht auf den Punkt bringen konnte.

Er sah Albor an und grinste, während er sein Gesicht sorgfältig vor den anderen verbarg. »Besorg einen Karren, und schaff ihn zu den Beerdigern. Ich muß ihn mir bei Tageslicht noch einmal genauer ansehen und herausfinden, was wirklich mit ihm passiert ist. Laß zwei Männer hier, die die Leute davon abhalten, hier herumzulaufen, bevor wir den Tatort am Morgen noch einmal gründlich abgesucht haben.« Er wandte sich den anderen zu. »Der Rest von euch geht zurück zum Dienst. Heute nacht gibt es hier nichts mehr zu tun.«

Er stand schweigend und in Gedanken verloren da, während seine Befehle ausgeführt wurden. Albor blieb bei ihm, hielt sich dicht und vertraulich an seiner Seite, wodurch er instinktiv seine Überlegenheit über die jüngeren Hüter demonstrierte, die geschäftig in der Gasse herumliefen.

»Glaubst du, wir finden noch etwas?« fragte er, als nur noch die beiden, die man zur Bewachung abgestellt hatte, übrig waren.

Skynner zog ihn beiseite, bis sie außer Hörweite der beiden anderen waren. »Ich hoffe es, bei Ishryth«, antwortete er. »Aber ich bezweifle es.«

Albor zog die Augenbraue hoch, da er einen ungewohnten Unterton in der Stimme seines Vorgesetzten vernommen hatte. Skynner beantwortete seine unausgesprochene Frage. »Scheint eine leidenschaftliche Begegnung gewesen zu sein.« Albor gestattete sich ein leises, wissendes Lächeln über diesen zynischen Hüter-Scherz, und Skynner fuhr fort: »Aber Ehefrauen und Geliebte rauben ihren Herzallerliebsten normalerweise nicht aus, nachdem sie ihn ermordet haben, nicht wahr?« Das leichte Lächeln wurde zu einem leichten Nicken. »Deshalb ...« Es schien ihm zu widerstreben, seine Schlußfolgerung in Worte zu kleiden, und seine Stimme senkte sich, obwohl die beiden jüngeren Hüter sie ohnehin nicht hören konnten. »Deshalb könnte es sich um einen zufälligen Mord handeln. Wir haben es möglicherweise mit einem gefährlichen Irren zu tun – jemand, der Leute ohne Grund umbringt, nur, weil es ihm Spaß macht.«

Albor bewahrte Schweigen. Skynners schlichte Feststellung beeindruckte ihn mehr, als lautes Schreien es vermocht hätte, und obgleich er mit einer solchen Art von Mord noch keine Erfahrung gesammelt hatte, war er doch erfahren genug, um sich die Folgen auszumalen. Wenn das einmal geschehen war, dann ... Und weder Gesetz noch Hüter konnten die Menschen vor dieser Art Verbrechen schützen.

Ihn schauderte leicht. Er wollte lieber nicht zu eingehend darüber nachdenken. Ja, in der Tat, er fand es nahezu unmöglich, sich so etwas vorzustellen, trotz oder vielleicht gerade deshalb, weil der übel zugerichtete Leichnam ganz in der Nähe lag.

»Ich habe von solchen Sachen gehört, aber vor langer Zeit«, beruhigte er Skynner. »Ich gebe zu, der Fall ist schlimm, aber wahrscheinlich machst du dir unnötige Sorgen. Ich schätze, hier läuft irgendwo ein sehr eifersüchtiger Liebhaber herum.«

Skynner gab keine Antwort. Seine Überzeugung wuchs, und der Gedanke, der ihn beschlichen hatte, kristallisierte sich nun heraus. »Es *ist* ein Irrer«, erklärte er schließlich. »Du hast die Augen des Jungen gesehen. Das war niemand, der um sein Geld kämpft oder sich gegen einen eifersüchtigen Liebhaber verteidigt. In seinen Augen stand das blanke Entsetzen. Er hat etwas wirklich Furchterregendes gesehen.«

»Er wurde schließlich erdolcht«, warf Albor ein, um ihn von seiner Schlußfolgerung abzubringen. »Man kann kaum von ihm erwarten, daß er dabei lächelt, oder?«

Skynner nickte kaum merklich, aber seine Haltung änderte sich nicht. »Wir haben hier einen gewöhnlichen Bürger, der etwas ganz Gewöhnliches tat, als er sich plötzlich einem unprovozierten, unerwarteten und unabwendbaren Angriff gegenübersah. Jemand, der sich plötzlich seinem schlimmsten Alptraum gegenübersieht. Das sagen seine Augen.« Er begann sich langsam zur Einmündung der Gasse zu bewegen und winkte Albor, ihm zu folgen.

In seiner Stimme lag eine solche Gewißheit, daß es Albor gar nicht in den Sinn kam, seine Bemerkung anzuzweifeln. Außerdem hatten die Augen des Mannes dafür gesorgt, daß er eine Gänsehaut bekam.

»Angenommen, du hast recht, was machen wir dann?« fragte er.

»Wachsamkeit und Glück«, gab Skynner tonlos zurück.

Albor musterte ihn fragend.

»Das hat mir mein alter Wachtmeister immer gesagt, als ich noch ein Welpe war«, erläuterte Skynner. »Wachsamkeit und Glück. Das, sagte er, habe er erkannt, als sich das letzte Mal ein solcher Fall hier ereignet hatte.«

Albor verbarg sein Erstaunen nicht. »Ich habe noch nie von einem ... irren ... Mörder in Troidmallos gehört«, äußerte er.

Trotz Regen, gestörter Nachtruhe und trüben Gedanken merkte Skynner, wie die Erinnerung daran seine Lebensgeister wieder weckte. Die beiden Männer kamen in die Straße, wo ihre Pferde angebunden waren.

»Du wirst auch nie davon hören«, sagte Skynner beim Aufsteigen. »Am Ende geriet alles diskret in Vergessenheit.« Albor beugte sich ein wenig zu ihm vor. Der Wechsel im Tonfall war ihm nicht entgangen. Er mußte Skynner nicht dazu drängen, weiterzuerzählen. Es ging doch nichts über Hüter-Klatsch. »Zehn Leute hat der Bursche umgebracht«, führte Skynner aus, während er zur Verdeutlichung des Gesagten beide Hände hochhielt. »Zehn. Hat ihnen den Schädel eingeschlagen.« Eine Hand ballte sich zur Faust und klatschte in die Handfläche der anderen. »Alle zwei Wochen einen. Natürlich, damals gab's noch keine Blätter, nur die täglichen Anschläge, aber offenbar drängten sich wahre Mengen um die Anschlagplätze, und die ganze Stadt stand am Rande einer Panik. Die Heinder bestürmten den Chef, ›etwas zu unternehmen‹, der Chef schnauzte die Ober-Hauptmänner an, die Ober-Hauptmänner schnauzten die Hauptmänner an und so weiter und so fort, bis nach ganz unten. Einer der Heinder aus der Partei der Zeugen wollte allen Ernstes ein Notstandsgesetz erlassen, das den Leuten verbieten sollte, Knüppel zu tragen.«

Albor blieb der Mund offenstehen. »Du machst Scherze«, sagte er im Tonfall ungläubiger Belustigung.

»Aber nein«, bekräftigte Skynner. »Es war ganz so wie heute. Es gibt nichts, was so lächerlich wäre, daß ein Heinder es nicht vorschlagen würde, bevor er zugibt, daß er nichts tun kann.«

»Ich nehme an, es führte zu nichts?«

»Wo die meisten Heinder um ihn herum bis an die Zähne bewaffnet waren, ja, manche sogar Leibwachen anheuerten und die kleinen Leute bewaffnete Patrouillen organisierten? Natürlich nicht.« Er hielt inne. »Wachsamkeit und Glück«, sagte er leise vor sich hin. Seine Stimmung verdüsterte sich, da ihm klar wurde, daß er vermutlich genau das beschrieb, was erneut passieren würde, wenn er sich nicht sehr irrte. »Nach allem, was man hört, war es eine schlimme Zeit, Albor. Schwer vorzustellen. Die ganze Stadt voller verängstigter Menschen. Ein einziger, der Tausende in Atem hält.«

Aber Albor interessierte sich weniger für die gesellschaftspolitischen Feinheiten. »Was geschah dann?« wollte er wissen.

Skynner schürzte anerkennend die Lippen. »Eine Frau hat ihn geschnappt – eine kleine alte Dame. Wirklich seltsam, bis dahin hatte er nur Männer überfallen. Aber wer weiß schon, was in solchen Menschen vorgeht? Wie dem auch sei, nach dem, was mein alter Wachtmeister mir erzählte, ging die alte Dame auf dem Nachhauseweg gerade am Hafen-Park vorbei, als plötzlich ein Mann vor ihr auftauchte, wild schrie und mit einer Eisenstange vor ihrer Nase herumfuchtelte. Daraufhin soll sie die Arme über ihrer Handtasche verschränkt und etwas gesagt haben wie: ›Aus dem Weg, junger Mann, ich möchte hier vorbei!‹ Das sagt sie also, während er immer näher auf sie zukommt!«

Albor lauschte gebannt, und Skynner begann Spaß an

der Geschichte zu bekommen. »Doch als der Mann den Arm hochreißt, um sie zur Nummer elf auf seiner Liste zu machen, zieht die alte Dame ihr schärfstes Schnitzmesser aus der Tasche.« Skynner machte die Bewegung mit seiner rechten Hand vor. Sein Pferd hob den Kopf und schüttelte ihn. »Hat nicht einen Moment gezögert. Von unten unter den Rippen durch ins Herz. Exitus Mörder. So soll es sein.« Er kicherte laut. »Es stellte sich heraus, daß die alte Dame die Witwe eines Metzgers war.« Sein Kichern steigerte sich zu einem dröhnenden Gelächter.

Albor blieb mißtrauisch. »Das hast du dir doch nur ausgedacht«, wagte er einzuwenden. »Ich hab' noch nie etwas davon gehört.«

Skynner schüttelte den Kopf. »Keineswegs, es ist wahr, soweit ich weiß. Viele Offiziere erinnerten sich noch daran. Bei nahezu jedem Mord rückten sie wieder mit dieser Geschichte heraus. Der Grund, warum alles nicht öffentlich gemacht wurde, war, daß es sich bei dem Mörder um den Sohn eines reichen Kaufmanns handelte – ein großer Wohltäter der Partei der Kastellane –, du weißt schon. Und, wie ich bereits erwähnte, damals gab es noch keine Blätter. Die täglichen Anschläge ließen lediglich verlauten, ein Unbekannter sei getötet worden, als er sich der Festnahme widersetzte, und die ganze Angelegenheit verlief im Sande.«

Die beiden Männer genossen im Licht dieser Geschichte einen kurzen Moment kollegialer Freundschaft, während sie stumm weiterritten, doch schon bald drängte sich ihnen das Bild des blutbesudelten Leichnams wieder auf und brach den Bann. Skynner begann Pläne für die nahe Zukunft zu schmieden. Heute nacht würde er sich noch einmal soviel Schlaf wie möglich gönnen, und morgen würde er dann seinen Hauptmann in Kenntnis setzen und sich an die beneidenswerte Aufgabe machen, die Leiche zu untersuchen. Er blies angesichts dieser Aussicht wehmütig die Wangen auf.

Zumindest die Enthüller sollte ihm der Hauptmann abnehmen. Alles in allem befaßte er sich lieber mit einer Leiche als mit Privv und seinesgleichen. Irgendwie erschien ihm das bekömmlicher.

# KAPITEL 13

Cassraw saß gedankenversunken in dem Raum, der ihm als Büro für die Erledigung der beträchtlichen Arbeitslast diente, die die Führung der Hafen-Gemeinde ihm auferlegte. Es handelte sich um einen typischen Raum in einem Versammlungshaus, schlicht und spartanisch eingerichtet. Er besaß eine hohe gewölbte Decke, aber seine längliche, schmale Form und die schlechte Beleuchtung verliehen ihm trotzdem etwas unangenehm Beengtes. Hätte Cassraw Lust gehabt, aus dem Fenster zu schauen, durch das unzureichendes Licht einfiel, hätte er einen schönen, betriebsamen Frühlingstag in der Stadt erblickt, mit einer kräftigen Brise, die die Bäume und Sträucher im großen Garten des Versammlungshauses zauste, und mit strahlend weißen Wolken an einem blauen Himmel und über den Bergen.

Aber Cassraw hatte keine Augen für so etwas. Sein Blick ruhte auf einer entfernten Zukunft: auf einer Vision, die ihm auf dem Berg zuteil geworden war und die mit jedem Tag größer und mächtiger wurde. Eine Vision von einem unter der Herrschaft der Kirche wiedervereinten Gyronlandt, dessen viele entarteten und gottlosen Regierungen vom glühenden Glaubenseifer eines Volkes hinweggefegt worden waren, das darauf brannte, Seinen Willen zu erfüllen, das darauf brannte, zu einem Heer zusammenzuströmen, das Seine Feinde nicht nur in Gyronlandt, sondern in allen Ländern dieser Erde vertilgen würde. Was für eine berauschende Aussicht!

Er legte die Hand auf sein Lieblingsexemplar des Santyth. Zuerst hatte er sich Sorgen über einige der Botschaften gemacht, die ihm im Gefolge seiner schicksalhaften Begegnung auf dem Ervrin Mallos zuteil geworden waren. Allerdings nur selten sprach die Stimme in seinem Innern so deutlich zu ihm, als stehe Er direkt vor ihm. Cassraws Knie zitterten schon beim bloßen Gedanken an die Macht, die ihn durchströmte, wenn das geschah. Dann wieder war die Stimme entfernt und undeutlich und der Sinn ihrer Worte dunkel, wenn nicht unverständlich. Das mußte dann ein Fehler auf seiner Seite sein, dessen war er sich sicher – eine Schwäche seines Glaubens, etwas, das er unbarmherzig aufspüren und ausmerzen mußte. Und seltsamerweise träumte er jetzt. Träume voller eigenartig fließender Landschaften und schwarzer Schatten, die gar keine Schatten waren, Landschaften, wo noch andere Dinge umherschlichen, suchend, wartend, lauernd. Er hatte nie zuvor geträumt.

Vredech.

Der Name fiel ihm ohne eigenes Zutun ein, und schon überfielen ihn Zweifel, wie es immer geschah, wenn er in jenen Tagen an seinen alten Freund dachte.

Irgendwann, irgendwo hatte er einen Kampf mit Vredech ausgefochten, soviel stand fest. Er hatte in einer flammenden Rede von seiner Macht und seiner Verwandlung in den Auserwählten gesprochen. Er hatte die Welt mit seinem Ich erfüllt. Doch Vredech, winzig und unbedeutend, hatte ihm getrotzt – ihm getrotzt, obwohl er ihn am Ende erniedrigt, zu weniger als einem Staubkorn gemacht hatte.

Die Erinnerung war überaus lebendig, der Zeitpunkt und der Ort des Geschehens jedoch waren ihm vollständig entfallen.

Also mußte es in einem Traum geschehen sein, folgerte er.

Cassraw schob den Gedanken an seinen Freund beiseite. Er hatte nicht mehr Bedeutung als ein kleines summendes Insekt, das keine Bedrohung darstellte, aber eben da war, ihn an etwas gemahnte, obwohl er nicht sagen konnte, an was. Er wandte seine Aufmerksamkeit wieder den Problemen zu, die ihn in jüngster Zeit unablässig quälten. Gedanken, die er so noch nie kennengelernt hatte, selbst in seiner wilden, zornigen Jugend nicht. Gedanken voller Wollust und Gewalt. Gedanken, die in deutlichem Widerspruch zu den Worten des Santyth standen. Verzweifelt hatte er um Erleuchtung gebetet, als diese Gedanken ihn zu peinigen begonnen hatten.

Und sein Gebet war erhört worden.

*»Du bist der Erwählte. Mein Gefäß. Du bist nicht wie andere, du bist nicht, der du einmal warst. Von Mir kommt alles. Gehorche. Das, was geschrieben steht, wird neu geschrieben werden.«*

Cassraw tätschelte ein Exemplar des Santyth, das auf dem Tisch vor ihm lag. Eine häufig wiederholte Geste, die ihn beruhigte. Schon entdeckte er in vielen seiner Verse Bedeutungen, die ihm bislang verschlossen geblieben waren. Und ihm war gesagt worden: Wo Unklarheiten bestünden, würden ihm neue Verse eingegeben werden. Der bloße Gedanke daran verschaffte ihm ein Kribbeln der Erregung.

Aber soweit war es noch nicht. Weder die Kirche noch das Volk waren jetzt schon bereit für Seine neuen Auslegungen, geschweige denn für neue Offenbarungen. Jetzt war der Zeitpunkt, um in aller Stille tiefe Wurzeln in den fruchtbaren Boden des madrenischen Volkes zu versenken. Wurzeln, die sich fest im verborgenen Dunkel verankern und stark werden würden, so daß später, wenn die Saat endlich aufging, kein Mensch der Welt diesen Schößling wieder ausreißen konnte.

Nach und nach würde Sein Wille sich erfüllen. Mit der

unerbittlichen Geduld, die Gebirge abschliff, würde jede in Seinem Namen vollbrachte Tat, wie geringfügig sie auch erscheinen mochte, unwiderrufliche Folgen nach sich ziehen, so wie kleine Wellen, die sich von einem zufällig ins Wasser geworfenen Stein über die stille Oberfläche eines Gebirgssees ausbreiteten.

Als er von dem Buch aufsah, fiel sein Blick auf die verglaste Tür eines Wandschranks. Verzerrt und fragmentarisch spiegelte sich in den Scheiben ein Teil des Gartens, und dort befand sich, ebenfalls durch die unebene Glasoberfläche verzerrt, Dowinne. Er drehte sich um, um das echte Bild seiner Frau durchs Fenster zu betrachten. Regungslos stand sie da, offenbar tief in Gedanken versunken, während ihre Hand leicht auf einem Baumstamm ruhte und ihr Blick auf einen kleinen Zierteich gerichtet war.

Auch sie hatte sich seit jener ersten Nacht nach seiner Rückkehr aus dem Haus der Zeugen verändert. Während ihres bisherigen Ehelebens hatte es ihn immer ein wenig gestört, daß ihren körperlichen Liebesbeweisen, auch wenn sie recht zärtlich gewesen waren, immer etwas Zweifelhaftes, ja sogar Pflichtschuldiges angehaftet hatte. Nun jedoch war es manchmal so, daß sie ihn mit einer atemlosen, unbändigen Leidenschaft ergriff, als sei in ihrem Innern plötzlich ein wildes, lange verborgen gehaltenes Tier von der Kette gelassen worden.

Es paßt, dachte er. Sie spürt Seine Gegenwart in mir. Sie sehnt sich danach, eins mit Ihm zu werden, wie ich es bereits bin.

Und sie gefällt Ihm.

Ein diskretes Klopfen an der Tür riß ihn in die Gegenwart zurück. Eine Dienerin kam herein. »Heinder Drommel ist da, Bruder Cassraw«, verkündete sie.

Er nickte und machte eine Handbewegung anstelle einer Antwort. Die Frau verbeugte sich und zog sich wortlos zurück. Cassraw schlug den Santyth auf und studierte ihn hingebungsvoll.

»Bruder Cassraw?«

Cassraw setzte ein breites Lächeln auf, als er sich erhob und dem Redner die Hand entgegenstreckte, einem großen, dünnen Mann, dessen schon von Natur aus gerade Haltung durch eine nervöse Steifheit verstärkt wurde. »Heinder Drommel«, begrüßte er ihn warmherzig. »Ich danke Euch für Euren geschätzten Besuch.« Er bot ihm einen Stuhl an.

»Wer würde die Einladung des berühmtesten Predigers der Kirche ablehnen?« entgegnete Drommel höflich, während er sich ein wenig linkisch hinsetzte, als widerstrebe es ihm, irgend etwas an seinem Körper zu beugen.

»Ihr dürft mich der Sünde des Stolzes schuldig sprechen«, erwiderte Cassraw, während er abwehrend die eine Hand hob und die andere auf dem aufgeschlagenen Santyth ruhen ließ. »Ich tue nichts, als das Wort zu verbreiten, welches Er uns hinterlassen hat, und mich um die spirituellen und moralischen Bedürfnisse meiner Herde zu kümmern.« Drommel sah aus, als wolle er etwas einwerfen, aber Cassraw kam ihm zuvor. »Ihr, auf der anderen Seite, kümmert Euch um ihre ...« er legte eine Pause ein »... weltlichen Bedürfnisse. Ihr strebt danach, die Gerechtigkeit in unseren Gesetzen zu bewahren, dafür zu sorgen, daß die Straßen in Stadt und Land frei von Gefahr und offen für den Verkehr jener irdischen Güter sind, die wir benötigen. Ihr sorgt für Sicherheit an unseren Grenzen, immer eingedenk unserer geographischen Lage – klein und schwach, wie unser Land inmitten entarteter und gottloser Nachbarn nun einmal ist.«

Leicht beunruhigt durch Cassraws letzte Anspielung und die Wendung, die das Gespräch offensichtlich nahm, wandte Drommel ein: »Was wir vielleicht tun möchten und was wir tatsächlich tun können, sind leider Gottes zwei Paar Schuhe für eine so kleine Partei wie die unsere. Wo immer uns das möglich erscheint, versuchen wir ein wenig Tugendhaftigkeit in das Vorgehen des Heindral einzubringen, doch unglücklicherweise ist uns nicht häufig Erfolg beschieden. Oft werden die Dinge so arrangiert, daß sie mehr dem Vorteil einiger weniger als der Mehrheit dienen.«

»Wir leben in einer unvollkommenen Welt, Heinder.«

Drommels Mund verzog sich zu einem dünnen, humorlosen Strich: Das war seine Art zu lächeln. »Wozu wir sie selbst gemacht haben, wenn ich meinen Santyth kenne«, sagte er.

Cassraw machte eine zustimmende Handbewegung. »In der Tat«, versetzte er. »Doch in unserer Hand liegt es auch, sie zu verbessern.«

Er lehnte sich in seinem Stuhl zurück, und sein Gesichtsausdruck wurde plötzlich ernst und beherrschte das Schweigen, das zwischen den beiden Männern in der Luft hing. Kurze Zeit später fuhr er fort: »Ihr müßt mir verzeihen, Heinder, wenn ich etwas zögere, das auszusprechen, was ich nun sagen werde. Doch so wie Ihr es gerade gewagt habt, Euch auf das Gebiet des Santyth zu begeben, so will ich es nun wagen, mich ein wenig auf Euer Gebiet zu begeben.«

Drommels Augen weiteten sich kaum merklich. Er war ernsthaft irritiert. Die Kirche war sich nicht zu gut dafür, sich diskret in die Politik einzumischen, aber sie hielt sich stets an die politischen Realitäten in Canol Madreth und teilte ihre Wünsche nur den Kastellanen oder den Pflügern mit, je nachdem, welche der beiden Parteien gerade an der Macht war, und auch das nur durch ihr Bundesmitglied. Trotz der Tatsache, daß man die Partei der Zeugen oft für ihren moralischen Standpunkt in vielen Fragen lobte und sich sogar zahlreiche Predigerbrüder in ihren Reihen befanden, erwartete man von ihr nie ernsthaft etwas und wandte sich deshalb auch nie direkt an sie. Worauf also wollte Cassraw jetzt hinaus?

»Diese Angelegenheit mit Tirfelden«, fuhr Cassraw mit lauter, kraftvoller Stimme fort. »Ich bin kein Fachmann auf diesem Gebiet, aber ich habe das Gefühl, man erwartete von Eurer Partei, daß sie beide Vorschläge ablehnt und auf diese Weise dafür sorgt, daß überhaupt keine ernsthaften Schritte unternommen werden.« Er sah seinem Gast geradewegs in die Augen. »Warum habt Ihr die Kastellane unterstützt?«

Drommel schaffte es, ein nervöses Erschrecken in einen aufmerksamen Blick umzumünzen. Was immer er sich auch von diesem Gespräch erwartet hatte, ein Verhör gehörte nicht dazu. Er wollte schon den Empörten spielen, doch noch bevor er die Folgen abgeschätzt hatte, die sich aus einem möglichen Streit mit diesem Mann ergeben mochten, der in absehbarer Zeit durchaus Bundesmitglied werden konnte, hielt Cassraws zwingende Persönlichkeit ihn davon ab.

Er entschied sich für eine hoheitsvolle Taktik. »Ein Mann wurde ermordet, Bruder – ein allseits geachteter und geschätzter Bürger, der zur Wahrung seiner rechtmäßigen geschäftlichen Belange ins Ausland gereist war. Eine von vielen geschäftlichen Unternehmungen, die uns allen auf die eine oder andere Weise nützen, indem sie dazu beitragen, unseren Wohlstand zu erhalten und zu mehren. Dies ist nicht der Ort, um törichte politische Spielchen zu spielen. Eine starke Antwort ist unabdingbar, wollen sich unsere Bürger auch weiterhin in Sicherheit wissen, wenn sie im Dienst der Allgemeinheit durch Gyronlandt reisen.«

»Er war betrunken«, erklärte Cassraw unbeirrbar.

Drommel antwortete im selben Tonfall und zeigte auf den aufgeschlagenen Santyth unter Cassraws Hand. »Eine Betätigung, die vielleicht töricht sein mag, die jedoch in seinem persönlichen Ermessen liegt und sowohl hier als auch in Tirfelden legal und keinesfalls eine solche ist, die die Todesstrafe verdiente.«

Cassraws Gesichtsausdruck blieb unverändert, was Drommel leicht aus dem Konzept brachte. Untypischerweise redete er weiter drauflos, anstatt diesem überraschend sturen Menschen gegenüber Stillschweigen zu bewahren. »Die Pflüger mit ihrer himmelschreienden Unvernunft hätten uns allen nur geschadet. Die Handelsgüter, die wir nach Tirfelden verkaufen, können sie sich auch aus anderen Ländern besorgen, wenn auch teurer. Sie würden uns einfach links liegenlassen und anderswo Handel treiben.«

Cassraws Gesichtsausdruck war immer noch derselbe. »Aber Euer Vorgehen könnte zu einer gewaltsamen Auseinandersetzung führen«, stellte er fest.

Drommel schüttelte den Kopf. »Gewalt entsteht nur aus Gewalt, und wir werden nicht als erste dazu greifen. Wir sind schließlich ein zivilisiertes Volk. Es besteht kein Grund zu der Annahme, daß die Ausweisung ihrer Bürger nicht auf geordnete und friedliche Weise vonstatten geht. Und die beschlagnahmten Besitztümer werden zu gegebener Zeit zurückerstattet werden, nach einem angemessenen Abzug für die Entschädigung der Familien der beiden Opfer.« Er zuckte leicht mit der Schulter, eine Geste, die seinen gesamten Oberkörper in Bewegung zu setzen schien. »Nebenbei bemerkt, ich bezweifle doch sehr, daß es überhaupt dazu kommt. Wenn wir uns weiterhin entschlossen zeigen, werden die Felden sich vernünftig verhalten, bevor die Angelegenheit eskaliert.«

»Und wenn wir es nicht blieben?«

Drommels Nasenflügel zuckten.

»Ihr meint, wenn die Kastellane von ihrem Antrag zurücktreten? Dann wird alles beim alten bleiben. Weder wir noch sie werden für den lächerlichen Vorschlag der Pflüger stimmen. Um es einfach auszudrücken, nichts wird geschehen.«

»Ihr werdet Euren Antrag nicht zurücknehmen, wenn sie dabei bleiben?« sagte Cassraw ruhig.

Drommel wog noch das Für und Wider der Frage ab, als er auch schon den Kopf schüttelte. Er wurde aus diesem Predigerbruder nicht schlau, und die ganze Atmosphäre in dem Raum und das Verhör brachten ihn völlig durcheinander. Jede Faser seines politischen Instinkts schrie ihm zu, auf der Hut zu sein.

Zu seiner Erleichterung unterbrach die alte Dienerin die Vorgänge, indem sie, ohne zu klopfen, eintrat und ein Tablett mit zwei Gläsern brachte.

»Ein Fruchtsaft«, erklärte Cassraw, während er das Tablett entgegennahm und die Dienerin wortlos entließ. »Meine Gattin hat ein gutes Händchen mit den Bäumen in unserem Garten und ein noch besseres mit ihrem Obst. Das wird Euch erfrischen – Eure Stimme in Form bringen für den PlasHein.« Er lächelte entwaffnend. Auf Drommel wirkte es wie die Sonne, die hinter einer dunklen Wolke hervorschaut, und er entspannte sich innerlich, obwohl seine starre Haltung nichts davon verriet.

Er bedankte sich leise, während er sein Glas nahm, und ließ, nachdem er einen Schluck getrunken hatte, ein Kompliment folgen.

»Ihr werdet also nicht von Eurer Haltung zurücktreten?« fragte Cassraw und lehnte sich wieder in seinen Stuhl zurück.

»Nein«, gab Drommel zurück, da er keine Alternative sah. »Unser Volk muß ungefährdet ins Ausland reisen können. Es muß wissen, daß seine Regierung entschlossen handelt, wenn ihnen etwas zustoßen sollte.«

Cassraw stellte sein Glas ab und trommelte versonnen mit den Fingern auf den Santyth. Drommel wartete und fragte sich immer noch, warum er hergebeten worden war und was Cassraw in dieser Angelegenheit wirklich bezweckte. Schließlich war er weder Kaufmann noch Händler von Beruf.

Cassraws Stimme klang nachdenklich, als er schließlich wieder das Wort ergriff. »Ihr erinnert Euch noch daran, als vor ein paar Wochen dunkle Wolken über das Land zogen und uns mitten am Tag in tiefste Nacht tauchten?« sagte er. Drommel nickte, verwirrt durch diesen unvermittelten Wechsel des Themas. »Und sicher habt Ihr auch von meiner kleinen Eskapade gehört?«

Drommel nickte erneut und wollte etwas erwidern, doch Cassraw hielt ihn mit erhobener Hand davon ab. »Nach meinem Sturz lag ich eine Weile in der Dunkelheit, gelähmt, von Schmerzen geplagt und, ich will ehrlich sein, voller Angst. Ich wußte nicht, wie schwer ich mich verletzt hatte, aber ich *fühlte* mich schlecht, und mir wurde klar, daß meine Kollegen«, er lächelte erneut, »nicht gerade die Jüngsten und Behendesten, wie Ihr Euch vorstellen könnt, ... nun, mir wurde klar, selbst wenn es ihnen gelingen würde, auf der Suche nach mir auf den Berg zu steigen, würden sie mich in der Dunkelheit möglicherweise doch nicht finden. Und wenn der Sturm, der sich zusammengebraut hatte, losbrechen würde, konnte ich durchaus dort oben umkommen, wo ich lag. Wie es sich später herausstellte, hatte ich jedoch nur geringfügige Prellungen und Abschürfungen erlitten, und, um mich für meinen Mangel an Vertrauen zu beschämen, hatten meine Kollegen sich tatsächlich auf die Suche nach mir gemacht, trotz der Dunkelheit.« Er beugte sich ein wenig zu seinem Gegenüber vor, und seine Persönlichkeit schien den gesamten Raum auszufüllen. »Doch in dieser kurzen Zeitspanne wirbelten Gedanken und Erinnerungen durch meinen Kopf wie ein Fluß, der Hochwasser führt. Viele glückliche Gedanken, einige traurige. Bedauern über einige Dinge, die ich nicht hätte tun sollen, aber vor allem, und das war das Schlimmste, Bedauern über die Dinge, die ich hätte tun sollen, aber nicht getan hatte. Und dieses Bedauern zehrte an mir, Heinder. Es nahm mir viel von dem, was ich immer für selbstverständlich gehalten hatte.« Er hielt inne, und Drommel merkte, daß er gegen den Drang ankämpfen mußte, die Augen unter Cassraws bohrendem Blick niederzuschlagen. »Das Böse gewinnt die Oberhand, wenn das Gute im Bett liegt«, schloß er streng und schlicht.

Es handelte sich um ein altes madrenisches Sprichwort, aber in Cassraws Mund verlor es alles Abgedroschene. Es wirkte so lebensnah und wahr und kraftvoll, als würde es zum ersten Mal ausgesprochen. Und mehr als das, es war ein Ruf zu den Waffen. Nur einen kurzen Moment lang dachte Drommel daran, es sei ein Glück für ihn, daß Cassraw nie in die Politik gegangen war, denn jener hätte einen gefährlichen Gegner abgegeben. Der größere Teil seines Selbst jedoch wurde einfach mitgerissen.

»Es war beinahe, als habe Er persönlich meine Schritte in die Irre geführt, damit ich strauchelte und so tief fiel, daß ich bereit dazu war, diese Lektion zu lernen.«

Dann fühlte Drommel, wie der Druck von ihm wich. Cassraw lehnte sich wieder in seinen Stuhl zurück, entspannte sich und lächelte. »Eure Handlungsweise in dieser Tirfelden-Sache ist völlig richtig«, erklärte er und kam so übergangslos zu ihrem anfänglichen Gesprächsthema zurück, wie er es fallengelassen hatte. »Und das werde ich auch sagen. Ich bin kein Politiker und möchte auch keine politischen Spielchen spielen. Aber Recht ist Recht, und ich kann nicht länger im Bett liegenbleiben, wenn in der Welt draußen möglicherweise Unrecht geschieht.«

»Ich weiß nicht, was ich sagen soll«, stammelte Drommel. »Wir haben uns immer für eine Partei gehalten, die auf vielerlei Weise die Wege der Kirche in der Politik vertritt, und Eure Unterstützung für unser Anliegen ist überaus willkommen. Aber gerechterweise sollte ich Euch warnen, denn Ihr werdet Gefahr laufen, auf Widerstand, ja sogar auf harsche Kritik zu stoßen, falls Ihr versuchen solltet, die Kirche in die politische Arena einzuführen.«

»Ich verstehe, was Ihr mir sagen wollt, Heinder«, entgegnete Cassraw. »Aber mein Herz sagt mir, wenn wir nichts unternehmen, wird die Partei der Kastellane eine Möglichkeit finden, ihren Antrag zurückzuziehen, und das wäre ein Schritt in die Dunkelheit für unser gesamtes Volk.«

»Das halte ich für ein wenig übertrieben, Bruder«, wandte Drommel ein.

Da war wieder die zwingende Persönlichkeit. »Keineswegs«, erklärte Cassraw. »Wir können nichts gewinnen, indem wir die Sache kleinreden. Wie Ihr selbst sagtet, ein Mann ist ermordet worden. Eine Familie ist ihres Mittelpunkts, ihrer Stütze beraubt worden. Unsere Gesellschaft hat einen herben Verlust erlitten. Diejenigen, die das Volk akklamiert hat, dürfen das Volk nicht durch Tatenlosigkeit verraten. Und sie *werden* den Antrag zurückziehen, nicht wahr?«

In seiner letzten Frage lag eine solche Kraft, daß Drommel seine Antwort halb hervorstotterte. »Sie wurden durch unsere Zustimmung völlig überrascht, ohne Zweifel«, sagte er. »Und mir ist bekannt, daß es in jüngster Zeit eine Menge hastig einberufener Besprechungen mit ihren Parteioberen und Ministern gegeben hat.«

»Ihr meint also, ja?« fragte Cassraw, immer noch in demselben nachdrücklichen Tonfall.

Drommel zögerte. Tenor und Richtung dieses Gesprächs beunruhigten ihn zusehends. Ein Prediger durfte durchaus darüber theoretisieren, was eine Regierung im Idealfall tun oder lassen sollte, aber *er* war Politiker, und Pragmatismus war oberstes Gebot. Er hatte sich im konkreten Fall damit zu befassen, die zahllosen und nicht selten unvereinbaren Ansprüche von Einzelpersonen und Gruppen auszutarieren, wenn er sein Amt behalten wollte. Und sein Amt zu behalten war die unabdingbare Voraussetzung dafür, daß er überhaupt etwas Sinnvolles tun konnte. Das letzte, was er jetzt brauchte, war, daß irgend so ein rastloser Ehrgeizling wie Cassraw unabsichtlich die Tirfelden-Geschichte aufbauschte. Der einzige Grund, warum die Partei der Zeugen den haarsträubenden Unsinn der Kastellane unterstützt hatte, war, um sie in eine Position zu manövrieren, wo sie einen blamablen Rückzieher machen mußten, was wiederum der Partei der Zeugen Gelegenheit böte, im Wahlkampf für die nächste Akklamation auf deren Schwäche und Entscheidungslosigkeit hinzuweisen. Die Vorstellung, im Lande lebende Ausländer auszuweisen, war selbstverständlich mit viel zu vielen Unwägbarkeiten befrachtet und durfte niemals in die Tat umgesetzt werden. Falls bestimmte Umstände eintreten sollten, welche die Kastellane dazu zwingen würden, ihren Antrag aufrechtzuhalten, dann würde die Partei der Zeugen am Ende ihre Unterstützung zurückziehen müssen und sich letztendlich denselben Vorwürfen ausgesetzt sehen. Keine schöne Vorstellung.

Dennoch konnte er diesen Mann aus irgendeinem Grund nicht frontal angehen. Cassraw hatte solche Macht über ihn. Auf der anderen Seite, überlegte er, ein Mann, der so schnell in der Kirche aufgestiegen war, mußte notwendigerweise über außergewöhnliche Beredsamkeit verfügen. Drommel merkte, daß er verzweifelt nach einem Ausweg suchte, wie er einen Zusammenprall mit diesem Mann verhindern und sich seiner erschreckend starken Persönlichkeit entziehen konnte.

Dann kam ihm seine jahrelange Erfahrung im Plas-Hein zu Hilfe. Er machte sich unnötige Sorgen. Was konnte dieser Mann schon tun? Eine flammende Predigt halten, ja? Das würde nicht allzuviel bewirken. Das mußte schon eine wahrhaft gute Predigt sein, die Leute dazu bringen wollte, tatsächlich eine bestimmte Sache in Angriff zu nehmen. Und selbst wenn es ihm gelänge, seine Gemeinde so aufzuwiegeln, daß sie ihren Heindern lästig fiel, was hätte das schon zu bedeuten?

Nichts natürlich. Die Heinder wurden tagtäglich belästigt und waren deshalb Meister der unverbindlichen Antworten, die es ihnen ermöglichten, sich nie festzulegen. Er begann sich schon besser zu fühlen. Laßt diesen Mann doch flammende Predigten halten! Er mochte vielleicht Einfluß auf ein paar Leute ausüben, aber über ihre Handlungsweise hatte er keine Gewalt, und das war das Wichtigste.

»Ich meine, ja«, versetzte er. »Ihr müßt mir meine Politikerangewohnheit verzeihen, vier Worte zu benutzen, wo eins gereicht hätte. Aber um dieses eine Wort zu gebrauchen, ja, sie werden nun, da unsere Unterstützung ihn möglich macht, von ihrem ursprünglichen Vorschlag zurücktreten.«

Cassraw nickte. »Das werden wir nicht zulassen«, sagte er leise.

Zu seiner nicht unerheblichen Überraschung sah Drommel sich gleichsam mit fliegenden Fahnen zu diesem Mann überlaufen, der auf einmal so sanft sein konnte. Rasch unterdrückte er seine Reaktion.

»Ich bezweifle, daß wir es verhindern können, Bruder Cassraw«, entgegnete er, ohne das Risiko einzugehen, seine Ansicht näher zu erläutern.

Bevor Cassraw jedoch antworten konnte, drangen die zarten Klänge einer fernen Glocke in den Raum. Cassraw wirkte überrascht. »Ich wußte gar nicht, daß es schon so spät ist«, sagte er und erhob sich. »Ich verliere jegliches Zeitgefühl, wenn ich einmal angefangen habe zu reden. Ihr müßt mich entschuldigen, aber ich fürchte, ich erwarte jeden Moment einen neuen Besucher.« Er ließ ein entschuldigendes Achselzucken sehen und hob die Hand. Drommel brauchte keine Ermunterung. Er war mehr als froh über die Gelegenheit, hier wegzukommen. Als er sich verabschieden wollte, umfaßte Cassraw Drommels ausgestreckte Hand mit seinen beiden, ein kraftvoller, vereinnahmender Händedruck, der sowohl vertraulich als auch entschlossen wirkte. Es war beinah, als nehme er einen Treueschwur entgegen. Und obwohl Drommel einen ganzen Kopf größer als Cassraw war, fühlte er sich bedeutend kleiner.

»Danke, daß Ihr die Zeit erübrigen konntet, vorbeizuschauen und mich zu besuchen«, sagte Cassraw, während er ihn sanft zur Tür schob. »Es war sehr hilfreich und auch aufschlußreich. Ich sehe, daß wir dasselbe wollen. Ihr dürft auf meine Unterstützung zählen, und ich vermutlich auf die Eure.« Drommel, der überhaupt nicht wußte, was er von der letzten Bemerkung halten sollte, machte eine vage Geste, als er die Tür öffnete. Eine Katze stand in der Tür, den Kopf zur Seite geneigt.

»Aha, ich glaube, die gehört zu meinem nächsten Besucher«, lachte Cassraw leutselig. »Sie folgt ihm überallhin.«

Drommel haßte Katzen. Wie er befürchtet hatte, kam sie zu ihm und rieb sich liebevoll an seinem Bein.

Er bekam eine Gänsehaut. Dann verflog die Empfindung unvermittelt, denn wie eine heilende Berührung ruhte Cassraws Hand auf seiner Schulter. »Ihr müßt auf meiner Seite stehen, Heinder Drommel«, sagte er leise, »damit Ihr Euch nicht eines Tages allein im Dunkeln wiederfindet und Euer schlechtes Gewissen Euch quält. Ihr müßt auf meiner Seite sein. Große Veränderungen stehen uns bevor.«

Drommel entfernte sich rasch aus dem Versammlungshaus der Hafen-Gemeinde und nahm sich vor, ähnliche Begegnungen in Zukunft zu vermeiden. Freizeitpolitiker konnten eine tödliche Gefahr darstellen. Doch wider Willen hüpfte ihm das Herz vor Freude. Das war endlich einmal ein Mann mit Rückgrat. Ein Mann mit wahrer Macht; ein Mann, der Ishryths Willen kannte und ihn gegen den Widerstand sämtlicher Kompromißler und Zauderer verkünden würde.

Cassraw bückte sich und hob Leck hoch, die ihn unter halb geschlossenen Lidern hervor ansah. Er kicherte. »Schwach, schwach, schwach«, sagte er, während er die Katze streichelte. »Er gehört uns, Katze. Wie alle, bald.«

Die beiden Männer auf ihren Pferden ließen das öde Gebirgsland hinter sich, das die Nordgrenze Gyronlandts bildete. Auf den ersten Blick sahen sie wie gewöhnliche Reisende aus, falls eine solche Bezeichnung überhaupt auf die wenigen Menschen zutraf, die die Berge überquerten. Ein zweiter Blick indes hätte zutage gefördert, daß ihre Pferde außergewöhnlich gut waren und ihre Kleidung, obgleich von schlichter Machart, doch vortrefflich gearbeitet und praktisch war. Außerdem sprach für die beiden, daß sie im Winter das Gebirge bezwungen und diese Prüfung nicht nur lebend, sondern auch offenbar ohne Schaden zu nehmen bestanden hatten. Der eine ähnelte Vredech in Alter und Körperbau, während sein Gefährte ein wenig kleiner und kräftiger gebaut war und eher Horlds Alter hatte.

Der jüngere der beiden gab seinem Pferd die Sporen und ritt an die Seite seines Gefährten. »Du bist die letzten Tage so schweigsam gewesen, Darke«, begann er. »Bedrückt dich etwas?«

Der Ältere der beiden zügelte sein Pferd, ließ den Blick über die sanften hügeligen Vorberge wandern, die das Landschaftsbild im Norden Gyronlandts bestimmten, drehte sich dann im Sattel um und schaute zurück in Richtung des Gebirges. Er entgegnete eine Zeitlang nichts, aber sein Kamerad bedrängte ihn auch nicht weiter. »Ich habe mich gefragt, warum wir zu dieser Jahreszeit aufgebrochen sind, um das Gebirge zu durchqueren«, antwortete er schließlich.

»Was?« bekam er ungläubig zur Antwort.

»Ich sagte –«

»Ich habe gehört, was du gesagt hast«, unterbrach ihn der Jüngere nicht unfreundlich. »Ein merkwürdiger Zeitpunkt, um sich diese Frage zu stellen. Wir sind hergekommen, um uns über Land und Leute zu informieren, wie wir es überall getan haben.«

»Wir hätten uns vor dieser Gebirgskette nach Osten oder Westen wenden können. Warum ausgerechnet südwärts?«

»Weil wir schon so lange im Sattel sitzen, daß wir nicht mehr ganz bei Trost sind. Wir hätten genausogut wieder nach Hause reiten können.«

Darke lachte ein wenig über die Art seines Gefährten. »Das stimmt, Tirec«, räumte er ein. »Und das werden wir auch eines Tages. Aber ...« Sein Lachen verblaßte.

»Dich bedrückt doch etwas, nicht wahr?« sagte Tirec in ernsterem Tonfall.

Darke runzelte die Stirn und ließ dann die Schulter kreisen, als sei sie steif geworden. Tirec bemerkte die Bewegung, und seine Augen verengten sich sorgenvoll.

»Mit dem Alter wirst du immer bissiger«, versetzte Darke.

»Das macht die Gesellschaft, in der ich mich befinde«, hielt Tirec dagegen. »Du warst schließlich derjenige, der mir beigebracht hat, auf die Stimmen zu hören, die in der Stille flüstern.«

Darke sah aus, als bereite die Antwort ihm Kummer. »Es ist ... nichts«, wehrte er nach einer Weile ab, obwohl es ihn Überwindung zu kosten schien.

»Es ist *alles*, wenn es uns dazu gebracht hat, im Winter durchs Gebirge zu reiten«, beharrte Tirec. »Und eigentlich brauchst du mich nicht dafür, dir das zu sagen, oder? Spuck es aus, bevor wir ein anderes Tempo anschlagen.«

Darke schien die Aufforderung des Jüngeren kurz in Zweifel zu ziehen, dann sagte er: »Mir fehlen noch die rechten Worte. Es ist nur ...« Er klopfte sich auf den Bauch. »Übel. Sehr übel. Ich ...« Er brachte seinen Satz nicht zu Ende und trieb sein Pferd wieder zu einer schnelleren Gangart an. »Wir reiten weiter, nach Süden«, erklärte er entschlossen. »Merk dir den Weg.«

Tirec, der seine Besorgnis jetzt nicht mehr verbarg, musterte ihn einen Augenblick lang, bevor er hinter ihm einschwenkte. »Sobald dir die Worte einfallen, sprich sie aus«, riet er stirnrunzelnd.

Darke nickte. »Natürlich.«

Dann fixierte er Tirec eindringlich. »Und du, halt den Mund.« Wieder klopfte er sich leicht auf den Bauch, dann tippte er sich an die Stirn. »Sei wachsam.«

# KAPITEL 14

»Glaubst du immer noch, daß er nicht menschlich ist?« fragte Privv in spöttischem Tonfall.

Leck würdigte ihn keiner Antwort.

»Sehr klug, gar keine Antwort«, fuhr Privv fort. »Mir kommt er nur allzu menschlich vor.«

»Du bist ein Dummkopf, Privv«, entgegnete Leck vernichtend.

»Und du bist immer noch sauer, weil er dich das Fürchten gelehrt hat, als du ihm das erste Mal begegnet bist«, erwiderte Privv mit hochmütiger Verachtung, während er seinen Fuß auf den Tisch schwang und genüßlich an seinem Daumennagel zu kauen begann.

»Es ist deine Beerdigung«, äußerte Leck ungerührt. »Mich kostet es kein einziges Schwanzhaar, wenn der Menschheit etwas zustößt. Im Gegenteil, es könnte sogar ganz lustig werden.«

Privv bekam seine großzügigen zehn Minuten. »Komm, sei kein Spielverderber. Er ist nur ein bißchen seltsam, sonst nichts. Normalerweise haben wir nicht mit Kirchenleuten zu tun. Du bist nicht an sie gewöhnt. Sie müssen doch etwas komisch im Kopf sein, wenn sie noch als Erwachsene an Ishryth und den Santyth und all diesen Kram glauben. Alles, womit wir uns beschäftigen müssen, ist die Tatsache, daß er mich – *mich!* –«

»Uns«, berichtigte ihn Leck.

»Bitte schön, *uns*«, gab Privv mit einer vagen Handbewegung nach. »Daß er uns erlaubt, ›seine Meinung in den Blättern darzulegen‹.« Er äffte, nicht besonders gut, Cassraws Stimme nach. »Diskret selbstverständlich.«

»Er benutzt dich.«

»Uns«, höhnte Privv.

»Er benutzt *dich*«, wiederholte Leck. »Du bist von seiner Art.«

»Natürlich macht er das«, gab Privv zu, während er mit einem entschlossenen Knirschen die Zähne um die Kante seines Daumennagels legte. »Das macht doch jeder. Und wir benutzen dafür sie, nur effektiver. So ist nun mal das Blattgeschäft, nicht? Leute benutzen. Der Punkt ist nur der, daß er trotz all seiner priesterlichen Würde und trotz all seines priesterlichen Gehabes genauso käuflich und selbstsüchtig ist wie jeder Markthändler, der nach seinem Vorteil Ausschau hält. Ich sag' dir was –« Er fluchte laut auf, als er sich in seiner Begeisterung ein Stück Nagelhaut abriß.

Sein Kopf füllte sich mit Lecks Abscheu. »Wann wirst du es endlich lernen?« fauchte sie ihn an. »Es ist doch immer dasselbe mit dir. Jetzt wird er tagelang entzündet sein, und ich muß deine dauernde Nörgelei ertragen. Ich weiß nicht, was mit euch Kreaturen los ist.«

Privv knurrte die Katze wütend an, um dann heftig an seinem aufgerissenen Daumen zu saugen. Sein Mund füllte sich mit dem metallischen Geschmack von Blut. Leck fuhr die Krallen aus und bleckte die Zähne. »Hör auf damit!« zischte sie ihn wutentbrannt an.

»Nun, dann halt's Maul«, fuhr Privv sie an und spuckte auf den Boden. Dann fluchte er erneut und grub irgendwo ein schmieriges Taschentuch aus, das er sich fest um seinen Daumen wickelte. »Wie ich gerade ausführte, ist auch er nur ein ganz normaler Mensch, der seinen Vorteil sucht. Er galt schon immer als einer, der nach ganz oben kommen würde, aber er will nicht länger warten. Er will es *jetzt*. Und uns hält er für ein nützliches Werkzeug.«

»Ich liebe es, wenn du so hämisch bist«, sagte Leck in eisigem Ton.

Aber Privv war taub für ihren Sarkasmus. »Ich auch«, grinste er. »Was auch geschieht, wir beide werden davon profitieren. Entweder er kommt nach ganz oben, und wir haben weiterhin sein Ohr – ein Ohr am Herzen der Kirche, Leck –, stell dir das nur vor. Oder er scheitert, und wenn er scheitert, wird es sicher spektakulär sein, *und* wir haben jede Einzelheit seiner Eskapaden. Wir können ein Vermögen damit machen.«

»Eine verlockende Aussicht, ohne Zweifel«, räumte Leck widerstrebend ein.

»Entdecke ich da etwa einen Hauch von Begeisterung?« fragte Privv.

»Darin sind wir am besten.« In ihrer Stimme schwang ein merkwürdiger Unterton mit.

Privv runzelte ein wenig die Stirn und sah sie an. »Aber?«

Lecks Tonfall klang eigenartig betrübt. »Aber er ist so fremd, Privv«, sagte sie. »*Wirklich* fremd. Es ist, als wenn etwas in ihm verborgen wäre. Etwas Primitives, Gewalttätiges.«

»Warst du nicht diejenige, die meinte, wir sollten ihn beobachten? Um seine Person würde sich etwas tun – etwas Spektakuläres?«

»O ja«, entgegnete Leck. »Und heute bin ich womöglich noch mehr davon überzeugt. Toom Drommel bei ihm anzutreffen war schon sehr interessant. Aber *wir* – du und ich – müssen auf der Hut sein. Glaub einem Raubtier – er ist gefährlich. Wir müssen sicherstellen, daß wir mehr als einen Ausweg haben, in was immer er uns auch hineinzieht.«

»Du machst dir zuviel Sorgen.«

»Ich mach' mir überhaupt keine Sorgen«, widersprach Leck mit ruhiger Stimme. »Ich kann über eine Mauer setzen, die doppelt so hoch ist wie du, und ich kann durch ein Loch schlüpfen, wo du nicht einmal einen Fuß hineinbekommst, wenn es sein muß. Du bist derjenige, der etwas abbekommt, wenn die Dinge sich in die falsche Richtung entwickeln. Du weißt ja selbst am besten, wie deine Art ist.«

»Was für Dinge, um Himmels willen?« begann Privv,

um die Frage sofort wieder abzutun. »Ach, sei's drum. Ich werde vorsichtig sein. Ich bin mir sicher, daß es nicht sofort losgeht, oder nicht direkt heute nacht. Es wird nichts schaden, wenn ich ein bißchen Zeit damit verbringe, im stillen unser heutiges Tagewerk zu überdenken und den schönen Blick aus meinem Fenster zu genießen – Kirche und Staat und ich in der Mitte und mit Augen und Ohren in beiden.«

»Zwischen Hammer und Amboß«, murmelte Leck, während sie sich umdrehte und die Augen schloß.

Privv hatte ihren letzten Satz schon nicht mehr gehört.

Auch Cassraw saß still in seinem Raum und genoß den Ausblick, der sich ihm bot. Wie immer war es ein Blick in die Zukunft. Das Pflastern des Wegs dorthin, das bereits begonnen hatte, machte gute Fortschritte. Aber mit welchem Material er arbeiten mußte! Drommel, gewieft und gerissen, aber ein geltungsbedürftiger, machtgieriger Schwächling, formbar wie weicher Ton. Und dieser schleimige Widerling von Enthüller, Privv, der das habgierige Funkeln in seinen Augen kaum unterdrücken konnte, als er ihm seine ›vertraulichen Geständnisse‹ angekündigt hatte. Sie waren die beiden ersten Freiwilligen des Heers, das er schmieden wollte – prachtvolle, nützliche Freiwillige überdies. Sie würden ihm gute Dienste leisten!

Aber er benötigte noch andere. Andere, die sich besser auf das Gewerbe verstanden, das ein Heer für gewöhnlich betrieb. Er nahm seinen Umhang und spielte kurz damit herum. Dann legte er ihn wieder hin. Der Abend war nicht kalt, und es würde unauffälliger sein, wenn er offen ausging, als wenn er sich unter Umhang und Kapuze versteckte.

Wie sich herausstellte, waren ohnehin nur wenige Leute unterwegs, die ihn hätten erkennen können. Der Abend mochte nicht kalt sein, aber es war noch zu windig, als daß die Leute ihren Feierabend draußen hätten verbringen können. Und die wenigen, denen er begegnete, waren zu beschäftigt, um dem vorbeigehenden Prediger große Aufmerksamkeit zu schenken.

Während er zügig ausschritt, sorgte das Geräusch seiner Schritte für einen ganz unpriesterlichen Trommelwirbel inmitten der langen Schatten der Dämmerung.

Bald hatte er die breiten vertrauten Straßen in der Umgebung des Versammlungshauses hinter sich gelassen und bog in das beengte, heruntergekommene Gassengewirr ein, das sich im Osten der Hafen-Gemeinde erstreckte. Ältere, ehemals prächtige, nun jedoch aufgelassene Gebäude säumten die Straßen. Ursprünglich waren die für die Oberschicht der damaligen Zeit errichtet, doch ihre Besitzer waren allmählich in bessere Gegenden gezogen, und im Laufe der Jahre waren die Häuser von Handelsgesellschaften und einzelnen Kaufleuten erworben worden, entweder für geschäftliche Zwecke oder als Unterkunft für ihre Arbeiter. Mit der Zeit jedoch hatte das Konzept des Gesellschaftshauses an Beliebtheit verloren, und obwohl die Objekte in den meisten Fällen noch Gesellschaften oder Kaufleuten gehörten, wurde doch der Großteil der Liegenschaften nun vermietet. Anfangs hatte man an jeden vermietet, der bereit war, den geforderten Preis zu zahlen. Später dann mußten die Besitzer sich jedoch entscheiden, ob sie Mieter nehmen wollten, die einen ihnen möglichen Betrag zahlten, oder ob sie die Häuser leerstehen lassen wollten. In beiden Fällen war der Effekt der, daß die Gebäude verwahrlosten. Die Aura vergangener Vornehmheit, die die Häuser ausstrahlten, verstärkte das Gefühl von Niedergang und Vernachlässigung, das die gesamte Gegend auszeichnete.

Für Cassraw, der als Novize hier einige Zeit verbracht hatte, sich später aber nur auf dringende Bitten hin herbemüht hatte, glich der Verfall an diesem Ort einem fruchtbaren Boden. Hier war es, wo er die ersten Schößlinge zu setzen begonnen hatte, die er wachsen und gedeihen sehen würde, bis sie nach und nach das ganze Land überwuchern würden. Denn hier lebten diejenigen mit dem kleinsten Besitz und der größten Wut und Verbitterung. Personen, die entweder aufgrund ihrer Veranlagung oder ihrer Erziehung immer die anderen für ihre Mißerfolge verantwortlich machten und die infolge dieser Eigenschaften allzeit bereit waren, jene Regeln zu brechen, die für das Funktionieren einer geordneten Gesellschaft notwendig waren. Personen, die sich nur allzu leicht manipulieren ließen.

»Nicht die sicherste Gegend für einen einsamen Abendspaziergang, Bruder Cassraw.«

Die Stimme unterbrach Cassraws hochfliegenden Tagtraum und ließ ihn zusammenfahren. Beim Umdrehen erblickte er eine Gestalt. Ihre Umrisse hoben sich vor der niedrigstehenden roten Sonne ab, die über die zerbröckelnde Mauer eines teilweise abgerissenen Hauses schien. Er kniff die Augen zusammen und beschattete sie mit der Hand.

»Vergebt mir, wenn ich Euch erschreckt haben sollte, Bruder«, sagte die Gestalt. »Ich fürchte, wir sind einfach zu sehr daran gewöhnt, uns an Orten wie diesem im Verborgenen zu halten, damit wir herausfinden, was hier so alles vorgeht. Gerissen wie Ahmrals Teufel sind einige von denen, die sich hier herumtreiben – wenn Ihr den Ausdruck verzeihen wollt.« Er grinste breit. »Ich bin Hüter Albor. Kann ich Euch irgendwohin begleiten?«

Cassraw hatte seine Fassung wiedergefunden. »Nein, danke, Hüter«, entgegnete er. »Ich bin nur auf dem Weg, ein Mitglied aus meiner Gemeinde zu besuchen.«

»Dürfte ich wohl fragen, wer das sein könnte, Bruder?« fragte Albor in einem Anfall berufsbedingter Neugier.

Cassraw überhörte die Frage. »Albor . . .«, murmelte er nachdenklich. »Ah, ich erinnere mich. Wart Ihr nicht derjenige, der letzte Woche den Leichnam dieses armen

Ermordeten fand?« Geschmeichelt, daß ein so berühmter Mann seinen Namen kannte, vergaß Albor seine eigene Frage. »Häßliche Geschichte das«, fuhr Cassraw fort. »Seid Ihr der Lösung des Falls schon näher gekommen?«

Albor schüttelte bedauernd den Kopf. »Ich fürchte, nein, Bruder. Wir haben herausgefunden, wer der Bursche war.« Er sah sich um. »Hat in der Tat nicht weit von hier gewohnt«, fügte er hinzu, während er vage in eine Richtung deutete. »Der Junge war ein ziemlicher Gauner, unter uns gesagt. Man sollte so etwas eigentlich nicht sagen, aber er ist kein großer Verlust für die Menschheit. Es waren seine Freunde, die sich nach ihm erkundigten. Seltsame Geschichte.« Er geriet ins Stocken und sah ziemlich verlegen drein. »Sie behaupteten, er sei auf der Suche nach einer Frau gewesen. Verzeihung, Bruder.«

Cassraw zog eine Grimasse und stieß einen Seufzer aus, der fast wie ein Knurren klang.

»So sind die jungen Männer nun einmal.« Albor zuckte die Schulter und kam rasch zu dem Entschluß, nicht zu erzählen, daß er, dem Zustand seiner Kleidung nach zu schließen, unmittelbar vor seiner Ermordung fündig geworden war.

»*Manche* jungen Männer«, korrigierte Cassraw ihn in strengem Ton. »Die meisten sind in der Lage, ihre niederen Instinkte zu beherrschen, bis sie durch die Weihen der Ehe geheiligt werden.«

Albor hielt den Mund.

Dann fügte Cassraw hinzu, wobei er sich unbewußt Drommels Worte von vorhin bediente: »Wie dem auch sei, die Fleischeslust ist kaum eine Sünde, die mit der Todesstrafe gesühnt werden müßte. Und Ihr habt keine Ahnung, wer eine solche Tat begangen haben könnte oder aus welchem Grund?«

»Nicht die geringste, Bruder«, gab Albor zurück. Er dämpfte seine Stimme. »Wir haben mit den Frauen gesprochen, die in dieser Gegend ihr Gewerbe betreiben, aber sie wissen von nichts. Sie sind selbst halb zu Tode geängstigt. Sie teilen Wachtmeister Skynners Meinung, daß es ein Irrer gewesen sein muß und daß er es früher oder später wieder tun wird.« Sein Gesicht nahm einen bekümmerten Ausdruck an. »Er war furchtbar zugerichtet, dieser junge Mann. Als wir ihn auszogen – ich habe noch nie so etwas gesehen. Der Arzt sagt, er sei noch mehrfach mit dem Dolch durchbohrt worden, nachdem er schon tot war. Wie entfesselt, sagte er.« Er schauderte und strich mit den Händen über seinen Waffenrock, als wolle er sie abputzen. Es dauerte einen Moment, bis er sich wieder gefaßt hatte. »Natürlich haben wir dort zusätzliche Männer auf Streife geschickt, aber viel länger können wir das nicht aufrechterhalten. Man kann nicht viel tun, außer hoffen, fürchte ich, es sei denn, irgend jemanden packt die Reue, so daß er gesteht, oder ein Zeuge taucht auf.«

Cassraw nickte verständnisvoll und legte beruhigend die Hand auf Albors Arm. »Ihr habt eine schwere Aufgabe, Hüter Albor. Wir stehen alle in Eurer Schuld.« Er wirkte nun sehr entschlossen. »Ich will Euch helfen. In meiner nächsten Predigt werde ich das Thema ansprechen. Wer weiß, jemand, der so etwas tut, hat vielleicht ein labiles seelisches Gleichgewicht.« Er tippte sich mit dem Finger an die Stirn. »Ein Wort von der Kanzel bringt ihm vielleicht zu Bewußtsein, was er angerichtet hat, und bewegt ihn zu einem Geständnis.«

Albor starrte ihn mit offenem Mund an, und widerstreitende Gefühle zeichneten sich auf seinem Gesicht ab. Es war schon höchst seltsam, einen solchen Fall mit einem Predigerbruder zu erörtern, aber die Aussicht, daß er Gegenstand einer Predigt sein sollte, hatte ihn, offen gesagt, erschüttert. Und das, obwohl er ein Mann mit einem ausgeprägten Hüter-Stolz war, der sich etwas darauf zugute hielt, sich nicht so schnell beeindrucken zu lassen. Aber bei Ahmrals Zähnen! Ein Versammlungshaus war nicht der Ort, um über einen Mord zu sprechen, geschweige denn über einen Mord an einem

Halunken, der auf der Suche nach einem Freudenmädchen gewesen war. Die Kirche mischte sich einfach nicht in solche Angelegenheiten ein!

Dann kam ihm, plötzlich und erschreckend lebendig, der entsetzte Ausdruck in den Augen des Opfers in den Sinn. Es war, als stehe er noch einmal in jener Gasse in dem feinen Nieselregen, der überall um ihn herum zu Boden fiel und das Lampenlicht mit Streifen durchzog. Das war ihm schon mehrmals seit jenem Tag passiert, und nachts hatte er manchmal geradezu Angst, die Augen zu schließen, wenn er sich schlafen legte. Er zuckte innerlich zusammen. Niemand verdiente einen solchen Tod. Alles, was auch nur ansatzweise die Möglichkeit barg, zu verhindern, daß so etwas noch einmal geschah, war einen Versuch wert, vermutete er. Denn es konnte durchaus noch einmal geschehen – Skynners Urteil in solchen Dingen traf meistens zu. Aber die *Kirche*? So etwas hatte er noch nie gehört. Die Gelegenheit zu einem feinen Hüter-Schwätzchen zeichnete sich ab und verscheuchte das Phantom des jungen Mannes. Warte nur, bis du wieder im Hüterhaus bist und den anderen davon erzählt hast! Er musterte Cassraw eindringlich. Das war ein Mann, mit solchen Ideen an die Öffentlichkeit zu treten! Ein Mann, der die Dinge anpackte. Nicht gerade eine Eigenschaft, die er normalerweise mit Predigern in Verbindung brachte.

Er faßte den Entschluß, den nächsten Gottesdienst im Versammlungshaus der Hafen-Gemeinde zu besuchen.

»Stimmt irgend etwas nicht?« erkundigte sich Cassraw.

»Tut mir leid«, stotterte Albor. »Ihr habt mich überrascht. Die Kirche mischt sich für gewöhnlich nicht in solche Angelegenheiten ein.«

Cassraws Miene verfinsterte sich vorübergehend, und Albor bedauerte schon seine kleine Vertraulichkeit. Aber dann endlich entlud sich doch kein Donnerwetter über seinem Haupt. »Er ist in allem«, sprach Cassraw in salbungsvollem Tonfall. »Es ist nicht an uns, Seinen Dienern, zu entscheiden, was wir tun. Wir müssen den Worten des Santyth folgen, nicht wahr?«

Albor fand sich als Antwort auf dieses unvermittelte und gestrenge Katechisieren eilfertig nicken.

»In der Vergangenheit mag es anders gewesen sein«, fuhr Cassraw fort. »Aber uns stehen große Veränderungen bevor, Hüter. Viele Veränderungen. Seid bereit. Seid auf unserer Seite.«

Bevor Albor seine letzte Bemerkung enträtseln konnte, wurde Cassraws Gebaren auf einmal schroff und energisch. »Aber ich sollte Euch nicht länger von der Arbeit abhalten, mein Freund«, erklärte er, wobei er Albor mit rauher Herzlichkeit auf den Arm klopfte. »Ich möchte doch nicht, daß Ihr Euch einen Rüffel holt, weil Ihr Euch auf Eurer Runde verspätet, nicht?« Und nach einem weiteren geräuschvollen Klaps und einem letzten Winken entfernte er sich mit zügigem Schritt.

Albor schaute ihm hinterher, genauso verblüfft über diesen unvermittelten Abschied wie über die ganze Begegnung. Er hob die Hand und wollte ihm etwas hinterherrufen, ließ den Gedanken jedoch sofort wieder fallen. Er sollte den Mann wirklich nicht allein hier herumlaufen lassen. Aber er *war* in Verzug mit seiner Runde, und Cassraw wirkte nicht wie jemand, der nicht wußte, wo er sich befand oder wo er hinwollte. Und noch weniger wirkte er so, als brauche er Begleitung oder wüßte sie zu schätzen.

Sein Zaudern gab den Ausschlag, und während Cassraws energische Schritte ihn rasch in die purpurrote Dämmerung davontrugen, zuckte Albor mit den Schultern und setzte sich in entgegengesetzter Richtung in Marsch.

Cassraw behielt seine energische Gangart bei, bis er sicher war, daß eine Straßenbiegung ihn außer Sichtweite des Hüters gebracht hatte. Wie Albor auch beunruhigten ihn die jüngsten Vorfälle. Der Mord hatte ihn übermäßig stark beschäftigt, als er das erste Mal davon gehört hatte, doch die unvermeidliche Distanz zwischen dem Ereignis selbst und dem Bericht darüber hatte ihn vor einer allzu heftigen Reaktion bewahrt, und so war der Vorfall allmählich in Vergessenheit geraten. In Wahrheit war er viel zu sehr von Vorgängen in Anspruch genommen, die weitaus wichtiger waren als der elende Mord an einem herumhurenden Halunken in einer Gasse von Troidmallos. Er hatte vor Albor nur Interesse geheuchelt, um den Hüter von weiteren Fragen abzubringen. Aber das kurze Gespräch hatte ihn verstört – hatte ihm die Leiche mit all dem ekligen, blutigen Grauen vor Augen geführt – einem Grauen, das Albors nüchterne Darstellung nur noch verstärkt hatte. Und was in aller Welt hatte ihn nur zu dem Versprechen verleitet, er werde den Fall in seiner nächsten Predigt zur Sprache bringen? Wenn er das täte, würde es einen ziemlichen Aufruhr unter seinen Mitbrüdern im Kapitel geben, denn die Kirche mischte sich nur selten in die Alltagsprobleme der Bevölkerung und *niemals* in solche Angelegenheiten ein.

Der Karren eines Laternenanzünders holperte in die Straße.

Und dennoch faszinierte ihn die Idee. So etwas barg ungeahnte Möglichkeiten. Er konnte es tun. Schon nahmen in seinen Gedanken Sätze Gestalt an, die eine fesselnde Predigt ergeben würden. Er mußte es so hinbekommen, daß niemand seine Aussagen angreifen konnte. Er mußte jedes einzelne seiner Worte mit Verszeilen aus dem Santyth belegen, und er mußte seine Argumente so wählen, daß man selbst Mueran damit überzeugen konnte. Womöglich war das auch dringend erforderlich.

Er sah zu, wie ein sauertöpfischer Laternenanzünder seiner Arbeit nachging und immer dann etwas vor sich hinbrabbelte, wenn er auf eine beschädigte Lampe traf. Herzlich wenig Laternen waren in dieser Gegend noch für ihn übrig, dachte Cassraw bei sich. Licht lag nicht im

Interesse des Gesindels, das in diesen trübseligen Straßenzügen hauste.

Dann überkam ihn eine Woge des Selbstvertrauens und richtete ihn auf. Ja, er würde es tun! Alles unterlag nun dem Wandel. Alles konnte, mußte sich verändern. Gerade so, wie dieser mürrische Handwerksmann seine knirschenden Feuersteine benutzte, um ein wenig ungebetenes Licht in diese Gegend zu bringen, würde er, Cassraw, Sein Eines Wahres Licht in dieses rückständige Land bringen, indem er sich solch unbedeutende Gelegenheiten zunutze machte. Es war keine eitle Laune gewesen, die ihn dazu bewogen hatte, so mit Albor zu reden, wie er es getan hatte. Es war Sein Wille gewesen. So subtil waren Seine Wege.

»So sei es, so sei es«, murmelte er leise.

Er sah sich um, um herauszufinden, wo genau er sich befand. Die Lichtverhältnisse hier in der Straße waren eigenartig. Der sich mittlerweile violett färbende Himmel, mit vorüberziehenden Wolken gescheckt, manche rosig, andere düster und bleiern, war hell genug, um das trübe Zwielicht in der Straße etwas aufzuhellen, aber die wenigen Straßenlaternen waren so schwach, daß sie bis zum tatsächlichen Einbruch der Nacht nur ihre unmittelbare Umgebung beleuchteten.

Ein Windstoß blies ihm Staub ins Gesicht, so daß seine Augen tränten. Während er sie sich verärgert zu reiben begann, verwandelten sich die Straßenlaternen hoch oben zu schwebenden Lichtscheiben, und die Umrisse der Häuser verschwammen. Ihre dunklen Fenster- und Türöffnungen ähnelten den undeutlichen tanzenden Schatten, die ihn in der Nacht heimsuchten.

Dann klärte sich sein Blick wieder, und das Bild war vergessen. Er erblickte sein Ziel, doch die Vorsicht gebot ihm, noch zu warten, bis der Laternenanzünder sich ein Stück weiter die Straße hinunterbewegt hatte. Erst dann überquerte er die Straße und huschte die Treppe hinunter, die ihn an seinen Bestimmungsort bringen würde.

Er rümpfte die Nase über den Gestank, der ihm entgegenschlug, als er den unteren Treppenabsatz erreichte. Den Katzenduft erkannte er wieder. Und Schlimmeres. Alles hing in einem Miasma von Verwesung und Feuchtigkeit. Er holte seine kleine Laterne hervor und zündete sie an. Wie die Straßenlampen oben schien sie die Finsternis eher zu verstärken als zu durchdringen, fast als weigere sich das Licht, den schützenden Bereich der Laterne zu verlassen, aus Furcht, die Luft selbst könne es verschlingen. Als seine Augen sich an die Dunkelheit gewöhnt hatten, begann Cassraw die Wände des unterirdischen Gangs auszumachen, an dem irgendwo weiter hinten das Heim jener Person lag, die er treffen wollte.

Er unterdrückte einen vorübergehenden Anfall von Übelkeit und setzte seinen Weg fort. Behutsam schlängelte er sich durch den Unrat, peinlich darauf bedacht, nichts von dem aufzuscheuchen, was auf dem holprigen Steinpflaster des Gangs liegen mochte. Es stellte sich jedoch heraus, daß dieser Vorsatz nicht so leicht auszuführen war. Seine Laterne beleuchtete, wenn auch nur schwach, häßliche Haufen von Abfall und Dreck, die man auf beiden Seiten des Gangs aufgeschichtet hatte; an manchen Stellen nahm der Unrat die gesamte Breite der Gasse ein und legte ihm Hindernisse in den Weg, deren Überwindung ihn einige Mühe kostete.

So wie sich seine Augen umgewöhnten, paßte sich auch seine Nase an den alles durchdringenden Gestank an, doch wo seine Pupillen sich weiteten, schienen sich seine Nasenlöcher gnädigerweise zu schließen und den ekligen Geruch des verfaulenden Abfalls zu mildern, den die Bewohner dieser unterirdischen Behausungen angehäuft hatten. Ein krasserer Gegensatz zur Hafen-Gemeinde ließe sich kaum vorstellen.

Er blieb stehen. Wie konnten Menschen nur so leben? dachte er. Er erinnerte sich, wie es hier ausgesehen hatte, als er noch ein ernster Novize gewesen war, der sich in den letzten Jahren seiner Ausbildung im Haus der Zeugen mit den Widernissen und der Realität seelsorgerischer Arbeit herumgeschlagen hatte. Damals hatte ihn das Mitleid mit den Menschen, die hier zu leben gezwungen waren, nahezu überwältigt. Sie hatten wenigstens den Versuch unternommen, einen gewissen Grad an Ehrbarkeit und Reinlichkeit zu wahren. Die Gänge, natürliche Sammelstellen für Abfall und Schmutz, wurden gefegt und geschrubbt und gelegentlich ausgespült. Und die winzigen feuchten Zimmer, die von den unterirdischen Gassen abgingen, wurden auf ähnliche Weise in Schuß gehalten. Wenn er den Anblick, den die Gasse heute bot, als Indiz für den Zustand der Heime und der Einstellung der derzeitigen Mieter nahm, konnte er nichts als Verachtung empfinden. Diese Leute waren sein Mitleid nicht wert. Eine solche Verwahrlosung bewußt hinzunehmen, wo doch nur ein bißchen Mühe und Einsatz nötig waren, grenzte an Gotteslästerung.

Der Zorn in seinen Eingeweiden begann sich zu harten kleinen Knötchen zu ballen. Ihm wurde bewußt, daß er mit nach vorne geneigtem Kopf und eingezogenen Schultern dastand, überwältigt von Ekel vor dem, was unter seinen Füßen liegen mochte, und niedergedrückt von der gewölbten Ziegeldecke über ihm, obwohl sie einen Kopf höher als er selbst war. Die Knoten verschmolzen plötzlich zu einem einzigen, und eine Welle zornigen Trotzes durchströmte ihn, so daß er sich hoch aufrichtete und über die Schäbigkeit dieses Ortes erhob. Als er sich wieder in Bewegung setzte, hallte das Echo seiner Schritte so laut wie zuvor oben auf der Straße. Von Zeit zu Zeit, wenn er mit einem heftigen Tritt ein Hindernis aus dem Weg beförderte, unterbrach ein Klappern oder Scheppern den Rhythmus seiner Schritte.

Er warf einen Blick in jede Abzweigung, die er erreichte, und wie als Antwort auf seine Entschlossenheit bemerkte er hier und dort von Laternen beleuchtete Eingänge, vor denen der Gang tatsächlich gesäubert worden war. »›Und die Flamme wird niemals wirklich erlöschen‹«, sprach er leise vor sich hin, ein Zitat aus dem Santyth. »›Sondern wird unsichtbar weiterbrennen an den dunklen Orten dieser Welt, bis die Rechtschaffenen wiederkehren.‹«

In Gedanken schrie er: »Und jetzt sind sie wiedergekehrt. Gekommen, um allen Menschen das Licht zu bringen. Gekommen, um die Ketzer und Sünder von dieser Erde zu fegen. Gekommen, um zu richten.«

Ein Windstoß erfaßte ihn, und ein leiser, klagender Seufzer hüllte ihn ein. Es war, als atme das Gebäude, als reagiere es auf seine stumme Ankündigung. Und von diesem Zeitpunkt an waren die Gänge voll von Geräuschen, die er vorher nicht bemerkt hatte. Das leise, verhaltene Grollen, die Synthese all der kleineren Geräusche, die das Labyrinth der Gänge erfüllten, trug es an sein Ohr, undeutlich und in unregelmäßigen Abständen, aber unmißverständlich: das Schließen einer Tür, Schritte, Stimmen – der gemeinsame Lärm von Leuten, die auf zu engem Raum miteinander lebten.

Mit hochgehaltener Laterne schaute er vorsichtig in den nächsten Seitengang. Dort befanden sich, als Zierat an den Konsolensteinen des runden Eingangsbogens, zwei besonders abscheuliche Steinskulpturen – zwei anzüglich grinsende Kobolde, die dort mit hochgezogenen Knien hockten, bereit, unachtsame Passanten anzuspringen. Zweifellos von einem Hausherrn mit einem gewissen Sinn für Humor ausgerechnet an dieser Stelle angebracht, waren sie offensichtlich nicht madrenischen Ursprungs. Trotz ihres grotesken Aussehens handelte es sich um eine exzellente Steinmetzarbeit. So lebensecht waren sie, daß Cassraw leicht zusammenzuckte, als sie sich im Schein des auf sie fallenden Lampenlichts zu bewegen schienen. Und selbst als er sich wieder gefaßt hatte und die Laterne direkt auf sie richtete, um sie genauer in Augenschein zu nehmen, meinte er, der eine der beiden Kobolde zwinkere ihm boshaft zu.

Wächter, fuhr es ihm scheinbar grundlos durch den Kopf. Er tat den Gedanken als Einbildung ab. Er war am Ziel.

Mit wenigen Schritten gelangte er zu einem Eingang auf der linken Seite des unterirdischen Gangs. Eine verrostete und schon lange defekte Laterne hing davor, und dicke Holzbalken und mehrere Reihen eiserner Bolzenköpfe bezeugten, daß die Tür verstärkt worden war. Cassraw betrachtete sie kurz, doch da kein Türklopfer vorhanden war, benutzte er seine Faust. Die Tür war jedoch so massiv, wie sie aussah, und so tat sich die Hand weh. Sein Klopfen hallte von den Gangwänden wider, und wie zum Trotz hämmerte er, den Schmerz ignorierend, erneut und diesmal kräftiger gegen die Tür.

Er holte gerade aus, um es ein drittes Mal zu versuchen, als das Rasseln eines zurückgezogenen Bolzens ihn davon abhielt. Weitere Bolzen wurden zurückgeschoben, und ersticktes Fluchen drang an Cassraws Ohr, als die Tür sich endlich zu öffnen begann. Cassraw registrierte, daß sie geräuschlos aufschwang. An diesem Ort wurde viel vernachlässigt, aber Türangeln gehörten nicht dazu. Kommen und Gehen blieben also geheim. Gut so.

Dann sah er sich wie kurz zuvor bei Albor den Umrissen einer Gestalt gegenüber, nur daß das Licht jetzt nicht von der Sonne, sondern von drei oder vier Laternen in dem dahinterliegenden Raum kam.

Er erkannte die Gestalt trotzdem. Es handelte sich um einen jungen Mann, größer als er und gut gewachsen, dessen Körperhaltung, obwohl das Gesicht im Dunkeln lag, unzweifelhaft aggressiv war. Das Feuer des Glaubens weitete Cassraws Augen, und bevor der junge Mann etwas sagen konnte, streckte Cassraw seine Hand aus und legte sie auf seine Schulter.

»Yanos. Ich bin Bruder Cassraw. Ich habe dich gesucht. Die Ritter von Ishryth brauchen dich.«

# KAPITEL 15

Yanos wich vor dem Mann zurück, der so unvermittelt und auf so seltsame Weise auf seiner Schwelle stand.

»Wer zur Hölle seid Ihr?« fragte er verärgert.

Cassraw nutzte dessen Zurückweichen aus, um entschlossen durch die Tür zu treten, wodurch er seinen Gastgeber wider Willen zwang, noch einen Schritt weiter zurückzugehen.

»Bruder Cassraw, wie ich bereits sagte«, antwortete er einfach, aber mit unvermindertem Nachdruck. Er konnte den jungen Mann jetzt richtig erkennen – kein angenehmer Anblick.

Yanos war hochgewachsen, und seine geduckte Haltung ließ ihn noch bedrohlicher wirken. Er war von Natur aus mit einem ovalen Gesicht ausgestattet worden, das hübsch gewirkt hätte, wären da nicht die mürrischen Augen und ein Mund gewesen, dessen vornehmliche Beschäftigung offenbar höhnisches Grinsen war. Das Ganze wurde von langen schwarzen Haaren gerahmt, die ihm feucht und ungepflegt bis auf die Schultern hingen.

Cassraw erwartete keine förmliche Begrüßung. Wenn er sich diesen Mann zu Diensten machen wollte, mußte er ihn in seinem eigenen Bau zähmen, und zu diesem Zweck mußte er ihn vollkommen an sich binden. Ohne den Blick von Yanos' Gesicht zu wenden, griff er hinter sich und schlug die Tür zu. Mit einem dumpfen Knall fiel sie ins Schloß. Eigenartigerweise verspürte Cassraw ein Kribbeln der Erregung bei dem Geräusch, das ihm anzeigte, daß jetzt kein Rückzug mehr möglich war.

In dem Zimmer befanden sich zwei weitere junge Männer. Sie erhoben sich. Wie Yanos waren sie größer als er und, wie er annahm, in körperlicher Hinsicht mehr als ebenbürtige Gegner.

»Aha. Eure Stellvertreter, vermute ich«, sagte er und richtete seinen einschüchternden Blick auf sie. »Man hat mir berichtet, daß Ihr vermutlich hier wärt. Das ist gut. Ihr dürft Euch setzen.«

Die beiden Männer sahen einander ziemlich fassungslos an und gingen auf Cassraw zu. Der jedoch hielt seine Stellung, und während er die ohnehin schon geweiteten Augen noch mehr aufriß, schnauzte er sie an: »SETZEN!«

Keiner der beiden gehorchte, aber immerhin blieben sie stehen und sahen zögernd zu Yanos hinüber, der mit gebleckten Zähnen vorwärtsstürmte, um seinen ungebetenen Gast beim Kragen zu packen.

»Ihr wagt es, Hand an einen Predigerbruder zu legen?« Cassraws Hand schoß auf ihn zu und zeigte anklagend mit dem Finger auf ihn. Jahrelange Erfahrung beim Predigen hatte seine Stimme entsprechend geschult, und in der beengten Räumlichkeit schien seine kunstvoll verstärkte Stimme von überallher zu kommen. Yanos erstarrte.

»Setzt Euch!« wiederholte Cassraw energisch zu den beiden anderen. »Wir werden später sehen, ob Ihr beiden würdig seid.«

Immer noch gehorchten die beiden Männer nicht, aber die Tatsache, daß ihre Entschlossenheit ihren Tiefpunkt erreicht hatte, ließ sich so deutlich an ihren Mienen ablesen, als wenn sie auf die Knie gefallen wären. Wie auch immer das Leben der Madren in späteren Jahren verlief, in ihrer Kindheit wurden die meisten nachhaltig von der Kirche geprägt.

Und diese beiden hier waren schlicht zu jung, um jenen Schutzpanzer aus Gleichgültigkeit und eingesteckten Kränkungen entwickelt zu haben, der notwendig gewesen wäre, um jemandem Widerstand zu leisten, der Fähigkeit und Willen besaß, in diesem fruchtbaren, ergiebigen Boden zu schürfen. Wieder sahen sie zu ihrem Anführer hinüber.

Aber Cassraw ließ nicht zu, daß sie Oberwasser bekamen.

»Ihr seid ein loyaler Madren, oder?« verlangte er von Yanos zu wissen.

Yanos runzelte unschlüssig die Stirn. Cassraw wiederholte seine Frage, langsam, aber mit einem drohenden Unterton, als beginne er langsam Verrat zu wittern.

Yanos fühlte sich zu einer Antwort genötigt. »Ja, aber –«

»Und Ihr glaubt an Sein Heiliges Wort, wie der Santyth es bewahrt?« Er hielt ein Buchexemplar hoch.

Yanos, der sich unter seinesgleichen des öfteren als heldenhafter Verächter der Kirche hervorgetan hatte, wurde unter Cassraws Blick immer unruhiger. Er unternahm einen Versuch, das Thema zu umgehen. »Raus aus meinem Haus, zur Hölle mit Euch –«

»*Euer* Haus, Yanos Yanoskin? *Euer* Haus?« Beim Sprechen wanderte Cassraws Blick durch den karg eingerichteten Raum, um sich dann mit einem jähen Ruck wieder in seinen bereits angeschlagenen Gegner zu bohren. Voller Abscheu streckte er die Hand nach oben und berührte ganz leicht einen der Eisenbügel, die die flachen, aus Ziegeln bestehenden Gewölbe der Decke zusammenhielten. Er vibrierte mit einem leisen Summen. »Ihr besitzt amtlich verbriefte Eigentumsrechte?« fragte er, und seine Augen waren wieder weit aufgerissen. »Oder eine Hüter-Genehmigung? Oder vielleicht könnt Ihr eine Schenkungsurkunde vorweisen?«

»Ich ...«

»Ihr *seid* doch ein loyaler Madren, oder?«

»Ich ...«

»Und glaubt wahrhaft an Sein Wort?«

Cassraw beugte sich vor und fixierte Yanos mit seinem flammenden Blick. Wie ein Jagdhund witterte er, daß seine Beute gleich straucheln und zusammenbrechen würde. Aber dies hier war kein fliehender Hirsch, dies war ein gefährlicher Mann, und er war immer noch in der Lage, zum letzten Mittel Zuflucht zu nehmen, das ihm noch blieb: zu kämpfen, um sein Leben zu kämpfen. Yanos mußte sich seinem Willen ein für allemal unterwerfen.

Cassraws Haltung wurde plötzlich nachgiebiger. Mit einem Griff, der gleichzeitig fest und aufmunternd war, umfaßte er Yanos' Arm. »Ja, das seid Ihr«, sagte er, und sein anklagender Tonfall schlug in väterliche Gewißheit um. »Natürlich seid Ihr das. Daran besteht nicht der geringste Zweifel. Ich habe in letzter Zeit viel über Yanos Yanoskin gehört, und, zugegeben, es war nicht alles erfreulich, was mir zu Ohren kam. Aber daß er ein Landesverräter, ein gottloser Ketzer gewesen wäre, nein, niemals. Canol Madreth braucht Euch.« Er wandte sich an die anderen. »Und Männer wie Euch, die sich mutig den bevorstehenden Prüfungen stellen.«

»Wer hat Euch ...? Was ...?«

Diesmal unterbrach Cassraw ihn nicht, sondern wartete geduldig ab, ganz der wohlwollende Ältere; auf diese Weise verhinderte er wirkungsvoll, daß Yanos sich behaupten konnte, indem er Widerstand leistete. Da er sich aber gegen nichts wenden konnte, brach er schließlich zusammen. Die stammelnden Fragen des jungen Mannes verhallten unvollendet, und ein betretenes Schweigen trat ein.

»Darf ich Platz nehmen?« fragte Cassraw hoheitsvoll, als er spürte, daß einer der beiden anderen etwas sagen wollte. »Wir haben eine Menge zu besprechen.«

Yanos, der dem Verhör so unvermittelt entronnen war, verspürte das dringende Bedürfnis, seinen Inquisitor zu besänftigen. Er ergriff die Gelegenheit, etwas tun zu können, wie ein Fisch nach dem Köder schnappt, und mit übertriebenem Eifer stieß er ein Stück Abfall mit dem Fuß beiseite, schnappte sich einen Stuhl und stellte ihn entschlossen vor den grob gezimmerten Tisch, an dem die Gruppe vor Cassraws explosivem Auftritt gesessen hatte.

Cassraw nahm Platz, als sei der wacklige Stuhl ein Thron, und bedeutete den anderen mit einer herrischen Geste, sich ebenfalls zu setzen. Heimlich schlug er ein Bein unter und setzte sich darauf. Auf diese Weise würde er in dieser Runde am höchsten sitzen. Als die anderen sich niederließen, schmetterte er sein Exemplar des Santyth auf den Tisch, daß sie zusammenfuhren. Mit einer gewissen schadenfrohen Genugtuung registrierte er, welch verlegene Blicke das hervorrief.

Jetzt würde es sich zeigen.

Einen kurzen Augenblick lang geriet sein Selbstvertrauen ins Wanken. Er hatte durch Mitglieder seiner Ritter von Ishryth von Yanos erfahren. Für einige von ihnen war er zweifellos ein Held, andere zollten ihm widerwillig Respekt. Die Geschichten über seine Kampftüchtigkeit und seinen Mut, über seine Verachtung für alle Autoritäten und seine generelle Weigerung, die engstirnigen Normen der madrenischen Gesellschaft zu akzeptieren, waren Legion. Cassraws erste Reaktion hatte darin bestanden, diese Heldengeschichten zu leugnen, sie höhnisch als kindische Hirngespinste abzutun oder sie mit kalter, schneidender Logik zu widerlegen. Doch er hatte gespürt, wie unter seinen Rittern ein düsterer Funke zündete, wenn von Yanos die Rede war. Und diesen Funken konnte er gut dazu benutzen, sie zu entflammen. So hatte er sich entschlossen zuzuhören, anstatt zu verdammen. Da er dabei keinerlei Mißfallen oder Kritik laut werden ließ, wurde er schon bald ins Vertrauen gezogen und erfuhr den geheimsten Kern der Geschichten. Durch geschicktes Nachfragen hatte er sich rasch sein eigenes Urteil über diese nahezu mythische Gestalt gebildet. Ein Mensch mit Führungsqualitäten, ohne Zweifel, und gerissen, ja auch das, aber ungebildet und nicht zum Denken geschaffen.

Er sah jedoch auch einen Mann, der unter den ungeschriebenen Gesetzen litt, die das Leben der Madren einengten. Ein Mann, der, bliebe er sich selbst überlassen, am Ende die Grenze überschreiten und sich ernsthaft den Zorn der Hüter zuziehen würde. Cassraw kam die Idee, daß er mit Hilfe von Yanos' Eigenschaften seine Ritter von Ishryth in die Truppe verwandeln konnte, die er brauchen würde, und so hatte er schon eine Zeitlang mit dem Gedanken gespielt, ihn für sich zu gewinnen. Er hatte jedoch nie so recht gewußt, wie er es anstellen sollte, bis er, ermutigt von seinem Erfolg mit Toom Drommel und Privv, plötzlich gespürt hatte, daß dies der rechte Augenblick war. Er mußte einfach die Konfrontation suchen, ohne vorher festgelegten Plan oder vorbereitete Argumente. Er mußte Vertrauen haben. Vertrauen in sich selbst, Vertrauen in die Zukunft und Vertrauen in die innere Stimme, die ihn sicher leitete, auch wenn sie nicht zu hören war.

Und als er in die drei Gesichter blickte, die ihn mit einem Ausdruck ansahen, der zu mehr oder weniger gleichen Teilen aus Verwirrung, Neugier und Verärgerung bestand, schwanden all seine Zweifel. Hatte er nicht soeben den Führer der Partei der Zeugen und einen von Troidmallos' einflußreichsten Enthüllern in sein Netz gezogen? Im Vergleich dazu waren die drei hier Kinder. Er mußte sich nur noch überlegen, was genau er mit ihnen machen wollte.

»Bevor ich beginne, werden wir ein kurzes Gebet sprechen«, erklärte er schwungvoll, nahm den Santyth zur Hand und sah auf seine kleine Gemeinde hinab. »Dann werde ich Euch etwas über die Ritter von Ishryth erzählen, und ich werde Euch mitteilen, welche Rolle Ihr spielen werdet, wenn Ihr zu ihnen gehört.«

Später begab er sich in wesentlich entspannterem Schritt als auf dem Hinweg zum Versammlungshaus der Hafen-Gemeinde zurück und überdachte die Ereignisse des

Tages. So viel, so schnell. Natürlich konnte es gar nicht anders sein, solange er Seiner Führung folgte, aber trotzdem wunderte er sich über die Veränderungen, die sich in so kurzer Zeit ergeben hatten. Er holte einmal tief Luft. Der Wind hatte sich gelegt, und die Nachtluft wurde ein wenig vom Geruch der brennenden Straßenlaternen beeinträchtigt, aber sie war immer noch wohltuend kühl und frisch nach der naßkalten Dumpfheit, die in den Kellerräumen geherrscht hatte und immer noch an seinen Kleidern haftete. Ein bißchen Wasser, ein bißchen Schrubben würde auch das beseitigen, wohingegen nichts die Saat wieder beseitigen konnte, die er in den Köpfen von Yanos und seinen beiden Gefolgsleuten gepflanzt hatte. Kurz eilten seine Gedanken wieder voraus in eine ferne, glorreiche Zukunft, aber fast schuldbewußt zügelte er sie, da er plötzlich Angst bekam, das bloße Denken an solche Belohnungen könne sie auf irgendeine Weise gefährden. Der vor ihm liegende Weg konnte nur lang und hart werden, denn das war Seine Art, und diejenigen, die faul herumtrödelten und sich in eitlen Spekulationen ergingen, hatten rein gar nichts zu erwarten. Nun mußte er sich damit beschäftigen, wie er die Ereignisse, die seine heutigen Unternehmungen in Gang gesetzt hatten, am besten lenken konnte. Nur in einem sorgsam gepflügten Feld würde die neue Saat aufgehen.

Dann schlug er auf eine spontane Eingebung hin eine andere Richtung ein.

Er schlenderte eine Weile weiter, ohne zu wissen, wo er sich befand, während sein Gehirn Pläne ausbrütete, Möglichkeiten abschätzte, Ausweichmanöver für Unvorhergesehenes entwarf. So beschäftigt, wie er im Moment war, hatte es wenig Sinn, wenn er jetzt nach Hause ging und zu schlafen versuchte.

Mit einemmal, fast als habe ihm jemand einen kräftigen Schlag versetzt, lösten sich seine Gedanken in Luft auf. Er hielt an. Einen Moment lang blieb er regungslos und verwirrt stehen. Wo war er nur hingekommen? Bedächtig sah er sich um, versuchte, sich an irgendeinem markanten Punkt zu orientieren. Kein leichtes Unterfangen. Die Straße war menschenleer, die Beleuchtung schlecht. Hohe Mauern engten ihn ein; auf den ersten Blick wirkten sie schlicht und zweckmäßig und schienen keine Öffnungen zu haben, doch kurz darauf bemerkte er einige Fenster oberhalb des Straßenniveaus. Sie waren mit Gittern und schweren Eisenläden gesichert.

Lagerhäuser. Jetzt wußte er, wo er sich befand.

Er verfluchte sich innerlich für seine Unbedachtheit. Von hier hatte er noch einen langen Heimweg vor sich, und am besten machte er sich jetzt sofort auf den Weg. Aber es widerstrebte ihm aus irgendeinem Grund, sich fortzubewegen. Irgend etwas schien ihn hier festzuhalten – etwas Unangenehmes.

Dann fiel ihm ein, daß er sich nicht weit von der Stelle befand, wo der Mord geschehen war. Entsetzliche Angst wallte in ihm auf. Angelockt von der Dunkelheit um ihn herum, stieg sie aus seiner inneren Nacht empor; primitiv und kreatürlich und uralt fegte sie mühelos jegliche Vernunft, Religion und all den anderen Zierat der Zivilisation hinweg. Gebannt von seinem eigenen Entsetzen, konnte er nur mit großen Augen in die finsteren Schatten starren, die zwischen den Lichtinseln lauerten, welche die flackernden Straßenlaternen warfen.

Nach und nach faßte sein Verstand wieder Fuß. Er sagte ihm, daß er wußte, wo er sich befand, und daß er nur seine Füße in Bewegung setzen müsse. Breitere, besser beleuchtete Straßen lagen ganz in der Nähe, Straßen, wo Menschen ihren abendlichen Beschäftigungen nachgingen. Und ganz gleich, was sich hier vor ein paar Wochen abgespielt hatte, es würde sich kaum an demselben Ort wiederholen, oder etwa doch? Dennoch fehlte es seinen logischen Argumenten an Überzeugungskraft, und seine Füße wollten sich immer noch nicht in Bewegung setzen.

*Geh dorthin.*

Er fuhr zusammen. War das die Stimme in seinem Innern, die zu ihm sprach, undeutlich und verzerrt – oder war es eine eigene absonderliche Laune?

*Geh dorthin.*

Er begann zu schwitzen. Er durfte nicht das Risiko eingehen, etwas in Frage zu stellen, das direkt von seinem Gott kommen mochte; er mußte einfach gehorchen. Ungeschickt begann er sich in Bewegung zu setzen.

»Natürlich haben wir dort zusätzliche Männer auf Streife geschickt.«

Albors Worte fielen ihm wieder ein. Sie hätten ihm Erleichterung verschaffen sollen, aber aus irgendeinem Grund verstärkten sie seine Befürchtungen noch. Als er sich jetzt vorwärtsbewegte, fühlte er sich nahezu zwanghaft dazu getrieben, sich zu verstecken. Seine Hände zitterten. Verstohlen schlich er in den Bereich der Straße, der im Schatten lag. Zumindest konnte er von dort sehen, ohne gesehen zu werden – und sich wieder ein wenig sammeln.

Als er jedoch spürte, wie die Schatten sich um ihn schlossen, fiel ihm ein, daß er nicht genau wußte, wo man den Leichnam gefunden hatte. Er hatte indes den Gedanken noch nicht zu Ende gebracht, als sein Blick vom finsteren Schlund einer Gasse direkt gegenüber angezogen wurde. Sie war wie ein Tor zu einer anderen Welt – so finster, daß sogar die kümmerlichen Lichter um ihn herum blendend hell wirkten.

*Geh dorthin.*

Zitternd und kaum Herr seiner selbst, bewegte er sich vorwärts. Als er die Gasseneinmündung erreichte, war die Finsternis fast mit Händen greifbar. Unsicher langte er nach seiner kleinen Laterne: Egal, ob er gesehen wurde oder nicht, nichts in der Welt würde ihn dazu bewegen, diese Dunkelheit ohne Licht zu betreten. Er brauchte einige Zeit, um sie zum Brennen zu bringen, und dann merkte er, daß es ihm eigenartigerweise widerstrebte, die Blende zu öffnen. Ein Lichtstrahl würde nicht nur ihn wie eine Leuchtbake allen möglichen Blicken aussetzen, sondern auch die Dunkelheit um ihn herum um ein vielfaches verstärken. Er hatte eine flüchtige Vision von sich selbst unter einer Kuppel aus Schwärze, aus der ein Paar funkelnde Augen starrte. Er biß die Zähne zusammen und verscheuchte das unheimliche Bild.

Und doch *mußte* er sehen.

Vorsichtig schob er die Blende zurück, um nur einen hauchdünnen Lichtstrahl herausdringen zu lassen, wobei er es tunlichst vermied, hineinzusehen. Die Dunkelheit wich ein wenig zurück, und die Mauern und der mit allem erdenklichen Unrat bedeckte Boden der Gasse wurden sichtbar. Zögernd machte er einen Schritt nach vorn, huschte dann ein wenig zur Seite und hielt sich dicht an der Mauer. Alle paar Schritte drehte er sich um und schaute zu den verschwommenen Umrissen der Gasseneinmündung zurück.

Was tat er nur hier? begann er sich allmählich zu fragen.

*Geh dorthin.*

Es war, als führe eine unsichtbare Hand ihn immer weiter und immer weiter fort von der Straße, tiefer und tiefer in die Dunkelheit hinein, die sich um ihn schloß, als wolle sie das armselige Lichtchen seiner Laterne auslöschen und ihn allein und vor Angst heulend zurücklassen.

»Herr, schütze mich.« Weder Drohung noch Belohnung hätten ihn davon abhalten können, dieses Gebet zu flüstern.

Es gab eine Pause, vielleicht die Dunkelheit, die den Atem anhielt, und dann war es überall um ihn herum. Ein stimmloses Kreischen füllte seinen Geist aus und zerrte an seinen Nervenenden wie Fingernägel, die über eine Glasoberfläche kratzen.

Hier war es!

Cassraws Beine gaben nach. Er sank auf die Knie, dann sackte er vornüber auf alle viere. Die Laterne fiel ihm aus der Hand und rollte weg; kurz tanzten Schatten über die Mauern, dann erlosch das Licht. Cassraw jedoch bemerkte es kaum, denn als die kalte Berührung des Steinpflasters sich seinen Händen mitteilte, intensivierten sich sämtliche Empfindungen ins Unermeßliche. Da war Lust, primitiv und nur allzu menschlich: habgierig, besitzergreifend, verzehrend. In die Lust mischte sich atemloses Entsetzen – Entsetzen, das selbst den schlimmsten Alptraum übertraf –, ein Entsetzen voll von grauenhaften flackernden Bildern, glitzerndem Stahl und funkelnden Augen, von Zähnen, die zu einem schrecklichen Lächeln gebleckt waren. Dann war da noch eine andere Empfindung. Sein Geist versuchte davor zu fliehen, aber tiefere Begierden zogen ihn unbarmherzig zu ihr hin, bis er die Echos, die durch seinen Kopf hallten, nicht länger ignorieren konnte.

Es war Blutgier – eine jubilierende, ekstatische Freude an der Vernichtung eines anderen Lebens!

Cassraw schrie laut auf vor Entsetzen und Scham und riß mit schier übermenschlicher Anstrengung seine Hände vom Boden los. Schwerfällig sackte sein Körper zu Boden. Er war sich vage der Steinplatten bewußt, die sich kalt gegen seine Wange drückten, klammerte sich an die Realität dieses Kontakts, ahnte, das sei jetzt alles, was ihn noch hielt: Sollte er diese Verbindung verlieren, würde er unrettbar davonwirbeln und für immer verloren sein.

Überall um sich herum konnte er Schatten tanzen sehen, die ihn zu locken schienen. Er schloß die Augen, ohne Erfolg. Sie waren überall an ihm, wie sie es immer gewesen waren. Die Gasse und die leere Hülse des Mannes, der dort auf dem Steinpflaster lag, wurden zu einer verschwommenen und fernen Erinnerung aus einer anderen Zeit. Hier lagen die Tore zu den Welten, die er durchmessen sollte! Hier lag die Wahrheit. Hier lag ...

Aber er war nicht allein ...

Irgend etwas beobachtete ihn!

»Ein anderer Priester«, sagte eine Stimme. Der Akzent klang fremdartig, und die Laute waren scharf und abgehackt. Cassraw blinzelte, als könne er so die Schatten zum Verschwinden bringen, aber nichts geschah. Trotzdem konnte er die Gestalt nun sehen, auch wenn er nicht hätte sagen können, ob sie nah oder fern war.

Hager und gekrümmt beugte sie sich zu ihm vor, um ihn näher in Augenschein zu nehmen, und dabei hob sie eine lange, knochige Hand.

»Warum sollte ich noch einen wollen?« fragte sich die Gestalt. Dann zog sie einen glänzenden schwarzen Stock hinter ihrem Rücken hervor und wechselte ihn in die andere Hand, bevor sie damit auf Cassraw zeigte. »Habe ich *dir* einen Namen gegeben, Nachtaugen?«

Doch bevor Cassraw etwas entgegnen konnte, schien die Gestalt direkt vor ihm zu stehen und ihm in die Augen zu schauen – in die tiefsten Tiefen seiner selbst.

»Ahhh«, machte die Gestalt, ein Laut voll von Zorn und Verachtung. »Schon wieder du, du Greuel. Nun, ich brauche dich nicht. Ich kenne meine eigene Seele inzwischen ziemlich gut. Für mich gibt es nichts mehr zu lernen, für mich gibt es keine Abgründe mehr, in die ich während meines Aufenthalts hier nicht gestürzt wäre. Ich brauche keine Dämonenführer wie dich mehr.« Plötzlich war der Stock in Cassraws Mund, und eine unangenehm plärrende Musik dröhnte in seinen Ohren. Dann war die Gestalt weit weg, drehte sich in einem verrückten, wilden Tanz. »Ich erlaube deine Anwesenheit hier nicht mehr, mit deinen Schrecken und deinem Blutvergießen. Ich erlaube es nicht. Ich verzichte auf dich, Priester. Hebe dich hinweg!«

Dann war es wieder nah, ein hoher, schriller Ton, gräßlich und krächzend, und das Gesicht mit den wilden Augen füllte Cassraws ganzes Blickfeld aus.

**»Hinweg!«**

Und Cassraw befand sich wieder in der Gasse. Schwer und angstvoll atmend, aber allein in der Dunkelheit von Troidmallos. Der Nachhall der furchterregenden Bilder der letzten Minuten, wenn es denn Minuten gewesen sein sollten, umgab ihn und warf endlose Fragen auf. Aber als er den schalen Geruch der Gasse wieder wahrnahm und die kalte Berührung der Steine spürte, überkam ihn große Erleichterung. Was immer ihm widerfahren war, jetzt war es vorüber. Er mußte sich aufraffen und nach Hause finden, fort von diesem furchtbaren Ort und den scheußlichen Erinnerungen, die an diesen Steinen zu kleben schienen. Später konnte er dann in aller Ruhe darüber nachdenken.

Er sah sich um, um sich zu orientieren. Die schwache Straßenbeleuchtung ließ die schmale Einmündung der Gasse erkennen.

Und ganz in der Nähe stand eine Gestalt, eine schwarze Silhouette vor dem spärlich beleuchteten Hintergrund.

# KAPITEL 16

Die Schreibfeder in Vredechs Hand sank schlaff herunter. Er war sich kaum bewußt, was er tat, sackte langsam vornüber und legte den Kopf auf die verschränkten Arme, die auf dem Schreibtisch ruhten. Neben seinen Papieren stand ein Teller mit den angetrockneten Resten einer kaum angerührten Mahlzeit. Seine Haushälterin hatte sie ihm hingestellt, während sie ihn, wie schon so oft in letzter Zeit, mit besorgter und zugleich strenger Stimme beschworen hatte: »Ihr müßt etwas essen, Bruder. Ich weiß genau, daß Ihr abgenommen habt, und Ihr seht alles andere als gut aus.«

Sie kannte ihn bereits seit langem und nahm sich jede Menge mütterliche Freiheiten bei ihm heraus. Ihr angeborener Hang zu eigenen und fremden Krankheiten sowie ihre schier unglaubliche Fähigkeit, sich vor jedem verfügbaren Publikum lang und breit darüber auszulassen, hatten jedoch schon vor langer Zeit dazu geführt, daß Vredech ihr überhaupt nicht mehr zuhörte. Als Folge eines längst in Vergessenheit geratenen Witzes von Vredech auf den Spitznamen ›Haus‹ getauft, war sie ihm eine ausgezeichnete und liebevolle Haushälterin. Der häuslichen Eintracht zuliebe hatte Vredech mit der Zeit ein vielsagendes Nicken und ein beruhigendes Lächeln entwickelt, mit deren Hilfe er sich ihre unerwünschte Aufmerksamkeit vom Leibe hielt. Beides war bei ihm inzwischen zu einer reflexartigen Reaktion geworden, die durch ein Luftholen oder ein Hände-in-die-Hüfte-Stemmen ihrerseits in Gang gesetzt wurde. Sie hatte sich daraufhin einen ganz bestimmten Blick von unten herauf zugelegt, der besagte, sie habe sein Spielchen durchschaut und lasse sich dadurch nicht von dem abhalten, was sie als ihre Pflicht erachtete.

In jüngster Zeit jedoch war ihr kleines Ritual ins Wanken geraten.

Ihre prüfenden Blicke waren ernster und durchdringender geworden, denn es machte ganz den Anschein, als habe Vredech einen Weg der Selbstvernachlässigung eingeschlagen, der nur in die persönliche Katastrophe münden konnte.

»Ihr solltet einen Arzt aufsuchen«, hatte sie schließlich gesagt, dringlicher, als sie eigentlich vorgehabt hatte. Vredech war entsetzt über die Wut, die daraufhin in ihm hochkam, und konnte sich gerade noch so weit beherrschen, daß er sie nicht lauthals für ihre ungebetene Einmischung verwünschte. Nur eine resignierte Handbewegung von ihr hatte seinen Wutausbruch verhindert.

Etwas in der Geste hatte ihn daran erinnert, daß sie sich tatsächlich große Sorgen um ihn machte.

»Es sind nur diese Kirchengeschichten, Haus«, hatte er gelogen. »Sie beschäftigen mich mehr als gewöhnlich, das ist alles.«

Ihre Antwort war der übliche Blick von unten herauf gewesen, ein gesenkter Kopf, eine hochgezogene Braue und ein forschender Blick, den er nicht hatte erwidern können.

Denn Vredech wußte, kein Arzt konnte ihm helfen. Weder Tränke noch Tabletten konnten Irrsinn heilen, und Irrsinn war es ja wohl, der ihn langsam packte, oder? Was war ihm nicht alles widerfahren, seit er jene schicksalhafte Nacht durchwacht und diese beunruhigende Begegnung mit diesem Blendwerk seiner Einbildungskraft gehabt hatte, von ihm Pfeifer genannt. Nach einem traumlosen Leben schien es nun, als könne er nicht schlafen, ohne sich in die absonderlichsten Phantasiegebilde zu verlieren. Manche waren furchterregend, andere sanft und beziehungsreich, wieder andere ziemlich peinlich, um nicht zu sagen verstörend für einen zölibatär lebenden Predigerbruder – Träume von Fleisch und Fleischeslust. Die Mehrzahl jedoch bestand aus unsinnigen, unzusammenhängenden Bewußtseinsströmen voll von Fragmenten, die aus alltäglichen Begebenheiten zusammengesetzt zu sein schienen.

*Aber es waren nicht seine!*

Keine einzige dieser Begebenheiten.

Sie gehörten anderen Leuten.

Anders war es nicht möglich. Er mochte vorher nicht geträumt haben, aber er wußte, daß Träume überaus persönlich waren, eine Spiegelung des inneren Charakters des Träumenden auf einer tiefen, unbewußten Ebene. Fast alles, was man ihm darüber berichtet hatte, war so zu erklären gewesen. Und wenn die Vorkommnisse in einem Traum scheinbar rätselhaft oder bedeutungslos waren, hatte er gelernt, daß man mit ein paar behutsamen Fragen die Existenz verborgener Ängste oder Wünsche offenlegen konnte, die ansonsten unausgesprochen geblieben wären.

Doch in den Träumen, die er hatte, gab es nichts dergleichen. Es gab vertraute Szenerien und Orte, manchmal bekannte Personen – bei verschiedenen Gelegenheiten sogar er selbst –, aber die Assoziationen und Erinnerungen, die mit diesen Szenerien und Orten einhergingen, gehörten nicht ihm. Die Personen waren nicht so, wie er sie kannte, und sogar die Bilder von ihm selbst waren so verschieden von dem Bild, das er von sich hatte, daß ihm jedesmal nur die Gedanken des Träumers eröffnet hatten, um wen es sich überhaupt handelte.

Der Träumer ...

Die ganze Zeit über war es der Träumer, der diese Visionen schuf, nicht er.

Aber so etwas war unmöglich. Er konnte doch nicht in den Traum eines anderen gelangen, oder? Und die einzigen ihm bekannten Menschen, die sich eingebildet hatten, sie wären jemand anderes, als sie tatsächlich waren, waren wahnsinnig gewesen – manchmal auf höchst gefährliche Weise wahnsinnig.

Der Gedanke erschreckte ihn zutiefst. Was passierte mit ihm? Was würde noch mit ihm passieren?

Er hatte den Santyth auf der Suche nach irgendeinem Anhaltspunkt, irgendeiner Anleitung durchforscht, aber er fand nichts im Kanon und nur beiläufige Erwähnungen in den Kleineren Büchern – jenen Texten, deren Ursprung gemeinhin als unsicher galt, fast so etwas wie Mythen, deren Bedeutung nur von symbolischem Wert war. Hier standen ein paar farbenprächtige und unkommentierte Geschichten über Helden, die in Welten jenseits der unsrigen vorgedrungen waren – Traumkrieger, Meister und Adepten auf dem Weißen Weg und wie die wunderlichen Orte sonst noch hießen. Ehemals hätten solche Geschichten ihn durchaus unterhalten oder ihm eine Grundidee für eine Predigt geliefert, jetzt aber enttäuschten und ärgerten sie ihn nur, und das wiederum hinterließ heftige Selbstvorwürfe, weil er sein heiliges Buch so verfluchte.

Und auch im Gebet hatte er weder Trost noch Anleitung gefunden. Nicht, daß das eine große Überraschung gewesen wäre. Diese Art von Trost gehörte denjenigen, die aus unterschiedlichen Gründen nicht mehr in der Lage waren, sich selbst zu helfen. Daraus folgte, daß er offenbar noch dazu in der Lage war. Irgendwo in ihm selbst lag die Lösung verborgen, und er mußte sich der Anstrengung unterziehen, sie zu finden, wenn er Hilfe von seinem Gott erhalten wollte.

Jetzt jedoch hatte er Angst, sich schlafen zu legen, denn er fürchtete sich vor dem, was dann geschehen würde. Nicht wegen der Vorkommnisse, in denen er sich selbst wiederfand – die ließen ihn auf seltsame Weise ungerührt. Nein, er hatte verzweifelte Angst vor dieser Distanz, diesem Gefühl, ein Eindringling zu sein, was, wie er meinte, ein Beweis für seine nachlassenden Verstandeskräfte war. Daß er nicht aß, seine Pflichten nicht mehr erfüllte, ja sogar die eigene Reinlichkeit vernachlässigte, waren Folgen seines Widerstands gegen den nächtlichen Schlaf. Dann streifte er ziellos durch die Straßen, hatte oft keinerlei Erinnerung mehr, wo er gewesen war, wenn er sich zu Hause wiederfand, körperlich und geistig ausgelaugt.

Alles hatte in der Nacht begonnen, in der er zu wachen versucht hatte. Voller Entschlossenheit und Zielstrebigkeit hatte er seine Aufgabe in Angriff genommen, hatte gehofft, die Nachtluft, die Stille und den gleichmäßigen Rhythmus seiner Schritte dazu nutzen zu können, seine Gedanken zu ordnen und zumindest ansatzweise eine Art von Erklärung zu finden. Aber es war ganz anders gekommen. Die Begegnung mit dem Pfeifer schien etwas in ihm freigesetzt zu haben, was rastlos und unbeherrschbar war. Trotz aller Fremdartigkeit war der Vorfall so lebendig, so intensiv gewesen, daß er sich nie dazu bringen konnte, an dessen Realität zu zweifeln. Und daran hatte sich bis jetzt nichts geändert, wenn er daran zurückdachte. Aber was hatte das zu bedeuten?

Und die gespenstischen Flötentöne hallten ihm unablässig durch den Kopf.

Wiederholt zwang er sich zu eingleisigem, zielgerichtetem Nachdenken, nur um kurz darauf feststellen zu müssen, daß er schon wieder abgeschweift und bei dem Pfeifer und seinem Gedicht und seinem hartnäckigen Beharren darauf angelangt war, daß *er* real und Vredech nur ein von ihm geschaffenes Trugbild sei. Eine entsetzliche Erinnerung, die ihm das Blut in den Adern gefrieren ließ. Manchmal schien es ihm, wenn er die Augen schließen würde, würden sich die Gebäude um ihn herum in aller Stille in Luft auflösen, und die Menschen auch, die Berge, die Hügel, – alles, sogar seine eigene Erinnerung.

Seine Gedanken verliefen im Kreis, nur um immer wieder zum Pfeifer zurückzukehren.

Seit er in jener Nacht zurückgekehrt war, erschöpft, aber zu aufgewühlt, um schlafen zu können, völlig ahnungslos, wo er gewesen war, seit jener Nacht hatte er ohne die geringste Vorwarnung die wildesten Stimmungsumschwünge erlebt, bald himmelhoch jauchzend, bald zu Tode betrübt. In den meisten Fällen jedoch bildete er sich ein, daß es ihm – außer bei seiner Haushälterin – gelang, seine innere Erregung vor den Mitgliedern seiner Gemeinde zu verbergen, auch wenn er sich immer abenteuerlichere Ausreden einfallen lassen mußte, warum er die Menschen mied. Seine seelsorgerische Arbeit litt zweifellos darunter.

Zufällig hatte er herausgefunden, daß er, wenn er tagsüber schlief, weniger geplagt wurde. Aber wenn er dann argumentierte, dem sei so, weil zu dieser Zeit eben weniger Leute träumten, wußte er, daß er seine eigene Diagnose bestätigte. Dennoch war dies die einzige Möglichkeit, das Schlafbedürfnis seines Körpers zu befriedigen.

Mit einem Ruck schreckte er aus dem Schlaf hoch, streifte mit dem Ellbogen den Teller und setzte ihn in Richtung Tischkante in Bewegung. Der Fall des Tellers wurde von einem Buch aufgehalten, doch Messer und Gabel klirrten zu Boden. Vredech, der schon ziemlich verkrampft war, versteifte sich bei dem Geräusch noch mehr. Alles tat ihm weh – Nacken, Schultern, Rücken – und er schien ständig abgespannt zu sein, was aber auch kein großes Geheimnis war. Was anders konnte er erwarten, wenn er so unruhig und auf Stühlen schlief? Während er sich die Schläfen massierte, ließ er den Blick über das Chaos auf seinem Schreibtisch wandern. Papiere, Schreibfedern und Bücher lagen wüst durcheinander, und der Teller mit seiner nun schmierigen Last sah ihn vorwurfsvoll an. Das war einmal seine Lieblingsspeise gewesen. Haus bereitete sie nicht eben oft für ihn zu, da sie eine fleißige Kirchgängerin war und das eingefleischte Mißtrauen der Madren gegenüber allem teilte, was Vergnügen bereitete. Nach dem Aussehen zu urteilen, lag es bereits ziemlich lange da. Er konnte sich nicht einmal mehr daran erinnern, daß sie es hereingebracht hatte, und doch hatte sie zweifellos einen großen Aufstand darum gemacht und ihn dazu zu bringen versucht, es aufzuessen.

Er stand auf. Der Raum um ihn schwankte bedenklich, und er stützte sich auf den Schreibtisch. Was immer mit ihm geschah, es wurde schlimmer. Er war immer noch hinreichend bei Verstand, um zu begreifen, daß er seine Gesundheit zerrüttete, wenn er so weitermachte, und daß er drauf und dran war, seine Karriere zu zerstören. Und dennoch schien ihm die Fähigkeit, etwas an seiner Situation zu ändern, immer mehr zu entgleiten.

Trotzdem, irgend etwas mußte er unternehmen: So konnte es nicht weitergehen. Ganz gleich, wie krank er sich fühlte, wie ängstlich, wie gehetzt, er mußte sich weiter anstrengen. Er mußte die Ursache seines Schmerzes herausfinden und sich ihr stellen.

Vredech ballte die Fäuste und knirschte mit den Zähnen. Dann nahm er sich vor, seinen Schreibtisch aufzuräumen. Er war ein ordentlicher Mensch. So arbeitete er für gewöhnlich nicht. Er mußte seinem Leben wieder einen gleichmäßigen Rhythmus geben, diesen Dämon zurückschlagen, der ihn verfolgte, mit ... ja, womit denn? Indem er sich in seine Arbeit stürzte. Mit Logik. Mit Vernunft.

Das Durcheinander auf seinem Schreibtisch schien indes eher zuzunehmen, je länger er hinsah, und seine Hände hantierten ziellos herum, rückten das eine dahin, schoben das andere dorthin, ohne etwas zu erreichen. Sein Geist verwirrte sich. Es gab so viel zu tun! Wo sollte er nur anfangen? Er wollte sich hinlegen und ruhen. Vergessen finden in der Dunkelheit ...

»Eines nach dem anderen«, murmelte er mürrisch vor sich hin. »Erst das eine, dann das andere. Jedes Ding hat seinen Platz. Los, mach schon, verdammt!«

Seine Hände gehorchten, wenn auch zitternd.

Er atmete tief aus, als habe er sein Leben lang die Luft angehalten.

Dann merkte er, daß seine Hand ein Stück Papier zerknüllte, es fester und immer fester zusammenknüllte, als wolle er es ein für allemal vernichten. Die Hand sah aus, als gehöre sie jemand anderem. Warum machte er das? Was stand auf dem Papier? Er hatte keine willentliche Entscheidung getroffen, daß er es nicht mehr brauchte. Es kostete ihn eine bewußte Anstrengung, die Hand stillzuhalten und ihr das Papier wegzunehmen und eine weitere, es zu glätten und zu lesen.

Es war nichts Wichtiges – nur die ersten Sätze einer Predigt, niedergeschrieben in einer krakeligen Handschrift, die wie eine Karikatur seiner eigenen wirkte. Er erlaubte der Hand, die begonnene Tätigkeit zu Ende zu führen, während die andere begann, ziellos die restlichen

Papiere auf dem Schreibtisch zu durchstöbern. Es waren so viele!

»Ich kann nicht mehr«, hörte er sich sagen. »Zuviel. Zuviel.«

Er war so müde. Hatte solche Angst. Seine Gedärme fühlten sich sowohl leer als auch voll an. Ein Magen wie ein Bleikern in der leeren Hülse eines Mannes.

Dann machte das Zimmer vor seinen Augen einen gewaltigen Satz, und irgend etwas traf ihn sehr hart.

»Willkommen zurück, Nachtaugen«, sagte der Pfeifer. Er spielte eine kurze, spöttische Melodie auf seiner Flöte.

»Was ist das hier für ein Ort?« fragte Vredech. Über allem lag eine stumpfe, graue Düsternis wie Gebirgsnebel, jedoch ohne dessen Feuchtigkeit und stechende Kälte. Rätselhafterweise hatte sein innerer Aufruhr sich gelegt. Er fühlte sich entspannt und wohl, fast so, als sei er auf irgendeine Weise heimgekommen.

»Fragt besser, wo *Ihr* seid«, versetzte der Pfeifer.

»Wo bin ich also?« tat Vredech ihm den Gefallen.

»Wo Ihr vorher auch wart. Falls es vorher war und nicht nachher – ich weiß es nicht. Es ist ziemlich verworren.«

»Wo bin ich?« beharrte Vredech.

»In meinem Traum – welchen Namen ließ ich Euch nennen? – Vredech, nicht wahr? Allyn Vredech. Komischer, fremdländisch klingender Name – wo kann ich den nur herhaben? Ihr befindet Euch in meinem Traum, Allyn Vredech. Alle Dinge, die da sind, wo ich bin, sind aus meinem Traum. Ich erschaffe sie.« Er zuckte ausgiebig die Schulter. »Ich weiß nicht, wie. Noch viel weniger, warum. Aber ich erschaffe sie, dann ...« Seine Stimme verebbte, und die Flöte war wieder an seinem Mund. Leise, traurige Töne erklangen.

»Ihr grämt Euch«, sagte Vredech.

»In der Tat, in der Tat, in der Tat.« Der Pfeifer führte

bei jedem Wort einen hüpfenden Tanzschritt aus. Seine eckigen Ellbogen zuckten. »Warum sollte ich mir wohl einen Priester holen, wenn nicht, um über dunkle Seelengeheimnisse zu sprechen?«

Vredech wunderte sich, warum er sich so wohl in seiner Haut fühlte. Hatte der Wahnsinn ihn am Ende doch gepackt? Die Frage beunruhigte ihn nicht sehr. Er war zufrieden, sich wieder heil und ganz zu fühlen – egal, wo oder unter welchen Umständen das sein mochte. Das, was er jetzt war, wollte er sein. Dieses fahrige Gespenst von einem Mann, das durch sein Versammlungshaus geisterte, hatte wenig Wert und noch weniger Interesse für ihn. Wenn – *falls* – er dorthin zurückkehrte oder wieder von hier vertrieben wurde, überlegte er sich nicht ohne Humor, würde er dieses Gefühl mit zurücknehmen und auch dort wieder heil und ganz sein.

Und trotz aller Fremdartigkeit, die dieser Ort ausstrahlte, besaß er eine solide Beständigkeit, die allen bislang geträumten – oder ›besuchten‹ – Träumen gefehlt hatte. Falls das, was hier vorging, nicht eine Ausgeburt aus den tiefsten Abgründen seiner erhitzten Phantasie war, sondern wirklich real, wohingegen Gyronlandt und alles damit Verbundene bloß Träume waren, dann mußte es eben so sein. Es war vermutlich genausogut, als wenn er am Ende erwachen würde.

Die Tatsache, daß er diese aufwühlenden Schlußfolgerungen so bereitwillig akzeptierte, verwirrte ihn nur leicht.

Ich wehre mich nicht. Ich leiste keinen Widerstand. Ich werde sein. Und ich werde zufrieden sein. Alle Dinge sind Ishryths Geschenk. Herr, ich bitte um Vergebung für meinen Zweifel.

Der Pfeifer beugte sich mit weit aufgerissenen Augen zu ihm vor und schnippte versuchsweise mit dem Finger vor Vredechs Gesicht. »Aber während ich mich gräme, scheint es Euch besser zu gehen, Priester. Als wir uns das letzte Mal trafen, wart Ihr ziemlich aufgebracht.«

Vredech lächelte. »Ich fühle mich besser, ja«, gab er zu. »Vielleicht habe ich die Art und Weise schätzen gelernt, wie Ihr mich erschaffen habt.«

Der Pfeifer legte ruckhaft den Kopf zur Seite. »Ah-ah«, machte er, während er Vredech mit seinem langen Finger drohte. »Bitte keine Wortklaubereien. Wie Ihr Euch sicher erinnert, habt Ihr unser letztes Wortgefecht verloren. Kanntet das Gedicht. Kanntet meinen Namen. Und ich war gezwungen, Euch zu entlassen.« Die knochigen Finger knackten viermal, als er sie auf Vredech zuschnappen ließ. »Jetzt benehmt Euch und tut, was Ihr tun müßt. Redet – diskutiert – erzählt mir etwas über mich.«

Vredech nickte zum Zeichen seiner Zustimmung. Der Pfeifer klemmte die Flöte unter seinen Arm wie einen Offiziersstab und musterte Vredech argwöhnisch.

»Worüber möchtet Ihr denn diskutieren?« wollte Vredech wissen.

Der Pfeifer wandte sich ab und sackte ein wenig in sich zusammen. »Das wißt Ihr doch, oder?« sagte er. »Genauso, wie ich es wissen muß. Warum erzählt *Ihr* es nicht *mir*?«

»Ich glaube nicht, daß Ihr es so macht«, entgegnete Vredech.

Der Pfeifer drehte sich wieder zu ihm um, den Kopf fast auf die Schulter gelegt. Vor Verblüffung war das ganze Gesicht zerfurcht. »Ihr *seid* anders, nicht wahr?« fragte er. »Ich muß langsam aufpassen, oder ...« Mit einer schroffen Bewegung richtete er seinen Kopf wieder auf. Die Bemerkung blieb unvollendet. »Nun denn. Ich habe Ihn gesehen, wißt Ihr.«

Vredech schüttelte den Kopf. »Ihr müßt es mir erzählen, erinnert Ihr Euch noch?«

Der Pfeifer hastete zu ihm hinüber und hockte sich vor ihn hin, die Flöte zwischen Beinen und Körper eingekeilt, die Arme fest um die Knie geschlungen. »Kam mich besuchen wie Ihr, ja, das hat Er getan. Nachtäugig und schwarzbärtig und in Euren Priestergewändern.« Er maß Vredech geringschätzig von Kopf bis Fuß, um dann mit einer schwungvollen Gebärde die Spitze anzuheben, die seinen breiten Kragen schmückte. Vredech wurde bewußt, daß ihm zum ersten Mal auffiel, wie der Mann gekleidet war. »Ich muß schon zugeben, ich habe Euch ein armseliges Priestergewand gegeben«, fuhr der Pfeifer fort. »Hab's schon besser getroffen in der Vergangenheit . . .« Er blickte finster drein.

»Oder in der Zukunft?« Vredech wagte einen kleinen Scherz.

Der Pfeifer tat die Bemerkung mit einer ungeduldigen Handbewegung ab. »Wie dem auch sei, ich habe schon viel prächtigere Kreationen entworfen, von denen manche richtig protzig waren.« Er rümpfte voller Abscheu die Nase. »Auf der anderen Seite, Prunk und Protz wären wohl für einen Diener des Großen Schöpfers ziemlich fehl am Platze, nicht?« In seinen Worten vom ›Großen Schöpfer‹ schwang eine gehörige Portion Gehässigkeit mit. »Es ist ja nicht so, daß wir irgend etwas tun könnten, was ihn beeindrucken würde, nicht wahr? Während wir ihn aber andererseits maßlos reizen können, oder etwa nicht? Mit unserer Wichtigtuerei und unserem Hochmut.«

Jetzt war es an Vredech, eine wegwerfende Geste zu machen. »Wer war es denn, den Ihr gesehen habt?« fragte er einfach.

Ein Finger hob sich, um den folgenden Worten Nachdruck zu verleihen. »Ihr sorgt dafür, daß ich bei der Sache bleibe. Gut. Ich neige zum Schwafeln«, sagte der Pfeifer selbstkritisch. Dann verzog sich sein Gesicht zu einer Grimasse. »Ihn«, sagte er. »Ihn habe ich gesehen. Der, der immer kommt, bevor es zu Blutvergießen und Schrecken kommt. Der, der die Welten zusammenbringt.« Unvermittelt entrang sich seiner Kehle ein hoher, wimmernder Laut. »Ich lasse es nicht zu«, sagte er, während er sein Gesicht so nah an Vredech heranbrachte, daß sie sich fast berührten. »Ich lasse es nicht zu. Genug ist genug. Ich besitze einen Maßstab für die Dunkelheit in meinem eigenen Innern. Ich benötige keine weiteren Lektionen.« Sein Gesicht nahm einen boshaften und zugleich triumphierenden Ausdruck an. »Ich habe Ihn hinausgeworfen.« Er fuchtelte wild mit den Armen, und seine Finger knackten wie brechende Zweige an einem Herbstabend. »Hab' Ihn rausgeworfen. Ist mir noch nie gelungen.«

Plötzlich stand er aufrecht, und das Ende der schwarzen Flöte bohrte sich Vredech in die Brust wie eine Schwertspitze. »Aber ich glaube, Er könnte zurückkommen. Könnt Ihr Ihn aufhalten? Könnt Ihr Ihn nicht draußen halten? Ich habe keine Lust, es schon wieder zu tun. All dieser Schmerz. All dieses Leiden. Es ist so real.«

»Ich weiß es nicht«, antwortete Vredech.

»Was nützt du mir denn dann?« schrie die Gestalt ihn in plötzlich aufbrausendem Zorn an.

»Ich weiß es nicht«, sagte Vredech noch einmal mit erzwungener Ruhe. »Das müßt Ihr beurteilen. Aber wo werdet Ihr sein, wenn Ihr mich erneut wegschickt? Werdet Ihr einer Antwort dann näher sein?«

Der Pfeifer schaute ihn kurz an und entfernte sich dann von ihm. Vredech beobachtete, wie er allmählich vor dem grauen Hintergrund verschwand. Kein Himmel, kein Boden, nichts. Worauf steht er? dachte er. Oder, wenn ich schon einmal dabei bin, worauf sitze ich?

Ein Blick nach unten zeigte es ihm – auf nichts. Vorsichtig und ziemlich befangen schob er die Hand unter sein Hinterteil. Da schien nichts zu sein. Aber er mußte doch auf irgend etwas sitzen! Er verschob die Lösung des Problems auf später. Das war wohl jetzt nicht wichtig. Aber trotzdem ...

Der Pfeifer kam zurück, wurde größer vor dem perspektivelosen Hintergrund. »Was also soll ich mit Euch anfangen?« fragte er.

Vredech zog es vor, seine Frage nicht zu beantworten. »Was ist das für ein Ort hier?« fragte er zurück.

Der Pfeifer zog ein Gesicht. »Alle Orte sind mein Traum, das hab ich Euch doch schon gesagt. Warum hört Ihr mir nicht –«

»Nein«, schnitt ihm Vredech das Wort ab. »Ich meine, was ist *das* für ein Ort? Das hier. Es ist nicht der, wo wir vorher waren. Da waren nichts als Dunkelheit und all diese fremdartigen Schatten. Dies ist ...« Er gestikulierte vage. »Dies ist ... nirgendwo.«

Der Pfeifer sah sich um, während er sich müßig mit der Flöte an die geschürzten Lippen tippte. »Ich gebe Euch insofern recht, als daß es zweifellos so aussieht, wie man sich das Nirgendwo vorzustellen pflegt«, erklärte er kurz darauf. »Ziemlich phantasielos. Möglicherweise mache ich eine langweilige Phase durch. Ja, das und Eure ziemlich fade Robe, vielleicht ...«

Plötzlich streckte Vredech seine Hand nach ihm aus und umfaßte sein Handgelenk. Es war dünn und steif, aber unleugbar aus menschlichem Fleisch und menschlichen Knochen. Und *sehr* stark. Der Pfeifer riß in einer Mischung aus Staunen und Ärger die Augen auf, doch er unternahm keinen Versuch, sich loszureißen. »Tut das nie –«

»Ihr lügt«, unterbrach Vredech ihn und schüttelte sein Handgelenk. »Erzählt mir von diesem Ort und von Euch und von dem, den Ihr gesehen habt, den Leidbringer. Erzählt mir alles.« Er lockerte seinen Griff. Obwohl er sich anfangs nicht gewehrt hatte, riß der Pfeifer nun seinen Arm zurück wie ein Kind, das ein einbehaltenes Spielzeug zurückbekommt. Richtig zärtlich strich er sich mit der anderen Hand über sein Handgelenk, hielt es dicht vor seine Augen und begutachtete es eingehend, wobei er von Zeit zu Zeit zu Vredech hinüberschielte.

»Ihr müßt es mir erzählen.« Vredech ließ nicht locker.

»Vielleicht doch nicht ganz so langweilig, wie ich dachte«, meinte der Pfeifer.

Vredech wies mit einer weit ausholenden Handbewegung auf die sie umgebende graue Masse und hob erwartungsvoll die Augenbraue.

Der Pfeifer kicherte, wich ein paar Schritte zurück und spielte dann eine immer höher die Tonleiter hinaufkletternde, sich wiederholende Notenfolge, die er noch zu spielen schien, nachdem Vredech sie schon längst nicht mehr hörte.

»Ich glaube, dieser Ort ist ... dazwischen. Ja. Dazwischen.«

»Zwischen was?« fragte Vredech.

Der Pfeifer zuckte die Schulter. »Zwischen meinen Träumen selbstverständlich. Oder vielleicht am Rand. Oder vielleicht beides. Vielleicht sind wir am Rand von dazwischen.«

»Ich habe nicht den leisesten Schimmer, wovon Ihr redet«, beklagte sich Vredech. »Warum wollt Ihr mir nicht anständig antworten? Wenn dieser Ort hier Euch gehört, wo liegt er dann?«

»Ich weiß es nicht!« rief der Pfeifer aus, auf einmal verärgert. »Ich bin noch nie hier gewesen. Ich habe Euch erzählt, was ich glaube. Wir sind dazwischen. Wir stecken zwischen den Träumen. Schaut!« Er brachte Gesicht und Flöte wieder ganz dicht an Vredech heran und blies eine wild schäumende Notenkaskade. »Seht Ihr?« sagte er, ruhiger jetzt, während er einen Arm um Vredechs Schulter legte und mit der Flötenhand eine schwungvoll übertriebene Gebärde in Richtung der grauen Ödnis machte. »Nichts. Überhaupt nichts. Ich spiele meine Flöte, und die Wege öffnen oder schließen sich. Aber hier, nichts.« Sein Griff um Vredechs Schulter verstärkte sich. »Ihr habt mich im Limbus eingeschlossen, Priester. Ihr oder Er. Ich habe Ihn hinausgeworfen. Ihn von mir fortgeschleudert. Schwarzäugiges Scheusal. Greuel. Dann war ich hier.« Er erhob sich abrupt. »Oder vielleicht bin ich ja auch tot.« Er legte den Kopf erst auf die eine, dann auf die andere Seite wie ein großer Vogel.

»Ist es das, Priester? Bin ich tot? Niemand hat mich je erweckt – ich bin einfach gestorben?«

»Ich denke nicht, daß einer von uns tot ist«, äußerte Vredech, als sei er ein unbeteiligter Beobachter. »Es ging mir zwar nicht gut, als ich hierherkam, aber im Sterben lag ich definitiv nicht.«

Der Pfeifer brach in Gelächter aus. »Bevor Ihr hierherkamt«, äffte er ihn kopfschüttelnd nach. »Nett ausgedrückt.« Er hielt sich die Flöte ans Ohr. »Und in diesem alten Knochen hier steckt auch noch ein bißchen Leben, ohne Zweifel. Ich vermute, wenn wir uns lebendig fühlen, müssen wir annehmen, daß wir es auch sind. Wenn nicht, wenn ich also tot wäre, müßtet Ihr mein Führer ins Jenseits sein. Und ich glaube einfach nicht, daß dem so ist, oder?«

Vredech schüttelte seinen Kopf. »Tut mir leid«, meinte er.

»Aber dieser Ort gefällt mir nicht, Priester«, fuhr der Pfeifer fort, wieder ernst geworden. »Nicht, solange Er noch in der Nähe ist. Ich will hier weg. Ich möchte nicht, daß Er noch einmal kommt. Ich muß Bewegungsfreiheit haben ... muß in meine anderen Träume flüchten können.«

»Erzählt mir von Ihm«, verlangte Vredech.

»Was gibt's da groß zu erzählen?« erwiderte der Pfeifer. »Ihr seid mein Geschöpf, Ihr müßt es wissen.«

Vredech fand sich ausgesprochen geduldig. »Falls ich, wie Ihr behauptet, Euer Geschöpf bin, dann müßt Ihr mich hierhergeholt haben, damit ich Euch diese Frage stelle«, argumentierte er. »Falls ich *nicht* Euer Geschöpf bin, sondern *Ihr* das *meine*, dann muß ich auch die Antwort erfahren, die in Euch verborgen liegt.«

Die beiden Männer maßen einander mit Blicken.

»Erzählt mir von Ihm«, forderte Vredech erneut.

Langsam hob der Pfeifer die Flöte an seinen Mund und blies die drei Töne, die Vredech seit ihrer ersten Begegnung im Kopf herumspukten. Er wiederholte sie mehrmals, jedesmal ein wenig anders. Als er dann zu reden begann, sprach er einige der Wörter über das Mundloch hinweg, was seiner Stimme einen unheimlichen Beiklang verlieh.

»Oft bin ich Ihm begegnet«, begann er, aber er redete mehr mit sich selbst als mit Vredech, »in vielen verschiedenen Verkleidungen. Doch Er ist immer derselbe. Einst konnte Er mich zum Narren halten, aber jetzt erkenne ich ihn am Geruch – am *Gestank.* Verderbnis, Pestilenz und Tod.« Er hob den Kopf und schnupperte in die Luft wie ein Jagdhund. »Dann sehe ich in die Augen – und durch sie hindurch. Und da ist Er dann und schaut zurück. Uralt, bösartig. Immer derselbe. Immer lauernd. Nie ermüdend. So wartet er, daß sich die Dinge in seine Richtung entwickeln und Ihm geben, was Er will.«

Trotz seines wachsenden Wohlbefindens zuckte Vredech innerlich vor dem tiefen Leid zurück, das diese mysteriöse Person ausstrahlte. Er machte sich noch einmal bewußt, daß er die Realität dessen, was augenblicklich geschah, nicht anzweifeln durfte. Was er jetzt auch erfahren würde, wäre wichtig, ganz gleich, aus welcher Quelle es stammen mochte.

»Was will Er?« fragte er.

Der Pfeifer hockte sich wieder hin, kniff ein Auge zusammen und betrachtete Vredech über seine Flöte hinweg.

»Alles«, gab er zur Antwort. »Er will alles. Und Er will es, um es zu zerstören. Er will, daß die Erde ein verbranntes Stückchen Asche ist, das verloren durchs Universum treibt. Er will, daß alle Welten so werden.«

Vredech mußte feststellen, daß die bodenlose Verzweiflung in der Stimme des Pfeifers ihm vorübergehend die Sprache verschlug.

Dann fragte er: »Warum?«

Der Kopf des Pfeifers ruckte hoch. Es schien, als wolle er ihm eine heftige Entgegnung an den Kopf schleudern, doch dann besann er sich eines Besseren. »Das weiß ich nicht«, antwortete er mit echter Verwunderung in der Stimme. »Das habe ich mich nie gefragt.«

»Fragt, wenn Ihr Ihm das nächste Mal begegnet«, riet Vredech.

Rasende Wut spiegelte sich im Gesicht des Pfeifers. »Es wird kein nächstes Mal geben!« rief er. »Das lasse ich nicht zu. Nicht noch einmal!«

Vredechs Stimme klang ruhig und beherrscht. »Ich bezweifle, daß Ihr so laut schreien würdet, wenn Ihr das wirklich glaubtet.«

Der Pfeifer richtete sich auf, und seine Hand schoß drohend, klauengleich auf Vredech zu. »Genug, Priester. Bedenkt, was Ihr seid!« knurrte er.

»Ich weiß, was ich bin«, versetzte Vredech, während er die Hand abwehrte. »Und wo ich herkomme. Ich bin Allyn Vredech, Kapitelmitglied in der Kirche von Ishryth. In diesem Moment liege ich im Versammlungshaus in Troidmallos, der Hauptstadt von Canol Madreth. Die Frage ist, wer Ihr seid, Ihr, der Ihr immer in diesem grauen Zwielicht hockt, stolzer Besitzer einer gewaltigen Einsicht, die Euch befähigt, direkt ins Herz irgendeines Weltenzerstörers zu blicken? Welche Welt, Pfeifer? Welche Welten? Und wer ist dieser gewaltige Kriegstreiber?«

Der Pfeifer schrak heftig zusammen und wich vor diesem verbalen Angriff zurück, indem er in der grauen Trübnis verschwand. Laut begann er, einen lebhaften, verrückten Tanz auf der Flöte zu spielen. Vredech stand auf, um ihm zu folgen. Die Tanzmusik brach ab.

»Was glaubst du denn, was es sein könnte, Priester?« rief der Pfeifer. »Alle Dinge hier sind mein. Alle Dinge hier sind ich. Du bist ich. Diese graue Düsternis ist ich. Dieser gewaltige Kriegstreiber ist ich. ICH! Ich erschaffe diese Dinge, um mich zu quälen.«

»Warum?«

»Hör auf, solche Sachen zu fragen!«

»Eurer Aussage zufolge seid Ihr es, der diese Frage stellt.«

Das Gesicht des Pfeifers nahm wieder einen wütenden Ausdruck an. »Versuch nicht, oberschlau zu sein, Priester. Oder ...«

»Oder was?« hielt Vredech ihm fast höhnisch entgegen. »Ihr schickt mich weg? Das bezweifle ich. Spielt auf Eurer Flöte, schneidet Grimassen, schwafelt und schreit. Aber ich werde nicht gehen.«

Der Pfeifer riß die Augen unnatürlich weit auf, und die Flöte berührte seinen Mund. Aber er spielte keinen Ton. Statt dessen starrte er Vredech an. Dann sagte er sehr, sehr leise:

*Dunkelnder Blick,*
*Die Wege zurück,*
*Das Herz zu finden,*
*Mußt du dich binden.*

Er kniff die Augen zusammen. »Ich habe so viele Menschen geschaffen«, sagte er. »So lebensecht. So real. Und sie geben alle vor, sie seien wirklich, vor allem, wenn ich ihnen auch noch eine Welt dazu mache. Aber Ihr seid eigenartig. Warum sollte ich etwas wie Euch erschaffen, mit Euren furchteinflößenden Augen? Warum sollte ich uns hier einschließen, in dieser trüben, grauen Ödnis? Von all den Dingen, die ich erschaffen habe, habe ich nie ...« Er legte die Hand an den Kopf. »Manchmal denke ich, ich habe die Erinnerungen von einer Million Menschen vergessen, Priester. Es ist nicht einfach, wenn man nie wach ist. Wenn man nicht einmal weiß, wie die Zeit verrinnt.« Er begann an seinem struppigen Bart zu zupfen. »Dunkelnder Blick, die Wege zurück. Ich frage mich, *seid* Ihr real?« Dann grinste er und drohte Vredech mit dem Finger. »Nein, nein. Das ist der Weg in den Wahnsinn – und ich möchte nicht irres Zeug faseln, wenn ich erwache, versteht Ihr? Aber Ihr seid interessant, das ist nicht zu leugnen. Ich frage mich, wozu Ihr hier seid, was Ihr mir beibringen sollt.«

»Über Ihn?« schlug Vredech vor. »Ihr habt mir noch immer nichts erzählt, zum Beispiel, wer Er ist, warum Er ist, oder wie Er aussieht. Ihr schwadroniert. Ihr schleicht um den heißen Brei herum. Ihr werdet wütend. Warum erzählt Ihr mir nicht einfach von Ihm?«

Mit einer schwungvollen Gebärde ließ der Pfeifer seinen Bart los. »Warum nicht?« antwortete er mit plötzlicher Entschlossenheit. »Gebt mir nur eine Minute Zeit.«

Und weg war er.

# KAPITEL 17

Cassraw starrte zu der drohend über ihm aufragenden Gestalt hoch. Sein Mund war plötzlich wie ausgedörrt, seine Gedärme gerieten in Bewegung. Im Augenblick war es unwichtig, daß er sich nicht entscheiden konnte, ob er sich ruhig verhalten, etwas sagen oder um Hilfe schreien sollte, denn seine Zunge klebte ohnehin am Gaumen.

Nur zu einer alten, reflexartigen Reaktion war er noch in der Lage: Seine Hand bewegte sich instinktiv auf seine Tasche zu und tätschelte das Santyth-Exemplar, das sich dort befand. Die Gestalt neigte leicht den Kopf, dann ein heftiger Fluch, eine hektische Bewegung, und Cassraw fand sich in ein unerträglich grelles Licht blinzeln.

Er hob eine Hand, um seine Augen zu schützen, aber irgend etwas schlug sie ihm schmerzhaft beiseite.

»Keine Bewegung«, befahl eine herrische Stimme. »Und laß deine Hände da, wo ich sie sehen kann, sonst schlag' ich dir den Schädel ein.«

Cassraw konnte nicht anders. Der Schmerz in seiner

Hand hatte die Angst abgelöst. Er kniff die Augen zusammen und machte Anstalten, sein Gesicht abzuwenden.

»Keine Bewegung!«

Dann schlug etwas kräftig gegen sein Bein und ließ es taub werden, und irgend etwas – ein Stock? – hinderte seinen Kopf daran, sich wegzudrehen. Dann packte ihn eine Hand am Kinn und zerrte sein Gesicht ins Licht. Eine Hand, der man besser keinen Widerstand leistete.

»Gütige Götter«, erklang die Stimme erneut, nun voller Überraschung und Besorgnis. »Bruder Cassraw. Was zum Teuf – Ich wollte sagen ... was macht Ihr denn hier? Seid Ihr überfallen worden? Bleibt ganz still liegen.«

Das Licht schien ihm jetzt nicht mehr in die Augen, und die Hand, die sein Kinn umklammert hielt, tastete seine Glieder nach Verletzungen ab.

»Ich bin's, Wachtmeister Skynner. Erkennt Ihr mich? Geht es Euch gut? Erzählt mir, was vorgefallen ist.«

Der veränderte Tonfall zusammen mit dem bekannten Namen brachte Cassraw so rasch wieder zu sich, wie das plötzliche Auftauchen und der unvermittelte Angriff des Hüters ihn verstört hatten. Trotzdem fühlte er sich weiterhin bedroht, wenn auch nicht körperlich. Er mußte sich einen plausiblen Grund für seine Anwesenheit hier und seine lächerliche und verdächtige Stellung ausdenken, oder viel von dem, was er in letzter Zeit erreicht hatte, wäre wieder verloren.

»Ich bin in Ordnung, Wachtmeister«, sagte er, während er sich insgeheim bemühte, die unheimlichen Erlebnisse der letzten Minuten beiseite zu schieben, so daß er sich auf eine einfache, überzeugende Ausrede konzentrieren konnte. »Könntet Ihr mir vielleicht aufhelfen?«

Er hatte seine Bitte kaum ausgesprochen, als er auch schon mühelos, als sei er ein kleines Kind, auf die Beine gezogen wurde.

»Und könntet Ihr wohl nach meiner Laterne Ausschau halten, Wachtmeister?« bat Cassraw in dem Bemühen, die Initiative an sich zu reißen, damit Skynner ihn nicht weiter ausfragen konnte. »Ich bin hingefallen, nachdem ich über irgend etwas gestolpert war.«

So leicht ließ sich Skynners Neugier indes nicht stillen, und obwohl er seine eigene Laterne aufblendete und sich auf die Suche nach Cassraws Lampe begab, setzte er sein Verhör fort. »Was in aller Welt habt Ihr hier zu schaffen, Bruder? Das ist kaum die richtige Gegend für einen ruhigen Abendspaziergang.«

»*Er* ist immer bei mir«, versetzte Cassraw, der seine Stimme allmählich wieder in den Griff bekam.

Skynner hielt kurz in seiner Suche inne, bevor er sie fortsetzte, als habe er soeben eine erschöpfende Auskunft erhalten. »So sei es«, erwiderte er fromm, ohne aufzusehen. »Aber mit allem Respekt, Bruder, wenn Ihr hier zu dieser nächtlichen Stunde entlangwandert, vertraut meinetwegen auf Ishryth, aber ...«

»... nehmt einen dicken Knüppel mit«, brachte Cassraw den Sinnspruch für ihn zu Ende.

Skynner fand die Laterne. Er richtete sich zu voller Größe auf und sah auf Cassraw hinab, während er zu ihm zurückkehrte. »In der Tat, Bruder«, sagte er. »Ishryth hilft denen, die sich selbst helfen, aber dies hier ist ein ziemlich ungeeigneter Ort, um das Schicksal herauszufordern.«

»Ihr scheint der bessere Theologe von uns beiden zu sein. Ihr seht mich beschämt«, entgegnete Cassraw mit einem Lächeln und einer leichten Verbeugung. Er war jetzt ganz entspannt; er hatte seine Geschichte beisammen. Er mußte jeden Gedanken an das, was ihm tatsächlich widerfahren war, unterdrücken, bis er diesen scharfsinnigen und mißtrauischen Offizier überzeugt hatte. »Ich fürchte, meine Sorgen um einige Gemeindemitglieder haben meinen gesunden Menschenverstand vorübergehend ausgeschaltet.«

Skynners Neugier war echt, aber er mußte sich auch weiterhin seinem Beruf entsprechend verhalten. »Und welche seelsorgerischen Aufgaben haben Euch in diese Gasse geführt, Bruder?« fragte er mit strenger Stimme.

Cassraw hatte seine Laterne wieder entzündet und tat so, als überprüfe er sorgfältig die Blende und regle die Lichtstärke.

Scheinbar zufrieden legte er eine Hand auf Skynners Arm und begann ihn in Richtung der Straße zu bugsieren.

»Ich habe am frühen Abend eines meiner Gemeindemitglieder besucht, als ich einen Kollegen von Euch traf, Albor. Wir unterhielten uns einige Zeit über dies und das, und unter anderem kamen wir auf diesen Mord an dem armen jungen Mann zu sprechen.« Cassraw hielt inne und setzte eine nachdenkliche Miene auf. »Es war wirklich seltsam. Irgendeine innere Stimme sagte mir, ich müßte mich mit diesem Vorfall beschäftigen. Ich finde, die Kirche steht manchmal zu sehr über den Dingen, findet Ihr nicht auch?« Er ließ Skynner keine Zeit zu antworten. »Also sagte ich Albor, ich würde es in meiner nächsten Predigt erwähnen.« Er gab sich leutselig, da er Skynners erstaunten Blick bemerkt hatte. »Ich bin mir nicht sicher, wer von uns beiden mehr überrascht war, aber wenn es wirklich jemanden unter uns gibt, um dessen geistige Gesundheit es offenbar sehr schlecht bestellt ist, dann könnte eine Stimme aus der Kirche, gerade weil niemand damit rechnet, zumindest ebensoviel nützen wie die öffentlichen Verlautbarungen und die Berichte in den Blättern.« Er machte eine wegwerfende Geste, die bedeuten sollte, über eine so banale Angelegenheit müsse man nicht weiter reden. »Wie dem auch sei, nachdem ich den Besuch bei meinem Gemeindemitglied beendet hatte, machte ich mich auf den Heimweg. Ich fürchte, ich hatte mein Versprechen schon vergessen, als es mir mit erschreckender Deutlichkeit wieder ins Gedächtnis gerufen wurde. Plötzlich überwältigten mich das Entsetzen und die furchtbare Tragik des Ereignisses.«

Sie hatten inzwischen die vergleichsweise gut beleuchtete Straße erreicht, und Cassraw fühlte sich mit jedem Schritt, den er sich von der gräßlichen Finsternis jener Gasse entfernte, wieder besser. Trotzdem mußte er der Versuchung widerstehen, sich andauernd umzudrehen, da er irgendwie das Gefühl hatte, jemand beobachte ihn weiterhin und rufe ihn mit leiser Stimme.

Er zwang sich fortzufahren. »Mir war, als sei ein Teil von *mir* mit diesem jungen Mann gestorben – ja, als sei ein Teil von ganz Troidmallos mit ihm gestorben. Und ich wußte, ich würde nicht eher zur Ruhe kommen, bis ich etwas unternommen hätte. Der Herr schickt uns auf Wege, die wir nicht einmal ansatzweise begreifen können, Wachtmeister. Manchmal müssen wir einfach nur gehorchen. Also gehorchte ich meinen Instinkten, und sie führten mich hierher. Ich dachte, ein Gebet ... ein Segen über diesem Ort des Grauens, wer weiß ... vielleicht würde er einige der furchtbaren Erinnerungen tilgen, die sich irgendwie noch hier halten müssen. Ich weiß nicht – meine Gedanken waren alles andere als klar. Unglücklicherweise war ich mir auch nicht klar darüber, wo ich langging, und so stolperte ich über irgend etwas und schlug der Länge nach hin.« Er kicherte. »Scheint in letzter Zeit zu meiner Lieblingsbeschäftigung zu werden. Und so kam es, daß ich Laterne, Würde und fromme Gedanken auf einmal verlor.«

Skynner lächelte verhalten, dann geriet Cassraw leicht ins Stolpern und stützte sich hilfesuchend auf seinen Arm. »Ich fürchte, meine Beine sind noch immer ein wenig taub, da, wo Ihr mich getreten habt«, äußerte er. »Seid Ihr immer so rauh zu Euren ... Kunden?«

Skynner hüstelte verlegen. »Ich habe Euch nicht getreten, Bruder«, log er. »Das wäre gegen die Vorschriften gewesen. Ich habe Euch einen Hieb mit meinem Schlagstock versetzt.« Er räusperte sich noch einmal. »Und um ehrlich zu sein, mit allem Respekt vor Eurem Amt, Ihr hattet Glück, daß ich nicht bedeutend rauher war zu jemandem, der sich in einer Gasse herumtreibt, wo vor kurzem noch ein äußerst häßlicher Mord stattgefunden hat.« Er ließ die amtliche Maske ein wenig fallen und legte aufrichtige Besorgnis in seine Stimme. »Ihr habt mich fast zu Tode erschreckt, Bruder. Wenn Ihr versucht hättet, Euch wieder aufzurichten, bevor ich Euch erkannte, hätte ich mich nicht mehr an meine Vorschriften gehalten, das könnt Ihr mir glauben.«

»Dann müssen wir Ihm für Seine Hilfe danken, daß Er mir geraten hat, mich still zu verhalten«, sagte Cassraw. Skynner knurrte unverbindlich.

Sie näherten sich einem heller erleuchteten, belebten Stadtteil. »Ich kann einen Hüter-Wagen kommen lassen, der Euch zur Hafen-Gemeinde zurückbringt, falls Ihr das wünscht, Bruder«, bot Skynner an.

Cassraw schüttelte den Kopf. »Nein, danke, Wachtmeister«, antwortete er. »Diese unselige Geschichte will mir nicht aus dem Kopf. Ich werde zu Fuß gehen und dabei nachdenken.« Er hob beruhigend die Hand. »Ich verspreche, ich meide heute abend dunkle Straßen.«

»Und besser auch an anderen Abenden, Bruder«, versetzte Skynner.

»Ich muß hingehen, wohin Er mich führt, und Er ist überall«, erklärte Cassraw salbungsvoll.

Skynners Antwort kam einem Tadel so nah, wie er es bei einem hohen Mitglied der Kirche wagen konnte. »Das ist Eure Domäne, Bruder, und es liegt mir fern, Euch zu widersprechen, aber die Straßen sind meine Domäne, und dort gibt es Orte, wo Eure Soutane Euch nicht schützt.«

Cassraw wirkte, als wolle er das nicht unwidersprochen hinnehmen, aber er sagte nur als eine Art Abschiedsgruß: »Ich bin Euch zu Dank verpflichtet für Eure Wachsamkeit, Wachtmeister. Ich hätte mir in dieser Gasse wahrhaftig ein paar böse Verletzungen zuziehen können, und Euer Erscheinen kam höchst gelegen. Und den Hieb verzeihe ich Euch selbstverständlich auch. Es geschah ohne bösen Willen. Und nun möchte ich Eure Zeit nicht länger in Anspruch nehmen.« Und mit diesen Worten drehte er sich um und entfernte sich, immer noch leicht hinkend, bevor Skynner die Angelegenheit weiter verfolgen konnte.

Skynner machte einen Schritt, als wolle er Cassraw nachgehen, blieb dann jedoch stehen. Er sah ihm aber noch hinterher, bis er im abendlichen Verkehr verschwand, und auf seiner Stirn stand ein deutliches Runzeln. Er war sich sicher, mehr als eine Stimme in dieser Gasse gehört zu haben. Aber er hatte niemanden wegrennen sehen, und versteckt hatte sich dort auch niemand, dessen war er sicher. Er hatte sich ziemlich genau umgesehen, als er so getan hatte, als suche er Cassraws Laterne.

Der Mann hat wohl vor sich hingeflucht, dachte er. Selbst ein Kleriker hat das Recht auf einen deftigen Fluch, wenn er sich das Schienbein irgendwo anschlägt. Doch es blieb ein ungutes Gefühl zurück. Cassraws Geschichte klang sonderbar, um es wohlwollend auszudrücken. Komplett gelogen war sie wahrscheinlich nicht, da war er sich ziemlich sicher. Er rechnete damit, daß ein Gespräch mit Albor einen Teil davon bestätigen würde – obwohl die Vorstellung, daß ein Mord Gegenstand einer Predigt sein sollte, an sich schon erschreckend genug war.

Aber die Wahrheit hatte Cassraw ihm nicht erzählt, oder er war kein Hüter-Wachtmeister.

Die Erkenntnis machte ihn nicht eben glücklich. Skynner war ein gemäßigter Anhänger der Kirche, trotz seines ständigen Kontakts mit der dunklen Seite der menschlichen Existenz, und Cassraw war einer der Predigerbrüder, für die er echte Hochachtung empfand, auch wenn er ihn nicht sonderlich mochte. Aber wenn er nicht die ganze Wahrheit erzählt hatte – und das hatte er nicht –, was dann in Ahmrals Namen hatte er in dieser Gasse zu suchen gehabt?

Es konnte natürlich eine Art morbider Neugier sein. Die komischsten Leute ließen sich von Morden faszinieren, und über dieses besondere Verbrechen war der Stadtklatsch noch lange nicht verstummt. Nicht zuletzt deshalb, weil der Schuldige noch nicht gefunden war, ja nicht einmal ein Verdächtiger. Aber es schien unvorstellbar, daß Cassraw einer solchen Sensationslüsternheit erlegen sein sollte. Außerdem erforderte das Umherwandern dort zu nächtlicher Stunde eine nicht unerhebliche Portion Mut für jemanden, der mit der Gegend und ihren Bewohnern nicht vertraut war.

Es gab noch ein paar andere Möglichkeiten, alle gleichermaßen undenkbar: eine Frau; ein geheimes Treffen in Verbindung mit Kirchenangelegenheiten; sogar die, daß Cassraw selbst der Mörder war. Skynner verwarf sie allesamt. Es sah so aus, als habe er sich mit seinem Urteil über Cassraws Aufrichtigkeit vielleicht doch geirrt. Vielleicht *hatte* er die Wahrheit gesagt.

Aber sein Instinkt widersprach dem – nein, das war nicht möglich. Sein Urteil traf zu. Viele merkwürdige Dinge hatten sich hier in letzter Zeit abgespielt: Seit diese verfluchte schwarze Wolke über die Stadt hinweggezogen war. Der arme alte Jarry dachte doch wirklich, der Teufel wäre zurückgekommen, und predigte immer noch wirres Zeug darüber, bei allen möglichen Gelegenheiten. Manche Leute behaupteten, Stimmen gehört zu haben, die ihnen bestimmte Dinge befohlen hätten. Andere erzählten, sie würden von sonderbaren Schattengestalten verfolgt. Es schien, als habe sich jeder Exzentriker in Troidmallos noch einmal kräftig gesteigert. Und auch Cassraws Eskapade mußte man in diese Sparte einordnen, bis er das Gegenteil beweisen konnte.

Ein Zeitschreier, der die Uhrzeit verkündete, erschreckte ihn ein wenig. Er faßte den spontanen Entschluß, der Sache sofort nachzugehen.

Während er durch vertrautere Straßen zog, tat Cassraw, was er versprochen hatte: Er überdachte die Vorfälle. Oder besser gesagt, er sah zu, wie die Ereignisse der letzten Stunde ihm wieder und wieder im Kopf herum kreisten. Anfangs stand die letzte und gewaltsamste Erfahrung im Vordergrund: seine Begegnung mit Skynner. Sie hatte ihn böse mitgenommen. Er hatte einen Aspekt der Macht dieses Mannes erfahren, den er unter normalen Umständen nicht kennengelernt hätte. Einen kurzen Augenblick lang war er ein Verbrecher gewesen, und als solcher hatte er im wahrsten Sinne des Wortes den Arm des Gesetzes zu spüren bekommen. Sein Bein tat da, wo Skynner hingetreten hatte, immer noch weh, und sein Kinn, wo er ihn gepackt hatte, fühlte sich auch nicht gut an. Er hegte zudem keinerlei Zweifel, daß er übel zusammengeschlagen worden wäre, wenn er in einem Anfall von Panik zu fliehen versucht hätte. Und doch hatte die Erfahrung seltsamerweise belebend auf ihn gewirkt. Die intensive Empfindung, im Brennpunkt eines unbeugsamen Willens zu stehen, hatte ihn auf eine gewisse Weise berührt. Die Erfahrung hatte die Reinheit von etwas sehr Direktem, etwas sehr Schlichtem. Die Schlichtheit der Faust unter dem Panzerhandschuh. So lernen wir dazu. Aus etwas Neuem wuchert die Überzeugung. Er würde Sein Panzerhandschuh sein. Stahl, unerbittlich gegenüber denen, die sich Seinem Willen widersetzten. Und so würden auch seine Männer sein: eine gewaltige Faust aus Stahl.

*Seine* Männer. Er schwelgte in dem Gedanken. Seine Begegnung mit Skynner wurde von Zukunftsvisionen seiner Ritter von Ishryth hinweggefegt, verwandelt – nein, es war nur der wahre, ihnen innewohnende Glanz, der auf diese Weise enthüllt wurde. Er würde Seinen Jüngern Ordnung und Seinen Feinden Verderben bringen. Es war eine berauschende Vision, in der der Rhythmus seiner Schritte auf dem Straßenpflaster zum Marschrhythmus von Tausenden von Stiefeln wurde.

Doch trotz aller Verzückung fielen ihm die Vorgänge in der Gasse wieder ein. Die furchteinflößenden, grauenhaften Empfindungen, die Besitz von ihm ergriffen hatten, als er in der lichtlosen Finsternis zu Boden gestürzt war; die verzehrenden Begierden des Fleisches und der furchtbare, mörderische Blutrausch in grauenvoller Vermischung; die fremde Gestalt, die ihm forschend in die Augen geblickt hatte, als wolle sie geradewegs in seine Seele schauen! *Und die ihn dann zurückgewiesen hatte!* Cassraw ballte die Fäuste und biß die Zähne zusammen.

*Ihn* zurückgewiesen – den Auserwählten –, als sei er ein räudiger Köter, dem man einen Fußtritt versetzt! Es war unerträglich. Rasende Wut erfüllte ihn.

Aber noch gab es andere Fragen, und sie gewannen die Oberhand über seine Wut. Wer war das gewesen? Einen kurzen Moment lang zitterte Cassraw krampfhaft: Die Gestalt mochte durchaus der Mörder gewesen sein, der an die Stätte des Verbrechens zurückgekehrt war. Aber nein, das konnte nicht sein. In der Gasse war niemand außer ihm gewesen – Skynner hätte ihn mit Sicherheit entdeckt. Nebenbei bemerkt, ihre geheimnisvolle Begegnung hatte nicht in der Gasse stattgefunden, sondern – an einem anderen Ort. Eine tiefe innere Gewißheit, daß es tatsächlich so gewesen war, erlaubte Cassraw keine Einwände. Wenn aber nicht in der Gasse, wo dann? Wo sonst konnte ein solches Land mit so verlockenden Schatten liegen – als in einem seiner sonderbaren neuen Träume? Daß es scheinbar keine Antwort darauf gab, führte nur dazu, daß die Frage noch mehr Macht über ihn gewann.

Und war die Gestalt so real gewesen, wie sie ihm erschienen war, oder war sie nur ein Trugbild seiner Phantasie gewesen? Aber warum sollte er eine solche Illusion erfinden? Eine Illusion, die ihn mit so schneidender Verachtung bedacht hatte. Die Erinnerung ließ ihn fast vor Wut platzen. Aber wenn es keine Illusion gewesen war, was war es dann gewesen?

Dann fiel es ihm wie Schuppen von den Augen. Es war eine Prüfung!

Wie sonst hätte es ihn so mächtig an diesen Ort ziehen können? Wie spontan war seine Entscheidung, Yanos einen Besuch abzustatten, wirklich gewesen? Und wie zufällig seine Begegnung mit Albor? Und wie sonst hätten seine gedankenlosen Schritte ihn dorthin tragen können? Selbst die Gasse hatte ihn angelockt wie ein finsteres Leuchtfeuer. Es war eine Prüfung gewesen, daran konnte kein Zweifel bestehen.

Aber hatte er sie bestanden, oder hatte er versagt? Oder stand das endgültige Urteil noch aus?

Er griff nach dem Santyth-Exemplar in seiner Tasche, in der Hoffnung, ihm werde daraus eine Art geistiger Führung zuteil. Er versuchte sich die Gestalt, die ihm erschienen war, und die Worte, die sie gesprochen hatte, wieder ins Gedächtnis zu rufen. Aber ihm wollte kein Gesicht einfallen, nur ein flüchtiger Eindruck von Hagerkeit und knochigen Gliedmaßen, von einer Hand, die Augen beschirmte, welche so tief in ihn hineinblickten, und von etwas, das sich mit einem grotesken Tanz von ihm entfernte. An manche der Worte, die die Gestalt gesprochen hatte, erinnerte er sich noch, obwohl sie ihm nichts sagten – Greuel; Dämonenführer; Nachtaugen. Aber an die Verachtung und den Abscheu erinnerte er sich noch sehr genau, und mit der Erinnerung kehrte die Wut zurück und erhielt immer neue Nahrung.

Inzwischen war er stehengeblieben und verharrte starr vor Anspannung im Lichtkegel einer Straßenlampe. Es kostete ihn eine bewußte Anstrengung, seine geballten Fäuste zu lösen. Seine Knöchel, die Kiefer und jede Faser seines Körpers schmerzten, als er seine verkrampften Muskeln und Sehnen zwang, sich wieder zu bewegen. Dann, als ihm bewußt wurde, wie exponiert er dort stand, faltete er die Hände und neigte den Kopf, als habe ihn eine plötzliche Eingebung zum Beten bewogen; verstohlen sah er sich dabei um, ob ihn vielleicht jemand gesehen hatte und Zeuge seines stummen Wutausbruchs geworden war.

Zufrieden, daß sein seltsames Betragen unbemerkt geblieben war, machte er sich wieder auf den Weg. War das vielleicht der Zweck der Prüfung gewesen – ihm das Ausmaß seines gerechten Zorns vor Augen zu führen, wenn er von Spöttern und Kleinmütigen bedrängt wurde?

Falls ja, dann hatte er die Prüfung bestanden. Er wußte nun, wie er in Zukunft damit umzugehen hätte.

Diese Schlußfolgerung brachte ihn zu seinen Plänen für Yanos und die Ritter von Ishryth zurück. Ein Schwert mußte geschmiedet werden, das alle Zweifler vor sich hertreiben würde. Ein funkelndes Schwert, das auch durch endloses Blutvergießen nicht stumpf würde, sollte jemand Seinem Willen trotzen. Erneut erschienen ihm seine Schritte wie der Marschrhythmus von Tausenden und Abertausenden von Stiefeln, und er vergaß alles andere, bis er durch das hohe Eisentor des Versammlungshauses der Hafen-Gemeinde trat. Seine hochtrabenden Träume verblaßten und hinterließen einen schalen Nachgeschmack, als er sich der dunklen Tür zu seinen privaten Wohngemächern näherte. Dort hätte eine Lampe brennen sollen. Morgen würde er den Dienern dafür einen Verweis erteilen. Das Versammlungshaus sollte Tag und Nacht in jeder Hinsicht eine Quelle der Erleuchtung sein. Es sollte die Nacht von Troidmallos erhellen, wie es die spirituelle Nacht von Canol Madreth und ganz Gyronlandt und aller Länder jenseits seiner Grenzen erhellen sollte.

Er blieb stehen, und seinen Gedanken wuchsen Flügel. Sein Blick wurde gen Himmel gelenkt, in Richtung der unsichtbaren Gesteinsmassen des Ervrin Mallos. *Dort* war der richtige Platz für ein wahrhaft mächtiges Leuchtfeuer! Ein Leuchtfeuer, das das ganze Land erhellen und als Sammelpunkt der vielfältigen Kräfte dienen würde, die er schon um sich spüren konnte und die nur auf jenes winzige Staubkorn warteten, das sie zu einem mächtigen Ganzen verschmelzen würde.

Etwas regte sich in ihm. Horchend? Fragend?

Dann, als würden die Wolken wie ein Vorhang weggezogen, um es zu enthüllen, erschien vor seinem geistigen Auge die Vision eines gewaltigen Anbetungsplatzes, der sich auf dem zerklüfteten Berggipfel erhob: ein tausendtürmiger Tempel, der messerscharf glitzernd und von der Sonne beschienen vor den grimmigen schwarzen Wolken funkelte, welche die Ankunft Seiner Streitwagen verkündeten.

Cassraw stand stumm und in ehrfürchtigem Schrecken vor der furchtbaren Pracht dieses Anblicks, dann sank er mit gefalteten Händen auf die Knie. »So sei es, Herr. So soll es sein. So wird das Eine Wahre Licht wieder unter uns kommen, um sich über alle Welten zu verbreiten.« Seine Stimme war heiser vor Rührung.

Er wußte, daß er es auf irgendeine Weise nicht verstand. Er war geprüft und für gut befunden worden, und um ihm den rechten Weg zu weisen, war ihm diese Vision zuteil geworden. Mit diesem letzten Verbindungsstrang schloß sich das wirre Gewebe aus sorgfältigen Plänen, vagen Hoffnungen und wundersamen Spekulationen, das sein Inneres seit der Begegnung auf dem Berg ständig verändert hatte, zu einem Bildteppich zusammen, in dessen sowohl verborgenen als auch geoffenbarten Mustern, zart und eisenhart zugleich, die gesamte Zukunft zu lesen stand.

Er wußte auch, daß diese augenblickliche Intensität zwar schwinden, die Vision an sich aber für immer in ihm bleiben würde, und daß er wie in den Santyth nur hineinschauen mußte, um zu erfahren, was er tun mußte. Ja, er mußte sich eigentlich nur seiner Existenz bewußt sein, um zu wissen, was er tun mußte.

Er hatte keine Vorstellung davon, wie lange er auf dem Steinpflaster gekniet hatte, aber langsam begann die Welt um ihn herum wieder ihr gewohntes Gesicht anzunehmen. Und außerdem war er nicht allein. Beim Aufstehen sah er sich um. Neben ihm stand eine Gestalt. Im Gegensatz zu der in der Gasse erkannte er diese hier selbst in dem spärlichen Licht, das von der Straße herüberdrang. Sie stand da, wie er sie auch schon früher am Tag gesehen hatte, mit leicht gesenktem Kopf.

»Dowinne«, sagte er ruhig.

»Enryc«, antwortete seine Frau in fast förmlichem Ton. »Ich las gerade. Ich hatte keine Ahnung, wie spät es war.« Sie zögerte und neigte ihren Kopf noch ein wenig mehr, als horche sie auf irgend etwas. Als sie weitersprach, war ihre Stimme leise und voll von geheimen Botschaften, die ihm in letzter Zeit fast zur Gewohnheit geworden waren. »Ich habe mir schon Sorgen um dich gemacht. Die Diener sind längst zu Bett gegangen.«

Cassraw merkte, wie es ihm eng um die Brust wurde. Er griff nach ihr. Die Hand seiner Frau schloß sich zielstrebig um seine. »Das war ein ganz besonderer Tag, Frau«, sagte er. »Dinge sind geschehen, die ich selbst kaum zu glauben vermag. Welche Visionen!«

»Ich spüre die Veränderung in dir«, entgegnete Dowinne. Ihre Stimme war kaum mehr als ein Hauch, und sie beugte sich zu ihm vor. »Es bedarf keiner Worte.«

»Aber ich muß dir davon erzählen«, widersprach Cassraw, als sie durch die Tür zu ihren Privatgemächern schritten.

Dowinne zog die Tür hinter ihnen zu. »Ja«, sagte sie. Ihre Arme schlossen sich in einer unwiderstehlichen Bewegung um ihn. »Aber nicht jetzt. Es sind Worte von Macht und Erfolg, das weiß ich. Doch hinter ihnen steht der Geist, der sich allen Worten entzieht. Laß diesen Geist mich besitzen, wie er dich bereits besitzt. Teile ihn mit mir, jetzt.«

## KAPITEL 18

Vredech wartete in der grauen Düsternis. Er stellte sich dieselben Fragen, die sich auch der Pfeifer gestellt hatte. Warum sollte er einen Ort wie diesen erschaffen? Und warum ausgerechnet einen solchen Charakter wie den Pfeifer, eine Gestalt, die in den geheimsten Gängen seiner Erinnerung kein auch noch so leises Echo hervorrief? Und wo sollte er das Leid herhaben, das dieser Mann ausstrahlte, und die Bilder der Zerstörung, die er heraufbeschwor? Abgesehen von der einen oder anderen jugendlichen Dummheit hatte er in seinem Leben kaum Bekanntschaft mit der Gewalt gemacht, und von der bitteren Realität des Krieges wußte er nicht mehr als das, was er aus den Berichten über Scharmützel kannte, die gelegentlich zwischen den einzelnen Staaten Gyronlandts stattfanden. Und selbst da hatte es nichts gegeben, was man einen großangelegten Krieg hätte nennen können. Was die furchtbaren Schrecken anging, von denen der Pfeifer gesprochen hatte, so war Vredech ihnen nur in der alten Geschichte, in Mythen und Legenden begegnet.

Er rieb sich die Augen.

Die graue Eintönigkeit um ihn herum schmerzte allmählich. Solange der Pfeifer mit seiner grellen Kleidung und seinen hektischen Bewegungen dagewesen war, war es ihm nicht aufgefallen, doch nun konnte er nicht verhindern, daß seine Augen angestrengt etwas zu sehen versuchten, wo nichts zu sehen war. Er war in seinem Leben schon in Gebirgsnebel geraten, selbst im Winter, als ein blendendes Weiß Himmel und Erde auf furchterregende Weise hatte verschmelzen lassen, doch selbst da hatte es noch Kontraste gegeben. Das alles beherrschende Grau hier aber war absolut und gleichförmig, wo er auch hinschaute.

Er bekam Kopfschmerzen, und sein Wohlbefinden begann merklich nachzulassen. Ja, er bekam es sogar ein wenig mit der Angst zu tun. Er schloß seine Augen. Tröstliche Farben umspülten ihn, zerfließende Muster, die zu- und abnahmen. Und inmitten der Farben waren Schatten, die zwischen ihnen und durch sie hindurch tanzten.

Jäh schlug er die Augen auf.

Der Pfeifer stand wieder vor ihm, betrachtete ihn eindringlich und rieb sich noch immer sein Handgelenk. Um sie herum war nichts als die Dunkelheit ihrer ersten Begegnung, voll von Schatten, schwarz in schwarz, nah und fern zugleich.

Ohne den genauen Grund zu kennen, verspürte Vredech eine immense Erleichterung. Dann wandte er sich praktischen Dingen zu, um sich weiter zu beruhigen. »Ich habe Euch doch nicht verletzt, oder?« fragte er.

Der Pfeifer ließ sein Handgelenk los, als sei er gestochen worden. »Nein, nein. Natürlich nicht. Wie könntet *Ihr mich* auch verletzen?«

»Wo befinden wir uns?« erkundigte sich Vredech.

Der Pfeifer riß die Augen auf, und sein hageres Gesicht verzog sich zu einem breiten, vielsagenden Lächeln. Spöttisch setzte er die Flöte an und spielte ein paar schnelle, perlende Töne. Obwohl er nichts Genaues erkennen konnte, fühlte Vredech, daß sich die Dunkelheit um sie herum veränderte.

»Wo wir immer waren«, sagte der Pfeifer beiläufig und erhob sich. »In meinem Traum.«

»Aber dieser graue Nebel – der Limbus?«

Der Pfeifer ließ ein übertriebenes Schulterzucken sehen. »Eine Laune von mir, ein Trugbild. Ich habe es hinter mir gelassen. Es war langweilig.«

»Ihr lügt«, brach es aus Vredech hervor.

Der Pfeifer schürzte die Lippen in einem Ausdruck

gespielter Wut und wirbelte herum. Die Flöte schien eigene Wege zu gehen, wie sie düster in der Dunkelheit funkelte, doch als die wirbelnde Bewegung aufhörte, hatte der Pfeifer eine gezierte Fechtstellung eingenommen und hielt die Flöte an Vredechs Kehle. »Die Flüche sitzen ziemlich locker bei Euch, Priester«, erklärte er. »Das ist schon das zweite Mal, daß Ihr mich einen Lügner gescholten habt.« Er schnalzte vorwurfsvoll mit der Zunge. »Dreimal ist eine Kriegserklärung, habe ich sagen hören.«

Vredech riß die Hand hoch, um die Flöte zur Seite zu schlagen, doch der Pfeifer zog sie seelenruhig in letzter Sekunde weg, so daß Vredech ins Straucheln kam, da seine Bewegung ins Leere ging. Der Pfeifer fing ihn auf. »Glücklicherweise bin ich persönlich nicht religiös«, verkündete er feierlich. »Und neige deshalb nicht zur Gewalt.« Vredech merkte, daß er die Stirn runzelte und die Fäuste ballte. Der Pfeifer schnalzte noch einmal und wandte sich zum Gehen. Vredech beherrschte sich mühsam und folgte ihm. Während sie gemeinsam durch den grauen Nebel schlenderten, war es, als bewege sich die schattenhafte Landschaft auch – manchmal schnell, manchmal langsam, und als bestimme diese Bewegung ihr Vorwärtskommen.

Zuerst wollte Vredech ihren Streit fortsetzen. Der Mann log, da war er sich sicher – seine Augen, sein Verhalten ließen keinen Zweifel daran. Er hatte keine Ahnung, wo sie beide gewesen waren und wie sie von dort fortgekommen waren.

Und dennoch war er dem grauen Nebel auf geheimnisvolle Weise entwischt, scheinbar auf seine eigene Bitte hin.

Vredech war sich mit einemmal gar nicht mehr sicher. Ihm kamen lähmende Zweifel. Seine Füße wurden bleischwer, und sein Kopf tat wieder weh. Plötzlich wollte er nur noch anhalten und sich hinsetzen. Nichts tun. Nur dasitzen. Der Pfeifer war ihm ein Stückchen voraus, aber noch sichtbar trotz der Dunkelheit, als sei er selbst eine Lichtquelle. Eine unbekümmerte Melodie tönte zu Vredech zurück. Fast widerwillig nahm er sie wahr und versuchte sich dagegen zu sperren, als sie ihn wie ein kalter, erfrischender Lufthauch durchfuhr und schließlich seinen rechten Fuß dazu brachte, rhythmisch zu zucken. Der musikalischen Einmischung folgte die Erinnerung an jenes Wohlbehagen, das er noch vor wenigen Augenblicken verspürt hatte, als er sich in der Gesellschaft dieses fremdartigen Mannes wiedergefunden hatte – wo immer das auch gewesen sein mochte. Er entsann sich auch seines Entschlusses, dieses Gefühl mitzunehmen, wenn er wieder aufwachte. Er lächelte ein wenig. Ich hab' ja schon fast vergessen, es bis zum Ende meines Traums mitzunehmen, dachte er selbstkritisch.

Wenn er den Pfeifer erschaffen hatte, dann hatte er auch die Lügen erschaffen, die dieser erzählte. Und wenn er sich über diese Lügen Sorgen machte, machte er sich in Wirklichkeit Sorgen über seine eigene innere Suche – jene zarten, schmerzhaften Gedanken, die sich nur auf diese bizarre Weise zu Gehör bringen konnten. Aber indem er sich so verhielt, enthielt er ihnen die einzige Antwort vor, die sie ihm geben konnten. Er mußte ihnen freien Lauf lassen, mußte zulassen, daß sie ihm auf unterschwellige, wortlose, unbewußte Weise ihre Antworten gaben.

»Pfeifer«, rief er ihm hinterher. »Ihr wolltet mir vorhin von dem Mann erzählen, dem Ihr begegnet seid.«

Der Pfeifer drehte sich zu ihm herum. »Kein Mann, Allyn Vredech, Predigerbruder. Ein Dämon. Eine zerstörerische, mörderische Elementarkraft.« Er beugte sich mit weit aufgerissenen Augen zu ihm vor. »*Mein* Dämon.«

Vredech holte ihn ein. »Das sagtet Ihr bereits. Es scheint, als wärt Ihr unverhältnismäßig stolz auf ihn, wirklich. Warum solltet Ihr ein solches Ungeheuer erschaffen?«

Der Pfeifer öffnete den Mund, um etwas zu sagen, brachte jedoch keinen Ton heraus. Sein Mund blieb offen, und er bewegte sich nicht mehr. Der Effekt war verheerend. Vredech war nicht bewußt gewesen, wie sehr der Mann sich bewegte, bis er jetzt so unvermittelt stillstand. Die Ruhelosigkeit, die den Pfeifer ausgezeichnet hatte, schien in die sie umgebende Landschaft zu entweichen, und Vredech bemerkte bebende Schatten überall um sie herum.

»Nun?« bohrte er nach. Die Frage, die er der nun reglosen Gestalt stellte, klang heftiger, als er vorgehabt hatte. Dann hörte er sich seine eigene Frage beantworten. »Vielleicht werdet Ihr erwachen, wenn Er diese Eure Welten zu Staub hat werden lassen.«

Stille und Schweigen hüllten die beiden ein.

Langsam richtete der Pfeifer sich hoch auf, stand da, entspannt und groß, bewegungslos, doch nun auf eine andere Art.

»Das ist eine dunkle Antwort, Priester«, sagte er mit gefurchter Stirn. »Dunkler, als meinem Magen guttut. Ich verstehe allmählich, warum ich Euch gemacht habe.«

»Dann antwortet«, entgegnete Vredech schlicht. »Ich bin gespannt zu erfahren, was wir denken.«

»Keine Wortklaubereien, Priester«, sagte der Pfeifer. »Spielt Eure Rolle anständig.«

»Dann antwortet«, wiederholte Vredech.

Der Pfeifer sah auf seine Flöte hinab, die leblos und traurig in seiner Hand lag. Er brachte sie an seinen Mund, ließ sie dann wieder sinken. Sein Gesicht sah plötzlich verhärmt und erschöpft aus. Vredech merkte, wie es in seiner Hand zuckte, um ihn zu berühren, zu trösten.

»Falls das, was Ihr behauptet, wahr ist, warum sollte ich Ihm dann ständig Widerstand leisten? Warum sollte ich Ihn in immer neuen Welten bekämpfen, Zeitalter um Zeitalter, wenn ich Ihn einfach gewähren lassen könnte – ja Ihm vielleicht sogar helfen könnte?« Er bleckte die

Zähne zu einem wütenden Knurren, und seine Hände fuhren in die Höhe wie Klauen. »Warum vernichte ich nicht all dies hier? Vertilge es. Mache es wieder zu dem uranfänglichen Staub, der es einmal war. Wenn es hier nichts mehr gäbe, würde ich aufwachen, oder?« Mit flehenden Augen wandte er sich zu Vredech um.

Vredech blieben die Worte im Hals stecken.

»Warum, Priester?« rief der Pfeifer. »*Eure* Frage. Warum?«

Vredechs Mund war plötzlich trocken vor Angst, aber er sprach die Gedanken aus, wie sie ihm in den Sinn kamen. »Zwei Antworten, Pfeifer, vielleicht drei. Ihr wärt dann allein mit Ihm in einer Ödnis toter Welten.« Er schluckte. »Aber das kann nicht sein, weil Er Euer Geschöpf ist, und wenn Er Seine Aufgabe erfüllt hätte, würdet Ihr Ihn ja nicht mehr brauchen. Und wenn dann tatsächlich nichts mehr existierte an diesem Ort, dann könntet Ihr möglicherweise erwachen.«

Der Pfeifer beugte sich gebannt lauschend vor. »Und die andere Möglichkeit?«

Vredech, dessen Gesicht starr war von der Anstrengung des Redens, sah ihm in die Augen. »Die andere Möglichkeit ist, daß ...« Er zögerte. »Die andere Möglichkeit ist, daß ... Er nicht Euer Geschöpf ist.«

»Sondern das Eure!« platzte der Pfeifer los, wieder ganz Munterkeit. »Wie auch ich vermutlich.« Er wirbelte herum und schlug sich mit der Flöte in die Handfläche, bevor er sie anklagend auf Vredech richtete. »Noch eines von deinen Spielchen, Priester? Zur Hölle mit dir, wie immer die in deiner schwarzgewandeten Religion aussehen mag. Ich bin kein leichtgläubiger Bauer, den man mit gedrechselten Worten und flammenden Reden zum Narren halten und beeindrucken kann. Ich sehe, was ich sehe, und ich sehe es als das, was es ist. Ich habe Traumwege jenseits deiner Vorstellungskraft gebaut, bin über Brücken aus Sonnenlicht inmitten glitzernder Wolkenstädte geschwebt, habe Wüsten aus unbarmherzigem

Sand und blendendem Schnee durchmessen, habe Legionen in die Schlacht geführt, erobert ...« Er hielt inne und fuchtelte wild mit der Hand durch die Luft, als wolle er seinen Redefluß zum Versiegen bringen. »Und du, du schwarzäugige Krähe, du marterst meine Seele aus purem Vergnügen mit deiner Fragerei.« Er riß die Flöte hoch, als wolle er Vredech damit schlagen.

»Die andere Möglichkeit ist, daß Er weder Euer noch mein Geschöpf ist, sondern *real!*« schrie Vredech ihn an. Sein Kopf duckte sich weg, um dem Hieb auszuweichen, doch seine Füße trugen ihn voran, als wolle er ihn in Empfang nehmen. »Genau wie ich. Genau wie Ihr. Genau wie alle anderen Dinge, die Ihr erlebt habt. *Real,* Pfeifer.« Seine Stimme wurde zu einem kaum hörbaren Flüstern. »Nicht Eure Schöpfung, nicht meine, sondern die eines anderen.«

Der Pfeifer starrte Vredech verzweifelt an, die Hand noch erhoben.

»Real.« Er sprach das Wort ganz leise aus, als prüfe er irgendeine geheimnisvolle Kraft. »Real.« Langsam ließ er den Arm sinken, genauso langsam hob er die Flöte an seinen Mund. Er blies eine einzige Note, langgezogen und anhaltend, die aber immer leiser und leiser wurde. Vredech erschien sie wie ein schimmerndes Silberseil. Er hatte eine Vision dieses Seils, wie es sich in die Dunkelheit davonwand, weiter und immer weiter, und sich seinen ewigen Weg durch die Sterne suchte.

Selbst nachdem der Pfeifer aufgehört hatte zu spielen, schien es Vredech, als klinge der Laut weiter und würde bis in alle Ewigkeit erklingen.

»Die Lautschnitzer haben mich gelehrt, dies zu spielen«, erklärte der Pfeifer mit einem traurigen Kopfschütteln. »Ein fremdartiges, schwer zu begreifendes Volk. Aber die Töne, die ich hervorbringe, sind weniger als ein Schatten von dem, was sie vermögen. Ich frage mich, ob ich ihnen noch einmal begegne. Jetzt hätte ich so viele Fragen, die ich ihnen stellen möchte.«

Vredech schwieg. Die furchtbare Gewalttätigkeit, die noch vor wenigen Augenblicken von dem Pfeifer ausgegangen war, war ganz und gar verschwunden, und seine Stimme enthielt eine solch schmerzliche Bitterkeit, daß es ein Akt bewußter Grausamkeit gewesen wäre, ihn zu unterbrechen.

Der Pfeifer sah ihn an. »Ihr seid ein besonderer Mensch, Allyn Vredech. Der Beste, den ich je gemacht habe.«

»Oder auf Euren Wanderungen getroffen habt«, fügte Vredech mit einem gezwungenen Lächeln hinzu. »Und ich wüßte auch nur allzu gerne, aus welchen geheimen Quellen ich Euch beschworen haben könnte. Ich hatte nie besonders viel Phantasie.«

Einen langen, zeitlosen Augenblick sahen die beiden Männer einander an.

»Es gibt keine Antwort, nicht wahr?« sagte der Pfeifer schließlich. Er blickte auf seine Hand hinab, als habe er sie nie zuvor richtig gesehen.

»Ich weiß nicht, ob wir die richtigen Fragen stellen«, entgegnete Vredech.

»Das ist eine echte Priesterantwort, fürwahr«, spottete der Pfeifer, dessen Stimmung sich wieder ein bißchen hob.

»Die Antwort eines Denkers«, gab Vredech scheinbar vorwurfsvoll zurück.

»Noch eine Priesterantwort«, trumpfte der Pfeifer auf.

»Kommt, laßt uns unsere Situation erörtern. Laßt uns vernünftig sein – wie Priester.«

Der Pfeifer lachte laut, was die Schatten zum Tanzen brachte. »Vernunft und Priester. Öl und Wasser.« Er lachte erneut. »Erst nennt Ihr mich einen Lügner, dann einen Priester. Soviel steht fest, Ihr seid nicht knauserig mit Euren Flüchen, Nachtaugen.«

»Ich dachte, Ihr seid über jeden Fluch erhaben, den *ich* Euch an den Kopf werfen könnte.«

Der Pfeifer spielte wieder, die drei Noten, die Vredech

als erstes vernommen hatte, aber ein wenig schneller, und die Stimmung, die sie ausdrückten, war fast eine von Neugier. »Stimmt, stimmt, stimmt«, hauchte der Pfeifer über das Mundloch hinweg.

»Erzählt mir von dem Mann«, wagte Vredech zu fragen. »Was auch immer, wo auch immer, wann auch immer wir uns befinden – *wer auch immer* wir sind –, *Er* ist es, der Euch dieses Leid zufügt.«

Der Pfeifer hörte auf zu spielen und hob den Blick, als suche er etwas. »Ich bin mir nicht sicher, ob ich noch weiß, wie man erzählt«, sagte er. »Ihr habt so seltsame Zweifel in mir geweckt.«

»Eine Priesterantwort«, meinte Vredech.

Der Pfeifer warf ihm einen scharfen Blick zu, doch in seinen Augen funkelte der Spott. »Priester haben keine Zweifel«, erklärte er.

»Wahre Priester haben ständig Zweifel«, widersprach Vredech umgehend.

Dann sagten beide gleichzeitig: »Eine Priesterantwort!« und brachen in Gelächter aus.

»Seid still, Nachtaugen«, sagte der Pfeifer in freundschaftlich mahnendem Tonfall, als das Gelächter verebbt war. »Ich muß eine Melodie spielen.«

Und mit einemmal war die Luft voll von ausgelassener, mitreißender Musik, die Vredech trotz aller priesterlichen Würde keine andere Wahl ließ, als mit über den Kopf erhobenen Händen den hämmernden Rhythmus mitzuklatschen. Der Pfeifer zuckte und hüpfte beim Spielen, und sein Körper bildete seinen eigenen tanzenden Kontrapunkt zu der munteren Musik.

Plötzlich hielt er inne. Vredech stand mit erwartungsvoll erhobenen Armen da. »Ihr seid kein begnadeter Trommler, Priester. Aber für jeden, der einen Hauch Musikalität in sich hat, gibt es noch Hoffnung.« Seine Augen sprühten Funken, sein Gesicht war gerötet. Vredech lächelte breit, als habe man ihm soeben ein großes Lob ausgesprochen. Dann merkte er, daß der Pfeifer ihm bedeutete, er solle sich umdrehen. Mitten in der Bewegung forderte ein seltsames Gefühl unter seinen Füßen seine Aufmerksamkeit. Er stand auf Gras! Und er warf einen Schatten!

Er blickte hoch.

Zunächst konnte er nicht genau erkennen, was er vor Augen hatte, so sehr hatte er sich an die graue Welt der Schatten gewöhnt, in der er und der Pfeifer sich unterhalten hatten. Dann erkannte er, daß er auf dem Abhang eines Hügels stand und über eine weite, sanft gewellte Landschaft schaute, hinüber zu einem fernen Horizont, der sich im Licht einer untergehenden Sonne rot färbte.

»Wo . . .?«

»Psst«, machte der Pfeifer ganz leise, während er an seine Seite trat.

Vredech tat wie geheißen, und ein paar stille Minuten lang standen die beiden Männer nur da und bewunderten den Sonnenuntergang. Lange, trügerische Schatten verhüllten das Land, über das ihre Blicke schweiften, aber Vredech konnte trotzdem Bäume und Wälder und Felder erkennen und, ja, er meinte auch irgendwelche Siedlungen auszumachen. Golden schlängelte sich das Band eines breiten Flusses durch das Land, und die Luft um sie herum war lind und warm und erfüllt vom abendlichen Gesang der Vögel. Vredech spürte, wie sich ein überwältigendes Gefühl von Frieden über ihn legte.

Ein dumpfer Knall riß ihn aus seinen Träumereien. Ein Blick nach hinten zeigte ihm, daß der Pfeifer sich der Länge nach im Gras ausgestreckt hatte, die Hände im Nacken verschränkt. Er ließ sich neben ihm zu Boden fallen.

»Wo sind wir?« fragte er, nicht mehr in der Lage, sich länger zu beherrschen.

»Hier«, bekam er zur Antwort. »Wir sind nur immer hier.«

»Hört auf damit, und beantwortet meine Frage!« verlangte Vredech mit strenger Stimme.

Der Pfeifer kicherte vor sich hin, hielt sich die Flöte ans Auge und schaute an ihr entlang über die Landschaft hinweg. Bedächtig schwenkte er sie vor dem roten Horizont hin und her. »Ihr wäret keinen Deut klüger, wenn ich's Euch sagte«, antwortete er. »Es ist halt eine Welt, die ich einmal gemacht habe. Ich trag' sie immer bei mir, wenn ich mich einmal hinlegen und nachdenken muß.«

Vredech schüttelte den Kopf. »Selbst *ich* könnte mir etwas so Sanftes und Friedliches wie das hier ausdenken«, entgegnete er.

Überraschend bedachte der Pfeifer ihn mit einem zustimmenden Kopfnicken. »Gut«, meinte er. »Dann mal los. Und tragt sie immer bei Euch.«

Die Bemerkung rief Vredech ins Gedächtnis, worüber er anfangs nachgedacht hatte; jetzt würde er dieses Gefühl des Wohlbehagens in seine eigene Welt mitnehmen, wenn er in sie zurückkehrte.

Die Vorstellung schien etwas tief in seinem Innern Verborgenes anzurühren.

»Hättet Ihr es vorgezogen, wenn ich Euch in ein von Pest und Hungersnöten entvölkertes, von durchziehenden Heeren verwüstetes Land geführt hätte?« fragte der Pfeifer.

»Ich hätte am liebsten, Ihr erzähltet mir von Ihm«, konterte Vredech. »Ihr würdet über den wahren Kern Eurer Sorgen sprechen.«

Der Pfeifer setzte sich auf und schlang die Arme um seine angezogenen Knie. »Woher das Interesse?« wollte er wissen. »Er ist *mein* Quälgeist, nicht Eurer.«

Vredech sprach die Antwort aus, bevor er nachgedacht hatte. »Weil Er jetzt in meiner Welt ist«, sagte er. »Und ob Ihr wirklich oder ein Trugbild seid, Ihr seid hier, um mir von Ihm zu erzählen.«

Der Pfeifer legte den Kopf zur Seite und musterte Vredech eindringlich. »Ich weiß nichts über Ihn«, entgegnete er. »Er *ist*, mehr kann ich Euch nicht sagen.« Er pflückte eine kleine weiße Blume und reichte sie Vredech. »Er *ist*.

Wie diese Blume, dieser Hügel, dieser Sonnenuntergang.«

»Aber den Blumen und dem Sonnenuntergang schreit Ihr kein trotziges Nein entgegen«, wandte Vredech ein, während er die Blume nahm. »Ihr lauft nicht vor ihnen weg oder flüchtet Euch in selbstgeschaffene Welten.«

»Man flieht Waldbrände, Hochwasser, Unwetter ...«

»Hört auf damit«, verlangte Vredech mit kummervoller Miene. »Lauft nicht länger davon. Erzählt mir einfach, wer Er ist und warum ich Ihn kennen muß.«

»Er ist ich ...«

»Hört auf damit, verdammt noch mal!« Zorn stieg in Vredech hoch, wild und unvermutet.

Ganz kurz glitt eine zornige Regung auch über das Gesicht des Pfeifers, aber als er antwortete, klang seine Stimme ruhig und beherrscht. »Nun denn«, sagte er. »Wir hatten uns doch darauf geeinigt, daß wir nicht streiten wollten, oder? Also, wer ist Er? Er ist das personifizierte Böse. Seine Verkleidungen sind immer andere, aber Er ist immer derselbe. Es ist beinahe so, als sei Er zu Anbeginn der Zeiten als ein Ganzes aus der Hitze der Großen Schöpfung gekommen, statt, wie es vorgesehen war, als ein ... mäßigender, ernüchternder Einfluß, der über die ganze Menschheit verteilt sein sollte.«

Vredech beobachtete den Pfeifer genau. Er fragte sich, ob er nicht irgendwann wieder vom Thema abkommen und sich in irgendeine Belanglosigkeit flüchten würde. Aber der Pfeifer schien völlig in seine Erzählung versunken zu sein. Die untergehende Sonne färbte sein Gesicht rot. »Es ist fast so«, fuhr er stockend fort, »als sei der ganze Schöpfungsprozess fehlgegangen. ›Zerrissen der Sinn, vor allem Anbeginn‹«.

Wider Willen riß Vredech entsetzt die Augen auf. Das war Gotteslästerung! Die Schöpfung war Ishryths Werk, und sie war vollkommen. Erst die angeborene Sündhaftigkeit der Menschen hatte sie verdorben. Es –

Er unterbrach seine Gedanken. Gotteslästerung oder

nicht, er mußte weiter zuhören. Was immer hier vor sich ging, es war etwas, was man sich anhören mußte.

Der Pfeifer schüttelte den Kopf, als verwerfe er seine soeben geäußerte Idee wieder. »Er streift durch die Welten wie ein verlorener Geist – nein, wie ein Raubtier, ein Parasit, auf der Suche nach einem Wirt.« Er verstummte, in Gedanken versunken; seine Augen blickten starr geradeaus, seine Flöte schwang sachte in seiner Hand hin und her wie ein Pendel.

Nicht ›durch meine Welten‹, registrierte Vredech. Obwohl es Bestandteil ihrer Abmachung war, erfüllte es ihn mit tiefem Unbehagen. Er wagte eine Anmerkung. »Ihr hört Euch an, als sprächet Ihr über Ahmral, den Teufel«, sagte er, »eine übernatürliche Manifestation von –«

Mit einer schroffen Handbewegung gebot der Pfeifer ihm zu schweigen. Sein langer Zeigefinger drohte ihm und fuchtelte mit hypnotisch kreisenden Bewegungen vor seinem Gesicht herum. »Das hat nichts mit ›übernatürlich‹ zu tun, Priester. Es gibt nur die Dunkelheit, wo Eure Fähigkeit endet, das Natürliche zu messen. Und es liegt bei Euch, ja, vor allem bei Euch, Licht in dieses Dunkel zu bringen. Er ist nur allzu menschlich, allzu natürlich. Er ist der Inbegriff all dessen, was dunkel und faul ist an der menschlichen Natur, die Essenz dessen, was sich in Unwissenheit suhlt.« Die lange Hand ballte sich zu einer verkrampften Faust. »Er ist so real wie meine Faust hier. Und obwohl er für gewöhnlich andere benutzt, um seinen verfluchten Willen in die Tat umzusetzen, so könnte er Euch doch ebensogut mit bloßen Händen erwürgen, wenn Ihm der Sinn danach stände, er könnte Eure kleinen Kinder ins Feuer werfen und Eure Frauen schänden und erschlagen – *und sein Herz würde dabei frohlocken.* Übernatürlich!« Er spuckte aus.

In der Stimme des Pfeifers lag eine solche Verachtung, daß Vredech auf einmal nur noch den Pfad verlassen wollte, auf den er selbst den Pfeifer gebracht hatte. Er wollte nur noch, daß sie sich wieder über ihre jeweilige

Realität stritten. »Aber Ihr sagtet doch, Er sei ... Ihr selbst, Euer Geschöpf, Euer dunkles Ich.« Doch die Worte wollten nicht Gestalt annehmen. Und genausowenig konnte er sich dazu zwingen zu denken, daß er schließlich nur dem wirren Gerede von jemandem zuhörte, der ein Produkt seiner eigenen Einbildungskraft war. Seine Sinne enthielten ihm diese Art von Trost vor: Alles um ihn herum zeugte davon, daß sowohl er als auch der Pfeifer und diese stille Sommerabendwelt real waren, auch wenn das jeder Vernunft zu spotten schien.

Es gibt nur die Dunkelheit, wo Eure Fähigkeit endet, das Natürliche zu messen.

Damit hatte der Pfeifer ihn festgenagelt. Er konnte weder vor, noch zurück.

Verflucht sollte er sein!

Der Pfeifer sprach weiter. »Falls Er in Eurer Welt weilt, Allyn Vredech – und Ihr habt so etwas erwähnt –, dann ist Er einer von euch, ein Priester. So habe ich ihn zu Gesicht bekommen.« Er runzelte die Stirn, als versuche er sich an etwas zu erinnern. »Und Er hat bereits eine Aura von Blutvergießen um sich – Er zieht es an. Labt sich daran. Lebt davon. Er schmiedet Pläne, intrigiert, überlegt, betrügt, strebt nach Macht. Ihr trefft Ihn vermutlich dabei an, wie er behutsam und verstohlen Unruhe und Unzufriedenheit sät, wo er vorgibt, Ruhe und Frieden zu stiften. Findet Ihn, Priester. *Tötet Ihn.*«

Der Ausspruch schien wie eisiger Nebel durch die milde Abendluft zu schneiden. Ihre ruhige, schlichte Gewißheit verlieh seinen Worten etwas Furchteinflößendes, Schreckliches, das kein heftiger Gefühlsausbruch hätte bewirken können, und Vredech wich voller Entsetzen zurück.

Er begann zu stottern: »Ich kann doch nicht ...«, und dann stieg etwas Wütendes, fast Kindisches in ihm hoch. »Warum habt Ihr Ihn nicht getötet, wenn Ihr Ihn so gut kennt, wenn Ihr Ihm so oft begegnet seid?« Seine Stimme hatte einen schrillen Beiklang.

Der Pfeifer schien nicht antworten zu wollen, und ein langes Schweigen trat ein. »Das habe ich«, sagte er schließlich. »So wie andere auch.«

»Warum . . .?«

»Es genügt nicht«, gab der Pfeifer zur Antwort, bevor die Frage ausgesprochen war, »seinen Leib zu töten. Es verschafft Seinen Opfern eine Atempause, kurze Erleichterung – etwas, das man nicht geringschätzen sollte, das kann ich Euch versichern. Doch es trennt Ihn nur gewaltsam von Seiner jeweiligen sterblichen Hülle. Danach ist Er wieder frei, kann umherziehen, sich einen anderen Ort, eine andere Zeit, einen anderen Wirt suchen. Wieder von vorne anfangen. Er verfügt über endlose Geduld.« Der Pfeifer wandte sich mit grimmiger Miene zu Vredech um. »Und jedesmal, wenn Er kommt, baut Er Seine Wege ein Stückchen weiter aus, pflanzt Seine Verderbnis ein wenig tiefer in die Herzen der Menschen. Mit endloser, endloser Geduld.«

»Ich verstehe nicht«, sagte Vredech. Seine Kopfschmerzen setzten wieder ein. »Wenn Er tot ist, ist Er tot.«

Der Mund des Pfeifers verzog sich zu einem traurigen, ironischen Lächeln.

»Glaubt man in Eurer Religion nicht an die Unsterblichkeit der Seelen, Priester?« fragte er.

Mit dieser Bemerkung brachte er Vredech aus der Fassung. »Ja, schon . . . die Seele ist derjenige Teil des Menschen, der nach dem Tod des Körpers zu Ishryth zurückkehrt. Aber sie ist keine . . . Wesenheit, die in der Lage wäre, von jemand anderem Besitz zu ergreifen.«

Der Pfeifer kicherte leise vor sich hin und schüttelte betrübt den Kopf, wie ein Vater, der weiß, daß er seinem Kind irgendeinen tiefgründigen Sachverhalt nicht verständlich machen kann. »Macht Euch nichts draus«, sagte er. »Vertraut mir einfach in dieser Sache. Der Tod Seiner körperlichen Hülle ist nur ein vorübergehender Rückschlag.« Er kicherte erneut, diesmal ein wenig lauter. »Ein Rückschlag, den Er mit allen Mitteln zu verhindern sucht, das kann ich Euch versprechen, aber eben doch nur ein vorübergehender Rückschlag.«

Er streckte sich wieder im Gras aus, und sein Gesicht nahm einen versonnenen Ausdruck an.

Vredech wartete.

Der Pfeifer spielte noch einmal die drei Noten, langgezogen, langsam, klagend. Er spielte sie mehrmals, um dann die Augen zu schließen. »Schwach«, flüsterte er. »Er war schwach. Jetzt fällt es mir wieder ein. Er klammerte sich fest wie ein Kletterer am Abgrund, der den Halt verliert, der sich verzweifelt an einen winzigen Felsvorsprung in der Wand klammert. Verzweifelt.« Plötzlich schlug er die Augen auf, und seine Flöte gab einen immer lauter werdenden, ängstlich kreischenden Ton von sich. »Er ist einem schrecklichen Feind begegnet«, fuhr er fort, während er sich mit einer schroffen Bewegung aufsetzte. »Jemand, dem es nicht nur gelungen ist, Seinen Körper zu zerstören, sondern der auch in Sein tiefstes Inneres vorgedrungen ist und nochmals zugeschlagen hat – Ihn in alle Winde und Zeiten zerstreut hat. Ihn wieder zu dem gemacht hat, was Er ursprünglich sein sollte.«

»Ich begreife nicht«, wandte Vredech ein. Seine Kopfschmerzen wurden schlimmer, und er bekam immer größere Schwierigkeiten, mit den fließenden Realitäten Schritt zu halten.

Der Pfeifer bat mit erhobener Hand um Schweigen. »Ich habe von Leuten gehört – es sind ganz wenige –, die die Gabe der Veränderung besitzen. Diejenigen, die aus irgendeinem Grund dem Wesen aller Dinge näher sind als die meisten und es nach Belieben verwandeln können – Luft, Wasser, Erde, das Leben selbst.« Er starrte in den blutroten Himmel. »Es heißt, Er halte allzeit nach ihnen Ausschau. Er vermag sie zu benutzen – sie können Seinen Weg zwischen den Welten erleichtern. Aber Er fürchtet sie auch. Alles Schaffen ist Vernichten, und damit können sie Ihn zerstören.«

Er hielt abrupt inne. »Er ist schwach, Er ist schwach, Er ist schwach«, wiederholte er fast verzückt. »Vielleicht könnte jetzt allein das Töten Seines Körpers den winzigen Halt vernichten, den Er hier noch hat. Ihn für immer vertreiben.« Er begann aufgeregt zu zappeln, hierhin und dorthin zu schauen. Die Flöte flimmerte im rötlichen Abendlicht. »Ich muß Ihn finden. Und ich muß den Wandler finden, der Ihm das angetan hat.« Er hielt inne, stand reglos da zwischen Vredech und dem letzten Aufglühen der versinkenden Sonne. »Und Ihr müßt das auch, Priester. Ihn finden. *Ihn töten.*«

Vredech hielt es nicht mehr aus. Vom Pfeifer konnte er in der hereinbrechenden Dunkelheit nur noch vage Umrisse erkennen, und sein Schädel dröhnte zum Gotterbarmen.

»Nichts von alledem ist wirklich«, schrie er wütend und machte Anstalten, sich zu erheben.

Ein Aufkreischen und ein angstvoller Schrei folgten seinem Ausbruch, und Licht schien ihm schmerzhaft in die Augen.

# KAPITEL 19

Vredech schloß die Augen, und sein Kopf zuckte heftig zur Seite. Das Licht schwankte unbeständig.

»Stell die Laterne herunter, schnell«, sagte eine Männerstimme, und Vredech fühlte, wie starke Hände ihn sowohl stützten als auch festhielten. Das Licht wurde schwächer. »Langsam, Bruder, ganz langsam«, fuhr die Stimme fort. »Wehrt Euch nicht. Ihr seid in Sicherheit. Ihr müßt geträumt haben.«

Vredech widersprach aus reiner Gewohnheit: »Ich träume nicht«, aber es war kaum zu verstehen, was er sagte.

»Ja, ja«, beschwichtigte ihn die Stimme, ohne seinen Worten Beachtung zu schenken.

»Pfeifer?« fragte Vredech unsicher.

»Was?« hörte er eine leicht amüsierte Frage, dann, an jemand anderen gerichtet: »Ich glaube, er träumt immer noch.«

»Ist er in Ordnung?« fragte eine Frauenstimme besorgt.

Sie erhielt ein unverbindliches Knurren zur Antwort. »Macht ein bißchen mehr Licht.« Vredech registrierte die erhöhte Helligkeit durch seine geschlossenen Augenlider hindurch. »Geht es Euch wieder gut, Bruder?« fragte der Mann. »Ich bin's, Skynner. Ihr seid gestürzt, wie es aussieht. Tut Euch irgend etwas weh?«

Vredechs Gedanken überschlugen sich. Wo war er? War das ein weiterer Traum? Wo war der Pfeifer? Der Abhang – der Sonnenuntergang?

»Bruder?«

»Ich wußte ja, daß so etwas passieren mußte«, erscholl die Frauenstimme erneut. Sie klang erregt. »Er hat sich in letzter Zeit völlig vernachlässigt –«

»Seid still«, sagte Skynner barsch. »Holt mir ein wenig Wasser und ein Tuch, damit ich ihm den Kopf sauberwaschen kann.«

Vredech schlug die Augen auf und erblickte den Rücken seiner beleidigt aus dem Zimmer rauschenden Haushälterin. Dann füllte Skynners Gesicht sein Blickfeld aus. Es drückte beträchtliche Sorge aus, aber der Wachtmeister lächelte. »Ich habe in letzter Zeit eine Menge Ärger mit Priestern, die sich des Nachts anscheinend nicht auf den Beinen halten können und stürzen«, sagte er. »Ich gewinne langsam die Überzeugung, daß Ihr alle Euren Enthaltsamkeitsschwur gebrochen habt.«

Gleichzeitig mit seinem Blick klärte sich auch Vredechs

Kopf. Die Perspektive war ungewohnt, aber er erkannte vertraute Möbelstücke. Es handelte sich um sein Arbeitszimmer, in seinem Versammlungshaus, in Troidmallos. Skynner und das Haus machten aus irgendeinem Grund einen mittelprächtigen Aufstand um ihn.

Und er lag auf dem Fußboden!

War gestürzt, wie Skynner gesagt hatte. Ja, das war es. Er mußte gestürzt sein.

Der hämmernde Schmerz in seinem Schädel unterbrach seine Überlegungen, und er tastete mit der Hand nach seiner Schläfe. Skynner hinderte ihn daran. »Laßt es mich erst mal genauer untersuchen, bevor Ihr irgendwas verpfuscht«, erklärte er mit gebieterischer Stimme. Vredech widersetzte sich nicht. Er mochte ja wieder zu Hause sein, aber die Erinnerung an den Pfeifer war noch vorhanden, klar und deutlich. Ein reales Vorkommnis, das sich vor kaum einer Minute abgespielt hatte. Real und solide. Nicht wie diese vagen Erinnerungen, die er an ... anderer Leute Träume hatte. Fast erschrocken verscheuchte er den Gedanken. Im Moment hatte er genug damit zu tun, mühsam auseinanderzuhalten, welche Realität die wirkliche war. Da mußte er sich nicht auch noch den Kopf darüber zerbrechen, warum er jetzt plötzlich träumte ...

Nein! Das durfte er nicht einmal denken. Es gab nur *eine* Realität. Hier war hier, das, worin er den Großteil seines Lebens als Erwachsener verbracht hatte. Die Welt – oder die Welten – des Pfeifers war ein Trugbild seiner eigenen Phantasie, wie lebensecht sie auch gewirkt haben mochte. Er mußte sich an das klammern, was er hier hatte, was ihm bekannt war. Das Wort ›klammern‹ beunruhigte ihn indes. Der Griff seiner Hand um Skynners Arm verstärkte sich.

Der große Mann zuckte zusammen. »Ruhig«, machte er und lockerte behutsam Vredechs Griff.

»Helft mir hoch«, bat Vredech.

»Einen kleinen Moment noch, bis ich Euch zu Ende

untersucht habe«, ordnete Skynner an, während seine Hände immer noch tastend durch Vredechs Haar fuhren.

Vredech protestierte verärgert.

»Helft mit hoch, um Himmels willen. Ihr seid kein Arzt – autsch!«

»Ja, da ist es«, erklärte Skynner mit wissender Miene und tastete die Stelle auf Vredechs Kopf weiter ab, ungeachtet seiner Proteste. Die Haushälterin kam mit einer Wasserschüssel und einem sauberen Tuch zurück. Skynner bedeutete ihr, die Sachen auf ein nahes Tischchen zu stellen, was sie trotz ihrer offensichtlichen Sorge um Vredech mit einer sehenswerten Darbietung gekränkter Würde tat.

»Es ist nur eine Prellung«, diagnostizierte Skynner, befeuchtete das Tuch und legte es auf Vredechs Stirn. »Die Haut ist nicht einmal aufgeplatzt. Es wird noch eine Weile weh tun, aber –«

»Ihr seid wohl Fachmann für Kopfverletzungen, nicht wahr?« unterbrach Vredech ihn in sarkastischem Tonfall, während Skynner das Tuch abnahm und wieder neu auflegte.

»O ja«, pflichtete Skynner ihm lächelnd bei und tätschelte liebevoll den Schlagstock, der an seinem Gürtel hing. »Ein großer Fachmann.«

Vredech schüttelte den Kopf, was er auf der Stelle bereute, und Skynner lachte mitleidlos. Die schwelende Empörung der Haushälterin kochte über, und wortlos schob sie den Hüter beiseite und beugte sich über ihren verletzten Dienstherrn. »Geht es Euch gut, Bruder?« fragte sie besorgt.

Vredech konnte es sich gerade noch verkneifen, als Antwort zu nicken. »Ja«, beruhigte er sie und tätschelte ihren Arm, während er an ihr vorbei zu Skynner hochsah. »Helft mir auf«, verlangte er, eilfertig darauf bedacht, Haus' Fürsorge zu entkommen. Sein Schädel schmerzte wie der Teufel, und er wollte diese Leute endlich los werden, um in Ruhe nachdenken zu können.

Und der einzige Weg dorthin war, so zu tun, als ginge es ihm blendend.

Skynner zog ihn auf die Füße und setzte ihn in seinen Sessel. »Der Missetäter auf der Anklagebank sollte immer sitzen«, erklärte er mit einem aufmunternden Grinsen. Vredech warf ihm einen verblüfften Blick zu. Der Hüter klopfte auf die Armlehne des Sessels. »Wie es aussieht, habt Ihr Euch den Kopf beim Sturz angeschlagen«, erläuterte er.

Vredech nickte bedächtig.

»Ein Glück, daß Wachtmeister Skynner vorbeikam«, mischte Haus sich ein, die sich am Rande des Geschehens offensichtlich nicht wohl fühlte. »Ich wollte gerade zu Bett gehen. Ich hätte Euch erst morgen früh gefunden. Ihr habt mich zu Tode erschreckt, jawohl. Und allein hätte ich Euch nicht wieder hochbekommen.« Sie nutzte die kurze Pause des Luftholens, um Wachtmeister Skynner anzusehen. »Ich erzähle ihm schon seit Wochen, er soll mehr auf sich achtgeben, soll sich nicht so überarbeiten. Er hat nicht mehr anständig gegessen, hat nicht mehr geschlafen. Er sollte wirklich einen Arzt –«

»Danke, Haus«, stieß Vredech in der Hoffnung hervor, die Flut von Befürchtungen, die jetzt loszubrechen drohte, noch in letzter Sekunde eindämmen zu können. »Jetzt ist ja alles wieder in Ordnung. Wir sollten dankbar dafür sein, daß Ishryth Wachtmeister Skynners Schritte in dem Augenblick vor unsere Tür gelenkt hat, als wir seine Hilfe brauchten.«

»So sei es«, intonierte Haus mit einer knappen, aber ehrfüchtigen Verbeugung, konnte sich aber gerade noch davon abhalten, das Kreiszeichen über ihrem Herzen zu machen.

Vredech beugte sich in dem Sessel vor und machte das Tuch noch einmal naß. Haus hielt sich immer noch in seiner Nähe auf, als er es auswrang und es sich behutsam wieder auf die Stirn legte. Ihre Hände zuckten nervös. Vredech ergriff sie. »Mach dir keine Sorgen«, bat er freundlich. »Mir geht es wieder gut, ehrlich. Ich habe nur das Gleichgewicht verloren, als ich mich im Sessel nach etwas gestreckt habe, und bin unglücklich gefallen, das ist alles.« Bekümmert sah sie auf ihn hinunter. Sie wollte gerade etwas sagen, als sein Blick auf den Teller mit dem Abendessen fiel, der zusammen mit ihm zu Boden gefallen war. Er runzelte die Stirn. »Entschuldige die Unordnung.«

Dankbar dafür, etwas Praktisches tun zu können, eilte Haus davon. »Ich wisch es sofort weg, Bruder«, plapperte sie. Ganz konnte sie sich den Vorwurf jedoch nicht verkneifen, und bevor sie das Zimmer verließ, sagte sie noch: »Aber es wäre besser gewesen, wenn Ihr es sofort aufgegessen hättet.« Man hörte sie noch vor sich hinbrabbeln, als sie schon die Diele durchquerte.

Skynner schmunzelte. »Ich wußte gar nicht, daß Ihr verheiratet seid, Bruder«, sagte er nach einem Moment.

Vredech streckte die Hand aus. »Genug«, befahl er mit einem Grinsen und soviel priesterlicher Autorität, wie sein schmerzender Schädel es gestattete. »Nun, was kann ich für Euch tun?«

Haus kehrte zurück, bevor Skynner etwas erwidern konnte, und eine Zeitlang wurden die beiden Männer hierhin und dorthin geschoben, während sie ihren häuslichen Pflichten nachkam und emsig und tatkräftig die Überreste von Vredechs Sturz beseitigte. Vredech setzte sein dankbarstes und beruhigendstes Lächeln auf, als er sie endlich wegschickte. Sobald sie jedoch das Zimmer verlassen hatte, ließ er sich schwerfällig in seinen Sessel sinken und preßte das nasse Tuch gegen seine Schläfe.

Skynners Gesicht nahm einen besorgten Ausdruck an. »Ihr seid doch nie und nimmer aus dem Sessel gefallen«, stellte er fest. »Ihr seid aus irgendeinem Grund ohnmächtig geworden. Und Ihr seht aus wie der leibhaftige Tod. Ihr solltet wirklich –«

»Haron, ich bin Euch wirklich zu Dank verpflichtet, daß Ihr mir gerade jetzt geholfen habt«, unterbrach Vredech ihn mit fester Stimme. »Das mindeste, was Ihr mir erspart habt, ist eine höchst unbequeme Nacht auf dem Fußboden, und ich bin Euch wirklich dankbar. Außerdem habt Ihr Haus den Herzanfall erspart, den sie bestimmt bekommen hätte, wenn sie mich am nächsten Morgen allein hier gefunden hätte, und dafür bin ich Euch womöglich noch dankbarer. Aber ich vermute dennoch, daß Ihr mir zu dieser späten Stunde keinen Höflichkeitsbesuch abstatten wolltet. Was also kann ich für Euch tun?«

Skynner wirkte peinlich berührt. »Es ist mir unangenehm, Bruder«, begann er. »Sehr unangenehm, um ehrlich zu sein.« Er schlug die Hände zusammen und zuckte ausgiebig die Achseln. »Also, ich denke, ich lasse es erst einmal. Ich kann morgen früh wiederkommen, wenn Ihr Euch ein wenig ausgeruht habt.«

»Setzt Euch, Haron«, entgegnete Vredech gereizt und zeigte auf einen Stuhl. »Ich leide lediglich unter ein bißchen Überarbeitung, Kopfschmerzen und einem gerade noch zu verschmerzenden Verlust an Würde, alles Dinge, die nicht weiter von Belang sind. Ihr auf der anderen Seite hättet Euch nicht zu dieser Tageszeit herbemüht, wenn es nicht um etwas Ernstes ginge. Also erzählt mir schon, worum es geht, und dann könnt Ihr mit Eurer Arbeit weitermachen, und ich kann meinen Kopf aufs Kissen legen.«

Skynner schwankte einen Augenblick, was für ihn ganz ungewöhnlich war, und mied Vredechs Blick. Dann räusperte er sich verlegen und berichtete, als lege er vor dem Stadtgericht Zeugnis ab, von seiner Begegnung mit Cassraw am frühen Abend.

Vredech hörte ihm mit zunehmender Fassungslosigkeit zu, und seine Sorgen um das eigene Wohlergehen traten vorübergehend in den Hintergrund. Skynner schloß seine Ausführungen mit dem verlegenen Hinweis, daß nichts von alledem, was er gesagt habe, offiziell sei, nur zu Vredechs Information. Vertraulich.

»Ich verstehe«, meinte Vredech. »Ich werde niemandem davon erzählen, bevor ich nicht erst mit Euch gesprochen habe. Aber was haltet Ihr denn davon?«

»Ich habe nicht die leiseste Ahnung«, entgegnete Skynner achselzuckend. »Darum bin ich ja zu Euch gekommen.« Er senkte die Stimme und sah sich unbehaglich um. »Mit allem Respekt, aber ich konnte mich des Eindrucks nicht erwehren, daß Bruder Cassraw mich belogen hat – inwiefern, weiß ich allerdings nicht. Ich bin mir ziemlich sicher, daß er allein war – in der Gasse war sonst niemand –, und ich gewann den Eindruck, daß er sehr erregt, ja richtiggehend aufgewühlt war.«

Ein betretenes Schweigen senkte sich über das Zimmer, da es offenbar beiden Männern widerstrebte, dieser Bemerkung auf den Grund zu gehen. Skynner wechselte das Thema. »Was sein Vorhaben betrifft, von der Kanzel über den Mord zu predigen, so kann ich mir nicht vorstellen, daß das Kapitel sehr glücklich darüber sein wird. Das heißt, falls er es wirklich tut.«

Vredech runzelte die Stirn. »Ich wäre auch nicht sehr glücklich darüber«, gab er zu. »So etwas tut man einfach nicht. Es ist schon lange Tradition in der Kirche, sich nicht in weltliche Dinge einzumischen.« Sein Gesicht nahm einen grimmig entschlossenen Ausdruck an. »Seit den Tagen des Gerichts der Wahrheitsfinder, um genau zu sein. Die Kirche ist völlig ungeeignet, einen Staat zu führen. Ich kann mir nicht vorstellen, was er im Sinn hat. Es gibt jede Menge gesetzlicher und konstitutioneller Fallen und Fußangeln, die auf ihn, geschweige denn auf seine Karriere warten.«

»Der Mord hat ihn offenbar zutiefst betroffen gemacht«, sagte Skynner. »Vielleicht kommt es ihn hart an, einfach nur danebenzustehen und nichts zu tun.«

Vredech machte eine unbestimmte Geste, um dann die überraschende Frage zu stellen: »Würde es denn etwas nützen, es in einer Predigt anzusprechen?«

Skynner verbarg sein Erstaunen über diese Frage

nicht. »Was die Überführung des Mörders angeht, kann ich nichts Nachteiliges daran entdecken«, erwiderte er nach kurzem Überlegen. »Ich bin noch immer der Auffassung, daß der Täter, wer immer es sein mag, geistesgestört ist. Wir haben alle Freunde und Feinde des Ermordeten überprüft und keinerlei Anhaltspunkte gewonnen. Es gibt keinen einzigen Verdächtigen. Es wäre möglich, daß ein Wort von der Kanzel – wenn man so will, die Stimme von Ishryth – irgendeine Reaktion bewirken würde, aber ...« Er ließ den Satz unvollendet.

Vredech ließ ihn nicht aus den Augen. »Erzählt weiter«, forderte er ihn auf.

Skynner zögerte.

»Ich habe keine Erfahrung mit so einer Art von Mord«, sagte er. »Um ehrlich zu sein, es raubt mir den Schlaf, und das ist mir schon seit vielen Jahren nicht mehr passiert.« Er beugte sich vertraulich vor. »Ich versuche an Jarry zu denken, und an die paar anderen unter uns, die – nicht ganz beieinander sind. Ich versuche mich an ihre Stelle zu versetzen, mir auszumalen, was mich zu einer solchen Tat treiben könnte.«

»Und?«

»Ich bin nicht klüger als zuvor. Ich weiß, manche von ihnen behaupten, Stimmen zu hören. Manche scheinen einfach nur Aufmerksamkeit zu suchen«, fuhr Skynner verunsichert fort. »Wie ich schon sagte, ein Wort von der Kanzel könnte durchaus irgendeine Reaktion hervorrufen – aber es wäre möglicherweise nicht die Art von Reaktion, die wir gerne hätten.«

Vredech brauchte einen Moment, um zu begreifen, was Skynner meinte. »Ihr wollt sagen, es könnte zu einem zweiten Mord kommen?« fragte er mit großen Augen.

Skynner zuckte die Schulter.

Um irgend etwas zu tun, tunkte Vredech das Tuch wieder in die Wasserschüssel, wobei er es mit solcher Kraft auswrang, daß ihm die Hände weh taten. Sorgsam formte er es zu einem flachen Polster und legte es sich wieder auf seine Stirn, wobei er leicht zusammenzuckte.

»Ich hätte Euch nicht damit belasten dürfen«, beeilte Skynner sich zu sagen und machte Anstalten, sich zu erheben. »Es handelt sich um reine Vermutungen. Und schließlich ist es Bruder Cassraws Problem und nicht das Eure.«

Vredech bedeutete ihm, sich wieder hinzusetzen. »Bruder Cassraws Problem ist das Problem der Kirche, und damit ist es auch meins«, sagte er.

Aber so schnell ließ Skynner sich nicht überzeugen. »Nein, Bruder«, widersprach er. »Ich kann nicht länger bleiben, ich hab' meine Runden zu drehen. Außerdem muß ich noch mal alles überdenken – vermutlich am besten überschlafen.« Er blickte auf Vredech hinab. »Wenn Ihr jemandem, der nicht nur manche Köpfe eingeschlagen, sondern auch mehr als einmal selbst einen auf den Schädel bekommen hat, einen Rat gestatten wollt: Schlaft eine Nacht drüber. Laßt den Selbstheilungskräften Eures Körpers ihren Lauf – Euer Körper ist klüger als alle Kurpfuscher von Troidmallos.«

Vredech erhob Einwände, aber wenige Minuten, nachdem er Wachtmeister Skynner verabschiedet hatte, machte er sich bettfertig. Erst, als er tatsächlich im Bett lag, erkannte er, daß es die Macht jahrelanger Gewohnheit war, die ihn dorthin geführt hatte. Er war so mit seiner Kopfverletzung und Skynners absonderlicher Geschichte über Cassraw beschäftigt gewesen, daß er die Angst vor dem Einschlafen, die ihn nun schon seit Wochen quälte, ganz vergessen hatte.

Doch während er dort lag und seine Sorge um seine geistige Gesundheit zurückkehrte, erkannte er, daß die Angst aus unerfindlichem Grund tatsächlich viel von ihrer Intensität eingebüßt hatte. Sein erster, gefühlsmäßiger Eindruck hatte also nicht getrogen. Irgend etwas stimmte nicht, irgend etwas fehlte, und das auf zutiefst rätselhafte und beängstigende Weise. Es war an jenem

Tag geschehen, als die schwarzen Wolken wie am Tag des Gerichts über dem Land gehangen und Cassraw den Berg hinauf in ihr Zentrum gelockt hatten. Er erinnerte sich mit außergewöhnlicher Lebhaftigkeit an die kalte, fremde Präsenz, die ihn inmitten der tanzenden Schatten berührt hatte, und er erinnerte sich auch an Cassraws Zustand, als er aus dieser Dunkelheit getreten war: das Leuchten in seinen Augen, das herrische Gebaren – diese *Arroganz*! Und dann war das scheinbar alles verschwunden nach seinem eigentümlichen Zusammenbruch und seiner noch eigentümlicheren Genesung. Aber war es denn wirklich verschwunden? Von diesem Zeitpunkt an war Cassraw wie die bemühte Kopie jenes Mannes herumgelaufen, der er vor Jahren einmal gewesen war: tüchtig, fleißig, ein harter Arbeiter, der sein Versammlungshaus mit dem Feuer seiner Predigten gefüllt hatte. Was sollte daran falsch sein? Vredech wußte sich auch keine Antwort, aber die Worte des Pfeifers tönten ihm noch in den Ohren.

»Er schmiedet Pläne, intrigiert, überlegt, betrügt, strebt nach Macht.«

Dann fiel ihm noch ein: »Er ist einer von euch, ein Priester. Und er hat bereits eine Aura von Blutvergießen um sich. Er zieht es an. Labt sich daran. Lebt davon.«

Was hatte Cassraw in dieser gräßlichen Gasse zu suchen gehabt? Erregt sei er gewesen, hatte Skynner gesagt. Vredech schloß die Augen, als genüge die Dunkelheit seines Zimmers nicht, um die finsteren Gedanken zu verbergen, die ihm kamen. Ein Teil von ihm wollte sie verwerfen, aber ein anderer besaß noch immer jene unverhüllte Neugier, die er in der Gegenwart des Pfeifers verspürt hatte. Hatte dieses fürchterliche Wesen, von dem der Pfeifer gesprochen hatte, von Cassraw Besitz ergriffen? Mit Sicherheit war der Cassraw, der den Berg heruntergekommen war, von großer Entschlossenheit durchdrungen gewesen. Und hatte er sich nicht nach der Konfrontation vor der Halle des Disputs erst einmal zurückgezogen, um sich nicht sofort zu verraten, um dann später mit erneuerter Geduld zurückzukehren, um im geheimen zu intrigieren und Pläne zu schmieden?

Starke Schuldgefühle überkamen Vredech, doch er machte unerbittlich weiter. Cassraws Entschuldigung vor dem Kapitel hatte dazu geführt, daß er wieder in Gnade aufgenommen wurde. Die Vision von Cassraw, wie er – von den Kapitelmitgliedern, ihn selbst eingeschlossen – das Haus der Zeugen verlassen hatte, vervollständigte das Bild für ihn.

Vredech kam zu dem Ergebnis, daß er möglicherweise ungerecht war – ja vielleicht sogar zwanghaft. Daß er Dinge sah, die es gar nicht gab. Unter Umständen von unterdrücktem Neid auf seinen Freund getrieben. Aber es konnte nicht weiter schaden, Augen und Ohren offenzuhalten und sich seine Gedanken zu machen – oder? Und auch wenn der Pfeifer möglicherweise nur ein Produkt seiner Phantasie war, so war ihre letzte Begegnung doch von einer Offenheit gewesen, die viele seiner Bedenken beseitigt hatte. Und es war auch kein billiger Trost gewesen, der ihm da zuteil geworden war. Was war schon dabei, über diese Begegnung, diese so lebensechte, intensive Begegnung nachzudenken?

Er lächelte vor sich hin. Schon möglich, daß es keine reale Begegnung gewesen war. *Dies* war real: Decken, Laken, Kissen, vertraute Geräusche und Gerüche, Skynner, Haus, ein ganzes Leben voller Erinnerungen. Und trotzdem, während er zwischen Schlafen und Wachen schwebte und seine Hand in die Nähe seiner Nase wanderte, war da nicht ein schwacher Hauch jener duftenden Abendblume, die der Pfeifer ihm auf dem Hügel gegeben hatte?

Er hatte die Frage kaum zu Ende gedacht, als er auch schon einschlief.

In dieser Nacht träumte er wieder oder besuchte den Traum eines anderen. Er war der Träumer und war es auch nicht. Zugleich Zuschauer und Teilnehmer. Fremde

Bilder kamen und gingen; bizarre, zusammenhanglose Ereignisse entwickelten sich auf recht vernünftige Weise. Aber jetzt verstörte ihn das nicht mehr. Er war ruhiger. Er würde zuschauen und zuhören und lernen. Die Wirklichkeit immer und immer wieder in Frage zu stellen war so, als drücke man so lange auf gesundes Fleisch, bis es zu der offenen Wunde wurde, die man anfangs gefürchtet hatte. Er würde sein, was er war, wo er war. Er würde sich nicht vor der Dunkelheit fürchten, die dort herrschte, wo seine Fähigkeit, das Natürliche zu messen, endete.

Als Vredech am darauffolgenden Morgen erwachte, waren seine Kopfschmerzen trotz der Prellung verschwunden, und er fühlte sich entspannt und ausgeschlafen. Gemächlich stand er auf und absolvierte mit stillem Vergnügen seine morgendlichen Rituale, als seien sie Bestandteil einer geheiligten Zeremonie des Ishrythan. Und vielleicht waren sie es ja auch, dachte er.

Er richtete ein stummes Dankgebet an Ishryth, daß er ihm die Kraft geschenkt hatte, zu lernen.

Dann vertilgte er lächelnd ein gewaltiges Frühstück, um den strengen und prüfenden Blick der Göttin des Herdes zu besänftigen.

Cassraw ließ den Blick über die Menschenmenge im Versammlungshaus schweifen. Gut so. Jeder Platz auf den harten, hohen Bänken war besetzt, die Menschen saßen sogar in allen drei Schiffen, und auch der freie Raum im rückwärtigen Teil der Halle war gedrängt voll. Durch die offenen Türen dahinter konnte er noch mehr Menschen sehen, die die Köpfe reckten und sich auf Zehenspitzen stellten, um zu sehen und zu hören, was er zu sagen hatte. Stolz erfüllte ihn. Niemand – *niemand* – hatte seit den großen Tagen des Ishrythan ein Versammlungshaus so gefüllt.

Damals war die Teilnahme am Gottesdienst gesetzlich vorgeschrieben gewesen, und für ein Fernbleiben hatte man sich vor dem Gericht der Wahrheitsfinder verantworten müssen.

Sehr, sehr langsam ließ er den Blick über die versammelte Gemeinde wandern, als wolle er jedem einzelnen seinen Willen aufzwingen. Eine ungewöhnlich hohe Anzahl war in Umhang und Kapuze erschienen, der alten Tradition gehorchend, daß die Gläubigen demütig die Kirche betreten und sich jeglicher Zurschaustellung weltlicher Eitelkeiten enthalten sollten. Sie verliehen der Atmosphäre des Ortes eine geheimnisvolle Würde. Unter den unverhüllt Erschienenen erkannte Cassraw viele aus seiner eigenen Gemeinde, doch auf jeden von ihnen mußten zwei unbekannte Gesichter kommen. Faule Kirchgänger aus seiner eigenen Gemeinde? Leute aus anderen Gemeinden? Manche waren sogar Fremde, ihrer Kleidung nach zu schließen. Aber das machte keinen Unterschied. Und es machte auch keinen Unterschied, ob sie von dem Gerücht, was er in dieser Predigt ansprechen wollte, oder von seinem sich rasch verbreitenden Ruhm als begnadeter Prediger angelockt worden waren. Jetzt zählte nur die Tatsache, daß sie hier waren, denn dadurch, daß sie hier waren, waren sie sein. Denn er war der Auserwählte, und dies hier war *sein* Versammlungshaus, und was hier gesagt und getan wurde, entschied er und nur er allein. Allen, die gekommen waren, um ihm zuzuhören, würde er das beibringen, und sie würden sich öffnen, um Sein Wort zu empfangen. Sie würden lernen, daß sie ihre kleinlichen Kümmernisse und Wünsche dem Allgemeinwohl opfern mußten: der Erneuerung der Kirche des Ishrythan in all ihrer einstigen Macht und all ihrer einstigen Pracht, so daß Sein Wille sich wieder über die Welt verbreiten und allen Völkern Ordnung bringen konnte.

Irgend etwas in seinem Innern regte sich erwartungsvoll.

»Groß ist Deine Macht, o Herr«, sagte Cassraw.

»So sei es«, intonierte seine Gemeinde.

Cassraws Gebet war eine spontane Eingebung gewesen, nicht der Beginn der Vorrede zu seiner Predigt, die er sich eigentlich zurechtgelegt hatte. Und er hatte auch nicht mit jener Macht gesprochen, die, wie er wußte, ihm mittlerweile zur Verfügung stand, wenn er ein großes Publikum beeindrucken wollte. Die Antwort seiner Gemeinde kam deshalb völlig überraschend für ihn. Ihre abgehackte, aber gewaltige Kraft überflutete ihn wie eine hohe Woge, und einen kurzen Augenblick lang fühlte er sich, als ertrinke er darin. Panik überfiel ihn; er vergaß die Worte, die er hatte sagen wollen. Er würde stammelnd und errötend vor diesem Mob stehen, vor diesem zusammengewürfelten Haufen!

Er hatte ihn verlassen!

Und um die Gefahr, in der er schwebte, noch herauszustreichen, fiel sein Auge auf Privv, der lässig an der Rückwand der Halle lehnte. Er war nur aus einem Grund hier: um etwas aufzuspüren, was er in seinem Blatt schreiben konnte. Cassraw wußte nur zu gut, daß das Bündnis zwischen ihnen äußerst zerbrechlich war, auch wenn er Privv vorübergehend als Bundesgenossen gewonnen hatte. Eine stotternde, unsichere Predigt würde ihm doppelte Schande einbringen – zunächst hier vor dieser Versammlung, sodann durch die verzerrenden Linsen der Blätter, die die Geschichte in den folgenden Tagen immer und immer wieder bringen würden. Dann sah er Albor in Privvs Nähe stehen. Er war kaum wiederzuerkennen ohne seine Hüter-Uniform und machte einen gespannten und respektvollen Eindruck, aber Cassraw wollte es scheinen, als sei er der unerbittliche Brennpunkt des ganzen Geschehnisses: das eine Stäubchen, in dem alles zusammenkam. Er hätte ihn umbringen können wegen der unbewußten Rolle, die er bei dieser Massenzusammenkunft spielte.

Cassraws Hand krampfte sich entschlossen um das Kanzelgeländer, während er darum rang, seine Selbstbeherrschung wiederzufinden. Jahrelange Erfahrung ließ ihn regungslos bleiben, mit Ausnahme der Augen, die ihre nun blicklose Prüfung seiner Gemeinde fortsetzten. Nicht die leiseste Andeutung von seinem inneren Aufruhr drang nach draußen.

Und schließlich blickte er in die Augen seiner Frau, die direkt unterhalb von ihm saß, in ein schlichtes schwarzes Gewand gekleidet, dessen Kapuze nun zurückgeschoben war. Sie rührte sich nicht und gab ihm auch kein sichtbares Zeichen, aber ihre Anwesenheit allein erfüllte ihn mit einer mächtigen Zuversicht. Verlangen nach ihr durchströmte ihn. Und als der Nachhall dieser überraschenden Reaktion verklang, fiel aller Zweifel von Cassraw ab. Die Präsenz in seinem Innern blühte auf.

Alles war gut. Es war nur eine weitere Prüfung gewesen. War ihm nicht gesagt worden: »*Wisse, daß ich immer bei dir sein werde, Cassraw. Immer. Du mußt nur zuhören.*«

Er erhob die Stimme.

»Dunkelheit fiel über das Land.«

Seine Worte füllten die Halle aus, brachten die leisen Scharr- und Hüstelgeräusche seiner Zuhörerschaft zum Verstummen.

»Und ich stieg hinauf in die Dunkelheit und wurde geschlagen.«

Das Schweigen vertiefte sich.

»Und während ich allein lag in der Dunkelheit, erfüllt von Schmerz und Furcht, offenbarte Er mir eine Vision.«

»Lobet Ihn. Lobet Ihn.«

Der Ruf, nicht laut, aber inbrünstig, erhob sich von irgend jemandem in der Gemeinde. Einige Köpfe drehten sich zu ihm um. Diese Art von begeisterter Teilnahme war typisch für die kleineren ländlichen Versammlungshäuser, wo eine schlichtere, weniger gelehrte Religion praktiziert wurde. In den meisten städtischen Versammlungshäusern tat man so etwas einfach nicht, schon gar nicht im Hafen.

Bei seinen nächsten Worten drehten die Köpfe sich indes wieder abrupt zu Cassraw um.

»Lobe Ihn, in der Tat, lobe Ihn, mein Kind. Oh, lobe Ihn! Denn in dieser Vision erblickte ich unser Land aus großer Höhe. Ich sah unser Land, geteilt und schwach, ein Spielball der Launen seiner Nachbarn, unser Land, das am Abgrund steht!«

Schweigen.

»Und als mein Blick sich bei diesem Anblick verschleierte, wurde ich höher und höher erhoben, bis ich alle Länder Gyronlandts sehen konnte. Die *geteilten* Länder Gyronlandts. Und ich konnte sehen, wie seine Völker von falschen Herrschern und falschen Göttern unerbittlich in Sünde und Untergang getrieben wurden. In eine Zukunft, meine Kinder, in der alles zerstört und auseinandergerissen wird.«

Er senkte seine Stimme, bis sie nur noch ein Flüstern war.

»Und die Vision enthüllte mir Dinge, die ich euch kaum zu schildern vermag. Ferne Länder wurden mir gezeigt. Länder, die keiner von uns kennt.« Seine Stimme wurde immer lauter. »Die Länder kennen wir nicht, aber die Besudelung durch Ahmrals Hand, die auch auf ihnen lag, kennen wir sehr wohl. Die Sippe und Sippe entzweit. Die die breite, abschüssige Straße in die ewige Verdammnis pflastert, welche jene erwartet, die sich gegen den Herrn wenden.«

Als Cassraws Stimme wieder so an Kraft zunahm, daß sie die gesamte Halle ausfüllte, runzelte Vredech, der im hinteren Teil in der Dunkelheit einer weiten Kapuze saß, die Stirn. Sorgfältig hatte er der sonoren Stimme seines Freundes gelauscht, wie sie sich hob, senkte, wie sie innehielt und wieder weiterströmte, sich tief in seine Zuhörer eingrub und sie heimlich und leise mit sich riß. Und jetzt runzelte er die Stirn, nicht nur über das, was Cassraw sagte, sondern auch, weil er merkte, wie die Härchen auf seinen Armen sich unter dem Eindruck dieser mächtigen Rede unwillkürlich aufrichteten. Nur mit Mühe konnte er sich dazu zwingen, auf den wahren

Inhalt seiner Sätze zu achten und darauf, wie sie die Zuhörer manipulierten.

»So sei es, so sei es.«

Die vereinzelte Stimme, lauter jetzt und anklagend, erhob sich wieder aus der Masse der Gemeindemitglieder.

Ein paar andere schlossen sich ihr an. Cassraw straffte sich und beugte sich vor.

»So *wird* es sein, meine Kinder, so *wird* es sein. Steht es denn nicht geschrieben?« Und während seine Stimme mächtig anschwoll, schlug seine Hand donnernd auf die verzierte Kopie des Santyth herab, die auf dem Lesepult neben ihm lag. Der Knall ließ die versammelte Gemeinde zusammenzucken.

Cassraw packte sie wieder, bevor die kleine Bewegung sich zu Unaufmerksamkeit und Unruhe ausweiten konnte.

»Aber ...« Er hielt inne und ließ wie zu Beginn der Predigt prüfend den Blick über seine Zuhörer schweifen. »So wird es auch mit uns sein.«

»Nein«, erklang die Stimme erneut.

»Doch.« Cassraws Behauptung wischte den Einwand beiseite. »Unwürdig, wie ich bin, bin ich doch auserwählt worden, euch diese Vision zu bringen. Und wenn wir, nachdem wir diese Vision erhalten haben, dennoch beiseite stehen, dann, ja, dann wird es auch mit uns so kommen. Wenn wir nicht zuerst unsere eigenen Fehler ausmerzen und dann, stark in unserer Tugend, diesen umnachteten Völkern helfend die Hand reichen, um ihnen die Wahrheit zu bringen, dann, ja, dann wird es auch mit uns so kommen.«

Schweigen.

»Denn in meiner Vision schaute ich auch, wie wir es vermeiden können. Ich schaute, wie Händel und Krieg in Einigkeit, Ruhe und Frieden verwandelt werden können. Als ich den Blick von diesem furchtbaren Bild abwandte, sah ich in der Ferne, strahlend hell vor einem goldenen

Himmel, einen einzelnen silbernen Stern. Seinen Stern. Das Eine Wahre Licht.«

»Lobet Ihn, lobet Ihn.« Jetzt waren es schon viele Stimmen, die sich erhoben und den Rhythmus von Cassraws Rede aufnahmen.

»Und in seinem Licht schaute ich unser kleines Land hier, das wieder ganz und vollständig war, und aus diesem geheilten Land sah ich Tausende und Abertausende hinausziehen, um alle Herzen in Gyronlandt zu gewinnen und unter Seinem geheiligten Banner zu vereinen.«

Vredech schauderte. In echter Sorge um das, was Cassraw seiner Meinung nach tun würde, war er insgeheim hergekommen, und damit er es aus eigener Anschauung erleben konnte. Doch nun war ihm klar geworden, daß er selbst das, was ihm hier zu Ohren gekommen war, vor dem Kapitel zur Sprache bringen mußte. Vielleicht würde er sogar Mueran bitten müssen, eine außerordentliche Kapitelsitzung mit dem Ziel einzuberufen, Cassraw einen förmlichen Verweis zu erteilen.

Doch Vredech hatte diese Gedanken kaum zu Ende gedacht, als ein Teil von ihm auch schon auf das Gehörte reagierte. Einen kurzen Augenblick lang schien es ihm, als stehe er wieder inmitten von finsteren, flackernden Schatten auf dem Ervrin Mallos. Stimmen lockten ihn. »Folge. Folge. Alles vereint unter dem Zepter der Kirche. Frieden soll sein, Ordnung soll sein. Folge.« Die Aussicht, von Cassraws Rede bekräftigt, erregte ihn zutiefst. Und die Wirkung der Worte auf die Menschen um ihn herum war nicht zu leugnen. Die Gemeindeversammlung wurde ein einziges Lebewesen, alle Vernunft war über Bord geworfen. Ein einziger Wille. Der Wille von Enryc Cassraw.

Diese Erkenntnis ernüchterte Vredech. Ohne vernünftigen Grund rief er stumm wie damals auf dem Berg: »Weiche von mir, Gezücht Ahmrals. Weiche von mir!«

Er meinte fernes Gelächter zu hören.

Cassraw fuhr mit mächtiger, brausender Stimme fort:

»Meine Kinder, für Canol Madreth naht die Zeit der Prüfung, die Zeit der Erprobung. Wir werden unsere ganze Kraft, unsere ganze Entschlossenheit brauchen. Ich bin nur ein armseliges Gefäß, bin kaum in der Lage, die Last zu tragen, die mir aufgebürdet wurde. Doch nehmt diesen stammelnden und unzureichenden Bericht meiner Vision mit euch. Denkt gut darüber nach. Er soll euch aufrichten, leiten, wenn der Zeitpunkt der Entscheidung kommt. Denn dieser Zeitpunkt ist näher, als ihr denkt.« Er legte eine bedeutungsvolle Pause ein und hielt sein eigenes kleines Exemplar des Santyth hoch. »Mehr, viel mehr wurde mir offenbart. Was dunkel und wirr war, ist nun klar und deutlich. Ein anderes Mal werde ich mehr sagen.«

»So sei es. So sei es.«

Cassraw sagte nun nichts mehr, sondern stand lange mit gesenktem Haupt da, wie in tiefe Andacht versunken. Als er schließlich wieder den Kopf hob, trug sein Gesicht eine grimmige Miene. Und auch seine Stimme dröhnte von grimmiger Entschlossenheit, war noch mächtiger und durchdringender als zuvor. »Und ihr, die ihr an dieser Offenbarung zweifelt, wisset, daß Er alles sieht, alles weiß. Vor Ihm läßt sich kein Geheimnis verbergen, kein Verbrechen. Wenn euer Herz von bösen Gedanken vergiftet ist, wenn eure Hände mit unehrlich erworbenem Gut oder schmutzigem Geld befleckt sind, mit grausamen Taten . . .« Er legte eine weitere Pause ein. ». . . oder mit Blut«, der Satz hing in der Luft, »wisset denn, daß ihr entdeckt seid. Die Zeit eurer Bestrafung ist nah, es sei denn, ihr läutert euch von euren Sünden. *Sehr* nah. So sei es für all jene, die Seinem Willen trotzen.«

Das Licht in der Halle schien als Antwort auf diesen unheilverkündenden Schluß dunkler zu werden.

Dann streckte Cassraw die Hand mit weit gespreizten Fingern von sich. »Gehet hin in Seinem Frieden, ihr alle, und bereitet euch vor auf das, was da kommen wird. Ich werde noch eine Weile hier bleiben, um für euch alle zu beten. Wenn ich mein Gebet beendet habe, werden die Tore wieder geöffnet werden, und jene unter euch, die mit der Läuterung ihrer Sünden beginnen und ihren Fuß wieder auf den rechten Pfad setzen wollen, mögen zurückkehren. So sei es.«

Die Gemeinde antwortete mit einem »So sei es«, das alles andere als automatisch war. Es war vielmehr gespickt mit Erregung und Leidenschaft und ›Lobet Ihn, lobet Ihn‹-Rufen.

Vredech blieb regungslos sitzen, gelähmt von dem soeben Gehörten, erschüttert von dem, was er empfunden hatte. Er war selbst als Prediger erfahren genug, um zu durchschauen, daß Cassraws Rede aus hohlen, theatralischen Worthülsen bestanden hatte, aber, wie er zugeben mußte, rhetorisch brillant, mit dem Ziel, seine Gemeinde zu einer emotionalen Reaktion zu bringen. Bis zu einem gewissen Grad hatte diese Vorgehensweise im Ishrythan Tradition: »Lehret sie Furcht vor Ishryth. Sie sollen Ahmrals Feuer riechen können.« Und die Gemeinden erwarteten auch von Zeit zu Zeit packende, mitreißende Predigten, Predigten, nach denen sie angstschlotternd nach Hause gingen, Predigten, die sie dazu bewogen, das Versammlungshaus in den nächsten Wochen fleißiger zu besuchen. Ihre Wirkung war sowohl kathartisch als auch zügelnd: Erwachsenenversionen der furchterregenden Geschichten, die man Kindern erzählte und die Kinder so liebten. Horlds ›Feuerpredigten‹ waren berühmt und berüchtigt für ihre farbenprächtige Rhetorik und ihre lebendigen, um nicht zu sagen technisch fehlerfreien Schilderungen von Ahmrals Öfen. In seiner Abwesenheit waren sie oft Gegenstand neiderfüllter Späße von seiten seiner Kollegen.

Aber für solche Predigten gab es ungeschriebene Regeln. Sie mußten auf einem Santyth-Text aufgebaut sein und am Ende die Herzen erheben und erleichtern; die Hoffnung auf Erlösung, wenn auch durch Mühen und Schweiß, stärken, Läßlichkeit in Glaubensdingen geißeln und den regelmäßigen Besuch der Gottesdienste fördern. Cassraw hatte sich nicht an diese Regeln gehalten. Auf den ersten Blick waren seine Worte weniger erschreckend als die manch eines anderen Predigers in der Stadt gewesen, aber sie stammten nicht aus dem Santyth, und es waren finstere Omen voller dunkler und ungelöster Rätsel gewesen. Und voller Drohung, wurde Vredech allmählich klar. Sie hatten eine furchtbare Drohung enthalten, aber ob es die Worte selbst oder die Art des Vortrags gewesen war, wußte er nicht zu sagen. Wahrscheinlich beides, entschied er.

Und darüber hinaus hatte Cassraw sich zu offenen politischen Aussagen hinreißen lassen. Vredech hatte anfangs befürchtet, er werde irgendeine indiskrete Anmerkung zu einer weltlichen Angelegenheit bezüglich des Mordes zu hören bekommen. Aber den alten Ruf nach Stärke durch ein wiedervereintes Gyronlandt zu hören, das war nahezu unglaublich. Einen entsetzlichen Augenblick lang fragte er sich, ob er nicht wieder in einen unheimlichen Traum geraten sei. Halbwegs rechnete er schon damit, den Pfeifer wieder auftauchen zu sehen. Aber nein. Er legte die Hand auf die Rücklehne der Vorderbank und sah sich in der Halle um. Das *war* das Versammlungshaus der Hafen-Gemeinde, und er hatte gehört, was er gehört hatte. Ein vereintes Gyronlandt! Um Himmels willen, welche Grausamkeiten waren nicht schon im Namen dieses widerwärtigen Lockrufs begangen worden?

Er stand auf und sah der hinausströmenden Gemeinde nach. Ihr Anblick vergrößerte seine Sorgen noch. Denn eins war sicher an Cassraws flammender Strafpredigt: Er war ein begnadeter Redner, und keine einzige seiner Phrasen war Zufall gewesen. Das Ganze war minuziös geplant und hatte genau diesen Effekt auf seine Zuhörer erzielen sollen. Und die Gemeinde verließ das Versammlungshaus auch nicht, wie sie es normalerweise getan hätte, in langsamem, geduldig schlurfendem Schritt, indem sie den Gang durch die Schiffe als Gelegenheit nahm, um aus der spirituellen wieder in die ›reale‹ Welt zurückzukehren. Vredech entdeckte Unruhe und Besorgnis und auch Verwirrung und Furcht. Hier und da gab es sogar nervöses Gelächter – ein unerhörter Laut in einem Versammlungshaus. Aber, und das erschreckte ihn am meisten, viele der Gesichter waren beseelt von ... das Wort, das er nicht hören wollte, schlich sich zischend wie eine Schlange in seine Gedanken.

*Fanatismus.*

Ishryth beschütze uns, dachte er, und beinahe hätte seine Hand das Kreiszeichen über seinem Herzen gemacht. Welchen grauenhaften Funken hatte das Feuer von Cassraws Worten da entfacht?

Und wie kam dieser Funken dahin, wie konnte er so einfach entzündet werden?

»Ich sah Ihn auferstehen und den Himmel ausfüllen, und Sein großer Mantel der Nacht verschlang den heiligen Berg und bedeckte das ganze Land. Ich hörte, wie Seine Schreie von Verzweiflung in Jubel umschlugen; einen gräßlichen Jubel, als ich auf den Traumwegen wanderte. Grauenhaft. Grauenhaft. Und nun wandelt Er wieder unter uns.«

»Er klammerte sich verzweifelt fest wie ein Kletterer, der den Halt verliert.«

Die Worte von Jarry und dem Pfeifer schossen Vredech plötzlich durch den Kopf und ließen ihn zusammenfahren. Was immer der Pfeifer auch war – Trugbild oder fremdartige Wirklichkeit – , Jarry war real und aus Fleisch und Blut, und seine Reaktion auf die Wolke war von der des Pfeifers gar nicht mal so verschieden. Dann fielen ihm auch die weiteren Worte des Pfeifers wieder ein. »Ihr trefft Ihn vermutlich dabei an, wie er behutsam und verstohlen Unruhe und Unzufriedenheit sät, wo er vorgibt, Ruhe und Frieden zu stiften.«

Ruhe und Frieden – das waren Cassraws Worte gewesen. Einen Moment lang fühlte Vredech sich sehr elend, und wieder überkam ihn der innere Aufruhr über die wahre Natur des Pfeifers. Die Übereinstimmung zwischen den Worten von Cassraw und denen von Jarry und dem Pfeifer waren womöglich Zufall, aber er fand keinen Trost in dieser Vorstellung. Cassraws Predigt war wahrhaft erschreckend gewesen, desgleichen ihre Wirkung auf seine Gemeinde.

Vredech erhob sich und schloß sich der aus dem Versammlungshaus strömenden Menge an. An der Tür der Halle angekommen, drehte er sich um und sah noch einmal zurück. Cassraw stand regungslos und mit gesenktem Haupt inmitten der Düsternis seiner Kanzel, eine scharfe schwarze Silhouette vor dem bleichen Grau der Wand. Wie ein Tor in eine andere Welt, fuhr es Vredech durch den Kopf. Oder aus einer anderen Welt in diese hier ...

Zornig schob er den lästigen Gedanken beiseite.

Die Helligkeit des Nachmittags draußen brachte ihn kurz zum Blinzeln, und die schwarzgekleideten auseinanderdrängenden Gestalten verschwammen zu tanzenden Schatten. Dann waren es wieder Menschen. Er bemerkte eine Handvoll junger Männer mit der Schärpe der Ritter von Ishryth, und ein Schauder des Abscheus glitt über die Oberfläche seiner tieferen Sorgen. So sehr er sich auch bemühte, er konnte sich einfach nicht für Cassraws Auffassung erwärmen, diese Gruppierung diene einem nützlichen Zweck. Trotzdem hatte er keine Lust, sich hier und jetzt darüber den Kopf zu zerbrechen. Im Vergleich zu dem, was soeben vorgefallen war, war das in der Tat eine harmlose Geschichte.

Er bemerkte auch, daß eine große Anzahl von Leuten einfach nur wartend dastand.

Die warten wohl darauf, von ihren Sünden geläutert zu werden, dachte er wütend. Cassraw war nicht zufrieden damit, nur politische Erklärungen von der Kanzel herab abzugeben, er kam mit einer solchen Idee offener Gotteslästerung gefährlich nahe. Vredech hätte am liebsten seine Kapuze zurückgeworfen und den Leuten erzählt, was für Narren sie doch waren, hätte sie wieder nach Hause geschickt, damit sie über ihre Sünden nachdachten, um daraus zu lernen, und nicht versuchten, sie auf irgendeine Weise ungeschehen zu machen. Die Besonnenheit behielt jedoch die Oberhand, und mit gesenktem Kopf ging er rasch die Treppe des Versammlungshauses hinunter und betrat den Weg, der auf das Haupttor zu führte.

Im Gehen hörte er, daß jemand ihm nachrannte. Er drehte sich um, und jemand faßte ihn am Arm.

»Allyn«, sagte eine Frauenstimme.

# KAPITEL 20

Die Frau war genauso groß wie Vredech und hatte langes schwarzes Haar, das ein schmales, ausgeprägtes Gesicht rahmte. Auch ihre Figur war schmal – obwohl sie selbst in der offiziellen schwarzen Robe, die sie trug, eher den Eindruck zäher Drahtigkeit als den gertenschlanker Biegsamkeit erweckte.

Wie um diesen Eindruck zu unterstreichen, verstärkte die Hand auf seinem Arm ihren Griff ein wenig.

»Ich habe dich in der ganzen Versammlung gesucht.« Ihre Stimme senkte sich zu einem amüsierten Flüstern. »Ich hatte nicht damit gerechnet, daß du heimlich herkommen würdest, aber sobald ich sah, wie du dich über die herumstehenden Leute aufgeregt hast, habe ich dich erkannt. Diese Haltung gibt es kein zweites Mal.«

Vredech, der in Gedanken immer noch bei Cassraws Predigt war, starrte sie einen kurzen Augenblick lang geistesabwesend an. Dann endlich erkannte er die Fremde.

»Nertha! Was machst du denn hier?«

Die Frau zog die Augenbrauen hoch.

»Wie schön, dich wiederzusehen, Nertha. Es ist ja so lange her, daß wir uns gesehen haben. Wie geht es dir? Gut, will ich hoffen?« Vredech wußte plötzlich nicht weiter. »Entschuldige«, stammelte er. »Du hast mich vollkommen überrascht. Ich habe dich gar nicht wiedererkannt ... ich wollte sagen, ich hätte nie erwartet, dich ... Ich –«

»Redegewandt wie eh und je, Herr Prediger«, zog Nertha ihn auf, aber der sanfte Spott erreichte nicht die braunen Augen, die angestrengt die Dunkelheit unter Vredechs Kapuze zu durchdringen versuchten. Ihre Hände hoben sich ein wenig, als spiele sie mit dem Gedanken, die Kapuze zurückzustreifen, aber dann besann sie sich eines Besseren.

Vredech ließ den Blick über die Menge schweifen. Immer noch verließen Menschen das Versammlungshaus, aber die Masse der Wartenden wuchs und wuchs.

»Ich muß hier weg, ehe ich eine Dummheit begehe«, murrte er. »Komm.«

Eine Gruppe von Cassraws Rittern von Ishryth stand am Tor, und als Vredech und Nertha sich näherten, trat einer von ihnen vor.

»Wollt Ihr nicht, daß Eure Sünden geläutert werden, Pilger?« fragte er höflich, aber mit einer Spur von Bestürzung und Verwunderung.

Vredech versteifte sich. »›Am Tage des Gerichts werden eure Sünden gewogen und beurteilt werden‹«, zitierte er aus dem Santyth. »Und bedenkt auch dies, junger Mann: ›Folget keinem Propheten, denn ich werde euch keine schicken.‹« Seine Stimme klang leise, aber der Zorn darin war unüberhörbar. Der Blick des Jünglings wurde leer, und er sah sich verunsichert um, als suche er nach einer Antwort auf diesen Tadel. Vredech gab ihm keine Gelegenheit, eine zu finden, sondern ging zielstrebig an ihm vorbei. Zwei andere, die offenbar mit demselben Geschenk auf dem Weg zu ihm waren, wandten sich schroff um und suchten sich eine leichtere Beute.

Nertha folgte Vredech. »Was in aller Welt geht hier vor, Allyn?« fragte sie, während sie mit Leichtigkeit Schritt mit ihm hielt. »So eine Predigt habe ich noch nie gehört. Und was sind das für Leute mit diesen Schärpen?«

»Was machst du hier, Nertha?« unterbrach Vredech sie. Der Ärger von seiner Begegnung mit dem jungen Mann schwang noch in seiner Stimme mit. Er wußte, daß es ein Fehler gewesen war, noch bevor er den Satz beendet hatte.

»Ich bin hier, weil Haus mir eine Nachricht geschickt hat, daß sie sich große Sorgen um dich macht«, entgegnete Nertha ebenso ärgerlich. »Obwohl ich wirklich nicht mehr weiß, warum ich mich darum kümmere. Du warst schon immer ein ekelhafter Miesepeter, wenn du schlechte Laune hast.«

Vredech hob die Hand.

»Frieden, Nertha«, bat er. »Es tut mir leid. Ich fürchte, es ist nicht leicht, deine Frage zu beantworten; es ist eine Menge passiert in jüngster Zeit, nicht zuletzt in der letzten Stunde. Und das meiste davon ist übel.« Er preßte eine Hand gegen seine Schläfe. »Du mußt mir verzeihen. In meinem Kopf dreht sich noch alles von dem, was ich gerade hören mußte. Ich kann es kaum fassen.« Dann zwang er sich, das Thema fallenzulassen, und versuchte sich in höflichem Geplauder. »Haus macht sich zu viele Sorgen, aber es tut gut, dich wiederzusehen. An dich denke ich –«

»Alle paar Monate.«

»Oft, wollte ich sagen.«

Er blieb stehen und schlug seine Kapuze zurück. Sein Lächeln bekam etwas Angestrengtes, als er sah, wie Nerthas forschender Blick ihn durchbohrte. In ihre Augen trat unverhohlene Besorgnis.

»Ich war in letzter Zeit nicht ganz auf der Höhe«, verteidigte er sich.

»Du siehst fürchterlich aus«, verkündete Nertha.

Vredech mußte grinsen. Sie hatte noch nie ein Blatt vor den Mund genommen. »Ich bin in letzter Zeit ein wenig unpäßlich«, erklärte er stur, nahm sie beruhigend bei der Hand und zog sie mit sich fort. »Aber ich habe es jetzt hinter mir. Ich bin sicher, Haus hat dir auch mitgeteilt, daß ich wieder richtig esse und schlafe. Sie *ist* meine Gefängniswärterin, weißt du. Und ich gehe davon aus, daß du bei ihr warst, da du ja offensichtlich wußtest, wo du mich finden würdest.«

Nertha knurrte unverbindlich.

Sie bogen in eine Seitenstraße ab. Sie stieg steil an und zwang sie, langsamer zu gehen. Der Schrittwechsel schien einen Teil der Spannung zwischen ihnen zu lösen. Vredech lächelte erneut. »Haus hätte dich nicht stören dürfen – sie weiß, daß ich jetzt wieder in Ordnung bin. Nebenbei bemerkt, woher wußte sie, wo du wohnst?« Ohne ihre Antwort abzuwarten, fuhr er ein wenig zu aufgeräumt fort: »Ist ja auch egal. Ich bin zwar nicht verheiratet, aber über die endlosen Intrigen der Frauen weiß ich Bescheid. Wo ich gerade dabei bin: Solltest du nicht deinem gelehrten Felden-Doktor bei seiner Arbeit beistehen, anstatt auf der Suche nach mir durchs Land zu ziehen?«

Nertha mußte wider Willen über ihn lachen. »Nein«, erklärte sie. »Er hat mich fortgejagt.« Vredechs gespielte Fröhlichkeit verblaßte, und seine Augen weiteten sich vor Erstaunen und Empörung. »Er sagte, er habe mir alles beigebracht, was er wüßte, und ich müßte jetzt selbst weiterlernen«, fügte sie hinzu. Vredechs Empörung schlug in offene Bewunderung um.

»Ein außergewöhnlicher Lehrer«, sagte Vredech. »Ich wünschte, ich hätte so einen Lehrer gehabt, als ich Novize war. Manche von meinen Lehrern haben immer noch nicht loslassen können. Dennoch, es war nicht nötig, daß du den weiten Weg hierher auf dich genommen hast.«

»Jemand anderes als Ishryth muß ein Auge auf dich haben.«

Vredech stieß genervt den Atem aus.

»Genau wie Vater. So respektlos wie eh und je, wie ich sehe.«

Nertha grinste. »Was der Herr Prediger nicht sagt«, versetzte sie in leicht spöttischem Tonfall. »Aber ich bin heute pflichtschuldig in die Kirche gegangen, nicht wahr? Und darüber hinaus sittsam gekleidet.« Sie drehte sich und ließ den Umhang um sich flattern.

Vredech beäugte sie mißtrauisch.

»Keine Angst«, sagte sie, »den habe ich nur angezogen, weil ich Krankenbesuche gemacht habe.«

»*Unverbesserlich* wie eh und je«, schloß er.

»Ich fürchte, ja, Bruder Bruder. Mir ist noch immer nichts über den Weg gelaufen, was mich dazu veranlaßt hätte, meine Meinung zu revidieren. Ganz im Gegenteil, nach dem, was ich gerade gehört habe, bin ich noch weniger entzückt vom Ishrythan und deiner Berufung, ich bin richtiggehend entsetzt.«

Die Meinungsverschiedenheit zwischen ihnen, uralt und lange ausgereizt, barg mittlerweile keinen Groll mehr. Nertha war als Säugling ausgesetzt und von Vredechs Eltern wie ihr eigenes Kind großgezogen worden. Obwohl sie ihr verwandtschaftliches Verhältnis kannten, waren Vredech und sie als Bruder und Schwester und als Freunde aufgewachsen – auch wenn die Beziehung zeitweise recht stürmisch gewesen war –, eine unausweichliche Folge, wenn man unter dem Einfluß eines solchen Vaters aufwuchs. Erst als Vredech sich der Kirche zugewandt hatte, war es zum ernsthaften Bruch zwischen ihnen gekommen. Nertha, die ironischerweise mehr nach ihrem Adoptivvater geriet als dessen leiblicher Sohn, hatte viel länger gebraucht, um sich für einen Beruf zu entscheiden. Später war sie nach Tirfelden gegangen, um bei einem berühmten feldischen Arzt Medizin zu studieren.

Vredech runzelte die Stirn. »Das ist nicht die Kirche, Nertha, das ist Cassraw. Ich weiß auch nicht genau, was vorgeht, aber ...« Er gestikulierte hilflos. »Ich habe das Gefühl, ich sitze auf einem gewaltigen Wagen, der unaufhaltsam ins Rollen kommt und den nichts und niemand anhalten kann, bis es zu einem schrecklichen Zusammenstoß kommt.«

»Nun, das ist ziemlich dramatisch, aber nicht sehr aufschlußreich«, versetzte Nertha. »Du könntest nicht ein bißchen präziser werden, oder?«

Vredech lächelte leicht, denn er meinte die Stimme seines Vaters zu hören. »Ich würde liebend gern präziser sein«, entgegnete er in beißendem Tonfall. »Aber unglücklicherweise sehe ich mich nicht dazu in der Lage.«

Die Straße öffnete sich auf einen kleinen Platz. Umgeben von Gebäuden, die kleiner als in Troidmallos üblich waren, besaß der Platz eine luftige, wohltuende Atmosphäre und bot einen ausgezeichneten Ausblick nicht nur auf den Ervrin Mallos, sondern auch auf viele der benachbarten Gipfel. Wie gewöhnlich an einem Gottesdiensttag schnappten nur wenige Menschen frische Luft. Manche saßen auf den Bänken, unterhielten sich, lasen oder dösten, während andere müßig auf und ab schlenderten. Die wenigen Kinder, die auf der Straße waren, wirkten mit ihren Gottesdiensttagskleidern und Gottesdiensttagsmanieren unnatürlich steif und ziemlich unglücklich.

»Ah, die Madren beim Müßiggang«, spöttelte Nertha.

Vredech weigerte sich, den Fehdehandschuh aufzunehmen. Ihm war plötzlich, als habe man ihm eine schwere Last von den Schultern genommen. »Ich freue mich wirklich, dich zu sehen, Nertha«, erklärte er, als die beiden instinktiv ihre Schritte verlangsamten, um sich dem Schlendern der anderen anzupassen. Er musterte sie eingehend. »Du bist wahrscheinlich der einzige Mensch auf der Welt, mit dem ich über die Vorkommnisse hier sprechen kann, ohne daß du mich für verrückt erklärst.«

Nertha lächelte und tat, was sie schon längst hatte tun wollen. Sie berührte sein Gesicht. »Du hast abgenommen«, stellte sie fest.

Vredech widersprach nicht. »Ich weiß«, sagte er. »Aber das ist jetzt vorbei. Ich hab's dir ja gesagt, ich habe es hinter mir.« Einen kurzen Augenblick lang wurde er wieder zu einem kleinen Jungen. »Frag Haus, sie wird dir bestätigen, daß ich jetzt wieder anständig esse und schlafe.«

»Nun, abgesehen von deiner chronischen religiösen Manie, die offenbar nicht nachgelassen hat, scheinst du ja ganz wach zu sein«, räumte Nertha ein. »Aber du bringst mich auf die Palme mit deinen Andeutungen und Hinweisen.« Sie hakte sich bei ihm ein. »Erzähl mir alles.«

Und während sie weiter durch die Stadt spazierten, tat er genau das.

Noch beim Reden wunderte sich Vredech mehr als nur ein bißchen, daß die Geschichte, die er da erzählte, auch im Tageslicht keineswegs abstrus und unglaubhaft für ihn klang, kein Phantom der Nacht war, das beim ersten Sonnenstrahl zu Staub zerfiel. Wie damals, als sie noch jung gewesen waren, erzählte er ihr alles, an das er sich erinnern konnte. Nicht in einer logischen Abfolge – es war ja auch alles andere als eine logische Geschichte – , aber zumindest chronologisch. Einmal und wirklich nur ein einziges Mal warf sie ihm einen prüfenden Blick zu, um herauszufinden, ob er jetzt einen Scherz gemacht habe. Danach sah sie ihn nie wieder auf diese Weise an, und die anderen Male, wenn ihr eine Frage auf der Zunge zu liegen schien, bewahrte sie Schweigen.

Dasselbe taten beide, nachdem er geendet hatte. »Ich verstehe jetzt, was du gemeint hast. Als du gesagt hast, ich würde dich für verrückt halten«, begann Nertha schließlich. »Wenn ich dich nicht so gut kennen würde und ganz genau wüßte, daß deine Phantasie nicht der Rede wert ist, und wenn ich nicht selbst diese absonderliche Predigt des guten Cassraw gehört hätte, wäre ich vermutlich zu dem Schluß gekommen, du wärst es.«

»Aber?«

»Aber ich bin mir nicht sicher«, entgegnete Nertha. »Meine Augen sagen mir, daß du zweifellos krank gewesen bist. Mein Verstand sagt mir, daß du vermutlich eine Art Gehirnfieber gehabt hast. Aber mein Herz . . .«

Sie sah sich um. Sie wanderten eine baumbestandene Allee entlang, die durch eine der reichsten Ecken der Hafen-Gemeinde verlief. Solide Holzbalkone auf vorkragenden Steinkonsolen, verzierte Fenster und ornamentierte Türen, steile Dachfluchten, von schlanken Schornsteinen und hin und wieder von scheinbar zufällig plazierten Türmchen und Erkerchen unterbrochen, das waren die baulichen Besonderheiten dieser Gegend. Sie fanden sich an allen Gebäuden, seien sie privater oder öffentlicher Natur, die sich mit unerschütterlichem Selbstvertrauen inmitten ihrer gepflegten Parks erhoben. Gelegentlich rumpelte eine teure Kutsche an den beiden Fußgängern vorbei. Gegen solch offen zur Schau gestellten Reichtum kam keine Phantasie an. Trotzdem . . .

»Mein Herz sagt mir etwas anderes. Selbst hier ist etwas nicht in Ordnung . . . liegt etwas in der Luft. Ich weiß nicht, was es ist.« Nertha zog plötzlich eine Grimasse. »Der Grund ist wahrscheinlich, daß ich mich schon seit Tagen wegen dir gräme, die ganze Reise über, das ist es. Bei allem, was recht und billig ist, ich kann einfach nicht an diesen Pfeifer-Charakter *glauben*, den du da erfunden hast. Es ist schlicht unmöglich.«

»Dann weißt du also ganz genau, was es mit der Realität auf sich hat, ja?« fragte Vredech. Noch bevor er ausgesprochen hatte, hätte er sich am liebsten auf die Zunge gebissen. Ihr familiärer Ton hatte ihn ein wenig gereizt, und er hatte keine Lust, sich in einen fruchtlosen Streit mit ihr einzulassen.

»Ich weiß, daß ein Unterschied besteht, ob man interessante Möglichkeiten mit Freunden bis in die frühen Morgenstunden hinein erörtert – oder ob man tatsächlich daran glaubt«, entgegnete sie. Ihr Tonfall war freundlicher als erwartet, als wolle auch sie ein Wiederaufleben ihres alten Streits vermeiden. »Ich muß von meinem augenblicklichen Standpunkt ausgehen.« Sie streckte beide Hände aus, wodurch Vredech leicht ins Straucheln geriet. »Die hier und das, was sie anfassen können, muß ich für real halten, ungeachtet aller philosophischen Betrachtungen. Ich muß mir einen Standpunkt zulegen, auch wenn ich einräumen muß, daß dieser Standpunkt willkürlich gewählt ist, das weißt du auch. Und darum ...« Sie vollführte eine abschließende Handbewegung und kehrte zu ihrer ursprünglichen Befürchtung zurück.

»Es ist seltsam, daß du nach all diesen Jahren anfängst zu träumen. Vielleicht ist es, wie du selbst gesagt hast: irgendein Trick, den dir dein Verstand spielt, damit du vor dir selbst über Dinge reden kannst, denen du sonst nicht ins Gesicht sehen könntest. Ich habe Ähnliches schon bei manchen Patienten erlebt, und wir alle tun es bis zu einem gewissen Grad. Was immer auch die Ursache, was immer auch ... Realität ... ist, ich kann mir nicht vorstellen, daß es schadet, ... ein offenes Ohr für solche stummen Zwiegespräche zu haben. Sich seine Gedanken darüber zu machen.« Sie sah ihn eindringlich an. »Solange du dich wohl dabei fühlst.«

Vredech lächelte. »Das tue ich – in vernünftigen Maßen«, antwortete er. »Obwohl es seinen Preis gekostet hat, soweit zu gehen, wie du sehen kannst. Und mach dir keine Sorgen. Cassraw mag glauben, daß Ishryth auf dem Berg zu ihm gesprochen hat, aber ich bin nicht verrückt genug, um irgend jemandem außer dir zu erzählen, was mir widerfährt.« Er legte seine Hand auf ihre, die wieder bei ihm untergehakt war. »Aber der Pfeifer war ausgesprochen real. Ganz anders als ein Traum. Oder jedenfalls anders als die Träume, die ich habe ... besuche ... ach, wie auch immer. Einmal habe ich ihn am Handgelenk gepackt – er fühlte sich an wie aus Fleisch und Blut, und sehr stark –, und ich könnte immer noch die Blumen auf jenem Berghang riechen, wenn ich ... zurückkehren würde. Ich muß Vaters Rat folgen – mir ein waches Bewußtsein bewahren. Kannst du das auch?«

Nertha wölbte die Augenbraue, als sei sie soeben in den Genuß der profunden Weisheit einer frühreifen Vierjährigen gekommen. »Ob *ich* mir ein waches Bewußtsein bewahren kann? Ich werde dich nicht einmal einer Antwort würdigen, du Schamane, du«, erwiderte sie mit gespielter Empörung.

»Gerade eben hast du alles kurzerhand als Unsinn abgetan«, rief Vredech ihr ins Gedächtnis.

Nertha wurde schwankend. »Nicht alles. Ich sagte –«

»Du hast es kurzerhand abgetan. ›Schlicht unmöglich‹, das waren deine Worte.«

Nerthas Mund wurde zu einem dünnen, beleidigten Strich. »Das war doch nur –«

»Eine Redensart?«

»Eine erste Reaktion auf eine überaus seltsame Geschichte«, versetzte sie mit strenger Stimme. »Und das ist sie, wie du zugeben mußt, tatsächlich. Wenn eines deiner Gemeindemitglieder damit zu dir gekommen wäre, was hättest *du* ihm gesagt?«

Vredech gab ihr recht.

»Nun gut, ich bewahre mir also ein waches Bewußtsein«, fuhr Nertha ziemlich nachdrücklich fort, »weil ich dir vertraue und weil ich darauf baue, daß das der Weg ist, um zum Kern all dieser Vorfälle vorzudringen. Wo wir gerade davon sprechen – falls du, wie du behauptest, darüber hinweg bist, was dir solche Sorgen bereitet hat, dann solltest du deine Überlegungen meiner Ansicht nach ein paar ernsten praktischen Problemen zuwenden.«

»Du meinst Cassraw?«

»In der Tat, den meine ich«, bekräftigte Nertha. »Der Mann faselt irres und, bei seiner rhetorischen Begabung, vermutlich gefährliches Zeug. Wer weiß, welches Unheil er anrichtet, wenn die Leute ihm zu glauben beginnen?«

Vredech schnitt eine Grimasse. »Ich muß morgen ins Haus der Zeugen gehen. Mit Mueran sprechen. Nicht, daß ich denke, er könnte von großem Nutzen sein. Aber das ist eine Kirchenangelegenheit, und mir als Privatperson sind die Hände gebunden.« Die Grimasse wurde zu einem Stirnrunzeln. »Dieser elende Enthüller Privv war auch da. Muß gerochen haben, daß was in der Luft lag. Cassraws Predigt war schon grotesk genug, aber ich denke mit Schaudern an die Version, die morgen in allen Blättern von Troidmallos stehen wird.« Er blieb unvermittelt stehen und sah Nertha mit durchdringendem Blick an. »Das waren doch deine Worte, nicht wahr? Es liegt etwas in der Luft.«

Nertha erwiderte seinen Blick mit betonter Gleichgültigkeit. Vredech kannte diesen Blick.

»Ich bin dran«, sagte er wissend. »Was hast du damit gemeint?«

Nertha rümpfte die Nase und gestikulierte vage mit ihrer freien Hand. »Nichts«, antwortete sie nach einer etwas zu langen Pause. »Es war nur ...« Wieder die Handbewegung.

»Eine Redensart?« schlug Vredech vor.

Nertha nickte. »In diesem Fall, ja«, gab sie ihm recht. Diesmal vermied sie es, seinem Blick zu begegnen.

»Du warst noch ein wenig müde von der Reise? Sorge um deinen Bruder Bruder?«

»Ja, ich ...« Sie stockte und errötete leicht.

Vredech fuhr in demselben verbindlichen Ton fort: »Du dachtest, du könntest mich mit irgendeiner alten Geschichte abspeisen?«

»Schon gut, schon gut«, versetzte Nertha in düsterem Ton. »Tut mir leid. Ich hätte nicht versuchen dürfen, dich im Herauswinden zu übertrumpfen, du Wurm.«

Vredech wurde unvermittelt ernst. »Ein waches Bewußtsein, Nertha. Das ist sehr wichtig.«

»Warum nimmst du eine belanglose Bemerkung so ernst, Allyn?« wollte Nertha von ihm wissen.

»Nichts ist belanglos, Nertha, das wissen wir beide. Nur aus dem Unbedeutenden kann Großes entstehen. Du hast die Bemerkung gemacht, sie ist mir wieder eingefallen, du warst verlegen. Es reicht. Halte es aus. Sag mir, warum du das Gefühl hattest, es liege etwas in der Luft.«

»Ich weiß es wirklich nicht«, entgegnete Nertha nach einer langen Pause. »Es ist nur so ein Gefühl. Vielleicht ist es die Reise, die Besorgnis, wie du schon sagtest. Ich weiß es nicht.«

Vredech wartete. Sie hatten den Bezirk der Hafen-Gemeinde verlassen und näherten sich seinem eigenen Versammlungshaus. Die hohen Wolken über ihnen ballten sich immer dichter zusammen und raubten den Straßen ihre schwache, aber angenehme Tünche von Sonnenlicht. Eine Brise war aufgekommen, die einen kalten Hauch mit sich führte.

Nertha machte eine Geste, die typisch für sie war. Sie fuhr mit dem Daumen über ihre Fingerspitzen, als prüfe sie die Glätte feiner Seide. »Ich habe dieses Gefühl ... daß etwas anders ist ... überall um mich herum«, sagte sie schließlich. »Beinahe so, als liege wirklich etwas in der Luft. Ich kann es nicht erklären. Es ist nichts Angenehmes, Allyn. Es ist ein ungutes Gefühl.«

Früher hätte er sie für eine solche Bemerkung gnadenlos aufgezogen, und es hätte einen netten kleinen Streit gegeben. Jetzt drückte er einfach nur ihre Hand.

»Ein ungutes Gefühl«, fuhr sie fort. Es klang fast wie ein Selbstgespräch. »Darum wollte ich es nicht zur Kenntnis nehmen. Das tue ich nie.« Sie wandte sich zu

Vredech um. »Für gewöhnlich ist es kein günstiges Omen, wenn ich ein ungutes Gefühl bekomme. Es bedeutet oft, daß ich jemandem nicht mehr helfen kann.«

Vredech wappnete sich gegen den Kummer in ihren Augen.

Der Umgang mit dem Leid anderer Menschen war ihnen beiden zur Gewohnheit geworden.

»Aber das sind Menschen, über die du gerade geredet hast«, wandte er ein. »Nicht eine ganze Stadt.«

Nertha schüttelte den Kopf. »Ich bin es«, widersprach sie. »Ich, wenn ich mich den Einflüssen um mich herum öffne. Wenn ich die Zeichen erkenne, die für meine Augen, meine Ohren, meine Nase, meine Hände zu fein sind.«

Vredech lächelte sanft.

»Und deshalb hast du am Ende zugelassen, daß deine Vernunft die Oberhand über deine Intuition gewinnt, nicht wahr?«

Nertha zuckte die Schulter. »Sie schließen einander ja nicht aus. Außerdem sind das Warum und das Wozu unwichtig. Nur das Vertrauen zählt. Und ich vertraue meinem Gespür. Selbst, wenn es sich als falsch erweist, denn der Fehler liegt für gewöhnlich bei mir – Mißverständnisse, Zweifel, das Unvermögen, Dinge so zu akzeptieren, wie sie sind.« Sie schloß die Augen, als nehme sie all ihren Mut zusammen. »Bitte mich nicht, präziser zu sein, Allyn, aber irgend etwas *ist* geschehen ... oder geschieht gerade. Etwas Böses.«

Obwohl ihre Stimme grimmig entschlossen klang, hatte sich die Atmosphäre zwischen ihnen merklich entspannt.

»Wenn ich dich nicht bitten darf, präziser zu werden, dann wirft das gewisse Fragen auf, nicht wahr?« sagte Vredech. »Und zwar: Was ist geschehen? Und: Was können wir dagegen unternehmen?«

Nertha lächelte entschuldigend. »Ich vermute, wir sollten einfach unsere Augen und Ohren offenhalten«, gab sie zurück. »Genau das, wozu du dich bereits entschlossen hast.«

Den Rest ihres Spaziergangs verbrachten sie schweigend. Keiner von beiden verspürte den Drang oder die Notwendigkeit, etwas zu sagen.

Am frühen Abend hielt Vredech seinen eigenen Gottesdienst ab. Als sei er von Cassraws Rhetorik beflügelt, legte er leidenschaftlichen Nachdruck auf jene Stellen des Santyth, die Toleranz und Mitleid lehrten, die eher die Ähnlichkeiten als den Unterschied zwischen den verschiedenen Völkern hervorhoben und die vor allem anderen erklärten, daß jeder einzelne für seine Taten verantwortlich sei und dafür zur Rechenschaft gezogen würde. Er schloß mit dem unheilschweren Zitat, mit dem er dem Jüngling geantwortet hatte, der am Tor des Hafen-Versammlungshauses an ihn herangetreten war: »›Folget keinen Propheten, denn ich werde euch keine schicken‹«, aber diesmal verlieh er seinen Worten einen massiven, ja drohenden Klang.

»Gute Rede«, urteilte Nertha hinterher. »Du hast dich fast so angehört, als wenn du jetzt klare Fronten ziehen wolltest. Schade, daß nur so wenige da waren, die dir zugehört haben.«

»Das ist meine eigene Schuld. Die letzten paar Wochen bin ich nicht auf der Höhe gewesen. Morgen fange ich an, meine Versäumnisse wiedergutzumachen. Und du hast recht, ja, ich wollte klare Fronten ziehen. Ich kann nicht über Verantwortung predigen und dann untätig zusehen, wie etwas geschieht, das nicht geschehen darf.«

»Das heißt?«

»Das heißt, das Cassraw mit seiner heutigen Predigt unrecht hatte, was auch immer ihn dazu bewogen haben mag. Und daß ich Mueran überzeugen muß, sich mit aller Entschiedenheit dagegen auszusprechen, oder es wird sich wiederholen. Wie du bin ich alles andere als glücklich über die Aussichten, wohin so etwas führen mag. Es gibt jede Menge leichtgläubige und verführbare Menschen, die durch so irres Gerede ernsthaft Schaden nehmen könnten.«

Und dann unterhielten er und Nertha sich im Gegensatz zu dem kameradschaftlichen Schweigen, das sie den Rest ihres Rückwegs vom Versammlungshaus der Hafen-Gemeinde bewahrt hatten, lang und begeistert bis in die frühen Morgenstunden hinein. Sie pflegten gemeinsame Erinnerungen, klatschten, philosophierten, stritten und brachten einander auf den letzten Stand ihrer persönlichen Angelegenheiten. Es war eine schöne Zeit.

In dieser Nacht träumte Vredech nicht, noch betrat er die Träume anderer. Auch den Pfeifer traf er nicht, aber er dachte beim Einschlafen an ihn und pfiff leise die drei Noten vor sich hin, die sich ihm so tief eingeprägt hatten. Er schlief friedlich.

Sein Erwachen war indes alles andere als friedlich. Für gewöhnlich weckte Haus ihn sanft mit einem leisen Klopfen an der Tür. Heute jedoch weckte sie das ganze Haus, als sie bei ihrer Rückkehr vom Markt die Eingangstür mit einem lauten Knall zuschlug.

»Brennt es?« fragte Vredech und fuhr kerzengerade im Bett hoch. Nach einem heftigen Klopfen betrat Haus sein Zimmer, ohne auf sein ›Herein!‹ zu warten. Mit der Aufforderung: »Seht Euch das nur an!« warf sie ihm ein Exemplar von Privvs Blatt aufs Bett, gefolgt von einem: »Und seht bloß zu, daß keine Druckerschwärze auf meine Laken kommt!«

# KAPITEL 21

An diesem Morgen landete Privvs Blatt mit ungewohnter Heftigkeit nicht nur auf Vredechs Bett. Wachtmeister Skynner brütete in seinem Büro im Hüterhaus über einem Exemplar.

Wie Vredech hatte er Cassraws Predigt inkognito beigewohnt, um sich aus erster Hand zu informieren, und wie Vredech hatte ihn das, was er zu hören bekommen hatte, zutiefst beunruhigt.

Cassraws Predigt war jedoch nichts im Vergleich zu der Version, die in Privvs Blatt erschien. Hier fand sich ein Aufruf an Canol Madreth, entschlossen gegen den moralischen und spirituellen Niedergang vorzugehen, der ganz Gyronlandt bedrohte: den Kampf aufnehmen, der zu einem wiedervereinten Gyronlandt führen würde. Der Artikel strotzte vor kriegerischen Floskeln – wiederholt war von einem ›Kreuzzug‹ die Rede, Canol Madreth wurde angeblich ›belagert‹, die Kirche sollte ›zu den Waffen greifen‹ und so weiter. Skynner schüttelte fassungslos den Kopf. Wie viele Schlägereien von Betrunkenen hatte er nicht schon erlebt, wo die Teilnehmer patriotische Lieder gesungen und grölend nach einem wiedervereinten Gyronlandt gerufen hatten? Sie ließen unmißverständlich durchblicken, daß man sich mit jenen Ländern ›beschäftigen‹ müsse, die man für die Urheber der politischen Zerrissenheit hielt. Das brachte die Gemüter regelmäßig zum Kochen, auch wenn die Meinungen, welche Länder darunter zu verstehen seien, auseinandergingen. In dem Blatt standen auch ein paar ziemlich deutliche Verweise auf die zögerliche Haltung des Heindral bezüglich der Entschädigungsforderung für den ermordeten Kaufmann an die tirfeldische Regierung. Skynner wagte es kaum, sich die Folgen einer so fatalen Verknüpfung dieser beiden Punkte auszumalen.

Außerdem enthielt der Text eine subtile Drohung. Nicht dafür zu sein hieß, dagegen zu sein. Die Leute sollten in aller Öffentlichkeit die Erneuerung ihrer Treue zur Kirche und ihren Doktrinen demonstrieren – beweisen. Das stand zwar nur zwischen den Zeilen, war aber deutlich herauszulesen.

Skynner kam nicht zum erstenmal der Gedanke, daß man den Veröffentlichungen in den Blättern irgendwie Schranken setzen müsse. Privvs Schmiererei war eine grobe Verzerrung der Wahrheit, die, zum Teufel, schon bedenklich genug war und Gegenstand eines Artikels sein sollte. Entweder war Privv erschreckend unfähig, oder aber er war bewußt arglistig – zu welchem Zweck allerdings, vermochte Skynner sich nicht vorzustellen. Wie dem auch sei, jemandem, dessen Aufgabe darin bestand, die Öffentlichkeit über wichtige Angelegenheiten aufzuklären, konnte man weder Unfähigkeit noch Arglist durchgehen lassen. Die Tatsache, daß der Bericht ein brillantes Stück Schreibarbeit war, nicht minder brillant als Cassraws flammende Predigt, trug auch nicht eben zu Skynners Seelenfrieden bei.

Trotzdem, schließlich war er nur ein Hüter-Wachtmeister. Was konnte er schon tun, wenn die Heinder aller Parteien diesen Leuten freien Lauf ließen? Der Heindral würde aller Voraussicht nach keine Schritte unternehmen, ihnen Beschränkungen aufzuerlegen, bis irgendein Enthüller sich gegen den Heindral selbst wenden würde – und er bezweifelte, daß selbst Privv so ruchlos wäre.

Eines konnte er allerdings unternehmen, und das war, wenigstens seinen Hauptmann – wenn er denn zu erscheinen geruhte – über den Unterschied zwischen der von Cassraw tatsächlich gehaltenen Rede und den zügellosen Erfindungen Privvs aufzuklären. Je mehr Amtsträger die Wahrheit kannten, desto besser.

Skynner verließ sein Büro und begab sich zum Raum

der Hüter, wo die Männer sich für ihre täglichen Rundgänge bereit machten. Bei seinem Eintritt herrschte eine fast aufgeregte Atmosphäre. Er runzelte die Stirn, als er sah, daß mehrere der Anwesenden in Privvs Blatt vertieft waren.

»Gute Rede, Wachtmeister«, begrüßte ihn Albor und schwenkte sein Blatt. »Ich persönlich würde jeden, der nicht zum Gottesdienst gegangen ist, mit einer Geldstrafe belegen – wie in alten Zeiten. Da draußen gibt es zu viele Leute, denen man mal wieder gehörige Furcht vor Ishryth beibringen sollte.«

Seine Bemerkung wurde mit zustimmendem Raunen begrüßt.

»Nun, du warst ja da«, versetzte Skynner mit eisiger Stimme. »Ich erwarte von meinen Männern, daß sie verläßliche Zeugen sind. Und daß sie in der Lage sind, das, was sie mit ihren eigenen Augen gesehen und mit ihren eigenen Ohren gehört haben, von den groben Verdrehungen zu unterscheiden, die hier verbreitet werden.« Verärgert fegte er ein Exemplar von Privvs Blatt zur Erde, das auf seinem Stuhl lag. »Und wenn ihr euren Beruf anständig ausüben würdet, würdet ihr denen, die es nötig haben, Furcht vor dem Gesetz einbleuen, und dann müßten wir Ishryth nicht bemühen.« Erzürnt sah er seine Männe der Reihe nach an und forderte jeden heraus, der gegenteiliger Meinung war. »Was ein wiedervereintes Gyronlandt angeht«, fuhr er höhnisch fort, setzte sich und bedeutete seinen Männern, dasselbe zu tun. »Wenn jemand wieder damit anfängt, können wir davon ausgehen, daß unsere Zellen bald voll von eingeschlagenen Schädeln, blauen Augen und kotzenden Betrunkenen sind.« Er schlug einen onkelhaften Ton an. »So, und nachdem das jetzt gesagt ist: Was Bruder Cassraw gepredigt hat, ist glücklicherweise Sache der Kirche und nicht unsere, und zweifellos werden sie sich auf ihre Art damit befassen, wie auch wir uns weiterhin mit unseren Problemen befassen werden. Auf unsere Art.«

Die Begeisterung der Männer für das Blatt schien aus unerfindlichen Gründen zu verebben, und niemand schien Lust zu verspüren, Einwände gegen die Äußerungen ihres Wachtmeisters zu erheben.

Skynner wandte sich an Albor. »Irgendwelche ungewöhnlichen Vorkommnisse letzte Nacht?« Albor händigte ihm die Berichte aus, die der Wachtmeister der Nachtwache dagelassen hatte. Skynner runzelte die Stirn, während er sie durchlas. Es handelte sich um die übliche Auflistung von kleineren Vergehen und nächtlicher Ruhestörung, dann gab es noch einen Bericht über zwei Enthüller, die in der Nacht überfallen und ausgeraubt worden waren. Beide waren verletzt worden, und bei beiden war die Druckereiausrüstung beschädigt worden, so daß sie die nächsten Tage nicht in der Lage sein würden, ihre Blätter herauszubringen. Wie der Zufall es wollte, handelte es sich um Privvs schärfste Konkurrenten.

Dowinne sah zu ihrem Gemahl auf und lächelte gierig, ein Spiegelbild von Cassraws Gesichtsausdruck, als er Privvs Blatt gelesen hatte.

»Das hat er gut gemacht«, sagte sie.

»In der Tat, das hat er«, stimmte Cassraw ihr zu. »Und ich habe mir vorgenommen, ihn das auch wissen zu lassen. Es wird mich noch ein wenig Mühe kosten, ihn wahrhaft zu einem der Unseren zu machen, aber er wird sich als unschätzbar erweisen, das habe ich im Gespür.« Mit verzückter Miene blickte er gen Himmel. »Sein Name sei gepriesen«, sagte er. »Es ist genauso gekommen, wie Er es gesagt hat. Es ist kaum zu glauben, wieviel sich zu meinem Vorteil entwickelt.«

Dowinne ging zu ihm, stellte sich hinter ihn und schlang ihm die Arme um den Hals. »Glaube mir, mein Gemahl«, sagte sie. »Dein Schicksal erfüllt sich – ein Schicksal, das ich von Anfang an in dir gespürt habe. Als ich in jener Nacht hilflos an deinem Bett wachte, während du starr und stumm im Haus der Zeugen lagst, konnte ich spüren, wie sich gewaltige Kräfte sammelten. Kräfte, die durch dich dieses Land und alles jenseits seiner Grenzen umformen würden.« Sie verstärkte ihren Griff. »Pack dein Schicksal beim Schopf«, zischte sie. »Ohne Furcht. Du mußt immer in dem Wissen handeln, daß du Sein Auserwählter bist – kein Zaudern, kein Zweifeln. Er hilft denen, die sich selbst helfen, und das gilt heute mehr denn je.«

Cassraw schloß die Augen und nickte eifrig. Unter den zahlreichen Veränderungen, die sich in letzter Zeit ergeben hatten, war die Veränderung, die er an seiner Frau bemerkte, nicht die geringste. Sie war so stark geworden, ein richtiges Bollwerk. Ihm wurde bewußt, daß er erst in den letzten paar Wochen ihren wahren Wert erkannt hatte. Sie war in der Tat die richtige Frau für ihn. Dowinne blieb hinter ihm stehen, die Hände auf seinen Schultern.

»Wenn ich mit Privv gesprochen habe, muß ich zum Haus der Zeugen gehen und Mueran einen Besuch abstatten«, verkündete er. Dann nahm er Dowinne bei der Hand, führte sie um sich herum und setzte sie neben sich. Er beugte sich vor und sprach fast im Flüsterton mit ihr. »Ich muß ihm erklären, was ich wirklich gesagt habe und wie sehr meine Worte von diesem frechen Enthüller verdreht worden sind. Ich muß einen Anfang damit machen, ihn zu unserer Sache zu bekehren.«

Dowinne lächelte wissend. »Mueran ist ein hohles Gefäß«, höhnte sie. »Welche Botschaft du ihm auch eingibst, er wird sie wieder hinausposaunen. Er muß nur davon überzeugt sein, daß er dabei gut aussieht und keine wirkliche Entscheidung treffen muß.«

Cassraw kicherte und tätschelte ihre Hand. Er machte Anstalten sich zu erheben, zögerte dann jedoch.

Dowinnes Augen verengten sich kaum merklich. »Dir bereitet irgend etwas Sorgen, nicht wahr?« fragte sie.

Cassraw runzelte die Stirn. »Vredech war gestern da.«

»In der Gemeindeversammlung? Ich habe ihn nicht gesehen.«

Das Stirnrunzeln ihres Mannes vertiefte sich. »Er war trotzdem da – verborgen unter einer dieser Kapuzen, nehme ich an. Ich konnte ihn fühlen.«

Dowinne zuckte die Schulter. »Komisches Benehmen für einen Freund«, sagte sie wegwerfend. »Aber was soll's?«

»Vredech wird sich mir entgegenstellen«, erklärte Cassraw ausdruckslos. »Dessen bin ich gewiß. Ich habe es gespürt, seit ich den Berg hinuntergegangen bin. Seine Hand wird sich gegen mich erheben.« Dann nahm sein Gesicht einen schmerzlichen Ausdruck an. »Ich möchte ihn nicht bekämpfen müssen, Dowinne. Wir sind unser Leben lang Freunde gewesen.«

Ein kalter Blick trat in Dowinnes Augen, doch Cassraw sah ihn nicht. »Ich glaube nicht, daß es so kommen wird, Enryc«, tröstete sie ihn. »Warum sollte er sich dir widersetzen? Und außerdem wird die Kraft deiner Zunge ihn von der Richtigkeit deines Tuns überzeugen.«

Cassraw wirkte nicht so recht überzeugt. »Er ist schrecklich naiv und sehr stark, wenn er das Gefühl hat, daß es nötig wäre.«

Dowinnes Hand drehte sich in seiner und schloß sich um sie. »Welche Rolle er auch spielen muß, er wird sie spielen«, sagte sie. »Aber er verfügt nicht über einen Bruchteil deiner Stärke, nicht über einen Bruchteil deiner Gaben. Er ist nicht der Auserwählte. Du wirst ihn auf deine Seite ziehen, daran zweifle ich nicht.«

»Und wenn ich es nicht vermag?« argwöhnte Cassraw.

Dowinne ließ seine Hand los und lächelte mitfühlend. »Welch brüderliche Liebe«, sagte sie. »Welch Sorge und Treue. Du wurdest nicht grundlos auserwählt. Aber als Auserwählter hast du eine Verantwortung. Dein zukünftiger Weg ist bereits vorgezeichnet, alles, was du tun mußt, ist, ihm zu folgen. Du wirst immer das Richtige und Notwendige tun, und es wird immer zum Besten sein, ganz gleich, wie schwierig oder kummervoll es dir zunächst erscheinen mag. Die Macht kommt zu dir. Ich spüre es.«

Ein Stückchen von Cassraw entfernt fiel ein Glas um. Sein Inhalt ergoß sich über das schlichte weiße Tischtuch und tropfte geräuschvoll auf den Boden. Cassraw schrak leicht zusammen und betrachtete verdutzt seine Hand. Bevor er jedoch etwas sagen konnte, griff Dowinne mit merkwürdig leuchtenden Augen an ihm vorbei und richtete das Glas wieder auf.

»Viele Dinge kommen zu dir«, fuhr sie fort, als habe es nie eine Unterbrechung gegeben.

Cassraws Bedenken lebten noch einmal kurz auf, um dann zu verfliegen. »Natürlich«, sagte er, während er aufstand. »Allyn wird ein wenig Überzeugung brauchen, aber am Ende wird er auf unserer Seite stehen.«

Dowinne beobachtete aus dem Fenster, wie er sein Pferd bestieg und es zum Tor des Versammlungshauses lenkte. Als er außer Sicht geraten war, besah sie sich das Glas in ihrer Hand. Sie preßte das kalte Glas gegen ihre Wange und lächelte.

»Alles wird am Ende auf unserer Seite stehen, mein Gemahl«, sagte sie leise vor sich hin. »Oder zu Staub zermalmt sein.«

Toom Drommel betrachtete das Blatt voller Verblüffung. Dieser verrückte Prediger hatte es tatsächlich getan, dachte er. Obwohl es erst wenige Tage her war, hatte er seine Unterredung mit Cassraw beinahe wieder vergessen. Um der Wahrheit die Ehre zu geben, sie hatte ihn so verstört, daß er sie bewußt aus seinen Gedanken verbannt hatte. Und obwohl er das Blatt mehrmals sehr sorgfältig gelesen hatte, konnte er es noch immer kaum glauben.

Ishryth sei Dank, der Mann hatte weder ihn noch seine

Partei namentlich erwähnt. Drommel fühlte sich versucht, den Artikel nochmals zu lesen, nur um sich zu vergewissern, beherrschte sich jedoch. Er hegte keinen Zweifel, daß Privvs Wiedergabe der Predigt ungenau und übertrieben war, aber das war die Version, die man schon bald für die Wahrheit halten würde, ganz gleich, wie viele Augenzeugen das Gegenteil behaupteten.

Allmählich kam Ordnung in seine Gedanken. Die Geschichte würde vielleicht noch höchst unterhaltsam werden. Cassraw hatte es geschafft, die Kirche in die Politik zu bringen, und es wäre interessant zu sehen, wie die Kirche ihm seine Mühen vergelten würde. Ja, in der Tat, die Angelegenheit konnte sich sehr wohl als nützlich erweisen. Drommel lächelte angespannt vor sich hin. Im Verlauf des Tages würde er die Sache vor den PlasHein bringen, und während er auf der einen Seite diese Einmischung in weltliche Angelegenheiten durch einen hohen Vertreter der Kirche behutsam rügen würde, könnte er sie doch auf der anderen Seite dazu benutzen, weiteren Druck auf die Kastellane auszuüben. Sie waren ganz schön in der Zwickmühle, das wußte er, und es war nur eine Frage der Zeit, bis sie von ihrer erklärten Absicht würden abrücken müssen, feldische Staatsangehörige auszuweisen und feldisches Eigentum zu beschlagnahmen. Ein so augenfälliger Rückzieher nach einer so lautstarken Erklärung, bei der es auch noch um den Schutz madrenischer Bürger im Ausland ging, würde sie bei der nächsten Akklamation teuer zu stehen kommen und fast unweigerlich dazu führen, daß seine Partei das Zünglein an der Waage spielen konnte.

Die Zukunft sah also recht rosig aus. Drommel straffte sich instinktiv und legte die Hand auf das Blatt, als sei es ein bedeutendes Staatsdokument, während er schon sein Porträt neben all jenen großen Staatsmännern hängen sah, die die Eingangshalle zur Hauptkammer des PlasHein säumten.

Privv kaute auf seinem Daumennagel herum, während er seine Lieblingshaltung einnahm: einen Fuß auf dem Schreibtisch und den Ausblick auf Ervrin Mallos und PlasHein in Reichweite. Nicht, daß ihn heute ernste Betrachtungen über seinen Platz in der gesellschaftlichen Ordnung bekümmern würden. Er war schlicht und ergreifend müde. Er hatte eine lange Nacht hinter sich.

Aber er hatte Geld verdient. Viel Geld.

Leck lag ausgestreckt und scheinbar schlafend auf dem Fensterbrett. Spielerisch berührte er den Geist der Katze. Sein eigener füllte sich plötzlich mit beunruhigenden Bildern von Dunkelheit, durch die lauernde, zuckende Schatten huschten. Er zog sich hastig zurück. Irgend etwas an dem schlafenden Geist der Katze brachte ihn völlig aus der Fassung. Er konnte sich nie ganz des Gefühls erwehren, er könne auf geheimnisvolle Weise von ihm verschluckt und an einen Ort entführt werden, von dem er nicht mehr entfliehen konnte. Er schauderte und kaute geistesabwesend an seinem Daumen.

Schließlich verflog die düstere Stimmung. Es war schon mehr als eine flüchtige Berührung mit Lecks Gedanken nötig, um ihm den heutigen Tag zu verderben. Ein Teil von Privv wollte nur noch auf seinem Stuhl zusammensacken und einschlafen, aber dazu war er innerlich noch zu erregt. Sein letztes Blatt war ein sprühendes Meisterwerk der Schreibkunst geworden, strotzend vor mitreißenden Phrasen und farbenprächtigen Metaphern, und jedes gedruckte Exemplar war bereits verkauft. Außerdem hatte er, Cassraws vorsichtigem Rat folgend, weit mehr als gewöhnlich gedruckt. Der Appetit der Öffentlichkeit auf seine Arbeit überraschte sogar ihn.

Er lehnte sich zurück, starrte an die Decke und begann in Gedanken noch einmal seine Einnahmen für die Mühen der Nacht zu überschlagen. Wenn das so weiterging, mußte er noch mehr Jungen anstellen, um das Blatt bis in den letzten Winkel der Stadt und womöglich über die Stadtgrenzen hinaus zu vertreiben. Er war aufgrund seiner enthüllerischen Arbeit ohnehin schon alles andere als arm, und nun stand ihm eine Zukunft vor Augen, in der er unbeschränkten Reichtum erwerben konnte. Das war gut so. Und er hatte es sich verdient für die Dienste, die er der Gemeinschaft leistete.

Irgend etwas störte allerdings seinen schönen Tagtraum und bewog ihn, sich unruhig im Zimmer umzusehen. Er runzelte die Stirn, während er sich anstrengte, ein Geräusch zu identifizieren, das sich an der oberen Grenze seines Hörvermögens bewegte. Irgendwo pfiff jemand. Oder war es ein Straßenmusikant, der auf einer Pfeife spielte? Für gewöhnlich traten sie nicht in dieser Gegend auf.

Bevor er weiter darüber nachdenken konnte, wurde er jäh von den zwanghaften Reflexen überwältigt, die Lecks Erwachen begleiteten.

»Raus, Katze!« Eine wütende Stimme erfüllte seinen Kopf, und er machte einen verzweifelten Satz mit allen vieren, um einem Fußtritt zu entgehen.

Das Bild verschwand so schnell, wie es aufgetaucht war, aber er war sich bewußt, daß Leck wüst fluchte und vom Fensterbrett taumelte, während er selbst vom Stuhl fiel. Immer noch teilweise mit der Katze verbunden, drehte er sich im Fallen und landete sicher, wenn auch schmerzhaft, auf seinen Händen und Füßen. Der Stuhl fiel auf ihn drauf.

»Verdammte Katze!« brüllte er.

Leck spuckte ihn haßerfüllt an. »Das ist nicht meine Schuld«, fauchte sie. »Er mochte einfach keine Katzen, das war alles.«

»Wer?«

»Er.« Ihre Stimme verebbte verlegen. »Er ... in meinem Geist. Entschuldigung.«

Privv wand sich unter dem Stuhl hervor. »Pah, denk doch in Zukunft ein bißchen weniger heftig an die Leute, wenn es dir nichts ausmacht«, grummelte er, nur teilweise besänftigt von Lecks Entschuldigung.

»Es war nicht meine Schuld«, schmollte Leck. »Es war alles so real, als wenn ich wirklich dort gewesen wäre. Ich habe noch nie so etwas erlebt.«

»Fein, mach dir nicht die Mühe, es noch mal zu versuchen«, versetzte Privv, der immer noch mit dem Stuhl kämpfte.

Ein Klingeln beendete ihre Auseinandersetzung. Leck schnüffelte in die Luft, und ihre Nackenhaare stellten sich ein wenig auf. »Das ist er«, sagte sie. »Dein Wohltäter – Cassraw.«

Privv rappelte sich hoch und stellte den Stuhl wieder hin, als könne diese einsame Aktion Ordnung in das Chaos in seinem Zimmer bringen. Er spürte Lecks höhnisches Grinsen. Sie lag wieder auf dem Fensterbrett und reckte sich. »Es ist so spaßig, wie ihr Kreaturen immer um einen Leitwolf herumscharwenzeln müßt«, gurrte sie.

»Halt's Maul«, fuhr Privv sie an. Er nahm rasch an seinem Schreibtisch Platz, fegte einen Stapel Papiere zur Seite und begann zielstrebig zu schreiben. Es gab ein lautes Klopfen an der Tür. Sie wurde geöffnet, bevor er etwas sagen konnte. Ein kleiner schmuddeliger Junge, über und über mit Druckerschwärze bekleckert, aber auch sonst nicht eben sauber, stand da und starrte ihn unverschämt an.

»Da ist jemand, der sich Bruder Käsroh nennt«, verkündete er, während er sich im Schritt kratzte.

Privv schickte ein kurzes Stoßgebet gen Himmel, mit dem er dem Kind augenblicklich die Pest an den Hals wünschte, als Cassraw auch schon in den Raum stürmte und dem Jungen im Vorbeigehen eine Kopfnuß verpaßte.

Der Junge stieß einen rauhen, empörten Schrei aus. »Ich geh' jetzt wieder ins Bett. Ihr könnt die Tür selbst aufmachen, wenn noch jemand kommt«, schrie er Privv an. Beim Hinausgehen blieb er noch einmal kurz stehen, um hinter Cassraws Rücken eine obszöne Geste zu machen, und verschwand.

Privv ließ flüchtig ein entschuldigendes Lächeln sehen und bot Cassraw einen Stuhl an. »Eigentlich ist er ein braver Junge, nur ein wenig erschöpft. Die letzte Nacht war harte Arbeit.«

»Harte Arbeit ist der Weg zur Erlösung«, erklärte Cassraw kurz und bündig und betrachtete mit einem gewissen Widerwillen die Hand, mit der er den Jungen gemaßregelt hatte.

»Ihr sagt es«, stimmte Privv ihm zu und hielt ihm ein Tuch hin.

Cassraw sah das Tuch mit noch größerem Widerwillen an und winkte ab. »Ihr geht noch geschickter mit Worten um, als ich gehofft hatte. Ich habe meine Predigt in Eurem Blatt kaum wiedererkannt.«

Privv konnte ein leichtes Erschrecken nicht unterdrücken. Eilfertig schob er Cassraw den Stuhl hin.

»Aber es war gute Arbeit«, fuhr Cassraw fort, während er den Stuhl dankend ablehnte. »Ich sehe, daß ich recht daran getan habe, Euch auszuwählen. Bleibt mir treu, Enthüller, und es werden sich Euch Gelegenheiten bieten, von denen Ihr nicht einmal zu träumen wagt.« Er warf Privv einen vielsagenden Blick zu. Da er keinerlei Antwort zu erwarten schien, hielt Privv den Mund. »Ich begebe mich von hier aus zum Haus der Zeugen, um zu erklären, wie mißverständlich meine Predigt in Eurem Blatt dargestellt wurde, und ich werde ihnen erzählen, ich hätte mit Euch über die Angelegenheit gesprochen, und mir wäre zugesichert worden, daß Ihr in Zukunft jeglichen Kommentar zu meinen Predigten, den Ihr veröffentlichen zu müssen meint, in einem gemäßigteren Ton halten werdet.«

Er ging zum Fenster hinüber und schaute geistesabwesend zum Ervrin Mallos hinaus, wobei er Leck streichelte. »Ich hielte es für eine gute Idee, wenn Ihr Euch heute zum PlasHein bemühen würdet. Ich bin sicher, daß einige der ehrenwerten Mitglieder sich bemüßigt fühlen werden, ihre Meinung zu dem, was ich angeblich gesagt habe, kundzutun.« Er drehte sich um und durchbohrte Privv mit seinem Blick. »Ihr habt mehr Blätter drucken lassen als gewöhnlich, wie ich es Euch aufgetragen habe?« vergewisserte er sich.

Privv nickte. »Und habe sie alle verkauft.« Dann setzte er eine gleichmütige Miene auf und sah Cassraw geradewegs ins Gesicht, obwohl er es im Gegenlicht vor dem Fenster nur schlecht erkennen konnte. »Es sieht so aus, als seien meine beiden schärfsten Konkurrenten letzte Nacht überfallen und verletzt worden. Und ihre Druckerpressen wurden beschädigt.«

»Vorsichtig«, zischte Leck.

Cassraw ließ sich außer einer kaum merklichen Neigung des Kopfes nichts anmerken. »Räuber vermutlich. Das ist die Strafe für materiellen Erfolg. Er zieht diese Art von Aufmerksamkeit an. Ishryths Wege sind in der Tat unerforschlich.«

»In der Tat«, wiederholte Privv.

»Ihr müßt etwas über die sinkende Moral in unserer Gesellschaft schreiben, die es erlaubt, daß eine so wichtige, wenn auch junge Institution auf solche Weise angegriffen wird. Vielleicht könntet Ihr auf die Notwendigkeit hinweisen, daß unsere Heinder in Zukunft ein besseres Vorbild in Sachen Moral abgeben. Wenn sie Schwächen zeigen, werden andere sie nachahmen. Und je offensichtlicher die Schwäche, desto gefährlicher das Beispiel, das sie geben. Ein solches Verhalten ist untragbar.«

Und mit einem knappen Abschiedsgruß war er fort.

Privv setzte sich und atmete tief aus. Er nahm das Tuch zur Hand, das Cassraw zurückgewiesen hatte, und wischte sich damit über die Stirn. Es hinterließ einen schmierigen Fleck von Druckerschwärze.

»*Er* war es.« Er flüsterte, obwohl er nur zu Leck sprach. »Er steht hinter der Demolierung der Druckerpressen.« Zustimmung sickerte von seiner Gefährtin herüber. »Es war mein erster Gedanke, als ich davon hörte, aber dann dachte ich sofort, nein, das kann nicht sein, nicht ein Prediger. Aber ich hab's gerochen, als er hier war.« Er bleckte voller Furcht die Zähne. »Ich hoffe, er hat es mir nicht nicht angesehen.«

»Man sollte davon ausgehen, daß er weiß, daß du es weißt«, riet Leck. »Ich habe jede Menge beängstigende Reaktionen von ihm bekommen.« Einen kurzen Augenblick lang waren Privvs Gedanken voll von kreatürlichen Raubtierinstinkten – Lust auf die Jagd, auf das Töten, auf warmes Fleisch und Blut. Die Bilder machten ihm den Mund wässrig. Leck zog die Bilder mit schmerzhafter Hast zurück, und eine Zeitlang herrschte verlegenes Schweigen zwischen ihnen. Dann machte sich ihre Besorgnis in dem Schweigen breit. »Er ist fremder denn je. Wenn wir uns mit ihm einlassen, mußt du einen wirklich guten Fluchtweg für uns ausarbeiten. Ich traue ihm nicht *so* weit.« Sie zuckte mit der Schwanzspitze.

»Ich denke darüber nach«, entgegnete Privv lässig. »Ich muß schon zugeben, es ist ein äußerst merkwürdiges Gefühl, daß jemand aus der Kirche zu solchen Mitteln greift. Heinder, Geschäftsleute, ja, aber Prediger ...« Auf sein Gesicht legte sich eine nachdenkliche Miene. »Ich frage mich nur, was für ein Spiel er wirklich spielt«, sinnierte er.

»Ein gefährliches«, versprach Leck. »Wie ich schon sagte, er ist ein Leitwolf. Und er ist inzwischen wesentlich stärker als noch bei unserer ersten Begegnung. Mit so jemandem wie ihm haben wir es noch nie zu tun gehabt.«

Privv blickte finster drein. »Du machst dir zu viele Gedanken«, sagte er. »Wir haben in der Vergangenheit schon mit übleren Kerlen als ihm zu tun gehabt. Uns wird schon nichts passieren, wenn wir unseren Verstand benutzen.« Er nickte weise. »Und vergiß nicht, worauf er auch aus ist, wir haben schon eine Menge Geld herausgeschlagen, und es sieht ganz danach aus, als ginge es so weiter.« Er gähnte geräuschvoll und reckte sich. »Ich mache jetzt ein Nickerchen, und dann werde ich, bevor ich in den PlasHein gehe, meinen geschätzten Kollegen einen Kondolenzbesuch abstatten.«

Er schwang wieder seinen Fuß auf den Schreibtisch und schloß die Augen.

Beim Einschlafen ging er zum wiederholten Male die Einnahmen der vergangenen Nacht durch.

Vredech betrat Muerans Büro mit einem entschieden unguten Gefühl. Nachdem er Cassraws Predigt gehört hatte, hatte er den Entschluß gefaßt, mit Mueran darüber zu sprechen. Angesichts einer solch flagranten Verletzung der jahrhundertelangen kirchlichen Tradition der Nichteinmischung in weltliche Angelegenheiten blieb ihm gar keine andere Wahl. Nachdem er jetzt jedoch die in Privvs Blatt verbreitete Version gelesen hatte, sah er sich fast genötigt, Cassraw zu verteidigen.

Er war mehr als nur ein wenig erleichtert, auch Morem und Horld dort vorzufinden und ein Exemplar des betreffenden Blatts auf Muerans Schreibtisch zu entdecken. Es war wesentlich einfacher, sich an einer bereits im Gang befindlichen Diskussion zu beteiligen, als selbst eine zu beginnen.

Mueran nickte Vredech zur Begrüßung beiläufig zu und deutete auf einen Stuhl. »Ich kann nicht glauben, daß Bruder Cassraw diese Dinge wirklich gesagt oder auch nur angedeutet hat«, sagte er gerade.

»Ich auch nicht«, pflichtete Horld ihm bei. »Privv ist in der Lage, alles zu schreiben, das weiß ich am besten.«

»Aber ein Korn Wahrheit muß doch darin stecken«, wandte Morem ein. »Was sonst hätte diesen Privv dazu gebracht, so etwas zu behaupten?«

Horld warf eine Münze auf den Tisch. »Geld«, knurrte er. »Sonst nichts. Diese Blätter wurden in der ganzen

Stadt verkauft. Ich könnte schwören, daß er doppelt so viele wie üblich verkauft hat.«

»Ich fürchte, dieser Artikel hat tatsächlich einen wahren Kern«, meldete Vredech sich zu Wort. »Ich war da – ich habe Cassraws Predigt gehört.«

Zu jedem anderen Zeitpunkt hätte das Bekenntnis, daß ein Prediger am Gottesdienst eines anderen Predigers teilnahm, gutmütigen Spott hervorgerufen, aber die Atmosphäre in dem Raum war viel zu angespannt dafür. Alle Augen wandten sich ihm zu. »Mir war zur Ohren gekommen, daß er über diesen Mord sprechen wollte«, erläuterte Vredech ziemlich verlegen. »Ich habe mir Sorgen gemacht, also bin ich verhüllt hingegangen, um es mit eigenen Ohren zu hören.«

Mueran winkte ab. »Deine Motive sind nicht von Bedeutung«, erklärte er. »Ich bin sicher, du hattest deine Gründe. Wir sollten dankbar sein, daß du anwesend warst. Berichte uns, was du gehört hast, dann können wir vielleicht entscheiden, was wir als nächstes tun sollen.«

Vredech faßte das Wesentliche von Cassraws Predigt zusammen. Als er geendet hatte, sah seine kleine Zuhörerschar sowohl erleichtert als auch bekümmert aus.

Mueran schüttelte den Kopf. »Das war sehr leichtsinnig von Bruder Cassraw«, erklärte er. »Gut gemeint, sicher, aber leichtsinnig.« Er tippte auf das vor ihm liegende Blatt. »Wie man hieran erkennen kann.«

Er legte die Hände an seinen Kopf. »Ich weiß wirklich nicht, was wir jetzt unternehmen sollen«, ließ er sie wissen. »Eigentlich sollten wir Bruder Cassraw auffordern, vor dem versammelten Kapitel Rechenschaft über seine Handlungsweise abzulegen, aber angesichts dieser verzerrenden Darstellung, die so weite Verbreitung gefunden hat, habe ich eher das Gefühl, wir sollten ihn verteidigen. Es ist wirklich äußerst ver –«

Ein Klopfen unterbrach ihn, und der Kopf eines Bediensteten erschien im Türrahmen.

»Bruder Cassraw ist da, Bruder Mueran«, sagte der Bedienstete. »Er würde Euch gern sprechen.«

»Führe ihn herein«, befahl Mueran mit einer auffordernden Geste. »Ich denke, wir sollten diese Angelegenheit soweit wie möglich formlos und unter uns klären, bevor wir damit an die Öffentlichkeit gehen.«

Niemand blieb indes Zeit zu antworten, denn Cassraw betrat bereits zielstrebig den Raum. Seine Miene spiegelte Kummer und Reue wider, aber seine gebieterische Persönlichkeit schien den Raum und alle darin Anwesenden völlig zu vereinnahmen. Es sah aus, als ließen sich Mueran und die anderen vorübergehend von dieser Ausstrahlung überwältigen, und zu seinem Entsetzen spürte Vredech, wie unwillkürlich offene Feindseligkeit in ihm aufstieg.

In dem Bemühen, diese feindselige Regung zu unterdrücken, bohrte er sich die Fingernägel in die Handflächen.

Cassraw hielt ihnen ein Exemplar von Privvs Blatt entgegen. »Meine Freunde – was soll ich dazu sagen? So hintergangen zu werden. Diese Schande.« Er ballte die Faust. »Ich habe heute morgen sofort mit diesem Menschen gesprochen und nicht mit Vorwürfen gespart. Ich habe ihm in dieser Sache vertraut, und er hat mich schmählich hintergangen.«

»Und wird es wieder tun«, erklärte Horld. »Der Mann beschmutzt alles, was er berührt. Er ist hemmungslos. Ich halte es für einen Fehler, daß du ihm nach deiner ... kurzen Krankheit Zutritt zum Haus der Zeugen gewährt hast, aber ich hätte dich nicht für so naiv gehalten, ihm wirklich zu vertrauen.«

Cassraw senkte den Kopf.

»Glücklicherweise haben wir einen verläßlichen Augenzeugen, der deine Predigt mitangehört hat, Bruder. Andernfalls wäre unser Gespräch hier eine überaus ernste Angelegenheit geworden.« Mueran hatte seine Fassung wiedergefunden und gewann an Selbstsicherheit, als er sah, daß Cassraw offenbar unter Horlds Vorwurf litt. »Trotzdem haben wir es immer noch mit einer eklatanten Mißachtung der kirchlichen Gepflogenheiten zu tun, die du an den Tag gelegt hast, indem du weltliche Angelegenheiten von der Kanzel herunter behandelt hast. Du bist dir hoffentlich im klaren darüber, daß irgendeine Art von Verweis unvermeidlich ist.«

»Ich verstehe«, sagte Cassraw zerknirscht.

Muerans Selbstvertrauen wuchs mit jedem Wort. »Ich bin sicher, deine Motive waren lauter, und du siehst deinen Irrtum inzwischen ein.« Er nickte väterlich. »Wir haben in unseren jungen Jahren alle Dummheiten begangen – auf diese Weise wird man auch weiser. Und die Kirche, die älter als wir alle ist, ist auch weiser, und aus diesem Grund dürfen wir ihre Wege nicht verlassen, ganz gleich, wie tragisch oder drängend die augenblickliche Not uns erscheinen mag.«

Cassraw hob langsam den Kopf. »Ich verstehe«, wiederholte er. »Dein Verständnis beschämt mich und erfüllt mich mit tiefer Dankbarkeit. Mit deiner Erlaubnis begebe ich mich nun in eine der Kapellen und sage Dank, daß ich in dieser für mich so schmerzlichen Zeit solche Unterstützung erfahre.«

Später, als Vredech gemächlich vom Haus der Zeugen zurückritt, machte er sich nichts mehr vor. Cassraws Anwesenheit schien alle überwältigt zu haben. Seine Reue, seine Dankbarkeit hatten auf geheimnisvolle Weise seine Zuhörer davon abgebracht, die Sache auf vernünftige, sachliche Weise anzugehen.

Nun, da er sachte durch den warmen Nachmittag schaukelte, sah Vredech die Angelegenheit mit anderen Augen. Muerans Sorge darum, wie die Kirche auf das Problem Privv reagieren sollte, hatte die gesamte Besprechung beherrscht. Cassraw war nicht einmal über sein wahres Vergehen befragt worden – seine reißerische Predigt über die Vision eines unter der Führung der Kirche wiedervereinten Gyronlandt.

Widerwillig gelangte Vredech zu der Ansicht, daß die ganze Angelegenheit in genau dieser Absicht inszeniert worden war. In der Stille der Berge fielen ihm der Pfeifer und seine merkwürdige Botschaft wieder ein.

»Er ist einer von euch. Ein Priester.«

Und dann war da noch Jarrys angstvolle Behauptung über die Rückkehr Ahmrals. So sehr er sich auch bemühte, Vredech konnte all das nicht mit einem nachsichtigen Lächeln über seine eigene Dummheit abtun. Ishryth sei Dank, daß Nertha hier war.

Ihre trockene, mitleidlose Art würde seine Probleme verscheuchen.

Oder sie scharf herausarbeiten.

Noch später hielt Toom Drommel eine aufrüttelnde Rede im PlasHein, in der er die Pflüger für ihr Beharren auf ihrem törichten Plan geißelte, der den Arbeitern von Canol Madreth nur schaden würde und den Kastellanen ihr Zögern bei der Umsetzung ihres Plans vorwarf, wo seine Partei ihnen doch ihre Unterstützung zugesagt hatte. Die Führer der Partei der Kastellane waren gehörig ins Schwitzen geraten, als er seine Rede beendete, und auf der Zuschauergalerie hoch oben feixte Privv vor sich hin und ließ sich zu eigenen starken Sätzen inspirieren.

In jener Nacht wurde das Eigentum der beiden Enthüller, die bereits in der Nacht zuvor überfallen worden waren, noch mehr beschädigt.

Und ein weiterer junger Mann wurde brutal ermordet.

# KAPITEL 22

Privv hieb wütend mit der Faust auf den Tisch. »Das könnt Ihr nicht machen!« schrie er. »Mich herzerren, als wäre ich ein gewöhnlicher Schläger.«

Skynners Kieferpartie erstarrte. »Ich kann es, und ich habe es getan«, erklärte er mit unheilverkündender Ruhe. »Und Ihr seid nirgendwo hingezerrt worden, Ihr seid vielmehr offiziell hierherverbracht worden, weil Ihr meine Männer bei der Erfüllung ihrer Pflicht behindert habt.«

»*Ihre* Pflicht! Und was ist mit meiner Arbeit? Was anderes habe ich nämlich nicht gemacht – ich habe versucht herauszufinden, was passiert ist, damit das Volk davon erfährt«, entgegnete Privv trotzig.

Der Tag hatte übel angefangen, und es sah so aus, als würde er noch übler werden. Skynners Geduld war schlagartig am Ende. Er nestelte drohend an seinem Schlagstock herum, während er aufstand und sich vor dem protestierenden Privv aufbaute. »Was zur Hölle hat das mit dem Volk zu tun, und wer zur Hölle ist das ›Volk‹?« donnerte er.

Privv gab klein bei. Er hatte zwar Erfahrung mit Leuten, die ihn einzuschüchtern versuchten, aber Skynner war riesengroß und stark, und es ließ sich nicht übersehen, daß er die Beherrschung verloren hatte. Zudem konnte man in den Blättern häufig die Behauptung finden, daß die Hüter sich nicht zu gut dafür seien, ihren ›Kunden‹ in der Abgeschiedenheit des Hüterhauses gelegentlich das zukommen zu lassen, was sie für eine gerechte Strafe hielten. Ob die Behauptung der Wahrheit entsprach oder nicht, wußte Privv nicht, aber er hatte es oft genug geschrieben. Und schließlich, und das wußte er zur Abwechslung sehr genau, verfügte Skynner als mit staatlichen Machtbefugnissen ausgestatteter Amtsträger über eine breite Palette von kleineren Statuten und Nebenparagraphen, mit deren Hilfe er ihm das Leben auf ganz legale Weise sehr, sehr schwer machen konnte, wenn es ihm gefiel. Aus diesem Grund unternahm Privv keinen Versuch, die Frage des Hüters zu beantworten. Die Finger des Wachtmeisters wanderten noch immer unruhig über seinen Schlagstock, als er fortfuhr: »Es *hatte* mit den Freunden und Verwandten des armen Teufels zu tun, der ermordet wurde. Und es hatte ganz gewiß mit *uns* zu tun, weil es nämlich unsere Pflicht ist, diese andere Person zu finden, die damit zu tun hat: den Mann, der ihn umgebracht hat.«

Wider bessere Einsicht verstieg sich Privv zu der Bemerkung: »Das Volk muß es erfahren, damit es in der Lage ist, sich zu schützen, solange dieser Wahnsinnige noch frei herumläuft.«

Das war ein Fehler gewesen.

Skynner kniff die Augen zusammen und sagte akzentuiert und bewußt langsam: »Soweit wir das bis jetzt beurteilen können, muß man, um sich zu schützen, lediglich davon Abstand nehmen, mit Freudenmädchen in finstere Gassen zu gehen. Doch es wird Euren scharfen Enthülleraugen sicherlich nicht entgangen sein, daß sich seit dem ersten Mord keiner in Troidmallos mehr auf die Straße traut ohne Knüppel oder Messer oder sogar Schwert!« Das letzte Wort brüllte er.

»Das ist kein Verbrechen«, platzte Privv los.

»Dessen bin ich mir wohl bewußt!« schmetterte Skynner ihm entgegen. »Noch ist es auch nur im entferntesten notwendig. Jede stinknormale Kneipenschlägerei, mit der meine Männer fertigwerden müssen, ist jetzt aber dreimal so gefährlich geworden. Und ich schätze, mehr als nur ein paar Frauen spazieren nun mit Messern unter den Kleidern durch die Stadt, wo sie vorher nur irgend so einen Damen-Mumpitz hatten.«

Privv sah ihn grollend an und nahm sein ursprüngliches Argument wieder auf. »Nun, aber das hat nichts mit mir zu tun«, klagte er. »Die Leute haben trotzdem das Recht, sich zu schützen und zu erfahren, was vor sich geht. Und ein Blatt zu führen ist ein verbrieftes Bürgerrecht.«

Skynner bleckte die Zähne zu einem höhnischen Grinsen. »Ach ja? Eines unserer ältesten Rechte, nicht wahr? Mindestens fünfzehn, wenn nicht zwanzig Jahre alt. Die, die sich dafür interessiert haben, konnten sich in den Anschlägen über alles informieren. Und kommt mir nicht mit Euren Rechten. Jedem Recht entspricht eine Pflicht. Ich habe nie sehen können, daß Ihr besonders eifrig wart, Letzteres einzufordern.«

Aber Privv ließ sich nicht einschüchtern. »Ich brauche keine Belehrungen von Euch, Hüter, solange Ihr Eure eigenen Pflichten nicht ein bißchen besser erfüllt – zum Beispiel diesen Mörder zu jagen, anstatt anständige Bürger davon abzuhalten, ihren legitimen Geschäften nachzugehen.«

Einen Augenblick lang sah es so aus, als überlege Skynner nicht mehr, ob er seinen Schlagstock gegen Privv einsetzen solle, sondern nur, wie lange und wie kräftig. Dann lächelte er unvermittelt und setzte sich wieder hin. »Ihr habt völlig recht, Enthüller Privv«, sagte er in höflichem Ton. »Und ich bin sicher, wir können uns auf Eure Mitarbeit verlassen.«

Er zog eine Schreibtischschublade auf und förderte nach kurzem Stöbern einen Stapel Papiere zutage. Er begann sie gewissenhaft durchzublättern, um schließlich eins herauszuziehen, das er mit großer Sorgfalt zu lesen begann. Ein- oder zweimal sah er dabei zu Privv auf, als überprüfe er etwas, nickte dann und wandte sich wieder dem Studium des Papiers zu.

Schließlich legte er es auf den Tisch, warf aber, während er sprach, immer wieder einen flüchtigen Blick darauf. Privv reckte den Hals weit vor, doch Skynner legte ganz unabsichtlich die Hand auf die Blätter. »Versteht bitte, ich bin mir darüber im klaren«, begann er, »daß ein solch gräßlicher Zwischenfall jeden erschüttert, der damit zu tun hat. Das fordert seinen Preis. Ich muß die Leute so gut schützen, wie ich es vermag. Ich entwickle manchmal richtig ... väterliche Gefühle für sie.« Er beugte sich vertraulich vor. »Sie sehen Dinge, die sie gar nicht sehen können, und das Letzte, was sie nötig haben, ist, daß irgend jemand aufkreuzt und jede Menge Fragen stellt, die sie nicht mal ansatzweise beantworten können. Deshalb bitte ich Euch als guten Bürger, Euch von meinen Männern und natürlich vom Tatort fernzuhalten, bis sie genügend Zeit hatten, ihre unangenehmen Aufgaben zu erledigen.«

Privv sah ihn mißtrauisch an, verwirrter durch diese maßvolle Bitte als durch das vorherige Gebrüll. »Um ihretwillen, versteht Ihr?« schloß Skynner. Dann wurde er richtiggehend leutselig. »Falls es Euch interessiert, wie der junge Mann zu Tode gekommen ist, nun, nach meinen eigenen oberflächlichen Ermittlungen sieht es so aus, als habe sein Mörder ihm den Dolch durch ...«

Es folgte eine knappe, aber außerordentlich unerfreuliche Auflistung von Dolchwunden und ihrer genauen Plazierung am Körper des Ermordeten, gefolgt von einer Aufzählung der Verstümmelungen sowie einer kurzen Schilderung der als Folge davon freigelegten inneren Organe. Skynners nüchterne Darstellung verstärkte noch das Grauen der Fakten. Privvs Fäuste und Magen verkrampften sich. Sehnsüchtig schaute er zur Tür hinüber.

»Möchtet Ihr Euch setzen?« fragte Skynner kurze Zeit später mit besorgter Miene.

Privv nahm das Angebot dankend an. »Es war also noch schlimmer als beim ersten Mord?« gelang es ihm mit heiserer Stimme hervorzustoßen.

Skynner nickte, dann hellte sich seine Miene auf. »Wenn Ihr möchtet, kann ich Euch zu den Beerdigern mitnehmen. Die Leiche sollte inzwischen dort sein. Diesmal habe ich den Städtischen Physikus gebeten, ihn zu untersuchen. Ich habe einfach nicht seine Erfahrung. Vermutlich habe ich eine Menge übersehen, nun ja, bei den Verletzungen ... Es ist erstaunlich, was man einer Leiche mit einem guten Messer, einer Säge und ein bißchen Mühe noch alles entlocken kann.« Er öffnete gewaltsam seine geballte Faust, als wolle er ihr etwas entreißen. »Ich bin sicher, Ihr würdet seine Arbeit überaus interessant finden. Vielleicht wollt Ihr sogar etwas über ihn schreiben.« Er stand auf und streckte den Arm aus, als wolle er Privv zur Tür geleiten, aber sein Besucher zeigte wenig Neigung, seinen Sitzplatz zu verlassen.

»Ich glaube nicht. Nein, danke. Vielleicht ein andermal«, antwortete er lahm.

Skynner setzte sich wieder hin, wobei er verständnisvoll nickte. »Wie Ihr wünscht, obwohl ich bezweifle, daß Ihr noch einmal eine solche Gelegenheit bekommt. Aber wie dem auch sei, es ist Eure Entscheidung. Ich wollte Euch nicht mit dem Gefühl wegschicken, daß ich Euch etwas vorenthalten würde oder nicht mit Euch zusammenarbeiten wollte.« Er lächelte milde. Ein kurzes Schweigen trat ein.

»Ich gehe dann jetzt, wenn Ihr mit mir fertig seid«, sagte Privv und erhob sich umständlich von seinem Stuhl.

»Ach ja, da wäre noch eine Sache, wo Ihr gerade schon einmal hier seid.« Skynner sah wieder auf sein Papier. »Ich habe mich gefragt, ob Ihr mir wohl bei einer anderen Angelegenheit behilflich sein könnt. Glücklicherweise ist es nicht so unerfreulich wie dieser letzte Fall, aber es ist trotzdem ernst, und ich bin fest entschlossen, der Sache auf den Grund zu gehen.«

Irgend etwas in seinem Tonfall beschleunigte Privvs Gesundung. »Was denn?« fragte er, und seine Stimme klang schroffer, als er es beabsichtigt hatte.

Skynner sah ihm direkt ins Gesicht. »Ihr habt vermutlich bereits gehört, daß zwei Eurer Enthüllerkollegen –

Eure Hauptkonkurrenten, wenn ich es richtig verstehe – letzte Nacht überfallen und verletzt worden sind. Darüber hinaus wurde ihr Eigentum, darunter auch ihre Druckerpressen, schwer beschädigt. Um genau zu sein, sie wurden so schwer beschädigt, daß keiner der beiden in der Lage ist, heute sein Blatt erscheinen zu lassen.« Er zuckte resigniert die Schulter. »Diese Art Geschichten passieren von Zeit zu Zeit, wie Ihr wißt. Räuber, die in Häuser einbrechen, Schaden anrichten und die Besitzer verletzen. Aber das passiert nicht allzu häufig, und die Tatsache, daß gleich zwei solche Übergriffe in derselben Nacht vorkommen und daß dieselbe Art von Leuten davon betroffen ist, macht es schon ... höchst ungewöhnlich.«

Privv erwiderte Skynners Blick ungerührt. Er fuhr fort: »Was Ihr vermutlich noch nicht wißt: Die Räuber kamen letzte Nacht wieder und richteten weiteren, noch schlimmeren Schaden an, wobei sie sich besonders auf die Druckerpressen konzentrierten. Ich verstehe nicht soviel von diesen Dingen, aber es scheint, als seien Eure Kollegen eine Zeitlang nicht in der Lage, ihren Lebensunterhalt zu verdienen.«

Privv war versucht, irgendeine Platitüde loszulassen, besann sich jedoch eines Besseren.

»Nun ja, ich weiß, daß es eine ganze Menge Rivalitäten zwischen den Enthüllern gibt«, sagte Skynner in spekulativem Ton. »Freundlicher Art, gewiß. Doch Geschäftskonkurrenz kann – Ihr habt ja in der Vergangenheit die Gelegenheit ergriffen, ausführlich darüber zu berichten – manchmal zu ziemlich ernsthaften ... Auswüchsen führen. ›Die Liebe zum Geld ist Ahmrals Gabe‹, wie es im Santyth so schön heißt. Und da diese Übergriffe allesamt Kennzeichen eines solch übertriebenen Konkurrenzdenkens tragen, habe ich mich gefragt, ob in Eurer kleinen Gemeinschaft in letzter Zeit etwas Ungewöhnliches vorgefallen ist, das Licht auf diese Ereignisse werfen könnte.«

In Privvs Magen begannen sich kalte Klumpen zu bilden. Aus Angst, er könne sich verraten, setzte er eine übertrieben nachdenkliche Miene auf. »Nein«, antwortete er nach einem Moment des Überlegens. »Mir ist nichts dergleichen zu Ohren gekommen. Wir Enthüller sind Denker, Männer des Worts und der Ideen, keine Marktverkäufer. Von Natur aus neigen wir nicht zu Gewalttätigkeit.«

Skynners Miene war undurchdringlich. »Also nichts?« fragte er bedächtig.

Privv schüttelte den Kopf. »Tut mir leid, Euch nicht helfen zu können. Ich habe keine Ahnung, wer so etwas getan haben könnte.« Er improvisierte. »Ihr glaubt doch nicht, ich sei auch in Gefahr, oder?« fragte er mit angemessen erschrockenem Gesichtsausdruck.

»Um ehrlich zu sein, bis ich nicht mehr herausgefunden habe, wäre es töricht von mir, Euch Sicherheit vorzugaukeln«, versetzte Skynner. »Es wäre vermutlich ratsam, wenn Ihr die Riegel und Griffe an Euren Fenstern und Türen überprüfen und auf der Hut sein würdet, wem Ihr die Tür aufmacht.«

Privv nickte ernst. »Auf der Stelle befolge ich Euren Rat. Gibt es sonst noch etwas, was Ihr von mir wollt?«

»Nein, ich glaube nicht«, entgegnete Skynner. Und er ließ Privv den halben Weg zur Tür zurücklegen, bevor er hinzufügte: »Oh, da war noch eine Sache.« Er schnalzte selbstkritisch mit der Zunge. »Das hätte ich doch beinahe vergessen. War ein harter Tag.« Er durchwühlte erneut seinen Schreibtisch und holte ein weiteres Schriftstück hervor. »Könntet Ihr mir wohl mitteilen, wo Ihr Euch letzte Nacht und die Nacht davor aufgehalten habt?« Er zückte eine Schreibfeder und ließ sie erwartungsvoll über dem Papier schweben.

Privv ging ganz langsam wieder zu ihm zurück. Skynner wartete dessen Antwort gar nicht erst ab. »Ich werde meinen Vorgesetzten berichten, was Ihr gesagt habt, aber in der Zwischenzeit haben sie mich gebeten herauszufinden, was alle Enthüller getan haben, als diese Straftaten begangen wurden. Das ist kein Mißtrauen gegen Euch.« Er lächelte. »Es ist nur so, daß wir in unseren Untersuchungen peinlich genau sein müssen.« Er war recht zufrieden damit, wie es ihm gelang, dem Wort ›unseren‹ eine vielsagende Betonung zu verleihen.

Privv erwog kurz, in diesem Punkt zu widersprechen, entschied sich aber dagegen. Diese Begegnung mit der kraftvollen Realität des Gesetzes hatte ihn aus der Fassung gebracht, und es drängte ihn mehr als nur ein bißchen, Skynners einschüchternder Gegenwart zu entkommen.

»Ich habe fast die ganze Nacht gearbeitet«, gab er zur Antwort. »Beide Nächte. Gedruckt. Ihr könnt meinen Lehrling oder meine Nachbarn fragen. Sie sind für gewöhnlich allzeit bereit, sich über den Krach zu beschweren.«

Skynner nickte und machte sich eine Notiz. »Arbeitet Ihr immer die ganze Nacht durch?« fragte er mit erstauntem Blick.

»Nein. Ich habe mehr Exemplare gedruckt als üblich.«

Skynner schrieb weiter. »Warum?« fragte er, ohne aufzusehen.

Privv zögerte. »Ich hatte es im Gespür, mein Bericht über die Predigt von Bruder Cassraw würde ziemliche Aufmerksamkeit erregen«, gab er zurück. »Ich wollte darauf vorbereitet sein. Ich habe mein Glück versucht.«

Skynner lächelte. »Ein gutes Gespür, das Ihr da habt«, meinte er. »Ihr müßt eine ganze Menge daran verdient haben. Laßt uns hoffen, daß die Leute, die Eure Kollegen überfallen haben, nicht derselben Meinung waren, häh?«

Privv lächelte schwach.

Skynner beendete seine Schreibarbeit, dann beugte er sich über den Tisch vor und sagte schroff: »Danke für Eure Mitarbeit, Privv.«

Privv machte vor Schreck fast einen Satz. »Ist das alles?« hörte er sich fragen.

»Ja, es sei denn, Euch fällt noch etwas über die geschäftlichen Angelegenheiten Eurer Kollegen ein«, sagte Skynner in herzlichem Tonfall. »Oder Ihr ändert Eure Meinung und wollt mit mir zu den Beerdigern gehen und mitansehen, wie der Physikus die Leiche untersucht.«

Privv schüttelte hastig den Kopf, murmelte einen Abschiedsgruß und machte, daß er fortkam.

Skynner starrte auf die Tür, durch die der Enthüller gegangen war. Sein leutseliger Gesichtsausdruck verschwand, und Abscheu machte sich auf seinen Zügen breit. »Denker, Männer des Wortes«, sagte er verächtlich. »Du habgieriger, mißratener kleiner Wurm. Du steckst bis zu deinem schmutzigen Hals in der Sache drin, und bevor wir damit fertig sind, drehe ich ihn dir um.«

Er beendete seinen Monolog mit einem Grunzen. Er war schon immer der Ansicht gewesen, daß Enthüller für das bißchen Arbeit zuviel verdienten, und ihre Hemmungslosigkeit bereitete ihm große Sorgen. Aber es nützte nichts, wenn er immer wieder seine alten Argumente aufzählte. Er war kein brutaler Typ, aber er wußte, wie er seine Autorität einsetzen mußte. Außerdem hatte es ihm gehöriges Vergnügen bereitet zu sehen, wie Privv die Knie weich wurden. Zwischen deinen Worten auf dem Papier und dem wirklichen Leben besteht ein ziemlicher Unterschied, nicht wahr? dachte er schadenfroh. Nun jedoch war dieses willkommene kleine Zwischenspiel vorbei, und die harte Realität seines Berufs forderte wieder ihr Recht. Mit beträchtlichem Widerwillen wandte er seine Gedanken wieder dem blutigen Verbrechen des heutigen Morgens zu.

Diesmal war die Leiche von einem seiner Männer identifiziert worden, und in weniger als einer Stunde hatte er eine Reihe von Vorkommnissen aufgedeckt, die fast ein genaues Spiegelbild derjenigen des ersten Mordes darstellten. Ein junger Mann auf der Suche nach einer Frau, der scheinbar eine fand und dann in einer

Seitengasse brutal erdolcht und ausgeraubt wurde. Der einzige Unterschied von Bedeutung zum ersten Mord bestand in der Art der Verstümmelung der Leiche. Skynner bemühte sich, nicht zu genau an die Einzelheiten zu denken, die er Privv vorhin so boshaft geschildert hatte. Er brauchte eine Weile, um seine Gefühle in die Gewalt zu bekommen und sich sachlich mit dem Problem auseinanderzusetzen.

Selbstverständlich handelte es sich um denselben Mörder, folgerte er. Abgesehen von den vergleichbaren Umständen hatte er auf dem Gesicht des Unglücklichen denselben Ausdruck des Entsetzens entdeckt. Er ließ die Erinnerung auf sich einwirken, um sich abzuhärten. Keine leichte Aufgabe.

Nicht minder schwer kam es ihn an, die Tatsache zu akzeptieren, daß möglicherweise zwei Leute in das Verbrechen verwickelt waren – eine Frau als Lockvogel und ein Mann, der den Mord beging. Falls dem wirklich so war, erschien der Mord in einem noch übleren Licht. Und er mußte jetzt nicht einen einsamen, blindlings zuschlagenden Irren jagen, sondern zwei, die planmäßig vorgingen. Der Gedanke machte ihn frösteln, nicht zuletzt deshalb, weil trotz erhöhter Anstrengungen bei der Aufdeckung des ersten Mordfalls keinerlei Fortschritte erzielt worden waren. Ein bleiernes Gefühl im Magen sagte ihm, daß es bei diesem zweiten Fall nicht anders sein würde. Vor Privv hatte er das Tragen von Waffen durch Privatpersonen beklagt, doch insgeheim konnte er sich des Eindrucks nicht erwehren, daß der Mörder nur seine verdiente Strafe erhalten würde, wenn er auf jemand träfe, der schneller mit dem Messer war als er. Und das war eine Schlußfolgerung, die ganz und gar nicht nach Skynners Geschmack war.

Im Verlauf der nächsten Tage durften die Bürger von Troidmallos sich einer wachsenden Anzahl von Privvs Blättern erfreuen. Sie beschäftigten sich ausgiebig mit dem jüngsten Mord und dem ausbleibenden Erfolg der Hüter, den Schuldigen zu fassen. Privv bemühte sich, auch aus einem erhöhten Bedürfnis nach Selbstschutz heraus, die Hüter als ausnahmslos gewissenhaft und hart arbeitende Gesetzesdiener darzustellen. Seine Artikel widmeten sich auch den Debatten im PlasHein, die zunehmend hitziger und schärfer wurden und, was ganz ungewöhnlich war, eine große Zahl lärmender Zuschauer anzogen – vorwiegend junge Männer.

Privvs Berichte verschwiegen die Tatsache, daß er seinen beiden Enthüllerkollegen einen Besuch abgestattet hatte, daß keiner der beiden den Hauch einer Ahnung hatte, warum sie überfallen worden waren oder wer die Täter gewesen sein könnten, außer daß es sich aufgrund ihres allgemeinen Verhaltens wohl um junge Männer gehandelt hatte. Da er sie beide körperlich und finanziell so angeschlagen vorfand, bot Privv ihnen großmütig an, sie so lange zu beschäftigen, bis sie wieder Fuß faßten. Seine Hilfe war indes alles andere als bedingungslos, und nach ein bißchen halbherzigem Geschachere hatte er es am Ende geschafft, seine beiden schärfsten Konkurrenten auszuschalten und den Markt für seine eigenen Blätter mehr als zu verdoppeln. Die wenigen Stunden, die er nicht arbeitete, verbrachte er jetzt damit, sich diebisch zu freuen.

Unterschwellig enthielten alle Artikel Privvs feine Anspielungen auf Cassraws Predigt. Er ging dabei von der stillschweigenden Annahme aus, Cassraw werde, da er keinen öffentlichen Verweis von der Kirche erhalten hatte, auf dem einmal beschrittenen Weg weitermachen, bis er sein Ziel erreicht hatte – wie immer das auch aussehen mochte.

Cassraw selbst gab keinerlei Erklärungen in der Öffentlichkeit mehr ab, nachdem er aus dem Haus der

Zeugen zurückgekommen war. Wenn Privv sich jedoch die Mühe gemacht hätte, ihn zu beobachten, hätte er herausgefunden, daß Cassraw in Begleitung von Dowinne unermüdlich die Predigerbrüder besuchte, die für die verschiedenen Gemeinden von Troidmallos zuständig waren, ja selbst die der umliegenden Dörfer und Städte.

Vredech besuchte er nicht. Statt dessen besuchte Vredech ihn. Er hatte Nertha von dem Treffen mit Mueran und den anderen berichtet und ihr erzählt, wie Cassraw es irgendwie geschafft hatte, alle Vorwürfe von sich abzuwenden. Sie war genauso besorgt wie er gewesen, konnte ihm jedoch auch nicht weiterhelfen. Nur einen kleinen Vorwurf konnte sie ihm nicht ersparen. »Und du hast auch nichts gesagt, oder?«

Es war eine schlichte Feststellung gewesen, die keinerlei böse Absicht enthielt, aber es hatte weh getan. Er hatte ihnen beiden die Verlegenheit erspart, sich damit zu entschuldigen, er sei schließlich nur ein einfaches Kapitelmitglied und es sei Muerans Aufgabe als Bundesmitglied, etwas zu unternehmen oder wenigstens die Angelegenheit an das Kapitel weiterzuleiten.

»Immer den Finger in die Wunde legen, Frau Ärztin?« sagte er und suchte bekümmert ihren Blick.

»Tut mir leid«, erwiderte sie mit echter Anteilnahme.

So kam es denn, daß Vredech sich in den Privatgemächern Cassraws im Versammlungshaus der Hafen-Gemeinde wiederfand. Er war ein wenig verwirrt. Für gewöhnlich hätte er Cassraw in seinem Büro angetroffen, wo beide, umgeben von den verschiedenen administrativen Utensilien ihres Berufs, sich paradoxerweise wohler gefühlt hätten.

»Er kommt bald«, sagte die Dienerin im Hinausgehen. »Er hat noch ein paar Besucher bei sich.«

Vredech nickte und lächelte. Ziemlich viele Besucher sogar, entschied er. Draußen waren mehrere Pferde angebunden gewesen, außerdem hatten drei oder vier Kutschen im Hof gestanden, und das Haus hallte und bebte von Schritten, wie Häuser es tun, wenn viele Fremde in ihnen umherwandern.

Ohne sich seiner Neugier zu schämen, trat er an eines der Fenster in der Zimmerecke. Es ermöglichte ihm einen eingeschränkten Blick auf die Eingangsfront des Versammlungshauses, und als er hinaussah, entdeckte er zwei oder drei ihm bekannte Predigerbrüder, die gerade hinausgingen. Sie wirkten erregt und waren in eine hitzige Diskussion vertieft. Noch ein paar mehr Erschütterungen und schwere Schritte, und er reckte den Hals vor, um zu sehen, wer als nächster gehen würde.

»Allyn.«

Er fuhr zusammen und drehte sich schuldbewußt um. Es war Dowinne. Sie lachte. »Tut mir leid, daß ich dich so erschreckt habe«, sagte sie, während sie auf ihn zuging und ihm die Hand entgegenstreckte. »Ich wußte ja nicht, daß du so hingerissen von dem Vorgarten sein würdest.«

Vredech nahm ihre Hand. Sie war kühl, und der Händedruck, obwohl immer noch weiblich, war überraschend fest. Etwas Gespanntes und eine träge Aufmerksamkeit, gepaart mit einem Blick ihrer Augen, den er nicht genau einordnen konnte, brachten ihn durcheinander. Ohne ersichtlichen Grund gestand er: »Ich fürchte, ich habe eure Besucher beobachtet«, sagte er.

Dowinne lächelte und bot ihm einen Stuhl an. Wie vor einem Richter nahm sie, das Gesicht voll im Licht, ihm gegenüber Platz. »Enryc arbeitet zu hart«, erklärte sie, während sie die gefalteten Hände in den Schoß legte. »Die ganze Zeit kommen und gehen die Leute.«

Ein leichter Schatten glitt über ihre Züge, und Vredech registrierte, daß Schritte an dem Fenster in seinem Rücken vorbeigingen. Als Dowinne eine beruhigende Handbewegung zu jemand in seinem Rücken machte, zwang er sich dazu, sich nicht umzudrehen.

»Das ist im Augenblick der letzte, glaube ich«, erklärte sie in vertraulichem Tonfall. »Enryc wird bald zu dir kommen.«

Ein kurzes Schweigen trat ein. Vredech kamen mehrere Floskeln in den Sinn, um die Gesprächspause zu überbrücken, doch er sagte nichts. Auch Dowinne schien nichts gegen das Schweigen einzuwenden. Vredech betrachtete sie unauffällig. Trotz des ein wenig harten Zugs um ihr Kinn fand Vredech sie noch immer attraktiv, ja sogar schön, und es fiel ihm nicht leicht, die leisen Regungen der Begierde zu unterdrücken, die in ihm aufstiegen: Erinnerungen an eine vergangene Zeit. Dennoch hatte sie sich verändert, dachte er. Sie hatte immer etwas Zurückhaltendes gehabt, aber jetzt wirkte sie abwesender als je zuvor, gleichzeitig aber auch selbstsicherer, in sich ruhend. Wie bei ihrem Händedruck und ihrem Blick beunruhigte ihn der Widerspruch. Es war, als habe Cassraws neue, magnetische Ausstrahlung sie angesteckt. Bei dem Wort ›angesteckt‹ zuckte er innerlich zusammen, hatte jedoch keine Zeit, über seine überraschende Wortwahl nachzudenken, weil Cassraw den Raum betrat oder, besser gesagt, hereinrauschte. Denn Vredech schien es, als werde er von einem heftigen Wirbelwind erfaßt, als sein alter Freund sich wenig elegant auf eine breite Sitzbank fallen ließ und mit einem tiefen Seufzer in sich zusammensackte.

In einer Begrüßungsumarmung auf Distanz streckte er die Arme nach Vredech aus. »Ich bin froh, daß du hier bist«, erklärte er. »Ich wollte dich auch besuchen, aber in letzter Zeit war ich so beschäftigt. Wir müssen uns unterhalten.« Er wartete gar nicht erst auf eine zustimmende Äußerung Vredechs. »Ich vermute, du bist gekommen, um mir wegen meiner Predigt die Leviten zu lesen«, fuhr er fort.

Vredech öffnete den Mund.

»Und mit vollem Recht«, sagte Cassraw, bevor Vredech eine Antwort geben konnte. Er beugte sich vor und nahm Dowinne am Arm. »Etwas zu trinken, meine Liebe, wenn es dir nichts ausmacht. Seit ich heute morgen aus dem Bett gestiegen bin, scheine ich unablässig geredet zu haben.« Er hob den Blick zu Vredech und lächelte. »Und ich bezweifle nicht, daß ich noch viel mehr reden muß, bis unser guter Vredech uns wieder verläßt.«

Er lehnte sich zurück. Wie Dowinne hatte er sich so gesetzt, daß sein Gesicht vollständig im Licht lag. Als wenn er ganz bewußt versuchen würde, mir zu sagen, daß er nichts zu verbergen hat, fuhr es Vredech durch den Kopf. Wo konnte man besser etwas verstecken als unter den Blicken aller? Dann schob er beide Gedanken beiseite; sie führten zu nichts. Ihm blieb nichts anderes übrig, als Schritt für Schritt vorzugehen und sich überraschen zu lassen, wohin ihn das führen würde.

»Du bist derjenige, der in meinen Gottesdienst gekommen ist und meine Predigt gehört hat, nicht wahr?« fragte Cassraw und drohte ihm spielerisch mit dem Finger.

Wie bei Dowinne gestand Vredech: »Ich fürchte, ja«, sagte er. »Ich . . .« Er verstummte verlegen.

Cassraws Gelächter erfüllte den Raum. »Keine Angst, Vred«, versetzte er. »Ich bin sicher, du warst nur da, weil du dir Sorgen gemacht hast, wozu mich der Leichtsinn noch treiben würde. Ich bin froh, daß jemand da war, der Mueran die Wahrheit sagen konnte – nach allem, was Privv geschrieben hat.«

»Du scheinst das alles ja recht locker zu sehen«, sagte Vredech, ein wenig erstaunt über Cassraws leutselige Art. »Du hättest ernste Probleme bekommen können. Angenommen, Mueran hätte eine Kapitelsitzung einberufen, um dich zur Räson zu bringen?«

Cassraw zuckte die Schulter. »Aber er hat es nicht getan«, meinte er. »*Du* warst ja da, um ihnen die Wahrheit zu sagen. Horld war da, und er weiß besser als jeder andere, was für ein Lügner Privv ist. Morem war da, der nur höchst ungern irgend jemanden für irgend etwas bestraft.«

»Du hast Glück gehabt«, rief Vredech ziemlich heftig

aus. »Was ist nur in dich gefahren, eine solche Predigt zu halten?« Er meinte ein kurzes Aufblitzen in Cassraws Augen zu entdecken, doch es war verschwunden, bevor er es richtig wahrnehmen konnte.

Cassraw fixierte ihn, und seine Miene war plötzlich ernst. »Das hatte nichts mit Glück zu tun, Vred«, widersprach er. »Er behütet mich. Und Er leitet mich, wenn ich spreche.«

Vredech fühlte sich wie damals, als er Cassraw Vorhaltungen gemacht hatte, bevor er in die Dunkelheit auf den Ervrin Mallos hochgestürmt war. Er zog ein Gesicht. »Sag nicht so etwas, Bruder«, bat er. »Nicht einmal im Scherz. Dein Verhalten in letzter Zeit war höchst leichtsinnig. Nach deiner letzten Eskapade bist du nur deshalb einer Bestrafung entgangen, weil du krank warst und dich vor dem Kapitel so nett entschuldigt hast. Mueran mag das Bundesmitglied sein, aber er hat ein langes Gedächtnis und vergißt nicht die geringste Kränkung, die ihm einmal widerfahren ist. Wenn du seine Autorität weiter so untergräbst, wird er dir eines Tages den Kopf abreißen.«

»Vred, Vred«, sagte Cassraw vorwurfsvoll, und seine Stimme war vertraulich und kraftvoll zugleich. »Du warst da. Du hast meine Predigt gehört, aber hast du auch *zugehört*? Alles hat sich genau so abgespielt, wie ich gesagt habe, die Vision, die mir aus der Dunkelheit des Berges zuteil wurde.« Die Intensität seines Blicks schien sich zu verdoppeln. Vredech fühlte sich, als dringe der forschende Blick bis in seine Seele. »Auch du wurdest in der Wolke von Seiner Präsenz berührt«, fuhr Cassraw fort. »Ich kann es an dir spüren.« Er schlug sich gegen die Brust. »Es ist nur deine Unfähigkeit, die neue Wahrheit zu akzeptieren, dein zähes Festhalten an den alten Wegen, was dir seitdem solchen Kummer bereitet hat.«

Vredech wollte mit einemmal nur noch seinen alten Freund umarmen und ihm erzählen, was ihm alles seit jenem schicksalhaften Tag widerfahren war. Er wollte an seine Seite treten und mit ihm in jene Zukunft gehen, die Cassraw offenbart worden war, wollte die Klarheit mit ihm teilen, diese ungeheure Gewißheit, die ihm zuteil geworden war.

Cassraws Augen weiteten sich erwartungsvoll. Wieder streckte er die Arme aus, winkte. Vredechs Verlangen wurde schier übermächtig. Hier war der Weg, dem er folgen mußte. Er legte seine Hände auf die Armlehnen des Stuhls.

Und während er das tat, kam ihm die Erinnerung an jene alles verschlingende Dunkelheit auf dem Berg zurück, diese Dunkelheit mit ihrem Jubel über die Wiedergeburt einer Hoffnung und die Vermeidung eines gräßlichen Schicksals. Ein böser, primitiver Jubel, der ihn mit furchtbarem Entsetzen erfüllt hatte. Und die Worte des Pfeifers fielen ihm wieder ein, überlappten sich, hallten wider.

»Er war schwach ... klammerte sich fest wie ein Kletterer am Abgrund ... der den Halt verliert ... verzweifelt. Er ist einer von euch ... ein Priester ... er schmiedet Pläne, intrigiert, überlegt, betrügt, strebt nach Macht ... sät Unruhe und Unzufriedenheit ...«

Die ersten Bemerkungen mochten nicht mehr als eine innere Nacherzählung dessen sein, was er auf dem Berg empfunden hatte, doch was immer der Pfeifer auch war, die letzten Äußerungen waren *vor* Cassraws Predigt gefallen. Der lähmende innere Kampf, ob der Pfeifer nun real war oder nicht, drohte Vredech erneut zu überwältigen.

Die Hände, die ihn hochgestemmt hatten, entspannten sich, und er sackte auf seinen Stuhl zurück. »Das einzige, was mich an jenem Tag berührt hat, war Sorge um dich«, antwortete er. Er hatte sich ohne Zögern für eine Lüge entschieden.

Cassraws Augen verengten sich. »Du sagst nicht die Wahrheit«, erklärte er schroff. »Du bist Teil von all dem hier, das weiß ich. Du hast eine Rolle zu spielen.«

Vredech wurde plötzlich sehr nervös. »Vielleicht spiele ich sie schon«, sagte er und bemühte sich krampfhaft um eine ruhige Stimme.

Zu seiner Erleichterung kam Dowinne in diesem Moment zurück. Sie trug ein Tablett mit Gläsern, wovon sie ihm eines anbot. Das zweite gab sie Cassraw, dann nahm sie sich selbst eines und nahm Vredech gegenüber Platz, wo sie auch vorher schon gesessen hatte. Vredech spürte, wie die forschenden Blicke der beiden ihn förmlich durchbohrten.

Cassraw entspannte sich und lächelte. »Möglich«, räumte er ein. »Nun denn, zu gegebener Zeit wird sich alles klären. Es sind Ereignisse im Gang, die durch nichts aufgehalten, geschweige denn abgewendet werden können.«

»Was meinst du damit?« fragte Vredech.

»Das habe ich dir in meiner Predigt gesagt«, gab Cassraw zurück.

Eingeschüchtert von den Blicken der beiden Beobachter, konnte Vredech nicht anders, als es auszusprechen: »Wir gehen im Kreis, Cassraw«, sagte er. »Ich zweifle nicht an deiner Aufrichtigkeit, und ich bezweifle auch nicht, daß dir auf dem Berg irgend etwas zugestoßen ist. Aber du kannst nicht ernsthaft erwarten, daß ich oder irgend jemand anders dir glaubt, Ishryth selbst habe zu dir gesprochen, habe sich manifestiert und dich zum Werkzeug eines Kreuzzugs ausersehen. Theologische Bedenken einmal beiseite gelassen, merkst du denn nicht, wie sich das anhört? Muerans Zorn bist du gestern und das Mal davor entgangen, weil du Glück gehabt und auf sehr gekonnte Weise Reue gezeigt hast.« Er schüttelte bestürzt den Kopf und sah Dowinne an. »Es tut mir leid, daß ich in deiner Anwesenheit so zu ihm sprechen muß, Dowinne, aber es geht um eine ernste Angelegenheit. Alles, was du und Cassraw erreicht habt«, er machte eine umfassende Handbewegung durch den Raum, »dieses Haus, seine Stellung im Kapitel – all das könnte verlorengehen, wenn er sich weiter so aufführt. Das mußt du doch begreifen!«

Dowinne warf ihrem Gemahl einen flüchtigen Blick zu und lächelte. »Ich verstehe, was du sagen willst, Allyn«, antwortete sie, »aber deine Sorge ist fehl am Platze. Das Problem ist, daß *du* nicht verstehst, was Enryc sagt. Du begreifst nicht, was ihm widerfahren ist. Er hat gesehen, was er gesehen hat. Gehört, was er gehört hat. Der Herr in all Seiner Macht hat ihn berührt.«

»Ein großes Übel hat sich in den Ländern hoch im Norden erhoben. Jenseits der Berge.«

Vredech schrak beim Klang von Cassraws Stimme zusammen, die voller Leidenschaft und Zorn war, doch als er sich ihm zuwandte, sah er, daß sein Gesichtsausdruck und sein Benehmen ruhig und gefaßt waren. »Wenn man sich diesem Übel nicht entgegenstellt, wird die ganze Welt unter seinen Schatten fallen. Dieses Land, Canol Madreth, ist auserwählt worden, das Herz dieses Widerstands zu bilden, eine gewaltige Zitadelle, von der aus die Armeen in die Welt hinausziehen werden, um Sein Wort zu verbreiten.«

Noch während er diese Verkündigung zur Kenntnis nahm, hallten die Worte des Pfeifers in seinen Gedanken nach, erfüllt von froher Erkenntnis und Hoffnung: »Er ist einem furchtbaren Feind begegnet. Er ist schwach. Er ist schwach.« Dann sein abschließender, schrecklicher Befehl: »Findet Ihn. Tötet Ihn.«

All die Zweifel an seiner geistigen Gesundheit, die Vredech in den letzten Wochen so mühevoll in Zaum gehalten und geordnet hatte, stürmten nun ungehindert auf ihn ein, und seine Hände begannen zu zittern. Eine Zeitlang, er wußte nicht, wie lange, war er wieder mit dem Pfeifer zusammen, lag auf dem unbekannten Bergabhang in dem verblassenden Abendlicht und saß gleichzeitig auch in Cassraws Privatgemächern im Versammlungshaus der Hafen-Gemeinde. Dann versank er tief im Mahlstrom seiner wirren, rasenden Gedanken.

Jenseits davon konnte er sehen, wie ein winziger Sturm den Inhalt seines Glases in Bewegung zu setzen begann. Die Flüssigkeit schwappte und schlug kleine Wellen und leckte rücksichtlos an den Glaswänden hoch, als wolle sie einem furchtbaren Gefängnis entfliehen. Außerdem war er sich der Tatsache bewußt, daß, irgendwo am anderen Ende eines rauschenden, dröhnenden Tunnels, Cassraw und Dowinne ihn beobachteten. Die spärlichen Bewegungen, die sie machten, wirkten langsam und gequält, was in auffälligem Gegensatz zu seiner Innenwelt stand, die ein Abbild des zunehmenden Aufruhrs im Wasserglas war. Währenddessen kamen und gingen seine Gedanken mit einer Stoßkraft, über die er keine Gewalt hatte.

Wie ein Ertrinkender, der sich an ein Stück Treibholz klammert, langte er nach vorübertreibenden Fragmenten der Normalität.

Seine Hand.

Er mußte verhindern, daß seine Hand weiter so zitterte. Mit einemmal bekam er schreckliche Angst, er könne sich unpassend benehmen. Der Fruchtsaft würde sein Gewand bekleckern, den Stuhl, den Teppich. Die Entschuldigungen für die Bescherung, die er anrichten würde, wollten ihm nicht mehr einfallen, so daß er linkisch und beschämt vor seinen alten Freunden saß. Er würde sich wie ein kleiner Junge fühlen, der, obschon er dafür ein bißchen zu alt war, ins Bett gemacht hatte. Sie würden alles verstehen und ›vergessen‹, aber die Verfehlung würde ihm bis in alle Ewigkeit anhängen …

*Er durfte nicht nachgeben.*

Was immer es ihn kostete, er mußte sich an die letzten Fetzen seiner geistigen Gesundheit klammern, bis er hier wegkam, von diesen Menschen, und –

Und was?

Und nachdenken konnte.

Und wieder atmen.

Er erstickte!

Der Körper forderte sein Recht und brachte wieder Ordnung in seine Gedanken, da sein Verstand dazu offenbar nicht in der Lage war. Seine freie Hand umfaßte sein zitterndes Handgelenk und drückte unerbittlich zu, preßte es gegen seine Knie, um sein Zittern zu beenden. Seine Brust weitete sich, und er holte einmal tief Luft durch die Nase.

»Was redest du da?«

Er hörte seine eigene Stimme, hohl und leer. Die Realität, Cassraws Zimmer, verfestigte sich wieder ein bißchen. Vredech bohrte sich den Daumennagel ins Handgelenk und benutzte den Schmerz als Anker, um nicht wieder weggespült zu werden.

»Bist du in Ordnung?« erkundigten sich Cassraw und Dowinne im Chor.

Vredech bohrte sich den Nagel noch tiefer ins Fleisch. Der Wahnsinn wich noch ein Stückchen weiter zurück, ließ ihn im Mittelpunkt eines kleinen Teichs von Stille zurück. Er fühlte sich wie ein einsamer Soldat, der von seinen Kameraden getrennt worden war, fürs erste jedoch auch vom Feind übersehen wurde. Die zweistimmige Frage kam auf ihn zu wie Speere, die sich in hohem Bogen auf ihn senkten. Jetzt hatte er keine Reserven mehr, um noch lügen zu können.

»Ich bin mir nicht sicher«, antwortete er und zwang sein starres Gesicht zu einem Lächeln. Er war nicht mehr in der Lage, die Mischung aus Wut und Verachtung aus seiner Stimme zu verbannen. »Ich bin mir nicht sicher, ob ich dich richtig verstanden habe. Worüber redest du? Ein großes Übel im Norden – Canol Madreth eine Zitadelle! Armeen!«

Jedes Wort verankerte ihn fester in der Realität. Aber alles hatte sich verändert. Es war in der Tat so, als sei er von einer normalen in eine verrückte Welt gefallen, die mit ebensolchen Gestalten bevölkert war.

Cassraw zuckte zusammen, als sei er geschlagen worden. »Gib acht, Vred«, sagte er drohend. »Große Ereignisse werfen ihre Schatten voraus. Ereignisse, denen sich niemand in den Weg stellen kann.«

Vredech ließ sein Handgelenk los und griff sich an die Stirn. »Ich stelle mich niemandem in den Weg, Cassraw«, sagte er. »Ich verstehe nur einfach nicht, was du sagst. Was ist nur mit dir geschehen? Kannst du dir denn nicht mehr vorstellen, wie solche Worte für deine Kirchengemeinde, für das Kapitel klingen müssen?«

Cassraw schien die Geduld zu verlieren. »Meine Herde wird mir folgen«, erklärte er barsch. »Und sie wird größer werden, indem sie mir folgt. Und auch die Kirche wird mir folgen.« Er erhob sich.

Vredech wußte nicht, ob seine Beine ihn tragen würden, aber wenigstens fand er seine Stimme wieder. »Cassraw, ich bin hergekommen, um mit dir über deine Predigt zu sprechen, um herauszufinden, was dich bedrückt, so daß ich, wenn es nötig wird, mich als dein wahrer Freund erweisen kann. Aber dies hier übersteigt mein Begriffsvermögen.« Er zwang sich dazu, aufzustehen. »Ich werde nichts über diese Begegnung verlauten lassen, aber du mußt wissen, wenn du in der Öffentlichkeit so redest, kann dir niemand mehr helfen.«

Cassraw senkte kurz den Blick. Als er wieder aufsah, lächelte er. Es war ein warmes, verständnisvolles Lächeln, und nichts in seinem Gesichtsausdruck deutete mehr auf jene funkelnde, selbstbewußte Sicherheit der Wahnsinnigen. Vredech sah ihn traurig an, und wieder schlichen sich Zweifel bei ihm ein. Cassraw nahm ihn am Arm. »Du hast völlig recht, Vred«, sagte er. »Ich sehe, daß meine neue Erkenntnis zu berauschend ist, selbst für dich, der du mich kennst. In der Öffentlichkeit hätte ich mich unter keinen Umständen so frei ausgedrückt. Aber du bist mein alter Freund. Du warst mit mir auf dem Berg, und trotz deiner Einwände spüre ich, daß auch du berührt worden bist, wenn auch weniger stark als ich. Wie ich bist du auserwählt worden.«

Er sah Vredech geradewegs ins Gesicht, und seine

schwarzen Augen schienen bis auf den Grund der Seele zu blicken. Dann nickte er vor sich hin, bevor er fortfuhr: »Ich habe noch viel zu tun, bevor ich so vor meiner Herde und der Kirche sprechen kann, aber ...« Sein Gesicht nahm einen sowohl ernsten als auch betrübten Ausdruck an. »Diejenigen, die sich den kommenden Ereignissen entgegenstellen, werden hinweggefegt werden – vielleicht auf grausame Weise. Du mußt auf meiner Seite stehen, Vred, oder du wirst einer von jenen sein, und ich werde dir nicht mehr helfen können.«

»Cassraw, um Himmels willen, gib acht, was du sagst!« entgegnete Vredech leise.

Cassraw legte behutsam den Finger auf seine Lippen. »Dir muß man mehr offenbaren, als den anderen offenbart worden ist«, sagte er. Seine Stimme war kaum mehr als ein Flüstern.

Vredech durchforschte sein Gesicht.

»Dein Saft war gut?« fragte Cassraw unvermittelt. Er lächelte wieder.

»Ja, er ist ... gut. Sehr gut. Wie immer«, stammelte Vredech, überrascht, aber gleichzeitig froh, sich wieder etwas Alltäglichem widmen zu können, nicht zuletzt deshalb, weil er es aus ganzem Herzen loben konnte. Er nickte und lächelte Dowinne zu, die sein Lächeln erwiderte.

»Dann sieh ihn dir an«, sagte Cassraw. Vredech hielt das Glas hoch, immer noch zur Hälfte mit Dowinnes dunkelrotem Fruchtsaft gefüllt. Das Licht des Fensters spiegelte sich darin. Cassraw berührte das Glas ganz leicht mit den Fingerspitzen.

Kein Laut war zu hören, aber Vredech spürte, wie ihm eine Gänsehaut über den Rücken lief, als habe jemand mit dem Nagel über eine Fensterscheibe gekratzt. Und obwohl auch nichts zu sehen war, spürte er die Anwesenheit von etwas Verderbtem, das um ihn schwebte und sich bewegte, etwas, das nicht hierhergehörte.

Das Wort ›Greuel‹ nahm in seinen Gedanken Gestalt

an, aber er hatte keine Zeit, etwas zu sagen, denn während er noch die Flüssigkeit im Glas betrachtete, begann sie zu brodeln und war nicht mehr rot, sondern durchsichtig und klar.

Seine Hand begann wieder zu zittern. Cassraw packte mit festem Griff sein Handgelenk.

»Trink«, befahl er.

## KAPITEL 23

»Was für ein mieser Trick!« Nertha platzte fast vor Wut. »Dieser Scharlatan! Wie konntest du dich nur davon narren lassen?«

»Es war Wasser!« rief Vredech, verlegen und empört zugleich. »Ich weiß nicht, was passiert ist, aber ich bin kein kleiner Junge mehr, um Gottes willen. Ich habe mich von nichts narren lassen. Ich hatte es die ganze Zeit in meiner Hand. Ich hatte die Hälfte getrunken. Und erzähl mir nicht, ich würde einen von Dowinnes Säften nicht wiedererkennen. Er hat die Außenseite des Glases kaum berührt, und die Flüssigkeit verwandelte sich beim Zusehen!« Er hielt ihr seine Hand vors Gesicht. »Es war nur so weit von meinen Augen entfernt.«

»Ich habe Straßengaukler in Tirfelden beeindruckendere Tricks aufführen sehen«, versetzte Nertha höhnisch.

Vredech fuhr sie wütend an: »Verdammt, Nertha! Halt den Mund, wenn du nichts zu sagen hast!« Nerthas Kinn schob sich vor, und ihre Fäuste ballten sich drohend, aber Vredech ließ nicht locker. »Du warst nicht da. Du hast es nicht gesehen. Und du hast es nicht gespürt. Und du hast sie nicht gesehen. Irgendwie reißt er Dowinne mit.«

Als Dowinnes Namen fiel, verzog sich Nerthas Mund zu einer höhnischen Grimasse. »Ich wünschte, ich wäre dagewesen«, schleuderte sie ihm entgegen. »Mit mir hätte er das nicht gemacht.«

Vredech zuckte zusammen. »Nertha, bitte«, beschwor er sie, plötzlich ganz ruhig und gefaßt. »Ich schaffe es gerade, nicht den Verstand zu verlieren, also bitte, kämpf nicht gegen mich.«

Nertha legte ihm den Arm um die Schulter. Ihre Miene war immer noch entschlossen und ärgerlich, aber ihr Tonfall klang schon versöhnlicher. »Du verlierst nicht den Verstand«, beruhigte sie ihn. »Tut mir leid, daß ich die Beherrschung verloren habe. Ich sehe ja, wie du dich quälst. Es ist nur schwierig, dabeizustehen und sich all das ruhig anzuhören. Sieht so aus, als wäre ich nicht ganz die Ärztin, die ich gerne sein möchte.«

»Laß uns rausgehen«, schlug Vredech fast verzweifelt vor. »Laß uns einen Ritt durch die Stadt machen ... ein bißchen reden ... nachdenken. Ich möchte durch nichts mehr eingeengt werden.«

Nach wenigen Minuten saßen sie auf ihren Pferden und lenkten sie hinaus in den strahlenden Sonnenschein. Vredech stieß einen tiefen Seufzer aus, als habe er seit seiner Rückkehr von Cassraw die Luft angehalten.

»Fühlst du dich jetzt besser?« erkundigte sich Nertha nach einer Weile.

»Freier, aber nicht besser«, antwortete Vredech.

Nertha runzelte die Stirn. »Was meinst du damit?«

Vredech sah zu dem strahlend blauen Himmel hinauf. Ein paar weiße Wölkchen zogen gemächlich darüber hinweg. »Es ist keine zwei Monate her, seit diese Dunkelheit aus dem Norden kam«, sinnierte er. »Zwei Monate, seit Cassraw ... und ich, wie ich vermute ... unsere fremdartigen Heimsuchungen haben, aber ich kann mich schon kaum noch daran erinnern, wie das Leben vorher war. Soviel ist geschehen.« Er sah Nertha an. »Werde ich langsam verrückt, Nertha? Bin ich es schon? Bist du wirklich hier? Oder bin ich irgendwo anders, jemand anderes, und träume das alles nur?«

Nertha wirkte betroffen. Sie berührte seine Hand. »Wir haben dieses Gespräch schon einmal geführt«, sagte sie. »Ich habe dir gesagt, mit deinem Kopf stimmt alles, solange du noch genügend Grips in ihm hast, um zu wissen, daß es keine Antwort auf diese Fragen gibt. Und es gibt keine Antwort, nicht wahr? Ich könnte jetzt die Ärztin spielen und dir beteuern, daß alles gut wird, daß du natürlich du selbst und auch hier bist. Aber gegen solche Fragen ist kein Kraut gewachsen. Es ist so, wie Kinder immer wieder ›Warum?‹ fragen, auf jede Antwort, die du ihnen gibst.« Sie lächelte bezaubernd. »Die Frage ist nicht, ob es dich gibt, sondern ob es eine solche Frage geben kann, wenn sie keine Antwort zuläßt.«

Vredech reagierte nicht auf ihre sanfte Provokation, und so schüttelte sie ihn. »Unbeantwortbar, Allyn«, erklärte sie mit Nachdruck. »Also frag nicht. Und zermarter dir nicht dein Hirn. Du hast keine andere Wahl als zu akzeptieren, daß das, was du siehst, hier und jetzt, real ist. Du hast keine andere Wahl als zu tun, wozu du dich bereits entschieden hast: Augen und Ohren offenzuhalten. Irgend etwas in dieser Wolke hat dich und Cassraw beeinflußt ... zum erstenmal in deinem Leben träumst du ...« Sie winkte ab, direkt vor seinem Gesicht, als er sich abrupt zu ihr umdrehte. »Oder auch nicht, je nachdem«, beeilte sie sich hinzuzufügen. »Vielleicht gelangst du in die Träume anderer Menschen, vielleicht besuchst du fremde Welten. Das ist ohne Bedeutung. Denn es gibt keine Antworten darauf. Aber was immer Cassraw widerfahren ist, er spielt ein gefährliches Spiel, was ihn wahrscheinlich seine Karriere kosten wird.«

Vredech blickte stur geradeaus. »Der Pfeifer sagte, daß sein alter Feind ein Priester sei, der Unruhe und Unzufriedenheit säen würde. Das war, *bevor* ich Cassraws Predigt hörte. Er sagte auch, dieser Mann sei einem furchtbaren Feind begegnet, der ihn geschwächt habe. Cassraw wiederum sagte, ein großes Übel habe im Norden sein Haupt erhoben.« Er drehte sich zu Nertha um. »Und es war kein Gauklertrick«, versicherte er. »Einer von Dowinnes Fruchtsäften wurde in Wasser verwandelt – aber das war es gar nicht, was mich so bestürzt hat. Ich habe es dir ja erzählt. Es war das, was ich gespürt habe – als habe man plötzlich etwas unendlich Verderbtes, etwas Faules in das Zimmer gelassen.«

Nertha hielt seinem Blick stand. »Erwarte keine Antwort von mir, Allyn. Alles, was ich tun kann, ist das, was ich vorhin schon getan habe: dich an deinen eigenen Entschluß zu erinnern, Augen und Ohren offenzuhalten. In ein paar Tagen wird Cassraw eine weitere Predigt halten. Ich glaube, wir beide sollten gemeinsam hingehen und uns das einmal anhören, was meinst du?«

Vredech nickte leicht, dann gab er seinem Pferd die Sporen und ließ es in Trab fallen. Nertha tat es ihm nach, und eine Zeitlang ritten sie schweigend weiter. Dann wiederholte sie ihre Frage: »Fühlst du dich jetzt besser?«

»Ja«, gab Vredech fast widerwillig zurück. Er sah sie mit ernstem Blick an. »Ich weiß nicht, welche gütige Vorsehung dich hierhergeführt hat, Nertha, aber ohne dich wäre ich verloren gewesen.«

Nerthas Stirn legte sich in Falten, und ihr Mund wurde zu einem dünnen Strich. »Um Himmels willen, Allyn, werd bloß nicht sentimental. *Damit* könnte ich wirklich nicht fertigwerden.«

Vredech mußte lächeln. »Nein, vermutlich nicht«, sagte er. »Aber es ist trotzdem wahr.«

»Es war der Brief von Haus, der mich hergeführt hat«, behauptete Nertha stur und mit scharfer Stimme. »Bitte nichts Theologisches in meiner Gegenwart. Das hat dich schließlich in die Bredouille gebracht.« Sie schürzte die Lippen und musterte ihn streng. »Ich denke, ich werde doch für ein paar Minuten die Ärztin spielen. Ich möchte nichts mehr darüber hören, nicht, bis wir beide Cassraws nächster Predigt gelauscht haben. Ich möchte mit dir durch die Stadt reiten und sehen, was sich verändert hat und was gleichgeblieben ist. Den einen oder anderen alten Freund mit nostalgischen Erinnerungen nerven. Und wenn das Wetter sich hält, können wir aufs Land reiten, hinaus in die Stille, weg von Privvs Hysterie und Cassraws Irrsinn, weg von fruchtlosen Debatten und dem muffigen Geruch alten Kirchengestühls. Machen wir das, ja?«

»Wie könnte ich eine so verlockende Aussicht ausschlagen?« erwiderte Vredech. Er nahm ihre Hand. »Es ist wirklich ...«

Nertha riß ihre Hand weg und erhob sie drohend. »Keine Förmlichkeiten, Allyn, ich warne dich, oder ich bin gezwungen, meine Reitgerte gegen dich einzusetzen.«

Bevor Vredech etwas erwidern konnte, zügelte Nertha ihr Pferd. »Was ist das?« fragte sie.

Auch Vredech hielt sein Pferd an, und sobald der Hufschlag verebbte, hörten sie das andere Geräusch besser. Es war schwach, aber deutlich. »Hört sich an wie Geschrei«, sagte er.

»Ziemlich viel Geschrei«, bestätigte Nertha. »Komm.« Sie lenkte ihr Pferd in Richtung des Lärms und ließ es in Trab fallen.

»So kommen wir aber in die Stadt«, rief Vredech aus, als er sie einholte.

»Ich weiß, wo es hingeht. *So* lange bin ich noch nicht weg«, rief sie zurück.

»Ich wollte nur sagen, daß es voll werden wird.«

»Ich frage mich, was es wohl sein mag«, überlegte Nertha, während sie ihm mit einer Handbewegung bedeutete, den Mund zu halten. Sie beugte sich über den Pferdehals, als wenn sie so in dem lauten Klappern der Hufe besser wahrnehmen könnte, was vor ihnen passierte. Dann lenkte sie ihr Reittier in eine schmale, holprig gepflasterte Straße. Hohe Terrassenhäuser auf beiden Seiten tauchten die Straße in Schatten. Sie stieg so steil an, daß die beiden Reiter sich gezwungen sahen, ihre Pferde nur vorsichtig im Schritt gehen zu lassen. Beide konzentrierten sich auf das Reiten und schwiegen; in der ganzen Straße war nichts zu hören außer dem Klappern der eisenbeschlagenen Hufe. Die wenigen Leute, die unterwegs waren, schenkten ihnen kaum Aufmerksamkeit, wenn sich auch zwei oder drei der Älteren respektvoll verbeugten, als sie erkannten, daß Vredech ein Priester war.

Etwa auf halber Höhe machte die Straße einen scharfen Knick, so daß sie wieder in die Sonne kamen und einen weiten Blick über den Großteil der Stadt hatten. Das Geschrei schien nun bedeutend näher und irgendwie in der Straßenschlucht gefangen zu sein. Mehrere Grüppchen von Anwohnern standen beisammen und unterhielten sich offenbar über den Krach, und als Nertha und Vredech vorbeiritten, verließen immer mehr Menschen ihre Häuser und begannen den Hügel hinabzuströmen. Am Fuße des Hügels öffnete sich die Straße und ging in eine breite Allee über, die geradewegs ins Stadtzentrum führte. Obgleich das Geräusch der Schreie hier schwächer war, waren mehr Menschen auf der Straße, sowohl zu Fuß als auch zu Pferd, und das kümmerliche Spalier, das eine Art Ehrengarde für die beiden Reiter gebildet hatte, schwoll an und mündete in die Menschenflut, die auf die Quelle des Lärms zuwogte.

Vredech und Nertha waren versucht, ihre Pferde wieder antraben zu lassen, aber die Menschenmenge aus anderen Reitern und umherhastenden Fußgängern hinderte sie daran. Ein Reiter tauchte neben Vredech auf und fragte, durch die ungewöhnlichen Umstände zutraulich geworden: »Was ist los?«

»Ich habe keine Ahnung«, gab Vredech zur Antwort. Er machte eine vage Handbewegung und zeigte nach oben. »Wir haben es von da oben gehört und –«

»Ich glaube, es kommt vom PlasHein-Platz«, schnitt Nertha ihm das Wort ab. Sie zeigte nach vorn. Sie hatten eine große Kreuzung erreicht, von der mehrere Straßen abgingen, eine davon in Richtung des PlasHein-Platzes. Es war keiner der großen Plätze, da der PlasHein in einem der ältesten Viertel von Troidmallos lag. Die aus allen Richtungen herbeiströmende Menschenmenge füllte ihn fast vollständig aus und wuchs rasch.

Vredech war verwirrt. Große Zusammenkünfte waren in Troidmallos unüblich, und ein Instinkt riet ihm, umzukehren.

Überraschenderweise bestätigte Nertha sein ungutes Gefühl. »Das sieht nicht gut aus«, meinte sie. »Wir dürfen nicht zu nahe herankommen, es wird Ärger geben.«

Vredech runzelte die Stirn und, einer plötzlichen Eingebung folgend, widersprach ihr. »Unfug«, sagte er. »Diese Leute sind Madren, keine großmäuligen Felden. Komm schon.« Und er zwängte sein Pferd durch die Menge.

Nertha murrte leise vor sich hin und packte ihn am Arm, als sie ihn einholte. »Das ist ein Fehler«, behauptete sie erbost. Als sie sich ein wenig zu ihm hinüberneigte, scheute ihr Pferd und hätte sie fast abgeworfen. Erregte Schreie wurden unter den Leuten in ihrer unmittelbaren Nachbarschaft laut, als sie versuchte, das seitwärts ausbrechende Tier wieder in ihre Gewalt zu bekommen. »Siehst du«, rief sie Vredech zu, das Gesicht zorngerötet. »Mein Pferd hat mehr Verstand als du. Laß uns zurückreiten, solange wir noch können. Ich habe Erfahrung mit solchen Menschenansammlungen.«

Vredech sah sich um. Er beugte sich über den Hals seines Pferdes, um es zu beruhigen. Abgesehen von denen, die auf Nerthas tänzelndes Reittier ängstlich reagiert hatten, schien die Menge gutgelaunt zu sein, wenn auch ein wenig erregt und von Neugier beherrscht. Ihm selbst ging es nicht anders. Das war doch gewiß nicht gefährlich? Und wie dem auch sei, er war schließlich Predigerbruder, seine Soutane würde ihn schützen.

»Sei kein Narr, was kann hier schon passieren?« sagte

er gerade, als der Krach, der vom PlasHein herüberdrang, plötzlich anschwoll und seine Worte untergehen ließ. Er spürte, wie die Menge die Luft anzuhalten schien und sein Pferd zu zittern begann. Er klopfte es und gab beruhigende Laute von sich. Dann stellte er sich in den Steigbügeln auf, um zu sehen, ob er die Ursache des Tumults erkennen konnte, der nicht nachließ und merklich wütend wurde.

»Was geht hier vor, Bruder?« wurde er mehrfach von Umstehenden gefragt.

»Es sieht so aus, als sei der Platz voller Menschen«, rief er. »Aber ich habe keine Ahnung, warum.«

Eine hohe, schrille Kinderstimme, die ängstlich aufschrie, schnitt ihm durch Mark und Bein. Er sah sich um, konnte aber nicht erkennen, wer es war; er bemerkte jedoch einen kleinen Wirbel in der Menge ganz in seiner Nähe und erhaschte einen flüchtigen Blick auf ein Frauengesicht, bleich vor Entschlossenheit und Sorge, das sich gegen die Strömung der Masse stemmte.

Am Ende der Straße erklang lautes Brüllen, und wieder bewegte sich die Menge. Es war, als sei sie nicht mehr eine Ansammlung von Individuen, sondern ein Wesen mit eigenem Willen, losgelöst und unbeeinflußbar vom Willen seiner Einzelteile. Vredech schauderte und warf einen Blick zu Nertha hinüber. Ihr Gesicht war bleich und angespannt, und in ihren Augen stand die flehentliche Bitte, von hier zu fliehen.

Er zauderte kurz, da es ihm widerstrebte, im Angesicht der Gefahr Angst zu zeigen, besonders vor einer Frau. Die Regung bestürzte ihn. Seit er ein junger Mann gewesen war, hatte er solche törichten Anwandlungen nicht mehr verspürt – jedenfalls nicht so heftig. Es folgte ein Aufwallen von Verlegenheit und dann eine Woge des Alarms. Wenn dieser Menschenauflauf selbst bei ihm so lange unterdrückte Dummheiten an die Oberfläche brachte, was mochte er dann erst bei den anderen um ihn herum zutage fördern? Denn diese primitiven und abgründigen Emotionen von Erwachsenen würden den Willen der Masse lenken, nicht aber deren vernünftige, stabilisierende Eigenschaften.

Sein Mund wurde staubtrocken.

Nun, zumindest würde er nicht weiterreiten, entschied er, knirschte mit den Zähnen und brachte sein Pferd zum Stehen. Die Menschen um ihn herum verharrten bewegungslos, und auch der Lärm, der sie alle angelockt hatte, hatte sich gelegt. Vredech richtete den Blick nach vorn. Die Menge glich einem dunklen Getreidefeld, das eine vom Betrachter nicht zu spürende Brise zum Wogen brachte. Hier und da ragten andere Reiter und ein oder zwei Kutscher isoliert heraus wie merkwürdige Kräuter.

»Wir müssen hier weg«, flüsterte Nertha ihm in drängendem Tonfall zu. Dann sah sie sich um und fluchte. Vredech war entsetzt über ihr unerwartet gewöhnliches Verhalten, aber dann entdeckte er den Grund dafür. Während diejenigen vor ihnen und um sie herum angehalten hatten, strömten hinter ihnen immer mehr Menschen auf die enge Straße. Die Menge hinter ihnen war fast genauso groß und dicht wie die vor ihnen. Und sie wuchs immer noch. Keiner von ihnen wäre in der Lage, sein Pferd umzuwenden oder rückwärts gehen zu lassen. Nerthas Furcht steckte ihn und über ihn sein Pferd an. Es begann unruhig mit den Hufen zu scharren. Empörte Schreie und ein oder zwei abwehrende Hiebe aus ihrer unmittelbaren Nachbarschaft waren auch nicht dazu angetan, das Tier zu beruhigen, so daß Vredech sich genötigt sah, Nachbarn und Pferd gleichermaßen zu beschwichtigen.

Hoch zu Roß über der Ansammlung, sozusagen in Predigerposition, zögerte er nicht, seine priesterliche Autorität einzusetzen. »Seid still!« sagte er, nicht zu laut, aber bedächtig und mit großem Nachdruck. »Wenn ihr die Pferde erschreckt, können wir sie nicht mehr halten, und dann wird noch jemand ernsthaft verletzt. Räumt jetzt die Straße. Geht zurück. Ihr alle.« Beim Reden drehte er sich im Sattel um und verdeutlichte denen, die sich in Hörweite befanden, seine Anweisungen mit energischen Gesten. »Was immer hier vor sich geht, es scheint aufgehört zu haben, und früher oder später finden wir es heraus.« In strengem, leicht vorwurfsvollem Ton fügte er hinzu: »Geht nach Hause, geht an eure Arbeit.«

Es lag nicht in der Natur der Madren, ihren Predigerbrüdern zu widersprechen, und so wurde sein Befehl, wenn auch langsam, befolgt.

Vredech hatte jedoch kaum ausgeredet, als der Lärm auf dem Platz erneut anschwoll. Diesmal war es unmißverständlich eine Mischung aus Angst und Wut. Hastig richtete er sich in den Steigbügeln auf, um den Grund herauszufinden. Er meinte, einen flüchtigen Blick auf Hüter-Uniformen zu erhaschen, die entschlossen auf dem Platz vor ihm ausschwärmten, aber jede weitere Überlegung wurde vom Anblick der Woge hinweggefegt, die durch die Menge auf ihn zukam.

Er brauchte einen Moment, bis ihm klar wurde, daß es sich bei der Woge um die Menschen in vorderster Front handelte, die kehrtmachten und über die Straße zu fliehen versuchten. Das Geräusch panisch aufkreischender Stimmen drang an sein Ohr. Vredech erstarrte, als ihm die Konsequenzen dieser plötzlichen Flucht aufgingen. Das Pferd indes bäumte sich unverzüglich auf, um die Hindernisse zu überwinden, die seiner eigenen Flucht im Weg standen. Vredech war ein recht guter Reiter, so daß er sich im Sattel halten konnte. Er konnte jedoch nicht verhindern, daß sein Pferd mit den Umstehenden zusammenprallte. Während er sich noch anstrengte, es wieder in seine Gewalt zu bekommen, teilte sich ihm ein lebhafter Eindruck von vielen gleichzeitig ablaufenden Ereignissen mit. Eine Flut wild blickender Augen, aufgerissener Münder und um sich schlagender Arme wälzte sich durch die Straße auf ihn zu. Er sah, wie Nertha mit ihrem Reittier kämpfte. Reue und Schuldgefühle überkamen ihn, aber ihm blieb keine Zeit, ihnen nachzugeben, denn in genau diesem Augenblick traf ihn die volle Wucht der vom Platz flüchtenden Menge. Sein Pferd knickte zur Seite weg und bemühte sich verzweifelt, nicht auf dem Kopfsteinpflaster der Straße auszurutschen. Er konnte den furchtbaren Aufprall der Körper spüren, die von ihm getroffen und zu Boden geworfen wurden. Dann sank das Pferd wie ein gewaltiger Baum, der von einer Sturzflut entwurzelt wird, langsam, ja fast elegant in die wogende Masse der fliehenden Menschen.

Vredech konnte gerade noch den Fuß aus dem Steigbügel befreien und sein Bein wegschwingen, bevor das Pferd auf die Seite fiel, aber er hatte keine Chance, das Gleichgewicht zu bewahren. Mit geschlossenen Augen, die Arme schützend um den Kopf geschlungen, rollte er sich fest zusammen und stürzte hilflos unter die Füße der über ihn hinwegstampfenden Menge. Eine Weile empfand er nichts mehr außer der Angst, die ihn verzehrte. Er erhielt Tritte und Stöße aus allen Richtungen, und in seinen Ohren dröhnte unablässig ein schreckliches Kreischen. Dann riß ein besonders heftiger Hieb seine Deckung auf. Seine Hände berührten etwas Hartes, dann wurde sein Gesicht dagegengepreßt. Die Berührung, sandig und lauwarm von der Sonne, brachte ihn wieder einigermaßen zu Bewußtsein. Er öffnete die Augen. Er war an den Rand der Menge geschoben worden und wurde gegen eine Mauer gedrückt. Der Druck der Menge schob ihn ein Stückchen an der Mauer entlang, verlieh ihm jedoch auch genügend Schwung, um sich wieder aufzurichten. In diesem Augenblick krachte etwas gegen ihn und drückte ihn zufällig in einen flachen Hauseingang. Vor Anstrengung keuchend, umklammerte er den stabilen hölzernen Türgriff wie einen Anker und verkeilte ein Bein in der Türlaibung.

Ein kurzer Blick enthüllte ihm ein Grauen, das bei weitem schlimmer war als alles, was er in den letzten Wochen erlebt oder sich ausgemalt hatte. Ein Grauen, das nicht aus phantastischen Erscheinungen, übernatürlichen Geheimnissen oder einem personifizierten Urbösen bestand, sondern das in der Gewöhnlichkeit dieser Menschen lag, die kreischend und um sich schlagend versuchten, dieser Straße zu entfliehen. Menschen – von denen er einige sogar kannte –, denen anscheinend die letzte Spur von Zivilisiertheit, auf die sie sich so viel zugute hielten, abhanden gekommen war. Sie schlugen um sich, kletterten über andere und zertrampelten jeden unter ihren Füßen, den sie in ihrem verzweifelten Bemühen, dem mörderischen Gedränge zu entkommen, nicht zur Seite schubsen konnten.

Das Grauen wurde für Vredech noch durch die Einsicht verstärkt, daß derselbe furchtbare Wille, der die Menge trieb, auch von ihm Besitz ergriffen hatte. Er wußte genau, wäre er nicht durch puren Zufall auf die Seite gedrängt worden, wo er sich wieder hatte aufrichten können, läge er jetzt vielleicht unter den Füßen dieses panikerfüllten Mobs.

»Aufhören! Aufhören! Um Himmels willen!« rief er, aber seine Stimme war nur ein weiterer Tropfen in der Flut von Lärm, die sich durch die Straße wälzte. Irgend etwas prallte gegen ihn. Er hätte beinahe danach geschlagen, doch dann sah er, daß es ein Kind war, ein Kind mit tränenverschmiertem, blutigem Gesicht. Rasch packte er es am Kragen und stieß es neben sich, stellte sich so gut er konnte zwischen das Kind und den Druck der Menge.

»Bleib hier, hier geschieht dir nichts!« brüllte er dem Kind zu. Es klammerte sich an sein Bein.

Nertha! Wo war Nertha?

Der Gedanke traf ihn so heftig wie ein gezielter Faustschlag, und um ein Haar verlor er den Halt in der Türlaibung. Er suchte mit Blicken die Straße ab, konnte jedoch außer dem zuckenden Wogen der Körper nichts erkennen. Wut und verzweifelte Scham schlugen über ihm zusammen. Nertha war kein zartes Pflänzlein, das nicht für sich selbst sorgen konnte, aber wenn sie unter diese ... Sie war zurückgekommen, um ihm in der Stunde der Bedrängnis beizustehen, und er hatte sie mit seiner Torheit in diesen todbringenden Aufruhr geführt! Die Vorstellung war unerträglich.

»Nein!« brüllte er. Er fühlte, wie der Griff des Kindes um sein Bein sich verstärkte, konnte jedoch nicht riskieren, den Türgriff loszulassen, um es zu trösten.

Dann war die wilde Flucht vorüber, genauso plötzlich, wie sie losgebrochen war.

Leute, die sich angeschrien und erbittert bekämpft hatten, lösten sich mit einemmal voneinander.

Ein kurzes fassungsloses Schweigen trat ein, dann wurden ganz neue Töne laut und füllten das Schweigen aus: die Geräusche, die entstehen, wenn Menschen, die bislang kopflose Bestandteile der fliehenden Herde gewesen sind, auf schmerzhafte Weise wieder zu Bewußtsein kommen. Als erstes hörte Vredech ein Schluchzen, dann einen stufenweise anschwellenden Chor abstoßender Laute wie eine krächzende Gegenstimme: Geifern, heftiges Fluchen, Kreischen und eine furchtbare Litanei laut gerufener Namen, als die Menschen sich auf die Suche nach Kindern, Eheleuten oder wem auch immer machten, der bei ihnen gewesen war, als sie in diesen gräßlichen Abgrund gesprungen waren.

Und Vredech mußte feststellen, daß viele Augenpaare auf ihn gerichtet waren.

»Bruder ...«

»Bruder ...«

Von überall.

Flehend streckten sich ihm Arme entgegen.

Nertha, um Gottes willen, wo bist du? schrie es stumm in ihm, während sein Herz sich gegen die Forderungen aufbäumte, die an ihn herangetragen wurden.

»Bruder ...«

Die Stimme kam von dem Kind, das sich immer noch an sein Bein klammerte. Er sah hinunter, geradewegs in die schreckensstarren Augen des Kindes und in die furchterfüllten Herzen seiner Eltern, wo immer sie jetzt sein mochten. Sein eigener Kummer trat in den Hintergrund. Er war Predigerbruder. Er ließ sich die Ehrerbietung gefallen, die diese Menschen ihm und seinesgleichen erwiesen, er erteilte ihnen Rat, wo er konnte, und er galt als Personifikation von Ishryths Willen – das zumindest behauptete die Kirche. Nun mußte er seine eigenen Sorgen hintanstellen, bis er sich um die seiner Herde gekümmert hatte.

Er beugte sich hinunter, löste behutsam die Finger des Kindes von seiner Hose und hob es hoch.

»Hab keine Angst mehr«, beruhigte er es. »Jetzt ist alles vorbei. Leg deine Arme um meinen Nacken, du bist schwer.«

Und dann trat er aus seiner winzigen Festung.

Skynner, der sich auf dem PlasHein-Platz befand, sah sich fassungslos um. Irgendwo im Hinterkopf wog er die Konsequenzen ab, die dieser Vorfall mit Sicherheit nach sich ziehen würde. Aber diese vernünftigen Überlegungen konnten nicht durch den Aufruhr von Gefühlen stoßen, konnten nicht den heftigen Kampf durchdringen, den er mit sich selbst führte, um sich davon zu überzeugen, daß all das tatsächlich geschehen war.

Mit zitternder Hand wies er auf eine Reihe junger Männer, die eingeschüchtert, störrisch und in Handfesseln am Fuße der kleinen grasbewachsenen Rampe saßen, die sanft zum PlasHein anstieg.

»Steckt sie fürs erste in die PlasHein-Zellen«, ordnete er mit mühsam gezügelter Wut an. »Mit denen beschäftigen wir uns später.«

Jemand legte zaghaft Widerspruch ein. »Die PlasHein-Zellen sind ungeeignet für –«

Er stockte mitten im Satz, als ihn Skynners Blick traf. »Sperr sie ein«, sagte der Wachtmeister gefährlich langsam. »Und komm im Laufschritt wieder zurück. Wir brauchen jeden Mann, um diesen Schlamassel hier zu beseitigen.«

Dann, wie bei Vredech, sorgte ein Leben der Pflichterfüllung dafür, daß er seine persönlichen Reaktionen unterdrückte und sich praktischen Dingen zuzuwandte. Er warf einen flüchtigen Blick auf seinen am Boden liegenden Hauptmann, um dann, nachdem er sich vergewissert hatte, daß er nur bewußtlos war, auf der Suche nach seinen verstreuten Männern durch die Überbleibsel der Menge zu schreiten. Wie ein Vater, Arzt und Richter in einer Person stützte er die Schwankenden, sprach den Erschöpften Mut zu und heilte die Lahmen mit solchem Eifer, daß er innerhalb weniger Minuten diejenigen seiner Männer, die sich noch auf den Beinen halten konnten, zusammengetrieben und zu einem halbwegs geordneten Haufen gemacht hatte.

»Du – zum Städtischen Physikus, und zwar schnell. Erzähl ihm einfach, was passiert ist, und tu, was er dir sagt. Du – zum Hüterhaus, direkt zum Chef. Laß dich von niemandem aufhalten. Ich will in fünf Minuten jeden verfügbaren Mann hier haben. Ihr anderen bildet Gruppen. Tut euer Mögliches für die Verwundeten. Und bringt diesen Mob unter Kontrolle. Die, die nicht nach jemand Bestimmtem suchen, schickt ihr unter Androhung von Arrest nach Hause. Von denen, die jemanden suchen, laßt ihr euch den Namen geben und bringt ihn her. Und falls irgend jemand in der Lage ist zu helfen, bringt ihn auch her. Albor, du kümmerst dich darum, ja?«

Albor stützte sich schwer auf einen Kollegen. »Ich bin mir nicht sicher, ob ich das kann«, antwortete er mit schwacher Stimme.

Skynner funkelte ihn an. »Aber ich«, erklärte er mitleidlos. »Vorwärts. Zusammenbrechen kannst du später. Ich kenne da jemanden, mit dem ich mich gern mal unterhalten würde.«

Er wartete gar nicht erst ab, ob es Widerspruch geben

würde, sondern machte auf dem Absatz kehrt und hastete durch die Menge zum Tor des PlasHein. Als er dort ankam, sah er die mit Handschellen gefesselten Jugendlichen in einer unordentlichen Reihe stehen, während der Hüter, dessen Obhut er sie anvertraut hatte, mit einem Mann stritt. Er schien der Anführer einer Gruppe Uniformierter zu sein, die sich jetzt vor dem Tor aufgebaut hatten und lange, mit einem Axtkopf versehene Speere entschlossen vor sich hielten.

Obwohl er schon recht alt war, besaß der Mann die arrogante Haltung von jemandem, der sein Leben lang eine Position in der mittleren Machtebene innegehabt hat. Er trug eine Uniform, die denen der Männer in seinem Rücken glich, nur daß sie eleganter und prächtiger war. Sie glich in mancherlei Hinsicht derjenigen der Hüter, außer daß sie ein klein wenig farbenfroher war – eine schmale rote Schärpe hier, ein Emblem dort, ein Hauch von goldenen Litzen, eine bessere Machart und besseres Material. Diese Männer gehörten zum GardHein, der offiziellen Wachmannschaft des PlasHein. Laut Verfassung handelte es sich um eine sehr alte Gruppierung, die schon existiert hatte, bevor Canol Madreth seinen Namen bekam, und die sich sogar sagenhafter Wurzeln aus der Zeit des letzten irdischen Kampfes zwischen Ishryth und Ahmral rühmte. Damals, so hieß es, hätten sie Schulter an Schulter im Ring um ihren unbewaffneten Herrn gestanden, der, in tiefe Konzentration versunken, seine eigene unsichtbare Schlacht gegen Ahmral schlug, während Ahmrals gewaltiges Heer sich wie Wellen an ihren Schilden und Speeren brach. Es war eine der großen epischen Erzählungen des Santyth. Nun jedoch war der GardHein zu einer erblichen Pfründe verkommen, einer rein zeremoniellen Truppe, deren Schutzauftrag für den PlasHein und den Heindral größtenteils überflüssig war. Abgesehen von der Aufgabe, gelegentlich einen übereifrigen Heinder oder einen erregten Bittsteller in die Schranken zu weisen, gab es nichts für sie zu tun, außer ihre formellen Runden um das Gebäude und durch den angrenzenden Park zu drehen.

Skynner verschwendete keine Zeit damit, sich über die Gründe der Meinungsverschiedenheit zwischen dem Hüter und dem Offizier des GardHein zu informieren. »Ich habe dir doch befohlen, die hier einzusperren, oder? Warum die Verzögerung?« verlangte er zu erfahren.

Bevor der Hüter Antwort geben konnte, ergriff der Offizier das Wort: »Die PlasHein-Zellen dürfen nicht für Straßenschläger benutzt werden«, erklärte er hoheitsvoll. »Es erstaunt mich, daß Ihr diesen Vorschlag überhaupt macht, Wachtmeister. Ich bin sicher, Ihr verfügt in Eurem Hüterhaus über angemessene eigene Zellen.«

Skynner biß die Zähne zusammen, um seine spontane Reaktion auf den Tonfall des Offiziers hinunterzuschlucken. Zu spät. »Über die verfüge ich in der Tat, mein Herr«, versetzte er mit unheilverkündend leiser Stimme. »Unglücklicherweise haben wir hier auf dem Platz und in den umliegenden Straßen ein winziges Problem, wofür ich jeden Mann brauche, den ich noch übrig habe. Dürfte ich mit allem gebotenen Respekt wohl vorschlagen, daß Eure Männer, die das Ganze schließlich zu verantworten haben, wenigstens *meine* Männer nicht bei der Erfüllung ihrer Aufgaben behindern?«

Der Offizier versteifte sich, und sein Gesicht lief rot an vor Wut. »Wißt Ihr, mit wem Ihr redet, *Wachtmeister*?« fragte er mit deutlicher Betonung auf Skynners Rang.

»Ich weiß nur zu gut, mit wem ich rede«, donnerte Skynner. »Ich rede mit dem Esel, dessen Befehle das hier verursacht haben, und ich werde keine Sekunde mehr mit Euch verschwenden. Da draußen liegen Verletzte. Und jetzt tretet zur Seite und laßt meinen Mann diese Halunken einsperren, oder, besser noch, befehlt einem von Euren Männern, es zu tun.« Beim Sprechen zog er seinen Schlagstock. Einer der Wächter machte einen Schritt nach vorn, als wolle er seinem Offizier zu Hilfe kommen. Skynner wechselte den Schlagstock blitzschnell in seine Linke, umging den Speerkopf und packte den Schaft mit seiner Rechten. Die Bewegung war ohne Hast, aber zügig ausgeführt, und ein plötzlicher Ruck brachte den Wächter aus dem Gleichgewicht und zwang ihn mit einem unangebrachten »Oh!« in die Knie. Ein weiterer Ruck riß ihm den Speer aus der sich öffnenden Hand. Skynner schwang ihn hoch und ließ ihn kraftvoll auf die bereits wankende Speerreihe niederkrachen. Der plötzliche Druck sprengte die Reihe endgültig, und mehrere Speere polterten zu Boden. Skynner hatte den gestürzten Wächter inzwischen wieder auf die Beine gezogen. »Sorg dafür, daß diese Kerle hinter Schloß und Riegel kommen!« befahl er, nur wenige Zentimeter vom Gesicht des Mannes entfernt. »Dann begibst du dich selbst zu meinem Mann da drüben und hilfst ihm dabei, diese Schweinerei aufzuräumen.« Skynners Griff um den Hals seines Waffenrocks verhinderte wirkungsvoll, daß der Wächter zu seinem Offizier hinüberschielen konnte. Er nickte unsicher und krächzte etwas. Skynner ließ ihn los und wandte sich an die anderen, während er den Offizier einfach beiseiteschob. »Dasselbe gilt für euch. Rüber mit euch, und helft ihnen!«

»Ich protestiere!« begann der Offizier, dessen Gesicht mittlerweile dunkelrot vor Empörung war. »Ihr habt keine Befugnis –«

»Halt's Maul«, sagte Skynner mit ruhiger Stimme und hielt dem Offizier die Spitze seines Schlagstocks unters Kinn. Dann drehte er sich um und ging.

Von einem breiten Nischenfenster im zweiten Stock des PlasHein-Turms aus hatte Privv inmitten einer Gruppe von Heindern und PlasHein-Beamten die Szene am Tor wie schon zuvor den ganzen Aufruhr verfolgt. Seine Miene zeigte Betroffenheit, doch seine wahre Reaktion war überschäumende Freude.

»Das ist ja prachtvoll«, sagte er stumm zu Leck.

»Schau dir all diese Körper an. Das müssen Dutzende von Verletzten sein. Auch Kinder.«

»Es hat Tote gegeben«, erhielt er zur Antwort. Es klang unbehaglich.

»Das wird ja immer besser. Damit könnte ich meine Blätter im ganzen Land verkaufen, geschweige denn in Troidmallos. Das sind gute Zeiten für uns, Leck. Gute Zeiten.«

»Es sei denn, du bist einer von denen da draußen«, warf Leck finster ein.

»Wo steckst du?« fragte Privv.

»Auf einem der Balkonfenster in der Kammer der Rede«, gab sie ihm zur Antwort. »Es sind noch immer eine Menge Mitglieder hier, Drommel eingeschlossen, falls du mit ihm sprechen möchtest.«

Privv überlegte kurz. Ein Blick über den Platz, wo Skynner und die anderen Hüter langsam so etwas wie Ordnung einkehren ließen, zeigte ihm, daß sich dort wohl nichts Bedeutendes mehr abspielen würde. Drommel auf der anderen Seite mochte sich als ausgesprochen interessant erweisen.

»Ich komme runter«, sagte er. »Behalt ihn im Auge.«

So kam es, daß Drommel, als er an der Spitze eines Keils aus Mitgliedern der Partei der Zeugen die Kammer der Rede verließ, als erstes Privv auf sich zueilen sah. Er versuchte ihn mit ausgestreckter Hand abzuwehren. »Ich habe jetzt keine Zeit zum Reden, Privv«, kündigte er mit gehetzter Miene an. »Mir ist gerade erst zu Ohren gekommen, was sich da draußen abgespielt hat. Es ist furchtbar.«

Privv nickte verständnisvoll.

»Die Jugendlichen, die die Störung auf der Zuschauergalerie verursacht haben, gehörten zu einer Menschenansammlung, die hergekommen war, um Eure Sache zu unterstützen«, führte er aus, während er Schritt mit dem hochgewachsenen Mann hielt und die anderen abwehrte, die offenbar ganz und gar nicht glücklich darüber waren, daß ihr Anführer von diesem Menschen mit Beschlag belegt wurde.

»Es steht zu hoffen, daß die Kastellane die Unterstützung, die unsere Sache in der Bevölkerung genießt, gebührend zur Kenntnis nehmen, aber ein Verhalten wie das, was auf der Zuschauergalerie vorgefallen ist, kann nicht geduldet werden.« Rasch fügte er hinzu: »Ich bin sicher, daß die Menschen, die zu unserer Unterstützung hergekommen sind, das da draußen nicht gewollt haben. Aber ich hege Verständnis für die Enttäuschung der Leute, wenn sie mitansehen müssen, daß eine Regierung wie die Kastellane sich nicht entscheiden kann, wenn es um den Schutz ihrer Bürger im Ausland geht.«

»Werdet Ihr ein Sonderedikt einbringen, so daß man die Verantwortlichen zur Rechenschaft ziehen kann?«

Drommel wirkte nervös. »Vielleicht«, sagte er. »Aber ...«

Dann gelang es seinen Parteigenossen endlich, sich zwischen ihn und Privv zu zwängen, und er wurde durch das Haupttor des PlasHein geschoben, während Privv feststellen mußte, daß er in der Eingangshalle auf dem Trockenen saß. Aber das war jetzt unwichtig. Er konnte aus Drommels wenigen Worten mehr als genug machen. Langsam schlenderte er nach draußen und ließ die Blicke über die Verwüstungen schweifen, die die in Panik geratene Menge angerichtet hatte. Kurzfristig verspürte er echte Neugier.

»Hast du genau gesehen, was geschehen ist?« fragte er Leck.

»Aber sicher«, antwortete Leck. »Und es war überaus interessant.«

Ihr Tonfall erstaunte Privv. »Interessant?«

»Es sah beinahe so aus, als sei alles geplant gewesen.«

»Das ist keine Neuigkeit, oder?« erklärte Privv. »Die Partei der Zeugen holt aus dieser Tirfelden-Geschichte heraus, was herauszuholen ist. So eine Gelegenheit bekommen sie nicht so schnell wieder. Ihre Bemühungen und meine Blätter waren darauf angelegt, heute eine große Menge herzulocken.«

»Das habe ich nicht gemeint«, versetzte Leck ungehalten. »Ich habe die Störaktion im PlasHein und den Zwischenfall am Tor gemeint.«

»Erzähl«, verlangte Privv, neugierig gemacht.

»Hast du mitbekommen, wer den Krawall drinnen vom Zaun gebrochen hat?« fragte Leck.

»Nein«, gab Privv zu. »Es gab einfach eine Menge Geschrei und Gefluche, dann Aufruhr – überall Leute, die in Handgreiflichkeiten verwickelt waren.«

»So, als wenn es an zwei oder drei Stellen gleichzeitig losgegangen wäre?«

Privv sann kurz darüber nach. »Ich vermute, ja«, antwortete er schließlich.

»Fein. Als der GardHein sie im Haufen auf den Platz hinauswarf, liefen sie geradewegs in einen Steinhagel hinein. Steine, Privv. Wo findest du hier Steine, wenn du sie nicht mitgebracht hast?«

»Erzähl weiter.«

»Dann drängelten sich Leute durch die Menge zu jenen durch, die man hinausgeworfen hatte, und es gab eine Balgerei um das Tor herum. Es sah wirklich so aus, als wolle die Menge das Gebäude stürmen.«

»Und der GardHein-Hauptmann hat Panik bekommen und seinen Männern befohlen, die Speere zu senken und anzugreifen?«

Sein Kopf füllte sich mit einem stummen »Nein« und mit Lecks Erinnerungen an die entsprechenden Minuten: So sehr war sie damit beschäftigt, sich den Vorfall ins Gedächtnis zu rufen, damit sie ihre Behauptung untermauern konnte. »Nein, das ist es ja. Er war nicht einmal anwesend. Seine Männer schafften es, den Torweg zu räumen, dann nahmen sie Aufstellung in Reih und Glied, um den Eingang zu verteidigen, und begannen ihre Speere zu heben. Aber sie haben nicht angegriffen.«

Die Szene spielte sich in Privvs Kopf noch einmal ab,

und während er Lecks Schilderung lauschte, konnte er sie bildlich mitverfolgen.

»Als ob ihnen irgend jemand den Befehl dazu erteilt hätte, machten die Männer, die bis jetzt gekämpft hatten, auf einmal kehrt und stürmten mit dem Ruf: »Sie greifen an! Sie greifen an!« auf die Menge zu. Der Rest war unausweichlich. Skynners Männer konnten überhaupt nichts tun. Sie waren zu wenige, zu verstreut und außerdem völlig überrumpelt.«

Privv schwieg eine Weile. »Nun, das *ist* interessant«, sagte er dann. »Aber wer würde so etwas tun? Die Partei der Zeugen mit Sicherheit nicht. Und auch keine der anderen Parteien. Ich kann mir nicht vorstellen, wer davon einen Nutzen haben könnte.«

»Das war noch nicht alles«, sagte Leck in ruhigem Ton.

»Steh nicht da rum, Mann. Hilf uns!«

Die Stimme jagte Privv, der in sein stummes Zwiegespräch mit Leck vertieft war, einen heftigen Schreck ein. Geistesabwesend ging er die Stufen zum PlasHein hinunter und blieb in der Toreinfahrt stehen. Die Person, die ihn angesprochen hatte, war ein müde aussehender Hüter, der gerade eine verletzte Frau sanft auf den Grashang bettete. Privv riß sich rasch zusammen und beugte sich zu ihr, um zu helfen. »Tut mir leid, Hüter«, entschuldigte er sich. »Ich kann es noch immer nicht fassen, was ich hier sehe.«

Der Hüter nickte und warf ihm einen Blick grimmigen Einverständnisses zu, um sich dann umzudrehen und auf den noch immer vollen Platz zurückzugehen.

Privv nahm seine stumme Unterhaltung wieder auf. »Erzähl weiter«, verlangte er, während er die Frau liegenließ und sich wieder vom Tor entfernte.

»Als die Panik ausbrach, machten die Männer, die sie verursacht hatten, sich in aller Stille aus dem Staub.«

Privv verschlug es, was selten vorkam, die Sprache. Lecks Beobachtungen hatten Schritt für Schritt vor seinem geistigen Auge etwas entstehen lassen, was ohne

Zweifel die beste Geschichte war, die er je in die Finger bekommen hatte. Er mußte das sorgfältig, in aller Ruhe und ohne Hast überdenken, um herauszufinden, wie er am besten davon profitieren konnte. In der Zwischenzeit, so wurde ihm klar, boten sich ihm hier noch weitere Gelegenheiten.

Als er seine Blicke in die Runde schweifen ließ, entdeckte er eine Frau, die am Boden kniete und die Arme um ein Kind geschlungen hatte. Auf dem Gesicht des Kindes war Blut, und es war sehr still. Die Frau schluchzte.

Privv als der geborene Enthüller, der er war, legte ihr mitfühlend die Hand auf die Schulter, beugte sich zu ihr hinunter und fragte: »Sagt, wie ist Euch zumute?«

# KAPITEL 24

Vredech sah das Kind in seinen Armen an. Er preßte es fest an sich, um das Zittern zu unterdrücken, das ihn zu überwältigen drohte.

»Komm, junger Mann, wir schauen jetzt einmal, wo deine Eltern sind«, sagte er so beruhigend, wie die Umstände es ihm erlaubten.

»Ich bin ein Mädchen, und ich war mit meinem Bruder zusammen«, rief das Kind und brach in Tränen aus.

Vredech nahm Zuflucht zu einem vagen »Hm, nun« und einem liebevollen Tätscheln. »Dann laß uns deinen Bruder suchen«, antwortete er.

Doch es wurden noch ganz andere Anforderungen an ihn gestellt. Hände griffen nach ihm. Überall um ihn herum sahen ihn angstvoll geweitete Augen flehend an.

Er war daran gewöhnt, mit trauernden Verwandten und Menschen umzugehen, die Kummer hatten, aber solche Kondolenzbesuche hatten immer in der schützenden, intimen Atmosphäre eines Hauses stattgefunden. Hier verstärkten die Vertrautheit der Umgebung und der blaue Sommerhimmel über ihnen noch den verwirrten Kummer, den er lindern sollte.

Helle, lähmende Verzweiflung ergriff ihn. Was konnte er hier schon tun? Er hatte keine Erfahrung mit . . .

Er dachte den Gedanken gar nicht erst zu Ende, denn die Antwort folgte auf dem Fuß: Niemand hatte Erfahrung mit so etwas.

Ishryth hatte gesagt: »Ich bürde keiner Seele mehr auf, als sie zu tragen vermag.« Das war einer der Anker seines Glaubens. Aber . . .

Eine Hand hielt seinen Arm fest. »Bruder, mein Mann ist verletzt. Bitte . . .«

Hier gab es keine Menge mehr, nur noch Einzelne, zwang er sich zu denken. Denen, denen ich helfen kann, werde ich helfen. Bis die Dinge sich ändern. Er wandte sich an die Frau und hielt ihr das Kind hin. »Führt mich zu Eurem Mann«, erklärte er mit ruhiger, aber fester Stimme und blickte ihr in die Augen. »Und kümmert Euch um dieses kleine Mädchen, es hat seinen Bruder verloren.«

Die Frau zauderte kurz, dann ließ sie seinen Arm los und nahm das Kind.

Vredech folgte ihr zu einem kleinen Kreis von Menschen, die inmitten der allgemeinen Verwirrung merkwürdig starr wirkten. Als er eintraf, machten die Zuschauer ihm Platz. Auf dem Kopfsteinpflaster lag ein Mann mittleren Alters. Er stützte sich auf seine Ellbogen, als habe er Angst davor, sich auszustrecken, und das eine Bein lag so verkrümmt unter dem anderen, daß Vredech auch ohne medizinische Ausbildung wußte, es mußte böse gebrochen sein. Wo bist du, Morem? dachte er. Nertha? Fast entsetzt wischte er den Gedanken beiseite.

Er mußte sich rückhaltlos auf das Naheliegende konzentrieren. Ein Schauder durchrann ihn.

»Geht es Euch gut, Bruder?« fragte der Verletzte, während er vor Schmerz das Gesicht verzog.

»Danke der Nachfrage, ein bißchen durcheinander bin ich«, antwortete Vredech. Die Regeln der Höflichkeit hielten den Ansturm widerstreitender Gefühle zurück, den die unvermutete Fürsorglichkeit des verletzten Mannes in ihm hervorgerufen hatte.

»Was ist geschehen?« fragte der Mann, als Vredech sich neben ihn aufs Pflaster kniete.

»Ich habe keine Ahnung«, gestand er. »Ich versuche, es Euch ein wenig bequemer zu machen, bis ich einen Arzt auftreibe, der Euch richtig behandeln kann. Bleibt still liegen, versucht nicht, Euch zu bewegen. Bewahrt Geduld.« Er legte einen Arm um die Schulter des Mannes, um ihn zu stützen. Mit der anderen Hand befühlte er seine Stirn. Der Kreis der Zuschauer schloß sich wieder um sie. Als er sich umsah, entdeckte er viele Leute, die aus Häusern und Läden kamen, begierig darauf, zu helfen. Er richtete den Blick auf einen der Zuschauer. »Geht zu den Leuten in den Häusern und bittet sie um Decken und Kissen, um es diesem Mann hier bequemer zu machen.« Er wandte sich an einen anderen. »Ihr haltet ihn fest, bis Euer Freund zurück ist. Achtet darauf, daß er sich nicht bewegt.« Und zu einem dritten: »Geht zum Platz hinunter. Ich könnte mir vorstellen, daß die Hüter inzwischen dort sind. Findet heraus, was passiert ist, kommt zurück, und erstattet mir Bericht.« Dann sagte er zu der Frau des Verletzten: »Bewahrt Geduld. Kümmert Euch für mich um das Kind. Ich bleibe in der Nähe.«

Als er sich aufrichtete, sah er, daß die kleine Menschenmenge um ihn herum gewachsen war. Ein halbes Dutzend Hände streckte sich ihm gleichzeitig entgegen, und die Stimmen wurden lauter. Er hob die Arme. »Seid still«, befahl er in strengem, gebieterischem Ton, obwohl er sich alles andere als sicher fühlte. »Und bewahrt Ruhe.

Wenn ihr noch gehen könnt, seid ihr nicht so schwer verletzt, daß ihr nicht noch ein Weilchen warten könntet. Ihr müßt denen helfen, die weniger Glück hatten als ihr. Macht das, was ich gerade gemacht habe. Sorgt dafür, daß sie bequem liegen oder sitzen. Redet mit ihnen, beruhigt sie, bis wir herausgefunden haben, was hier wirklich passiert ist, und anständige ärztliche Hilfe organisiert haben.« Wie schon zuvor pickte er sich Einzelne heraus. »Wenn ihr Leute seht, die verloren und offensichtlich durcheinander herumlaufen und nicht mehr recht bei Sinnen sind, sammelt sie ein und bringt sie ...« Er sah sich um, »... dorthin.« Er zeigte auf den Hauseingang, in dem er selbst Zuflucht gefunden hatte. Eine Frau irrte, einen Stuhl in der Hand, ziellos umher. Aus einem der Häuser hier, vermutete er. Er nahm sie am Arm und wies sie zu jener Tür. »Stellt ihn dort ab«, forderte er sie freundlich auf. »Und sagt Euren Nachbarn, sie sollen dasselbe tun.«

Eine Zeitlang war Vredech in der Lage, seine Angst um Nertha mit Hilfe der ihm so unvermittelt zugefallenen Heileraufgaben im Zaum zu halten, doch schließlich brach sie sich Bahn und ließ sich nicht länger zurückdrängen. Mit einer letzten Aufgabenverteilung befreite er sich von seinem Gefolge und begann die Straße zurückzugehen. Voller Furcht suchte er Nertha unter den Gesunden und Verletzten. Er widerstand der Versuchung, den bereits herrschenden Lärm noch zu vergrößern, indem er laut ihren Namen rief, aber seine Suche war nicht weniger angstvoll und verzweifelt als die all der anderen, die ziellos um ihn herumliefen. Er kam an einer kleinen umgekippten Kutsche vorbei. Das Pferd war noch an die Deichsel geschirrt. Seine weit aufgerissenen Augen ließen das Weiße sehen. Abgesehen von den sich hebenden und senkenden Flanken lag es regungslos da und hatte den Versuch, sich selbst zu befreien, offenbar aufgegeben. Der Anblick verstärkte Vredechs Besorgnis. Wenn die aufgebrachte Menge sogar eine Kutsche mitsamt Pferd umgeworfen hatte, welche Chance hatte dann Nertha auf ihrem Pferd gehabt?

»Nertha, Nertha, wo bist du?« flüsterte er gebetsmühlenhaft vor sich hin, immer und immer wieder. Schreckliche Schuldgefühle überkamen ihn.

Hätte er doch ... Hätte er doch ...

Auf der Stelle füllten sich seine Gedanken mit Zukunft und Vergangenheit zugleich. Er mußte an ihre Beerdigung denken, und was man dort über sie sagen könnte. An Mahlzeiten voller verbissener Streitereien unter dem wohlwollenden Vorsitz ihrer Eltern.

Hätte er doch ... Hätte er doch ...

Ein endloser Reigen von Ursache und Wirkung.

Und Dunkelheit.

»Allyn! Allyn!«

Es war eher der Tonfall der Stimme als sein Name, der schließlich durch sein finsteres Grübeln drang. Erschreckt drehte er sich um. Die furchtbaren Bilder verschwanden, und sein Leben nahm allmählich wieder Gestalt an.

»Hier! Hier drüben bin ich!«

Zuerst erkannte er sie nicht wieder. Ihr langes Haar hatte sie hastig zurückgeworfen und mit einem Tuch zusammengebunden, ihre Ärmel waren aufgerollt, ihr Gesicht war blutverschmiert. Die Art jedoch war unverkennbar: Sie winkte ihn dringlich herbei, und ihr Gesicht hatte einen ärgerlichen Ausdruck. Er lächelte.

»Allyn, komm sofort herüber, los!« rief sie ihm entgegen.

Vredech bahnte sich einen Weg durch die Menge. »Ishryth sei Dank, du bist unverletzt«, sagte er, als er sich neben sie kniete.

Sie warf ihm einen flüchtigen Blick zu, streckte die Hand aus und berührte leicht sein Gesicht, als wolle sie sich vergewissern, daß er es wirklich war. Dann sagte sie: »In meiner Satteltasche ist eine grüne Flasche, Allyn. Hol sie mir, diesen hier hat es übel erwischt.«

Erst jetzt wurde Vredech bewußt, daß sie neben einem Verletzten kniete. Einem Schwerverletzten, wie sie gesagt hatte, denn ein gesplitterter Knochen ragte aus seinem Arm heraus. Vredech spürte, wie ihm das Blut aus dem Gesicht wich.

»Verdammt, Allyn«, zischte Nertha ihn wütend an. »Werd mir jetzt bloß nicht ohnmächtig! Schaff die Flasche her – sofort!«

Vredech nickte. Er wagte nicht, den Mund aufzumachen und etwas zu entgegnen, weil er Angst davor hatte, was herauskommen würde. Er sah sich um. Nerthas Pferd stand geduldig hinter ihnen, angebunden an ein Metallgitter, das ein Fenster im Erdgeschoß gleichermaßen schmückte wie schützte. Verstohlen lehnte er sich beim Aufstehen an das Tier, um dann, nachdem er an den Sattelgurten herumhantiert hatte, die Satteltaschen zu durchwühlen. Sie waren voll von Flaschen und kleinen Kästchen und rätselhaften Instrumenten, die ordentlich in mehreren Reihen stabiler Lederschlaufen und -täschchen steckten.

Er konnte es förmlich spüren, wie Nertha ihn mit purer Willenskraft zur Eile antrieb, wobei ihr Schweigen wie üblich beredter als ihre Befehle war. Gerade als er merkte, daß sie sich erheben wollte, um sich das Gewünschte selbst zu besorgen, fand er eine grüne Flasche.

»Hier«, sagte er, während er sie ihr hinunterreichte.

Als er sich wieder neben sie auf den Boden kniete, hatte sie die Flasche bereits geöffnet und verteilte ihren Inhalt auf ein Tuch. Ein süßlicher, durchdringender Geruch stieg ihm in die Nase. Seinem Magen ging es dadurch nicht eben besser, aber seine Erleichterung, Nertha wiedergefunden zu haben, hielt ihn aufrecht. »Wie hast du es bloß geschafft, im Sattel zu bleiben?« staunte er.

Aber sie redete schon auf ihren Patienten ein. »Das wird die Schmerzen lindern. Atmet tief durch, und zählt bis zehn.« Sie legte dem Mann das Tuch mit einer behutsamen, aber doch bestimmten Geste aufs Gesicht. Er murmelte etwas, hob schwach seinen gesunden Arm, als wolle er Einwände erheben, und erschlaffte dann. Vredech beobachtete, wie Nerthas Hände sicher zur Kehle des Mannes und dann zu seinen Augenlidern weiterwanderten. Sie nickte vor sich hin. »Sieh zu, und lern draus«, riet sie ihm und fügte dann hinzu: »Aber wenn dir schlecht wird, bitte zur anderen Seite.«

Es folgte ein kurzes Intermezzo, in dessen Verlauf Vredech entsetzt und fasziniert zugleich verfolgte, wie Nertha mit aller Kraft an dem Arm des Verletzten arbeitete: Sie zerrte, drehte, drückte. Nach und nach zog der freiliegende Knochen sich zurück wie ein nervöses Tier in seine Höhle, aber Nerthas Finger bohrten weiter und drangen immer wieder ins Fleisch ein. Ihre Zunge trat dabei leicht zwischen ihren Zähnen hervor, und ihr Gesicht nahm einen Ausdruck äußerster Konzentration an. Vredech fühlte sich an den Pfeifer und dessen Finger erinnert, die sich so zielstrebig und doch wie unabhängig von ihm über seine schwarze Flöte bewegten. Seine Fingernägel bohrten sich in seine Handflächen.

Ohne daß ihre Finger in ihrer Bewegung innehielten, sah Nertha zu ihm hoch und grinste mitleidig. »Du siehst fürchterlich aus.«

»Mir geht's gut«, wehrte er ab.

Nerthas Zunge kam wieder zwischen ihren Zähnen hervor, und ihre Augen verdrehten sich gen Himmel. Ihr Gesicht verzerrte sich als Reaktion auf die anstrengende Arbeit ihrer Hände. Ein plötzliches Einrasten ließ Vredech heftig zusammenfahren. Nerthas Miene entspannte sich. »Das war's«, erklärte sie mit stillem Stolz und wischte sich mit dem Unterarm den Schweiß von der Stirn. »Jetzt säubern und verbinden wir ihn noch. Er hatte Glück.«

»Glück?« meinte Vredech ungläubig.

»Falls sich die Wunde nicht böse entzündet, wird er es

überleben und den Arm vermutlich wieder benutzen können. Also hatte er Glück«, erklärte Nertha mit harter Stimme. »Hier liegen noch andere mit Verletzungen herum, die ich nicht so leicht wieder einrenken kann.« Sie gestikulierte mit ihren blutigen Fingern vor seinem Gesicht herum. »Innere Verletzungen, Kopfverletzungen. Ich hoffe nur, Troidmallos' Siechenhäuser können den Andrang bewältigen.« Ihre Stimme klang plötzlich wütend. »Was zum Teufel ist da passiert, Vredech?«

Vredech sah sie an, wie sie, den Kopf wieder hinuntergebeugt, sich beim Reden ohne Unterbrechung weiter mit dem gebrochenen Arm beschäftigte. Er wollte sie in die Arme schließen und festhalten. Die Empfindung überraschte und beunruhigte ihn ein wenig, und er rührte sich nicht. Darüber hinaus war ihm nur allzu klar, daß eine solche Geste bei Nerthas augenblicklicher Stimmung fehl am Platze, ja sogar gefährlich wäre.

»Ich weiß es nicht«, gab er zurück. »Ich habe jemanden zum Platz geschickt, um es in Erfahrung zu bringen und die Hüter zu holen, aber ...« Er zuckte hilflos die Achseln. »Ich habe nur versucht, die, die nicht verletzt waren, ein wenig zu organisieren. Es den Verletzten ein bißchen bequem zu machen, bis jemand kommt, der weiß, was er tut.«

Nertha war fertig. Sie richtete sich auf und überließ ihren Patienten der Obhut einer Frau, die die Szene aufgeregt mitverfolgt hatte. »Er wird eine Weile schlafen, und es wird ihm sehr schlecht gehen, wenn er aufwacht, aber er sollte in Ordnung kommen«, sagte sie mit sehr freundlicher, sanfter Stimme. »Versucht, ihn ruhig und warm zu halten, bis ich ihn mir wieder ansehen kann.«

Sie warf Vredech einen Blick zu. »Da oben liegt ein Mann mit einem gebrochenen Bein«, war alles, was ihm einfiel.

»Bring mich hin«, entgegnete sie, während sie ihr Pferd losband.

»Wie hast du das alles überstanden, ohne vom Pferd

zu fallen?« erkundigte sich Vredech erneut, nahm ihren Arm und begann sie zurück durch die Menge zu führen. »Ich war immer ein besserer Reiter als du, und mein Pferd ist fast auf der Stelle zu Boden gegangen.«

Nertha tätschelte ihre Stute. »Sie ist ein Kavalleriepferd«, erläuterte sie. »Und mittlerweile kann ich wesentlich besser reiten als du.«

Vredech warf ihr einen forschenden Blick zu.

»Ich kannte da einen Kavalleristen in Tirfelden«, begann Nertha.

Vredechs Augenbraue fuhr in die Höhe. Nertha wurde ein bißchen rot. »Und wo ist jetzt dieses gebrochene Bein?« fuhr sie ihn ärgerlich an.

Es dauerte noch bis zum späten Nachmittag, bis auf dem PlasHein-Platz und in den angrenzenden Straßen wieder so etwas wie Normalität einkehrte. Vredech und Skynner saßen Seite an Seite auf einem Ziersims, das aus einem der steinernen Torpfosten des PlasHein vorragte. Nertha hatte sich mit den letzten Verwundeten zum Siechenhaus begeben. Ihr Pferd trottete hinter einem jener Wagen her, die aufgetaucht waren, nachdem die Bürger von Troidmallos sich von ihrem ersten Schrecken erholt und begonnen hatten, den Schaden zu beseitigen, den sie in ihrer Panik angerichtet hatten.

Schmutzig, ausgelaugt und verstört, wie sie waren, sagte lange Zeit keiner von beiden ein Wort.

Zu guter Letzt hob Vredech den Kopf und ließ seinen Blick langsam über den sonnenbeschienenen Platz gleiten. Er war nahezu menschenleer, und er sah so aus wie immer. Er sollte eigentlich anders aussehen, dachte Vredech. Irgendein Zeichen, das noch daran erinnerte, was hier heute vorgefallen war. Irgendeine kaum merkliche Veränderung in der inneren Struktur der Steine, des Grases, der Mauern oder der unbeteiligt zuschauenden Fenster. Etwas, das für immer in die Herzen derjenigen eingebrannt wäre, die heute zugegen gewesen waren: eine bleibende Dunkelheit. Ein Reiter trottete leise vorüber; Vredech beobachtete ihn. Er sah sich um, als überrasche es ihn, den Platz so verlassen vorzufinden. Es handelte sich offensichtlich um jemanden, der seinen alltäglichen Besorgungen nachging, ohne sich bewußt zu sein, was hier vorgefallen war. Vredech verspürte plötzlich den Drang, ihn anzuschreien; ihn dieselbe elende Verlassenheit spüren zu lassen, die er empfand. Schuldgefühle, diagnostizierte er, als der Mann außer Sicht ritt und der Hufschlag verhallte. Er hatte es oft genug bei anderen erlebt. Schuldgefühle, lebendig und unverletzt in der Sonne zu sitzen und auch noch froh darüber zu sein, wo andere zermalmt oder mit gebrochenen Gliedern dalagen. Schuldgefühle, die Toten und Verletzten scheinbar im Stich gelassen zu haben, weil er es nicht hatte verhindern können, daß die gewaltige Macht der Gewohnheit ihn erbarmungslos in die Gegenwart und den Alltag zurücktrieb.

»Es heißt, der GardHein habe die Menge mit seinen Speeren angegriffen«, begann er, und seine eigene Stimme klang ihm fremd und wie von weit her in den Ohren.

Skynner zuckte leicht zusammen. »Was? O ja.« Er rieb sich die Augen und setzte sich auf. »Das dachte ich zunächst auch.« Er schüttelte den Kopf, als wolle er Klarheit in seine Gedanken bringen. »Das schrien jedenfalls alle, als es losging. Ich war ja selbst da drüben.« Er zeigte hinüber. »Aber jetzt bin ich mir da nicht mehr so sicher. Ich habe herzlich wenig für diesen starrköpfigen alten Ziegenbock von GardHein-Hauptmann über, aber ein Lügner ist er nicht. Er behauptet, er sei erst eingetroffen, als seine Männer das Tor zu sichern versuchten, und daß die Männer, die man gerade hinausgeworfen hatte, und noch ein paar andere, die schon dort warteten, sich plötzlich umdrehten und in die Menge stürmten.« Er sah zu Boden. Sein Fuß begann ziellos zu scharren und einen größeren Stein vor sich herzuschieben. »Und er behauptete, die Menge habe seine Männer mit Steinen beworfen.« Er hob den Stein auf. Während er ihn in der Hand wog, drängte sich ihm dieselbe Frage auf, die Leck vor einiger Zeit an Privv gerichtet hatte. »Und wo bekommt man hier solche Steine her, außer, man hat sie eigens mitgebracht?«

Ihm blieb jedoch keine Zeit, das Thema weiter zu erörtern, denn eine Gruppe hoher Hüter-Offiziere kam durch das Tor, begleitet von dem GardHein-Hauptmann und mehreren PlasHein-Beamten. Vredech stieß ihr elegantes, sauberes Äußeres ab, als er es mit Skynners und seinen verschmutzten, staubigen und zerrissenen Kleidern verglich.

»Wachtmeister«, rief einer der Offiziere, als er die Gruppe in Skynners Richtung lotste.

Skynner erhob sich träge, wobei er etwas vor sich hin murmelte, was Vredech nicht verstand. »Sir«, antwortete er.

Der Offizier war ziemlich klein und deshalb gezwungen, den Kopf in den Nacken zu legen, um Skynner ins Gesicht zu sehen. Seine Miene wirkte unangenehm amtlich. In Vredech begann eine gefährliche Wut aufzukeimen.

»Wachtmeister, der Hauptmann des GardHein berichtet mir, Ihr hättet einige außerordentlich ernste Anschuldigungen gegen seine Männer erhoben. Vielleicht könntet Ihr so freundlich sein, sie zu erklä –«

Vredechs Wut brach sich Bahn. Er richtete sich zu voller Größe auf und stellte sich vor den Offizier, bevor Skynner etwas entgegnen konnte. »Hier sind heute Menschen verstümmelt und getötet worden, Hauptmann.« Er legte den Kopf zur Seite und tat so, als prüfe er die Rangabzeichen an der Uniform des Angesprochenen. »Ober-Hauptmann«, korrigierte er sich in einem Tonfall, der eine klare Mißachtung seines Rangs bedeutete. »*Verstümmelt und getötet*. Wachtmeister Skynner war fast allein dafür verantwortlich, Ordnung in das Chaos zu bringen, das unmittelbar nach der Panik herrschte. Ich zweifle nicht daran, daß viele Menschen seinem unverzüglichen Handeln ihr Leben verdanken. Sein direkter Vorgesetzter war bewußtlos geschlagen worden, und ich konnte ein auffälliges Fehlen ranghöherer Offiziere feststellen. Zweifellos wird man eine Erklärung für dieses Verhalten finden, wenn ein Sonderedikt erlassen wird, um die Vorgänge hier zu klären. In der Zwischenzeit, Ober-Hauptmann, schlage ich vor, daß unbedachte Worte, in der Hitze des Augenblicks geäußert, der Beachtung durch Männer nicht wert sind, die Wichtigeres zu tun haben.« Er nahm Skynner den Stein ab, den dieser aufgehoben hatte, und drückte ihn dem verdutzten Ober-Hauptmann in die weiß behandschuhte Hand, um sich dann zu bücken und einen weiteren aufzuheben. »Diese Steine wurden mit voller Absicht hierhergeschafft, um den GardHein damit zu bewerfen. Mir ist zu Ohren gekommen, daß Ihr irgendwo ein paar junge Männer in Gewahrsam genommen habt.« Er wandte sich fragend an Skynner.

Der GardHein-Hauptmann, der offenbar merkte, aus welcher Richtung der Wind wehte, wandte unterwürfig ein: »Es war uns eine Ehre, die PlasHein-Zellen zur Verfügung zu stellen, Ober-Hauptmann. Sie sind nicht der ideale Unterbringungsort, aber in Anbetracht der Dringlichkeit ...« Er beschloß seine Ausführungen mit mehrmaligem Kopfnicken. Der Ober-Hauptmann nickte seinerseits eifrig, froh, nicht völlig hilflos der ruhigen Kraft von Vredechs Strafpredigt ausgesetzt zu sein.

»Ich bin natürlich kein Experte in solchen Dingen«, fuhr Vredech fort. »Aber ich würde es für eine gute Idee halten, sie einmal nach dem Grund zu fragen. Ihr nicht auch?«

Vredechs Verhalten lud nicht zu Widerspruch ein. Der Mund des Ober-Hauptmanns ging auf und bewegte sich, doch es dauerte eine Weile, bis er etwas halbwegs

Zusammenhängendes hervorbrachte. »Ich glaube ... ja ... selbstverständlich. Es ...« Er hielt gequält inne, doch Vredech war nicht geneigt, ihn aus dem strengen Blick seiner schwarzen Augen zu entlassen. Schließlich nahm sein Opfer zu einem geräuschvollen Hustenanfall Zuflucht, als wolle es sich räuspern. »Natürlich, Bruder«, stieß es zu guter Letzt mit heiserer Stimme hervor. »Wachtmeister Skynners Beitrag zum heutigen Tagwerk wird gebührend gewürdigt werden. Er ist ein allseits geschätzter Offizier.« Der Mann besah sich den Stein in seiner Hand und rümpfte die Nase über die Flecken, die er auf seinem weißen Handschuh hinterließ. »Und seid versichert, daß man die jungen Männer, die hierfür verantwortlich sind, genauestens befragen wird. Die Entscheidung über ein Sonderedikt liegt selbstverständlich nicht bei mir.« Er schlug die Hacken zusammen, salutierte vor Vredech, schenkte Skynner ein knappes Nicken, machte kehrt und bedeutete schließlich seinen Begleitern, ihm zurück in den PlasHein zu folgen.

Als sie in dem Gebäude verschwanden, gluckste Skynner in sich hinein. »Es scheint, als sei Bruder Cassraw nicht der einzige, der entschlossen ist, die Kirche in weltliche Angelegenheiten hineinzuziehen.«

»Ein feines Volk!« Vredech knurrte fast. »Stehen da gewienert und geschniegelt herum, als wären sie bei einer städtischen Feier, wo alle anderen erschöpft und mit Blut und Dreck besudelt sind!«

Nun, da wieder Normalität einkehrte, lag Skynner eine weitere lockere Bemerkung auf der Zunge, doch er unterdrückte sie, als er die kalte Wut in Vredechs Stimme bemerkte. »Er ist kein übler Kerl«, meinte er in überraschend versöhnlichem Tonfall und legte seine Hand auf Vredechs Schulter. »Wahrscheinlich dachte er, er würde so die Moral seiner Männer stärken. Den äußeren Anschein aufrechterhalten und so weiter. Ist ein schlimmer Tag gewesen. Ich bezweifle, daß irgendeiner von uns noch vernünftig denken kann.«

Vredech schloß die Augen und nickte bedächtig. Angesichts von Skynners versöhnlichem Verhalten verpuffte seine Wut auf den Offizier so schnell, wie sie gekommen war.

Wieder ließ er den Blick über den leeren Platz wandern. Seine Gedanken, nach dem Weggang des Offiziers ihres Ziels beraubt, begannen abzuschweifen. »Nertha hat sich verändert«, sagte er unvermittelt.

»War lange weg«, antwortete Skynner, froh darüber, ein unverfängliches Gesprächsthema gefunden zu haben. Er konnte nicht wissen, daß er in einen gewaltigen Fettnapf trat. »Sie ist eine feine Frau. Ihr hättet sie heiraten sollen, anstatt zuzulassen, daß sie in die Fremde zieht.«

Vredechs Kopf schoß in ungläubigem Entsetzen vor. »*Was*?« rief er aus und drehte sich ganz langsam zu seinem selbsternannten Ratgeber um.

Ungerührt machte Skynner Anstalten, seine Äußerung zu wiederholen. »Ich sagte, Ihr hättet –«

»Ich habe Euch verstanden! Ich habe Euch verstanden!« platzte Vredech los. »Ich bin Predigerbruder, und ich lebe im Zölibat, um Himmels willen. Und sie ist meine *Schwester*!«

»Nein, ist sie nicht«, widersprach Skynner. Es überraschte ihn, daß Vredech das nicht wußte. »Sie ist überhaupt nicht mit Euch verwandt. Und Euer Zölibat beruht auf Freiwilligkeit.« Er schürzte vielsagend die Lippen. »Ich würde *meine* Handschuhe bleichen und bügeln, wenn ich sie dazu bewegen könnte, mich so anzusehen, wie sie Euch ansieht.«

Genau wie dem Ober-Hauptmann vor wenigen Minuten verschlug es Vredech die Sprache angesichts dieser sonderbaren Wendung, die ihr Gespräch genommen hatte. Schließlich bohrte er seinen Finger in die Luft, als wolle er Skynner aufspießen. »Ihr habt recht, Haron«, sagte er, riß seine Augen weit auf und blinzelte. »Völlig recht. Keiner von uns kann noch vernünftig denken. Das ist der Schock, ja, das ist es. Ihr phantasiert. Ich werde jetzt mein Pferd suchen und heimgehen. Nein, ich werde ins Siechenhaus reiten. Ich werde ins Siechenhaus reiten, um zu sehen, wie es meiner *Schwester* geht.«

Während Skynner Vredech über den Platz stolzieren sah, ließ er sich wieder auf den Sims fallen und lehnte sich mit dem Rücken gegen den Torpfosten. Das hatte er ja außerordentlich geschickt hinbekommen, überlegte er nicht ohne eine gewisse Erheiterung. Welcher der Teufel Ahmrals hatte ihn geritten, eine solche Bemerkung zu machen, selbst wenn sie wahr sein sollte – *gerade weil* sie wahr war? Er stieß einen leisen Seufzer des Bedauerns aus. Nun denn, vor dem Hintergrund der heutigen Ereignisse war das eine Bagatelle.

Skynner hob den Blick zum Ervrin Mallos. Ein Teil des Berges glühte in den warmen Farbtönen der niedrigstehenden Nachmittagssonne, während der Rest von ihm, die der hereinbrechenden Nacht zugewandte Seite, finster und bedrohlich wirkte. Er kniff die Augen angestrengt zusammen, dann rieb er sie. Erschöpfung? Staub? Tränen? Er wußte nicht, was seinen Blick trübte, aber er war sicher, daß er um den strahlend hellen Gipfel des Berges einen dunklen, wabernden Dunstschleier ausmachen konnte.

# KAPITEL 25

Die Folgen der Ereignisse auf dem PlasHein-Platz ergossen sich über Troidmallos wie eine schäumende Meeresflut, die in einer abgeschlossenen Bucht hin und her wogt. Privvs Blatt strotzte am nächsten Tag von leeren

Phrasen, haltlosen Vermutungen und phantasievollen Behauptungen, obwohl man gerechterweise zugeben mußte, daß es selbst Privv schwerfiel, einige der Ereignisse zu übertreiben, deren Zeuge er geworden war, als er durch die erschütterten Menschen und die grimmig dreinblickenden Helfer gewandert war. Er hatte nur ganz wenig hinzuerfinden müssen.

Er hätte eigentlich erschöpft sein müssen aufgrund der Anstrengung und des Schlafmangels, so wie er die ganze Nacht durchgearbeitet hatte, um noch mehr Blätter als gewöhnlich herauszubringen und ihren Verkauf jenseits der Stadtgrenzen von Troidmallos zu organisieren. Doch er ritt auf einer Welle fast ekstatischer Begeisterung, eine Stimmung, zu der die Geldhaufen, die er scheffelte, nicht unerheblich beitrugen.

Leck war eigenartig schweigsam.

Der Heindral befand sich im Zustand des Aufruhrs. Nicht nur, weil seine tägliche Arbeit durch die Panik fast vollständig durcheinander geriet, sondern auch, weil sich unerbittlich der Zeitpunkt näherte, wo die Kastellane sich entweder unwiderruflich zu ihrer Politik der Ausweisung aller feldischen Bürger und der Beschlagnahmung der feldischen Besitztümer bekennen oder aber davon Abstand nehmen und das Risiko eingehen mußten, ihr Abschneiden bei der nächsten Akklamation zu gefährden und darüber hinaus diese auch noch zu beschleunigen, so zerstritten, wie sie waren.

Toom Drommel wartete freudig erregt und gespannt ab, auch wenn er sich peinlich bemühte, davon nichts an die Öffentlichkeit dringen zu lassen. All seine offiziellen Äußerungen und Auftritte waren von einem Verhalten bestimmt, das noch steifer und unnachgiebiger als sonst war, und von einem Tonfall, der so gemessen war, daß er fast so düster wie ein Grabredner wirkte.

Nertha arbeitete die ganze Nacht und einen Teil des darauffolgenden Morgens im Siechenhaus, aufrecht gehalten von Wut und leidenschaftlicher Sorge oder was immer es sein mag, das einen Heiler angesichts solch sinnloser Verschwendung von Menschenleben aufrecht hält.

Auch Vredech war dort, dankbar für jede auch noch so niedrige Handreichung, mit der er sich nützlich machen konnte. Mit Gebeten oder schlichten Worten spendete er den Verwundeten und Verängstigten Trost, soweit es in seiner Macht stand. Er schaffte Dinge herbei und trug sie herum, wischte und machte sauber. Er blieb in Bewegung. Hätte man ihn gefragt, hätte er womöglich geantwortet, es sei sein Glaube, der ihn antreibe. Aber manchmal spürte er, wie sich kalte Wut in ihm breitmachte, nicht zuletzt dann, wenn er mitansehen mußte, wie andere Predigerbrüder durchs Siechenhaus rauschten: Immer darauf bedacht, ihre sauberen Gewänder nicht zu beschmutzen, scheuten sie vor Blut und Leid zurück. Seine Wut bestürzte ihn.

Als zu guter Letzt alles Menschenmögliche getan war, brachen die Dämme bei Nertha und Vredech, die bis jetzt die Erschöpfung zurückgehalten hatten. Rettung nahte in Gestalt von Haus, die am Morgen ihre Betten leer vorgefunden und die Vorfälle des vergangenen Tages von ihren Nachbarn erfahren hatte. Zutiefst besorgt, aber voller grimmiger Entschlossenheit und Selbstbeherrschung, hatte sie den Einspänner des Versammlungshauses angespannt und durch die Stadt zum Siechenhaus gelenkt.

»Ich wußte, daß Ihr hier sein würdet«, erklärte sie in betont burschikosem Tonfall, um ihre große Erleichterung zu verbergen, als sie ihre Schützlinge an ihre Pferde gelehnt vorfand, fast zu müde, um aufzusteigen. »Kommt.«

Weder Nertha noch Vredech konnten sich später an die Rückfahrt zum Versammlungshaus erinnern, was vielleicht ganz gut war, denn Haus' Fahrkünste waren berüchtigt. Mehrere Fußgänger und Kutscher erinnerten sich allerdings noch lange an sie.

Im Versammlungshaus angekommen, ihrem ureigenen Terrain, duldete sie keinen Widerspruch, sondern scheuchte die beiden unverzüglich ins Bett.

Zuerst konnte Vredech trotz seiner Erschöpfung nicht einschlafen. Die Zeit im Siechenhaus war schlimmer gewesen als die auf der Straße unmittelbar nach dem Gedränge, als er die Leute dazu gebracht hatte, den Verletzten zu helfen. Das Elend im Siechenhaus hatte etwas Träges, Niederdrückendes, was in den unmittelbaren Auswirkungen der Panik nicht so deutlich zu spüren gewesen war. Die Menschen hatten jetzt Zeit zum Nachdenken, um den Kummer des Augenblicks zusätzlich mit Sorgen um eine ungewisse Zukunft zu befrachten. Außerdem stürmten schreckliche Bilder auf ihn ein, die darum wetteiferten, ihn mit ihrem Grauen zu quälen. Kreischen und Schreie des Entsetzens und der Trauer hallten ihm in den Ohren, blutige Wunden und weiße, freigelegte Knochen trieben ihr Unwesen vor seinem geistigen Auge, Körper türmten sich über ihm auf und schienen ihn zu ersticken, so daß er, nach Luft schnappend, im Bett hochfuhr. Mit der Zeit forderte jedoch der Körper sein Recht, und fast gegen seinen Willen sank sein Geist schließlich in die Dunkelheit des Schlafs.

Doch da war keine Dunkelheit. Er bewegte sich. Formen und Farben tanzten und umschwebten ihn, trieben dahin, veränderten sich, blähten sich auf und schrumpften, zerplatzten tonlos in glitzernde Kaskaden und zerfetzte Streifen, glitten dahin wie Falken mit funkelnden Augen, zogen Kreise und stürzten zu Boden wie Schwalben auf der Suche nach Nahrung, die mit abgehackten, blitzschnellen Bewegungen umherflitzten. Sie vermengten sich mit den Lauten, die dort ebenfalls vorhanden waren, wanden sich um sie. Alle möglichen Laute. Schrilles, hohes Kreischen und boshaftes Gackern, auf seufzenden Winden herbeigetragen ... wüste, hallende Donnerschläge ... Gesprächsfetzen, bald nah, bald fern ... Gelächter ... Schluchzen ... fremdartige Tierrufe und Laute, die es überhaupt nicht geben konnte. Das Ganze bewegte und veränderte sich nach einem unergründlichen Rhythmus, durchsetzt mit Furcht und Haß, Liebe und Freude, zischenden Fragmenten jeder erdenklichen Gemütsbewegung.

Und im Herzen dieses Tumultes schwebte ein Nichts, das aus der Dunkelheit selbst bestand. Ein Nichts, das diamantenhart und glitzernd scharf war. Ein Nichts, das das Bewußtsein von Allyn Vredech war.

Wo ist dieser Ort?

Ich warte.

Ich habe den Weg verloren.

Es war nicht richtig, sich hier zu verlaufen. Etwas fehlte. Ein Führer? Die Frage hatte keine Bedeutung. Er war, was er war. Er war ganz, und er war hier. Dieser Ort gehörte ihm und ihm allein, soviel stand fest. Er fürchtete sich nicht. Hier konnte kein anderer existieren ...

Und dennoch, es *gab* einen Mangel hier. Und ein Paradox. Denn dafür, daß dieser Ort nur ihm allein gehörte, gab es eine Menge Eindringlinge. Dieses kreisende, tosende Chaos war ihr Werk.

Woher wußte er das so genau?

Er hatte sich verändert.

Warum hatte er sich verändert?

*Wie* hatte er sich verändert?

Dann kam ihm die Erinnerung an eine eisige, schreckliche Berührung, als eine dunkelrote Flüssigkeit zu Wasser geworden war. Nun hatte er seine Antwort, aber sie sagte ihm nichts.

Wo bin ich?

Der Kreis hat sich geschlossen.

Er trieb dahin.

Er war still.

Dann war er auf dem PlasHein-Platz, Verwirrung und Furcht erfüllten ihn, Dunkelheit und Lärm überall um ihn herum, es drückte, schob, erstickte ihn. Und noch einmal. Und noch einmal. Immer und immer wieder. Trotzdem gehörte die Furcht nicht ihm, er war sowohl innerhalb als auch außerhalb, er war der Beobachter und der Beobachtete.

Dies war der Traum eines anderen, daran bestand nicht der geringste Zweifel!

Tatsächlich, er befand sich im Alptraum eines anderen. Eine gequälte Seele, die im Schlaf das Grauen noch einmal durchlebte, das sie bei Tagesanbruch kennengelernt hatte. Und doch konnte Vredech ihr nicht helfen. Es lag nicht in seiner Macht zu helfen; alles, was er tun konnte, war, zu beobachten.

Aber das konnte er nicht hinnehmen.

Hab keine Angst, dachte er. Dann, scheinbar grundlos: Das sind doch nur Schatten. Eine starke und uralte Macht beschützt dich.

Er spürte einen schwachen Hauch von gelindertem Schmerz, von Frieden.

Und weiter trieb er, glitt bewegungslos dahin und raste doch vorwärts. Einen Traum nach dem anderen berührte er, schwebte durch flüchtige, undeutliche Bilder, taumelte unkontrolliert weiter.

Dann wurde er festgehalten. Alles war still.

Nichts war jemals gewesen außer dieser Stille.

Hier lagen Wahrheit und Gewißheit.

Hier lag der Mittelpunkt aller Dinge.

Um ihn herum waren Troidmallos und all seine Menschen – und mehr als das.

Und dennoch, all dies war nichts. Eine Ansammlung von Artefakten, täuschend echten Illusionen und bemalten Pappwänden, einzig und allein zu seinem Vergnügen hergestellt . . .

Um sie zu zerbrechen, entzweizureißen . . .

Vredech schauderte in der Kälte des Geistes, zu dem er geworden war. Er durfte nicht dort sein. Dieser Ort war verseucht und grauenvoll. Und doch war er ohnmächtig, konnte nicht fliehen.

Blut erfüllte ihn.

Opfer.

Endlose Opfer.

Das war die wahre Bestimmung. Alles mußte auf Seinem Altar geopfert werden, in Blut und Schrecken, damit –

Irgend etwas riß Vredech mit sich fort, bevor sich der gellende Schrei seiner Kehle entrang, den er angesichts dessen, was da erschien, ausstoßen mußte.

Er war hellwach und saß aufrecht im Bett. Seine Hand langte blitzartig nach einer kleinen Bettlampe und knipste sie an, doch noch bevor ihr Lichtschein die dunklen Ecken seines Zimmers ausgeleuchtet hatte, hatten seine Sinne bereits gierig die Realität all der Gegenstände um ihn herum in sich aufgenommen und wie einen Schutzschild um sich aufgebaut.

Trotzdem überschwemmten ihn im Kielwasser seiner verzweifelten Flucht die klaffenden Wunden und blutbesudelten Bilder, die das Schicksal all dessen zeigten, was auserwählt war, um ...

Er preßte die Hände gegen seine Schläfen, um die Bilder abzuwehren, die ihn zu überwältigen drohten. Dann schlug er die Laken zurück, schwang die Beine aus dem Bett und löschte gleichzeitig das Licht. Die Dunkelheit in dem Zimmer war nur vorübergehend, denn das Tageslicht machte sich selbst durch die zugezogenen Vorhänge hindurch augenblicklich bemerkbar. Er riß sie grob auseinander und stellte sich mit ausgebreiteten Armen in das reinigende Licht.

*Wo war er gewesen? Über welches Greuel war er da gestolpert?*

Ihm blieb jedoch keine Zeit zu weiteren Überlegungen, denn während er noch dastand, warnten ihn emsige Schritte auf dem Flur vor einem weiteren, weniger bösartigen Angriff. Es gab ein schwaches Klopfen an der Tür, die sich sofort öffnete, bevor er ›Herein‹ sagen konnte.

»Bruder Vredech, geht es Euch gut? Ich dachte, ich hätte etwas umfallen hören?«

Vredech drehte sich herum, dankbar dafür, daß er das strahlend helle Tageslicht im Rücken hatte. »Mir geht es gut, Haus, danke. Hab' überraschend gut geschlafen. Wie spät ist es?«

»Kurz vor Mittag«, antwortete Haus.

Vredech drohte ihr gutmütig mit dem Finger, als er sah, daß sie zu weiteren Fragen ansetzen wollte. »Ich glaube, ich ziehe mich dann mal um«, erklärte er mit fester Stimme. Haus musterte ihn von Kopf bis Fuß, zögerte kurz, murmelte dann so etwas wie eine Entschuldigung vor sich hin und verließ den Raum.

Er ging wieder zum Bett zurück, setzte sich und sah auf seine Hände hinunter. Sie zitterten. Und sein Kopf war noch voll von den Bildern, vor denen er gerade geflohen war und deren grausige Intensität kaum nachgelassen hatte. Er mußte mit Nertha reden. Aber er konnte ihr nicht *zeigen*, was er gesehen hatte, konnte nicht erzählen, was er gehört hatte, konnte ihr seine Gewißheit nicht vermitteln. Alles, was er ihr anbieten konnte, waren Worte. Sie würde nur ihren Bruder – er stolperte über das Wort – vor sich sehen, der wirres Zeug faselte. Der einen Rückfall in sein ›Gehirnfieber‹ hatte.

Und vielleicht war er ja doch –

*Nein!*

Vredech schob den Gedanken brutal beiseite. Solange er noch in der Lage war, sein Verhalten rational zu beurteilen, würde er bei seiner Absicht bleiben, Augen und Ohren offenzuhalten. Der Geist seines Vaters würde ihn noch ein Weilchen stützen, sein Glaube ebenfalls.

Doch diese Überlegungen minderten nicht das Unwohlsein, das sich in seiner Magengrube bildete, als seine Hände zu zittern aufhörten. Abgesehen von den fundamentalen Lehrsätzen der Kirche war, wie er sehr wohl wußte, Veränderung der Weg alles Irdischen, aber im Augenblick passierte zu viel zu schnell. Er konnte sich des Gefühls nicht erwehren, daß all diesen Ereignissen ein Muster, eine bestimmte Gestalt, zugrunde lag. Was für ein Muster das jedoch sein sollte, wie es zustandegekommen war und wo es hinführen würde, konnte er nicht einmal ansatzweise begreifen. Bislang hatte es die Krise im Heindral gegeben, die sich plötzlich auf bedrohliche Weise aus einem Vorfall entwickelt hatte, der alles in allem nicht mehr als eine Schlägerei zwischen Betrunkenen in einem fremden Land gewesen war; zwei furchtbare Morde; und nun diese Katastrophe auf dem PlasHein-Platz, die so viele Tote und Schwerverletzte gefordert hatte; sie würde mit Sicherheit bei vielen Menschen Narben und Kummer hinterlassen, vielleicht ein Leben lang. Und durch all diese Wirrnisse zogen sich wie Binden, die sich von einem verwesenden Leichnam lösten, die Blätter, insbesondere Privvs Blatt, mit ihren Lügen, ihren gedankenlosen, stumpfsinnigen Phrasen, ihrer Scheinheiligkeit und ihrer völligen Vernachlässigung der Pflicht, der sie ihre Entstehung ursprünglich verdankten: die Menschen über die Geschehnisse zu informieren, die sich in und um Troidmallos ereigneten. Die Blätter stellten eine außerordentlich gefährliche Kraft dar, erkannte Vredech mit einemmal; sie verbreiteten Unwissenheit und Intoleranz, wo sie Wissen und Mitgefühl hätten verbreiten sollen, und sie verbreiteten sie mit der dem gedruckten Wort eigenen Schnelligkeit. Man sollte ihnen Schranken setzen. Ihre bloße Existenz beeinflußte und veränderte die Dinge, über die sie schrieben. Eine solche Macht dürfte nicht in die Hände von Leuten geraten, denen offensichtlich jegliches Verantwortungsgefühl abging.

Aber wie konnte man ihnen Schranken setzen, wie ihre Auswüchse beschneiden, und wer sollte das tun?

Vredech legte die Hand an seinen Kopf. Es war nur einer der vielen Gedankenstränge, die sich augenblicklich in seinem Kopf verwirrten. Außerdem blieben die Blätter nur an der Oberfläche der eigentlichen Geschehnisse, ein skrofulöser Ausschlag, verursacht durch eine tiefere, ernstere Infektion des Körpers.

Seine Gedanken kehrten zu einer weiteren Veränderung zurück, die während der letzten Monate stattgefunden hatte: Cassraw. Spielte sein alter Freund nur irgendein kirchenpolitisches Spiel, oder verfiel er in Wahrheit langsam dem Wahnsinn? Eiseskälte durchdrang Vredech. Es gab noch eine dritte Möglichkeit. Vielleicht hatte tatsächlich irgend etwas von Cassraw Besitz ergriffen. Gewiß war gestern im Hafen-Versammlungshaus etwas Tiefergreifendes als die Verwandlung von Fruchtsaft in Wasser vorgefallen, obwohl er auch diese Vorstellung an sich trotz Nerthas verächtlichem Abwinken schon zutiefst verstörend fand. Irgend etwas hatte diesen Raum betreten. Etwas Verderbtes und Gräßliches und doch unermeßlich Mächtiges. Etwas, das über ihn hinweg und durch ihn hindurch geglitten war, erwachend ...

Was sollte denn erwacht sein?

Vielleicht nichts als sein eigenes Mißtrauen, versuchte er sich halb im Scherz einzureden. Aber es nützte nichts.

»Ich hörte, wie Seine Schreie von Verzweiflung in Jubel umschlugen, als ich auf den Traumwegen wanderte. Und nun wandelt Er wieder unter uns ... Ahmral.« Jarrys Worte fielen ihm wieder ein. Der arme verrückte Jarry, der zu Trunksucht und Gewalttätigkeit neigte. Dem das, was er gesehen oder gespürt hatte, zu plötzlicher Beredsamkeit verholfen hatte. War es das, was *er* jetzt tat, auf den Traumwegen wandern? Oder trübte sich sein Verstand allmählich wie der von Jarry? Bevor er die Frage jedoch weiterverfolgen konnte, kamen ihm andere Worte in den Sinn, scharf und durchdringend, die Worte des Pfeifers:

»Er ist das personifizierte Böse ...

Aus der Hitze der Großen Schöpfung ...

Er streift durch die Welten ... Ein Raubtier ... Ein Parasit auf der Suche nach einem Wirt ...«

*Ein Wirt.*

Vredech konnte förmlich spüren, wie ungebetene Gedanken über ihn hereinbrachen. Gedanken, die ihn in eine Gott weiß welche Zukunft führten. Als wolle er ihr Eintreffen verhindern, trug sein Körper ihn aus dem Bett und begann sich auf die Suche nach seiner offiziellen Tageskleidung zu machen.

»Er ist der Inbegriff all dessen, was dunkel und faul ist an der menschlichen Natur, die Essenz all dessen, was sich in Unwissenheit suhlt.«

Das Bild der Blätter huschte wieder flüchtig durch Vredechs Gedanken.

Ahmral gibt es nicht, zwang Vredech sich zu denken. Er ist nur eine Verkörperung der schlechten Aspekte der Menschheit als Ganzes: jener Eigenschaften, denen man Widerstand bieten, die man in seine Gewalt bekommen und unterdrücken muß. Aber er befand sich auf unsicherem Boden, das war ihm klar. Die Kirche hielt Ishryth für eine reale und fühlende Kraft, wenn auch jenseits dessen, was man mit irgendwelchen Hilfsmitteln dieser Welt physisch erfassen könnte. Warum Ahmral nicht auch? Konnte man denselben Glaubenssatz nicht auch auf Ihn anwenden?

Alte, uralte Argumente. Argumente, um die man sich blutige Kämpfe geliefert hatte. Argumente, die nicht durch den Santyth zu belegen waren, der sich in dieser Hinsicht eigenartig doppeldeutig ausdrückte. Und jetzt waren die scharfen Worte des Pfeifers durch Vredechs grundlose Selbstzufriedenheit gezischt wie eine blitzende Axt, die das Zentrum seiner Welt getroffen hatte. »Es gibt nichts Übernatürliches, Priester. Es gibt nur die Dunkelheit, wo Eure Fähigkeit endet, das Natürliche zu messen.«

Vredech verließ sein Schlafgemach. Aus dem Zimmer gegenüber kam Nertha heraus. Sie musterte ihn eingehend. »Du hättest noch länger schlafen sollen«, sagte sie.

»Du wohl nicht?« entgegnete er. Gemeinsam gingen sie die breite Treppe hinunter.

»Es ist mein Beruf, mich um Kranke kümmern«, erwiderte Nertha.

»Aber nicht so«, stellte Vredech unmißverständlich fest.

»Ich habe schon mit den Folgen von manch größerem Unfall zu tun gehabt, aber noch mit keinem wie diesem hier, das gebe ich zu«, meinte Nertha. Sie nahm Vredechs Arm. Ihr Gesicht wirkte besorgt. »Es ist immer da, Allyn, es geht nicht einfach weg«, sagte sie. »Plötzlich steckst du wieder mitten drin. So ist das mit diesen Sachen. Hab keine Angst. Erzähl mir einfach, was passiert ist.«

Vredech legte seine Hand auf ihre. »Ich gewöhne mich langsam daran, mich an immer anderen Orten als dem, wo ich zu sitzen glaube, wiederzufinden«, versetzte er mit einem Lächeln.

Nertha warf ihm einen schrägen Blick zu. »Es scheint dir keine allzu großen Sorgen mehr zu bereiten.«

»Ich versuche, mir nicht den Kopf darüber zu zerbrechen, das ist alles«, sagte er. »Aber über das, was hier vor sich geht, mache ich mir noch größere Sorgen als gestern.« Er nahm ihre Hände. »Was immer Cassraw auf dem Berg verändert hat, hat auch mich verändert, auch wenn ich nicht weiß, wie oder auch nur auf welche Weise. Von irgendwoher scheine ich neue Kraft gewonnen zu haben.« Er packte ihre Hände mit festem Griff und drückte sie gegen seine Brust. »Aber egal, was passiert, ich werde es dir erzählen, Nertha. Vertrau mir. Ich brauche dich und deinen grausamen, klaren Blick. Du darfst keine Rücksicht nehmen, wenn du beobachtest, was ich tue oder sage. Aber zieh keine voreiligen Schlüsse, bevor du nicht mit mir geredet hast. Und du mußt dir ein waches Bewußtsein bewahren, mehr als je zuvor. Willst du mir das versprechen?«

»Ich verspreche es«, antwortete Nertha mit ruhiger Stimme.

Am folgenden Tag machten sie sich auf den Weg, um Cassraws Gottesdienst beizuwohnen. Das schöne, sonnige Wetter hielt an, und eine lebhafte Brise frischte auf, die die Straßen hell und windig machte. Ganz im Gegensatz dazu verspürte Vredech jedoch ein Gefühl der Beklemmung, als er und Nertha sich dem Hafen-Versammlungshaus näherten. Er warf der neben ihm reitenden Nertha einen Blick zu. Auch sie wirkte, als sei ihr nicht besonders wohl zumute.

»Die frische Brise scheint hier nichts zu nützen, nicht wahr?« ließ er beiläufig fallen. Sie schüttelte den Kopf, sagte jedoch nichts, und so ritten sie schweigend weiter.

Wie schon vor zwei Tagen stellten sie fest, daß sie Teil eines dichten Menschenstroms waren, der sich in dieselbe Richtung bewegte.

Der Vergleich brachte Vredech auf, und ein- oder zweimal war er stark versucht, umzukehren und wieder nach Hause zu reiten. Schließlich kamen sie um die letzte Biegung, bevor die Straße zum Versammlungshaus hin anstieg.

»Du lieber Gott!« rief Nertha aus.

Obwohl es noch ein Stück bis zum Versammlungshaus war, konnten sie schon die gewaltige Menschenmenge sehen, die es umgab. Sie füllte einen Großteil der Grünanlagen aus und quoll bis auf die umliegenden, nun verstopften Straßen hinaus. Und obwohl Vredech die Brise in seinem Gesicht fühlen konnte, spürte er, wie das Gefühl der Beklemmung wuchs. Aus irgendeinem Grund wurde sein Blick zum Gipfel des Ervrin Mallos gelenkt. Trotz des hellen Sonnenscheins schien ein Dunstschleier um den Gipfel zu hängen. Er blinzelte, um seinen Blick zu klären, doch der Schleier blieb.

»Bruder Vredech.«

Er sah hinunter. Ein junger Mann mit einer leuchtendroten Schärpe und einer dunkelgrünen Tunika hatte die Zügel seines Pferdes ergriffen. In seinen Augen brannte ein fanatisches Feuer, auch wenn sein Benehmen ruhig und freundlich war. »Bruder Cassraw hat Anweisung erteilt, Euch durch die Menge zu geleiten.«

Anweisung? dachte Vredech, doch er sagte nur: »Danke, das wäre sehr hilfreich. Ich hatte nicht mit so vielen Menschen gerechnet.«

»Groß ist die Macht des Herrn. Lobet Ihn«, deklamierte der junge Mann.

»Ich nehme an, die Eskorte gilt auch für mich«, mischte Nertha sich ins Gespräch.

Der junge Mann zögerte kurz, bevor er lächelnd antwortete: »Natürlich. Folgt mir bitte.«

Während sie hinter ihm herritten, lenkte Nertha ihr Pferd an Vredechs Seite. »Was sind das für Leute?« fragte sie. »Bei seinem letzten Gottesdienst waren sie auch überall.«

»Das sind Cassraws Ritter von Ishryth«, erläuterte Vredech. »Es handelt sich um eine Art Organisation, die er für die jungen Männer der Gegend ins Leben gerufen hat. Scheint sich großer Beliebtheit zu erfreuen.«

»Meine Hochachtung, wenn auch widerwillig.«

Vredech zuckte ein wenig schuldbewußt die Achseln. »Vielleicht sehe ich Gespenster, aber ich habe ein ungutes Gefühl, ohne daß ich eine vernünftige Erklärung dafür hätte«, gab er zu. »Selbst Skynner räumt ein, daß Cassraw bei einem oder zwei besonders mißratenen Burschen gute Arbeit geleistet zu haben scheint.«

»Sie wirken ziemlich ... martialisch«, merkte Nertha an.

»In der Tat«, pflichtete Vredech ihr bei. Sie hatten die Ausläufer der Menge erreicht, und mehrere Ritter von Ishryth waren aufgetaucht und bahnten ihnen einen Weg durch die Menschen. »Aber es ist dieser Ausdruck auf ihrem Gesicht, der mich am meisten stört.«

»Fanatisch«, sagte Nertha unverblümt.

Vredech zog eine Grimasse. Er hörte das Wort nicht gern, mußte aber innerlich zugeben, daß es nur zu gut paßte. In jeder Gemeinde gab es ein paar solcher Mitglieder. Der Umgang mit ihnen gestaltete sich meistens schwierig, und die Kirche ermutigte solch übermäßige Frömmigkeit keineswegs. Zu lernen, wie man behutsam mit solchen Auswüchsen umging, war ein fester Bestandteil der Ausbildung eines jeden Predigerbruders. Falls Cassraw es allerdings ermutigte, dann …

Er wollte den Gedanken lieber nicht weiterverfolgen, und konzentrierte sich statt dessen darauf, sein Pferd an die Kandare zu nehmen, während es sich durch die Menschen drängte. Langsam bewegten sie sich im Gänsemarsch voran, Nertha an der Spitze. Zum ersten Mal fiel ihm auf, daß sie in der Tat vorzüglich ritt und viel lockerer im Sattel saß als früher. Einen Kavalleristen hast du also kennengelernt, so so, dachte er, und diese Vorstellung hatte eine unangenehme Spitze, die ihn dazu bewog, die Stirn zu runzeln.

Dann ritten sie durchs Tor. Auf dem Gelände des Versammlungshauses waren die Ritter allgegenwärtig. In schroffem Ton dirigierten sie die Menschen in verschiedene Areale. Ihr Führer brachte sie zu einem eilig errichteten Anpflockgatter, wo sie ihre Pferde in der Gesellschaft von unzähligen anderen zurückließen, bevor sie sich dem Versammlungshaus zuwandten. Wieder teilte sich die Menge vor ihnen.

»Ich fürchte, Sitzplätze gibt es nicht mehr«, ließ der junge Mann sie wissen. Seine glühende Begeisterung wuchs, als sie die Stufen zum Haupteingang emporstiegen. »Schon den ganzen Tag lang treffen immer neue Menschen ein. Lobet Ihn. Aber es ist uns gelungen, im hinteren Teil ein wenig Platz freizuhalten, für besondere Kirchgänger so wie Euch.«

Als sie die Tür erreichten, begann ihr Führer eine kurze Unterhaltung mit jemandem im Innern, den Vredech nicht sehen konnte. Dann kamen zwei Ritter mit roten Schärpen heraus, und unter zahllosen Entschuldigungen wurden er und Nertha zu den Plätzen geschoben, die vorher die beiden eingenommen hatten.

»Ich danke Euch für Eure Hilfe«, sagte Vredech, als der junge Mann sich dünn machte, damit er sich vorbeiquetschen konnte.

»Ihr seid Freunde des Auserwählten; unsere Ehre heißt dienen«, erhielt er zur Antwort. Vredech war bestürzt über diese absonderliche Antwort, doch bevor er etwas sagen konnte, wurde er in das Gebäude gesogen. Im Innern war die Beklemmung, die Vredech schon die ganze Zeit über gespürt hatte, hundertfach verstärkt. Sie traf ihn wie der Feuerhauch aus einer lodernden Esse. Selbst Nertha stieß einen Seufzer aus. Das Versammlungshaus war in der Tat bis auf den letzten Platz gefüllt. Nicht genug damit, daß selbstverständlich kein einziger Sitzplatz mehr frei war, nein, auch in den Kirchenschiffen drängten sich die Menschen so dicht zusammen, daß man kaum noch stehen konnte. Die Leute standen und saßen sogar in den tiefen Fensterlaibungen, wodurch das Gebäude noch dunkler wurde. Instinktiv legte Vredech den Arm schützend um Nertha. Erinnerungen an das mörderische Gedränge überfielen ihn. Wenn diese Menge in Panik geraten sollte ...

Er spürte, wie ihm der Schweiß auf die Stirn trat, als er versuchte, diesen Gedanken beiseite zu schieben. Er warf einen raschen Blick hinter sich, um sich zu vergewissern, daß der Ausgang nicht allzuweit entfernt war. Nicht, daß ihnen das im Zweifelsfall viel genützt hätte, so verstopft, wie er war.

Das ist fürchterlich, dachte er. Versammlungshäuser waren aufgrund ihrer Bauweise im Winter für gewöhnlich bitterkalt, bei dieser Art von sommerlichem Wetter jedoch wohltuend kühl.

Und doch war der Mangel an Atemluft, der hier herrschte, nicht nur auf die Ausdünstungen der Menge zurückzuführen. Da war noch etwas anderes. Bildete er es sich nur ein, oder hingen in der Luft Spuren jener Verderbtheit, die er auf dem Berg wahrgenommen hatte – und in Cassraws Zimmer, als sein alter Freund ihm diesen armseligen, aber erschreckenden Taschenspielertrick mit dem Saft gespielt hatte?

Das hier war noch schlimmer, entschied er. Es war schauderhaft und furchteinflößend. Er war in der Hoffnung hergekommen, er könne sich in so etwas wie Ruhe und Frieden anhören, was Cassraw zu sagen hatte, um dann zu entscheiden, was er als nächstes unternehmen wollte. Nun fühlte er sich, als sei er wie eine Art Opfer vor dem mythischen Altar Ahmrals angekettet.

Das Wort rief ihm die letzte Erscheinung in Erinnerung, die ihn gestern vor dem Aufwachen heimgesucht hatte. Dieser kalte, blutlüsterne Traum. Er zitterte bei der bloßen Erinnerung daran. Wessen Geist hätte eine solch widerwärtige Schöpfung ersinnen können? Dann wurde ihm bewußt, daß die Szene etwas vage Bekanntes an sich gehabt hatte. Sein Zittern wurde heftiger. »Atme ganz langsam, ganz flach.«

Der Rat kam von Nertha. Sie beobachtete ihn scharf. »Beruhige deine Gedanken. Entspanne deine Schulter. Alles an dir ist locker. Wenn du dich nicht entspannst, wirst du mir in dieser Hitze noch ohnmächtig.«

Ihre Stimme schnitt durch die widerstreitenden Gedanken, die eine regelrechte Schlacht in seinem Kopf auszufechten drohten. »Es ist wie an jenem Tag auf der Straße«, sagte er und schämte sich sofort für das leichte Beben in seiner Stimme.

»Nein, ist es nicht«, widersprach sie mit ruhiger Stimme. »Es ist schlimmer. Die Temperatur ist höher, und die Menschenmenge ist viel dichter.«

»Wie wär's mit ein bißchen positivem Denken, Frau Ärztin?« versetzte Vredech mit schwacher Stimme.

Nertha ließ sich nicht beirren. »Außerdem gibt es hier noch viel weniger Bewegungsfreiheit. Das Kirchengestühl und die engen Schiffe werden jede Bewegung der Massen verhindern, und diese Ritter von Cassraw behalten die Menschen im Auge.«

»Es gefällt mir trotzdem nicht«, entgegnete Vredech.

»Ha, das ist etwas anderes«, sagte Nertha. Sie grinste ein wenig, aber ihr Gesicht war gerötet, und Vredech entdeckte einen sorgenvollen Blick in ihren Augen. Der kurze Wortwechsel hatte ihm aber gutgetan, was wahrscheinlich auch der Zweck der Übung war. Er musterte Nertha verstohlen. Sie war schon immer eine interessante, selbständige Persönlichkeit gewesen; jetzt jedoch begann er langsam zu ahnen, daß sie sich zu einer wahrhaft bemerkenswerten Frau entwickelt hatte.

Ihm blieb keine Zeit, seine Entdeckung eingehend zu würdigen, denn die Atmosphäre in der Halle schlug jäh um. Das gedämpfte Stimmengewirr bekam etwas Erwartungsvolles. Vredech, der den vorderen Teil der Halle wegen der vielen Menschen vor ihm nicht einsehen konnte, nahm an, einer von Cassraws Laienhelfern oder auch ein Novize habe die Halle betreten, um die versammelte Gemeinde in Augenschein zu nehmen. Diese Prüfung war ein Überbleibsel aus den frühesten Tagen der Kirche, als dem Vernehmen nach die Predigerbrüder noch Kriegsherren und Lords gewesen waren. Sie hatten sich bemüht, die Menschen aus kriegerischen Verwicklungen herauszuhalten und waren dafür mehr als einmal heimtückisch ermordet worden, als sie vor ihre Gemeinde getreten waren. Es hieß, in jenen Tagen sei der Prüfer ein Leibwächter gewesen, der, gekleidet wie sein Lord, einen Moment im Schatten der Tür verweilt habe, bevor er die Halle betrat. Später bestand die Aufgabe des Prüfers darin, ein unter seinen Gewändern verborgenes Zeremonialschwert hereinzutragen, das er, wenn er die Kanzel sicher erreicht hatte, für alle sichtbar auf einen Tisch legte. Heutzutage war der Santyth an die Stelle des Schwerts getreten.

Von vorne drang ein kollektives Aufkeuchen zu ihnen. Vredech und Nertha reckten wie auch ihre unmittelbaren Nachbarn die Köpfe hoch, konnten aber trotzdem nicht sehen, was vorne vor sich ging. Dann zischte das Wort ›Schwert‹ durch die Gemeinde. »Lobet Ihn«- und »So sei es!«-Rufe wurden an mehreren Stellen laut, und Vredech war sich der beträchtlichen Aufregung um sich herum bewußt, als die Menschen das Zeichen des Kreises über ihren Herzen machten.

Primitiv, dachte er, doch damit meinte er nicht die bewegten Gläubigen, sondern die Stimmung, die er um sich herum aufkeimen spürte. War Cassraw denn tatsächlich zu der schon lange aufgegebenen Sitte zurückgekehrt, bei der Prüfung ein Schwert in die Halle zu bringen? Von vorne drang noch mehr Lärm nach hinten, und plötzlich tauchte auf der über den Köpfen angebrachten Kanzel eine schwarze Gestalt auf. Wie fast jeder in der Gemeinde hielt Vredech den Atem an. Einen kurzen Moment lang wurde die regungslose Gestalt, unter einer schwarzen Kapuze verborgen, zu einem der Schatten, die jene fremde Zwielichtwelt bevölkert hatten, in der er dem Pfeifer zum ersten Mal begegnet war. Sein Verstand sagte ihm etwas anderes: sagte ihm, daß es nur Cassraw war, der einen bestimmten Zweck damit verfolgte, aber die Einsicht konnte nicht verhindern, daß seine Knie zitterten und seine bereits feuchte Stirn schweißnaß wurde.

Die beklemmende Bedrückung in der Halle nahm immer weiter zu, als ströme dieses Gefühl tatsächlich von Cassraw aus. Er schien die ganze Gemeinde mit übermächtiger Gewalt zum Schweigen zu bringen.

»Die Zeit der Prüfung ist gekommen.« Cassraws machtvolle Stimme erklang dröhnend in das lastende Schweigen hinein.

»Jene, die noch zweifeln, daß Ahmrals Hand in unserer Mitte wirkt, mögen sich an ihre Nachbarn wenden und sie fragen, was vor zwei Tagen auf dem PlasHein-Platz geschah. Mögen die Frage stellen, wer die Charakterstärke unserer Führer so untergraben hat, daß das Volk in solcher Anzahl auf die Straße ziehen mußte, um sich im Namen der Gerechtigkeit Gehör zu verschaffen.«

Langsam, ganz langsam hob Cassraw die Hand und

schlug seine Kapuze zurück. Gleichzeitig trat er vor und stützte sich auf die Brüstung der Kanzel. Es war, als bringe die Bewegung die Luft zum Knistern. Selbst im rückwärtigen Teil der Halle konnte Vredech die Macht von Cassraws Persönlichkeit spüren, als dessen brennend schwarze Augen prüfend über seine Zuhörerschaft glitten. »Es war schon immer Ahmrals Art, die Schwachen für seine Ziele zu benutzen.«

Schweigen.

»Aber es war auch schon immer die Art unseres Herrn, Seinen wahren Gläubigen Kraft zu verleihen – jenen, die sich bewährt haben –, auf daß sie sich erheben und jene vom Antlitz der Erde vertilgen können, die sie in die Irre leiten.«

»Lobet Ihn! Lobet Ihn!«

»So wie wir hier versammelt sind, um Seinen Willen zu erfüllen, so wird ganz Canol Madreth zu dem Einen Wahren Licht zurückgeführt werden, und von Canol Madreth aus ganz Gyronlandt und die Länder jenseits seiner Grenzen.« Daraufhin brach ein solcher Tumult los, daß Cassraw sich schließlich gezwungen sah, beschwichtigend die Hände zu heben.

»Doch das wird keine leichte Aufgabe werden. Ahmrals Makel ist weit und tief verbreitet, und wir alle sind in Sein Netz verstrickt. Es gibt keine Täuschung, keinen Verrat, den Er nicht begeht, keine Lügen, die Er nicht benutzt.« Cassraw beugte sich noch weiter vor. »Wachsamkeit muß unsere Devise lauten, meine Kinder. Nur durch Wachsamkeit werden wir diejenigen ausfindig machen, die uns mit ihrer Schwäche verraten würden.« Seine Stimme wurde dünn und durchdringend. »Haltet immer und überall Ausschau nach den Zeichen, die euch sagen werden, wo Ahmral seinen Makel hinterlassen hat. Haltet sogar bei euren Lieben danach Ausschau. *Sogar bei euch selbst.* Denn wo immer wir ihn finden, wir müssen ihn mit Stumpf und Stiel ausrotten, wollen wir nicht alle der Verdammnis anheimfallen.«

»So sei es!«

»Und wo der Makel gefunden wird, wie schwach auch immer: Laßt jene, die ihn an sich haben, vortreten und geläutert werden. Mögen sie beweisen, daß ihr Glaube an den Herrn erneuert worden ist. Mögen sie herkommen, jetzt, zu mir. Auf daß diese entsetzliche Bürde von ihnen genommen wird. Denn *mir* ist es auferlegt worden, die Bürde auf mich zu nehmen. Bis ich sie an dem Ort Seiner Wiederkunft ablegen kann, an dem Ort, wo Sein Neuer Tempel errichtet werden wird.« Cassraw deutete mit erhobener Hand zum Ervrin Mallos hinüber.

Diesmal gab es einen richtigen Aufruhr. Trotz des Drucks der dichtgedrängten Menge schwenkten die Menschen die Arme, klatschten in die Hände und riefen: »Lobet Ihn. Lobet Ihn. So sei es.«

Das ist der schiere Wahnsinn, wollte Vredech in die Menge schreien, aber es war, als schnüre ihm ein eiserner Ring die Kehle zu.

Cassraws Stimme schnitt durch den Lärm. »Doch seht euch vor, meine Kinder. Hütet euch vor denen, die euch mit Worten, die sie ›vernünftig‹ nennen, in die Irre führen wollen. Hütet euch vor Kompromissen mit Übeltätern, vor Zweifel an den ewigen Wahrheiten, denn ihre Worte sind so zersetzend wie Ahmrals Speichel. Hier ist euer Weg. Der einzige Weg.« Er hielt den Santyth in die Höhe, und eine abartige Leidenschaft erfüllte seine Stimme. »Hier steht alles geschrieben. Geht zu denen, die über euch herrschen wollen, und sagt ihnen, hier, in diesen heiligen Seiten, sollen sie als erstes lesen und nach Anleitung suchen. Laßt sie Seine Worte hören, bevor sie ihre aussprechen. Geht zu ihnen und tut Sein Werk, ich befehle es euch.«

Vredech wollte es scheinen, als komme Cassraws Stimme nicht mehr von vorne, sondern sei eine gewaltige, feste Masse, die aus allen Richtungen auf ihn eindrang und sich in ihn zu bohren schien. Schwärze überkam ihn. Irgendwo, von ganz weit weg, hörte er, wie sein

Name gerufen wurde. Die Worte funkelten wie Sterne in der Dunkelheit, doch er konnte sie nicht erreichen, nicht zu fassen bekommen.

Die Schwärze schlug über ihm zusammen.

# KAPITEL 26

Darke und Tirec schauten zum Ervrin Mallos hoch. Beide wirkten bedrückt, und es war Tirec, der als erster das Schweigen brach.

»Je weiter wir uns von zu Hause entfernt haben, desto primitiver, unwissender, abergläubischer scheinen die menschlichen Gemeinschaften geworden zu sein.« In seiner Stimme lag keinerlei Wertung. »Ich dachte zuerst, in diesem Land sei es nur ein wenig stärker als in den vorigen, aber das ist es nicht, nicht wahr?«

Darke ließ sich mit seiner Antwort Zeit. »Tut mir leid«, sagte er schließlich. »Es fällt mir schwer zu akzeptieren, was ich fühle.«

»Du glaubst, Er ist es, oder?« Tirec mußte sich geradezu zwingen, die Worte auszusprechen.

Darke schloß seine Augen und preßte die Lippen aufeinander, dann nickte er bedächtig. »Ich fürchte, es hat etwas mit Ihm zu tun, gewiß.«

»Nein«, sagte Tirec. »Sieh all dem ohne Zögern ins Auge, wie du es mich immer gelehrt hast. Du glaubst, Er sei zurückgekehrt.«

»Ein voreiliger Schluß«, antwortete Darke viel zu schnell. »Wir waren zugegen, als Er vernichtet wurde.«

»Wir waren dabei, als Seine Gestalt in dieser Welt vernichtet wurde«, berichtigte ihn Tirec.

»Altmännergeschwätz. Ich weiß nicht, was das bedeuten soll«, sagte Darke in unvermittelt zornigem Ton. »Und du auch nicht.« Dann trat ein schuldbewußter Blick anstelle seines Ärgers, und er sackte ein wenig in sich zusammen und legte seine Hand auf Tirecs Arm. »Wir hätten beide besser zuhören sollen, vermute ich. Und wir hätten uns beim Lernen ein wenig mehr anstrengen sollen.« Er straffte sich wieder. »Nun denn, laß uns das tun, worin wir am besten sind, wozu man uns losgeschickt hat: entdecken, lernen.«

Tirec machte den Mund auf, als wolle er etwas erwidern, sagte jedoch nichts.

»Mehr können wir auch nicht tun«, sagte Darke. »Obwohl mir mein Instinkt sagt, daß wir nicht mehr allzuviel Zeit haben.«

Dann erschauerte er heftig.

»Was meint Ihr damit, nichts hiervon sei real?« fragte eine vage vertraute Stimme. »Ich dachte, wir hätten uns darauf geeinigt, nicht mehr darüber zu streiten.«

Vredech schlug die Augen auf. Die drückende Hitze der Versammlungshalle war verschwunden. Statt dessen herrschte eine angenehme Abendkühle. In der Ferne konnte er einen von der untergegangenen Sonne rot gefärbten Horizont erkennen. Eine Gestalt bewegte sich zur Seite, und mit einem Schrei versuchte Vredech sich aufzurichten. Die Gestalt hüpfte erschrocken von ihm weg.

»Ich sehe, mein Rat, unseren Freund zu töten, hat Euer priesterliches Zartgefühl verletzt«, rief sie affektiert aus.

Diesmal war die Stimme, oder besser das Geräusch, unverkennbar. Der Pfeifer sprach über das Mundloch seiner Flöte hinweg. Und sie befanden sich auf dem Berghang, wo Vredech ihn das letzte Mal gesehen hatte, bevor die ängstlichen Bemühungen von Haus und Skynner ihn wieder ins Bewußtsein zurückgerufen hatten.

»Was tue ich hier?« brüllte Vredech ihn an.

Der Pfeifer bog seinen Oberkörper zurück, als schwanke er im Ansturm seiner Worte. »Nicht schon wieder«, seufzte er. »Bitte. Spielt das Spiel anständig.«

Vredech preßte die Hände gegen seinen Kopf. Seine Gedanken überschlugen sich. »Nein«, knurrte er. »Ich lasse es nicht zu. Ich bin im Hafen-Versammlungshaus und höre Cassraws irrer Rede zu, ich stehe nicht auf irgendeinem Berghang mit ... einem Blendwerk meiner eigenen Phantasie. Ich bin in der Hitze ohnmächtig geworden, das ist alles.«

Er verstummte und kniff die Augen fest zu, in der Hoffnung, wenn er sie aufschlüge, würde er wieder an Nerthas Seite stehen. Aber immer noch konnte er den Pfeifer gedankenversunken in der Dunkelheit summen hören. Ein leises Schlurfen kam hinzu. Es bewog Vredech, die Augen wieder zu öffnen. Das hagere Gesicht des Pfeifers tauchte vor ihm auf, kaum eine Handbreit entfernt. Seine großen, beweglichen Augen musterten ihn eingehend. In seiner erhobenen rechten Hand war ein Licht angegangen – eine Laterne, nahm Vredech nicht zu unrecht an. Ihr Licht war weich, aber in seiner Klarheit fast wie Tageslicht, denn er konnte jede Einzelheit im Gesicht des Pfeifers erkennen. Er widerstand der Versuchung, dieses Gesicht zu berühren, um sich davon zu überzeugen, daß er tatsächlich dort war.

»Du bist mir ein seltsamer Kauz, Allyn Vredech«, wunderte sich der Pfeifer. »Hier stehen wir und reden wie zivilisierte Leute über Dinge von großer Tragweite: über die Seelen von Menschen und die Wurzeln des Bösen und sogar über das makelbehaftete Gewebe der Zeiten, und du jammerst und quatschst dummes Zeug.«

Vredechs Hände fuhren blitzschnell hoch und packten den breiten Aufschlag an der Tunika des Pfeifers.

Er hörte ein leises »Nicht!« und bekam einen flüchtigen Eindruck von einer schwarzen Flöte, die zwischen seinen ausgestreckten Armen auftauchte, und dann, obwohl er keinerlei Druck gespürt hatte, lag er vorübergehend auf den Knien, und dann kugelte er durchs Gras.

Als er sich wieder halbwegs gefaßt und aufgerichtet hatte, entdeckte er den Pfeifer, der ein Stückchen entfernt im Gras hockte und ihn beobachtete, als sei nichts geschehen.

»Für einen Priester seid Ihr ganz schön gewalttätig«, meinte er. »Ich bekomme langsam den Verdacht, daß Ihr den falschen Beruf gewählt habt.«

»Was wollt Ihr damit sagen?« fragte Vredech, um dann hastig hinzuzufügen: »Nein, nein! Ich will gar nicht darüber reden. Ich will mich nicht schon wieder in ein Streitgespräch mit mir selbst verwickeln lassen. Ich bin nicht hier. Das alles passiert gar nicht. Es ist mindestens zwei Wochen her, daß ich diesen Ort verlassen habe.«

»Verlassen?« staunte der Pfeifer. Er hatte sich inzwischen hingesetzt und spielte behutsam auf seiner Flöte. Das Licht baumelte von seiner Hand und pendelte fröhlich hin und her. »Was meint Ihr damit, verlassen?«

Vredech stand auf und ging zu ihm. Was immer hier vor sich ging, er mußte hier weg und wieder in die wirkliche Welt zurück, zum Hafen-Versammlungshaus, zu Nertha, zu Cassraw.«

»Zwei Wochen«, sagte er, während er auf die mit gekreuzten Beinen dasitzende Gestalt hinunterschaute, die in dem flackernden Licht seltsam beweglich wirkte. »Zwei volle Wochen, seit ich hier war. In Troidmallos sind Menschen bei einem furchtbaren Unglück umgekommen. Die Regierung hat es irgendwie geschafft, aus einer Mücke einen Elefanten zu machen, und niemand weiß, was für Konsequenzen daraus erwachsen werden. Ein zweiter junger Mann ist ermordet worden. Und Cassraw scheint endgültig von allen guten Geistern verlassen zu sein. *Hört Ihr wohl damit auf, auf diesem verdammten Ding zu spielen!*« Er griff erbost nach der Flöte. Für Bruchteile einer Sekunde schwebte sie vor seinen Fingerspitzen, um dann wegzuhuschen, bevor er sie zu fassen bekam. Vredech, der unerbittlich von ihr angezogen wurde, taumelte ein paar Schritte zur Seite, bevor er sein Gleichgewicht wiederfand. Um ein Haar hätte er laut geflucht.

»Ganz entschieden der falsche Beruf«, sagte der Pfeifer über das Mundloch hinweg. Er hörte auf zu spielen und richtete sich auf wie eine Pflanze, die ihre Blätter entfaltet. Dann hielt er Vredech, der ihn mißtrauisch ansah, das Licht ins Gesicht. »Ihr seid ein Krieger, Allyn«, erklärte er. »Kein Priester. Habt Ihr das nicht gewußt? Ihr greift sehr schnell zur Gewalt.« Sein Ton war spöttisch.

»Nein. Das wußte ich nicht. Seht – ich werde mich nicht darüber streiten«, versetzte Vredech, durch die Bemerkung des Pfeifers aus dem Konzept gebracht.

»Keine Angst«, beruhigte ihn der Pfeifer. »Ihr seid nicht der erste. Und außerdem ist der Unterschied zwischen einem Priester und einem wahren Kämpfer gar nicht einmal so groß. Ihr kümmert euch, jeder auf seine Weise, um die Menschen. Kommt.«

Er warf die kleine Laterne in die Luft und rannte ihr, sich immer wieder um die eigene Achse drehend, hinterher, während sie in hohem Bogen durch die Dunkelheit flog. Dann fing er die Laterne mit der einen Hand auf, und blies dabei mit der anderen einen abgerissenen Ton auf der Flöte.

»Wohin?« erkundigte sich Vredech fast wider Willen.

»Da drüben gibt es eine Höhle. Nett und trocken. Und warm, wenn wir es schaffen, ein Feuer zu entfachen.«

»Aber ...«

»Kommt.«

Vredech schaute zum Horizont, wo ein mattes Purpur den Ruheort der Sonne bezeichnete. Sein Blick wanderte nach oben. Der Himmel war voller Sterne, klar und strahlend hell – aber die Sternbilder, die sie bildeten, waren ihm fremd. Und es waren so viele. Es waren nicht die Sterne, die am Nachthimmel über Troidmallos leuchteten.

Er starrte zum Himmel empor, gleichermaßen hingerissen und zutiefst verängstigt.

»Kommt!« Die Stimme des Pfeifers kam von weither. Vredech riß sich vom Anblick des Himmels los und spähte in die Dunkelheit. Der einzige Hinweis auf den Pfeifer war ein Licht in der Ferne, das hin und her hüpfte und gelegentlich durch die Luft flog.

»Wartet!« rief er, als er sich auch schon in Bewegung setzte, um dem Pfeifer hinterherzulaufen. Das Licht verharrte am Ort und wurde heller. Vredech fielen alte Madren-Märchen von böswilligen Kobolden ein, die unglückliche Wanderer mit ihren leuchtenden Laternen in den Sumpf locken.

Er atmete schwer, als er den Pfeifer zu guter Letzt einholte.

»Für Euren neuen Beruf werdet Ihr an Eurer Kondition arbeiten müssen«, bemerkte er.

Vredech würdigte ihn keiner Antwort. Er kämpfte gegen seine aufsteigende Panik an und zwang sich, die Realität dieses geheimnisvollen Ortes einmal mehr zu akzeptieren. Ein Traum war es nicht, soviel war ihm klar. Denn mittlerweile wußte er, daß er die Träume anderer berührt hatte; daß er sowohl er selbst als auch der Träumer gewesen war. Und alle Träume hatten im Kern etwas Unwirkliches, wie Spiegelbilder im Wasser. Ihre Wirklichkeiten, so lebensecht sie auch scheinen mochten, waren veränderlich und vergänglich. Sie hatten keinen Einfluß auf ihn, keine Macht über ihn, denn er war nicht wirklich dort. Hier war im Gegensatz dazu alles stofflich und echt – das Gras unter seinen Füßen, die süß duftende Abendkühle, die unter dem metallisch klaren Himmel in die Kälte der Nacht hinüberglitt, sein keuchender Atem, als er sich jetzt bemühte, mit dem raumgreifenden Schritt des Pfeifers mitzuhalten.

Dann wanderten sie unter Bäumen entlang. Die Berührung des Laternenlichts verwandelte die Blätter und Zweige über ihren Köpfen in hohe grüne Gewölbe, die Stämme in massive Säulen. Es war, als schritten sie durch einen geräumigen Keller.

»Wir sind da«, riß ihn der Pfeifer aus seinen Gedanken. Ein sanft ansteigender Hang hatte sie zu einem Höhleneingang in einer Felswand geführt, die sich jäh und senkrecht in den Himmel reckte und das Ende des kleinen Waldes bezeichnete. Der Pfeifer betrat die Höhle, und Vredech folgte ihm. Die Felsen hatten einen rötlichen Schimmer, und hier und dort warfen kleine glänzende Kristallflächen wie zur Begrüßung das Licht der Laterne zurück. Die Höhle war trocken und roch frisch, als habe sie die Wärme des Tages eingefangen.

Der Pfeifer holte einmal tief Luft und schlug sich ein paarmal kräftig auf den Bauch. »In diesen einfachen Dingen liegt wahrer Reichtum«, äußerte er. Vredech sah ihn mit säuerlicher Miene an. »Einen kleinen Moment noch«, fuhr er fort, »und ich habe uns Holz für ein Feuer gesucht. Wird nicht lange dauern. Ich laß Euch die Laterne da.«

»Ich bin kein kleines Kind mehr, das Angst vor der Dunkelheit hat«, fuhr Vredech ihn an.

»Nein, seid Ihr das nicht?« sagte der Pfeifer gelassen. »Ich laß sie Euch trotzdem da.«

Vredech setzte sich und lehnte sich mit dem Rücken gegen den Felsen. Ich bin im Versammlungshaus der Hafen-Gemeinde, zwang er sich immer wieder zu denken, als würde es wahr, wenn er es nur oft genug wiederholte.

Der harte Fels an seinem Kopf und Rücken, der Laternenschein, der die Umrisse der Höhle scharf herausmeißelte, und die weit entfernten Geräusche, die der Pfeifer machte, während er bald spielte, bald mit sich selbst redete, straften seine Behauptung Lügen.

Dann war der Pfeifer wieder da, und schon bald stieg Rauch von einem kleinen Haufen Zweige am Höhleneingang auf. Vredech sah ungerührt zu, wie die langen Hände des Pfeifers eifrig hantierten, bis Flammen aus den Zweigen züngelten und er ein Feuer aufschichten konnte.

Als es hell brannte, ließ er sich, offenbar zufrieden, auf die Erde nieder und bedeutete Vredech, sich ihm gegenüber hinzusetzen. Vredech rührte sich nicht vom Fleck. »Ihr macht Euch plötzlich wieder Sorgen, Nachtaugen«, stellte der Pfeifer fest. »Im Handumdrehen ist Eure Stimmung umgeschlagen. Im einen Moment noch vernünftig und selbstsicher, im nächsten schon redet Ihr wirr daher und greift sogar zur Gewalt. Merklich primitiver. Interessant, aber ziemlich erschreckend.« Er blickte ins Feuer und dann hoch zu dem Rauch, der von den Zweigen aufstieg. Ein einsamer Funke stob empor. Er hielt die Flöte vors Auge und schaute an ihr entlang dem verschwindenden Stäubchen hinterher. »Ich bin gespannt zu erfahren, was geschehen ist. Wißt Ihr es? Oder führe ich am Ende doch nur Selbstgespräche?«

Vredech fixierte ihn. »Ihr müßt mir etwas erzählen, was ich noch nicht weiß«, sagte er. »Damit ich einen Beweis für Eure Realität habe, wenn ich in ... meine Welt zurückkehre.«

Der Pfeifer legte verblüfft die Stirn in Falten, dann schüttelte er den Kopf. »Wenn Ihr Euch Eurer Welt schon nicht sicher seid, wie sehr muß *ich* dann erst an ihr zweifeln?« erklärte er in schroffem Ton. »Ich weiß nicht, wo sie liegt – glaubt mir, ›wo‹ und ›wann‹ hat im Augenblick für mich kaum Bedeutung. Und natürlich weiß ich nicht einmal, ›ob‹ es sie überhaupt gibt, ob es Euch überhaupt gibt, also sagt, wie soll ich Euch da Eure Frage beantworten?«

Vredech knirschte mit den Zähnen. »Dann erzählt mir, was Er tun wird. Dieser Geist des Bösen, von dem Ihr dauernd redet«, verlangte er gereizt.

Die Finger des Pfeifers zuckten über die Flöte und hoben sie leicht an, doch dann änderte er seine Meinung. »Erzählt Ihr mir zuerst, warum Ihr plötzlich so anders seid«, schlug er vor. »Ihr macht mir Angst.«

Vredech zog erstaunt die Augenbrauen hoch. »*Ich* mache *Euch* Angst? Das erscheint mir wenig wahrscheinlich. Ihr habt keinerlei Probleme mit meiner Gewalttätigkeit gehabt, wie Ihr es zu nennen beliebtet.«

Der Pfeifer winkte ab. »Eine Kleinigkeit. Ich habe Euren Aktionen eine andere Richtung vorgegeben als die, die Euch vorschwebte, das war alles. Und Ihr macht mir Angst, weil Eure Fremdartigkeit, Eure beunruhigende Komplexität mich an meiner geistigen Gesundheit zweifeln läßt.« Seine Augen verengten sich drohend. »Der Gedanke, ich könnte verrückt sein, egal, wo ich gerade liege und schlafe, ist mir nicht zum ersten Mal gekommen. Vielleicht ist das auch der Grund dafür, warum ich mich hier eingeigelt habe wie ein Kind, das sich unter der Bettdecke versteckt. Weil ich hier geistig gesund bin. Von einer von mir geschaffenen Welt in die nächste ziehe, in der Lage, vernünftig zu argumentieren und nachzudenken. Doch seit Ihr da seid, scheint mir die Kontrolle über die Ereignisse zu entgleiten. Ich werde an seltsame Orte katapultiert ... an Orte zwischen den Welten. Und Ihr, mit Euren schwarzen Augäpfeln, Jäger und Gejagter, bald vernünftig, bald wahnsinnig, kommt hierher und stochert mit Eurem Finger im Herzen meines Traums herum. Und mit Euch bringt Ihr Eure verdammte Glaubwürdigkeit und Eure verwirrende Komplexität, mit der Ihr meine Gedanken verdreht und verzerrt. Und Ihn bringt Ihr auch mit, verdammt. Jegliche Kontrolle geht, wenn Er kommt.« Mit zitterndem Finger zeigte er auf Vredech. »Wenn Ihr real seid, was bin dann ich? Und wenn Ihr es nicht seid, warum sollte ich Ihn dann zurückkehren lassen und mir ausgerechnet ein solches Wesen wie Euch ausdenken, um Seinen Boten zu machen? Warum sollte ich mir eine solch schwere Prüfung auferlegen? Und wenn ich in diesen Abgrund blicke und mir eingestehe, daß ich hier genauso wie dort, wo ich liege – wo immer das auch sein mag –, wirklich verrückt bin, was hätte *das* dann für einen Sinn?« Er machte eine weit ausholende Geste. »Wird all das einstürzen und zu Staub werden? Werde ich dann erwachen und wirklich wahnsinnig sein? Werde ich sterben?«

Vredech wich vor dem Leid in der Stimme des Pfeifers zurück, doch er konnte nicht anders, als ihn zu berühren und zu versuchen, ihm zu helfen; seine Pflicht als Seelsorger ließ ihn seinen eigenen Kummer vergessen. Er bediente sich Nerthas Worte. »Vor einem so kritischen Blick kann nichts bestehen, Pfeifer«, sagte er. »Er ist wie ein Kind, das auf alles, was man ihm sagt, nur ›Warum?‹ fragt.« Dann, als spreche er mit sich selbst: »Selbst gesundes Fleisch wird krank, wenn man lange genug in ihm herumstochert.« Er imitierte die wegwerfende Geste des Pfeifers. »Spielt auf Eurer Flöte. Ich will Euch erzählen, was ich erlebt habe.«

Der Pfeifer sah aus, als wolle er etwas sagen, dann richtete er seinen Blick wieder ins Feuer. Langsam näherte sich die Flöte seinem Mund, und er begann die drei Töne zu spielen, die Vredech schon bei ihrer ersten Begegnung vernommen hatte. Ein ums andere Mal, jedes Mal anders, mal hart, mal sehnsüchtig schmelzend, bald zornig, bald unheilverkündend. Als die Musik des Pfeifers die Höhle erfüllte, meinte Vredech noch andere, mächtige und erschütternde Laute hören zu können, die sich um die einfachen Noten woben. Einen Augenblick lang lauschte er gebannt, um dann auf ganz undramatische Weise dem hingebungsvoll spielenden Pfeifer alles zu erzählen, was ihm zugestoßen war, seit er an jenem Morgen in seinem Versammlungshaus aufgewacht war.

Als Vredech schließlich geendet hatte, schien es dem Pfeifer wohler zu sein. Er hörte auf zu spielen, obwohl sein Kopf noch immer sachte hin und her schwang, und schwenkte die Flöte vorsichtig, als vernehme auch er eine andere Musik als seine eigene. Er schaute hinter sich in die Höhle. »Die Lautschnitzer lebten in Höhlen«, begann er. »In tiefen, gewundenen, unglaublichen Höhlen, voller Wunder, die Ihr Euch kaum vorzustellen vermögt. Ich gehe manchmal an solche Orte wie diesen hier und spiele, nur für den Fall, daß sie hier sind und möglicherweise an ihren alten Schüler erinnert werden möchten. Manchmal meine ich sie zu hören.«

Er stieß einen nachdenklichen Seufzer aus. Dann weiteten sich seine Augen lüstern. »Ich mag den Klang von Eurer Schwester«, sagte er. »Gute Frau. Ich hätte nichts dagegen ...«

Vredechs Hände ballten sich zu Fäusten, und trotzig schob er das Kinn vor. Der Pfeifer hob rasch die Hand und gab sich geschlagen. »Entschuldigt«, sagte er und gab sich untröstlich. Und genauso abrupt wurde seine Miene wieder ernst und sorgenvoll.

»Ihr spinnt da eine ausgezeichnete Geschichte, aber ich kenne sie schon. Chaos und Verwirrung in der Öffentlichkeit, Blut und Schrecken im geheimen. Seine Markenzeichen, Nachtaugen. Seine Markenzeichen. Euer Freund muß ein überaus geeigneter Wirt sein, daß er das alles so schnell ins Werk setzen konnte.«

Von der in Panik geratenen Menge mitgerissen zu werden und vom Mord an dem jungen Mann zu erfahren, hatte Vredech zutiefst erschüttert, doch die Andeutung, Cassraw könne etwas damit zu tun haben, erschütterte ihn noch viel mehr.

»Nein!« verwahrte er sich hitzig. »Nein. Ihr habt kein Recht anzunehmen, daß Cassraw etwas mit den Morden zu tun hatte. Oder mit der Panik. Ihr könnt doch nicht ernsthaft glauben –«

»Ich kann glauben, was mir Spaß macht, Priester«, schnitt ihm der Pfeifer das Wort ab. Seine Stimme hatte eine unangenehme Schärfe.

Vredech trat den Rückzug an. »Ich wollte doch nur sagen –«

»Ihr wolltet sagen, daß *Ihr* wißt, was *ich* glauben darf und was nicht«, hielt ihm der Pfeifer entgegen. Er war mit einemmal sehr zornig. »Es ist immer dasselbe mit Religionen und Priestern. Sie geben einem die Erlaubnis, den einfachen Weg zu nehmen und sich in Unwissenheit und Scheinheiligkeit zu suhlen, und nennen es göttliche Offenbarung – alles, um nicht zugeben zu müssen, daß die Dinge alles andere als einfach sind, daß die Leute möglicherweise das Recht haben, eigene Entscheidungen zu treffen, selbst nachzudenken, sich kopfüber in das Wunder des Lebens zu stürzen, zu entdecken, zu lernen, ihr eigenes Schicksal zu suchen, *auf ihre eigene Weise zur Hölle zu gehen.* Und ihr blickt von euren luftigen Höhen hernieder, neben euch euren Gott, und begeht jede erdenkliche Grausamkeit gegen diejenigen, die die Unverschämtheit haben zu fragen: ›Seid ihr auch sicher?‹« Er versetzte dem Feuer einen wütenden Tritt, so daß ein wirbelnder Funkenregen emporstob. »Bei den Göttern, ich hasse eure Sippschaft.«

Der Ausbruch war so haßerfüllt, daß es Vredech die Sprache verschlug. In seinen Gedanken türmte sich eine solche Flut empörter, ungeordneter Entgegnungen auf, daß er keine von ihnen zu äußern wagte.

»Das ist ungerecht«, konnte er nach einer Weile sagen. Seine Stimme war so sanft, daß es ihn selbst erstaunte.

Der Pfeifer reagierte nicht, aber er begann erneut zu spielen: eine bittere, abgehackte Marschmelodie mit zündendem Rhythmus, den er mit einem Fuß so heftig auf den Boden trommelte, daß Vredech die Vibration unter seinen Füßen spüren konnte. Das Lied steigerte sich zu einem schrillen Schrei und brach ziellos ab, doch der Fuß des Pfeifers stampfte immer noch den Rhythmus, und zwischen seinen geschürzten Lippen drang ganz leise ein undeutliches Echo der Melodie hervor.

»Und diese ganze Geschichte in Eurem ... Troidmallos ... geschah zwischen dem – und dem hier.« Er schnippte beim Reden zweimal mit den Fingern.

Vredech wurde durch die jähe Rückkehr zu ihrem ursprünglichen Thema überrascht. Obwohl seine erste Antwort so behutsam ausgefallen war, brannte er innerlich noch vor Zorn und dem Verlangen, seine Religion zu rechtfertigen. Ein gewisses Gefühl von Bedauern, das im Benehmen des Pfeifers zu spüren war, hielt ihn jedoch davon ab. Eine spitze Bemerkung konnte er sich indes nicht verkneifen.

»Ihr wolltet es hören, Forscher auf der Suche nach Wissen«, sagte er in eisigem Tonfall. »Und ich hab's Euch erzählt. Also verschont mich mit Eurem Hohn.«

Der Fuß des Pfeifers hielt mitten in der Bewegung inne, und er sackte vornüber. Vredech kam zu dem Schluß, daß es im Augenblick das beste sei, den Mund zu halten.

Als der Pfeifer sein Schweigen brach, klang seine Stimme einigermaßen beherrscht. »Tut, was ich Euch vor ein paar Minuten – oder vor ein paar Wochen, wenn Ihr wollt«, er setzte ein wehmütiges Lächeln auf, »geraten habe. Geht zu diesem Freund von Euch, diesem Cassraw, und tötet ihn. Tut es jetzt, solange Ihr es noch könnt und bevor noch mehr unschuldiges Blut vergossen wird.«

»Das ist lächerlich«, herrschte Vredech ihn an. »Canol Madreth ist ein zivilisiertes Land. Wir haben Gesetze gegen solch unbedeutende Vergehen wie Mord und Totschlag, ganz zu schweigen von bestimmten gesetzlichen Prozeduren, um Schuld oder Unschuld eines Angeklagten festzustellen. Und davon abgesehen richten wir Leute nicht hin, ganz gleich, welches Verbrechen sie begangen haben. Und zu guter Letzt wäre da noch die unerhebliche Tatsache, daß ich an eine solche Tat nicht einmal denken möchte.« Der aufgestaute Ärger über die Attacke des Pfeifers auf seine geistliche Berufung verflog ein wenig. »Wenn Ihr nichts Vernünftiges zu sagen habt, *haltet den Mund*!«

Der Pfeifer blieb unberührt von Vredechs Unmut. Seine Stimme klang weiterhin beherrscht und ruhig. »Das ist immer noch der vernünftigste Rat, den ich Euch erteilen kann, aber ich verstehe, daß Ihr ihn kaum beherzigen könnt. Eines der Probleme dieser sogenannten zivilisierten Gesellschaften ist, daß sie für gewöhnlich die Dunkelheit vergessen haben, aus der sie gekommen sind. Wenn andere, weniger Zivilisierte diese Dunkelheit über sie bringen, haben sie dem nichts entgegenzusetzen. Ein ums andere Mal haben Barbaren goldene Tempel und glitzernde Städte hinweggefegt. Und dann haben die Unwissenden unter dem Joch gestöhnt und dazugelernt, immer und immer und immer wieder.« Er hob ein paar Holzstückchen auf und machte sich daran, den Schaden, den er dem Feuer zugefügt hatte, zu beseitigen. »Ihr wißt, wie die vorherrschende Reaktion eines auf diese Weise eroberten Volkes aussieht?« Er zog fragend die Augenbraue hoch und sah Vredech zum ersten Mal nach seiner Strafpredigt über die Religion wieder ins Gesicht.

Vredech schüttelte widerwillig den Kopf. Sein Ärger war nun verflogen, und er fühlte sich verunsichert.

»Erstaunen«, sagte der Pfeifer und wandte sich wieder dem Feuer zu. »Und genau das brodelt bei Euch unter der Oberfläche, hab' ich recht?«

Ein langes Schweigen folgte. Der Pfeifer saß, was ungewöhnlich für ihn war, ganz still da, und die Flöte lag unbenutzt über seinen Knien. Vredech beobachtete ihn. Die Szene mit ihrem sanften Laternenlicht und dem still flackernden Feuer wirkte wie aus einem Buch. Einen flüchtigen Augenblick lang war ihm, als sehe er sich selbst, wie er eine Seite umblätterte und eine alte Geschichte las.

Vage war er sich der Kräfte um sich herum bewußt, die um ihn kämpften, ihn wegzuzerren versuchten. Aber er mußte noch ein bißchen länger mit diesem seltsamen Individuum sprechen.

»Dann beantwortet meine erste Frage« sagte er mit ruhiger Stimme. »Was wird geschehen? Was wird dieser böse Geist von Euch tun?«

Der Pfeifer schien ihn nicht gehört zu haben, denn als Vredech seine Frage wiederholen wollte, sagte er: »Was wird geschehen? Ich nehme an, das liegt bei Euch. Nein

– ich *weiß*, daß es bei Euch liegt. Ihr seid dem Zentrum des Geschehens sehr nah. Ihr seid eine Schlüsselfigur. Ein winziges Menschlein, um das herum sich Gewaltiges ereignen wird.« Mit einer jähen Bewegung blickte er Vredech in die Augen, wieder ganz schroff und mißtrauisch. »Das habe ich gesehen. Was die Zeit oder den Ort angeht …«, er zuckte die Schulter, schürzte dann die Lippen und begann zu spielen.

Der Ton füllte sofort die ganze Höhle aus, so schrill und durchdringend war er. Vredech spürte, wie er sich um ihn legte, in sein Innerstes eindrang. Ohne daß er sich eines Übergangs bewußt war, stand er auf einem hohen Aussichtspunkt. Der abrupte Wechsel wirkte so natürlich, daß er sich überhaupt nicht wunderte, aber er brauchte trotzdem einen Moment, bis ihm klar wurde, was er da betrachtete. Es war eine Stadt, bei weitem größer als Troidmallos, die sich in alle Richtungen bis an die Ränder seines Blickfelds ausdehnte. Sie war sogar größer als eine der tirfeldischen Städte, in die sein Vater ihn als Kind einmal mitgenommen hatte. Und, ebenfalls anders als Troidmallos mit seinen gewundenen, auf- und absteigenden Straßen und Häuserreihen, erstreckte sie sich auf einer flachen Ebene. Am Fuße der Berge geboren und aufgewachsen, fand Vredech die Perspektive beunruhigend fremd. Weitaus beunruhigender war indes die Tatsache, daß die gesamte Stadt offenbar zerstört worden war. Um sich herum sah er die gezackten Silhouetten eingestürzter Mauern und verkohlter Balken, in der Ferne gewaltige Feuersbrünste, die Flammen und schwarzen Rauch in einen höhnisch blauen Himmel emporschleuderten.

Dann konnte Vredech von seinem Adlerhorst, wo immer der liegen mochte, unten in den Straßen Bewegungen ausmachen. Niemand mußte ihm sagen, um was es sich handelte: Die Antwort lag in der unheimlichen Melodie des Pfeifers, die noch um ihn schwebte. Die Bewegung stammte von fliehenden Menschen. Frauen,

Kinder, alte Männer – die jungen und auch die weniger jungen waren schon tot, sagte ihm die Musik. Dann bewegte sich noch etwas. Reiter! Eine unaufhaltsame Flut von Reitern wogte schwarz und gnadenlos durch die Straßen, verfolgte die von Panik ergriffenen Flüchtlinge, ritt über sie hinweg, hieb sie mit den Schwertern nieder. Das war keine Schlacht. Die war bereits gewonnen. Das war eine Jagd, ein sportliches Vergnügen, Teil des Siegespreises. Die Musik spielte weiter, verwob Gelächter und Entsetzensschreie zu einer unheiligen Harmonie, sagte ihm, die, die dort unten nicht sofort umkamen, würde man für spätere Vergnügungen aufbewahren, andere würde man in die Sklaverei schicken und brechen. Und die, die scheinbar am meisten Glück gehabt hatten, die, die noch hatten fliehen können, würden zur Zerstörung der nächsten Stadt beitragen, noch bevor der Feind sich in Bewegung gesetzt hatte, indem sie die Greuelbotschaft dort verbreiteten. Er versuchte sich abzuwenden, doch sein Kopf wurde festgehalten. Und auch seine Augen wollten sich nicht schließen. Einen kurzen, schrecklichen Augenblick lang wurde er nach unten gesogen und wieder Teil einer erstickenden, kreischenden Menge, aber diesmal erklangen die Schreie um ihn herum in einer fremden, ihm unbekannten Sprache. Das Grauen allerdings brauchte keine Worte.

Dann füllte Blut sein gesamtes Gesichtsfeld aus. Seine Welt. Er ertrank ...

Der Pfeifer musterte ihn fragend. »Es gibt viele solche Lieder«, sagte er.

Vredech holte entsetzt Luft. Er streckte ihm die Hand entgegen, sowohl, um ihn abzuwehren, als auch, um das soeben Gesehene zu leugnen. »Das kann nicht sein«, keuchte er. »Nicht in Canol Madreth.«

Der Pfeifer spielte wieder auf seiner Flöte, denselben zornigen Marsch, den er vorhin schon einmal gespielt hatte, diesmal jedoch zärtlich und leise. »Wie ich bereits sagte: Erstaunen. Ihr werdet fassunglos das Schwert anstarren, das Euch tötet, und dabei werdet Ihr denken: ›Das kann nicht sein.‹« Er zeigte mit der Flöte auf ihn. Die plötzliche Stille in der Höhle war erschreckender als ein jäher Donnerschlag. »An jedem beliebigen Ort. Zu jeder beliebigen Zeit. Dieses Schicksal erwartet alle Völker, die die Dunkelheit in ihrer eigenen Seele vergessen«, intonierte der Pfeifer. »Lernt die Lektion jetzt, oder sie wird bitter werden.«

»Was kann ich tun?« fragte Vredech.

»Ich hab's Euch schon einmal gesagt und werde es nicht wiederholen.«

Da sein Körper noch auf die Szenen reagierte, deren Zeuge er soeben geworden war, und sein Verstand auf die Art und Weise reagierte, wie er diese Szenen erlebt hatte, konnte Vredech seinem erneuten Ärger nicht Luft machen. Er schüttelte verzweifelt den Kopf und versuchte krampfhaft, irgendeinen vernünftigen Gedanken zu fassen. »Euren Ratschlag einmal beiseite gelassen, Pfeifer, gebt mir einen Moment Zeit. Falls Ihr ein Trugbild meiner überhitzten Phantasie seid, dann bin ich möglicherweise auf bestem Wege, wahnsinnig zu werden. Aber wenn ich auf Euren Vorschlag hin meinen Freund ermorde, dann bin ich es wirklich, oder seht Ihr das anders?«

Der Pfeifer antwortete eine Weile nicht, dann sagte er: »Und falls Ihr ein Produkt *meiner* Phantasie seid, frage ich mich ehrlich, warum ich mich ausgerechnet mit so einem problematischen Individuum mit seinen unbedeutenden moralischen Skrupeln belaste.«

Vredechs Gedanken begannen sich erneut zu überschlagen, während er nach einem Rettungsanker suchte, mit dessen Hilfe er bestimmen konnte, was real war und was nicht. Da kam ihm ein genialer Einfall. »Vielleicht schätzt Ihr unsere Streitgespräche,« meinte er.

Der Pfeifer lachte. Das Geräusch hallte fröhlich durch die Höhle, doch in Vredechs Ohren schmerzte es. »Auf irgendeine verquere Weise mögt Ihr sogar recht haben«, räumte der Pfeifer ein. »Aber ich fürchte, außer dem Rat, den ich Euch bereits gegeben habe, habe ich keinen für Euch.« Seine Miene wurde wieder ernst. »Wenn Ihr Euch entscheidet, ihn nicht zu befolgen, dann ...« Er zuckte die Achseln. »Aber wenn Ihr verhindern wollt, daß Er wieder aufersteht und mächtig wird und Euer Land verheert und Eure Menschen vernichtet, dann ist Sein Tod das einzige Mittel.« Er wandte sich jäh ab, und Vredech spürte, wie eine mächtige Woge der Trauer über ihn hinwegspülte. »Wenn Ihr Ihn jetzt tötet, wird es Euch möglicherweise schlecht ergehen. Aber wenn Ihr Ihn später tötet, wird es bereits vielen anderen schlecht ergangen sein.« Er hielt inne. »Ich fürchte, so ist das für gewöhnlich.«

»Aber –«

»Ihr habt Eure Antwort, Priester. Wenn Ihr Ihn nicht tötet, müßt Ihr abwarten, wie sich die Dinge entwickeln, und dann entsprechend reagieren. Chaos und Tod haben, wie Ihr mir berichtet habt, bereits in aller Öffentlichkeit begonnen. Heimliches Blutvergießen und Entsetzen ebenfalls.« Er holte zischend Luft, und seine Hände krampften sich schmerzhaft um seine Flöte, als habe er unabsichtlich eine nur oberflächlich verheilte Wunde berührt. »Sie stehen in Verbindung, glaubt mir. Und seid gewarnt. Ihr verteidigt vermutlich Euren Freund, das ist verständlich, aber er ist nicht mehr Euer Freund. Er gehört Ihm. Mit seinem Körper und dem, was von seiner Seele noch übrig ist. Ich habe es Euch schon gesagt, er ist ein geeignetes Gefäß – sehr geeignet. Die Ereignisse, deren Zeuge Ihr sein werdet, spielen sich vermutlich mit atemberaubender Geschwindigkeit ab. Ungläubigkeit und Erstaunen sind ein Luxus, den Ihr Euch nicht leisten könnt.« Er wurde plötzlich nachdenklich. »Geeignet«, murmelte er vor sich hin, als habe dieses Wort überraschende Gedankengänge in Bewegung gesetzt. »All das hat so etwas, wie ...« Er runzelte die Stirn, suchte nach den richtigen Worten, dann hob er die Flöte an den

Mund und begann ziellos zu spielen, ganz langsam, den Kopf zur Seite geneigt, als lausche er gespannt. »Wie dies hier«, sagte er schließlich und spielte eine einzige Note. Als er seine Flöte wieder sinken ließ, kehrte die Note als flüchtiges Echo aus der Dunkelheit der Höhle zu ihnen zurück, bevor sie endgültig verebbte. »Ein Echo, ein Nachhall. In diesem Stein steckt irgend etwas, das in tiefer Übereinstimmung mit dieser Note ist. Es reagiert, wenn es auf die richtige Weise berührt wird.« Nochmals spielte er die Note und bedeutete Vredech mit erhobener Hand, zu schweigen, als das Echo erneut ertönte. »Genauso ist es mit Ihm. Nur viel, viel versteckter und subtiler.« Er preßte Daumen und Zeigefinger gegeneinander. »Wer nur so viel auf Sein Lied reagiert, ebnet Ihm den Weg. Lang oder kurz, breit oder schmal, es wird Sein Weg sein. Und Er wird ihn niemals aufgeben. Er baut und baut und baut. Und es gibt viele Wege, auf denen Er kommen kann. Wege des Geistes, Wege des Verstandes, Wege des Herzens, Wege des Fleisches.« Er schnippte mit den Fingern und zeigte auf Vredech. »Laßt nicht zu, daß dieser Freund von Euch irgend etwas baut«, beschwor er ihn. »Keine Monumente, keine Paläste. Nichts darf er bauen.«

Vredech machte Anstalten, etwas einzuwerfen, aber der Pfeifer fuhr fort: »Der richtige Ort, der richtige Moment, richtige ... Fähigkeiten ... Gebet, Schmeichelei, Schrecken – und ein solcher Ort kann Ihn über Euch bringen, wie ein Baum den Blitz anzieht. Und die Folgen davon wären unausdenkbar.«

Die grausame Gewißheit in den Worten des Pfeifers ließ Vredech schaudern. Wie als Bestätigung loderte plötzlich das Holzstück auf, das der Pfeifer ins Feuer gelegt hatte. Die Hitze schlug ihm voll ins Gesicht.

»Allyn! Allyn!«

Nerthas ängstliche Stimme drang durch die sengende Hitze, und mehrere Arme packten ihn und richteten ihn auf.

»Geht es dir gut?«

»Ja, ich bin nur –«

Ein gewaltiges Gebrüll stieg aus den Kehlen der versammelten Kirchengemeinde auf und preßte ihn zu Boden. Einen kurzen Augenblick lang befand er sich an zwei Orten zugleich. Er saß, von Zweifeln zerrissen, in der Höhle des Pfeifers, und er stand voller Furcht im Hafen-Versammlungshaus, gestützt von unbekannten Händen. Nerthas mitfühlende Stimme sagte: »Nein, es geht dir überhaupt nicht gut.« Dann rief sie so laut, daß ihre Stimme selbst Cassraws fanatische Rede übertönte: »Macht Platz da hinten, ein Kranker muß durch.« Und bevor Vredech etwas sagen konnte, drehte und schlängelte er sich durch die Menschen und wurde von Hand zu Hand durch die Menge weitergereicht, die sich zwischen ihm und dem Ausgang befand. Nertha dirigierte währenddessen die Aktivitäten wie ein Hütehund, der seine Herde herumscheucht.

Dann war die kurze beengte Reise zu Ende. Die erstickende Hitze und Schwüle des Versammlungshauses machte der Wärme und dem Licht der Sommersonne Platz. Die stützenden Hände reduzierten sich auf einen um seine Schulter gelegten Arm und eine feste Hand, die ihn am Ellbogen hielt.

»Ich bin in letzter Zeit nicht besonders widerstandsfähig, nicht?« merkte Vredech mit schwacher Stimme an, als Nertha ihn zur Längsseite des Versammlungshauses führte, weg von der vorübergehend von Cassraws Predigt abgelenkten Masse.

»Pst«, machte sie, zärtlich und sachlich zugleich. »Setz dich hier in den Schatten, und erhol dich einen Moment.« Noch während sie redete, bugsierte sie ihn zu einer breiten Nische in der Außenmauer. Dann schaute sie ihm ins Gesicht und hob sein Augenlid an. Er schob ihre Hände beiseite.

»Mit mir ist alles in Ordnung«, behauptete er starrköpfig. »Es war nur die Hitze.«

Nertha schüttelte den Kopf. »Nein, war es nicht«, widersprach sie. »Zuerst dachte ich das auch. Es war ja naheliegend.« Ihre Hände betasteten sein Gesicht und seine Stirn, dann fühlten sie den Puls an seiner Kehle. »Du bist erregt, aber du fühlst dich nicht an wie jemand, der kurz vor einer Ohnmacht stand. Und außerdem hast du dich zu schnell wieder erholt.«

»Braucht Ihr Hilfe?« Die Frage kam von einem der beiden Ritter Cassraws, die Nertha dabei geholfen hatten, den Weg freizumachen; sie waren ihr durch die Gasse in der Menge gefolgt, als sie Vredech so entschlossen hinausgebracht hatte.

»Nein, danke«, antwortete sie. »Ich bin Ärztin. Es ist nichts Ernstes.«

»Das ist die Macht von Bruder Cassraws gewaltiger Botschaft«, bekannte einer der jungen Männer. »Sie berührt die Menschen auf die unterschiedlichste Weise.«

»Das glaube ich gerne«, versetzte Nertha in trockenem Ton, doch ihre Gesprächspartner waren unempfänglich für Ironie.

Sie wandte sich um und entließ sie mit einem aufmunternden Lächeln, um sich dann vorzubeugen und Vredech eindringlich in die Augen zu blicken. Wieder näherten sich ihre Hände seinem Gesicht, um die Augen zu untersuchen. »Hör auf damit«, sagte er und umfaßte ihre Handgelenke. »Mit meinen Augen ist alles in Ordnung, Nertha. Ich sehe perfekt.« Er deutete nach vorn. »Schau, da ist der Ervrin Mallos.«

Nertha bewahrte Geduld. »Die Tatsache, daß du den Ervrin Mallos sehen kannst, Bruder Bruder, beweist überhaupt nichts«, sagte sie und lächelte ein wenig über seine beleidigte Miene.

Er schaute sie finster an.

Wieder zeigte er vorwärts. »Außerdem ist da noch das Tor zu Cassraws Privatgarten, und da sind Dowinnes kostbare Obstbäume. Da leuchtet eine Straßenlaterne, deren Licht jemand zu löschen vergessen hat. Da blühen diese gelben Blumen, wie heißen sie doch gleich?« Er schnippte mit den Fingern.

»Sonnenaugen«, beendete Nertha den Satz für ihn. »Schon gut, dein Sehvermögen ist also in Ordnung.« Aber sie schaute ihm immer noch eindringlich in die Augen. »Mir erschienen sie nur höchst eigenartig, als du vorhin fast ohnmächtig wurdest. Fast so, als würden deine Augäpfel ... schwarz.« Sie zögerte, dann sagte sie ziemlich verlegen: »Oder besser gesagt, als füllten sie sich mit Dunkelheit. Es hat mir einen ganz schönen Schrecken eingejagt.«

Nachtaugen. Nachtaugen. Die Worte des Pfeifers dröhnten Vredech in den Ohren. Darüber hinaus kam ihm wieder die Erinnerung an den flüchtigen Eindruck, den er gehabt hatte, als er nach seiner ersten Begegnung mit dem Pfeifer in den Spiegel geschaut hatte. Dieselbe Furcht wie damals ergriff von ihm Besitz, doch unter Nerthas prüfendem Blick bewahrte er eine ausdruckslose Miene. »Es war dunkel und voll da drinnen«, sagte er tonlos. »Jede Menge Schatten.«

Nerthas Blick war ruhig. Ganz kurz nur flackerte Mißtrauen auf, dann verschwand es wieder.

»Dunkel«, bekräftigte Vredech. »Und außerdem herrschte heilloses Durcheinander. Und du warst schockiert, daß ich diesen Schwächeanfall hatte.«

Jetzt war es an Nertha, beleidigt zu reagieren. »Der Anblick von ohnmächtig werdenden Leuten schockiert mich nicht«, herrschte sie ihn mit drohend gerunzelter Stirn an. »Laß es dir gesagt sein, ich habe gesehen –« Sie brach mitten im Satz ab, als Vredech sie von unten anlächelte. Dann stellte sie fest, daß er ihren Mund betrachtete. Seine Hand bewegte sich wie von selbst, wollte ihn berühren. Und seine Brust war wie zugeschnürt. Nerthas Augen schienen größer zu werden, und sie brachte ihr Gesicht ein Stückchen näher an seines heran.

Vredech unterbrach die Aufwärtsbewegung seiner

Hand mit einer bewußten Willensanstrengung und riß seine Augen mit starrer Miene von ihr los. »Wie dem auch sei, was immer da drinnen vorgefallen ist, jetzt bin ich wieder auf der Höhe«, erklärte er kurz angebunden, doch er spürte, daß er errötete. »Vielleicht bin ich noch immer ein bißchen müde, weil wir die letzte Nacht kein Auge zu getan haben. Laß uns hier weggehen. Wir haben ernstere Dinge zu besprechen als die Tatsache, daß mir in der Menschenmenge ein wenig schwindlig geworden ist.«

Nertha begann zu stammeln, was sie sonst eigentlich nie tat. »Ja ... ja. Du siehst wieder ... gut aus.« Sie sah sich um. Selbst von ihrem augenblicklichen Platz aus konnte sie den Rand der Menge sehen, die sich vor dem Versammlungshaus zusammengefunden hatte. Und sie konnte den Tumult im Innern hören. Sie erschauerte.

»Hast du auch das Gefühl, als ginge jemand über dein Grab?« fragte Vredech beim Aufstehen.

»Ja«, gab sie schlicht zurück. »Nicht jemand. Cassraw. Laß uns sehen, daß wir hier wegkommen.«

Sie verließen die Anlage durch Cassraws Privatgarten, um nicht noch einmal durch die Menge zu müssen, und ritten eine Weile schweigend durch die Stadt. Für Vredech hatte Cassraws entfesselte Predigt so viele Fragen aufgeworfen, daß es scheinbar unmöglich war, ein vernünftiges Gespräch zu beginnen. Und in seinen Kopf strömten wieder die wildesten Gedanken über seine geheimnisvolle Begegnung mit dem Pfeifer und dessen Welt und all das, was es für seine geistige Gesundheit bedeuten mochte.

Nertha hatte andere Probleme. Sie schwieg, weil sie einerseits wußte, daß Vredech ein bißchen Zeit brauchte, um wieder zu sich zu finden, aber hauptsächlich deshalb, weil sie eigenen Gedanken nachhing. Ihr machte die Tatsache zu schaffen, daß Vredech, obwohl er unzweifelhaft am Rande einer Ohnmacht gestanden hatte, keines der Symptome gezeigt hatte, die auftreten, wenn jemand von der Hitze überwältigt wird. Und die Erinnerung an seine Augen verstörte sie. Es war nur ein flüchtiger Eindruck gewesen, aber sie hatte gesehen, was sie gesehen hatte, oder?

»Erzähl mir, was du vorhin erlebt hast, Allyn«, forderte sie ihn unverblümt auf.

»Nichts«, antwortete Vredech unbestimmt und nach längerem Zögern.

Nertha warf ihm einen Blick zu. »Gestern hast du mir noch versprochen, du würdest mir alles erzählen, was mit dir passiert. Du hast es sogar freiwillig angeboten, ich habe dir das Versprechen nicht abgerungen. Und außerdem hast du versprochen, dir mehr als je zuvor ›ein waches Bewußtsein zu bewahren‹, wenn ich mich recht entsinne. Und ich habe gesagt, das würde ich auch tun. Also komm mir bitte nicht mit ›nichts‹.« In ihren Worten schwang schwesterliche Mißbilligung mit.

»Du hältst mich wirklich für verrückt, wenn ich's dir erzähle«, sagte Vredech schließlich. Ihm war zutiefst unbehaglich dabei.

Nerthas Reaktion war unerwartet und sprunghaft, wie die des Pfeifers auf eine ähnliche Bemerkung von Vredech. »Kümmere dich nicht darum, was du denkst, was *ich* denke«, entgegnete sie mit brutaler Deutlichkeit. »Und maß dir nie an zu glauben, du wüßtest, was ich denke. Beschränke dich einfach auf das, was ich sage und tue, und ich erweise dir dieselbe Höflichkeit.«

Die Schroffheit und Heftigkeit ihrer Antwort riß Vredech aus seiner Grübelei. Er starrte sie mit offenem Mund an.

»Nun?« sagte sie aufmunternd.

Vredech zauderte noch immer. Dann schaute er zum Ervrin Mallos hinauf. »Was kannst du um den Gipfel herum sehen?« wollte er von ihr wissen.

Nertha wirkte ungehalten, aber sie folgte seinem Blick. Nachdem sie einen Augenblick lang hingesehen hatte, kniff sie die Augen zusammen und reckte den Hals ein bißchen vor. »Dort oben scheint eine Art Hitzedunst zu hängen, vermute ich«, gab sie schließlich zurück und ließ sich wieder in ihren Sattel zurückfallen.

»Das ist kein Hitzedunst«, erklärte Vredech recht überzeugend. »Es ist nicht der richtige Tag für Hitzedunst, und hast du jemals eine einsame Dunstglocke oben am Berg gesehen?«

Nertha schaute wieder hinauf und zuckte die Achseln. »Wenn es kein Hitzedunst ist, dann ist es etwas anderes, was mit dem Wetter zusammenhängt«, sagte sie leichthin. »Aber was es auch ist, es ist nicht neblig genug, um mir den Blick zu trüben: Ich weiß, worauf du es anlegst, also erzähl mir jetzt bitte, was dir im Versammlungshaus widerfahren ist.«

Vredech konnte seine Erleichterung nicht verbergen. »Ich bin trotzdem froh, daß du es auch sehen kannst«, gestand er. »Ich glaube, es hängt schon eine geraume Zeit dort oben.« Und dann, bevor Nertha noch etwas einwenden konnte, begann er ihr von seiner Begegnung mit dem Pfeifer zu berichten.

Sie schwieg, nachdem er geendet hatte. »Ich hab's ja gesagt, daß du mich für verrückt erklären würdest«, meinte er, während er sie gespannt ansah.

»Und ich habe dir gesagt, du sollst dich nicht darum kümmern, was *ich* denke«, versetzte Nertha in spitzem Tonfall. »Du wolltest, daß ich mir ein waches Bewußtsein bewahre, und das werde ich tun, so schwer es mir fällt.« Sie schaute ihn an, und ihr Gesicht zeigte einen verwirrten und doch entschlossenen Ausdruck. »Das kann ich solange, wie ich sicher bin, daß du mir alles erzählst. Wir müssen einander vertrauen. Und ich will ehrlich sein. Ich hielte dich in der Tat für verrückt, wenn du plötzlich mit der Absicht erwacht wärst, Cassraw umzubringen.«

Vredech sah sie hilflos an. »Was geht hier vor, Nertha? Was soll ich tun?«

Nerthas Antwort ließ nicht auf sich warten. »Ich habe keine Ahnung«, sagte sie. »Aber wer und wo immer dieser Pfeifer ist, ob er etwas ist, was sich deine Phantasie aus irgendeinem Grund erschaffen hat, oder ob er wirklich in einer fremden Welt liegt und schläft – er hat dir jedenfalls noch nichts Böses getan. Halt dich daran, Allyn. Halt dich daran. Er tut dir nichts Böses. Und solange du über ihn sprichst, wird er dir meiner Meinung nach auch nichts tun.«

Sie brachte ihr Pferd zum Stehen und ließ die Blicke schweifen, während ihre Hände mechanisch auf den Pferdehals trommelten. »Ich weiß, es scheint mittlerweile eine Ewigkeit her zu sein, aber vor ein paar Tagen habe ich vorgeschlagen, wie du dich vielleicht noch erinnerst, daß wir ausreiten und miteinander reden würden. Ich würde dir zeigen, was sich alles verändert hat. Wir würden aufs Land reiten.« Ihr Blick glitt zum Gipfel des Ervrin Mallos, der gerade noch über den Häuserdächern zu sehen war. »Ich glaube, genau das sollten wir jetzt tun«, erklärte sie mit plötzlicher Entschiedenheit. »Laß uns zwei Fliegen mit einer Klappe schlagen: richtig müde werden durch ehrliche körperliche Anstrengung und zum Kern dieser Angelegenheit vorstoßen.« Ihre Augen funkelten lebhaft und herausfordernd. »Bist du dabei?« fragte sie, als seien sie wieder Kinder, die sich gegenseitig zu einem Streich anstachelten. »Laß uns den Teufel beim Schwanz packen. Wir haben noch genug Zeit, bis es Nacht wird. Rauf auf den Berg!«

Bevor Vredech antworten konnte, riß sie ihr Pferd herum und galoppierte davon.

# KAPITEL 27

Vredech hatte Schwierigkeiten mit Nerthas Geschwindigkeit. Er war immer ein besserer Reiter als sie gewesen, und sehen zu müssen, daß sie nicht nur vor ihm ritt, sondern ihm davonritt, weckte Empfindungen in ihm, die er seit seiner Jugend nicht mehr verspürt hatte.

»Komm schon, du alter Klepper, vorwärts!« knurrte er seinem Reittier wütend in die Ohren und trieb es an. Umsonst. Erst als sie anhielt, holte er Nertha ein, und da war er bereits rot im Gesicht und außer Atem.

»Du solltest die Rennerei dem Pferd überlassen«, lachte sie ihm entgegen.

»Das war nicht fair, es ging bergauf«, entgegnete er albernerweise und brach in Gelächter aus, als ihm bewußt wurde, was er gesagt hatte.

Nertha saß schwungvoll ab. »Wir führen sie ein Weilchen am Zügel und lassen sie sich abkühlen. Ich bezweifle, daß dein Pferd auch nur ein einziges Mal richtig gefordert wurde, seit du es gekauft hast.«

Vredech schützte würdevolles Schweigen vor.

Ihr Galoppritt hatte sie zu einer selten benutzten Straße oberhalb der Stadt geführt. Zu ihren Füßen lag das vertraute Labyrinth gewundener Straßen und grauer Dächer, das sich von den Rändern zu den größeren Gebäuden im Stadtzentrum und von dort bis zu den Türmen des PlasHein senkte. Wenn sie danach Ausschau gehalten hätten, hätten sie die Dächer des Hafen-Versammlungshauses entdecken können, doch keiner von beiden machte sich die Mühe.

Als Vredech den Blick umherschweifen ließ, erinnerte er sich an die Vision von der gewaltigen, merkwürdig flachen und von einem grausamen Feind verwüsteten

Stadt, die der Pfeifer ihm gezeigt hatte. Er erinnerte sich auch an seine abwehrende Haltung, und wieder verspürte er diesen Trotz. Nein, nicht hier, nicht in Canol Madreth. Das war doch nicht möglich – oder?

»Kein gutes Gelände für Kavallerie, nicht wahr?«

Nerthas Bemerkung traf ihn wie ein Peitschenhieb.

»Was?« rief er erbost aus.

Sie sah ihn mit großen Augen an, verblüfft über seine Reaktion. »Ich sagte, dies sei kein gutes Gelände für Kavallerie«, wiederholte sie. »Es eignet sich besser für leichte Infanterie.«

»Was redest du da, Mädchen? Was weißt du schon von Kavallerie und Infanterie?« Er brüllte beinahe.

»Nenn mich nicht ›Mädchen‹«, platzte Nertha los. »Du weißt, wie sehr ich das hasse. Und warum brüllst du mich so an?«

Vredech riß den Mund weit auf, dann schloß er ihn traurig wieder. »Tut mir leid«, entschuldigte er sich reumütig. »Ich mußte nur gerade an das denken, was der Pfeifer mir gezeigt hatte – diese zerstörte Stadt und die Reiter, die durch ihre Straßen schwärmten und die Leute aus purem Vergnügen töteten.« Schützend schlang er die Arme um den Oberkörper.

Nertha musterte ihn wachsam. »Lebensecht?« wollte sie von ihm wissen.

Sein Gesicht verzog sich vor Schmerz, als er sich erinnerte. »Ja. In seiner Musik lag so viel, daß mir die Worte dafür fehlen. Ich möchte nicht mehr daran denken.«

Nertha ließ den Blick über das Tal gleiten. »Seltsam«, staunte sie. »Ich bin fast neidisch auf dich und deinen fremdartigen neuen Freund.«

Stumm standen sie eine Weile da, und dann sagte Vredech ganz einfach: »Lieber nicht«, und entfernte sich von ihr. Nertha folgte ihm.

Bald gingen sie zu Fuß, bald ritten sie im Trab oder im Galopp, bis sie das Haus der Zeugen erreichten. Dort überließen sie ihre Reittiere einem Stallknecht und gingen zu Fuß weiter. Vredech schritt kräftig aus, bis sie außer Sichtweite des Hauses der Zeugen waren. Dann verlangsamte er seinen Schritt.

»Ich vermute, das brauchst du, weil ich im Sattel schneller war als du«, keuchte Nertha, als sie ihn eingeholt hatte.

Vredech kicherte. »Um der Wahrheit die Ehre zu geben, nein«, antwortete er. »Aber nur, weil ich es vergessen hatte. Ich will das Haus der Zeugen nur möglichst weit hinter mir lassen, weil ich fürchte, ich werde die nächsten Tage dort oben festsitzen und endlos darüber debattieren müssen, was passiert ist.« Er zog eine säuerliche Miene. »Ich frage mich, was Cassraw noch alles erzählt hat, nachdem wir weg waren.«

»Vergiß es, und steig auf den Berg, oder geh jetzt sofort zu Mueran«, schalt Nertha ihn. »Ich möchte nicht, daß du dich alle zwei Minuten umsiehst. Entweder – oder. Ich passe mich dir an.«

»Jawohl, Vater«, antwortete Vredech brav. Er wandte sich nach vorn und schaute den steilen grünen Abhang hinauf. »Laß mal sehen, wie kräftig deine Beine nach so langer Zeit im Flachland noch sind!« Nertha zog höhnisch die Mundwinkel herunter und trieb ihn mit einer schroffen Kopfbewegung den Berg hoch.

Vredech unternahm jedoch nicht den Versuch hinaufzuhetzen. Diese Art von Torheit hatte er schon vor langer Zeit aufgegeben, als die wachsende Zahl seiner Jahre ihm seine eigenen Grenzen deutlich zu Bewußtsein gebracht hatte. Und davon einmal abgesehen, er war sich trotz seiner Prahlerei alles andere als sicher, Nertha abhängen zu können. So wanderten sie also mehr oder weniger Seite an Seite und gewannen beständig an Höhe, bis sie zu guter Letzt Ishryths Rasen erreichten. Dort legten sie eine Rast ein, wie die meisten Bergwanderer es taten, und ruhten sich ein Weilchen in der Stille und dem Sonnenschein aus. Keiner von beiden sagte etwas.

Dann nahmen sie den Gipfelaufstieg in Angriff. Nertha hielt mühelos mit ihm Schritt, und Vredech faßte insgeheim den Entschluß, mehr Gebirgswanderungen zu unternehmen, wenn all das vorüber war.

Wenn all *was* vorüber war?

Diese Frage führte dazu, daß sämtliche Sorgen wieder auf ihn einstürmten. Als spüre sie es, wandte Nertha sich zu ihm um und äußerte in schroffem Ton: »Komm! Am nächsten Horizont machen wir Halt.« Dann setzte sie sich geschmeidig in Bewegung. Das genügte, um ihn vorübergehend vom Grübeln abzuhalten, aber Vredech wußte, daß ein Stückchen vom Zauber dieses spontanen Ausflugs unwiderbringlich dahin war. Nichtsdestoweniger war er immer noch sehr zufrieden, dort zu sein, wo er sich augenblicklich befand, sich darauf zu konzentrieren, einen Fuß vor den anderen zu setzen und in der frischen Bergluft stetig bergauf zu steigen.

Als er die Horizontlinie erreichte, stellte er fest, daß Nertha mit gerötetem Gesicht und ein wenig atemlos, aber neugierig zum Gipfel hinaufsah, der nun, zum ersten Mal, seit sie den eigentlichen Aufstieg begonnen hatten, gut zu sehen war.

Das seltsame Etwas um den Gipfel, das Nertha beiläufig als Hitzedunst identifiziert hatte, war noch vorhanden, eine unerfreuliche optische Verzerrung, die den Eindruck erweckte, der Gipfel bewege und verändere sich. Wenn man allerdings einen einzelnen Punkt scharf ins Auge faßte, schien er an Ort und Stelle zu bleiben.

»Ich bin nicht ganz sicher, ob ich wirklich das sehe, was ich sehe«, sagte Nertha, rieb sich die Augen und blinzelte zum Gipfel hinauf. »Siehst du es auch? Es bewegt sich und doch wieder nicht.«

Vredech nickte. Die Beschreibung traf es ziemlich genau.

»Was ist es deiner Meinung nach?« fragte Nertha.

Vredech fühlte, wie sich tief in ihm etwas regte. Es war weniger Wut als vielmehr eine Mischung aus Haß und

Jagdfieber. »Ich habe keine Ahnung. Laß uns deinem Rat folgen. Den Teufel beim Schwanz packen.« Er biß seine Zähne zusammen und verdeutlichte sein Vorhaben mit der entsprechenden Handbewegung. Nertha schaute ihn fragend an, dann drückte sie seinen Arm.

Als sie sich an den letzten, steinigen Abschnitt des Gipfelaufstiegs machten, fühlte Vredech sich weit weniger zuversichtlich, als er äußerlich wirkte. Entgegen allen Bemühungen mußte er an die zahlreichen Legenden denken, die sich um den Gipfel rankten: Wie er von Ishryth aus einem weit entfernten Land gerissen worden war, um einen schrecklichen Feind zu zerschmettern, oder wie er von tief unter der Erde hochgepreßt worden war, um den gräßlichen Schreien eines von Ishryth dort eingekerkerten Königs zu entkommen, und auch, wie die Wächter von Ishryth ihn von ihren mächtigen Wolkenpalästen aus überblickten. Die Geschichten über den Berg hätten ganze Bibliotheken gefüllt, von heiligen Schriften im Santyth bis zu Kindermärchen und Tanzliedern. Die meisten der Texte im Santyth waren entweder allegorisch oder hatten offensichtlich historische Wurzeln, und natürlich durfte man keine der phantasievollen Sagen allzu wörtlich nehmen. Doch der Ervrin Mallos beherrschte nicht nur das Land von Canol Madreth, er besaß auch einen festen Platz in den Herzen und Gedanken seiner Bewohner, und niemand konnte sich völlig von Aberglauben freisprechen.

Es kostete Vredech eine weit größere mentale Anstrengung, seine wachsende Besorgnis im Zaum zu halten, als er sich vorgestellt hatte. Er fand es tröstlich, einfach nur Nertha dabei zu beobachten, wie sie behende über die Felsen kletterte und sich ständig umsah, während sie mit ihren Blicken den leichten Nebel um den Gipfel zu durchdringen versuchte. Sie schien irgendwie unverwundbar zu sein, während sein ständiger Begleiter die Furcht war. Furcht vor der Dunkelheit, die über dem Berg gehangen hatte, als er das letzte Mal hier oben gewesen war, Furcht vor der noch tieferen Dunkelheit, die ihn eingehüllt hatte, und nicht zuletzt Furcht vor dem fremdartigen, barbarischen Siegesjubel, den er vernommen hatte, und der furchtbaren, forschenden Kälte, die diesem Jubel vorausgegangen war.

Er hob den Blick zum Himmel. Strahlend blau und mit kleinen weißen Wölkchen gesprenkelt, verkörperte er heute den genauen Gegensatz zu jenem Tag. Doch obwohl die sommerliche Wärme für die kühle Brise entschädigte, die auffrischte, als sie sich dem Gipfel näherten, begann Vredech tief in seinem Innern zu frösteln – ein winziger Eisklumpen bildete sich in ihm. Sie mußten inzwischen in den Bereich des Dunstes gekommen sein, und dennoch lag keinerlei Anzeichen für eine Störung in der Luft.

»Nertha, warte!« rief er ihr hinterher.

Sie blieb stehen und sah sich zu ihm um. »Was ist denn los?«

Alles, was ihm einfiel, war: »Sei auf der Hut!« Rasch trat er an ihre Seite und nahm ihren Arm. »Sei wachsam.«

Auf ihrem Gesicht zeichneten sich zahlreiche Fragen ab, doch sie sprach keine davon aus. Sie stiegen weiter bergan. Das Gefühl von Eiseskälte in Vredechs Innerem nahm allmählich zu. Es war nicht die Kälte des Gebirges noch der Angst, noch die klamme Eiseskälte des Todes. Es war eher die Kälte, die entsteht, wenn alles fehlt. Herzenskälte, weil alle Liebe fehlt, Verstandeskälte, weil jeder Zweifel fehlt, Seelenkälte, weil alle Ehrfurcht vor etwas anderem als man selbst fehlt. Eine Kälte, die die Verneinung allen Lebens ist, der direkte Gegensatz zur Großen Hitze, aus der, wie es hieß, alle Dinge gekommen waren.

Und er erkannte sie. Es war die Kälte, die ihn festgehalten, ihn geprüft hatte ...

*Ihn für nicht gut befunden und fallengelassen hatte!*

Heißer Zorn wallte in ihm auf, als ihm das vernichtende Urteil wieder einfiel, das ihm seine Unzulänglichkeit, seine völlige Wertlosigkeit vor Augen geführt hatte. Ihm blieb nichts als ohnmächtige Wut über diese Zurückweisung. Aber halt, warum sollte er sich überhaupt wünschen, von einem so entsetzlichen Richter Zustimmung zu erlangen?

»Du siehst grimmig aus.« Nerthas Bemerkung riß ihn in die Gegenwart zurück.

»Ich habe nur an etwas gedacht«, sagte er.

Nertha beäugte ihn kritisch. »Bist du in Ordnung?« erkundigte sie sich.

Er lächelte schwach. »Ich kenne deine Frau-Ärztin-Masche allmählich«, scherzte er, um dann hinzuzufügen: »Warum fragst du?«

Nertha rümpfte die Nase.

Sie wollte schon sagen: »Einfach so«, aber sie besann sich eines Besseren und sagte die Wahrheit: »Dieser Ort hat etwas ... Unangenehmes.«

Vredech borgte sich eine Redensart ihres Vaters aus: »Bitte etwas genauer«, verlangte er. Sie lächelten über die gemeinsame Erinnerung, aber nur kurz, denn Unbeschwertheit war eine zu exotische Blüte, als daß sie an diesem Ort hätte gedeihen können.

Nertha wirkte bedrückt. Sie legte eine Hand an ihre Wange. »Ich kann die Brise noch immer spüren und doch wieder nicht. Dieser Ort strahlt eine gräßliche Stille aus.«

Vredech nahm den sonnenbeschienenen Ausblick auf Canol Madreth, der sich ihnen bot, in sich auf. Immer noch konnte er keinen sich bewegenden Dunstschleier sehen. Alles war klar und strahlend hell. Und doch fehlte etwas. Hier, an einem solchen Tag, sollte er sich entspannt, ja sogar glücklich fühlen, und all seine kleinlichen Sorgen und Bedenken sollten eigentlich durch die massive, uralte Gegenwart des Berges und den Anblick der winzigen Häuser tief unten geradegerückt werden. Aber er empfand nichts dergleichen. Er wußte nicht, was er hier oben vorzufinden gehofft hatte, aber diese kalte

Leere, die jede Reaktion von vornherein untersagte, war es bestimmt nicht.

»Laß uns weitergehen«, sagte er sehr leise, aber mit einer Entschlossenheit, die Nertha dazu bewog, besorgt die Stirn zu runzeln.

Sie sagten nichts mehr, bis sie über die schroffen Felsen auf dem Gipfel selbst kletterten.

Nertha schlang die Arme um ihren Oberkörper und schauderte. Sie warf Vredech einen vorwurfsvollen Blick zu. »Das bist nur du und dein verfluchter Aberglaube«, sagte sie und bot eine Erklärung an, bevor sie darum gebeten wurde.

Vredech schüttelte den Kopf. »Nein, das ist es nicht«, widersprach er behutsam. »Es ist das, was sich hier festgesetzt hat. Du spürst es doch auch, nicht wahr, aber du willst nicht darüber sprechen, weil du glaubst, es sei sinnlos. Irgend etwas streckt seine kalten Finger nach dir aus und legt sich über ...« – er stockte – »... über alles, was menschlich an dir ist. Vielleicht sogar über alles, was lebendig ist.«

Nertha warf den Kopf hin und her, als wolle sie etwas abschütteln. Dann zog sie eine Grimasse und stieß ein fast tierisches Knurren aus. »Alles hat eine vernünftige Erklärung. Man muß nichts fürchten – man muß es nur verstehen.«

»Es gibt nur die Dunkelheit, wo meine Fähigkeit, zu messen, endet«, sagte Vredech.

Nerthas ärgerliche Miene verwandelte sich in Erstaunen. »Genau«, sagte sie.

Vredech begegnete ihrem Blick und zeigte ganz langsam mit ausgestreckter Hand über den zerklüfteten Gipfel. »Dann herrscht hier oben große Dunkelheit, für uns beide«, sagte er. »Du kannst nicht erklären, was du fühlst, aber du fühlst es doch, oder?«

»Pst!« sagte Nertha in scharfem Ton. »Ich muß nachdenken.« Mit ausgestreckter Hand, so als wolle sie ihn von sich fernhalten, setzte sie sich hin und lehnte den

Rücken an einen hoch aufragenden Felsen. Dann schloß sie die Augen. Vredech ließ sich in der Nähe nieder und schmiegte das Kinn in seine Hand. *Er* schloß seine Augen nicht. Das letzte, was er jetzt wollte, war, mit der Dunkelheit in seinem eigenen Innern konfrontiert zu werden. Er wollte die vertrauten Berge und grünen Täler in sich aufnehmen, die sich in sanftem Schwung in die Ferne erstreckten. Er wollte jede erdenkliche Verbindung mit dieser realen Welt aufrechterhalten, wollte sich auch das kleinste Detail davon einverleiben, als Schutz gegen die kalte, fremde Präsenz, die den Berg in Besitz genommen hatte.

Aber es würde nicht genügen, das wußte er. Das, was dort hing, was durch Cassraw Canol Madreth infizierte, war kein passiver Geist. Er entsann sich wieder des allzu menschlichen Jubels in dem Getöse, das er auf seiner Suche nach Cassraw vernommen hatte. Zügelloses, wildes Frohlocken. Die Art von Freude, die auf dem zerschmetterten Leib eines Feindes tanzt. Bar jeder Achtung, jeden Mitgefühls, getragen nur von dem Bewußtsein seiner selbst und der eigenen unstillbaren Gier.

Das, was an diesem Ort hing, war nur der Nachhall dieser Berührung. Der Wille, der dahinterstand, war bereits fort.

»Wer nur so viel auf Sein Lied reagiert, ebnet Ihm den Weg. Lang oder kurz, breit oder schmal, es wird Sein Weg sein«, hatte der Pfeifer gesagt. »Und Er wird ihn niemals aufgeben. Er baut und baut und baut. Und es gibt viele Wege, auf denen Er kommen kann.«

Vredech nickte vor sich hin, während er diese Äußerungen überdachte. Dann wurde ihm bewußt, daß er geistesabwesend Nerthas regungslose Gestalt anstarrte. Sie erschien ihm realer, stofflicher als selbst das uralte, schroffe Felsgestein um sie herum, und dennoch sah sie gleichzeitig unendlich zart und verwundbar aus, wie sie da an dem Felsen lehnte. Er war glücklich, daß sie hier bei ihm war.

*Kein Kavalleriegelände.* Der Gedanke flog ihn an und machte ihn lächeln. Was in aller Welt konnte Nertha schon von solchen Dingen verstehen? Doch dann folgten, als seien sie plötzlich losgelassen worden, andere, ernüchternde, kriegerische Bilder: Cassraws erste Predigt mit dem Gerede über Armeen – Menschenheere, die, vereint unter Seinem Banner, aus Canol Madreth marschierten; der Pfeifer, der ihm die gräßliche Plünderung jener fremden Stadt zeigte; dann, fast prosaisch, die schwache Bedrohung durch den realen Konflikt mit Tirfelden, die als stumme Bedrohung den politischen Wirrwarr im Heindral begleitete. Plötzlich durchzuckte ihn eine schreckliche Angst davor, und er preßte die Hände zusammen wie zu einem inständigen Gebet. Im Namen der Barmherzigkeit, mach, daß keine dieser Möglichkeiten eintritt, dachte er verzweifelt, als die Bilder nicht weichen wollten. Dann bat er seinen Gott, ganz uncharakteristisch für ihn und nicht ohne einen Anflug von schlechtem Gewissen: »Greife ein, und verhindere es, o Herr. Verhindere es, ich flehe dich an.«

Brückenkopf.

Aus dem Chaos seiner um den Krieg kreisenden Gedanken schälte sich dieses eine Wort mit einer fast körperlich greifbaren Intensität heraus. Es schien wichtig zu sein, und er stürzte sich darauf, um es festzuhalten, als könne man es ihm plötzlich wegschnappen. Wie die meisten Madren wußte er nichts vom Krieg außer der frühen Geschichte von Canol Madreth, die er in der Schule hatte lernen müssen, und dem, was in verschiedenen dramatischen Abschnitten in den Kleineren Büchern des Santyth stand. Doch als er in Gedanken das Wort ›Brückenkopf‹ drehte und wendete, fielen ihm wieder Erinnungen an jene Zeit ein, als sein Vater ihm, dem kleinen Jungen, die Geschichte eines Kriegers vorgelesen hatte, der allein eine ganze Armee in Schach hielt, während seine Kameraden die Brücke zerstörten, auf der er stand. Die Vorstellung und die Erzählweise hatten ihn ungeheuer erregt, und er hatte noch lange danach viele spannende Tagträume damit verbracht, wie er eine der hiesigen Brücken gegen eine nicht näher spezifizierte, aber überwältigende feindliche Übermacht verteidigt hatte. Zu seiner Verwunderung war die Erregung auch jetzt noch nicht ganz verschwunden, und er spürte ein leichtes Kribbeln an seinen Handinnenseiten, dort, wo er den Griff seines vor so langer Zeit weggesteckten imaginären Schwerts spüren konnte, das so viele Probleme auf so unwiderstehliche und einfache Weise gelöst hatte. Er gestattete sich ein Lächeln des Bedauerns, daß die Tage dieser kindlichen Erlebnisintensität vorüber waren. Und so wie das Wort ihn zurück in die Vergangenheit gebracht hatte, so schlug es nun einen Bogen in die Zukunft. Jegliche Zweifel darüber, was in diesem Land vorging, fielen von ihm ab. Nicht seine vernünftigen, begründeten Zweifel, sondern jene unbestimmten Zweifel, die jenseits der Tiefen der Vernunft durch das Reich des Geistes streifen und an den Wurzeln von Glauben und Selbstvertrauen nagen. Er scheute davor zurück, den Namen Ahmral zu gebrauchen, konnte sich aber nicht mehr jener geheimen, tiefen Gewißheit verschließen, daß irgendeine Macht in sein Leben und möglicherweise in das Leben jeden Mannes und jeder Frau in Canol Madreth eingedrungen war. Genausowenig konnte er sich der Erkenntnis verschließen, daß Cassraw Sein Werkzeug war. Und ebenso, wie Cassraw Sein war oder, um es gnädig auszudrücken, Sein wurde, hatte Er sich diesen Ort ausgesucht. Einen Brückenkopf. Eine Enklave tief im feindlichen Territorium.

Laßt nicht zu, daß er irgend etwas bauen kann ...

Viele Wege ...

»Nertha«, sagte er ganz sachte. Sie schlug augenblicklich die Augen auf. »Was denkst du? Erzähl es mir geradeheraus, wie töricht es auch klingen mag.«

Sie schaute zum Himmel hoch und ließ dann wieder den Blick über die Berge und Täler der Umgebung schweifen. »Ich denke, daß der Himmel hier anders aussieht, und die Berge auch. Ich denke, daß sich alles hier anders anfühlt, als sei dies nicht mehr der Gipfel des Ervrin Mallos, sondern etwas anderes – und irgendwo anders.« Sie redete ohne zu zögern und ohne eine Spur von Verlegenheit. Dann stand sie auf und sah ihn an. Vredech bemerkte, daß ihr Gesichtsausdruck starr wirkte, weil sie mit viel Mühe irgend etwas unterdrückte. Dieselbe Spannung schwang in ihrer Stimme mit, als sie jetzt in gemessenen und wohlüberlegten Worten weiterredete. »Und dennoch fühle ich mich nicht anders. Ich halte mich auch als Ärztin für erfahren genug, daß ich mich in meinem Urteil nicht allzusehr von dem beeinflussen lasse, was dir vorhin widerfahren ist. Also muß ich annehmen, daß das, was ich hier spüre, von einem Etwas oder einem Jemand außerhalb von mir stammt, auch wenn ich das Gefühl habe, als schlinge es sich um meine Eingeweide.« Ihre Selbstbeherrschung ließ ein wenig nach, und sie verschränkte die Arme und zog die Schultern hoch. »Hier gibt es etwas, das kälter als der Tod ist«, sagte sie. »Und doch ist es lebendig und hat einen unbeugsamen Willen.«

Vredech runzelte die Stirn. »Du spürst wirklich eine Präsenz? Einen Willen?« fragte er, während er sich bemühte, seine Stimme nicht zu ängstlich klingen zu lassen.

»Ja, ich glaube, ja«, gab sie zur Antwort. »Schwach, aber vorhanden. Etwas sehr Altes. Etwas sehr Fremdartiges und Beängstigendes.«

Vredech, auf einmal sehr besorgt, ergriff ihre Hand. »Vielleicht sollten wir besser gehen«, drängte er.

»Ist schon gut«, beruhigte sie ihn. »Ich bin eine Frau. Ich bin der Wahrheit der Dinge naturgemäß näher als du. Für dieses Etwas oder diesen Jemand gibt es viel leichter zu erjagende Beute als mich.« Sie warf ihm einen vielsagenden Blick zu. »Darüber hinaus bin ich eine überzeugte Zweiflerin und eine erfahrene Ärztin. Und das, was ich hier wittere, ist der Beginn einer Krankheit. Die zunächst scheinbar belanglosen Symptome einer schweren Krankheit, die im Anzug ist. Sie kann eingedämmt werden.«

»Ich spüre keinerlei Präsenz«, sagte Vredech mit noch immer sorgenvoller Stimme. »Ich habe sie gespürt, als ich Cassraw damals gesucht habe, aber jetzt spüre ich sie nicht mehr. Ich spüre nur eine Art ... Verlassenheit. Ein Warten, Lauern.«

Nertha nahm seine Hand. »Jetzt bist du dran«, sagte sie, »Erzähl mir, was du gerade gedacht hast.«

Vredech hüstelte verlegen. »Ich dachte – ›Brückenkopf‹«, gab er zurück. »Etwas, das sich hier in der Absicht niederläßt, gegen einen zukünftigen Widerstand gerüstet zu sein.«

Nertha schloß halb die Augen, als wäge sie die Wahrscheinlichkeit dieser Idee ab. »Ja«, entschied sie dann. »Das ist gut.«

Vredech stellte die Frage, die ihn am meisten bedrängte: »Was könnte es deiner Meinung nach ...«

Nerthas freie Hand fuhr in die Höhe, um ihn zum Schweigen zu bringen. »Was oder wer es ist, woher es kommt und warum, das alles kann ich mir nicht einmal ansatzweise vorstellen. Ich habe verdammt wenig vernünftige Gründe dafür. Ich lasse mich einfach von meiner Intuition leiten.«

»Viel mehr haben wir wohl auch nicht.« Es machte Vredech nicht allzuviel aus, seine Frage fallenzulassen. »Aber dein Sprichwort stimmt: Man muß nichts fürchten – man muß es nur verstehen. Aber dadurch wird das, was in der Dunkelheit jenseits dessen liegt, was wir messen können, nicht notwendigerweise weniger gefährlich.«

»Oh, es ist gefährlich«, stimmte Nertha ihm zu, und ihre Augen wurden zu schmalen Schlitzen. »Das kann ich spüren.«

»Was also können wir tun? Wir können nicht einfach

nur darüber reden und nichts tun. Aber wie sollen wir etwas bekämpfen, das wir nicht einmal sehen können?«

Ein Schatten fiel über den Berggipfel und ließ sie beide zusammenfahren, aber es war nur eine Wolke, die vor der Sonne vorbeizog. Nertha riß sich mit einem ärgerlichen Aufschrei, daß sie sich so dumm hatte erschrecken lassen, von Vredech los. »Ich kämpfe die ganze Zeit gegen Dinge, die ich nicht sehen kann«, erklärte sie gereizt, während sie sich ein paar Schritte über die Felsen entfernte. Dann blieb sie stehen und zeigte entschlossen mit dem Finger auf Vredech. »Du tust, was *du* kannst. Sprich deine Gebete, deinen Segen, was immer du für richtig hältst.« Vredech hielt ihre Worte einen Moment lang für Sarkasmus, aber dann erkannte er, daß sie es vollkommen ernst meinte. »Ich werde versuchen, diesen Ort hier zu heilen. Wenn es eine Krankheit hier gibt, gibt es auch eine Ursache.« Die ausgestreckte Hand ballte sich zu einer zornigen Faust. »Ich werde danach suchen, wie ich nach jeder anderen Krankheitsursache suchen würde. Und wenn ich sie finde, werde ich sie mit der Wurzel ausreißen.«

Während Nertha sich von ihm entfernte, fühlte Vredech, wie die Kälte in seinem Innern zunahm. Einen schrecklichen Augenblick lang meinte er, sich nicht mehr bewegen zu können, zu einem der großen Felsfinger zu versteinern, die den Gipfel markierten.

»Komm.«

Der Ruf entführte ihn vorübergehend wieder auf den nächtlichen Berghang, wo er vor nur wenigen Stunden den Pfeifer getroffen hatte. Obwohl er keine wie auch immer geartete Beeinträchtigung seines Blicks bemerkte, war alles plötzlich ganz deutlich und scharf umrissen, als sei blitzartig ein hauchdünner Schleier weggezogen worden. Und die Kälte machte ihn nicht mehr bewegungsunfähig.

»Komm schon«, rief Nertha erneut und winkte ihm zu. Sie erklomm eine kleine Felsformation, die den höchsten

Punkt des Gipfels bezeichnete und die in der Tat so aussah, als sei sie in einem letzten, verzweifelten Versuch von unten hochgepreßt worden. Vredech folgte ihr.

Nertha stand da und stützte sich mit geschlossenen Augen auf einen der Felsen. »Bete leise«, forderte sie ihn auf. »Ich muß mich konzentrieren.«

Vredech hätte sie gern gefragt, was sie da eigentlich machte, aber der Tonfall ihrer Stimme duldete keinen Widerspruch. Er grunzte ergeben.

Seine Augen schloß er indes nicht. Statt dessen ließ er Nertha, wie schon zuvor, nicht aus den Augen, aus Angst, sie möge sich in der Stille ihrer eigenen Dunkelheit in einer wie auch immer gearteten Gefahr befinden. Stumm begann er sich den reichen Schatz an Gebeten und Litaneien ins Gedächtnis zu rufen, die einen routinemäßigen Teil seines religiösen Lebens darstellten. Kurz darauf zögerte er. Sie würden nicht genügen, wurde ihm klar. Für die meisten Menschen, für die meisten alltäglichen Übel des Lebens würden sie genügen, aber dies war kein alltägliches Übel. Noch war er irgendein ungebildetes Gemeindemitglied, das mit feierlichen Worten getröstet werden sollte. Er war ein Predigerbruder, bewandert in den Ursprüngen und geheimen Bedeutungen der kirchlichen Rituale und, wenn er ehrlich war, mehr als nur ein wenig abgestumpft gegen ihren lindernden Balsam. Hier würden ihm keine Worte helfen, wie fromm und ehrwürdig sie auch sein mochten. Dann ging es ihm auf, daß er in das verborgene Herz seines Glaubens hinabsteigen mußte, wenn er wirklich die Kraft finden wollte, sich dieser Bedrohung zu widersetzen.

Er empfand Ohnmacht. Und war sich der düsteren Ironie seiner Situation bewußt, wie er dort auf dem Gipfel des Ervrin Mallos stand und nach einer Gestalt für seine Glaubensgewißheit suchte, wo Generationen von Gelehrten gesucht hatten und gescheitert waren. Ihm blieb indes keine Zeit, lange über seine Situation zu grübeln.

»Hier ist es », verkündete Nertha, und ihre Stimme war eine Mischung aus Triumph und Ekel. Er schaute sie an. Ihre Augen waren noch geschlossen, aber sie hatte ihre Hände von dem Fels vor sich gelöst und gestikulierte unbestimmt. Als sie sich umdrehte, berührte ihn eine ihrer Hände. Sie hielt ihn fest. »Hier ist es, Allyn«, wiederholte sie. »Etwas, das nicht hierhergehört. Etwas, das hier Wurzeln schlägt.«

»Was meinst du damit?« fragte Vredech verblüfft. »Hier sind nur du, ich, die Felsen, sonst nichts.«

Nertha schüttelte heftig den Kopf. »Still«, sagte sie. »Ich lausche.« Sie ließ ihn los, zog ihn behutsam neben sich und streckte wieder suchend die Hände aus. Sie ging sehr vorsichtig zu Werke. Ihre Füße prüften immerzu den Boden, bevor sie sie aufsetzte, ihre Hände bewegten sich tastend, um sich nicht an den scharfen Kanten der Felsen zu stoßen, aus denen diese zerklüftete Bergkrone bestand. Ihr Anblick weckte einen kurzen Moment lang eine boshafte Schadenfreude in Vredech; eine Schadenfreude ohne jeden Humor, voll von jener wilden, ungezügelten Grausamkeit, die nur ganz kleine Kinder kennen.

Er wollte sie packen und mit aller Kraft von ihrem schmalen Adlernest hinunterschubsen, um diesen ganzen Schwachsinn zu beenden und dann einfach wegzugehen und alles hinter sich zu lassen.

Der Gedanke ließ ihn entsetzt aufkeuchen.

»Pst«, machte Nertha gereizt.

Diesmal war es kalte Wut, die Vredech überkam, und er mußte zu seinem Entsetzen feststellen, daß er sich nach einem Stein umsah, um diesem unverschämten Weib den Schädel einzuschlagen. Er war drauf und dran, sich zu bücken, als ihm bewußt wurde, was er da tat.

»Hier!« rief Nertha aus.

»Nein!«

Nerthas Augen sprangen auf, und sie wandte sich abrupt zu ihm um, weil sein Aufschrei so wütend geklungen hatte. »Was ist los?« fragte sie erschrocken, als sie seinem entsetzten Blick begegnete.

Vredech schnappte nach Luft und schüttelte mehrmals den Kopf, bevor er seine Stimme wiederfand. »Ich weiß nicht«, stieß er hervor. »Was für Gedanken, was für Empfindungen! Grauenhaft.«

Nertha beugte sich mit ausgebreiteten Armen vor, so daß sie fast ausgestreckt auf dem abgeflachten Felsen lag. Sie war hin und her gerissen zwischen dem Bedürfnis, zu Vredech zu gehen, und dem Widerstreben, das soeben Entdeckte loszulassen, als könne es ihr irgendwie entgleiten. Vredech wischte sich mit dem Unterarm über die Stirn.

Sie war naß von Schweiß, als habe er gerade eine gewaltige Anstrengung vollbracht.

Nertha runzelte die Stirn und näherte sich ihm, obwohl es ihr noch immer widerstrebte, sich von der bewußten Stelle zu entfernen. Vredech drehte sich der Kopf. Er stützte sich auf einen der Felsen. »Ich glaube, mir wird schlecht«, sagte er.

So war es.

Nertha ließ ihre Entdeckung augenblicklich fahren und war mit zwei langen Schritten bei ihm, um ihn zu stützen. Er schob sie weg. »Ich bin in Ordnung, ich bin in Ordnung«, stammelte er.

»Sieht aber ganz und gar nicht so aus«, versetzte Nertha. »Was hat diese unvermittelte Übelkeit verursacht? Wir haben beide dasselbe gegessen.«

Vredech hantierte mit einem Taschentuch herum, um sich den Mund abzuwischen. »Schuld und Abscheu«, antwortete er. Er war sich seiner Diagnose sicher und drehte sich zu ihr um. »Ich hatte so abstoßende Gedanken ... es ging um dich. Furchtbar, primitiv. Sie kamen einfach so über mich.«

»Erzähl«, verlangte Nertha. Vredech schüttelte den Kopf. »Erzähl es mir, Allyn, verdammt. Was immer du gedacht hast, jetzt ist es vorbei. Bring deine Gedanken ans Licht, um Himmels willen, wenn du nicht willst, daß sie wiederkommen.«

Die Worte des Pfeifers fielen ihm wieder ein. »Wir müssen uns an die Dunkelheit in unserer eigenen Seele erinnern«, sagte er leise, als spreche er mehr mit sich selbst als mit Nertha. »Wenn wir die Lektion vergessen, wird sie bitter werden.« Er sah sie mit ernster Miene an. »Ich habe es verstanden«, sagte er und tippte sich an die Schläfe, »als abstrakte Idee. Aber als es so über mich kam, mich völlig in Besitz nahm, instinktiv ... unvernünftig ...« Er schauderte.

»So lautete der Rat des Pfeifers, ja?« fragte Nertha. Vredech nickte. »Nun, er hat mehr Verstand als du«, erklärte sie anerkennend. »Und jetzt erzähl mir einfach, was du erlebt hast.«

Vredech kannte Nertha gut genug, um sich damit abzufinden, daß er es ihr früher oder später doch würde erzählen müssen. Es ihr jetzt gleich zu beichten wäre entschieden einfacher für ihn. Also tat er es. Nertha verzog das Gesicht, aber mehr wegen der Schmerzen, die die Erzählung ihm offensichtlich bereitete, als aus Kummer über die Art seiner Gedanken.

»Höchst interessant«, urteilte sie mit ruhiger Stimme, als er zu Ende erzählt hatte. »Fühl dich nicht schlecht deswegen. Hör dir erst einmal ein paar von den Sachen an, die ich gehört habe. Dabei wird dir wirklich schlecht.«

Vredech war noch immer zutiefst betroffen. »Aber –«

Nertha rüttelte ihn. »Das war nichts, Allyn. Schall und Rauch. Jetzt sind die Gedanken heraus. Aus und vorbei. Es ist nichts passiert. Du hast sie ja nicht ausgelebt, oder?«

»Fast hätte ich's getan.«

Nertha lachte höhnisch. »Fast, fast. Fast ist nichts. Fast schwanger. Fast eine Jungfrau. Tatsache ist, du hast nichts getan.« Sie zupfte an seinem Arm. »Vergiß es. Komm und sieh dir das an.«

Nerthas burschikose Behandlung des Vorfalls entkräftete Vredechs Bedenken fürs erste, aber er hatte das Gefühl, daß irgend etwas in ihm unwiderbringlich verändert war.

»Hier habe ich es gespürt.« Nertha befand sich wieder an dem abgeflachten Felsen. Ihre Hände glitten über die Steinplatte. Sie schloß die Augen. »Es ist weg«, sagte sie verärgert. »Ich habe es verloren.« Sie fluchte vor sich hin. »Ich bin nicht sehr gut in dieser Art von Heilen.«

»Was war es denn?« erkundigte sich Vredech, verwirrt durch ihre Anspielung auf die Heilkunst.

Nertha trommelte heftig auf den Stein. »Ich kann es eigentlich gar nicht erklären. Wenn ich es mit einem Patienten zu tun gehabt hätte, würde ich sagen, es handelte es sich um eine tiefsitzende Kränkung, eine Verspannung – eine Verkehrtheit.«

Sie betrachtete ihn unbehaglich, als erwarte sie, er werde lachen, aber Vredech beobachtete sie nur scharf. »Und wenn du eine solche Kränkung in jemandem entdecken würdest, was würdest du tun?« fragte er absichtsvoll.

»Versuchen, sie zu lindern, das ist doch klar«, erwiderte sie.

»Wie?«

Nertha wirkte nervös. »Das hängt davon ab, nicht wahr? So eine Frage kann ich nicht beantworten. Du mußt drinstecken.« Sie begann sich zu verteidigen. »Ich habe dir doch gesagt, ich bin nicht besonders gut in dieser Art von Heilen. Das ist eine intuitive Sache.«

Vredech ergriff ihre Hände. »Ich verstehe«, sagte er. »Es ist wie der Glaube. Das läßt sich nicht mit Worten ausdrücken.« Er bedeutete ihr mit erhobener Hand, zu schweigen, als sie Einwände erheben wollte. »Sag nichts. Und zweifele nicht so sehr an dir selbst. Mach da weiter, wo ich dich vorhin unterbrochen habe.« Er legte ihre Hände auf den Felsen zurück. Dabei fiel ihm ein dunkler Fleck in der Mitte der Platte auf. Falls er ihm vorher schon aufgefallen wäre, hätte er ihn wohl für einen Rest Regenwasser oder Tau gehalten, der sich in der kleinen Kuhle gehalten hatte. Aber es hatte seit Tagen nicht geregnet, und die Sonne hatte ununterbrochen geschienen. Der Anblick des Flecks ließ wieder dieses ungute Gefühl in ihm aufsteigen. Widerstrebend streckte er die Hand aus und berührte ihn. Das ungute Gefühl überfiel ihn mit aller Macht.

»Was ist los?« fragte Nertha.

Vredech antwortete mit einer Gegenfrage: »Was ist das?«

Nertha rümpfte die Nase, fuhr mit den Fingerspitzen über den Fleck und begutachtete ihn eingehend. Dann schloß sie die Augen und roch an ihm.

»Hier ist es«, erklärte sie und riß die Augen vor Entsetzen auf. Ihre Stimme klang leise und von einem ehrfürchtigen Schauder ergriffen. »Das war es, was ich vorhin gespürt habe. Der Sitz der Kränkung, des Übels.« Sie zögerte einen Moment lang, und ganz kurz glitt ein Ausdruck der Furcht und des Abscheus über ihr Gesicht. Dann trat an seine Stelle jener Ausdruck, den Vredech an ihr gesehen hatte, als sie die Verletzten auf dem Plas-Hein-Platz und im Siechenhaus behandelt hatte: eine seltsame Mischung aus Mitgefühl und einer nahezu brutalen Entschlossenheit.

»Was ist das?« fragte er ein zweites Mal.

Nertha beugte sich über den Fleck und fuhr mit dem Finger über eine dünne Linie, die von ihm wegführte. Es gab mehrere solcher Linien, stellte Vredech fest. Spritzlinien.

»Ich glaube, es könnte Blut sein«, sagte sie ganz leise.

Sie hatte das Wort kaum ausgesprochen, als Vredech auch schon wußte, daß sie recht hatte. Blut und Opfer. Der kalte, grauenhafte Traum, den er berührt hatte, fiel ihm wieder ein. Er spürte, daß das Gefühl von Bedrückung, das über dem Gipfel lag, an Intensität zunahm. »Irgendein verletztes Tier?« fragte er schwach, obwohl er die Antwort schon kannte, bevor Nertha den Kopf schüttelte. Kein Tier würde auf einen Berggipfel klettern, um dort an einer Wunde zu sterben.

»Es muß hier hochgebracht worden sein«, erklärte sie mit gefaßter Stimme. »Und es wurde als Bestandteil dieser ganzen ... Sache hergebracht. Ich kann es jetzt spüren. Es ist schauderhaft.«

Vredech rasten so viele Fragen durch den Kopf, daß er keine einzige aussprechen konnte. Am Ende sagte er: »Wir können es nicht auf sich beruhen lassen. Wir müssen irgend etwas unternehmen.«

»Ich muß nachdenken«, sagte Nertha mit einer Spur von Verzweiflung in der Stimme.

Vredech schüttelte den Kopf. »Nein«, widersprach er aufgeregt. »Jetzt müssen wir uns unserem Gefühl überlassen. So reagieren, wie unsere Herzen und Mägen es uns sagen, solange wir hier sind. Du weißt, daß ich recht habe. Später können wir dann nachdenken. Ich werde über diesem Ding da beten. Irgendein Gebet der Reinigung, ein Gebet für den sicheren Übergang des Toten ins Jenseits, ich weiß nicht – was immer mir in den Kopf kommt.« Seine Aufregung wuchs. »Du kannst es heilen.«

»Ich ...«

»Tu es!«

Er faßte Nerthas Hand und legte seine freie Hand auf den Fleck. Nertha tat es ihm gleich. Ihre Finger berührten sich. Beide schlossen ihre Augen.

In der Dunkelheit hinter seinen geschlossenen Lidern schien das Gefühl der Bedrückung, dessen er sich bis jetzt nur vage bewußt gewesen war, eine fast körperlich greifbare Gestalt anzunehmen. Und wie Nertha begann er einen Willen dahinter zu erahnen. Zu seiner nicht geringen Bestürzung indes mußte er feststellen, daß er sich an kein einziges der Gebete mehr erinnern konnte, die das Handwerkszeug seines Berufs waren; Gebete, die er Woche um Woche, jahrein, jahraus aus dem Gedächtnis rezitiert hatte; Gebete, zu denen er während seiner privaten Andacht mehr als einmal Zuflucht genommen hatte. Sein Kopf füllte sich zuerst mit einer heillosen Verwirrung, und dann mit Furcht. Er spürte, daß Nerthas Griff um seine Hand sich verstärkte. Es war das einzige Zeichen ihres gemeinsamen Kampfes, das sie miteinanden wechselten. Es bestärkte sie in ihrer Entschlossenheit. Er mußte sich an seinen Glauben klammern. Doch immer noch waren ihm sämtliche Gebete entfallen, verspotteten ihn mit unzusammenhängenden Fetzen zutiefst vertrauter Sätze. Seine Furcht drohte in Panik auszuarten. Und in diesem beinahe übermächtigen Gefühl von Bedrückung blitzten Andeutungen höhnischer Erheiterung auf. Er erkannte sie als den Willen, der ihn schon einmal berührt hatte, als er und die anderen nach Cassraw gesucht hatten. Er war weniger als ein Staubkorn im Angesicht einer so ehrfurchtgebietenden Macht und Majestät.

Wenn Deine Macht so groß ist, warum benutzt Du dann ein so schwaches Gefäß wie Cassraw?

Der Gedanke, scharf und herausfordernd, erhob sich aus dem heillosen Durcheinander in seinen Gedanken. Woher? Er wußte es nicht. Ein zweiter folgte ihm.

Was ich auch sein mag, geringer als *er* bin ich nicht. Wenn Du seine Stärke brauchst, um Deinen Willen hier zu erfüllen, dann wisse, daß ich mich Dir mit einer nicht geringeren Stärke widersetzen werde.

*»Ich brauche keines Menschen Stärke. Cassraw ist mein Auserwählter. Mein Gefäß. Mein Weg.«*

Die Stimme, die in Vredechs Innerem ertönte, war eisig und schrecklich, doch zu seinem Entsetzen war die Stimme, die seine Ohren wenn auch verzerrt und wie von weither hörten, diejenige von Nertha.

Er konnte sich nicht rühren, wagte es nicht, die Augen aufzuschlagen.

*»Warum suchst du mich zu verfolgen, mich, deinen Herrn?«*

Vredech konnte spüren, wie die Präsenz ihn durchdrang, suchend, prüfend, forschend. Er konnte sich nicht mehr lange gegen diese fürchterliche Besessenheit wehren. Obwohl er seinen gesamten Widerstand aufgeboten hatte, waren alle Worte des Glaubens verschwunden, das Herz seinen Glaubens war –?

Und doch hielt ihn etwas anderes als dieser Wille fest. So wie er sich an seine geistige Gesundheit klammerte, so klammerte sich etwas an ihn. Buchstäblich. Er fühlte es in der gestaltlosen Dunkelheit und dem Tumult, krampfhaft und verzweifelt, wie es sich an ihn preßte mit einer Kraft, die um Hilfe schrie.

Es nahm die Gestalt von Nerthas Hand an, die seine nun mit schrecklicher Kraft drückte. Vredechs Bewußtsein klärte sich. So wie sie ihn in diesen letzten Tagen unterstützt hatte, mußte auch er sie jetzt in dem Schmerz unterstützen, den sie durchlitt.

*Greuel!* schrie er stumm in die Dunkelheit. Was immer Du sein magst, *mein* Herr bist Du nicht. Hebe Dich hinweg, Dämon! Laß uns in Frieden, ich befehle es Dir im Namen von Ishryth!

Die Worte fielen ihm wieder ein, ein leeres Echo, hohl und sinnlos. Sie reichten nicht aus, um auch nur einen Funken Aufmerksamkeit zu erregen. Nicht mehr als winzige Insekten, die mit dem teilnahmslosen Wind geflogen kamen, um schließlich an einer mächtigen Felswand zerschmettert zu werden. Vredechs geordneter Widerstand, wenn man ihn denn so nennen wollte, brach unter dieser Einsicht zusammen. Darunter lagen kreatürliche Verzweiflung und heiße Wut.

»Nertha!« rief er. »Nertha, ich bin hier. Halte dich an mir fest. Er kann nichts tun, außer unsere Gedanken und Wünsche zu verzerren. So stark Er auch scheinen mag, Er ist schwach und hilflos. Ein mächtiger Feind hat Ihn schwer verwundet. Er klammert sich nur mit schwachen Fäden hier fest. Fäden, die *wir* durchtrennen können. Halte durch. Versuche Ihn zu erreichen und die Wunde zu heilen, die Er ist.«

Doch er hatte es kaum herausgeschrien, als er auch schon erkannte, daß sein Haß und Zorn dem widernatürlichen Scheusal, das ihn hier festhielt, Nahrung gaben. Er spürte, wie es aufblühte, sich an seinem Willen labte. Und dennoch vermochte er seinem Haß nicht zu entsagen. Er quoll aus ihm heraus wie vor wenigen Minuten das Erbrochene.

Dann umgab ihn ein Geräusch wie ein mächtiges Reißen. Ein schreckliches Kreischen zermürbte ihn, ließ ihn laut aufschreien, obwohl er seine eigene Stimme nicht hören konnte. Ihm war, als habe man ihn in eine gräßliche Vorhölle geschleudert, wo nichts existierte außer Schmerz und diesem unerträglichen Getöse. Und Nerthas Hand, die ihn hielt. Die seine Hand noch immer umklammerte, vertrauensvoll, abhängig von ihm. Nertha, die an Ishryth und Ahmral genausowenig glaubte wie daran, daß Menschen fliegen können. Ihm war, als höre er den Pfeifer sagen: »Erstaunen, Vredech. Erstaunen.«

Und das war auch der Grund, wie ihm nun klar wurde, warum er von Nertha so leicht hatte Besitz ergreifen können. Sie hatte es einfach nicht glauben wollen, daß ihr so etwas widerfuhr.

*Aber es war so.* Er würde sich nicht von seinem Unvermögen, es zu akzeptieren, in den Abgrund reißen lassen.

Sein rasender Zorn wurde zu stahlharter Entschlossenheit. Was immer auch geschah auf dieser entweihten Bergspitze, er würde sie retten, selbst um den Preis seiner geistigen Gesundheit und seiner Seele.

»Halte dich an mir fest, Nertha«, rief er in das Getöse hinein. »Bei deiner Liebe zu mir. Bei meiner Liebe. Halte durch. Er kann nichts tun als das, was wir ihm erlauben.«

Und so schlagartig, wie er eingesetzt hatte, war der widerwärtige Krach fort, als wenn die Tür zu einer lärmenden Schenke plötzlich zugefallen wäre.

Genau wie die Präsenz.

Vredech sackte mit dem Oberkörper nach vorn über die Felsplatte. Stille durchflutete ihn.

Stille und Entsetzen.

Er schlug die Augen auf, fürchtete den Anblick, der sich ihm bieten mochte. Das Sonnenlicht schien ihm spöttisch in die Augen, doch nichts wäre in der Lage gewesen, die Dunkelheit zu erhellen, die ihn nun erfüllte.

Denn der Gipfel war verlassen.

Nertha war fort.

## KAPITEL 28

Vredech verlor jegliches Zeitgefühl. Er wußte nicht mehr, wie lange er schon auf dem Gipfel des Ervrin Mallos verharrte, außer daß es dunkel war und ein heller Mond hoch am Firmament stand, als er endlich wieder zu sich kam. Er hing über dem Stein, der der Auslöser von allem gewesen war, und blickte auf den Fleck, schwarz nun im Mondlicht, als könne er durch ihn hindurch zu dem Ort schauen, wohin Nertha entführt worden war.

Er war erschöpft, seine Soutane verschmutzt und zerrissen, genau wie seine Hände. Sie bestätigten ihm seine wirren, panikerfüllten Erinnerungen, wie er auf der Suche nach Nertha verzweifelt über die Gipfelfelsen geklettert und gestolpert, lächerlicherweise alle Steine umgedreht, in unmöglich schmale Spalten gespäht und trotz der Tatsache, daß er nicht die geringste Spur von ihr entdecken konnte, mehrfach an den Rand der steilen Felswand getreten war, die auf der einen Gipfelseite senkrecht zum Tal hin abfiel. Immer wieder hatte er laut ihren Namen gerufen, als bestehe die Möglichkeit, daß sie aus unerfindlichem Grund eines jener Versteckspiele mit ihm spielte, mit denen sie sich als Kinder vergnügt hatten. Er hatte gerufen und gerufen, mal ärgerlich, mal ängstlich, mal mitleiderregend kläglich. Alles, damit er sich nicht die Wahrheit eingestehen mußte, daß sie fort war. Dann, eine grauenvolle, zeitlose Weile lang, hatte er sich im Windschatten eines Felsüberhangs zusammengekauert und hysterisch geschluchzt, an seinen geballten Fäusten genagt und sie gegen den harten Fels geschmettert. Und er hatte nicht nur um den Verlust Nerthas geweint, sondern auch aus Angst, er habe vielleicht gar keinen Verlust erlitten außer dem seiner geistigen Gesundheit. Aus Angst, Nertha sei gar nicht wirklich dort gewesen, all die Geheimnisse und Schrecken der letzten Wochen seien gar nicht geschehen und er sei auf der Suche nach einem verrückt gewordenen Cassraw immer noch auf dem Berg, habe aus irgendeinem Grund Horld und die anderen und nun auch sich selbst verloren. Verloren und heillos zerrüttet.

Unter Schmerzen richtete er sich auf. Obwohl er auf keine seiner Fragen eine Antwort gefunden hatte, war er zu ausgelaugt, um sich noch länger aufzuregen. Und in diese seltsam erzwungene Ruhe hinein begannen Gedanken zu strömen, die ihn dazu aufriefen, er solle endlich Ordnung in das brodelnde Chaos in seinem Kopf bringen. Viel mehr konnte er jetzt ohnehin nicht tun, aber er zitterte vor Anstrengung und mußte seine gesamte Willenskraft aufbieten, um den Entschluß dazu zu fassen.

Laut sprach er durch zusammengebissene Zähne vor sich hin: »Falls das der Tag unserer Suche nach Cassraw ist, dann bin ich einfach von den anderen getrennt worden – habe irgendeine Art von Anfall gehabt. Habe es aus irgendeinem Grund geträumt. Ich träume nie, also wäre es wahrscheinlich, daß mein erster Traum mich ziemlich mitnimmt.«

Der Klang seiner Stimme erschien ihm unwirklich und krächzend, doch er zwang sich, die Worte auszusprechen.

»Falls dem nicht so ist, dann ist all das wahr. Und Nertha ist verschwunden ...«

Die Worte rissen seine allmählich einkehrende innere Ruhe wieder entzwei. Er schlug mit den Fäusten auf die Felsplatte vor sich und hob den Blick zum mondbeschienenen Himmel empor. »Wo hätte sie denn hingehen können?« brüllte er ihn an. »Wohin? Sie war da, da, und jetzt ist sie weg. *Das ist unmöglich!*« Seine Stimme verebbte. »Das ist unmöglich.«

»Was ist unmöglich?«

Mit einem Aufschrei wirbelte Vredech herum. Eine hochgewachsene Gestalt stand nur wenige Schritte von ihm entfernt.

»Wer war da und dann plötzlich weg?« fragte die Gestalt. Dann, ohne die Antwort abzuwarten: »Du hattest doch nicht etwa eine junge Frau bei dir, oder, mein Guter?« Die gradlinige Rechtschaffenheit in der Stimme vereint mit der großen, hageren Statur, genügte, um den Frager zu identifizieren.

»Horld«, keuchte Vredech, und seine Stimme war trunken vor Erleichterung. »Horld, Ishryth sei Dank, du bist es. Ich dachte – mein Gott, ich weiß es nicht. Ich ...« Er verstummte.

»Ist das Bruder Vredech?« fragte Horld ungläubig. »Allyn, was um Himmels willen hast du hier oben zu suchen? Und was soll dieser Krach? Ich bin hier hochgekommen, um in Ruhe zu meditieren, und finde jemanden vor, der wie ein Marktschreier herumbrüllt. Was –?« Aber Vredech stolperte über die Felsen auf ihn zu, nur von einer einzigen Frage getrieben. Horld fing ihn auf, als er beinahe stürzte.

»Wo ist Cassraw?« verlangte Vredech zu wissen.

Horld sah ihn an, und das Mondlicht vertiefte die Furchen in seinem betrübten Gesicht. »Ich habe keine

Ahnung«, gab er zur Antwort. »Beruhige dich, Allyn, bitte. Er ist wahrscheinlich unten im Versammlungshaus der Hafen-Gemeinde und hält eine flammende Strafpredigt vor den Anwesenden – wahrscheinlich den Leichtgläubigen unter den Schäfchen seiner Herde. Und, traurig zuzugeben, einigen unserer werten Mitbrüder. Und zweifellos seinen phantastischen Rittern von Ishryth.«

Vredech befreite sich aus Horlds Griff und wandte sich ab, um sein Gesicht zu verbergen, aus Furcht, was der andere darin lesen mochte. Erleichterung und ein furchtbares Entsetzen erfüllten ihn gleichzeitig. Erleichterung, daß die letzten Wochen nicht nur ein bizarrer Alptraum gewesen waren. Entsetzen darüber, bestätigt zu bekommen, daß die letzten Stunden somit Wirklichkeit waren. Wo war dann Nertha? Seine Eingeweide krampften sich zu einem unerträglich schmerzhaften Klumpen zusammen.

»Wie ich hörte, hast du dir heute Cassraws Zirkusveranstaltung angesehen. Bist in der Schwüle ohnmächtig geworden, so hieß es wohl«, sagte Horld. Seine Unverblümtheit erleichterte es Vredech, sich wieder ein wenig zu sammeln.

»Es war schlimm«, sagte er und zwang sich dazu, sich aufzurichten und so etwas wie ein normales Gespräch zu beginnen. »Ich bin hergekommen, um darüber nachzudenken, genau wie du. Warst du da?«

Horld schüttelte seinen Kopf. »Nein, ich habe Wichtigeres zu tun an einem Gottesdiensttag. Aber ich habe einen Novizen hingeschickt. Als er zurückkam, faselte er wirres Zeug und hatte große Augen. Ich mußte ihm eine ganz schöne Standpauke halten, um ihn wieder auf die Erde zurückzuholen. Ich kann mir nicht vorstellen, worauf Cassraw hinauswill, Allyn. Es ist fast, als sei er –« Er unterbrach sich.

Vredech wandte sich mit einer jähen Bewegung zu ihm um. »Besessen?«

Horld schien das Wort nun, da es einmal ausgesprochen war, zu widerstreben, aber er konnte es auch nicht ganz von der Hand weisen. Vredech nahm all seinen Mut zusammen und ging das Wagnis ein, etwas zu äußern, das seinen tatsächlichen Sorgen sehr nahe kam. »Als wir an jenem Tag auf der Suche nach Cassraw hier hochkamen, strauchelte ich und hatte einen kurzen Ohnmachtsanfall, erinnerst du dich?« Horld schwieg einen Augenblick, dann nickte er, sagte jedoch nichts. Vredech versuchte den tiefen Schatten zu durchdringen, der tief in Horlds Augen lag. »Erzähl mir, was du empfunden hast, als du mich hinfallen sahst«, bat er ihn leise, aber mit großem Nachdruck.

Horld versuchte es erst mit einem Schulterzucken, aber er wirkte, als sei ihm nicht ganz wohl dabei. Vredech bestürmte ihn. »Bitte, Horld«, flehte er ihn an. »Es ist wichtig.«

Horld räusperte sich verlegen. Vredech packte ihn mit ernster Miene an den Armen. »Seit dem Tag läßt dich die Sorge nicht mehr los, stimmt's? Sonst hättest du nicht deinen Novizen zu Cassraw geschickt oder wärst hier heraufgestiegen, um zu meditieren. Es ist nicht als Beleidigung gemeint, wenn ich dir jetzt sage, daß du nicht gerade zu der kontemplativen Sorte von Predigerbrüdern gehörst. Erzähl mir, was du empfunden hast.«

Horld wandte den Blick ab und schien dann einen Entschluß zu fassen. »Ich meine etwas gesehen, etwas gehört zu haben. Es ist schwer zu erklären. Überall schwebten diese Schatten herum, Stimmen lärmten, und irgend etwas Unangenehmes schien an mir vorbeizugleiten. Ich weiß nicht. Es war alles sehr flüchtig, so wie blaue Flammen, die über Kohlen tanzen. Wenn ich mir überhaupt Gedanken darüber gemacht habe, dann hielt ich es für die Dunkelheit, die Sorge um Cassraw ... und um dich.« Er straffte sich und räusperte sich nochmals. »Alles dummes Zeug«, murmelte er.

Horlds Aussagen erleichterten Vredech. »Nein!« widersprach er mit Nachdruck. »Dumm ist es ganz bestimmt nicht. Ich habe diese Schatten auch gesehen, Horld. Habe auch diese schauderhaften Stimmen gehört. Mit diesen schwarzen Wolken ist etwas Böses über uns gekommen, etwas, das Besitz von Cassraw ergriffen hat.«

Früher hätte Horld eine solche Behauptung, ohne nachzudenken, abgetan und denjenigen, der sie geäußert hätte, in den Genuß eines denkwürdigen sarkastischen Rüffels gebracht. Daß er nicht unverzüglich antwortete und seine Körperhaltung seine innere Unsicherheit verriet, sagte Vredech viel. Verzweifelt auf der Suche nach Verbündeten, gab Vredech dem älteren Mann keine Gelegenheit, durch die Macht der Gewohnheit wieder in die tröstliche Normalität zurückzukehren.

»Nachdem du das Feuer in deiner Schmiede überlebt hattest, hat dich etwas berührt, nicht wahr?« sagte er. »Etwas, das du nicht in Worte fassen konntest, das aber stark genug war, um dich dazu zu bewegen, alles aufzugeben, was du hattest, und ein neues Leben zu beginnen. Nun, Cassraw ist auch von etwas berührt worden, das *ihm* zu einem neuen Leben verholfen hat. Du hast geahnt ... gewußt, daß es Ishryth war, der dich nach jenem Feuer berührt hat, und ich neige mehr denn je zuvor dazu, das, was Cassraw berührt hat, Ahmral zu nennen. Aber der Name spielt keine Rolle. Was allein zählt, ist die Tatsache, daß du und ich es gespürt haben. Und Cassraw scheint mehr oder weniger dem Wahnsinn verfallen zu sein, seit er mitten hineingegangen ist.« Er schüttelte Horlds Arm, bevor der Name Ahmrals zu viele Zweifel in ihm wecken würde. »Denk einmal zurück. Erinnere dich, wie Cassraw war, als er aus der Dunkelheit kam und uns beiden seinen Willen aufzwang. Und an sein eigenartiges, hochmütiges Gebaren, bevor ich mich ihm an der Tür zur Halle des Disputs in den Weg stellte und er zusammenbrach. Erinnere dich! Erinnere dich an alles!«

»Ich weiß nicht, was ich davon halten soll«, entgegnete

Horld schließlich. Er wirkte erregt. »Fast alles in mir sagt, daß du Unfug redest, aber der winzige Teil, der mir das nicht sagt, schreit lauter als alles andere zusammen.« Er entfernte sich unvermittelt von Vredech. »Ich brauche Zeit, um darüber nachzudenken.«

»Du wirst zu keinem befriedigenden Schluß kommen«, versicherte ihm Vredech mit tonloser Stimme. »Ishryth weiß es, ich bin auch zu keinem Ergebnis gekommen, und ich grübele schon seit Monaten darüber. Ruf dir nur ins Gedächtnis, wie sich Cassraw seit jenem Tag benommen hat, ruf dir deine eigenen Empfindungen ins Gedächtnis, und, im Namen der Barmherzigkeit, denk an dieses Gespräch.« Dann fiel ihm noch etwas ein. »Und vielleicht fragst du dich auch einmal, was dich dazu bewogen hat, auf den Berg zu steigen, so daß wir beide uns hier begegnen konnten.«

Horld drehte sich zu ihm um. Vredech ahnte, daß ein Streit in der Luft lag, aber er konnte sich zu diesem Zeitpunkt keinen leisten. Es wäre nicht nur sinnlos, sondern er konnte Horld überdies noch nicht alles erzählen, was vorgefallen war, auch wenn jener seinen Behauptungen teilweise zu glauben schien. Schlimmer noch, seine innere Verzweiflung wegen Nerthas ungewissem Schicksal, die bis zu diesem Zeitpunkt nur von der Notwendigkeit zurückgehalten worden war, vor seinem Amtsbruder die Beherrschung zu bewahren, drohte ihn jeden Moment zu überwältigen.

»Ich habe auch keine Antworten auf diese Fragen«, sagte er und hatte Mühe, seine Stimme in der Gewalt zu halten. »Aber wie dem auch sei, Cassraws Verhalten ist nach allen Grundsätzen der Kirche falsch, und das weißt du. Das wenigste, was wir tun können, ist, ihn im Auge zu behalten und dafür zu sorgen, daß Mueran und das Kapitel ihn zur Rechenschaft ziehen und Schritte ergreifen, um ihm Einhalt zu gebieten.«

Horld entspannte sich merklich angesichts dieses einfachen, praktischen Vorschlags.

»Ich bin schon länger hier oben, als ich vorhatte«, erklärte Vredech hastig. »Ich habe noch viel zu erledigen. Ich überlasse dich deiner Andacht.« Er hielt noch einmal inne und schaute zu dem abgeflachten Felsen zurück. Der Fleck beherrschte sein Sichtfeld, viel dunkler als alle Schatten, die auf dem Gipfel lagen. »Dürfte ich dich um einen Gefallen bitten?«

»Natürlich«, sagte Horld.

Vredech wollte ihn schon bitten, ein Gebet über den Felsen zu sprechen, als ihm die schmerzliche Sinnlosigkeit seiner eigenen Worte wieder einfiel und wie ihr Echo ihn verspottet und seinen erschütterten Glauben noch mehr untergraben hatte. »Solange du hier oben bist, tu, worum ich dich gebeten habe. Denk über das nach, was dich zum Eintritt in die Kirche bewogen hat. Laß deine Ausbildung und deine Studien und alle Worte beiseite. Erinnere dich an die Berührung, die dir den Weg gewiesen hat.«

Horld wirkte unschlüssig.

»Bitte, Horld. Bleib hier, und tu mir den Gefallen. Es ist wichtig.« Vredech merkte, wie ihn die letzten Reste seiner Selbstbeherrschung verließen. Er mußte hier weg. »Du hast gesagt, du seist hergekommen, um zu meditieren. Du hast gesagt, du müßtest nachdenken. Ich weiß nicht, was du finden wirst, aber nur dort, wo du Ishryth gefunden hast, lohnt es sich nachzusehen.«

Ein kurzes quälendes Schweigen trat ein, dann sagte Horld: »Ich werde tun, worum du mich bittest, Allyn, weil du es bist. Es wird mir nicht schaden, soviel steht fest. Aber wir müssen uns noch einmal unterhalten, und zwar bald. Das alles ist sehr –«

»Morgen mittag in meinem Versammlungshaus«, unterbrach Vredech ihn mit energischem Nicken. »Wir können uns bis in die Nacht unterhalten, wenn du möchtest.« Dann begann er mit einem flüchtigen Lebewohl die Felsen hinabzusteigen. Er fürchtete, Horld könnte das Gespräch noch in die Länge ziehen.

Als er sich noch einmal umschaute, sah er Horld, einen Schatten unter Schatten, auf dem Felsen sitzen, einen Fuß angezogen, auf den er Arm und Kopf stützte; eine merkwürdig jugendliche Sitzhaltung. Er schaute über das Tal hinweg, das im Mondlicht badete.

Als Vredech stehenblieb, um ihn zu beobachten, huschte ein kleines Nachttier ganz in seiner Nähe über die Felsen, was ihn heftig erschreckte. Er setzte seinen Abstieg fort.

Nun, da er Gipfel und Freund hinter sich gelassen hatte, stürmten all seine gräßlichen Befürchtungen wieder mit überwältigender Macht auf ihn ein, zusätzlich mit unerbittlichen Schuldgefühlen befrachtet. Er hatte gewußt, daß gewaltige Kräfte im Spiel waren. Warum in aller Welt hatte er dann zugelassen, daß Nertha an diesen Ort kam, wo sie tatsächlich so etwas wie eine körperliche Manifestation zustandegebracht hatten? Warum hatte er sie mit seinen armseligen Gebeten so unbesonnen herausgefordert? Warum hatte er Nertha dazu gedrängt, ihre ungeübten Heilfähigkeiten zu demselben Zweck einzusetzen? Was war das für ein scheußliches Getöse gewesen? Und, alles andere umstoßend, die Frage, die ihn unnachgiebig und unaufhörlich beherrschte: Wohin war Nertha verschwunden?

*So etwas, wie es sich gerade ereignet hatte, war unmöglich!*

Und doch war *er* körperlich in eine andere Welt versetzt worden. Und in Welten innerhalb *jener* Welt.

Oder etwa nicht?

*Zerrissen der Sinn, Vor allem Anbeginn.*

Während sein Körper ihn den Berg hinunter zum Haus der Zeugen trug, bewegte Vredechs Geist sich tatsächlich gefährlich nah am Rande der Auflösung. Das einzige, was ihn davon abhielt, zu zerbrechen und sich in tausend Bruchstücken ins Leere zu zerstreuen – eine schlechte Imitation des sich hoch über ihm wölbenden Sternenhimmels – und mit dem Mondlicht um die Vorherschaft am Firmament zu kämpfen, war das Wissen, daß auch Horld von der Präsenz berührt worden war, die den Berg erobert und Besitz von Cassraw ergriffen hatte.

Doch selbst dieses Wissen blieb nicht von quälenden Zweifeln verschont.

Vielleicht war seine Begegnung mit Horld nur eine weitere Illusion, die sein sich unaufhörlich umnachtender Verstand ihm vorgaukelte.

Und einen ewig dauernden Herzschlag lang schlug die Dunkelheit über ihm zusammen, und er fiel ...

Verloren ...

»Mit deiner geistigen Gesundheit ist alles in Ordnung.«

»Vor dieser Art von forschendem Blick kann nichts bestehen.«

»Unbeantwortbar. Frag nicht.«

»Keine andere Möglichkeit, als zu akzeptieren, was du siehst – hier, jetzt.«

»Keine andere Möglichkeit ...«

*»Keine andere Möglichkeit ...«*

Nerthas Worte hüllten ihn ein, besänftigend, auch wenn sie nicht zu heilen vermochten, hielten beisammen, was auseinanderstrebte, verankerten ihn im Hier und Jetzt.

Hielten ihn fest ...

Und Horld, von der Hitze versengt und solide, gebräunt vom Schmiedefeuer, erdenschwer wie sein Amboß ... Er konnte nur im Hier und Jetzt sein.

Morgen mittag.

Ein fester Zeitpunkt.

Die kalte Nachtluft pustete ihn durch, und mit der Kühle kam die klare Nachtsicht, und sie zeigte ihm die vertrauten Umrisse der Berge, die sich scharf im Mondlicht abzeichneten, und das silbrigfeuchte Dach des Hauses der Zeugen unter ihm.

Es war wunderschön.

Alles um ihn herum war wunderschön. Die Schönheit

lag im geringsten und im größten von Ishryths Werken. Man brauchte nur den Blick, um es zu sehen.

Dann überkam ihn eine innere Einsicht, die Erkenntnis, daß alles, was auf diesem Gipfel geschehen war, nicht die Tat jener aggressiven Präsenz gewesen war; es war *seine* Tat gewesen! Irgendein Teil von ihm war Nertha zu Hilfe geeilt. Irgendwo war Nertha, und sie war in Sicherheit.

Vredech betrachtete das hell vom Dach des Hauses der Zeugen reflektierende Mondlicht. Eine große Ruhe legte sich über ihn. Er versuchte ihr zu widerstehen. Nertha durch seine unbedachte Tat in wer weiß welche Vorhölle versetzt, und er hatte Glücksgefühle! Das war abscheulich! Er sollte verzweifelt nach ihr suchen, unablässig darüber nachdenken, wo er sie finden, welche Bücher, welche Gelehrten, welche alten Manuskripte er zu Rate ziehen könnte ...

Und immer noch war er ruhig und gefaßt.

Er beschirmte seine Augen mit den Händen, denn das Mondlicht wurde langsam unerträglich.

»Zu grell«, sagte er.

»Oh!«

Dem leisen Ausruf der Erleichterung folgten zwei Arme, die sich um ihn schlangen und ihn so festhielten, daß sie ihm die Luft abschnürten. »Du bist wieder da, du bist wieder da. Ishryth sei Dank!« Die Stimme nahm einen vorwurfsvollen Ton an. »Du hast mich halb zu Tode erschreckt. Was hast du dir eigentlich dabei gedacht –« Die Frage blieb unvollendet, und die enge Umarmung wurde noch ein bißchen enger.

Vredech löste behutsam die Arme, die sich um ihn geschlungen hatten, und blinzelte in das Sonnenlicht. »Nertha«, sagte er und berührte ihr Gesicht. »Bist du in Ordnung?«

»Natürlich bin ich in Ordnung«, erhielt er zur Antwort. Nertha ließ ihn los und beugte sich vor, um ihm ins Gesicht zu sehen. Ihre Miene spiegelte eine Mischung aus tiefer Besorgnis und argwöhnischer Frage wider. »Und dir scheint es auch ganz gut zu gehen«, erklärte sie. Aber die Besorgnis wollte nicht weichen. »Was ist geschehen? Was hast du gemacht?«

Vredech berührte noch einmal ihr Gesicht. »Ich glaubte, ich hätte dich verloren«, sagte er.

Nertha nahm seine Hand, küßte sie und preßte sie wieder gegen ihre Wange. Der Kuß war nicht der einer Schwester. »Ich auch«, sagte sie schlicht und blickte ihm in die Augen.

Dann war der Augenblick vorbei, und ein Schwall unbeantworteter Fragen schob sich in den Vordergrund. Vredech richtete sich schwankend auf. Er befand sich noch immer auf dem Gipfel, ein Stückchen von dem befleckten Felsen entfernt. Und über ihm lag wieder jene Ruhe, die ihn ergriffen hatte, als er über das mondbeschienene Tal geschaut hatte und die funkelnden Dächer des Hauses der Zeugen ... wie lange war es her, ein paar Minuten?

»Was hast du gemacht?« wiederholte Nertha.

»Gemacht?«

»Ja – gemacht!« sagte Nertha, und in ihrer Stimme schwang eine Spannung mit, die er nie zuvor an ihr wahrgenommen hatte. »Ich habe versucht, dieses Ding zu heilen«, sie machte eine vage Geste in Richtung des Felsens, »und kam mir gerade mehr als nur ein bißchen dumm vor, wie ich hinzufügen darf, als irgend etwas mich wegfegte. Besitz von mir ergriff.« Ihre Gesichtszüge verzerrten sich, und sie erschauerte heftig. »Es war furchtbar. Mir fehlen die Worte, um es auszudrücken. Kalt, unmenschlich – ich war ein Nichts vor ihm. Ein untaugliches Werkzeug – ein Kanal. Und dennoch war es absichtlich grausam. Freute sich an meinem Schmerz, meinem Entsetzen. Ich konnte nichts tun. Selbst als es geschah, konnte ich es kaum glauben. Es war unmöglich. Es ist ...«

Vredech legte den Finger auf seine Lippen, um sie zum

Schweigen zu bringen. »Ich verstehe«, versicherte er ihr. »Ich verstehe es besser als irgend jemand sonst. Das weißt du doch, oder? Erzähl mir einfach, was passiert ist. Was hat es getan?«

Nertha wirkte erstaunt. »Du hast mir etwas zugerufen. Ich hörte oder besser, ich fühlte, daß die Wut in deiner Stimme es anstachelte. Dann gab es ein schreckliches Getöse – ein besseres Wort fällt mir nicht ein –, und was immer mich festhielt, wurde weggerissen. Voll und ganz weggerissen. Als ich meine Augen wieder aufschlug, lagst du ausgestreckt auf diesem Felsen, bewußtlos.«

»Und?«

»Ich wußte nicht, was ich tun sollte. Ich zitterte am ganzen Leib – ich zittere noch immer. Der Schock, nehme ich an.« Sie schüttelte sich, als streife sie einen hinderlichen Mantel ab. »Du schienst nicht verletzt zu sein. Es war eher so, als schliefest du – träumtest. Es gelang mir, dich herüberzuziehen, aus der Sonne heraus. Hab' dich abgetastet und abgehorcht. Bin ziellos auf und ab gewandert wie eine junge Krankenschwester auf ihrer ersten Nachtwache.« Ihre Stimme troff von Selbstvorwürfen. Vredech nahm ihre Hände. »Ich wollte dich nicht alleinlassen, für den Fall, du würdest das Bewußtsein wiedererlangen und hättest dein Gedächtnis verloren oder wer weiß was.« Ihre Stimme verebbte.

Vredech hätte gerne ihren Kummer gelindert, aber ihm fehlten die richtigen Worte. Sie kannten sich einfach zu gut. Er drückte sanft ihre Hände. »Wie lange war ich bewußtlos?« fragte er.

»Etwa eine halbe Stunde, denke ich. Ich nahm gerade all meinen Mut zusammen, um dich alleinzulassen und Hilfe zu holen, als du aufwachtest.« Sie schloß die Augen und zog eine Grimasse.

»Geht es dir gut?«

Unvermittelt und mit einem deftigen Fluch entriß Nertha ihm ihre Hände. »Nein, mir geht es nicht gut«, schrie sie. »Bei den Göttern, ich fühle mich hundeelend.

Ich habe gerade die scheußlichste halbe Stunde meines Lebens verbracht.« Sie schlug sich mit der Faust gegen die Brust. »Ich, eine überdurchschnittlich gute Ärztin, auch wenn ich mich nicht so loben sollte, laufe hilflos und hoffnungslos herum wie ein aufgeschrecktes Huhn und bin so nützlich wie eine Nonne im Puff!« Vredechs Augenbrauen zuckten hoch, und mit einer zaghaften priesterlichen Gebärde hob er die Hand, um ihrem Wutausbruch Einhalt zu gebieten, doch Nertha kam nun erst richtig in Fahrt. »Und außerdem bin ich ein vernunftbegabtes Wesen, Allyn. Was zur Hölle habe ich auf diesem Berggipfel zu suchen? Warum zur Hölle versuche ich einen *Stein* zu heilen?« Sie versetzte dem befleckten Felsen einen wütenden Tritt. »Und mich mit mythischen Dämonen herumzuschlagen, an die ich nicht glaube?«

Die Fragen waren rein rhetorischer Natur, doch zu seiner eigenen Verwunderung mußte Vredech feststellen, daß er sie ihr trotzdem beantwortete.

»Du verhältst dich genau so, wie vernünftige Menschen sich unter diesen Umständen verhalten«, sagte er. »Du akzeptierst die Veränderungen und die neuen Grenzen, die sich für deinen Verstand auftun. Und du brüllst herum, weil du, genau wie ich, vor Angst fast verrückt bist. Denk dran: Man muß nichts fürchten, man muß es nur verstehen.«

»Wirf mir nicht meine eigenen Zitate an den Kopf, Allyn Vredech.«

»*Dein* Zitat? Ich würde eher sagen, es handelt sich um eine fundamentale Wahrheit, oder?«

Er wandte sich ab, bevor sie etwas entgegnen konnte, und legte die Hände auf den Stein.

Nertha zerrte nervös an seinem Ellbogen, doch er schüttelte beschwichtigend den Kopf. »Es ist nicht mehr dasselbe«, stellte er fest. »Es ist jetzt weiter weg.« Sein Gesicht nahm einen bekümmerten Ausdruck an. »Es ist aber noch immer da. Es wartet. Ich glaube, wir haben es getroffen.« Er legte den Arm um ihre Schulter und drehte sie herum, so daß sie beide das Tal überblicken konnten. »Es ist so schön, nicht wahr?« sagte er.

Nertha wollte sich zu ihm umwenden. »Allyn, wie kannst du nur –«

Behutsam drehte er sie wieder um, so daß sie den Ausblick genießen konnte. »Hier, jetzt ist es schön«, sagte er. »Die Luft in deiner Lunge, die Sonne auf deinem Gesicht, diese Berge, die sich um uns herum auftürmen. Alles verändert sich. Wenn wir das würdigen, was wir haben, solange wir es haben, dann wird die Veränderung ein bißchen weniger schmerzhaft.«

Nertha ließ äußerlich keine Reaktion erkennen, aber Vredech fühlte, daß die Spannung allmählich von ihr abfiel.

Regungslos blieben sie eine Weile so stehen, beobachteten die Wolkenschatten, wie sie über das Land zogen. Dann fragte Nertha: »Was hast du während deiner Ohnmacht erlebt?« Zögernd fügte sie hinzu: »Bist du dem Pfeifer noch einmal begegnet?«

»Nein«, gab Vredech zur Antwort. »Jemand anderem. Komm, laß uns zu den Pferden zurück und nach Hause gehen. Hier oben können wir nichts mehr ausrichten.«

Als sie den Berg wieder hinunterstiegen, erzählte Vredech ihr von seiner Begegnung mit Horld in einer Welt, die diese war und doch wieder nicht. Er erzählte ihr auch von seinem Beinahe-Absturz in den völligen Wahnsinn. Nertha, scheinbar wieder ganz die Alte, blieb stehen und sah ihn entschlossen an. »Wir haben also einen Beweis?« Trotz der Unschlüssigkeit, die sich in ihre Stimme schlich, versuchte sie vollkommen sachlich und logisch zu klingen.

»Ja«, erwiderte Vredech tonlos. »Und möglicherweise einen Verbündeten.«

Den Rest ihres Rückwegs zum Haus der Zeugen legten sie schweigend zurück. Als sie über den Weg gingen, der zum Haupteingang führte, schwangen die Türflügel auf, und Horld trat heraus. Er wirkte außergewöhnlich erregt und fuhr sichtlich zusammen, als er Vredech erblickte. Vredech näherte sich den Eingangsstufen, hob den Blick zu Horld und holte einmal tief Luft. »Morgen mittag in meinem Versammlungshaus?« fragte er.

Horld schlug, ohne sich zu schämen, das Zeichen des Kreises über seinem Herzen.

»Wer bist du?« sagte er mit heiserer Stimme und weit aufgerissenen Augen.

»Der, der ich zu sein scheine, alter Freund«, gab Vredech leise zurück. »Hab keine Angst. Ich glaube, wir müssen uns einmal unterhalten, nicht wahr? Wolltest du gerade gehen?«

Horld nickte und begann übergangslos Fragen zu beantworten, die man ihm gar nicht gestellt hatte. »Ich schlief im Lesesaal ein. Normalerweise schlafe ich tagsüber nicht ein. Ich kann mir nicht denken, was ... Ich war nicht einmal müde. Ich bin einfach ...« Er schnippte mit den Fingern. »Dann herrschte tiefste Nacht. Und ich mußte nachdenken. Um allein und ungestört zu sein und meinen Frieden zu haben.«

Vredech ging die Stufen hinauf und nahm ihn am Arm. »Hol dein Pferd«, forderte er ihn sehr behutsam und freundlich auf. »Wir unterhalten uns im Sattel.«

Der Ritt den Berg hinunter durch die immer länger werdenden Schatten des späten Nachmittags verlief anstrengend und verkrampft. Horld wehrte sich heftig gegen das, was Vredech ihm zu sagen hatte. Sein gesunder Menschenverstand schrie ihm die ganze Zeit zu, es sei schlicht unmöglich, was er da zu hören bekam. Sein Traum jedoch, denn für einen Traum hielt er es, war zu echt gewesen und hallte noch in seinen Gedanken nach. Und Vredechs Wissen über den Traum war zu fundiert, als daß er sich ins Leugnen flüchten konnte. Allmählich mußte er sich eingestehen, daß das, was offenbar geschehen war, Traum oder nicht, tatsächlich geschehen war, und daß er und Vredech dieses Gespräch geführt und sich in Vredechs Versammlungshaus verabredet hatten.

Wie und wo sich das alles abgespielt haben sollte, konnte er sich jedoch nicht einmal ansatzweise vorstellen.

»Ishryths Wille«, schloß er nach einem langen Schweigen, als sie den breiteren, weniger steilen Abschnitt des Weges am Fuße des Berges erreichten. »Das ist schwer zu begreifen für einen einfachen Mann von Eisen und Kohle wie mich, Vredech. Ich kann es einfach nicht glauben, daß Cassraw in irgendeiner Weise besessen sein soll. Genau diese Vermutung äußerte Laffran ja zu Beginn, und er hatte unzweifelhaft unrecht damit.«

Vredech beugte sich im Sattel zu ihm hinüber und legte ihm die Hand auf den Arm. »Vielleicht hatte er diesmal doch nicht ganz unrecht«, gab er zu bedenken. »Mir ist noch viel mehr widerfahren, als ich dir erzählt habe oder im Augenblick erzählen kann, mein Freund. Und mehr als einmal während dieser letzten paar Monate habe ich geglaubt, den Verstand zu verlieren. Vielleicht wurdest du aus Sorge um Cassraw in deinem ... Traum ... zu mir hingezogen, weil auch du in jener Finsternis auf dem Berg von etwas berührt worden bist. Vielleicht sind wir auch nur Schachfiguren in einem größeren Spiel, ich weiß es nicht. Aber ich kann mir keinen besseren Verbündeten wünschen als dich mit deinem Eisen- und Kohleblick. Und wenn du mir eine vernünftige und logische Erklärung für das alles anbieten kannst, werde ich sie mit Freuden akzeptieren und öffentlich bekennen, daß ich ein Narr bin!«

Horld knurrte befangen. »Nun ja, sei es, wie es wolle«, sagte er mit bärbeißiger Miene, »ich gebe zu, daß ich mich trotz all dieser Seltsamkeiten jetzt, nachdem wir uns ausgesprochen haben, besser fühle als vorher. Es war, als hingen diese dunklen Wolken noch immer drohend über meinem Haupt. Ich bekomme noch immer beunruhigende Geschichten über Alpträume und dergleichen von einigen meiner Gemeindemitglieder zu hören, die offenbar an jenem Tag ihren Anfang genommen haben.« Er zuckte die Achseln, als seine praktische

Ader wieder die Oberhand gewann. »Aber ich denke, wir behalten das zunächst besser für uns, oder was meint ihr? Es kursieren schon genug wüste Gerüchte, wo Cassraw jetzt wie ein Wahnsinniger predigt und faselt, ganz zu schweigen von dieser Sache mit Tirfelden im Heindral. Und unsere Geschichte würde sogar die besonnensten Zuhörer arg in Versuchung führen.«

»Was sollen wir also tun?« Nertha hatte bislang geschwiegen. Jetzt brachte sie eine nüchterne Stimme in die Debatte ein, die der von Horld in nichts nachstand.

»Wir leisten ihm Widerstand, mein Mädchen«, rief Horld ohne Zögern aus. Nertha funkelte ihn erbost an, aber Vredech bedeutete ihr verstohlen, sich nicht aufzuregen. »Dieser Einblick ist uns nicht gewährt worden, damit wir müßig herumstehen und nichts tun«, fuhr Horld fort. »Ishryth hilft denen, die sich selbst helfen.«

»Ich wüßte ja zu gerne, wie du dir das vorstellst«, versetzte Nertha in beißendem Tonfall, aber Horld war viel zu sehr mit seinen eigenen Gedanken beschäftigt, um die Spitze mitzubekommen.

»Besessen oder nicht, wir müssen diesem Unfug Einhalt gebieten, bevor die Lage völlig außer Kontrolle gerät«, erklärte er mit plötzlicher Entschiedenheit. »Die Kirche muß handeln.« Er sah Vredech an. »Heute abend möchte ich über diesen Tag und ... all das ... nachdenken. Sehr intensiv nachdenken. Aber was auch dabei herauskommt, morgen müssen wir Mueran aufsuchen und ihn dazu bringen, eine Sondersitzung des Kapitels einzuberufen, um Cassraw gefügig zu machen.« Er wirkte mit einem Mal bekümmert. »Es ist eine Schande«, sagte er. »Er ist ein überaus fähiger Mann, aber ich hatte immer das Gefühl, er sei zu früh nach oben gekommen. Die Hafen-Gemeinde ist selbst für einen erfahrenen Bruder eine große Herausforderung.« Er seufzte. »Dennoch glaube ich, wenn wir ihn zur Vernunft bringen können, hat er wohl noch eine glänzende Zukunft vor sich.«

Vredech behielt seine Zweifel für sich.

Eine Weile später trennten sie sich.

Vredech warf Nertha einen verstohlenen Blick zu, als sie weiterritten. »Mir geht es gut«, sagte sie abwehrend, als sie seinen Blick mitbekam. Vredech verbarg seine Zweifel nicht länger. »Na ja, ich gebe zu, daß ich noch immer ein wenig ... durcheinander bin«, räumte Nertha ein. »Seine eigenen Probleme ruhig und vernünftig zu überdenken ist eine Sache, gegen seinen Willen hineingezogen zu werden eine andere.«

»Durcheinander, häh?« meinte Vredech. »Der Pfeifer sagte, die vorherrschende Reaktion der meisten scheinbar zivilisierten Völker auf solche barbarischen, primitiven Kräfte sei Erstaunen. ›Ihr werdet fassunglos das Schwert anstarren, das Euch tötet‹, hat er gesagt. Eine treffende Bemerkung, findest du nicht auch?«

Nerthas Züge veränderten sich, und einen angstvollen Moment lang dachte Vredech schon, sie würde in Tränen ausbrechen. Der Anfall ging vorüber. »Er hat etwas mit mir angestellt, Allyn«, stieß sie zwischen zusammengepreßten Zähnen hervor. »In mir brodeln solche Wut und solcher Haß, es macht mir angst. Und ich weiß nicht, wo diese Empfindungen herkommen.«

»Aus deinem Inneren«, antwortete Vredech kalt. »Das einzige, was er mit dir angestellt hat, war, dein Bewußtsein für dein dunkles Ich zu schärfen. Warst du nicht diejenige, die mir noch vor kurzer Zeit gesagt hat, ich solle mich nicht über meine finsteren Gedanken grämen?« Er machte eine flüchtige Handbewegung in Richtung des Berggipfels. »Mach dir keine Sorgen darüber, es ist gut so.«

»Wie bitte? Wie kann so etwas gut sein?« rief Nertha voller Abscheu. »So etwas habe ich nicht mehr empfunden, seit –«

»Seit du ein Kind warst«, beendete Vredech den Satz für sie. »Bevor du zu einem zivilisierten Menschen geworden bist.«

»Verflucht sollst du sein! Hörst du wohl endlich damit

auf, dir anzumaßen, meine Gedanken zu kennen?« schrie Nertha ihn an.

Vredech hielt zum Zeichen seiner Unterwerfung beide Hände in die Höhe, ließ jedoch nicht locker. »Es ist weder gut noch schlecht«, fuhr er fort. »Es *ist* einfach. Es war schon immer da, nur daß es dir jetzt noch einmal bewußt geworden ist. Jetzt weißt du Bescheid. Jetzt bist du klüger. Du verstehst, also wirst du dich nicht mehr fürchten. Du hast eine weitere Verteidigungswaffe in deinem Arsenal, die du bei Bedarf anwenden kannst.« Er beugte sich zu ihr hinüber und fügte grimmig hinzu: »Das nächste Mal, wenn Er dich zu benutzen versucht, wirst du nicht mehr erstaunt sein, ja?«

Woher nimmst du nur die Kaltherzigkeit, Priester, die arme Frau so zu quälen? dachte er unbarmherzig. Vredech brachte sein Pferd zum Stehen und ließ den Kopf hängen, entsetzt über diesen neuen Einblick in seine sich verändernde Seelenlandschaft. »Tut mir leid«, entschuldigte er sich. »Ich habe nicht das Recht, so mit dir zu reden. Ich habe ja auch nicht alles im Griff, nicht wahr?«

Nertha, die sich schon für einen Streit wappnete, gab nach. »Ist schon in Ordnung«, seufzte sie. »Wir stehen vermutlich beide noch unter Schock, nach allem, was wir heute erlebt haben.« Sie setzte ein schwaches Lächeln auf. »Ich muß wirklich unter Schock stehen, sonst würde ich nicht versuchen, in mir selbst herumzudiagnostizieren.«

Vredech sah, wie sie ein Stückchen vor ihm wartete und sich halb zu ihm umdrehte. Auch wenn sie ziemlich schmutzig war von der Bergwanderung und ihr Gesicht von der sinkenden Sonne in tiefe Schatten getaucht war, wurde ihm bei ihrem Anblick leicht ums Herz. Er mußte daran denken, daß er noch vor wenigen Stunden eine Art Zukunft vor sich gehabt hatte, die, auch wenn sie, wie die Vergangenheit, hier und da kleinere Umwege machte, doch auf einem breiten und einigermaßen bekannten Weg verlief. Und jetzt lauerten Dunkelheit,

Zweifel und Verwirrung neben jedem seiner Schritte. Und damit nicht genug, der sich wandelnde Tenor seiner Zuneigung zu Nertha begann ihn zunehmend zu beunruhigen. Dennoch blieb ihm die Ruhe, die sich über ihn gelegt hatte, als er in jene geheimnisvolle Welt versetzt ... geworfen? ... worden war. Doch der Frieden, den sie ihm verschaffte, war kein billiger Frieden. Es war eher die Ruhe eines Mannes, der wußte, er hätte keine Wahl, als sich dem zu stellen, was geschehen würde, wie furchtbar es auch sein mochte, und sich zu bemühen, Verkehrtes richtig zu machen.

Die Worte des Pfeifers hallten ihm durch den Kopf. »Zwischen einem Priester und einem wahren Krieger ist der Unterschied gar nicht mal so groß.« Vredech schüttelte den Kopf. Er war mitnichten ein Krieger, soviel stand fest. Aber er verstand.

»Laß uns einfach sagen, wir wären müde«, schlug er vor. »Das ist einfach und entspricht vermutlich sogar der Wahrheit. In den letzten paar Tagen ist so viel geschehen, und morgen wird es auch wieder anstrengend. Laß uns langsam nach Hause reiten. Haus wird uns bedienen. Das macht uns alle drei glücklich.«

Albor setzte sich auf die abgeflachte Mauer, die eine Treppe im Erdgeschoß flankierte, und fluchte leise. Diese ekelhaften Nachtstreifen im Lagerhausdistrikt waren nicht nur langweilig, sondern auch Zeitverschwendung. In der Gegend war es unter normalen Umständen schon ruhig, nachdem die Geschäfte jeden Abend ihre Pforten schlossen, aber nach den beiden Morden war es ruhiger als je zuvor. Die wenigen Leute, die sich nachts hier aufhielten, größtenteils Wachmänner und Hausmeister, beschränkten ihre Rundgänge auf das Innere der ihnen anvertrauten Gebäude und sahen zweimal nach, ob auch alle Fenster und Türen sicher verschlossen waren.

Er zog ein Taschentuch hervor und wischte sich die

Stirn ab. Die Langeweile konnte er ja noch ertragen; alles in allem war sie einer Begegnung mit dem Irren, der diese Verbrechen beging, bei weitem vorzuziehen. Aber diese Hitze!

Die hohen Mauern aus Ziegel- und Bruchsteinen, die die Wärme der Sonne den ganzen Tag über gespeichert hatten, strahlten sie nachts wieder ab. Und wo die Mauern nicht die nächtliche Brise schluckten, die die Schwüle in der Stadt linderte, erwärmten sie den schwachen Wind so, daß seine Berührung wie ein Feuerhauch aus einer geöffneten Ofentür wirkte. Albor löste zum wiederholten Male sein klatschnasses Hemd von seinem Rücken. Nun ja, hier Wache zu schieben war vermutlich noch besser, als ein Auge auf die Menschenmassen zu haben, die heute den ganzen Tag lang das Hafen-Versammlungshaus belagert hatten, und mit Sicherheit war es besser, als morgen den Pöbel auf dem PlasHein-Platz zu beaufsichtigen. Er runzelte die Stirn. Die Erinnerung an jene sich durch die Straßen wälzende, in Panik geratene Menge und ihre Auswirkungen verfolgte ihn noch immer, zermürbte ihn und machte ihn nervös und gereizt. Er und die meisten seiner Kollegen waren entweder auch in Panik geraten oder hatten ohnmächtig mitansehen müssen, wie die Menge in Bewegung geriet. Keiner von ihnen hatte eine Idee gehabt, was er tun sollte. Es gab keine amtlichen Verhaltensvorschriften für ein solches Vorkommnis. Warum auch? So etwas hatte es noch nie gegeben. Er schüttelte den Kopf, um die Gedanken beiseite zu schieben, die sich endlos im Kreis drehten. Er wußte, sie würden ihn nur noch niedergeschlagener und wütender machen, und es war schon heiß genug. Trotzdem konnte er nichts dagegen unternehmen. Der Oberst und die Ober-Hauptmänner und Hauptmänner würden den unteren Chargen zweifellos zu gegebener Zeit ihre gesammelte Weisheit kundtun, ohne ihn um Rat zu fragen. Vielleicht bekämen Skynner und die anderen Wachtmeister mit ein bißchen Glück

Gelegenheit, sie mit einem Hauch praktischer Erfahrung zu trüben, bevor sie in Stein gemeißelt wurde.

Während er die lästigen Gedanken erneut unterdrückte, knurrte er und wuchtete sich hoch, um seine Patrouille fortzusetzen. Er hatte indes noch keine zehn Schritte zurückgelegt, als er Lärm hörte. Dünn, hoch und schrill sprangen die Echos von Wand zu Wand, bis sie ihn einhüllten. Er konnte nicht einmal ansatzweise erkennen, um was es sich handelte, doch der Klang ließ ihm die Haare zu Berge stehen. Er zog seinen Schlagstock und blickte sich um, um die Richtung zu bestimmen, aus der der Lärm kam.

Die Geräusche verstummten.

Und setzten erneut ein, nun mit kurzen, keuchenden Lauten, die Albor nur zu bekannt vorkamen. Es handelte sich um eine menschliche Stimme, und sie klang zu Tode entsetzt. Quälend schwang sie sich zu einem wimmernden »Hilfe!« auf und verstummte erneut. Das An- und Abschwellen der Stimme drang Albor durch Mark und Bein und vermengte sich mit dem Aufschrei, der sich seiner eigenen Kehle entringen wollte, während er auf die Geräuschquelle zulief. Doch selbst, als er rannte, verlagerte sich die Intensität des Schreis von hier nach dort.

Da drüben ...

Hier vorne ...

Albor drehte sich auf der Straßenmitte um die eigene Achse, und das Gefühl von Panik und Versagen, das ihn vor zwei Tagen auf dem PlasHein-Platz überfallen hatte, kehrte mit Macht zurück. Es schien ihn für seine Unfähigkeit zu verurteilen, die gequälte Seele zu finden, die die Straßen mit ihrem gräßlichen Geschrei füllte.

Dann senkte es sich abrupt zu einem langgezogenen schluchzenden Winseln. Als es erstarb, verhallten auch die Echos, bis nur ein einziger Lautstrang übrigblieb. Mit grimmig entschlossener Miene und voller Kampflust lief Albor durch die schwüle Nachthitze auf den Ursprung des Geräusches zu. Je leiser es wurde, desto schneller rannte Albor, bis er schließlich in eine der düsteren Gassen zwischen den Lagerhäusern stolperte. Das plötzliche Verschwinden auch des schwächsten Lichtschimmers zwang ihn dazu, schwankend stehenzubleiben. Das Geräusch, beinahe unmenschlich in seinem verzweifelten Flehen, befand sich direkt vor ihm. Wenn seine Wut jetzt auch geweckt war, so wirkte sich doch seine jahrelange Erfahrung im Streifendienst aus. Er griff nach seiner Laterne und zündete sie an.

Als sie ihren sanften Lichtschimmer verbreitete, flackerte eine zweite Lichtquelle auf, und irgend etwas raste auf ihn zu …

# KAPITEL 29

Die Sonne ging auf. Privv ließ sich auf seinen Lieblingsstuhl fallen, schwang die Füße auf den Tisch und führte die Hand an den Mund. Nach kurzem, eher halbherzigem Herumkauen auf seinem Daumennagel ließ er den Arm fallen und träge hin und her pendeln. Er legte den Kopf in den Nacken und starrte geistesabwesend an die Decke.

»So kann es nicht weitergehen«, sagte er. »Die Verantwortung, dieses Blatt zu führen, übersteigt langsam meine Kräfte. Ich bin *erschöpft*.«

»Ja«, antwortete Leck ohne das geringste Anzeichen von Mitleid. »Geldzählen ist eine mühselige Arbeit. Ich weiß auch nicht, wie du es so lange geschafft hast, ohne zusammenzubrechen.«

»Höre ich da eine Spur von Sarkasmus heraus?« fragte Privv. Er drehte leicht den Kopf und beäugte die Katze.

»Da sei Ishryth vor«, erhielt er zur Antwort. »Ich stehe in ehrfürchtigem Staunen vor deiner selbstlosen Hingabe an die Aufgabe, den guten Leuten von Troidmallos die Wahrheit zu berichten ...«

»Und den guten Leuten der angrenzenden Grafschaften«, fügte Privv hinzu.

»O ja, wir dürfen auf keinen Fall die angrenzenden Grafschaften vergessen, nicht wahr?« höhnte Leck. »›Das erste Blatt in Canol Madreth, das auch das Land erreicht.‹ Was für eine Auszeichnung. Und was für ein Zufall, daß die Münzen der Bauern genauso wertvoll sind wie die eines Kaufmanns.«

»Man verhungert nicht«, versetzte Privv von oben herab. »Und ein guter Arbeiter verdient seinen Lohn.«

»Paß auf, daß deine neuen Assistenten das nicht hören«, riet Leck ihm.

Privv betrachtete wieder die Decke. »Ich sehe, daß du die wahren Motive für meine Bemühungen nicht wirklich verstehst.«

Leck wurde plötzlich sehr ernst. »Wahrscheinlich«, sagte sie. »Ich verstehe ja nicht mal meine eigenen. Seit diese ganze Angelegenheit ins Rollen gekommen ist, komme ich allmählich zu der Überzeugung, daß eine Gabe wie die unsere für bessere Zwecke eingesetzt werden sollte. Ich habe das Gefühl, als würde etwas fehlen.«

Privv stieß einen gelangweilten Seufzer aus. »Oh, bitte, verschon mich mit deiner kätzischen Philosophie. Erzähl mir einfach, was du auf deinen nächtlichen Erkundungszügen ausgegraben hast.« Eine Woge tiefer Trauer überflutete ihn aus Richtung der Katze, doch bevor er darauf reagieren konnte, spürte er, wie Leck sich mit voller Absicht von ihm zurückzog.

»Nicht eben viel«, antwortete sie ausdruckslos. »Im Hafen-Versammlungshaus herrscht ein endloses Kommen und Gehen – Predigerbrüder – haufenweise seine phantastischen Ritter, besonders dieser laute Yanos, der in der Gunst unseres guten Bruders offenbar sehr hoch steht.« Der letzte Rest von Lecks düsterer Stimmung verschwand, als sie die Krallen ausfuhr und an dem hölzernen Fensterbrett wetzte. »Er hat einen Stein nach mir geworfen, ja, wirklich – und er zielt verdammt gut. Ich schlitz' ihm die Kehle auf, falls er je das Pech haben sollte, mich tatsächlich zu treffen.« Sie wirkte grimmig und nachdenklich. »Eigentlich hätte ich nicht übel Lust, herauszufinden, wo er schläft, mich reinzuschleichen und auf sein Gesicht zu legen – nett und schwer, entspannt und warm.«

Sie streckte sich und kicherte boshaft.

Privv verspürte keinerlei Neigung, die ausgesprochen unerfreulichen Bilder weiter zu verfolgen, die in seinen Kopf sickerten. »Und, was soll das alles?« verlangte er zu wissen.

»Ich habe keine Ahnung«, fauchte Leck ihn an, die sich über die Störung ihrer süßen Racheträume ärgerte. »Ich bin nicht reingekommen.«

»Warum nicht? Du kannst dich doch bei jedem einschmeicheln, wenn du willst.«

Leck verteidigte sich: »Ich bin nicht scharf auf diese Frau von ihm. Sie ist genauso schlimm wie er, wenn du mich fragst, wenn nicht noch schlimmer. Ich möchte nicht in ihre Nähe kommen.«

Privv machte eine abfällige Geste. »Wird wieder so eine kirchenpolitische Sache mit seinen Brüdern sein, nehme ich an. Aber was ist mit den Rittern?« Er setzte sich auf und stützte den Kopf in seine Hände. »Ich wüßte nur zu gerne, was er mit all diesen jungen Kerlen anstellen will.«

»Warum machst du es dann nicht wie immer und denkst dir etwas aus?« schlug Leck sarkastisch vor.

Privv bekam den Sarkasmus nicht einmal mit. »Was, und das Vertrauen enttäuschen, das er in mich gesetzt hat?« Leck schaute aus dem Fenster. »Nein. Er wird es mich schon wissen lassen, wenn er soweit ist.«

»Es wäre trotzdem besser, du wüßtest es schon vorher«, sagte Leck warnend. »Ich hab's dir doch gesagt, er benutzt dich, begreifst du das denn nicht?«

»Du machst dir zu viele Gedanken«, entgegnete Privv, der ihren Tonfall nun mitbekam. »Und außerdem bin *ich* derjenige, der *ihn* benutzt, vergiß das nicht. Wer wird hier reich, häh? Und wenn ich reich sage, meine ich *reich*«, sagte er und tippte sich mit dem Zeigefinger auf die Brust. Ganz am Rande nahm er wahr, daß Leck wieder in ihre grüblerische Stimmung verfiel. Er schob den Eindruck beiseite und lehnte sich blasiert in seinen Stuhl zurück. »Ich mache jetzt ein wohlverdientes Nickerchen, und dann begebe ich mich in den PlasHein und lausche der großen Debatte.« Er rieb sich schadenfroh die Hände und gähnte.

Auch andere schmiedeten an diesem Tag Pläne – Toom Drommel beispielsweise. Er hatte eine zündende Rede vorbereitet, eine Rede, die den Kastellanen erhebliche politische Einbußen bescheren würde, da sie sie am Ende doch dazu zwingen würde, von ihrer erklärten Absicht abzurücken, alle feldischen Bürger auszuweisen und ihre Güter zu beschlagnahmen. Das einzige Problem, das ihm zur Zeit Sorge bereitete, war eine gewisse Steifheit im Rücken, das Ergebnis seiner Bemühungen, sich noch gerader als gewöhnlich zu halten, und eine schmerzhafte Verkrampfung im Kinnbereich, die daraus resultierte, daß er sein Kinn beim Sprechen ein wenig einzog, damit seine Stimme noch sonorer und staatsmännischer klang. Musikalische und gleichzeitig respektlose Heinder hatten feststellen können, daß er seine Stimme seit der ersten Debatte um fast eine ganze Oktave gesenkt hatte. Es wurden Wetten abgeschlossen, ob er das gesamte Tonintervall schaffen würde oder nicht. Drommel selbst focht solche Leichtfertigkeit nicht an, denn er strotzte vor Selbstgefälligkeit und salbungsvollem Gehabe. Nach dem unvermeidlichen Rückzieher der Kastellane sah er eine vorgezogene Akklamation und einen Anstieg seiner Partei in der Wählergunst voraus, wie es ihn seit Jahrzehnten nicht mehr gegeben hatte. Zu allem Überfluß durfte er sich der Unterstützung der Kirche sicher sein. Obgleich er nach der Unterredung mit Cassraw so getan hatte, als lehne er dessen patriotische Hetztirade ab, hatte sie doch Saiten in ihm zum Klingen gebracht, die immer noch vibrierten und keinen geringen Einfluß auf die Vorbereitung seiner heutigen Rede gehabt hatten. Er konnte schon hören, wie sein Name in einem Zug mit denen der großen Führer der Vergangenheit genannt wurde.

Während er an seinem Schreibtisch saß und seine Rede noch einmal durchsah, legte er die eine Hand hierhin, die andere dorthin, neigte das Haupt auf die eine, dann wieder auf die andere Seite, schlug die Beine übereinander und auseinander, das alles für den offiziellen Porträtmaler, der zweifellos noch vor Ablauf dieses Jahres bei ihm vorstellig werden würde.

Während Drommel sich in Positur warf und die Gegenwart damit versüßte, sich eine glorreiche Zukunft auszumalen, sattelte Vredech sein Pferd, um zuerst zu Horlds Versammlungshaus und von dort zum Haus der Zeugen zu reiten. Wie geplant hatten er und Nertha sich nach ihrer Rückkehr am gestrigen Abend von Haus verwöhnen lassen, und als er sich schließlich zu Bett begeben hatte, genoß er in vollen Zügen die Wärme und Geborgenheit, denn das Umsorgtwerden hatte ihn an seine Kindheit erinnert. Er genoß sie um so mehr, als er wußte, daß dieses Gefühl zwar trügerisch, aber nichtsdestotrotz ein Beweis für die selbstlose Zuneigung eines anderen Menschen zu ihm war und ihn aus diesem Grund auf viel subtilere Weise beschützte.

Irgendwie schaffte er es zuzulassen, daß die Aufregungen des Tages über ihn hinweg und durch ihn hindurch fluteten. Was er tun konnte, würde er jetzt tun. Selbst wenn irgendeine mysteriöse Wesenheit, deren wahre Natur sein Begriffsvermögen überstieg, möglicherweise in dieser Welt Fuß zu fassen versuchte, so wirkte sie doch offenbar durch Cassraw, und an diesem Morgen würden sie einfache praktische Schritte unternehmen, die Cassraws wahnsinnigem Erfolg einen Riegel vorschieben würden.

Er schlief fast auf der Stelle ein und blieb weitgehend unbeeindruckt von der Tatsache, daß er offensichtlich wieder durch die Träume von anderen reiste. Selbst als er unkontrolliert zwischen ihnen umhertrieb, gewann er den Eindruck, dies sei eine Gabe, die er zum Wohle anderer einsetzen könnte. Die Erinnerung an den quälenden, blutigen Traum, auf den er nach seiner Rückkehr aus dem Siechenhaus im Schlaf gestoßen war, kehrte zurück und bestärkte ihn in seiner Absicht. Ein Traum voller mörderischer Leidenschaft und doch kalt und gleichgültig gegenüber allem, was nicht er selbst war. Ein Traum, der nur das Produkt eines zutiefst gestörten Geistes sein konnte. Und dennoch hatte er etwas Vertrautes an sich gehabt. Wenn es ihm gelingen würde, den Träumer zu identifizieren, konnte er ihm möglicherweise helfen. Aber das Gefühl von Vertrautheit ließ sich nicht greifen. Er konnte seinen vagen Ideen keine klare Gestalt verleihen und verlor sich in der Schwärze seines eigenen Schlafs.

Jetzt freute er sich auf das Bevorstehende und fürchtete es zugleich. Er freute sich, weil er etwas tun konnte und weil es richtig war. Er fürchtete sich, weil es Verrat an seinem Freund war. Seine Anspannung rührte zum Teil daher, daß er mit Nertha aneinandergeraten war. Sie hatte mit ins Haus der Zeugen kommen und ihre Version von Cassraws Predigt zum besten geben wollen. Es hatte ein mittelprächtiges Unwetter gegeben, weil er ihr den Wunsch, unbedacht, wie er war, von vornherein abgeschlagen hatte, doch dann hatte er sie nach und nach besänftigen können: Schließlich gehe es um ›Kirchenangelegenheiten‹, und wie würden sie und ihre Kollegen sich fühlen, wenn ein Predigerbruder sich anmaßen würde, ihnen erzählen zu wollen, wie sie die Kranken zu behandeln hätten?

Während er sich auf sein Pferd schwang, zuckte er innerlich bei der Vorstellung zusammen, wie Mueran und Nertha aufeinanderprallen würden.

Als wenn er jetzt nicht andere Probleme hätte!

Und auch Skynner schmiedete an diesem Tag Pläne. Oder versuchte es wenigstens. Der Dienstplan der Hüter, der ihm und vor ihm zahllosen anderen gute Dienste geleistet hatte, befand sich in völliger Auflösung. Der erste Mord hatte ihn stark belastet, der zweite hatte diese Belastung mehr als verdoppelt, die Vorgänge auf dem PlasHein-Platz jedoch hatten ihn nutzlos gemacht. Nicht genug damit, daß mehr Arbeit zu tun war, sie war auch noch ganz anders geartet als vorher, da die ranghöheren Offiziere sich in heller Aufregung abmühten, neue ›Vorgehensweisen‹ für die Kontrolle großer Menschenmassen zu entwerfen. Sie hielten Sitzungen ab, bildeten Arbeitsgruppen, bereiteten Berichte vor, versprachen dieses, versprachen jenes, versprachen alles, nur um einen nach Taten schreienden Haufen ebenso unfähiger Heinder zu beschwichtigen. Das einzige, was sie nicht taten, war, diejenigen um Rat zu fragen, die ein paar praktische Gesichtspunkte zu der Angelegenheit hätten beitragen können. Das wiederum verlieh den Vorgängen etwas geradezu erfrischend Normales.

Hinzu kam, daß mehrere von Skynners Männern verwundet worden waren, als sie die Massenpanik auf dem Platz in den Griff zu bekommen versucht hatten, und alle litten noch an Nachwirkungen der einen oder anderen Art.

Skynner ließ den Blick über das Papier vor sich gleiten.

Es handelte sich um die jüngste Anweisung von ganz oben, wie man am heutigen Tag mit der Menge umzugehen gedachte, die man auf dem PlasHein-Platz erwartete. Sie erforderte doppelt soviel Männer, wie ihm zur Verfügung standen. Er legte sie mit einem resignierten Seufzer beiseite und schüttelte den Kopf. Er konnte nicht daran denken, sie zur Ausführung zu bringen, und er konnte sie auch nicht mit ihrem Urheber besprechen: Wenn *der* endlich auftauchte, würde die Menge vermutlich schon zusammenströmen.

Oder sich bereits wieder auflösen, dachte er verbittert.

Er besah sich die Liste der Männer, die ihm zur Verfügung standen. Abzüglich denen, die aufgrund von Verletzungen fehlten, und jenen, die zusätzliche Nachtstreifen in der Lagerhausgegend liefen, blieben ihm herzlich wenig, und die waren zum Großteil übermüdet und mutlos.

Trotzdem, er würde damit zurechtkommen. Seine Männer zu motivieren war etwas, worin er wirklich gut war. Skynner nahm eine Schreibfeder zur Hand und skizzierte in wenigen Minuten eine Lösung für die Probleme des heutigen Tages, während seine Vorgesetzten schäumten und grübelten. Keine ideale Lösung, aber unter den gegebenen Umständen die bestmögliche.

Er würde es schaffen. Seine Männer würden es schaffen.

So blickten alle dem Tag ruhig und erwartungsvoll zugleich entgegen.

Toom Drommel hielt seine zündende Rede – er schaffte endlich den ganzen Oktavensprung, zur hämischen Freude der kleinen Minderheit unter seinen Zuhörern, die ein Ohr für solche Feinheiten hatte –, und die Kastellane, heillos zerstritten und weiterhin die politische

Unfähigkeit demonstrierend, die sie die ganze Zeit an den Tag gelegt hatten, traten von ihrem ursprünglichen Antrag zurück oder, besser ausgedrückt, sie rutschten und taumelten zurück und prallten in völliger Konfusion gegeneinander.

Drommel hatte eine schmerzliche und angespannte Miene aufgesetzt, als sein Moment des Triumphs endlich kam. In Wahrheit fand er es entsetzlich schwierig, nicht laut loszulachen und in offenen Jubel auszubrechen. Ein nervöses Zucken seines linken Fußes war das einzige sichtbare Zeichen jenes Freudentanzes, den er am liebsten aufgeführt hätte.

Trotz der Verkrampfung seiner Kinnmuskulatur gelang es ihm, inmitten des Tumults den formellen Antrag zur sofortigen Auflösung des Heindral zu stellen. Der Führer der Kastellane legte seinen ebenso formellen Widerspruch ein, indem er sich auf Präzedenzfälle, Tradition und das Allgemeinwohl berief. Er versuchte zu retten, was noch zu retten war, indem er in seiner Rede eine gewisse Empörung anklingen ließ, daß man ein solches Prozedere überhaupt in Erwägung ziehe. Trotzdem wußten alle Anwesenden, daß eine Ereigniskette in Gang gesetzt worden war, die unvermeidlich zu einer vorgezogenen Akklamation führen mußte.

Es herrschte große Aufregung.

Toom Drommel im steinernen Kerker seines Körpers strahlte innerlich und sah vor seinem geistigen Auge, wie sich seine Zukunft hell und prachtvoll wie ein goldener Sonnenaufgang entfaltete.

Vredech und Horld stellten ebenfalls Betrachtungen über den für sie unerwartet erfolgreich verlaufenen Tag an, als sie gemeinsam vom Haus der Zeugen zurückritten, auch wenn ihre Stimmung in krassem Gegensatz zu dem ohrenbetäubenden Lärm stand, der aus dem Dach des PlasHein herausdrang. Keiner von beiden rechnete es sich als Verdienst an oder freute sich über das, was vorgefallen war.

Mueran hatte Überraschung geheuchelt, als sie bei ihm vorgesprochen hatten, auch wenn er in Wirklichkeit zutiefst erleichtert war. Gerüchte über Cassraws letzte Heldentat hatten ihn aus allen möglichen Richtungen erreicht. Trotz des wie gewohnt hohepriesterlichen Gebarens, das er an den Tag legte, hatten seine Unschlüssigkeit und sein Jammern über das feindliche Schicksal, das ihm solchen Ärger aufbürdete, ihn kurz vor ihrer Ankunft fast in Panik verfallen lassen.

Weise nickend lauschte er ihren Ausführungen, tippte sich gedankenvoll mit den Fingerspitzen auf die Lippen, runzelte die Stirn, seufzte, schüttelte den Kopf und vermittelte alles in allem den Eindruck, er habe die Sache fest im Griff. Dann hörte er sich ihre Vorschläge an – Cassraw *mußte* dringend vor das Kapitel zitiert werden, um für sein Verhalten gemaßregelt zu werden. Das stand nach dem, was er gesagt hatte, unverrückbar fest. Betrüblicherweise würde jedwede Erklärung, die er abgeben konnte, nur zu einer gewissen Strafminderung führen. Wie zuvor abgesprochen, vermieden Horld und Vredech es tunlichst, Vermutungen bezüglich seiner ›Besessenheit‹ zu äußern oder irgendeinen anderen Grund für Cassraws befremdliches Benehmen vorzuschlagen, außer vielleicht Überarbeitung.

»Das gefährdet seine Stellung in der Hafen-Gemeinde, wißt ihr«, hatte Mueran eingeworfen.

»*Er* gefährdet sie selbst, Bruder«, hatte Vredech kraftvoll erklärt. Sein schlechtes Gewissen verlieh seiner Stimme einen schrillen, scharfen Beiklang. »Nicht wir. Wir haben innerhalb der Kirche ziemlich viel Freiheit, unterschiedliche Meinungen zu vertreten, aber so darf er nicht predigen. Das ist keine leise Anspielung auf weltliche Angelegenheiten mehr – das ist reinste politische Demagogie, wie sie selbst im Heindral seit Dutzenden von Generationen nicht mehr zu hören war, geschweige denn in der Kirche. Ich kann mir nicht vorstellen, was er damit bezweckt, aber er ist Herr seiner Zunge und seines Verstandes, soweit wir wissen. Nichts und niemand zwingt ihn dazu, so zu sprechen, und er muß die Verantwortung dafür tragen.«

Das ließ sich nicht leugnen. Mueran, schon viel ruhiger geworden, da er ja jetzt für den Fall, daß etwas schiefging, jemanden hatte, dem er die Schuld in die Schuhe schieben konnte, hatte ihren Vorschlägen zugestimmt. Man würde Einladungen für eine außerordentliche Sitzung des Kapitels noch vor dem nächsten Gottesdiensttag verschicken. Es war unwahrscheinlich, daß alle Kapitelbrüder teilnehmen konnten, aber es würden genügend da sein, um eine gerechte Anhörung zu gewährleisten.

»Das ist eine ekelhafte Sache«, erklärte Horld schließlich und brach so das Schweigen, das seit ihrem Weggang aus dem Haus der Zeugen auf ihnen gelastet hatte. »Ich weiß, daß wir das Richtige getan haben, aber ...« Er schüttelte den Kopf.

Vredech wußte ihm auch nichts Tröstliches zu sagen. Er brachte noch einmal das Argument vor, mit dem er schon Mueran überzeugt hatte. »Es ist nicht unsere Schuld, Horld. Cassraws Verhalten ließ uns keine Wahl. Wie schlecht wir uns jetzt auch fühlen, wir würden uns noch viel schlechter fühlen, wenn wir nichts unternommen hätten.«

Horld nickte unglücklich. »Ich glaube, es ist die Täuschung in unserer Handlungsweise, das mich bekümmert.«

Vredech sah ihn verdutzt an.

»Diese Sache mit Cassraws Besessenheit«, fuhr Horld fort. »Ich habe die ganze Nacht um Anleitung gebetet, aber ich bin keinen Deut klüger geworden. Ich bezweifle keineswegs die Ernsthaftigkeit deiner Überzeugung, Allyn, aber ich kann es einfach nicht akzeptieren, daß Ahmral wieder menschliche Gestalt angenommen haben und unter uns wandeln soll. Es widerspricht aller Vernunft, dem gesunden Menschenverstand – dem ganzen theologischen Denken der heutigen Zeit.«

»Laß den Namen einmal beiseite«, riet ihm Vredech. »Er ist unwichtig. Hegst du noch Zweifel an der Natur dieses Unbekannten, das dich auf dem Gipfel berührt hat? Oder an der Tatsache, daß du und ich einander in demselben ... Traum begegnet sind und miteinander gesprochen haben?«

Horlds Gesicht hatte einen gequälten Ausdruck angenommen. Er schüttelte den Kopf.

»Dann halte dich an diesem Glauben fest, in aller Stille«, sagte Vredech. »Vor Mueran haben wir nur darüber gesprochen, was Cassraw *gesagt* hat – und das können mittlerweile Dutzende von Leuten bestätigen. Einfache, schlichte, alltägliche Wirklichkeit. Eisen und Kohle. Mein Gefühl sagt mir, und es wird mit jedem Tag mehr zur Gewißheit, daß mit diesen Wolken irgendeine böse Macht – nenn sie, wie du willst – gekommen und von Cassraw Besitz ergriffen hat. Da ist etwas in Gang gesetzt worden, was unser Verständnis von der alltäglichen Wirklichkeit bei weitem übersteigt. Ich werde das immer im Hinterkopf behalten, aber nur mit dir und Nertha darüber reden.« Er wandte sich zu Horld um und sah ihm geradewegs ins Gesicht. »Möglicherweise gibt es unter deinen Gedanken zu dieser Angelegenheit auch einen, der sagt, *ich* sei hier der Irre.«

Horld schrak zusammen und rückte unbehaglich in seinem Sattel hin und her.

»Die Vermutung ist ja auch nicht von der Hand zu weisen«, fuhr Vredech mit einem leichten Lächeln fort, »und ich fühle mich dadurch nicht gekränkt. Aber gesteh mir das Recht zu, das wir, wie vereinbart, auch Cassraw zugestehen wollen: Beurteile mich nach meinen Taten.«

Horld stotterte ein wenig, als er das Wort ergriff. »Es würde mir nicht im Traum einfallen, mir ein Urteil über dich anzumaßen, Allyn«, sagte er. »›Urteilt nicht, auf daß nicht über euch geurteilt werde.‹«

Vredech mußte über die Verlegenheit in Horlds Stimme lächeln, weil er auf ein Santyth-Zitat zurückgriff: »›An ihren Taten sollt ihr sie messen‹«, konterte er mit einem Zitat aus demselben Hohen Kanon. »Ich gestehe dir das Recht zu, ein Urteil über mich zu fällen, Horld. Nein – ich verlange es!« Er tippte sich heftig an die Stirn. »Ich verlange dein strenges, scharfes Urteil über meine Taten und über die Gedanken, die ich dir enthülle.«

Horld war nun wirklich peinlich berührt. »Du hörst dich schon wie Nertha an«, versetzte er aufgebracht. »Mit ihrer Logik und ihrer endlosen bohrenden Fragerei.«

Vredechs Lächeln steigerte sich zu einem Lachen. »Sie ist ruhiger geworden als damals, als ihr beide das letzte Mal die Waffen gekreuzt habt«, sagte er. »Und sie hat sich auch verändert. Ich glaube, sie hat möglicherweise doch noch ein paar Antworten gefunden.« Er schien sich in Gedanken weit zu entfernen. »Sie ist wirklich eine bewundernswerte Persönlichkeit.«

Horld grunzte und warf Vredech einen langen, neugierigen Blick zu.

Vredech unterbrach sein Grübeln und sagte mit ernster Stimme: »Den Gefallen mußt du mir tun, Horld«, sagte er. »Du bist mein Schild gegen meine eigene Dummheit, wie ich vielleicht der deine. Solange wir einander ohne Rücksicht prüfen, glaube ich nicht, daß wir etwas Schlimmes anrichten.«

Horld nickte.

Sie schwiegen, bis sich ihre Wege am Fuße des Berges trennten.

Nachdem Skynner seiner Glücksfee gebührend gedankt hatte, gratulierte auch er sich zu einem erfolgreichen Tag. Die Zuschauertribünen im PlasHein waren bis auf den letzten Platz gefüllt gewesen, aber die Menge, die sich auf dem PlasHein-Platz eingefunden hatte, war bedeutend kleiner als die vor drei Tagen, zweifellos eine Folge der damaligen Ereignisse. Nur wenige Frauen waren gekommen, und Kinder hatte Skynner nicht gesehen.

Als das Ergebnis der Debatte bekanntgegeben wurde, gab es einen Tumult unter den Heindern, aber die Zuschauermenge nahm es erstaunlich gelassen hin. Sie war offenbar mehr daran interessiert, die Kapriolen ihrer Volksvertreter in der Halle unten zu verfolgen, als sie nun, da die Entscheidung gefallen war, zu einer parteiischen Stellungnahme zu ermutigen. Die Menschen auf dem Platz zerstreuten sich ruhig und geordnet. Skynner mit seinen reduzierten Kräften unternahm keinen Versuch, die Menge zu dirigieren, sondern beschränkte sich darauf, einzelne herauszupicken, die so aussahen, als könnten sie Ärger machen, und diese dann in aller Stille abzuführen. Es gab bemerkenswert wenig von ihnen – ein Punkt, der Skynner in seiner Überzeugung bestätigte, daß der vorherige Zwischenfall bewußt geplant und ins Werk gesetzt worden war. Von wem oder zu welchem Zweck, darüber in Ruhe nachzudenken hatte er allerdings noch keine Zeit gefunden.

Und er schob diese Fragen abermals beiseite. Zu gegebener Zeit würde man zahlreiche weitere Stimmen über den Zwischenfall anhören, auch wenn das angekündigte Sonderedikt durch die augenblicklichen politischen Wirrnisse unvermeidlicherweise hinausgezögert wurde. Er würde damit fortfahren, die an jenem Tag verhafteten Jugendlichen zu verhören, aber er hegte kaum Hoffnung, von ihnen viel Aufschlußreiches zu erfahren; sie waren ein hirnloser Haufen, und wenn sie überhaupt etwas damit zu tun hatten, dann nur als unwissende Werkzeuge anderer.

Er stützte sich auf die massive Steineinfassung der Eingangstür zum Hüterhaus und schaute die Straße hinauf und hinunter. Kein übler Tag, dachte er, als er den üblichen Feierabendverkehr beobachtete. Soweit das nach der Katastrophe auf dem PlasHein-Platz überhaupt möglich war, kehrte allerorten wieder Normalität ein. Vielleicht würde er ja heute nacht dazu kommen, einmal wieder anständig zu schlafen.

So verging der Tag für die Menschen von Troidmallos; planvoll, geordnet und für viele sogar erfolgreich. Tatsächlich kehrte wieder Normalität ein.

Als Skynner wieder in das Gebäude hineingehen wollte, erregte eine Bewegung seine Aufmerksamkeit. Eine einzelne Bewegung inmitten des geschäftigen Treibens auf der Straße. Während er sich noch bemühte, sie genau auszumachen, sagte ihm sein durch jahrzehntelange Erfahrung geschärfter Instinkt, daß er sich zu früh beglückwünscht hatte und sein Nachtschlaf alles andere als gesichert war. Je deutlicher die Bewegung wurde, desto lauter begannen die Alarmglocken in seinem Innern zu schrillen, denn obwohl die näherkommende Gestalt noch ein ziemliches Stück entfernt war, meinte er ihren weit aufgerissenen Mund und die schreckensstarren Augen erkennen zu können.

Dieser Eindruck war so lebhaft, daß er die Stufen des Hüterhauses hinunter- und dem Unglücksboten entgegenging, bis er ihn schließlich erreichte. Es handelte sich um einen der jüngeren Hüter, der seine Ausbildung noch nicht lange abgeschlossen hatte. Sein Gesicht war schreckensbleich, der Atem ging stoßweise. Skynner nahm ihn wortlos am Arm und führte ihn aus dem Blick der Öffentlichkeit in das Hütergebäude.

»Beruhige dich, Kerna«, befahl er mit strenger Stimme, als sie drinnen waren. Diesmal riet seine Erfahrung ihm zur Geduld, obwohl ihm überhaupt nicht danach war. »Atme einfach ruhig durch, und dann erzählst du mir, was passiert ist.«

Zu seiner eigenen Überraschung holte der Hüter einmal tief Luft und straffte sich dann. Seine plötzliche Gefaßtheit verstärkte Skynners Besorgnis. Da war etwas *wirklich* Ernstes passiert.

»Ein weiterer Mord«, sagte der junge Mann und deutete hinter sich. »Wieder im Lagerhausdistrikt.«

Skynner stockte das Herz. Aber da war noch etwas, er spürte es.

»Albor ist auch tot.«

Noch während er die Worte hörte, sah Skynner sich Albors Mutter die Nachricht überbringen. Während er sich bemühte, den Gedanken zu verbannen, fühlte er, wie eine Myriade winziger Krämpfe seinen gesamten Körper ergriff, Hände, Arme, Gesicht, alles starr werden ließ und seine Gedanken in feste Bahnen lenkte, als könne jede auch noch so kleine Abweichung dazu führen, daß er endgültig seine Selbstbeherrschung und die Kontrolle über seine Männer verlor. Und beides hatte er nun bitter nötig.

Er stellte eine Reihe einfacher, knapper Fragen: »Wo? Wer ist da? Wer weiß es noch?« Er untersagte sich zu fragen: »Wie?« Das würde er noch früh genug erfahren, jetzt würde diese Frage nur eine weitere Verzögerung bedeuten. Innerhalb weniger Minuten saß er im Sattel und trabte so schnell, wie die geschäftigen Bürger es erlaubten, durch die sonnenbeschienenen Straßen. Seine Selbstbeherrschung war noch immer eisig und hielt sowohl sein Pferd als auch den hinter ihm reitenden Kerna im Zaum.

Eine kleine Menschenmenge hatte sich am Beginn der Gasse gebildet, als er sein Ziel erreichte. Sie teilte sich und ließ ihn durchreiten. Er schaute auf die Neugierigen hinunter. »Meine Herren, alle außer denjenigen, die etwas gesehen haben, gehen jetzt wieder an die Arbeit«, sagte er. Obwohl seine Stimme beherrscht klang, hatte sie etwas, das alle Umstehenden dazu bewog, schleunigst seiner Aufforderung zu folgen.

Skynner hielt kurz inne. Die Gasse war sehr eng und

bekam nur wenig Licht von dem schmalen blauen Streifen Himmel hoch oben. Außerdem war sie mit Unrat gepflastert. Ein Stückchen weiter weg stand eine Gruppe Hüter. In ihrer Nähe lehnte in sich zusammengesunken ein Mann an der Mauer.

Als er sich vorsichtig seinen Weg zu ihnen bahnte, fühlte Skynner sich, als drehe sich die Zeit für ihn zurück. Dies war das dritte Mal, daß er einen solchen Gang unternahm. Die drohend aufragenden Häuserwände engten ihn ein, und am Ende erwartete ihn eine Gruppe verunsicherter Hüter. Einen quälenden Augenblick lang verließ ihn seine Selbstbeherrschung, und Angst überfiel ihn: immer weitergehen zu müssen, sich seinem Ziel zu nähern, aber es nie zu erreichen, und doch einen zerstückelten Körper nach dem anderen ansehen zu müssen, ein unvermeidlicher und irgendwie notwendiger Zeuge der Befriedigung einer großen und unstillbaren Gier.

Er biß die Zähne so fest zusammen, daß es schmerzhaft knirschte, und dann war er wieder er selbst, stellte sich dem, was ihn erwartete, tat, was getan werden mußte. Er umging eine Pfütze aus frischem Erbrochenen und wurde von einem Wachtmeisterkollegen begrüßt, einem wenige Jahre jüngeren Mann, der ebenfalls Mühe hatte, die Fassung zu bewahren. »Der junge Kerna, fürchte ich«, sagte er. »Ich kann es ihm nicht verdenken. Diesmal ist es noch schlimmer als bei den vorigen.«

»Wo ist Albor, Stiel?« fragte Skynner unverzüglich.

Stiel zeigte auf eine Gestalt, die sich beinahe nicht von dem Unrat unterschied, der hier überall den Boden bedeckte. Skynner ging zu ihm und hockte sich neben ihn. Er wollte schon den Umhang wegziehen, den man über ihn gebreitet hatte, doch dann zögerte er, und ein Hauch von Furcht stieg in ihm auf.

»Soweit ich es beurteilen kann, ist sein Genick gebrochen«, merkte Stiel an. »Er ist nicht ... aufgeschlitzt. Wer immer es war, hatte offenbar genug ... Bewegung ... mit diesem da. Er sieht wirklich übel aus. Es scheint, als wenn man regelrecht Stücke aus ihm herausgerissen hätte. Da ist –«

»Schon gut!« unterbrach Skynner ihn in scharfem Tonfall und hob die Hand, um sich weitere Beschreibungen zu ersparen. »Alles zu seiner Zeit.«

Er wappnete sich, zog den Umhang zurück und betrachtete seinen toten Freund und Kollegen. Während er das vertraute Gesicht, nun bleich und leer, und den unnatürlich verrenkten Hals in sich aufnahm, stiegen ein furchtbarer Zorn und Schmerz in ihm auf. Rücksichtslos unterdrückte er beide Empfindungen. Mit ihrer Hilfe konnte er ein Feuer entfachen, in dem er seine Entschlossenheit stählen würde. Das war besser, als sie jetzt in einem Ausbruch leerer Phrasen zu vergeuden.

Mit leicht zitternden Händen berührte er Albors Gesicht. »Er ist schon seit Stunden tot«, sagte er, und in seinen Worten schwang eine Frage mit.

Stiels Blick umfaßte die ganze Gasse. »Hier kommt niemand hin, es sei denn, um seinen Müll abzuladen«, erklärte er. »Es war purer Zufall, daß der alte Lumpensammler da hinten sie gefunden hat.« Er zeigte mit dem Daumen zu dem Mann hinüber, der neben den Hütern auf der Erde saß, den Kopf vornübergesunken, die Arme um die angezogenen Knie geschlungen. Skynner schaute zu Boden. In die zahllosen Gedanken, die er zu ordnen versuchte, schlich sich ein anderer, den Stiels Bemerkung ausgelöst hatte: In dieser Gegend konnten gut noch weitere unentdeckte Leichen herumliegen. Eine wahrhaft scheußliche Vorstellung, die er schnell zu verdrängen versuchte. Wieder sah er in Albors Gesicht.

»Er sieht erstaunt aus«, sagte er mehr zu sich selbst.

»Der andere sieht aus wie das letzte Opfer, nur schlimmer«, äußerte Stiel. »Zu Tode entsetzt.« Er wischte sich die Stirn. »Ich kann von Glück sagen, wenn ich den Anblick heute nacht verdrängen kann.«

»Tu's nicht«, sagte Skynner mit grimmiger Entschlossenheit. Dann, nachdenklicher: »Warum sieht er nur so erstaunt aus?«

Er kannte die Antwort, bevor er die Frage ausgesprochen hatte. Albor hatte die Gasse betreten, um etwas zu überprüfen, er hatte den Mörder gesehen und *erkannt*, und deshalb hatte er sterben müssen, bevor er richtig wußte, was ihm geschah. Aber daraus ergab sich eine Menge weiterer Fragen. Warum Erstaunen und nicht Wut? Und wer hatte ihn so schnell und mit so überlegener Kraft töten können? Albor war kein hilfloser Rekrut, wenn es darum ging, sich zu verteidigen.

Skynner richtete sich auf und rieb sich die Augen. Er fühlte sich alt und nutzlos; ein schreckliches Gefühl. Er unterdrückte den Schmerz, der ihn zu überwältigen drohte. »Wir werden den Oberst bitten müssen, daß er einen Teil der Miliz aushebt«, sagte er und klammerte sich fest an die Erfordernisse des Augenblicks. »Wir werden jede Gasse und jeden unbenutzten Keller hier absuchen müssen, und wir werden Ishryth weiß wie viele zusätzliche Nachtstreifen aufstellen, um die Gegend zu überwachen.«

Stiel runzelte die Stirn, nickte aber. »Ja, das nehme ich auch an«, sagte er. »Aber das wird erhebliche Aufregung verursachen.«

»Weitere Morde erst recht«, hielt Skynner dagegen, wandte sich ab und ging die Gasse zurück. »Und es wird einen Mord nach dem anderen geben, bis wir diesen Wahnsinnigen fassen.«

Als er aus der düsteren Gasse hinaus in den strahlenden Sonnenschein trat, wollte es Skynner scheinen, als sei alles um ihn herum blutigrot gefärbt.

Und ein weiterer unerwarteter Vorfall ereignete sich an diesem durchgeplanten Tag.

Wie es gemeinhin bei abgeschotteten Gesellschaften der Fall ist, wurden die Madren von ihren Nachbarn mit unterschiedlichen Augen betrachtet. Adjektive wie ›verschlagen, selbstgerecht, mürrisch‹ und sogar ›dumm‹ waren weit verbreitet und wurden, um der Gerechtigkeit Genüge zu tun, ihrerseits von den Madren für ihre Nachbarn benutzt. Auch das ist der Fall bei abgeschotteten Gesellschaften.

Doch in diesem Meer vager und allgemeiner Verdächtigungen, gespeist von Gerüchten und Hörensagen und bewegt von der unwiderstehlichen Schwerkraft der Unwissenheit, gab es auch einige wirklich üble Strömungen. Unter jenen, die schlecht über die Madren sprachen, gab es einen, der behauptete, man müsse ihnen eine Lektion erteilten. Und nicht wenige gaben ihm recht.

Nicht, daß diese Strömungen fest und unveränderlich gewesen wären. In jedem einzelnen sowie in der Masse der Gesellschaft unterlagen sie dem ständigen Auf und Ab der Gezeiten, in Übereinstimmung mit Naturgesetzen, die so unveränderlich und unvorhersehbar waren wie jene, die den Wind hierhin und nicht dorthin bliesen. Und in Tirfelden waren die Strömungen in den letzten Monaten recht mächtig geworden.

Während die Heinder sich untereinander zankten und stritten und Privv emsig an der Vermehrung seines persönlichen Reichtums arbeitete, indem er die Geschichten über ihre Aktivitäten ausschmückte und verbreitete, drang der Lärm aller gedroschenen Phrasen weit über die Grenzen von Troidmallos hinaus. Und während die Heinder sich zankten und stritten, entging ihrer Aufmerksamkeit, wer sonst noch seine Ohren spitzte und die unzusammenhängenden und verzerrten Echos der Töne mitbekam, die sie produzierten.

Das war ein Fehler.

In Tirfelden gab es Gesetze, die die Enthüller unter Androhung von empfindlichen finanziellen und manchmal sogar körperlichen Strafen dazu verpflichteten, die

Wahrheit zu berichten. Als einige von Privvs Blättern in Tirfelden aufzutauchen begannen, von besorgten feldischen Bürgern in die Heimat geschickt, die in Canol Madreth lebten, wurden sie auf dem Hintergrund dieser Gesetze gelesen. Die Folge davon war, daß die Flut des Nachbarschaftshasses unaufhaltsam zu steigen begann.

Die offiziellen Vertreter Tirfeldens in Canol Madreth nahmen das Geschrei zur Kenntnis, das über ihr Land angestimmt wurde, während sie selbst nicht zu Rate gezogen wurden. Von ihren Pendants in der madrenischen Bürokratie, wie zum Beispiel den Kastellanen, erfuhren sie nichts Beruhigendes. Im Gegenteil, ganz in ihren hitzigen Streit im Heindral vertieft, verschlimmerten diese die Situation noch dadurch, daß sie die feldischen Offiziellen nicht zu Rate zogen oder ihnen schlicht nicht zuhörten. So sahen sie sich zu ihrem Bedauern gezwungen, hilflos die Schulter zu zucken, wenn man sie nach den wahren Absichten der madrenischen Regierung fragte.

Infolgedessen dauerte es nicht lange, bis die feldischen Autoritäten sich ihrerseits mit größeren Demonstrationen konfrontiert sahen, die verlangten, man solle in Bezug auf die mittlerweile zur Bedrohung gewordenen Madren ›etwas unternehmen‹. Und da es mehr in ihrer Natur lag, geführt zu werden, als selbst zu führen, unternahmen sie etwas.

Und so kam es, daß – während Privv ein weiteres Blatt zusammenschusterte, Vredech und Horld über ihre merkwürdigen Offenbarungen nachsannen, Toom Drommel den Kuß des Schicksals erwartete und Skynner in aller Stille seinen Freund betrauerte – eine Kompanie der tirfeldischen Armee in Canol Madreth einmarschierte.

## KAPITEL 30

Tirfelden blickte, anders als Canol Madreth, aber wie manch anderer Staat in Gyronlandt, auf eine lange Geschichte innerer Zerwürfnisse einerseits und Bedrohungen durch seine Nachbarn oder Aggressionen gegen diese andererseits zurück. Aus diesem Grund hatte es immer irgendeine Form von stehender Armee gehabt. Da es jedoch eine recht lange Periode innerer Stabilität und noch länger keine Bedrohung von außen mehr gegeben hatte, war in jüngster Zeit die Notwendigkeit einer solchen Armee fraglich geworden.

Die Unruhen in Canol Madreth, durch die weite Entfernung und den Mangel an Informationen aus erster Hand über Gebühr aufgebauscht, sowie die Reaktionen, die diese in der feldischen Gesellschaft hervorriefen, erwiesen sich somit als ideale Gelegenheit für jene Gruppierungen, die sich eine Beibehaltung des Heers auf ihre Fahnen geschrieben hatten. Dazu gehörten nicht zuletzt die oberen Ränge der militärischen Hierarchie, selbst, einige aus echter vaterländischer Besorgnis heraus, die meisten jedoch aus Furcht, sie möchten eines Tages gezwungen sein, sich ihren Lebensunterhalt durch ihrer Hände Arbeit zu verdienen.

Da die feldische Armee jedoch das Glück gehabt hatte, nie wirklich in die Schlacht ziehen zu müssen, war sie keine gestählte und erfahrene Kampftruppe. Sie bestand aus einem größtenteils zeremoniellen Offizierskorps, das sich aus den Söhnen der reichen Familien Tirfeldens rekrutierte, und einem entschieden rauheren Element, das sich aus jenen Mitgliedern der Gesellschaft zusammensetzte, welche keinen Beruf hatten – zumindest keinen ehrlichen – oder denen aus anderen Gründen die

Freiheiten und Beschränkungen des Zivillebens zu große Angst machten.

Nichtsdestoweniger war sie fähig genug, daß eine Kompanie in Canol Madreth einmarschieren und das Dorf Bredill einnehmen konnte, das an der Hauptverbindungsstraße zwischen Tirfelden und Canol Madreth lag. Nachdem sie dort Stellung bezogen hatten, galoppierte ein offizieller Abgesandter samt symbolischer Eskorte in prächtigen Galauniformen und mit einem scharf formulierten Ultimatum bewaffnet nach Troidmallos. Dieser setzte die Madren von der Aktion in Kenntnis und nannte sie eine Demonstration der Entschlossenheit und Fähigkeit der feldischen Regierung, ›schärfste Maßnahmen zu ergreifen‹, sollte Canol Madreth seine Absicht verwirklichen, Bürger Tirfeldens auszuweisen und ihre Güter zu beschlagnahmen.

Unglücklicherweise war es bei ihrer Ankunft dunkel, so daß sie nur auf den Hinweis eines verwirrten Hüters hin den Weg in das entsprechende Regierungsbüro fanden. Es war geschlossen. Die Eskorte nahm diskret etwas abseits Aufstellung, während der Abgesandte nachdachte. Das Gerücht ging um, man habe ihn murmeln hören: »Nun, was hätte Mutter in dieser Situation getan?«, aber da bekanntlich die Wahrheitsliebe das erste Todesopfer in jedem Krieg ist, bleibt dieser Ausspruch umstritten. Trotzdem traf der Gesandte, zweifellos in Wirklichkeit eher durch den patriotischen Eifer seiner Offiziere als durch letzte Reste mütterlichen Einflusses angetrieben, seine Entscheidung und befestigte das Ultimatum kühn an der verschlossenen Tür. Mangels Hammer und Nägel war er gezwungen, das Dokument auf eher unschöne Weise zu falten und unter den Eisenring zu klemmen, der als Türgriff diente. Nach dieser Heldentat machten Eskorte und Gesandter sich in einem prächtig hallenden Hufdonner davon.

In einiger Entfernung von der Stadt kamen sie vom Weg ab und mußten einen ortsansässigen Bauern wecken und bezüglich ihres augenblicklichen Standortes befragen.

Die einzige Zeugin dieses historischen Kammerstücks war Leck. Angelockt von dem ungewöhnlichen Geräusch galoppierender Pferde und dem fremden Geruch, den die Neuankömmlinge an sich hatten, war sie zu dem Gesandten geschlichen und rieb sich an seinen Beinen, wodurch sie ihn aus dem Gleichgewicht brachte, als er das Ultimatum mit martialischer Strenge unter den Eisenring klemmen wollte.

Nach seinem Verschwinden sprang Leck an der Tür hoch und riß das Papier herunter, schleppte es unter eine nahe Laterne und las es. Dann legte sie sich darauf und stieß mit geschlossenen Augen einen gellenden Schrei aus, laut genug, um Privv aus jeder Beschäftigung zu reißen, mit der er sich im Moment abgeben mochte.

Im Handumdrehen jagte er die Straße hinunter, um das Dokument selbst in Augenschein zu nehmen.

So kam es, daß die Menschen von Troidmallos vom feldischen Eroberungsfeldzug in ihr Land erfuhren. Nicht von einem öffentlichen Ausrufer mit feierlicher Stimme, sondern von einem hastig produzierten und in einer sehr einfachen Sprache gehaltenen Blatt. Sein Umfang war geringer als gewöhnlich, sein Preis leicht erhöht.

Obwohl Canol Madreth keine Armee besaß, hatte es nichtsdestoweniger eine Bürgerwehr mit langer, altehrwürdiger Tradition. Jeder männliche Madren, außer den ganz jungen und ganz alten, war verpflichtet, ›einen Bogen, dreißig Pfeile, ein Schwert, ein Messer, einen stabilen Stab sowie ein Seil von mindestens zwanzig Schritt Länge zu besitzen und instand zu halten‹, dazu verschiedene weitere Ausrüstungsgegenstände, die ihn im Notfall zu einem schrecklichen und autarken Gebirgskrieger machen würden. All dies war in großer Ausführlichkeit im Annex zum Milizstatut niedergelegt – ein Exemplar davon zu besitzen wurde vom madrenischen Bürger ebenfalls erwartet, natürlich zusammen mit dem Santyth. Unglücklicherweise war Tradition so gut wie alles, was von der Miliz noch übrig war, da die staatlichen Autoritäten sich, abgesehen von einem kurzen Aufflackern ihres sozialen Gewissens, nicht die Mühe machten, ihren Verpflichtungen gegenüber der Miliz nachzukommen, indem sie einen Aushebungsplan und ein Programm für Feldübungen beibehielten. Und da die Männer nun einmal Männer waren, redeten sie lieber über den Krieg, als das Risiko einzugehen, tatsächlich einen zu führen. So kam es, daß die Miliz außer ein paar gewissenhaften Enthusiasten eher ein leeres Wort als eine praktische Realität war, ähnlich der Phrase vom ›wiedervereinten Gyronlandt‹.

Trotzdem wurde das Wort nun zu einem der meistbenutzten, nachdem sich dank Privvs Blatt die Neuigkeiten wie ein Lauffeuer in Troidmallos und seinem Hinterland verbreitet hatten. Mancher Schuppen und manches Dach wurde auf der Suche nach ›diesem alten Bogen‹ und ›meinen Pfeilen, du weißt schon‹ auf den Kopf gestellt.

Zu guter Letzt traf auch der Hausmeister, ein untergeordneter Staatsbediensteter, vor seinem Büro ein und entdeckte das Ultimatum. Der, ein prachtvolles sauertöpfisches Exemplar von Canol Madreths Pförtneradel, betrachtete das nunmehr zerknitterte und beschmutzte Dokument, das da auf seiner Schwelle lag, lange Zeit mit finsterem Blick, bevor er es mit dem obligatorischen Stöhnen aufhob und ungelesen in seine Tasche steckte. Schließlich war es nicht seine Aufgabe, sich mit solchen Dingen zu befassen. Erst nachdem er seine morgendliche Routinerunde erledigt hatte, will sagen, viele überflüssige Feuer in allen Räumlichkeiten zu entzünden, Aktenstapel an falsche Adressen zu transferieren und den Staub umzuverteilen – Fegen war die einzige Tätigkeit, der er mit einem gewissen Eifer nachkam – , ließ er sich dazu herbei, das Dokument an jemanden weiterzureichen. Der Jemand, den er sich ausgesucht hatte, war ein junger Schreiber, der, da neu in seinem Amt, noch zu relativ überstürztem Handeln neigte und deshalb das Dokument las. Da er mit Wappen und Siegel von Tirfelden bestätigt sah, was er kurz vorher mit Schrecken in dem Blatt gelesen hatte, verschlimmerte er seine anfängliche, so ganz unbeamtenhafte Unbesonnenheit, indem er es auf die eigene Kappe nahm, besagtes Dokument persönlich dem Obersten Regierungsrat zu überbringen, anstatt es dem internen Verteilersystem zu überantworten, was darauf hinausgelaufen wäre, es demselben Menschen zurückzugeben, von dem er es erhalten hatte.

Der Oberste Rat war ein gebildeter und kultivierter Mann, der ›nie und nimmer Privvs Blatt lesen würde‹, weshalb sein Exemplar noch immer ungeöffnet in seiner Dokumentenmappe lag, bis sich die Gelegenheit ergeben würde, es zu lesen, ohne daß er fürchten mußte, dabei gestört zu werden. Aus diesem Grunde war er einer der wenigen Menschen in Troidmallos, die nicht über das unerhörte Geschehen informiert waren. Und das wäre er auch geblieben, hätte der Jungschreiber ihm nicht seine Ausgabe von Privvs Blatt mit der Bemerkung auf den Tisch geknallt: »Genau wie's da steht. Was mach'n wa nu?«

Der Oberste Rat war nicht geneigt, die Angelegenheit mit dem Jungschreiber zu erörtern. Da er ein Mann war, der einer Krise nicht hilflos gegenüberstand, brauchte er nur kurze Zeit, um sich auf seine Verantwortung zu besinnen, und nahezu ohne Zögern griff er sich das fragliche Blatt sowie das Ultimatum und flüchtete zu seinem politischen Mentor, was zur Zeit der verwirrte und rapide an Einfluß verlierende Führer der Partei der Kastellane war. Durch Zufall befand sich dieser würdige Volksvertreter auf einem vergleichbaren Botengang. Sie trafen sich auf einem Korridor auf halbem Weg zwischen ihren Amtsstuben. Es handelte sich um einen internen und darum recht finsteren Korridor, da der Hausmeister, zu beschäftigt damit, die Laternen in einem anderen, mit Fenstern versehenen Korridor anzuzünden, es verabsäumt hatte, sich diesem hier zu widmen. Die beiden Männer, die Blätter in die Höhe haltend, bewegten sich aufeinander zu wie kurzsichtige Armeesignalgeber im Dämmer des geborgten Tageslichts, das durch die Türritzen der angrenzenden Büroräume drang.

Vor dieser alles entscheidenden Begegnung jedoch hatten sich andere Ereignisse abgespielt, unabsichtlich von Privv in Gang gesetzt, der, seinem Enthüllerinstinkt folgend, ein Exemplar seines Blatts höchstpersönlich im Hafen-Versammlungshaus abgeliefert hatte. Stumm stand er da, während Cassraw, dem eine nervöse Dowinne über die Schulter sah, das Blatt las.

»Ihr habt dieses Ultimatum mit eigenen Augen gesehen?« fragte Cassraw und wandte sich ihm zu.

»Selbstverständlich«, gab Privv zur Antwort. Er riskierte, ein ganz klein wenig Empörung anklingen zu lassen.

Cassraws Gesicht wurde maskenhaft starr. »Ihr habt gut daran getan, mir dies hier zu bringen«, sagte er. »Die, die mir folgen, werden immer ihre Belohnung erhalten.« Zu seiner Überraschung sah Privv sich im Anschluß daran hinauskomplimentiert, bevor er Cassraw weitere Fragen stellen konnte. Während er wegritt, fragte er sich, wo er Cassraws abschließende Bemerkung schon einmal gehört hatte. Sie klang wie etwas aus dem Santyth, stammte aber nicht daher, soviel wußte er.

Als Privv gegangen war, begab Cassraw sich in den Garten des Versammlungshauses. Dowinne folgte ihm. Lange blieb er regungslos stehen, den Blick starr auf den Ervrin Mallos gerichtet. Auch Dowinne rührte sich nicht, nur daß ihr Blick auf ihren Gemahl gerichtet war.

»Ich habe mich die letzten Tage recht unbehaglich gefühlt«, gestand Cassraw ihr schließlich. »Es ist, als sei Seine Gegenwart auf dem Berg irgendwie gestört worden.« Ein gequälter Ausdruck erschien auf seinem Gesicht. »Ich gerate langsam an meine Grenzen«, fuhr er fort. »Die Klarheit meiner Zukunftsvision, meine Einsicht in die wahre Bedeutung des Santyth, all das wächst mit jedem Tag. Wie auch diese fremdartigen Kräfte, die aus mir fließen.« Er sah auf seine Hände. »Und die Menschen strömen massenweise zum Neuen Weg. Aber ...« Er wandte sich zu seiner Frau um. »Könnte Er mich verlassen? Wäre es möglich, daß ich Ihn irgendwie enttäusche?«

»Du wirst nicht verlassen werden, mein Liebster«, versprach sie. »Diese Selbstzweifel sind sicher nichts als eine Prüfung.«

Als Cassraw keine Antwort gab, drängte Dowinne sich dicht an ihn und umfaßte seinen Arm mit festem Griff. »Eine Prüfung, Enryc«, zischte sie. »Wieviel hast du in diesen letzten Monaten erreicht? Früher warst du ein Schatten gegenüber dem, was du heute bist. Aber wie kannst du erwarten, Sein Arm in dieser Welt zu sein, Seinen großen Plan zu erfüllen, wenn du nicht ständig geprüft und neu geschmiedet wirst?«

Cassraw nickte bedächtig. »Ja«, stimmte er ihr zu. »Du hast recht. Diese Selbstzweifel sind Schwäche, und ich muß jede Schwäche aus meiner Seele reißen, um den Weg für Seine Wiederkunft zu ebnen.«

»Und du mußt Seine Hand in allen Dingen erkennen«, drängte Dowinne ihn und sah ihn vielsagend an. Noch immer hielt sie seinen Arm fest umklammert. »Andere als du müssen geprüft und versucht werden, wenn sie wahrhaft dienen sollen.«

Wieder nickte Cassraw, und sein Gesicht nahm einen erwartungsvollen, drängenden Ausdruck an. »Sein auserwähltes Land wird von Ungläubigen angegriffen«, erklärte er, und seine Stimme wurde zornig. »Die Felden müssen Vorboten des Großen Übels sein, von dem Er sprach. Es ist bereits über uns gekommen, und wir sind unvorbereitet.« Enttäuscht schlug er sich mit der Faust in die geöffnete Hand. »Das ist die Schuld dieser Schwächlinge im PlasHein«, schäumte er. »Wären sie gestern hart geblieben und nicht von ihrer ursprünglichen Absicht abgerückt, hätten die Felden es nicht gewagt, uns zu überfallen. Und auch jetzt werden sie nichts gegen den Feind unternehmen, sie werden nur flehen und betteln, sie möchten doch bitte wieder fortgehen. Sie werden die Hände ringen und jammern, es sei ein tragisches Mißverständnis gewesen. Das sind die Folgen, wenn man von Seinem Weg abkommt. Führerlos irren die Madren umher, hilflose Schafe vor den feldischen Wölfen.«

»Durch Seinen Willen sind die Madren führerlos«, sagte Dowinne. Ihre Stimme war sanft und einschmeichelnd, ihre Augen funkelten. »Er hat ihnen gezeigt, was ihre Führer wert sind, damit sie sich einen neuen wählen können.«

Im Anschluß an ihren spontanen Papierschwenktanz im Dämmerlicht des Korridors beruhigten sich der Führer der Partei der Kastellane und sein Oberster Rat schließlich gegenseitig so weit, daß sie imstande waren zu klären, was überhaupt passiert war. Offenbar war der gestrige Entschluß des Heindral den Felden nicht zu Ohren gekommen. Sie davon in Kenntnis zu setzen war demnach eine höchst dringliche Angelegenheit. Es dürfte vermutlich nicht allzu schwierig sein, sie davon zu überzeugen, daß es nur eine innenpolitische Sache gewesen sei und nie eine ernste Bedrohung bestanden habe, es könnten wirklich Maßnahmen gegen Bürger Tirfeldens ergriffen werden.

Danach würden die Felden gewiß ihre Armee wieder zurückziehen, und dann konnte man weitere Verhandlungen anberaumen, um das Problem mit Takt und Vernunft zu lösen.

Minister, Parteiführer und höhere Beamte wurden hastig zusammengerufen, um eine entsprechende Verlautbarung abzusegnen, und gegen Mittag verließen uniformierte Regierungsboten Troidmallos im Galopp in Richtung Grenze, während öffentliche Ausrufer den bereits ängstlich zusammenströmenden Massen die ergriffenen Maßnahmen verkündeten.

Der Führer der Partei der Kastellane, dessen politischer Horizont durch diese Aktion von außen wieder kurzfristig über die Grenzen des Heindral hinaus erweitert worden war, demonstrierte einen Anflug versöhnlich stimmender politischer Klugheit, indem er sich unter Hinweis auf den provozierenden und sinnlosen Charakter eines solchen Befehls weigerte, die Miliz einzuberufen. Toom Drommel indes, der erneut die Gelegenheit witterte, sich als patriotischer Politiker ohne Fehl und Tadel darzustellen, sprach sich dagegen aus, indem er sich auf die ›lange und stolze Tradition‹ der madrenischen Miliz berief und die Notwendigkeit betonte, ›den Aggressoren Widerstand zu leisten‹. Man ignorierte ihn. Er mochte dazu beigetragen haben, den Tumult im Heindral hervorzurufen, doch er war schließlich nur der Führer einer Splitterpartei, und den Kastellanen und Pflügern bereitete es großes Vergnügen, ihm dies ohne große Worte klarzumachen. Seine neue Baß-Stimme verebbte schließlich zu einem beleidigten Schweigen.

»Jetzt können wir nur noch abwarten«, erklärte der Führer der Kastellane, nachdem die Boten fortgeritten waren. Er griff in seine Tasche, holte eine Flasche hervor und nahm einen tiefen Schluck.

Die Galoppreiter erreichten Bredill ohne Zwischenfall, nicht lange nachdem der feldische Gesandte und seine Eskorte endlich ihren Heimweg gefunden hatten. Sie wurden vor den die Kompanie befehligenden Offizier gebracht, dem sie einen persönlichen Brief ihrer Regierung zusammen mit versiegelten Briefen aushändigten, welche an die staatlichen Autoritäten Tirfeldens weiterzuleiten waren. Der Offizier las den Brief sorgfältig, dann lächelte er und erhob sich.

»Ein Sturm im Wasserglas also, meine Herren«,

wandte er sich an die Eilboten. »Ich kann nicht behaupten, daß ich traurig darüber bin, daß alles abgeblasen wurde, bevor auch nur ein einziger Schwertstreich fiel. Meine Männer und ich werden noch so lange hier bleiben müssen, bis wir neue Befehle von unserer Regierung erhalten, aber ich bezweifle, daß es lange dauern wird. Dann können sich die Diplomaten verdient machen.« Seufzend ließ er den Blick durch das recht provisorische Zelt schweifen, das er bewohnte. »Und dann können wir alle in unsere vergleichsweise bequemen Kasernen zurückkehren.« Er wollte den Madren schon ein Glas anbieten, als ihm einfiel, daß es die mangelnde Erfahrung der Madren im Umgang mit dem starken feldischen Alkohol gewesen war, der diese Situation heraufbeschworen hatte. »Wollt Ihr mit uns zu Abend essen, bevor Ihr nach Troidmallos zurückreitet?« schlug er vor. »Wir haben leider nur Marschverpflegung, aber bislang haben wir deshalb noch keine Toten zu beklagen.«

Die Eilboten jedoch waren nicht sehr angetan von der Aussicht, die Nacht in einer Gegend zu verbringen, die sie für das wilde Grenzland von Canol Madreth hielten, und empfahlen sich.

»Humorlose Bettler«, murmelte der Offizier seinem Adjutanten zu, als sie wegritten. »Was soll's, bei ihrem Anblick wäre sowieso das Bier sauer geworden.«

Und das war das Ende der Verhandlungen.

Die Felden zechten in dem Glauben, ihr Abenteuer zu einem erfolgreichen und schmerzlosen Abschluß gebracht zu haben, bis spät in die Nacht und hielten es nicht für nötig oder vergaßen schlicht, Wachen aufzustellen. Die Feuer ließen sie ausgehen, nachdem sie sich zur Ruhe begeben hatten.

Ein voller und kalter Mond zog über dem Lager der Schlafenden auf, saugte dem Land alle Farben aus und warf lange Schatten von undurchdringlicher Dunkelheit.

Graue Rauchfähnchen stiegen von den heruntergebrannten Feuern auf, bevor sie sich in der Finsternis verloren. Langsam begannen sich Gestalten dem Lager zu nähern. Sie trugen scheinbar Stöcke, obwohl das Mondlicht gelegentlich auf polierten Klingen aufblitzte. Das waren keine ausgebildeten Soldaten, die sich da anschlichen; es gab eine Menge Geflüster, und die Gestalten bewegten sich nicht in einer geordneten Schutzformation vorwärts. Aber sie bewegten sich mit einem einzigen klaren Ziel, und es gab offenbar einen unter ihnen, der das Kommando hatte.

Als sie sich den feldischen Zelten näherten, erstarb das Flüstern. Nichts als die Geräusche der schlafenden Männer war zu hören.

Dann machte ein einziges Wort in der Gruppe die Runde, und schreiend und brüllend fielen sie über die Zelte her, schnitten die Zeltschnüre durch und prügelten und stachen alles nieder, was sich unter den wogenden Zeltwänden bewegte. Die Angreifer waren den feldischen Soldaten zahlenmäßig unterlegen, aber letztere hatten, benommen vom Bier und völlig überrascht von der wilden Attacke, keine Chance, sich zu verteidigen. Eines der Zelte fing Feuer, als eine Laterne umgekippt wurde, und auf dem Höhepunkt des Massakers verwandelte dieses sich in einen scheußlichen Scheiterhaufen, dessen Flammen grotesk zuckende Schatten in das schreckliche Handgemenge warfen.

Plötzlich stürzte eine Gestalt mit brennenden Kleidern aus dem Zelt, das lichterloh in Flammen stand. Der Schrei, den der Mann ausstieß, war jedoch kein Angstschrei, sondern ein Schrei heißer Kampfeswut. Als er sich zwei Angreifern gegenübersah, warf er sich unvermittelt zu Boden, rollte sich weg und stieß beide Angreifer um, während er gleichzeitig seine brennenden Kleider löschte. Blitzschnell war er wieder auf den Beinen, und ein einziger Hieb riß einen weiteren Angreifer von den Beinen und ließ ihn drei Schritte weiter mit gebrochenem

Genick zu Boden fallen. Dann war der Mann verschwunden, floh in die Dunkelheit jenseits des vom Flammenschein erhellten Lagers. Eine Gestalt, eine von mehreren, die sich unauffällig am Rande des Geschehens gehalten hatten, bemerkte seine Flucht und verfolgte ihn in weitem Bogen.

Der Mann hielt nur kurz in seinem stürmischen Ausbruchversuch inne, um zu sehen, wie er seinen Verfolgern am besten entkommen konnte. Er suchte sich eine größere Baumgruppe aus und erreichte sie ungehindert, da ihm niemand auf den Fersen war; der unerwartete Widerstand und die Tatsache, daß drei der ihren so leicht außer Gefecht gesetzt worden waren, hatte die Mordlust derjenigen, die seinen Ausbruch verfolgt hatten, merklich abgekühlt. Er stürmte ein Stück in die schützende Dunkelheit des Wäldchens hinein, um dann stehenzubleiben und sich nach dem brennenden Lager umzuschauen. Instinktiv lehnte er den Rücken gegen einen Baum. Striemen, die selbst in dem vom Blätterdach gefilterten Mondlicht bleich aufleuchteten, verunstalteten sein Gesicht, und seine Kleidung schwelte noch ein wenig. Er schüttelte heftig den Kopf, um Klarheit in seine Gedanken zu bekommen, und schien kurzfristig zu erwägen, zu dem Gemetzel zurückzukehren und seinen armen Kameraden zu helfen. Es bedurfte allerdings kaum der Überlegung, um zu erkennen, daß er nichts tun konnte, außer sich selbst zu retten, nach Tirfelden zurückzufinden und dort zu berichten, was geschehen war.

Als er sich von dem Baum entfernen wollte, erklang in der Nähe eine leise, höhnische Stimme: »Stell dich, und stirb, Frevler.«

Er wirbelte herum. Ein Stückchen weiter weg stand, deutlich sichtbar im Mondlicht, eine Gestalt. Der Mann erschrak, nicht so sehr darüber, jemandem zu begegnen, als deshalb, weil das Gesicht der Gestalt mit Ausnahme zweier lebloser Augen leer war. Eine Maske, wurde ihm fast augenblicklich klar. Aber der Schreck saß ihm noch in den Gliedern, als er sich nun in Erwartung weiterer Männer, die ihn umzingeln würden, duckte. Es kam jedoch niemand. Er warf einen raschen Blick durch die Bäume hindurch zu dem brennenden Lager. Soweit er es trotz der flackernden Schatten erkennen konnte, konzentrierten sich die Angreifer noch immer dort. Dieser hier mußte ihm allein gefolgt sein. Die Wut des feldischen Soldaten kehrte zurück und fegte seinen anfänglichen Schrecken beiseite. Nun gut, dann würde eben ein Madren weniger den nächsten Morgen erleben und diesen mörderischen Verrat feiern! Er maß die wartende Gestalt mit Blicken. Obwohl ein weiter Umhang ihn massig wirken ließ, war der Herausforderer offenbar nicht besonders groß.

Aber trotzdem hatte er etwas Beunruhigendes an sich. Der Felden zögerte.

Dann wich die Gestalt unsicher einen Schritt zurück, als wende sie sich zur Flucht. Die Bewegung zog den feldischen Soldaten an wie einen Jagdhund. Stürmisch griff er die Gestalt an. Seine Hände schlossen sich schon fast um die Kehle des Angreifers, als er im Augenwinkel eine Klinge unter dem Umhang aufblitzen sah und einen tiefen, befriedigten Atemzug hörte. Er versuchte auszuweichen und gleichzeitig mit dem Arm die Klinge abzulenken, aber ohne Erfolg; der andere bewegte sich zu flink. Er spürte, wie etwas scharf über seinen Arm schnitt, und obwohl es nicht weh tat, wußte er, daß das Messer mit einem einzigen Hieb durch Ärmel, Fleisch und Muskeln gedrungen war, denn er konnte auf der Stelle seine Finger nicht mehr benutzen.

*Sehr* scharf, dachte er unpassenderweise. Eine Metzgerklinge. Er hatte sich verschätzt. Er fühlte keine Furcht, nur Wut – auf sich selbst, auf den Angreifer, die Madren, seinen Offizier, auf alles Mögliche. Seine Gedanken kreisten um die Tatsache, daß er seinen Rückweg nach Tirfelden nun in schwer verwundetem Zustand würde schaffen müssen. Er mußte diesen Messerstecher rasch erledigen und etwas zum Verbinden finden, bevor er zuviel Blut verlor.

Doch sein Geist, der um zukünftige Entscheidungen kreiste, ließ seinen Körper führerlos in jenem madrenischen Wald zurück. Er taumelte unter einem Hieb nach dem anderen, den der Angreifer austeilte. Zunächst kämpfte dieser fast träge, dann jedoch mit zunehmender Geschwindigkeit, bis er schließlich entfesselt auf den Felden einstach und dieser in die Knie ging und dann mit dem Gesicht nach unten auf den Waldboden fiel, während sein zu Tode entsetzter Geist in Regionen floh, die sich der menschlichen Vorstellungskraft entziehen.

Die Gestalt hockte sich ein kurzes Stück von dem Felden entfernt hin und wartete, bis sich der Körper nicht mehr bewegte. Es dauerte eine Weile. Dann kroch sie wie ein Aasfresser, der seine Beute wittert, auf den Leichnam zu, zog die Handschuhe aus und begann mit den Händen über die offenen Wunden zu streichen, bis sie von oben bis unten mit Blut und Eingeweiden besudelt waren.

»So möge es allen Deinen Feinden ergehen, Herr. Nimm dieses Opfer als Sühne für die Erneuerung Deines Wegs, der so frevelhaft entweiht worden ist«, flüsterte die Gestalt mit ekstatisch zitternder Stimme. Während sie sprach, hielt sie ihre geschwärzten, vom Mondlicht beschienenen Hände in die Höhe. Ein kurzer Laut erklang, wie das leise Seufzen des Windes, und schlagartig waren sie wieder sauber.

Die Gestalt erhob sich und verschwand geräuschlos zwischen den Bäumen.

Nur zwei Männer überlebten den Überfall auf das Lager, und das nur, weil sie bewußt verschont wurden. Umzingelt von den sich hinter ihren Masken versteckenden Siegern, standen sie betäubt und entsetzt da, erfüllt von einer gräßlichen Angst vor dem, was ihnen bevorstehen mochte. Der Kreis öffnete sich, und eine untersetzte, kräftige Gestalt betrat den Raum in seiner Mitte und näherte sich den beiden Soldaten. Es war Cassraw. In seinem Gesicht stand ein Ausdruck des Jubels, und seine Augen leuchteten vor Inbrunst. »Auf die Knie!« befahl er mit schroffer Stimme. »Auf die Knie, und betet!«

Einer der Männer zögerte, aber der andere zog ihn herunter. Cassraw beugte sich zu ihnen und machte eine weitausholende Geste über das zerstörte Lager. »Sagt Ihm Dank, daß ihr auserwählt wurdet, das Schicksal all jener zu erblicken, die sich Ihm widersetzen und es vorziehen, dem Großen Übel zu folgen.«Ein unsteter Chor von »So sei es!« und »Lobet Ihn!«-Rufen aus den Reihen der Zuschauer untermalte seine Rede. »Sagt Ihm Dank, daß euer Leben verschont wurde, damit ihr Seinen Feinden die Nachricht bringen könnt. Sagt eurem Volk, daß Seine Wiederkunft nahe ist und daß Gyronlandt wieder unter Seinem Banner vereint werden wird. Sagt ihm das, und sagt ihm auch, wenn es nicht auf den Weg der Rechtschaffenheit zurückkehrt, dann wird das Werk dieser Nacht über euer ganzes Land geschrieben werden. Sagt ihm, es habe die Wahl, und wählt gut.«

Er nahm das Kinn erst des einen, dann des anderen in die Hand und starrte ihnen in die Augen.

»Geht jetzt. Er wird eurer Flucht Flügel verleihen.«

Die beiden Männer sahen ihn unschlüssig an, dann richteten sie sich taumelnd auf. Cassraw nickte einmal, und der Kreis öffnete sich und ließ sie durch.

Sie rannten hindurch, und der Kreis schloß sich wieder um den wartenden Cassraw. Er wandte sich an sie: »Ein großer und ruhmreicher Sieg, meine Herren«, sagte er. »Durch eure Tapferkeit ist das Dorf Bredill von den Anhängern des Großen Übels befreit worden. Jetzt seid ihr wahrhaft Seine Ritter, geweiht durch das Blut Seiner Feinde. Die Nachricht von dieser großen Schlacht wird sich in Windeseile über ganz Canol Madreth verbreiten – nein, man wird in ganz Gyronlandt von nichts anderem sprechen. Wie Trompetenhall wird die frohe Botschaft all jene erreichen, die Seinem wahren Weg folgen wollen. Und für jene, die sich Seiner Wiederkunft widersetzen, wird sie wie Grabgeläut klingen.«

Einige der Zuhörer fielen auf die Knie, während Cassraw sprach, und begannen inbrünstig zu beten. Unter den anderen machten sich die unterschiedlichen Reaktionen auf ihr nächtliches Werk bemerkbar.

»Warum haben wir diese beiden am Leben gelassen, Bruder?«

»Warum mußten wir so viele töten, Bruder?«

Cassraw beantwortete beide Fragen auf einmal. »Um Furcht und Schrecken unter Seinen Feinden zu verbreiten, meine Kinder. Um mit ihrer Vernichtung zu beginnen, bevor noch ein Schwert gezogen oder ein Pfeil abgefeuert wurde. Bald schon wird der bloße Schatten unseres Kommens ganze Heere in die Knie zwingen. Durch dieses Töten sind zahllose andere Leben gerettet und Seine wahren Feinde enttarnt worden. Ihr seid stark gewesen und habt euch einer widerwärtigen Aufgabe mit Bravour entledigt. Groß wird die Ehre sein, die euch zuteil wird, wenn Er euch am Ende zu Sich ruft.«

Er kniete sich neben den Leichnam des Mannes, den der fliehende feldische Soldat getötet hatte. »Noch in diesem Augenblick steht unser Kamerad Marash vor Seinem Thron und vernimmt Sein Urteil. Und dieses Urteil wird lauten, daß all seine Vergehen vergeben und vergessen sind, weil er sein Leben so tapfer hingegeben hat. Im Kampf gegen Seine Feinde zu sterben bedeutet, als wahrer Märtyrer zu sterben und keine Strafe im Leben nach dem Tode zu erfahren, sondern geradewegs nach Deryon einzugehen, dem Ort der Helden. Dort werden all eure Wünsche erfüllt, und alles, was ihr euch in diesem Leben versagen mußtet, wird euch dort zuteil werden. Tragt ihn mit allen Ehren zurück nach Troidmallos.«

Am nächsten Tag erschien Privvs Blatt erst mit gehöriger Verspätung. Es war kürzer und sogar noch teurer als vorher, aber seine Käufer bemerkten das gar nicht, denn es enthielt nur zwei Artikel. Der eine war eine Wiedergabe der Schlacht von Bredill, in deren Verlauf die tapferen Ritter von Ishryth durch die Nacht marschiert waren, um sich mehreren Elitekompanien Tirfeldens in offener Feldschlacht zu stellen und sie völlig aufzureiben. Mehrere Geschichten kündeten von Unerschrockenheit und kühnem Heldenmut, aber das größte Lob wurde dem einzigen Gefallenen auf madrenischer Seite gezollt, Marash, der bei der Verteidigung eines verwundeten Freundes nicht weniger als sechs feldische Soldaten getötet hatte, bevor er schließlich einem heimtückischen Schwertstreich von hinten erlegen war. Der andere war eine beißende Strafpredigt gegen die Regierung, deren Untätigkeit eine solche Situation erst heraufbeschworen hatte, und weil sie vor der ›durch nichts begründeten feldischen Aggression‹ gekuscht hatte. Der Artikel schloß mit einem Aufruf von Cassraw, er wolle noch in derselben Nacht einen Dankgottesdienst auf dem Gipfel des Ervrin Mallos abhalten.

»Ausgezeichnete Arbeit«, lobte Cassraw Privv, als er ihm den nur leicht abgeänderten Entwurf zurückgab. »Wenn Ihr so weitermacht, wird es im neuen Canol Madreth einen hohen, ehrenvollen Posten für Euch geben.«

Nach ihrem Treffen befand sich Privv in Hochstimmung. Leck sagte nur: »Wir sollten sehen, daß wir hier wegkommen. Das alles ist verkehrt. Wir sollten es nicht tun.« Privv war so entrückt in seiner Begeisterung, daß er ihre Bemerkung nicht einmal hörte.

»Ich habe schon mal meinen Artikel über den Gottesdienst heute nacht angefangen«, verkündete er hingerissen. »Er wird noch besser als der über die Schlacht.«

Die von Cassraw in Gang gesetzten Ereignisse entwickelten eine solche Eigendynamik, daß nichts sie mehr aufhalten konnte. Die hohen Würdenträger, die Privvs Blatt lasen, waren sowohl erzürnt als auch entsetzt, wußten jedoch nicht, was sie unternehmen sollten. Der Oberste Rat der Regierung schickte in aller Eile Meldereiter nach Bredill und Tirfelden, um herauszufinden, was genau vorgefallen war, aber beide wurden in Bredill von einer Gruppe von Cassraws Rittern ergriffen und festgesetzt, ebenso wie alle anderen, die zwischen den beiden Ländern hin und her reisten. Außerdem schickte der Rat einen Befehl an den Oberst der Hüter, daß Cassraw auf der Stelle zu verhaften sei, nur um die verlegene Antwort zu erhalten: »Wofür?« Nur kraft eines Artikels in einem Blatt könne man niemanden verhaften, und falls Cassraws Ritter tatsächlich eine Invasionsarmee vernichtet hatten, wo blieb dann der Gesetzesverstoß? Düster fügte der Oberst in einer Fußnote hinzu, seine Männer wären ohnehin nicht dazu in der Lage, angesichts der Menschenmengen, die beim Hafen-Versammlungshaus zusammenströmten, um zu Cassraw vorzustoßen.

Als das dem Führer der Kastellane zu Ohren kam, trank er seine Flasche in einem Zug leer und bestellte sich die nächste. Der Führer der Pflüger, ein harmloser Idealist, faselte pathetisches Zeug daher, wobei er lang und breit ausführte, was die Regierung unternommen hatte, um diese Ereignisse herbeizuführen, was sie hätte tun sollen und daß sie, die Pflüger, jede Verantwortung dafür von sich weisen würden, und was sie getan hätten, wenn man ihnen die Gelegenheit gegeben hätte, und falls ...

»... es so etwas wie die Sünde nicht gäbe«, murmelte der Oberste Rat beim Hinausgehen vor sich hin, wobei er es gerade noch schaffte, die Tür nicht laut hinter sich zuzuknallen.

Toom Drommel indes überkam eine Offenbarung, als er las, was sich zugetragen hatte. Die nachhaltige Erinnerung an seine Unterredung mit Cassraw und die mächtige Persönlichkeit dieses Mannes überwältigten ihn plötzlich und rissen ihn mit. Das konnte *seine* Stunde werden, sogar mehr noch als sein Triumph gestern. Cassraw war ein Mann, der zweifellos ganz Canol Madreth verändern würde, und diejenigen, die sich ihm nicht anschlossen, würden am Wegesrand verhungern. Er ließ eine Kutsche vorfahren, um sich zum Hafen-Versammlungshaus bringen zu lassen.

Vredech erlitt einen regelrechten Schwindelanfall, als er die Neuigkeiten las; er mußte sich setzen. Einen kurzen Augenblick lang türmten sich all die Zweifel und inneren Qualen, die ihn seit dem Tag von Cassraws seltsamer Verwandlung heimgesucht hatten, zu einer monströsen, ihn verspottenden Woge auf, schwarz und unheilvoll wie die Wolken an jenem Tag, die über ihm zusammenzuschlagen und ihn in den Wahnsinn zu treiben drohte. Doch noch während dies geschah, sagte die Stimme des Pfeifers abermals zu ihm:

»Erstaunen. Ihr werdet fassungslos das Schwert anstarren, das Euch tötet.« Und weiter: »Wenn Ihr ihn jetzt tötet, wird es Euch möglicherweise schlecht ergehen. Aber wenn Ihr ihn später tötet, wird es bereits vielen anderen schlecht ergangen sein.«

Die Erinnerung machte ihn frösteln und beruhigte ihn zugleich auch. Obwohl er seit seiner geheimnisvollen Begegnung mit Horld wieder mit sich selbst im reinen war, konnte er noch immer nicht mit ruhigem Kopf an den Pfeifer denken. Ganz gleich jedoch, ob der Pfeifer real oder ein Produkt seiner Phantasie war, seine Worte hatten sich als beunruhigend prophetisch erwiesen. Wieviel mehr von dem, was er erzählt hatte, würde sich tatsächlich ereignen? Doch während er sich in seinem vertrauten Zimmer mit all den Erinnerungen an die vergangenen Jahre umsah, konnte Vredech sich nicht einmal ansatzweise an die Vorstellung gewöhnen, er könne zu Cassraw gehen und ihn einfach töten. Nein, das war absurd. Mit an Sicherheit grenzender Wahrscheinlichkeit war Privvs Blatt unzuverlässig. Es war schlicht undenkbar, daß ein Trupp Jugendlicher eine Kompanie der feldischen Armee vollständig aufreiben konnte. Zweifellos würde die Regierung schon Maßnahmen ergriffen haben, um herauszufinden, was sich wirklich abgespielt hatte. Ein Entschluß reifte in ihm. Was die anderen auch tun mochten, er zumindest konnte zum Haus der Zeugen hochreiten und Mueran Feuer unter dem Hintern machen, damit er sofortige Schritte gegen Cassraw unternahm. Als er zum Stall hinüberging, hielt er kurz inne, denn nun kristallisierte sich, wenn auch undeutlich, ein weiterer Grund für seine Entschlossenheit heraus: Die Aussicht auf einen von Cassraw auf dem Gipfel des Ervrin Mallos abgehaltenen öffentlichen Gottesdienst ließ tief in seinem Innern Alarmglocken erklingen, die ihn zutiefst verstörten. Er zitterte am ganzen Leib.

Spät am Nachmittag kletterte eine einsame Gestalt über die Felszacken auf dem Gipfel des Ervrin Mallos. Sie trug einen verschmutzten Reiseumhang und eine Maske, die sie als einen der Ritter von Ishryth auswies, der am Gemetzel von Bredill teilgenommen hatte. Sie kniete vor dem besudelten Fels nieder, von dem Nertha behauptet hatte, er sei der Brennpunkt allen Übels, das um den Berg hing, und umarmte ihn mit gesenktem Haupt.

Dann zog sie die Handschuhe aus und streckte die Hände zum Himmel empor. Die Luft um den Gipfel schien lustvoll zu erzittern, und die Hände waren plötzlich mit Blut bedeckt. Die Gestalt rieb sie bedächtig aneinander, als wasche sie sich. Das Blut begann von ihnen herunterzulaufen und auf den Felsen zu tropfen, zunächst langsam, dann in einem stetigen Rinnsal, bis es die flache Mulde in der Mitte des Felsens gefüllt hatte und über ihre flachen Ränder lief. Dann strömte es über den Stein und floß an ihm herunter.

Die Gestalt sprach: »Blut und Schrecken bringe ich Dir erneut, Herr, um den Weg zu erneuern. Deine Macht in mir wächst, und sie wird kein Ende haben. Dein Wille wird geschehen.«

Dann herrschte tödliche Stille um den Gipfel. Die Gestalt mit nun sauberen Händen beugte sich vor und umarmte den Felsen erneut, um dann zielstrebig, aber ohne Anzeichen von Hast, wieder hinunterzuklettern und zu verschwinden.

Ein langer, klagender Seufzer hüllte den Gipfel ein.

# KAPITEL 31

Vredech war so mit seinen Sorgen um Cassraw beschäftigt, daß ihm kaum auffiel, welche Aufregung bei seiner Ankunft im Haus der Zeugen herrschte. Der Stallknecht, der sein Pferd in Empfang nahm, murmelte etwas wie »Wo soll ich das denn noch hinstellen?« vor sich hin, doch Vredech stand schon auf dem oberen Treppenabsatz, bevor er die Nörgelei bewußt zur Kenntnis nahm. Außerdem war er nicht in der Stimmung, um den Mann zur Rede zu stellen.

Als er die Haupttür hinter sich schloß, bewog ihn der Anblick von zwanzig oder dreißig ziellos durch die hochgewölbte Eingangshalle hastender und aufgeregt durcheinanderredender Novizen dazu, innezuhalten und stehenzubleiben. Jahrelange Gewöhnung an die strenge Kirchenhierarchie ließ seine unmittelbaren Sorgen erst einmal in den Hintergrund treten.

»Was hat das zu bedeuten?« rief er mit lauter Stimme in den Krach hinein. »Dies ist das Haus der Zeugen der

Kirche des Ishrythan und kein Marktplatz. Geht sofort auf eure Zimmer. Nutzt die Energie, die ihr für dieses unwürdige Schauspiel benötigt, lieber für eure Studien!«

Der Geräuschpegel senkte sich auf der Stelle, aber die Aufregung blieb.

»Aber Bruder Vredech, was wird geschehen? Das halbe Kapitel ist da, und in der Halle des Disputs geht es hoch her«, sagte jemand.

»Es geschieht, was geschehen wird«, verkündete Vredech unerbittlich. »Und euch alle hier geht es nicht das geringste an, worüber das Kapitel diskutiert oder in welcher Weise. Und ihr werdet es auch nicht erfahren, wenn ihr euch hier herumdrückt und eure Zeit vergeudet.«

Er beendete seine Strafpredigt, indem er sie mit einer herrischen Geste wegschickte, und sie stoben auseinander wie Blätter im Herbstwind. Die Unruhe indes blieb, nur daß sie nun in ihm war, denn immer noch hallte das Echo vieler Stimmen durch die Eingangshalle. Stimmen, die ihrer Richtung nach zu urteilen aus der Halle des Disputs kommen mußten. Vredech ließ nun seinerseits alle Zurückhaltung fahren und stürmte in recht würdeloser Manier, zwei und drei Stufen auf einmal nehmend, die Treppe hoch und durch den Gang, der zum Ursprung des Lärms führte.

Als er sich der Geräuschquelle näherte, stieg die Wut, die der Anblick der aufgeregten Novizen in der Eingangshalle geweckt hatte, mit Macht in ihm auf, denn die Tür zur Halle des Disputs stand halb offen, und der Krach, der herausdrang, ließ die Aufregung in der Eingangshalle als geringfügig erscheinen.

Mit grimmiger Miene drückte er sich durch die Tür und beobachtete das Geschehen eine Weile. Wie die Novizen ihm berichtet hatten, war das halbe Kapitel anwesend, aber offenbar herrschte heillose Unordnung. Mueran saß am Kopfende des Tischs und schlug von Zeit zu Zeit mit flacher Hand auf die Platte, um sich Gehör zu verschaffen. Er sah nicht gut aus. Auf der einen Seite saß

Horld mit umwölkter Stirn und unheilverkündender Miene, auf der anderen ein äußerst bekümmert dreinblickender Morem. Die anderen redeten scheinbar alle gleichzeitig, manche sprachen mit sich selbst, manche mit ihren Brüdern. Vier von ihnen hatten sich erhoben und gestikulierten wild in Muerans Richtung. Dessen Auf-den-Tisch-Hauen schien keinerlei Wirkung zu zeigen.

Vredechs Zorn drohte vorübergehend in Verzweiflung umzuschlagen, als er die Führer seiner Kirche in so aufgelöstem Zustand erblickte. Wie alle, die für den reibungslosen Ablauf einer Institution verantwortlich waren, hatten sie von Zeit zu Zeit unter Parteikämpfen zu leiden, die manchmal sehr schwierig und unangenehm werden konnten, aber das hier ...

Seine Wut kehrte mit doppelter Kraft zurück.

Er riß die Tür weit auf und knallte sie geräuschvoll zu. Das Geräusch füllte den Raum aus und führte dazu, daß sich alle Augen ihm zuwandten. Er trat vor. »Um Himmels willen«, sagte er wutentbrannt, »der Krach eures Gezänks ist im ganzen Gebäude zu hören. Ich habe gerade der Hälfte unserer Novizen einen Rüffel erteilt, weil sie zehnmal weniger Lärm gemacht haben als ihr hier.«

Bevor irgend jemand etwas sagen konnte, wandte er sich an Mueran.

»Ich bitte um Entschuldigung, Bruder Mueran«, meinte er. »Ich hätte das nicht sagen dürfen, aber ...« Er zuckte die Schultern.

Mueran nickte und bedeutete ihm, auf seinem Stuhl Platz zu nehmen, wobei er sich, ganz untypisch für ihn, seine Dankbarkeit anmerken ließ. Vredechs Einschreiten hatte ihm die Atempause verschafft, die er benötigte, um seine Autorität wiederherzustellen. »Wir sind alle zutiefst erschüttert über das, was passiert ist, Bruder«, antwortete er und hob die Hand, um zwei potentielle Redner zum Schweigen zu bringen und diejenigen, die standen, mit Nachdruck zum Hinsetzen aufzufordern. Seine folgenden Bemerkungen richtete er an die Gesamtheit der Anwesenden. »Eine gewisse Unruhe bei unserer Sitzung ist vielleicht unvermeidlich. Aber«, jetzt hatte er alles wieder fest im Griff, »Bruder Vredechs Tadel kam zur rechten Zeit und war auch berechtigt. Es führt zu nichts, wenn wir alle durcheinanderschreien.«

Eine Gestalt am entgegengesetzten Ende des Tischs sprang auf. »Aber Bruder Mueran, ich bestehe darauf –«

»SETZ DICH, UND SEI STILL!« Muerans Stimme ließ selbst Vredech zusammenfahren und rief ihm ins Gedächtnis, daß dieser wankelmütige und heuchlerische Mensch einmal für seinen Ehrgeiz berüchtigt und einer der meistgefürchteten Männer in der Kirche gewesen war. »Diese Versammlung mag unter ungewöhnlichen Umständen zustande gekommen sein, aber wir werden sie den Regeln gemäß durchführen.« Er blätterte durch ein paar Papiere vor sich, aber Vredech fiel auf, daß seine Blicke nicht auf sie gerichtet waren. »Vor zwei Tagen ...« Vorübergehend brach sein wahres Wesen wieder durch. »Ist es wirklich erst zwei Tage her?« fragte er sich mit leiser Stimme und schüttelte ungläubig den Kopf. Dann war er wieder das Bundesmitglied. »Vor zwei Tagen wurde der Wunsch an mich herangetragen, ich möchte eine Kapitelsitzung einberufen, um das beklagenswerte Verhalten von Bruder Cassraw ...«

»Nein!« schrien mehrere Stimmen auf.

»Seid still!« donnerte Mueran. »Oder diese Versammlung wird ihre Aufmerksamkeit eurem schändlichen Betragen zuwenden. Dies ist *keine* Diskussion!« Seine Autorität hielt, aber sie stand auf wackligen Füßen. »Es bedarf keines eingehenden Studiums unserer kirchlichen Lehrbücher, um zu erkennen, daß Bruder Cassraw unlängst zwei unerhörte und untragbare Predigten gehalten hat. Mit voller Absicht hat er sich in weltliche Niederungen begeben, die –«

Die Opposition brach wieder hervor.

Mehrere Stimmen erhoben sich gleichzeitig.

»Nein! Das Weltliche und das Geistliche sind eins. Alles andere ist Ketzerei!«

»Bruder Cassraw ist auserwählt, um die Kirche zu erneuern und die Heuchler und haarspalterischen Theologen auszurotten, die nur auf ihre eigene Bereicherung aus sind.«

»Ihm sind die Wahrheiten des Santyth offenbart worden!«

»Ihm sind Kräfte gegeben worden.«

»Er und seine Ritter haben bereits das ganze Land gerettet!«

Muerans Hand flatterte über dem Tisch. Diesmal brachte er nicht einmal die Entschlossenheit auf, auf den Tisch zu hauen. Er wirkte verloren. Die kurze Wiederauferstehung des jüngeren, stärkeren Mannes war wieder vorbei. Vredech verspürte unvermittelt eine Welle des Mitgefühls für Mueran, der erleben mußte, wie all das, wofür er sein Leben lang gekämpft und gestritten hatte, zu Schall und Rauch wurde. Er fühlte sich hin und her gerissen. Er konnte einschreiten und wie schon zuvor die Führung der Versammlung an sich reißen. Horld und Morem würden ihn unterstützen, dessen war er gewiß – er konnte erkennen, daß Horld selbst drauf und dran war, etwas zu unternehmen. Aber das würde den letzten Rest von Muerans Autorität zunichte machen, und wohin würde das dann führen?

Trotzdem, diesen Krawall hinzunehmen wäre noch schlimmer. Ein Blick reihum in die Gesichter der Anwesenden sagte ihm, was geschehen war. Mueran hatte lediglich diejenigen Brüder zusammenrufen können, deren Gemeinden in und um Troidmallos herum lagen – eben die, auf die Cassraw massiv eingewirkt hatte.

Er machte sich gerade bereit, durch den Tumult zu brüllen, als er bemerkte, daß die Tür aufging. Ein Mann mit einfältigem Gesichtsausdruck schaute um die Ecke. Seine und Vredechs Blicke trafen sich.

Vredech brüllte: »Ja, was ist?«

Wie schon zuvor brachte er damit die Versammlung zum Verstummen und lenkte alle Augen zuerst auf sich und dann auf den Novizen, der sich verunsichert im Türrahmen herumdrückte.

»Verzeihung, wenn ich störe, Brüder«, plapperte der Novize drauflos, »aber ich glaube, Ihr solltet Euch ansehen, was draußen los ist.«

Vredech und Horld standen unverzüglich auf. Vredech bedeutete Mueran, er möge die Sitzung vertagen und ihnen folgen. Während das Kapitel seinem Führer durch das Gebäude folgte, sammelte es die meisten Novizen wieder ein, die Vredech kurz zuvor weggeschickt hatte. Einige von ihnen befanden sich im Zustand höchster Aufregung. Vredech warf Mueran einen flüchtigen Blick zu, in der Hoffnung, er möge seinen Befehl von vorhin bekräftigen, aber es bedurfte keiner großen Menschenkenntnis, um zu sehen, daß Mueran sich nur noch von den Ereignissen treiben lassen konnte und nicht mehr in der Lage war, sie aktiv zu beeinflussen.

Am Tor zu den Parkanlagen des Hauses der Zeugen mußten die Brüder feststellen, daß sie Zeugen einer ungeordneten Prozession von Menschen wurden, die den Berg hinaufwanderten. Einen kurzen Moment lang standen sie nur mit offenem Mund da und bestaunten das Schauspiel, dann trat Vredech vor.

»Wohin geht ihr?« fragte er mit lauter Stimme.

Einer der Vorübergehenden wandte sich zu ihm um und lächelte ihn an, aber in seinen Augen stand ein abwesender Blick. »Zum Gipfel, Bruder. Zu Bruder Casscraws Danksagungsgottesdienst für die Errettung unseres Landes von dem Großen Übel.«

»Und um den Ort anzubeten, wo Ishryth Bruder Cassraw erschien und ihn auserwählte, Seine Stimme in dieser Welt zu sein«, fügte ein anderer hinzu.

»So sei es.« Die Stimme kam aus Vredechs Rücken. Als er sich umdrehte, schob einer der Kapitelbrüder sich an ihm vorbei. »Lobet Ihn«, sagte er. »Ich werde mit euch gehen, meine Kinder. Zu dem Einen Wahren Licht.«

Zwei weitere schlossen sich ihm an. »Lobet Ihn, lobet Ihn«-Rufe ertönten in der vorbeiströmenden Menschenmenge. Dann ergriff jemand Vredechs Arm. Der Anblick der Menschenmassen erzürnte und ängstigte ihn so sehr, daß er mit erhobener Faust herumwirbelte, um zu sehen, wer ihn da störte. Er fand sich in Muerans fassungsloses Gesicht starren, und dann fing er ihn in seinen Armen auf, als er zusammenbrach.

»Tretet zurück, tretet zurück. Legt ihn behutsam nieder.« Morem hatte sich zu Vredech vorgedrängt und half ihm, den schlaffen Körper des Bundesbruders auf das Pflaster zu betten. Seine Miene wirkte besorgt, und er begann die Kleidung um Muerans Hals zu lockern.

»Was ist los?« fragte Vredech bestürzt.

Morem, den Kopf an Muerans Brust gepreßt, bedeutete ihm zu schweigen. »Ich weiß es nicht«, gab er dann zu. »Es kann sein Herz sein oder vielleicht auch Blut im Kopf, ich kann es nicht sagen.«

»Es ist der Wille Ishryths«, sagte einer der Brüder mit furchtsamen, weit aufgerissenen Augen. »Er ist niedergestreckt worden, weil er die Wahrheit von Bruder Cassraws Offenbarung geleugnet hat.« Er unternahm Anstalten, sich durch die um Muerans hingestreckte Gestalt versammelte Schar zu drängen und sich dem Menschenstrom auf den Berg hinauf anzuschließen. Da packte Vredech ihn an seiner Soutane, drehte ihn herum und versetzte ihm einen kräftigen Kinnhaken. Der Mann taumelte durchs Tor und in die Menge, wobei er zwei Leute umriß und mehrere andere auseinanderdrängte. Er wurde rasch wieder auf die Beine gestellt, schwankte aber noch heftig, als die Menge ihn forttrug.

Vredech sah auf seine Hand hinunter, und in seinem Gesicht stand ein Ausdruck höchster Verwirrung und größten Entsetzens. »Was habe ich getan?« stammelte er, umfaßte seine abgeschürfte Faust und führte sie voller

Abscheu an den Mund. Behutsam legte sich ein Arm um seine Schulter. Es war Horld. »Wir müssen uns um Mueran kümmern«, drängte er ihn, aber Vredech war zu schockiert, um zu reagieren. Er schüttelte Horlds Arm ab und ließ den Blick in die Runde schweifen – über die vorbeiziehende Menge, das Haus der Zeugen, die hingestreckte Gestalt Muerans, über die sich ein besorgter Morem beugte. Aber nur ein einziger Gedanke beherrschte ihn. Was war nur in ihn gefahren, daß er einen Amtsbruder geschlagen hatte? Er, der nie in seinem Leben einen anderen Menschen geschlagen hatte und der selbst auch nur ganz selten geschlagen worden war, auch als Kind. Sein Schädel dröhnte vor Entsetzen und Beschämung über seine Tat, als werde eine gewaltige Glocke geläutet.

Ihm war, als käme die Menschenschlange aus einem langen, hallenden Tunnel heraus und verschwinde wieder in ihm, und als seien Mueran und Horld und all die anderen weit, weit weg.

»Mehr Krieger als Prediger.«

Heftiger Widerspruch stieg in ihm auf, als das Echo der Worte des Pfeifers durch seine Gedanken hallte. Und mit dieser Bemerkung fielen ihm auch andere Äußerungen des Pfeifers wieder ein, so auch die Erinnerung an die geschleifte Stadt und ihre hingemetzelten Bewohner. »Dieses Schicksal erwartet alle Völker, die die Dunkelheit in ihrer eigenen Seele vergessen. Lernt die Lektion jetzt, oder sie wird bitter werden.«

Die Dunkelheit in ihrer Seele?

Die Dunkelheit in *meiner* Seele, dachte er.

Nein!

»Lernt die Lektion jetzt, oder sie wird bitter werden.«

»Allyn, komm zu dir, wir müssen uns um Mueran kümmern.« Horlds Stimme stieß durch seinen inneren Aufruhr und riß ihn mit schwindelerregender Schnelligkeit in die Gegenwart zurück. Ein letzter Rest von Bedauern und Reue über die eigene Gewalttätigkeit hielt sich noch am Rande seines Bewußtseins, doch er ignorierte es. Irgendwie hatte es seine Bedeutung verloren.

»Was können wir tun, Morem?« fragte er mit unsicherer Stimme, als er auf Muerans aschfahles Gesicht herunterschaute. »Sollten wir ihn nicht besser nach drinnen bringen?«

Morem schüttelte den Kopf. »Ich denke nicht«, entgegnete er betrübt. »Es ist etwas Ernstes, und ich glaube nicht, daß wir das Risiko eingehen sollten, ihn zu transportieren. Wir brauchen einen richtigen Arzt – jemand muß in die Stadt reiten und sofort einen holen.«

»Laßt mich durch.«

Entschlossene Hände bahnten sich einen Weg durch die Brüder, die sich um Mueran drängten. Sie gehörten Nertha. Vredech empfand Erleichterung, Überraschung und Scham zugleich, sie zu sehen, aber sie kniete sich neben Mueran hin, ohne ihn zu beachten. Ihre erste Untersuchung war flink und geschickt, doch Vredech las das Urteil schon an ihrer Körperhaltung ab, bevor sie sich schließlich aufrichtete.

»Es tut mir leid«, sagte sie. »Aber ich fürchte, er ist tot.«

Entsetztes und fassungsloses Aufkeuchen wurde laut, und mehrere Brüder, Horld eingeschlossen, machten das Zeichen des Kreises über ihren Herzen. Morem schlug sich mit einer eigenartig femininen Geste die Hände vor den Mund. »Es gab nichts, was Ihr hättet tun können«, beruhigte Nertha ihn, während sie ihm die Hand auf den Arm legte.

»Warum?« fragte jemand sinnloserweise. »Warum jetzt? Warum hier?«

Vredech erwartete beinahe, Nertha würde antworten, das könne er wohl besser beurteilen als sie, aber sie schüttelte nur den Kopf, was Vredech ein noch schlechteres Gewissen machte. Schuldgefühle und Wut und Ohnmacht schlugen über ihm zusammen.

»Wir müssen ihn hier wegschaffen«, hörte er Horld

mit gepreßter Stimme sagen. »Weg von diesem ... diesem ...« Er gab es auf. »Bedeckt sein Gesicht. Hebt ihn vorsichtig hoch.«

Vredech wandte sich zu der vorüberziehenden Menge um. Sie schenkte dem Vorfall keine Aufmerksamkeit. Er wollte sie anschreien, sie für die ketzerische Dummheit ihres Tuns verfluchen, für ihr abgestumpftes, gefühlloses Vorbeischlurfen, aber er glotzte sie einfach nur mit offenem Mund an.

Dann stellte Nertha sich vor ihn und musterte ihn scharf. »Allyn, sieh mich an. Sieh mich an!« Sie packte sein Kinn und drehte seinen Kopf herum, bis ihre Blicke sich trafen. In ihren Augen schimmerten Tränen, aber ihre Stimme klang fest. »Das mit Mueran tut mir wirklich leid. Niemand hätte es verhindern können.« Ihr Blick wurde beinahe flehend. »Aber was geht hier vor? Warum hast du diesen Mann geschlagen?«

Vredech bekam ihre Worte kaum mit. »Was tust du hier?« fragte er.

»Haus hat mir von den Menschenmassen erzählt, die hier hochströmen«, antwortete sie ungehalten. »Ich hatte ein ungutes Gefühl.« Sie zuckte verlegen die Achseln und wandte sich von ihm ab. »Ich dachte, ich sollte bei dir sein. Ich hatte Angst.«

»Wovor?« fragte er.

»Ganz plötzlich, vor allem.« Sie schrie fast. »So viele gräßliche Dinge, die passieren, und in so kurzer Zeit. Ich kann es immer noch nicht richtig fassen.« Sie warf einen Blick über die Schulter auf die Menschen, die unaufhörlich an ihnen vorbeistapften, stumpfsinnig, zielstrebig.

»Fassungslosigkeit und Erstaunen sind ein Luxus, den wir uns nicht leisten können.« Vredech bediente sich der Worte des Pfeifers, die ihm gerade in den Sinn kamen. Als Folge seines Gefühlsausbruchs und Muerans Tod reifte ein Entschluß in ihm. »Wir müssen die Realität akzeptieren, wie sie sich uns darstellt, wie unglaublich und unangenehm sie auch sein mag.« Er nahm sie beim

Arm und schloß sich dem spontanen Trauerzug an, der Muerans Leichnam folgte. Als er die Brüder eingeholt hatte, ergriff er Horlds Hand.

»Wir müssen verhindern, daß Cassraw diesen Gottesdienst abhält«, erklärte er mit großem Nachdruck.

Horld bemühte sich erst gar nicht, seinen Zorn zu verbergen. »Ich glaube, wir haben im Moment Dringlicheres zu erledigen, als uns um Cassraws Torheiten zu kümmern, meinst du nicht auch?«

Horlds Zorn weckte seinen eigenen erneut. »Nein, das meine ich nicht«, versetzte er schroff. »Mueran ist von uns gegangen, Ishryth möge ihn gnädig aufnehmen, aber Cassraw führt in diesem Augenblick Hunderte von Menschen an genau den Ort, wo dieses Etwas von ihm Besitz ergriffen hat. Darüber hinaus hat er etwas getan, was zum Krieg mit Tirfelden führen könnte, und wenn dir das noch nicht reicht, er ist als Pfründeninhaber der Hafen-Gemeinde traditionsgemäß das neue Bundesmitglied, bis die offizielle Wahl stattgefunden hat!«

Horld zuckte unter der Wucht dieser kurzen, aber unheilverkündenden Aufzählung zusammen. Die anderen begaben sich ins Haus der Zeugen. Sein Gesicht nahm einen abweisendenAusdruck an, und nach einer Weile murmelte er: »Besser *ich* werde Bundesmitglied als Cassraw!«

Sie nahmen sich nur so viel Zeit, daß Horld Morem und den anderen seine Absicht mitteilen konnte, und dann machten die drei sich unverzüglich auf den Weg und schlossen sich der zum Gipfel hochströmenden Menschenmenge an. Als sie durch das Tor des Hauses der Zeugen schritten, trafen sie Skynner, den eine Mischung aus Neugier und tiefer Besorgnis hergeführt hatte. Er hatte Cassraws Vorhaben, einen Gottesdienst auf dem Ervrin Mallos abzuhalten, instinktiv mißtraut und war in der Hoffnung aufgebrochen, jemand im Haus der Zeugen könne ihn darüber aufklären, ob es kirchlich abgesegnet sei oder nicht. Während er sich seinen Weg durch den Menschstrom bahnte, hatte er den Gedanken, Cassraw aufzuhalten, fast schon aufgegeben. Als er aber von Muerans Tod erfuhr, war er in seinem ursprünglichen Entschluß bestätigt worden.

Die Stimmung in der Menge war merkwürdig. Auf jedes lächelnde oder freudig erregte Gesicht kamen zwei, die von einem grimmigem Ernst verfinstert oder von einem fanatischen Eifer beseelt waren.

»Nicht in Canol Madreth«, hatte er dem Pfeifer nach seiner Vision von der zerstörten Stadt vorgehalten.

»An jedem beliebigen Ort. Zu jeder beliebigen Zeit«, hatte er zur Antwort bekommen.

Er bekam es mit der Angst zu tun. Er stellte fest, daß er die drei Töne des Pfeifers leise vor sich hin pfiff, ein verschlungener, perlender Kontrastrhythmus zum monotonen Stampfen seiner Füße. Der Weg war steil, und alle vier hingen zu sehr ihren eigenen Gedanken nach, um ein Gespräch in Gang zu halten, aber Vredech war froh, die anderen bei sich zu haben.

Als sie die Wasserrinne erreichten, die zu Ishryths Rasen hochführte, benutzte Skynner die Autorität seiner Uniform, um ihnen einen Weg durch die sich dort stauende Menge zu bahnen. Dann benutzte er sie ein zweites Mal, um der kleinen Schar einen Weg durch die verstreuten Menschen zu bahnen, die sich auf dem weichen Gras von Ishryths Rasen ausruhten, bevor sie sich an den abschließenden Gipfelaufstieg machten.

Bevor auch sie diesen letzten Abschnitt ihrer Wanderung in Angriff nahmen, sah Skynner zum Himmel. Wolken brauten sich zusammen – nicht die schwarzen, drohenden, die den schicksalhaften Tag von Cassraws Verwandlung bestimmt hatten –, aber finster und drohend genug, um eine Menge Wasser zu enthalten, so daß die wachsende Menschenmenge sich auf einen nassen Nachteinbruch freuen durfte.

»Das entwickelt sich langsam zu einem Alptraum«, murmelte Skynner. »Nichts gegen Eure Soutane, Brüder, aber ich gewinne langsam die Überzeugung, daß Bruder Cassraw schlicht und ergreifend verrückt geworden ist. Wenn es auf dem Rückweg in Dunkelheit und strömendem Regen nicht zwei Dutzend Verletzte gibt, esse ich freiwillig meinen Schlagstock.«

Vredech und Horld tauschten vielsagende Blicke aus. »Wir versuchen es ihm auszureden, bevor es zu dunkel wird«, meinte Vredech halbherzig.

Aber Horld blieb unbeugsam. Er bediente sich Vredechs Ausführungen von vorhin. »Ein Mann, der angeblich einen Krieg mit unserem unmittelbaren Nachbarn vom Zaun gebrochen hat, wird wegen ein paar angeschlagenen Köpfen und verstauchten Knöcheln kaum schlaflose Nächte haben.«

Vredech ließ das Thema auf sich beruhen und konzentrierte sich darauf, wo er seine Füße hinsetzte. Nertha schwieg die ganze Zeit über. Ihre langen Beine erlaubten es ihr, den anderen scheinbar mühelos immer ein Stückchen voraus zu sein.

Dann hatten sie den Gipfel erreicht.

Eine große Menschenmenge hatte sich bereits dort eingefunden, die sich teilte, um die vier durchzulassen. »Diesmal ist es wohl eher Eure als meine Uniform«, bemerkte Skynner leise zu Vredech und Horld, während sie durch die Gasse schritten, die sich für sie aufgetan hatte.

Nertha flüsterte Vredech ins Ohr: »Es ist viel schlimmer als an jenem Tag. Irgend etwas ist seitdem hier oben passiert.«

Vredech nickte. Die Präsenz, die er gespürt und schließlich vor wenigen Tagen bekämpft hatte, war wieder überall um ihn herum, aber diesmal viel stärker. Er warf Nertha einen verstohlenen Blick zu. Sie war blaß, ihr Gesicht angespannt. »Wir müssen sehr vorsichtig sein«, raunte er ihr zu. Sie schien ihm nicht zuzuhören. Er schüttelte sie am Arm, daß sie erschreckt zusammenfuhr. »Jetzt weißt du Bescheid. Er kann nicht noch einmal von dir Besitz ergreifen.« Er schüttelte sie erneut. »Hast du mich verstanden?« zischte er sie an.

Nertha nickte erregt. »Ja, ja.«

»Fein, denk immer dran«, schärfte Vredech ihr ein. »Halte dich daran fest, was auch geschieht. Einmal haben wir uns Ihm fast zufällig widersetzt. Nun, da wir vorbereitet sind, können wir beide es wieder tun, falls es nötig werden sollte.«

»Ich weiß nicht, wie«, stammelte sie.

»Denk nur immer daran, wer du bist, wer wir beide sind.«

»Es ist viel stärker geworden.«

»Das sind wir auch.«

»Was macht Ihr hier?« Skynners gebieterischer Tonfall beendete ihren geflüsterten Wortwechsel. Er sprach zu einem Trupp von Cassraws Rittern, der offensichtlich die den Gipfel markierende Felsformation bewachte. Sie trugen Masken.

»Bruder Cassraw hat uns aufgetragen –«

»Nimm dieses Ding ab, wenn du mit mir redest, Bursche«, herrschte Skynner ihn an.

Der Ritter wurde frech. »Dies sind die Masken, die wir in der Schlacht von Bredill trugen. Sie sind Ehrenabzeichen. Sie –«

»Kein ehrbarer Mann versteckt sein Gesicht vor dem Gesetz«, entgegnete Skynner, der langsam wütend wurde. »Nehmt sie ab, ihr alle. Was ihr in Bredill gemacht habt, wird zweifellos zu gegebener Zeit Gegenstand eines Edikts werden. Und jetzt tut, was euch befohlen wurde, oder muß ich selbst Hand anlegen?«

Der Ritter zögerte einen Moment lang und schätzte Skynners ehrfurchtgebietende Gestalt mit der auf dem Schlagstock ruhenden Hand ab, um dann die Maske mit sichtlichem Widerwillen abzunehmen und den anderen zu bedeuten, sie sollten seinem Beispiel folgen.

Als die mürrischen Züge des jungen Mannes sichtbar wurden, nickte Skynner. »Das ist schon besser«, sagte er.

»Jetzt weiß ich, mit wem ich rede – Troidmallos' Elite, Mitglieder von Yanos' kleiner Heldenbande. Ich frage mich, ob Bruder Cassraw wirklich weiß, wer alles in seiner phantastischen Rittertruppe mitmacht.«

»Sie sind alle erschöpft«, flüsterte Nertha Vredech zu, als sie ihre eingesunkenen Augen und angespannten Gesichtszüge betrachtete.

»Sie verlassen uns alle«, versetzte Skynner, der einen Teil von Nerthas geflüsterter Bemerkung mitbekam. »Geht, macht, daß ihr wegkommt. Geht nach Hause, und meldet euch morgen früh unverzüglich im Hüterhaus. Es gibt eine Menge Fragen, die wir dir und deinen Freunden gerne stellen möchten.«

Ohne abzuwarten, ob sein Befehl befolgt wurde, stieg er auf den besudelten Felsen. Als er zu der wachsenden Menge sprach, begann es zu regnen. »Hört mir alle zu«, rief er. »Geht jetzt sofort wieder nach Hause. Es ist zu gefährlich, wenn so viele von euch hier oben sind. Die Lichtverhältnisse verschlechtern sich rapide, das Wetter schlägt um, und viele von euch könnten sich beim Abstieg verletzen. Geht, solange ihr noch könnt, und seid vorsichtig.«

Widerspruch wurde laut.

»Der Auserwählte kommt.«

»Wir sind hergekommen, um zu sehen, wo Er Sich dem Auserwählten offenbart hat.«

»Wir sind gekommen, um Dank für die Errettung unseres Landes vor den feldischen Teufeln zu sagen.«

»Geht nach Hause!« brüllte Skynner gegen den wachsenden Lärm an. »Geht jetzt nach Hause.« Er improvisierte. »Hier kann jetzt kein Gottesdienst abgehalten werden. Diese Stätte ist nicht von der Kirche geweiht worden.«

»Diese Stätte benötigt keine Weihe durch die Hand eines Menschen, Wachtmeister.«

Die Stimme übertönte Skynner. Es war Cassraw.

Alle Augenpaare wandten sich ihm zu. »Dies ist Sein

Allerheiligstes«, fuhr er fort und trat vor. »Hierher wird Er zurückkehren, und von hier wird die Erneuerung der Welt in Seinem Geist ihren Ausgang nehmen.« Aus der Menge stiegen Rufe auf: »So sei es!« und »Lobet Ihn!«

Vredech und Horld starrten Cassraw entgeistert an. Er trug die offizielle schwarze Soutane der Kirche, doch darüber hatte er die blutrote Schärpe der Ritter von Ishryth angelegt, und über seinem Arm hing eine der gesichtslosen Masken, die die Ritter in Bredill getragen hatten. Um seine Stirn lag etwas, das wie ein silberner Reif aussah; über der Stirn wölbte er sich zu einem einzelnen sternförmigen Edelstein empor. Hinter ihm stand Dowinne, gewandet in eine lange, schmucklose schwarze Robe. Zu seinen Seiten hatte je eine Reihe seiner Ritter Aufstellung genommen, und hinter Dowinne befand sich eine weitere Gruppe von Rittern, die eine mit der madrenischen Flagge bedeckte Bahre trugen.

»Das ist eine Farce!« empörte sich Horld. »Deine Worte und dein Auftreten sind Gotteslästerung.«

»Ich vergebe dir deine Unbeherrschtheit, Bruder Horld«, entgegnete Cassraw, doch der Blick in seinen Augen war alles andere als vergebungsvoll. »Ich habe soeben vom plötzlichen und tragischen Ableben unseres geliebten Bundesbruders Mueran erfahren. Dein Kummer ist verständlich. Doch wenn auch mein Herz um den Verlust eines teuren Freundes und Ratgebers trauert – sein Szepter fällt an mich, und, in aller Demut, ich werde es annehmen und vorantragen, wie es sein Wunsch gewesen wäre, in unablässigem Streben nach dem Wohle unserer Kirche. Unergründlich sind Seine Wege. Es geziemt sich nicht für uns, sie in Frage zu stellen.«

Horld tat mit blitzenden Augen einen Schritt nach vorn, doch Vredech hielt ihn zurück. Gleichzeitig traten die Ritter an Cassraws Seite schützend vor ihn.

»Wir können nichts tun«, flüsterte Vredech Horld zu. Er hatte furchtbare Angst, daß der ehemalige Hufschmied Gewalt anwenden würde. Und tatsächlich fühlte er, wie er sich mit beeindruckender Kraft gegen seinen Griff stemmte, bevor er schließlich nachgab. »Er hat recht. Im Augenblick hat er die Tradition auf seiner Seite, von diesen Schlägern da und der Menge ganz zu schweigen. Aber wir haben Zeit und die weltliche Macht auf unserer Seite, und die Tradition auch, denn die verlangt, daß innerhalb von fünfzehn Tagen die formelle Wahl des Bundesmitglieds stattfinden muß.«

Cassraw und seine Gefolgschaft näherten sich den Felsen, und Horld und die anderen machten ihnen Platz. Als Cassraw an ihm vorbeiging, suchte Vredech seinen Blick. »Laß ab von deinem Weg, Enryc, ich bitte dich«, sagte er sehr leise und sehr ruhig. »Was immer dich an jenem finsteren Tag berührt hat, es war nicht Ishryth, es war ein uraltes Übel. Vor dir liegt nur das Grauen. Irgendein Teil von dir muß das wissen. Blicke tief in dein Inneres, und finde dein wahres Wesen wieder, bevor du dich selbst und zahllose andere vernichtest.«

Cassraw blieb stehen, und ganz kurz flackerte so etwas wie Zweifel in seinen Augen auf. Aber es war wie ein winziges Kerzenflämmchen, das in einen tosenden Sturm gerät und erlischt, bevor es etwas erhellen kann.

»Folge mir, oder ...« Er stockte. »Folge mir, Allyn. Folge mir. Es gibt keinen anderen Weg. Mir ist alles offenbart worden.«

Rasch wandte er sich ab und blickte zu Skynner hoch, der noch immer auf dem Felsen stand. »Ihr entweiht Sein Allerheiligstes«, sprach er mit drohender Stimme.

Skynner ging in die Hocke und musterte ihn unverhohlen. »Ich stehe auf einem Felsen, Bruder Cassraw. Ich werde mich nicht auf ein theologisches Streitgespräch mit Euch einlassen, aber wenn ich den Santyth richtig im Kopf habe, dann hat Ishryth auf die Frage, ob man ihm einen Tempel bauen solle, gesagt, die ganze Welt sei sein Tempel und solle in gleicher Weise geachtet werden.«

Cassraw knurrte fast: »Eure Auslegung des Santyth ist fehlerhaft, Hüter, wie die manch eines anderen. *Ich* enthülle euch die Wahrheit Seiner Worte, wie sie mir offenbart worden sind und auch in Zukunft offenbart werden. Und nun hebt Euch hinweg!«

Skynner überhörte den scharfen Tonfall dieser letzten Bemerkung und versuchte, an Cassraws Vernunft zu appellieren. »Bruder Cassraw«, begann er, »seht Euch diese Menschen an, und seht Euch dieses Wetter an. Dies ist weder der rechte Zeitpunkt noch der rechte Ort für einen Gottesdienst. Menschen werden zu Schaden kommen.«

»Schaden!« zischte Cassraw. Seine Stimme war trotz aller Kraft leise. Er drehte sich zu der Bahre um, die die Ritter trugen. »*Dieser dort* ist zu Schaden gekommen. Der junge Marash hat den höchsten Preis gezahlt, den ein Mensch zahlen kann, er hat sein Leben durch die Hände der Diener des Bösen verloren. Bei der Verteidigung seines Vaterlands ist er gefallen, weil die, die es hätten verteidigen sollen, sich wie kleine Kinder zanken. Ich fordere Euch zum letzten Mal auf, Wachtmeister: Verlaßt diesen heiligen Felsen!«

Skynner beugte sich vor und brachte sein Gesicht so nahe an Cassraw heran, daß nur er hören konnte, was jener sagte. »Das ›oder sonst‹ in Eurer letzten Bemerkung hat mir ganz und gar nicht gefallen, Bruder. Ich darf Euch daran erinnern, daß Ihr den Befehl eines Staatsbeamten mißachtet, was, wie Ihr sehr wohl wißt, von den kirchlichen Autoritäten nicht gutgeheißen werden wird, wenn Ihr für all dies und das, was noch daraus entstehen mag, zur Rechenschaft gezogen werdet – und das wird bald der Fall sein, das verspreche ich Euch.« Er senkte die Stimme noch mehr, und wie gegen seinen Willen beugte Cassraw sich vor, um mitzubekommen, was Skynner zu sagen hatte. »Falls Ihr mit dem Gedanken spielen solltet, die Angelegenheit weiter zu verschlimmern, indem Ihr diese Schläger dort dazu auffordert, die Hand gegen mich zu erheben, dann bedenkt nicht nur, daß man Euch dafür ebenfalls zur Rechenschaft ziehen wird, sondern auch, wem hier als erstem der Kopf abgerissen wird.«

Cassraw begann angesichts dieses hartnäckigen Widerstands sichtlich am ganzen Leib zu zittern, und sein Gesicht wurde erst kalkweiß, dann rot. Bevor er jedoch etwas sagen konnte, ergriff Dowinne seinen Arm. Er drehte sich abrupt zu ihr um, und Vredech bemerkte, wie ihr Griff sich verstärkte. Abgesehen vom Augenkontakt konnte er keinerlei Austausch zwischen ihnen beobachten, aber Cassraws Erregung legte sich langsam wieder. Als er sich Skynner wieder zuwandte, hatte er ein versöhnliches Lächeln aufgesetzt. Skynner kniff mißtrauisch die Augen zusammen.

»Ich werde mich nicht weiter mit Euch darüber streiten, Wachtmeister«, sagte Cassraw. »Eure Unwissenheit ist dieses Mal noch verzeihlich, aber es ziemt sich nicht, daß ich, der Auserwählte, mich dadurch von meiner Mission abhalten lasse. Ich mache Euch keinen Vorwurf. Es gibt noch viele in diesem Land, die unwissend sind und darauf warten, daß das Eine Wahre Licht ihnen die Wahrheit bringt.« Er legte seine Hände auf den Felsen. »Schaut dennoch, wie Er über Eure Verstocktheit weint.« Bedeutungsvoll senkte er den Blick auf einen Punkt vor Skynners Füßen. Skynner konnte nicht anders, als seinem Blick zu folgen.

Während dieser Konfrontation war unablässig ein feiner Nieselregen gefallen, und der Fels, auf dem Skynner hockte, war rundum naß geworden. In der flachen Vertiefung in seiner Mitte hatte sich Wasser gesammelt. Mit einemmal schäumte es auf und spritzte zornig über Skynners Füße. Gleichzeitig traf ihn ein Regenschwall mitten ins Gesicht, so daß er schützend die Hand hochriß. Keiner der beiden Vorfälle war besonders auffällig oder gewaltsam, aber der Regen und die eigenartigen Wasserwirbel um seine Füße erschreckten Skynner, und beides zusammen bewirkte, daß er ungeschickt den Fels hinunterrutschte.

Cassraw lachte – ein unangenehmes Geräusch, das mehr von Triumph und Bosheit zeugte als von Humor. Die Menge folgte seinem Beispiel. Vredech trat vor und half Skynner auf. Er handelte reflexartig, da er sich beinahe körperlich angegriffen gefühlt hatte, als das Wasser sich auf so widernatürliche Weise zu bewegen begonnen hatte. Seine Haut prickelte wie damals, als Cassraw Dowinnes Fruchtsaft in Wasser verwandelt hatte, und Cassraws Lache schlang sich um ihn wie ein Würgestrick. Wieder kam ihm als Reaktion auf die Präsenz, die er um sich spürte, das Wort *Greuel* in den Sinn; dieselbe Präsenz, die er gespürt hatte, als sie vor nur drei Tagen an eben diesem Ort versucht hatte, von Nertha Besitz zu ergreifen. Und wie damals war die einzige Antwort, die ihm darauf einfiel, Wut. Das Regenwasser, das noch immer auf diese widernatürliche Weise um Skynners Füße sprudelte, senkte sich plötzlich, als sei es von seiner Wut getroffen worden.

»Seid Ihr in Ordnung?« erkundigte sich Vredech.

»Nein, bin ich nicht«, gab Skynner heftig fluchend zurück. Er machte Anstalten, auf Cassraw loszugehen, aber diesmal war es Nertha, die ihn zurückhielt.

»Laßt ihn«, sagte sie einfach. »Es führt zu nichts Gutem, wenn ihr Euch ihm hier widersetzt. Ihr habt getan, was Ihr konntet.«

Skynner sah von ihr zu Cassraw und wieder zurück, dann gab er nach. »Nun gut«, räumte er ein. »Aber da ich schon einmal hier bin, werde ich bleiben, damit wir hinterher wenigstens einen verläßlichen Zeugen haben.«

»Vier Zeugen«, erklärte Nertha, wischte sich den Regen aus der Stirn und warf einen Blick zu Vredech und Horld hinüber.

Cassraw befand sich mittlerweile auf der gegenüberliegenden Seite des Felsens. Er hatte die Arme ausgebreitet. Dowinne stand an seiner Seite, und die Ritter mit der Trage und Marashs Leiche hatten hinter ihm Aufstellung genommen.

»Sein Segen sei mit euch«, intonierte Cassraw.

»So sei es«, sang die Menge wie aus einer Kehle.

»Meine Kinder.« Cassraws Stimme war unnatürlich laut. »Ich habe euch hier versammelt, damit ihr die Stätte sehen möget, an dem Er Sich mir offenbart hat.« Er legte seine Hand auf den Felsen. »Hier, aber vor Monaten, als ich allein und verzweifelt in furchterregender Dunkelkeit zitterte, sprach mitten in meinen Gebeten eine Stimme zu mir. Seine Stimme, meine Kinder. Seine Stimme. Sie ließ mich wissen, daß ein solches Übel sein Haupt erhoben habe, daß Er gezwungen sei, Sich erneut in dieser Welt zu zeigen.« Cassraws Stimme wurde immer lauter, und ein dröhnender, mitreißender Rhythmus begann seine Rede zu durchdringen. »Er erschütterte und peinigte mich bis in die Grundfesten meines Seins. Er zeigte mir Dinge, die eure Seelen zu Tode erschrecken würden, wenn ich sie euch erzählte. Doch Er hielt mich und gab mir die Kraft, die ich brauchen würde, denn Er sagte mir auch, ich sei Sein Gefäß, das Gefäß, das Er auserwählt habe, um die Welt zu heilen und das Werk Seines Feindes zunichte zu machen. Und wie Er mich auserwählte, so wähle ich euch aus: Möget ihr die Flamme sein, die den wahren Glauben in diesem gottlosen Land neu entzünden wird.«

Als Reaktion auf Cassraws steigende Erregung wurden verzückte Schreie in der Menge laut. Da senkte er schlagartig die Stimme und beugte sich vor. Die Menge verstummte auf der Stelle. »Aber schwer wird diese Aufgabe werden, meine Kinder, das vermag ich euch nicht zu verschweigen. Denn Sein Feind hat lange und im Verborgenen daran gearbeitet, Seine Wahrheit zu untergraben.« Er drehte sich um und legte eine Hand auf Marashs Leichnam.

Es regnete jetzt stärker. Vredech spürte, daß ihm das Haar am Kopf klebte. Er fuhr sich durch die Augen, und Cassraw redete weiter:

»Einigen mag der Preis hoch erscheinen – zu hoch, wie

eure geheimsten Gedanken euch vielleicht zuflüstern; etwas, das ihr nicht tun könntet.« Seine Stimme begann sich wieder zu heben: »Aber fürchtet euch nicht, denn dieser scheinbare Verlust ist nur vorübergehend. Denn jene, die in dieser Welt im Kampf gegen Seine Feinde fallen, werden nicht für ihre Sünden bestraft, sondern gerichtet werden, nicht von Seinen furchtbaren Wächtern, sondern von Ihm und Ihm allein, und sie werden für würdig befunden, geradewegs nach Deryon einzugehen. Deryon, jener Ort jenseits unserer Vorstellungskraft, jener Ort, der ist wie diese Welt, nur vollkommen, wo es weder Mühsal noch Schmerzen, noch Leid gibt, und wo einem alles, was man sich wünschen kann, auf die bloße Bitte hin zuteil wird. Dorthin wird der Geist unseres ermordeten Bruders Marash, noch während ich zu euch spreche, in Freuden eingehen.«

»Das ist ja so grotesk und primitiv wie ketzerisch«, murmelte Horld vor sich hin, die Augen fassungslos aufgerissen angesichts dessen, was er hier mitanhören mußte. Vredech nickte, bedeutete ihm jedoch zu schweigen. Er konnte spüren, wie der Regen seinen Rücken durchnäßte, und er zitterte vor Kälte.

Cassraw sah ihn direkt an. »Viele von euch haben mich sprechen hören und verstanden. Groß ist die Weisheit und die Vision derjenigen, die nicht mit gelehrtem Wissen befrachtet sind. Aber es gibt andere – ja selbst unter jenen, die mit eigenen Augen das Wirken Seiner Hand erblickt haben –, die noch zweifeln. Diese verlorenen Seelen verdienen mehr unser Mitleid als unseren Zorn, meine Kinder, mit Blindheit geschlagen, wie sie sind. Aber nur bis zu diesem Punkt kann ihnen ihre Blindheit vergeben werden, denn in Wahrheit ist es frevelhafter Hochmut, der sie sich von Seinem Weg abwenden läßt, selbst wenn er ihnen gezeigt wurde. Wie groß mag dieser Hochmut sein, meine Kinder, der ihnen einflüstert, Seine Wahrheit zu leugnen?« Er legte eine bedeutungsvolle Pause ein. »Nun, nicht minder groß ist Seine Gnade, denn Er hat mir die Macht gegeben, diesen Zweiflern ein Zeichen zu geben.« Die Menge war totenstill. »Mögen jene unter euch, die so schwach sind, daß sie ein Zeichen benötigen, dieses sehen, und wehe, sie wagen, es in Frage zu stellen!«

Als seine letzten Worte über der Menge verhallten, stand er auf, warf den Kopf in den Nacken, so daß ihm der Regen ins Gesicht fiel, und breitete die Arme aus.

Vredech atmete schmerzhaft ein, als er erneut all die Empfindungen spürte, die er auch schon zuvor bei einem von Cassraws ›Wundern‹ gespürt hatte, nur unermeßlich schlimmer. Einen kurzen Augenblick lang meinte er, das Bewußtsein zu verlieren, und in der Tat glaubte er in der Dunkelheit seiner vorübergehend geschlossenen Augen das ihn neugierig ansehende Gesicht des Pfeifers zu erblicken, der den Kopf zur Seite gelegt und seine Flöte offenbar auf dem Weg zum Mund angehalten hatte. Das Bild verschwand, kaum daß er die Augen wieder aufgeschlagen hatte, doch er hörte sich leise die drei vertrauten Noten vor sich hin pfeifen.

Um ihn herum herrschte große Aufregung, und Rufe des Erstaunens erklangen in der Menge. Gleichzeitig hörte er Nertha die Luft anhalten, Skynner fluchen und Horld aufschreien. Als er sich umsah, wurde ihm bewußt, daß der Regen schlagartig aufgehört hatte. Doch jenseits der Menge schien er immer noch zu fallen. Dann entdeckte auch er, was seine Gefährten so erschreckt hatte. Sein Haar, seine kurz zuvor noch durchnäßten Kleider, die Felsen unter seinen Füßen und seine gesamte Umgebung – alles war auf einmal trocken.

# KAPITEL 32

Vredech musterte Nertha besorgt. »Geht es dir gut?« fragte er.

Sie saßen in Vredechs Wohngemächern am Kamin. Zwei niedrig gestellte Laternen gaben ein wenig zusätzliches Licht. Es hätte ein Moment stillen Genießens sein sollen, während sie beide in dem sanften Licht und dem Nachhall des Wohlbefindens schwelgten, in das das Wechseln der kalten, durchnäßten Kleider gegen trockene sie versetzt hatte. Haus hatte ihren Zustand vorausgesehen und war auf alle Eventualitäten eingerichtet, als sie endlich zurückkamen. Aber keine auch noch so große Behaglichkeit vermochte die Spannung zu lockern, die sie verspürten, auch wenn sie es beide in stummem Einvernehmen vor Haus verbargen.

Vredech wiederholte seine Frage, und Nertha nickte nicht sehr überzeugend.

Cassraws unheimliche Machtdemonstration hatte einen Aufruhr hervorgerufen, der erst geendet hatte, als nahezu die gesamte Menge auf die Knie gesunken war. Cassraw warf den vier Menschen, für die sie eigentlich gedacht gewesen war, einen triumphierenden Blick zu, richtete jedoch nicht mehr das Wort an sie.

Statt dessen wandte er sich erneut an die Menge.

»Das ist noch die geringste der Kräfte, die mir gegeben wurden. Täglich wachsen mir neue zu. Erzählt dies allen, die noch zweifeln. Erzählt ihnen, was ihr gesehen habt, was ihr an diesem heiligen Ort empfunden habt. Tragt das Wort in die Welt. Sucht nach Zweiflern, und überzeugt sie. Ihr seid gesegnet vor allen anderen, denn ihr brauchtet kein Zeichen, aber *alle* müssen auf unserer Seite stehen. Die Zeit der Prüfung ist gekommen.«

Dann hob sich seine Stimme wieder. »Zwei Aufgaben habt ihr zu erfüllen. Zunächst müßt ihr die Bürgerwehr ausheben und euch auf die Schlacht vorbereiten. Wartet nicht erst auf Befehle von oben, auf andere Befehle als die, die ich euch jetzt erteile, denn ihr werdet von Schwächlingen und Feiglingen geführt. Ich werde Seine Ritter in eure Häuser schicken, um euren militärischen Rang festzulegen. Und zuletzt«, seine Stimme war wieder leise, aber voller Drohung, die um so furchteinflößender wirkte, als sie von einer fanatischen Begeisterung getragen war, »ihr sollt diesen Ort heiligen und nicht mehr betreten, denn ein großer Tempel wird auf ihm errichtet werden. Ein Tempel so voller Wunder, daß ganz Gyronlandt sich ihm staunend zuwenden und Seine Macht kennenlernen wird.«

An den Rest hatte Vredech nur noch undeutliche Erinnerungen: die stumme Rückkehr ins Haus der Zeugen, die hastige Ermächtigung der noch gebliebenen Mitbrüder, damit sie die Routinegeschäfte des Hauses der Zeugen führen konnten, nicht zuletzt die Vorbereitungen für die Bestattung von Muerans Leichnam. Dann schließlich der angespannte und fast unwirkliche Rückweg im wiedereinsetzenden Regen in den Hafen von Haus' mütterlicher Fürsorge.

Seine Hauptsorge während all dieser Vorkommnisse hatte Nertha gegolten. Sie schien diejenige zu sein, die von Cassraws Demonstration am nachhaltigsten beeindruckt war. Skynner hatte sie am Tor zum Haus der Zeugen verlassen. Er hatte nichts über das ›Wunder‹ gesagt – das hatte er offenbar bewußt verdrängt –, sondern hatte sich auf Cassraws Aufruf zur Aushebung der Miliz gestürzt. Vielleicht sei das Abhalten eines Gottesdienstes auf dem Gipfel des Ervrin Mallos noch legal, vielleicht auch nicht, erklärte er, und auch wenn ihm Cassraws Anmaßung des Amtes des Bundesmitglieds verdächtig erscheine, er sei in solchen Dingen nicht bewandert, und außerdem handle es sich um eine innerkirchliche Angelegenheit. Aber sich die Autorität eines Offiziers anzumaßen, der die Bürgerwehr einberief, war ein zweifellos ungesetzlicher Akt. Die Bürgerwehr konnte *nicht* nach Lust und Laune von einem Einzelnen ausgehoben werden, außer im äußersten Notfall. Sie konnte nur auf Befehl des Heindral einberufen werden, und für die Ausstellung dieses Befehls gab es ausführliche und bis ins kleinste Detail festgelegte Verfahrensvorschriften.

Während Cassraws Taten Skynner dazu bewogen hatten, sich ganz aufs Praktische zu verlegen, hatten sie Horld paradoxerweise völlig von der Richtigkeit von Vredechs Vermutungen überzeugt. »Ich habe es gespürt. Grauenhaft, grauenhaft. Ich habe es gespürt. Genau wie an jenem Tag, nur schlimmer«, sagte er mehrfach auf dem Rückweg den Berg hinunter. Er zitterte viel heftiger, als sich mit der Kälte erklären ließe. Als sie am Tor Abschied nahmen, entschuldigte er sich bei den anderen. »Tut mir leid«, sagte er. »Ich komme ins Faseln. Ich muß nachdenken, beten, um Anleitung bitten. Wenn ich ruhiger geworden bin, komme ich in dein Versammlungshaus.« Er drehte sich halb um, um sich dann mit einem Grinsen noch einmal zu ihnen umzuwenden. »Nein. Ich komme, ob ich mich beruhigt habe oder nicht. Ich komme auf jeden Fall.«

Vredech hatte ihn mit einem unguten Gefühl ziehen lassen, hatte sich aber letztlich mit der Überlegung getröstet, daß Horld ein Mann von Eisen und Kohle sei, der fest in der Realität verankert war.

Realität?

Nun, da er wieder in der Sicherheit seiner eigenen vier Wände saß, kam ihm das Wort mit den drei Tönen des Pfeifers wieder in den Sinn und verspottete ihn. Wo und wie hatte er Horld an jenem mondhellen Abend auf dem Berg getroffen? Wer war der Pfeifer? Existierte er? Was er gesagt hatte, würde eintreffen, aber … Und woher stammte diese schreckliche Macht, die von Cassraw Besitz ergriffen hatte? Mit einer kalten Entschlossenheit, die ihn selbst überraschte, schob Vredech all diese Fragen beiseite und wandte seine ganze Aufmerksamkeit Nertha zu. Sie hatte kein Wort gesagt, seit Cassraw auf so geheimnisvolle Weise den Regen beeinflußt hatte. Obwohl sie Horlds vereinzelte Ausbrüche und Skynners verzweifelte Legalisierungen offenbar mitbekommen hatte, wußte Vredech doch genau, daß sie mit ihren Gedanken woanders gewesen war.

»Nertha, du machst mir angst«, sagte er schließlich. »Hat Er ... es ... wieder versucht, von dir Besitz zu ergreifen? Sag etwas, bitte!«

Da wandte sie sich ihm zu, und für Bruchteile von Sekunden blickte er in ihre fassungslose Seele und verstand. Er sah, daß Vernunft und Logik, die ihre Denkweise beherrschten und ihre Handlungen bestimmten, nicht die einengenden Beschränkungen waren, für die er sie immer gehalten hatte. Sie waren vielmehr Werkzeuge, mit deren Hilfe alle Dinge untersucht und möglicherweise auch begriffen werden konnten. Sie waren Werkzeuge, die auf einer magischen Straße des Lernens und Entdeckens die Dunkelheit verscheuchen und Licht verbreiten konnten, einer Straße, die kein Ende hatte.

Kein Ende.

Und Ehrfurcht und Staunen wurden nicht geringer durch das, was sie enthüllten. Sie wurden nur noch größer.

Aber jetzt hatte sie Angst – schreckliche Angst. Nicht davor, daß diese Werkzeuge sie im Stich lassen könnten, das erkannte er jetzt, sondern daß sie sie in all ihrer menschlichen Schwäche möglicherweise nicht richtig benutzte. Und jetzt bekam *er* es mit der Angst zu tun, denn sie würde angesichts dieser rätselhaften Vorkommnisse ganz gewiß nicht tatenlos zusehen. Sie war Ärztin, Heilerin, und ihre Veranlagung würde nicht zulassen, daß sie sich von etwas abwandte, das solches Entsetzen und solches Leid über die Menschen bringen konnte, ohne daß sie den Versuch unternahm, es zu richten –

oder herauszuschneiden! Er ließ sich vor ihr auf die Knie fallen und umarmte sie. Nach einer Weile schlang auch sie die Arme um ihn, und obwohl sie keinen Laut von sich gab, ahnte er, daß sie weinte. Sie waren nicht länger Bruder und Schwester. Dann sagte sie die Worte.

»Allyn, ich habe solche Angst.«

Die Antwort fiel ihm schwer.

»Ich auch«, sagte er schließlich.

Er preßte sie fester an sich, bis das Weinen schließlich verebbte und ihr Körper merkwürdig steif und abweisend wurde. Er ließ sie los, und umständlich holte sie ein Taschentuch aus ihrer Tasche. Als sie sich das tränennasse Gesicht trocknete und die Nase putzte, entschuldigte sie sich nicht für ihre Tränen, und Vredech sprach sie auch nicht darauf an.

»Wo sollen wir anfangen?« fragte sie mit einem vernehmlichen Räuspern.

Vredech sah sie mit einem seltsamen Blick an.

»Wir müssen etwas unternehmen, Allyn«, fuhr sie ziemlich ungehalten fort. »Man muß Cassraw das Handwerk legen. Dieses ... Ding ... das ihn übernommen hat, richtet ihn völlig zugrunde. Was die anderen auch denken mögen, *wir* wissen es. Und was für Kräfte er entwickelt hat.« Sie schüttelte den Kopf. »Unglaublich.« Unvermittelt lächelte sie, und Vredech war, als gehe ein Licht auf. »Eine heilsame Lektion, die ich da gerade von neuem lernen mußte, Prediger«, fuhr sie fort. »Ich sollte es mittlerweile wissen: nie zulassen, daß die Grenzen meiner armseligen Vorstellungskraft diktieren, was möglich und was unmöglich ist.«

Da bekam Vredech ganz flüchtig, und im Gegensatz zu seinen vorherigen Befürchtungen, Angst, sie könne *nicht* an seiner Seite in die Schlacht ziehen, sondern würde sich in die vertraute Wärme des Zimmers und des Feuers und des behaglichen Zaubers sinken lassen, den Haus für sie gewoben hatte, wie eine kleine Feldmaus, die nichts von den anrückenden Armeen wußte, die über sie hinwegstampfen würden. Man mußte Haus' Zauber als das nehmen, was er war, nicht als das, was er zu sein schien. Aber Nertha zerstreute seine Befürchtungen.

»Wie dem auch sei«, erklärte sie, »unglaublich oder nicht, es war so real wie ein gebrochenes Bein.« Sie warf Vredech einen Verzeihung heischenden Blick zu. »Und es war auch kein Gauklertrick, tut mir leid.«

Vredech winkte ab, dann raffte er sich auf und nahm wieder in seinem Sessel Platz. Nertha griff nach seiner abgeschürften Hand. Er zuckte zusammen, als sie prüfend seine Finger bewegte. Nachdem sie zu ihrer Zufriedenheit festgestellt hatte, daß er sich bei dem Faustschlag nicht ernsthaft verletzt hatte, kicherte sie schuldbewußt und schnalzte mit der Zunge. »Kleine Kinnhaken zwischen Brüdern, häh? Was hätte Vater gelacht!« Sie wirkte jedoch eher betrübt als belustigt und legte die Hand behutsam wieder auf sein Knie zurück. Dann fügte sie in strengem Ton hinzu, als spreche sie zu einem ansonsten aufgeweckten Studenten, der gerade einen Flüchtigkeitsfehler begangen hat: »Wenn du schon jemanden ins Gesicht schlagen mußt, benutz die flache Hand und nicht deine Faust. Du hättest dich zum Krüppel machen können.« Beim Reden führte sie ihm vor, wie man es richtig machte.

Vredech starrte sie fassungslos an, doch bevor er etwas entgegnen konnte, hatte Nertha sich wieder mit nachdenklicher Miene zurückgelehnt. »Es würde viel helfen, wenn wir wüßten, *was* Cassraw übernommen hat«, sagte sie.

Vredech zog eine Augenbraue hoch. Es war die Art von naheliegender Frage, die ihm vermutlich nie eingefallen wäre.

»Ich vermute, ja«, antwortete er vage. »Aber ich weiß nicht –«

Ein lautes Klopfen an der Tür des Versammlungshauses ließ sie beide hochfahren. Es hielt noch an, als Vredech sich erhob und besorgt zur Zimmertür ging. Als er sie öffnete, vernahm er Haus' empörte Stimme, und dann hörte das Klopfen auf. Er blieb stehen und horchte. Im selben Moment schrie Haus auf. Vredech lief in die Eingangshalle. Haus stand in der offenen Tür, während ein Mann in der Uniform von Cassraws Rittern von Ishryth der Länge nach über der Schwelle lag. Ein anderer Mann, klein und kräftig gebaut, und ein weiterer Mann, seiner Kleidung nach zu urteilen, ein Händler, beugten sich über ihn und versuchten ihn aufzurichten.

»Was geht hier vor?« verlangte Vredech in strengem Ton zu wissen. Er war der Meinung, der am Boden liegende Mann sei betrunken.

»Bitte helft mir, ihn aufzurichten, Bruder«, flehte der kniende Mann ihn an. »Bitte! Ich wußte nicht, wo ich ihn sonst hätte hinbringen sollen. Verzeiht. Bitte helft mir.«

»Ihr seid Yan-Elter, nicht wahr?« Vredech erinnerte sich an den Namen des Mannes.

»Was ist los? ... Oh!«

Der Ausruf kam von Nertha, die Vredech unbedingt hatte folgen müssen. Sie kniete sich neben den am Boden liegenden Mann und scheuchte Yan-Elter mit einer sanften Geste aus dem Weg. Vredech nickte dem Mann aufmunternd zu. Der Anblick von Nertha, die sich über die hingestreckte Gestalt beugte, rief ihm Mueran wieder ins Gedächtnis. Ihm wurde bewußt, daß er die Luft anhielt. Diesmal waren jedoch keine resigniert hängenden Schultern zu sehen, als sie sich aufrichtete.

»Hebt ihn hoch, und bringt ihn da rüber«, sagte sie mit befehlsgewohnter Stimme.

Vredech und Yan-Elter hoben den Bewußtlosen hoch und trugen ihn unbeholfen in Vredechs Zimmer. Haus folgte ihnen händeringend. Auf Nerthas weitere Anweisung hin betteten sie ihn auf eine lange Liege. Dann begann sie ihn zu untersuchen. Die Uniform des Mannes war zerrissen und schmutzig, sein Gesicht verschmiert und blutig. »Haus, könntest du mir wohl etwas bringen, womit ich diesen jungen Mann waschen kann, und ein paar Decken?« fragte Nertha, während sie die Laternen heller stellte und eine weitere anzündete.

Vredech wiederholte seine eingangs an Yan-Elter gerichtete Frage, nachdem Haus gegangen war. »Was geht hier vor, Yan?« wollte er wissen.

»Kommt er wieder in Ordnung?« wandte Yan-Elter sich an Nertha, ohne Vredechs Frage zu beantworten. Nertha bedeutete ihnen mit erhobener Hand, zu schweigen, und setzte ihre Untersuchung fort. Ihr Verhalten duldete keine Störung, und so wandte der Mann sich Vredech zu.

»Laßt ihr einen Moment Zeit«, riet Vredech, dessen Miene langsam freundlicher wurde. Nachdem er sich mit einem kurzen Blick bei Nertha vergewissert hatte, fügte er hinzu: »Ich bin sicher, er kommt wieder in Ordnung.« Dann kam Haus wieder ins Zimmer. Sie trug eine Wasserschüssel und ein paar Handtücher, und die beiden Männer wichen vor der nun einsetzenden weiblichen Geschäftigkeit zurück, die den Bewußtlosen am Ende in einen verhältnismäßig sauberen Zustand versetzte.

»Er hat Prellungen und Abschürfungen, hauptsächlich an den Armen und Beinen, und sein Knöchel schwillt böse an, aber er scheint nicht gebrochen zu sein«, erklärte Nertha schließlich, während sie sich die Hände abtrocknete. »Ich konnte keine Anzeichen für schwere innere Verletzungen entdecken, aber wir werden warten müssen, bis er aufwacht, um das mit letzter Sicherheit feststellen zu können.« Dann richtete sie einen erstaunlich strengen Blick auf Yan-Elter und wiederholte Vredechs Frage: »Was geht hier vor? Soweit ich es beurteilen kann, ist er vor allem völlig erschöpft.« Sie wandte sich an Vredech. »Diese Ritter von Cassraw sahen genauso mitgenommen aus.«

Vredech kam dem Mann zu Hilfe und deutete auf einen Stuhl am Kaminfeuer. Yan-Elter hatte kaum Platz genommen, als die Gestalt auf der Liege heftig um sich zu schlagen begann, wobei sie die Decke herunterriß, die man über sie gebreitet hatte, und Haus' Wasserschüssel nur um ein Haar verfehlte. Nertha hielt, so gut es ging, die Arme des Kranken fest. Dann entrang sich dem Mann ein Schmerzens- und Entsetzensschrei, der aus seinem tiefsten Inneren kam. »Halt seine Füße fest! Vorsichtig!« rief Nertha Vredech zu, während sie sich mit ihrem ganzen Gewicht auf den Mann legte, um seine krampfhaften Zuckungen zu unterdrücken.

Yan-Elter ging zum Kopf des Mannes. »So benimmt er sich schon die ganze Zeit. Und er weint auch«, sagte er. Dann, an den Kranken gewandt: »Iryn, ich bin's. Du bist jetzt in Sicherheit. Du bist zu Hause. Alles wird gut werden.« Aber die Erregung des Mannes nahm nur noch zu, und auch seine Schreie wurden lauter. Eine Weile waren alle drei damit beschäftigt, ihn festzuhalten. Plötzlich begann er nach Luft zu schnappen. Nertha setzte sich auf und rümpfte die Nase, dann schob sie das Kinn vor und versetzte ihm eine schallende Ohrfeige. Der Mann riß die Augen auf.

»Jetzt seid Ihr wieder in Ordnung, Iryn.« Nertha schenkte ihm ein gewinnendes Lächeln. »Ihr seid hier in Sicherheit. Entspannt Euch.« Dann wandte sie sich an Vredech und verlieh ihrem Befehl durch einen Ellbogenstoß eine Dringlichkeit, die sie aus ihrer Stimme verbannt hatte: »Hol meine Tasche. Und ein bißchen Wasser für ihn.«

Als die Tasche neben ihr stand, griff sie zielsicher hinein, holte ein kleines Fläschchen heraus und gab ein paar Tropfen in das Wasser.

»Trinkt das«, befahl sie dem noch immer verwirrten Iryn. »Es hilft.«

Iryn umfaßte das Glas mit beiden Händen und kippte den Inhalt ohne Widerrede hinunter. Nertha beobachtete ihn eindringlich. »Wasserentzug und Erschöpfung«, stellte sie fest. »Schlaft jetzt, Ihr seid sehr müde. Schlaft. Wir unterhalten uns später.«

Sie hatte noch nicht ausgeredet, da fielen dem Mann schon die Augen zu.

Nertha betrachtete Yan-Elter jetzt mit mehr Mitgefühl als zuvor. »Ihr seht auch nicht viel besser aus als Euer Freund«, merkte sie an.

»Er ist mein Bruder«, stellte Yan-Elter richtig.

Nertha zuckte mit den Schultern. »Dann seht Ihr eben nicht viel besser als Euer Bruder aus. Er wird jetzt eine Zeitlang schlafen, und das ist genau das, was er braucht. Setzt Euch. Haus wird Euch etwas zu essen und zu trinken bringen, und dann könnt Ihr uns erzählen, was passiert ist.«

Yan-Elter erschlaffte und begab sich zu dem Stuhl zurück, während Vredech sich aufmachte, um Haus Nerthas Bitte zu überbringen. Nertha blieb auf der Kante der Liege bei ihrem Patienten sitzen.

Als Vredech zurückkehrte, saß sie Yan-Elter gegenüber und schaute ihn erwartungsvoll an.

Yan-Elter wurde plötzlich sehr eifrig. »Es ist dieser Verrückte, dieser Cassraw«, brach es aus ihm heraus. »Nichts gegen Eure Soutane, Bruder, aber manche Dinge müssen einfach gesagt werden. Er ist nicht ganz richtig im Kopf.«

Vredech hielt die Hand in die Höhe, um ihn zu beruhigen. »Ich verstehe«, meinte er. »Ihr dürft hier alles sagen, was Ihr wollt, ohne Angst vor Vorwürfen haben zu müssen, aber bitte versucht ruhig zu bleiben und Euch Zeit zu nehmen. Was hat Cassraw damit zu tun, daß Euer Bruder sich in diesem Zustand befindet?«

Yan-Elter preßte die Hände gegen seine Schläfen, als versuche er Ordnung in seine Gedanken zu bekommen. »Eine ganze Menge hat es mit ihm zu tun!« Er zeigte auf seinen schlafenden Bruder. »Er war bei dieser Bredill-Geschichte dabei«, fuhr er in bewegtem Ton fort. »Ich kann immer noch nicht glauben, daß es erst gestern war.« Vredech und Nertha warteten, bis er sich wieder gefaßt hatte. »Gestern kam einer von seinen Spießgesellen bei diesen Rittern von Cassraw und holte ihn ab. ›Befehl von Hauptmann Yanos‹, sagte er. ›Komm sofort mit. Äußerst wichtige Sache. Den Felden eins aufs Maul geben.‹« Yan-Elter sah Vredech an. »Na ja, Iryn ist nicht einer der Hellsten, aber auf den Kopf gefallen ist er auch nicht. Sein Fehler ist, er war schon immer ein bißchen schnell dabei, in einem Streit seine Fäuste einzusetzen, aber er hatte keine besonders große Lust, sich auf einen Kampf mit richtigen Soldaten einzulassen. Also fragt er, was ist denn los. Da sagt dieser Ritter ...« – seine Stimme zischte vor Verachtung – »einfach, ›Komm mit, das ist ein Befehl, du hast keine Wahl.‹ Iryn ist immer noch nicht glücklich dabei, also sagt er es, und dann sagt der Ritter: ›Du kommst jetzt *auf der Stelle* mit, oder du hast dir selbst die Folgen zuzuschreiben, wenn du deinen heiligen Eid brichst.‹ Ganz langsam und drohend sagt er das. Und Iryn ...«, er zuckte die Achseln, »... Iryn geht ganz still mit ihm mit.«

»Habt Ihr nicht versucht, ihm zu helfen?« fragte Nertha.

»Ich war ja gar nicht da!« rief Yan-Elder vorwurfsvoll aus. »Ich habe die Geschichte von unserer Mutter gehört, als ich von der Arbeit nach Hause kam. Sie war richtig verängstigt.« Sein Tonfall wurde zornig. »Dieser Ritter war ein übler Kunde, sagte sie.« Er schlug mit der Faust in die flache Hand. »Ich mache Hackfleisch aus ihm, wenn ich ihn in die Finger kriege. Und aus diesem Irren von Cassraw auch.«

Vredech sagte nichts.

»Das nächste, was ich höre, ist all dieser Unfug in den Blättern über eine Schlacht in Bredill und daß die feldische Armee geschlagen wär'. Ich mußte meine Arbeit liegenlassen und heimgehen, weil ich wußte, Mutter wäre jetzt richtig in Panik.« Er ballte die Fäuste und knirschte mit den Zähnen, als müsse er die nächsten Worte förmlich aus sich herauspressen. »Sie war schon dort gewesen, wo diese ... Ritter ... sich immer treffen. Es war eine ganze Menge von ihnen da – alle in schlechter Verfassung, erzählte sie –, aber sie sagten ihr einfach, sie sollte ...« Er stockte. »Gehen«, schloß er verlegen, »bevor sie sie rauswerfen würden.« Er senkte seine Stimme. »Es hagelte Verwünschungen. Dann sagte ihr einer noch, Iryn müßte auf dem Rückweg von ihnen getrennt worden sein. Offensichtlich war das einigen so ergangen. Er würde wahrscheinlich später wieder auftauchen.«

»Also habt Ihr Euch aufgemacht und ihn schließlich gefunden?« warf Vredech ein, um den Rest der Geschichte abzukürzen.

Yan-Elter nickte. »Es war mehr Glück als sonst etwas«, fuhr er fort. »Ich hab' ihre kostbare rote Schärpe im Stechginster aufleuchten sehen, ein Stück von der Straße entfernt.« Er schaute seine beiden Zuhörer an. »Wenn es nach ihnen gegangen wäre, hätte er genausogut sterben können. Er muß völlig erschöpft losgegangen sein, und dann ist er zusammengebrochen.« Er schüttelte ungläubig den Kopf. »Ich begreife das nicht. Was für ein mieser Haufen man auch ist, man kümmert sich doch um seinesgleichen, oder? Man muß kein Predigerbruder sein, um das zu wissen. Man läßt doch Leute nicht im Stich, wenn sie in Schwierigkeiten sind.« Er verstummte.

»Hat er Euch erzählt, was geschehen war?« erkundigte sich Nertha.

Yan-Elter schüttelte den Kopf. »Ich hab' es geschafft, ihn aufzuwecken, aber er hat nur wirr vor sich hin geredet. Hat geschrien und gestöhnt. Und um sich geschlagen – wie gerade eben. Ich weiß nicht, wie ich ihn hergeschafft habe.«

»Warum habt Ihr ihn zu mir gebracht?« wunderte sich Vredech. »Warum nicht zu einem Arzt?«

»Habt Ihr seine Mutter schon benachrichtigt, daß er in Sicherheit ist?« fragte Nertha, während sie sich vorbeugte und Vredechs Frage ungeduldig beiseitewischte.

Yan-Elter sah schnell von einem zur anderen. »Nein«, stotterte er schuldbewußt in Nerthas Richtung, um dann zu Vredech zu sagen: »Er schien nicht ernsthaft verletzt zu sein. Er konnte noch gehen, aber er hat sich ... immer wieder hingesetzt, als wenn er sich einfach auf die Erde legen und aufgeben wollte. Ich hab' ihn gefragt, ob er wieder zu Cassraw wollte, aber da bekam er wieder einen schlimmen Anfall, einen wirklich schlimmen. Ihr wart der einzige, der mir einfiel, Bruder Vredech. Ich weiß, ich bin kein eifriger Kirchgänger, aber ...«

Nertha, die sich vorübergehend von seiner Erzählung hatte ablenken lassen, kam wieder zu sich und zeigte auf die Tür. »Geht nach Hause zu Eurer Mutter, sofort, los«, empörte sie sich. »Sagt ihr, Euer Bruder sei in Sicherheit, und sagt ihr, wo er ist, und vergewissert Euch, daß es ihr gutgeht, bevor Ihr zurückkommt.«

»Du warst ein bißchen streng mit ihm, oder?« äußerte Vredech, nachdem Yan-Elter gegangen war.

»Ach ja, mein Gott«, sagte sie ungeduldig. »Die arme Frau verliert noch den Verstand, während er hier rumsitzt und schwätzt.«

Vredech wechselte das Thema. »Was hältst du davon?«

Nertha warf einen Blick auf die schlafende Gestalt, dann sah sie Vredech an. »Wir müssen warten, bis er wieder aufwacht, um darauf eine Antwort zu erhalten«, sagte sie einfach.

»Wie lange wird es dauern?«

Nertha fühlte Iryns Puls und schüttelte den Kopf. »Der Trank, den ich ihm gegeben habe, sollte ihn mehrere Stunden schlafen lassen, aber er ist sehr erregt. Sein Geist wehrt sich gegen das Schlafmittel.« Sie zog ein Gesicht. »Ich bezweifle, daß seine Träume zu seiner Genesung beitragen.« Sie erhob sich und stellte das behagliche Dämmerlicht wieder her, das vor Yan-Elters störendem Auftreten in dem Zimmer geherrscht hatte. »Mach's dir in dem Sessel da bequem, und versuch ein wenig zu schlafen, solange du es noch kannst. Ich werde ein Auge auf unseren Patienten haben.«

Vredech wollte protestieren, aber Nertha schubste ihn

in seinen Sessel und schob ihm ein Kissen in den Nacken. »Keine Widerrede«, sagte sie sanft, während sie seine Wange streichelte. »Ich bin an diese Sachen gewöhnt, du nicht. Dies ist die Zeit des Wartens. Was getan werden kann, ist getan. In der Zwischenzeit können wir uns nur treiben lassen. Nebenbei bemerkt, ich glaube, du wirst eine Menge zu tun haben, wenn er aufwacht.«

Der praktische Tonfall beruhigte Vredech, und er entspannte sich wie befohlen, allerdings mit der festen Absicht, nicht einzuschlafen. Bald jedoch ließen die Wärme in dem Zimmer und das schwache Licht seine Augenlider ganz schwer werden, und als Nertha wieder zu ihm hinübersah, war er fest eingeschlafen. Sie lächelte. Einer weniger, um den man sich fürs erste Sorgen machen mußte.

Mahlstrom.

Geräusche und Bilder wirbelten durcheinander und durch ihn hindurch. Er bewegte sich und war dennoch regungslos; war hier und doch nicht hier. Sein Bewußtsein sagte Vredech, daß er sich wieder an dem Ursprungsort befand, von dem aus er gnadenlos von Traum zu Traum geschleudert worden war. Wie merkwürdig, dachte er, daß er sich schon so an dieses sonderbare Phänomen gewöhnt hatte. Das Wie und das Warum sollte ihn eigentlich beunruhigen, so weit entfernt war es von der Realität des alltäglichen Lebens. Vielleicht hatte er sich Nerthas Einstellung zu eigen gemacht: nicht zuzulassen, daß die Grenzen seiner armseligen Einbildungskraft bestimmten, was möglich war und was nicht – besonders dann, wenn er ohnehin nichts dagegen unternehmen konnte. Aber es gab noch eine tiefergehende Veränderung – ein Gefühl, daß das, was geschah, richtig war – ein Gefühl, daß es nicht unnatürlich und noch weniger böse war. Dennoch empfand er auch ein Gefühl von Unvollständigkeit. Daß noch etwas fehlte, daß er Führung brauchte, weiteres Wissen und, seltsamerweise, daß *er nicht allein hier sein sollte.*

Dann hatte er das Chaos hinter sich gelassen und befand sich in einem Traum. So war es immer – nicht die leiseste Andeutung, daß sich etwas verändert hatte. Und wieder befand er sich sowohl in dem Traum als auch hoch über ihm, wieder empfand er die Gefühle des Träumers nach und blieb doch unbeeindruckt von ihnen – obwohl die Emotionen, die ihn jetzt überfluteten, zutiefst beunruhigend waren. Befriedigung, daß ein Ziel erreicht, eine Furcht überwunden war, Freude über das Gefühl, eins zu sein mit seinen Kameraden in einem Unternehmen, das ihm nur Ruhm einbringen konnte. Und eine abgründige, tief aus den Eingeweiden kommende Reaktion – fast ekstatisch. Es *gefiel* ihm, Leute zu schlagen. Es gefiel ihm sehr. Und hier konnte man ohne Hemmungen, ohne Furcht zuschlagen und zuschlagen, weil diejenigen, die ganz oben standen, es einem befohlen hatten, und weil die, die man schlug, niedere, verderbte Kreaturen waren, die nicht zu den Auserwählten gehörten, die kein Recht zu leben hatten und die dir dasselbe antun würden, wenn sie Gelegenheit dazu hätten.

Und so schlug er zu. Oh, und wie er zuschlug. Sein verstärkter Knüppel lag so ausgewogen und gut in seiner Hand, alle Müdigkeit war wie weggeblasen, er konnte ewig so weitermachen, ohne zu ermüden, so freudig erregt war er.

Tröstliche Geräusche hüllten ihn ein. Boshafte, höhnische Jubelrufe seiner Kameraden, merkwürdiges Keuchen und Stöhnen vom Feind, der unter den heruntergelassenen Zeltwänden strampelte. Dann setzte sich ein Geräusch gegen alle anderen durch und wurde zu einer hohen, schrillen, entsetzten Stimme, die schluchzte und um ihr Leben flehte.

»Bitte. Hört auf. Bitte.«

Und ein Gesicht tauchte vor ihm auf. Das Gesicht eines jungen Mannes. Er sah den zitternden, flehenden Mund, schwarz im Mondschein. Die Stimme, die aus diesem Mund drang, verwandelte sich in ein handfestes Ding, das sich bewegte und ihn zu umschlingen drohte. Er konnte sich nicht mehr bewegen, während die Stimme sich quälend in ihn bohrte.

»Bitte!«

Dann, und das war noch schlimmer, blickte er in die Augen. Augen, die ihm die Abgründe des Entsetzens offenbarten. Augen, die um vieles lauter schrien als die Stimme: »Laß mich gehen! Laß mich laufen! Laß mich am Leben!« Junge Augen ... wie seine eigenen!

Verschüttete Empfindungen begannen sich in ihm zu regen. Das kreatürliche Entsetzen dieses Gesichts kroch in ihn hinein und fand seine eigene ängstliche Seele.

Er durfte nicht ...

Aber diese Erkenntnis brachte ihre rasende Wut in die unwiderstehliche Dynamik des Tötens ein, und die verstärkte Keule mit ihrem süßen, zischenden Gesang erhob sich ohne sein Zutun, um diesen garstigen Mißklang auszulöschen.

Trotzdem, dieser letzte Hieb streckte nicht nur das Gesicht mit seiner sabbernden Angst nieder, sondern auch ihn selbst, denn er erschütterte seine Überzeugung in die Richtigkeit der Ereignisse. Das Geräusch, das sie machte, dumpf und schrecklich nun, ging ihm durch Mark und Bein. Und es ließ all die Verbote und Vorwürfe aufblühen, die zu schwach und zu spät gekommen waren, um die Tat zu verhindern.

Die Keule fiel ihm aus der Hand, und tief in seinem Innern formte sich ein Schrei. Ein Schrei, den er aus Angst vor den anderen unterdrücken wollte. Aber der Schrei war mächtig und kämpfte darum, freizukommen. Er war ein lebendiges Ding. Er packte ihn und stopfte ihn zurück mit all seiner Kraft, und sein Herz schlug wie wild. Doch ein leises Wimmern entkam ihm. In dem flackernden Licht der Flammen klang es wie Trompetenhall. Und schlagartig war alles ruhig. In seiner Schwäche hatte er sich als Feind entlarvt. Schwarze Schatten mit roten Schärpen hielten im Töten inne, und ihre unsichtbaren Augen richteten sich auf ihn und erkannten sein wahres Ich. Sie begannen ihn zu umzingeln.

Er schrumpfte und schrumpfte, bis er nur noch der aufgerissene Mund und die schreckgeweiteten Augen war, die er gerade zermalmt hatte ...

Vredech wurde durch das plötzliche Ende des Traums unsanft aus dem Schlaf gerissen. Beim Erwachen schnappte er nach Luft, aber der Laut, der an seine Ohren drang, war ein Schrei der Verzweiflung. Mit schlaftrunkenen Augen sah er, wie Nertha sich über Iryn beugte, auf ihn einredete, tröstete. Vredech wollte aufstehen. Er mußte Nertha mitteilen, was er gerade erlebt hatte. Aber irgend etwas verwandelte das schwach beleuchtete Bild von Nertha und ihrem Schutzbefohlenen in etwas Unbewegtes, etwas, das wie ein weit entferntes Gemälde wirkte, Gegenstand unbekannt, Maler unbekannt. Er blinzelte, während er es betrachtete. Als er die Augen aufschlug, blendete ihn ein helles, flackerndes Licht. Er machte sie schnell wieder zu und schützte sie mit der Hand. Dann erst öffnete er sie langsam wieder, damit sie sich allmählich an die neuen Lichtverhältnisse gewöhnen konnten.

Er stand in einem Wald. Es war ein sonniger, strahlender Tag, aber ein stürmischer Wind peitschte die Baumkronen und verwandelte sie in ein irisierendes Schillern. Würziger Waldduft stieg ihm in die Nase, herbeigetragen von jenen Luftzügen, die durch die unteren Waldregionen strichen. Er schaute auf seine Hände hinunter und berührte seine Arme mit den Händen, um sich dessen zu vergewissern, was er bereits wußte: wieder einmal befand er sich an zwei Orten zugleich. Er schlief am Feuer in seinem Versammlungshaus und war gleichzeitig hier, wo immer das sein mochte. Er machte einen Schritt nach vorn. Schon vor langer Zeit abgefallene Zweige zerbrachen unter seinen Füßen.

Als er sich von dem Baum, unter dem er stand, entfernte, entdeckte er eine bekannte Gestalt, die auf einem umgestürzten Stamm saß. Sie schlief offenbar. Der Kopf war auf die Brust gesunken, die Arme über der Flöte verschränkt, der Rücken lehnte an einem weiteren Baumstamm.

Vredech wartete.

Kein Laut war zu hören außer dem Atem des Windes und des Waldes.

Langsam sah der Pfeifer zu ihm auf.

# KAPITEL 33

Nachdem Skynner sich von Vredech und den anderen getrennt hatte, war er zum Hüterhaus galoppiert. Seine Jahre als Hüter hatten ihm einen kühlen und skeptischen Blick verschafft. Er hatte schon mehr als nur ein paar Schwindler gesehen, deren ›Wunder‹ am Ende nichts als eine rätselhafte Leerung der Taschen oder auch Truhen derjenigen bewirkt hatten, die dumm genug waren, ihnen zu glauben.

Das, was Cassraw auf dem Berggipfel veranstaltet hatte, war bestimmt nur ein weiteres Gauklerstück. Wie die meisten Menschen auch akzeptierte Skynner, ohne zu fragen, solche Wunder wie den Wechsel der Jahreszeiten, das Auf- und Untergehen der Sonne, das Entstehen von Bäumen und Blumen aus Samenkörnern, ja sogar das willkürliche Kommen und Gehen von Wind und Regen. Das war ›natürlich‹. Aber alles andere, soviel wußte er, wurde vom unerbittlichen und augenfälligen Gesetz von Ursache und Wirkung bestimmt. Welche Ursache Cassraw eingesetzt hatte, um diese außergewöhnliche Wirkung hervorzurufen, entzog sich Skynner, aber das war ja zweifellos auch Cassraws Absicht, und er, Wachtmeister Skynner, würde keine Zeit damit verschwenden, sich dadurch ablenken zu lassen. Der Kniff würde früher oder später ans Licht kommen und war im Augenblick ohnehin bedeutungslos. Er hatte die Pflicht, zum Kern von Cassraws Plänen oder doch so nah wie möglich vorzustoßen. Auch wenn er sie nicht begreifen konnte, so begriff er doch nur zu gut, daß sie nicht im Interesse der öffentlichen Sicherheit und Ruhe waren. Und welches Spiel Cassraw auch spielen mochte, sein Aufruf zur Aushebung der Miliz war eindeutig ungesetzlich. Skynner hätte durchaus das Recht gehabt, ihn an Ort und Stelle in Gewahrsam zu nehmen, aber man mußte kein großer Kenner von Menschenmassen und ihren Stimmungen sein, um zu wissen, daß ein solches Vorgehen töricht und vermutlich fatal gewesen wäre. Er würde also seine Vorgesetzten informieren und sie den Zeitpunkt bestimmen lassen, an dem man einen so schwerwiegenden Schritt wie die Verhaftung eines Kapitelbruders der Kirche unternehmen konnte.

Der diensthabende Wachtmeister sah erstaunt auf, als Skynner geräuschvoll ins Hüterhaus stürmte, doch ein Blick auf Skynners Miene ließ es ihm geraten erscheinen, sich die witzige Bemerkung zu verkneifen, die ihm auf der Zunge lag. Statt dessen zeigte er mit dem Finger nach oben, verbunden mit der kameradschaftlichen Warnung: »Chef im Haus.«

»Gut«, sagte Skynner grimmig und ging auf die Treppe zu.

Als er den mit Teppichen ausgelegten Bereich des Gebäudes erreichte, brachte die Veränderung im Klang seiner Schritte Gewohnheiten zum Tragen, die ihm durch jahrzehntelangen Drill in Fleisch und Blut übergegangen waren. Er glättete seine Haare und seinen Waffenrock und begann sich passende Worte zurechtzulegen. Sich unter Übergehung von Hauptmann und Ober-Hauptmann geradewegs an den Chef zu wenden war kein Unterfangen, das man leichtfertig in Angriff nahm, aber es war notwendig, und da der Chef nun einmal zufällig da war ...

Mit den nächsten zwei oder drei Schritten legte er sich Entschuldigungen für seine Direktheit zurecht. Wenn er die erst einmal vorgebracht hatte, würde er keine Probleme haben, die Aufmerksamkeit des Oberst zu fesseln. Er zog seine Uniform ein letztes Mal vor der Tür zurecht und klopfte an.

»Herein.«

Die Stimme klang hellwach, als sei es mitten am Tage, was Skynner stutzen ließ. Während er nach dem Türknauf griff, fragte er sich zum ersten Mal, was in aller Welt vorgefallen war, daß der Chef zu dieser nachtschlafenen Zeit im Büro weilte.

Er öffnete die Tür umgehend und betrat den Raum.

Außer dem Oberst der Hüter befand sich noch jemand in dem Büro. Jemand, der nicht dem Oberst gegenüber vor dem Schreibtisch, sondern in einem der bequemen Sessel neben dem Kamin saß. Der Hüter-Oberst saß ihm gegenüber, und zwischen ihnen glomm trübselig ein dunkelrotes und graues Feuer.

Skynner erkannte den Gesprächspartner des Chefs auf der Stelle.

Es war Toom Drommel. Darum ist er also hier, dachte er. Wenn man den alten Burschen für eine dringende Hüterangelegenheit brauchte, war er nirgends aufzutreiben. Aber laß nur einen Politiker mit dem Finger schnippen, und er verläßt Heim und Herd in tiefster Nacht, um ihn mit leeren Beteuerungen zu beruhigen.

Nun, diese Politikersache konnte warten.

»Entschuldigt die Störung, Sir«, begann er, »aber es geht um eine außerordentlich ernste Angelegenheit. Ich muß sofort darüber –« er wollte schon ›reden‹ sagen, berichtigte sich aber schnell »Bericht erstatten«.

Der Oberst deutete auf einen Stuhl. »Nehmt Euch den da, und setzt Euch hierher, Haron«, forderte er ihn auf.

Skynner fuhr instinktiv die Verteidigungsschilde aus. Wenn der Chef seinen Vornamen auf diese Weise benutzte, war das entschieden *kein* gutes Vorzeichen. Dann gab es immer etwas Heikles zu besprechen. Trotzdem tat er, wie geheißen, und versuchte nicht ganz so verkrampft zu wirken, wie er sich fühlte.

Der Chef wandte sich an Toom Drommel, während Skynner steif zwischen ihnen Platz nahm.

»Das ist Haron Skynner«, erläuterte er. »Unser dienstältester Wachtmeister.« Er schlug einen jovialen Ton an. »Bei allem, was recht und billig ist, er sollte eigentlich längst Hauptmann sein, aber er behauptet stur, er ziehe die Streifenarbeit dem Papierkram vor. Nichts kann ihn zu höheren Weihen verlocken.« Er nickte weise vor sich hin. »Ich denke, er ist klüger, als wir glauben. Ich muß gestehen, ich habe auch schon oft hier gesessen und mir sehnlich gewünscht, ich könnte wieder da draußen bei meinen Männern sein und die Arbeit tun, für die wir ausgebildet wurden und die wir am besten beherrschen.«

Skynner übte die gebotene Zurückhaltung und schwieg, indem er sich auf ein bescheidenes, aber bedeutungsvolles Lächeln beschränkte.

»Ich habe Wachtmeister Skynner oft im Dienst im Plas-Hein gesehen«, erklärte Toom Drommel. Er bemühte sich nach Kräften, den ungezwungenen Ton des obersten Hüters nachzuahmen, hatte aber noch gewisse Schwierigkeiten mit seiner staatsmännischen Stimme. Er nickte Skynner steif zu, um dann dem Hüter-Oberst einen vielsagenden Blick zuzuwerfen.

Der nickte. »Wachtmeister Skynner ist einer meiner besten Männer, wenn nicht der beste. Es gibt nichts, was ich ihm nicht anvertrauen würde, und er kennt sich außerordentlich gut in praktischen Dingen aus. Ein Straßen-Hüter bis in die Stiefelspitzen.«

Wenn das nicht wie eine Beleidigung klang, dachte Skynner.

»Und das, was wir in Angriff nehmen müssen, ist ja auch nur allzu praktisch, nicht wahr?«

Skynner beobachtete die beiden Männer genau, während er auf die Gelegenheit wartete, über Cassraws Vorgehen Bericht zu erstatten. Langsam begann er jedoch eine unterschwellige Aufgeregtheit zwischen den beiden Männern zu spüren. Ungewollt kam ihm das Wort ›Verschwörung‹ in den Sinn.

Drommel stieß einen ergebenen Seufzer aus. »Ich unterwerfe mich da völlig Eurem Urteil, Oberst«, sagte er. »Ich verstehe, daß es wichtig ist, daß der Wachtmeister und seine Kameraden wissen, was geschehen wird und warum.«

Der Oberst nickte schroff und erhob sich. Skynner machte Anstalten, ebenfalls aufzustehen, doch der Chef bedeutete ihm mit einer geistesabwesenden Geste, sich wieder hinzusetzen. Er stellte sich mit dem Rücken zum Kamin breitbeinig in Positur. »Wachtmeister«, begann er, als rede er zu einer aufmarschierten Kompanie. »Ihr wißt, daß wir Hüter uns aus der Politik heraushalten. Wir sind ausführende Staatsorgane, und unsere Aufgabe besteht darin, umzusetzen, was die Gesetzgeber beschließen, nicht darüber zu entscheiden, was Gesetz werden soll und was nicht. Hin und wieder erteilen wir ihnen natürlich einen Rat, aber nur, um mit unserem reichen Erfahrungsschatz zur Entscheidungsfindung beizutragen.« Skynner begann sich unbehaglich zu fühlen. Der Hüter-Oberst verlagerte sein Gewicht auf die Zehenspitzen. »Aber es bedarf keines großen politischen Weitblicks, um zu erkennen, daß das Land aus verschiedenen Gründen vor ernsten Schwierigkeiten steht. Schwierigkeiten, die einen starken Kopf und eine starke Hand erfordern, die uns hindurchmanövrieren.«

Skynner nickte zögernd, da der Chef irgendeine Antwort zu erwarten schien, und sein Unbehagen wuchs.

»Die Lage ist die, Skynner. Die Partei der Kastellane ist in völliger Auflösung begriffen. Sie haben niemanden vom Kaliber ihres derzeitigen Führers, und der ist, um offen zu sein, ... unpäßlich.« Er machte die Geste des Trinkens. »Ich habe es aus verläßlicher Quelle, daß er vermutlich in Kürze zurücktreten wird. Damit wären wir bei den Pflügern.« Er blies verächtlich die Backen auf. »Sie sind unglücklicherweise genauso uneins wie die Kastellane. Und ihre Denkungsart war sowieso immer mehr theoretisch als praktisch, und unter ihrem jetzigen Führer – eine brave Seele, das wißt Ihr, aber kaum eine treibende Kraft – sind sie nicht einmal entfernt in der Lage, standhaft und fest zu bleiben angesichts dessen, was nach der vernichtenden Niederlage der feldischen Armee vermutlich eintreten wird. Ehrlich gesagt, ich gebe dem derzeitigen Heindral keine Woche mehr. Dann steht uns eine Akklamation bevor. Eine Akklamation, Skynner. Zwei Monate ohne Führer, während Tirfelden ohne Zweifel eine zweite Armee aufstellt, um sie gegen uns ins Feld zu führen.« Er schüttelte den Kopf. »Selbstmord, Mann. Nationaler Selbstmord.«

Skynner wußte nicht, was er antworten sollte. Er wollte dem Oberst schon erzählen, es stehe noch schlimmer, als er denke, und Cassraw hebe eigenmächtig die Miliz aus, als der Chef ihm zuvorkam. »Glücklicherweise haben wir zumindest zwei starke Männer in verantwortlichen Positionen, die willens und fähig zum Handeln sind, um uns aus dieser mißlichen Lage zu befreien. Der eine ist Heinder Drommel hier, der beharrlich versucht hat, den Heindral zu einer harten Vorgehensweise gegen Tirfelden zu ermutigen. Der andere ist Bruder Cassraw, der schon seit Monaten den moralischen Niedergang in unserem Land anprangert und uns mit seinen Rittern von Ishryth vor dem ersten Ansturm der Felden gerettet hat, während unsere sogenannten Führer gezaudert und unwürdige Zugeständnisse gemacht haben.«

Skynner hatte in seinem Leben schon manche schwierige Situation gemeistert und besaß großes Geschick darin, seine inneren Gefühle und seine äußeren Reaktionen sorgfältig zu trennen. Diese Enthüllung der wahren Denkweise seines Oberst jedoch stellte sein Geschick auf eine harte Probe. Nur die Einsicht, daß alles, was über den Heindral und die Situation des Landes gesagt worden war, der Wahrheit entsprach, hielt ihn davon ab, die Bemerkungen als lachhaft abzutun. Außerdem begann er zu ahnen, wenn der Chef und Drommel und vielleicht sogar Cassraw gemeinsame Sache machten, dann wären wohl auch andere darin verwickelt. Andere, deren Namen, deren Macht und Einfluß er nicht kannte. Er durfte nie vergessen, so ermahnte er sich selbst, daß er nur ein kleiner Wachtmeister war. Der Mann, der da gerade mit ihm sprach, konnte diesem kleinen Wachtmeister das bißchen Macht, das er hatte, mit weniger als einem Fingerschnippen wieder wegnehmen, ganz gleich, was er über das dachte, was hier vor sich ging. Trotzdem konnte er nicht einfach schweigen.

»Bruder Cassraw ist ein bemerkenswerter Mann, zweifellos, Sir«, äußerte er vorsichtig. »Aber er ist in der Kirche höchst umstritten und hat einen Streit heraufbeschworen, der ihn möglicherweise die Hafen-Gemeinde kosten wird. Und ich muß gestehen, mir ist beim Anblick von Kirchenmitgliedern, die sich in die Politik mischen, nicht ganz wohl zumute. Das verwirrt die Leute. Und ich fürchte, einige jener jungen Männer, aus denen er seine Ritter von Ishryth rekrutiert hat, sind alles andere als erfreuliche Zeitgenossen – eine Bande von Strolchen und Schlägern, die wir nur zu gut kennen. Und außerdem ist sein Benehmen seltsam, um es milde auszudrücken. Er hat auf dem Gipfel des Ervrin Mallos fast einen Aufruhr ausgelöst mit einem Trick, den er dort aufgeführt hat. Das Ganze hätte sehr ernste Folgen haben können. Das ist eine der Angelegenheiten, weswegen ich Euch aufgesucht habe.«

Er war sich bewußt, daß die beiden Männer ihn eingehend musterten – taxierten.

»Das ist uns bekannt«, antwortete der Oberst. »Aber es ist ja nichts passiert, oder? Wie Ihr seht, hat Bruder Cassraw die seltene Gabe, mit Menschen umzugehen.« Er beugte sich vor, und Skynner spürte, wie sein prüfender Blick noch eindringlicher wurde. »Und ich glaube, es besteht kein Zweifel daran, daß er in der Tat für eine große Mission auserwählt wurde.«

Noch immer gelang es Skynner, sich nichts von dem Schrecken anmerken zu lassen, der ihn bei dieser erneuten Enthüllung erfaßte, aber innerlich wankte er. Die Worte des Obersten hallten in seinem Schädel wie Totenglocken. Sie hatten jemanden auf dem Berg gehabt! Sie wußten, was passiert war! Die aufwieglerische Predigt, der Gauklertrick mit dem Regen, der Aufruf zur Aushebung der Miliz ... und sie unternahmen nichts dagegen! Langsam gelangte er zu der erschreckenden Überzeugung, daß sie möglicherweise Mitwisser, Mittäter waren!

Und daß der Chef glaubte, Cassraw sei eine Art auserwählter Prophet ...

Darüber wollte er jetzt lieber nicht genauer nachdenken.

Der Oberst redete weiter, und Skynner ordnete seine wirren Gedanken. »Abgesehen von den vielen anderen Zeichen, die uns zuteil wurden, Wachtmeister, ist es nicht merkwürdig, daß der arme Bruder Mueran so plötzlich und unerwartet verschieden ist und so Bruder Cassraw die Möglichkeit eröffnet, zum Bundesmitglied aufzusteigen?« Er wiegte sich wieder zurück auf seine Fersen und fuhr in salbungsvollem Ton fort: »Es ist nicht an uns, die Wege von Ishryths Vorsehung in Frage zu stellen. Wir müssen vielmehr unsere Pflicht Ihm und dem Volk gegenüber erfüllen und entsprechend handeln.«

Skynner unternahm einen letzten zaghaften Versuch, Einwände zu erheben. »Genau, wie Ihr sagtet, Sir. Das schlägt nicht in mein Fach. Aber ich bin im Zweifel hinsichtlich der gesetzlichen Berechtigung von Bruder Cassraw, die Miliz auszuheben, Sir. Das sollte durch den Heindral in die Wege geleitet werden.«

Der Oberst nickte verständnisvoll. »Wir haben nur noch dem Namen nach einen Heindral, Wachtmeister«, versetzte er mit Nachdruck. »Und Unschlüssigkeit und Grübeln über rechtliche Spitzfindigkeiten haben uns so weit gebracht.« Er schlug wieder einen kameradschaftlichen Ton an. »Ich könnte jetzt losgehen und ein Dutzend verschiedener Rechtsgelehrter über unsere verfassungsmässige Situation befragen, und würde mit einem Dutzend verschiedener Meinungen zurückkehren – das wißt Ihr doch auch. Tatsache ist, daß es nie zuvor eine solche Situation gegeben hat. Wir haben keine Präzedenzfälle, nach denen wir uns richten könnten, nichts. Also müssen bescheidene Staatsdiener wie Ihr und ich all unser Vertrauen in unsere Pflicht setzen, die Menschen zu beschützen, und sie ermutigen, sich selbst zu schützen.«

»Ich wüßte nicht, was dagegen spräche, Sir«, erwiderte Skynner, entschlossen, den Gang der Ereignisse zu verfolgen und sich dementsprechend zu verhalten. Ein wenig Demut und Bescheidenheit konnte nicht schaden, entschied er. »Aber wie Ihr bereits erwähntet, Sir, ich bin nur ein einfacher Straßen-Hüter. Ich wüßte nicht, welche Rolle ich hierbei zu spielen hätte. Ich tue nur meine Pflicht und befolge meine Befehle.«

Der Oberst und Drommel tauschten einen raschen, zufriedenen Blick, und der Chef entspannte sich merklich, obwohl er seine herrische Positur vor dem ausgehenden Feuer beibehielt. »Heinder Drommel hat sich heute mit Bruder Cassraw besprochen, wie auch ich es in jüngster Zeit oft getan habe. Ich finde ihn überaus ... beeindruckend. Wir wußten beide von seiner Absicht, einen Aufruf zur Einberufung der Miliz zu erlassen, und waren damit einverstanden, auch wenn die Gesetzmäßigkeit seines Vorgehens, rein technisch gesehen, strittig war. Die augenblickliche Notlage wird uns entschuldigen, sollte sich später erweisen, daß wir übereifrig gehandelt haben.« Sein Gesicht nahm einen düsteren Ausdruck an. »Morgen wird Heinder Drommel vor dem Heindral einen Antrag einbringen, der die Auflösung des Gremiums und die Einrichtung einer Miliz-Notstandsregierung bis zur Abhaltung der nächsten Akklamation beinhalten wird.«

Skynners Stirn legte sich in Falten, als er in Gedanken die Jahre bis zu seiner Grundausbildung und der oberflächlichen Unterweisung zurückging, die er in Verfassungsrecht erhalten hatte. Eine auswendig gelernte Formel schälte sich allmählich heraus: »Die Übereignung jeglicher Machtbefugnisse in die Hände einiger weniger berufener Minister und Beamten unter einem –« Er schnippte mit den Fingern.

»Oberbefehlshaber«, kam Drommel Skynner zu Hilfe.

Skynner dankte ihm mit einem Kopfnicken. »Aber es ist noch nie dazu gekommen, nicht wahr?« meinte er. »Ist das nicht ein Relikt aus den Tagen des Gerichts der Wahrheitsfinder oder noch früher?«

»Das stimmt«, antwortete der Oberst. »Aber unsere Gesetze sehen es noch immer vor. Und wieder könnte man sagen, die Vorsehung habe dazu geführt, daß es beibehalten wurde, denn es ist genau das, was wir in dieser Situation brauchen.«

Der besorgte Ausdruck auf Skynners Gesicht war echt, aber für die beiden Männer, die ihn beobachteten, ließ er mit voller Absicht Verwirrung dazutreten. »Und was habe ich dabei zu tun?« meinte er, indem er zu seiner ursprünglichen Frage zurückkehrte.

»Unter einer Miliz-Notstandsregierung sind Verantwortungsbereich wie auch Machtbefugnisse der Hüter stark vergrößert. Dies ist deshalb notwendig, weil betrüblicherweise nicht jedermann unser Pflichtgefühl besitzt. Viele wird die Aussicht, ihr Land zu verteidigen, so abschrecken, daß sie aktive Schritte unternehmen werden, sich dieser Pflicht zu entziehen. Mit solchen Individuen muß schnell und streng verfahren und ein Exempel statuiert werden, bevor ihr Vorbild zu Widerwillen und Widerstand im ganzen Land führt. Darüber hinaus werden die Erfordernisse einer vollständig einberufenen Miliz das normale gesellschaftliche und geschäftliche Leben fast vollständig zum Erliegen bringen, und unter solchen Umständen eröffnet sich den Verbrechern in unserer Mitte ein breites Betätigungsfeld. Männer mit Eurer Erfahrung werden lebenswichtig sein für das reibungslose Funktionieren des Gemeinwesens bis zu dem Zeitpunkt, wo wieder eine normale Regierung eingesetzt werden kann.«

Unter seiner ausdruckslosen Miene kämpfte Skynner noch immer verzweifelt darum, sich mit dem abzufinden, was er in den letzten Minuten zu hören bekommen hatte. Da er es in der Vergangenheit nur wenige Male mit dem Chef persönlich zu tun gehabt hatte, hatte er keine Möglichkeit, dessen Stimmung und Temperament genau abzuschätzen. Es war allgemein bekannt, daß er politischen Ehrgeiz besaß, aber seine Männer hatten das bislang eher für einen Witz gehalten. Zudem waren seine Äußerungen sowohl korrekt als auch der Situation angemessen gewesen. Obwohl es ihn Überwindung kostete, die Worte auch nur zu denken, nahm Skynner es hin, daß sein Land sich ›im Krieg‹ mit Tirfelden befand. Vielleicht konnte die Diplomatie zu einer Lösung beitragen, vielleicht auch nicht. Falls nicht, wären die Folgen wirklich entsetzlich, und man würde in der Tat eine starke Führung brauchen. Trotzdem schwang etwas Schneidendes, Scharfes im Ton des Chefs mit, was Skynner zutiefst beunruhigend fand. Er brauchte Zeit zum Nachdenken.

Statt dessen jedoch stellte er eine Frage: »Ich akzeptiere, was Ihr sagt, Sir, aber mit allem Respekt, was ist, wenn der Heindral Heinder Drommels Antrag nicht annimmt und es vorzieht, weiter so herumzupfuschen?«

Der Oberst lächelte wissend. »Wie ich Euch sagte, Heinder, ein durch und durch praktisch veranlagter Mann«, sagte er zu Drommel, bevor er Skynners Frage beantwortete. »Macht Euch darum keine Gedanken, Wachtmeister«, erklärte er und klopfte Skynner väterlich auf die Schulter. »Das ist Politikersache. Und seid versichert, hinter den Kulissen tut sich wesentlich mehr, als ich jetzt selbst einem Hüterbruder wie Euch sagen darf.« Skynner schaffte es, anerkennend zu lächeln. »Was Heinder Drommel und ich nun wissen müssen, Wachtmeister, ist, seid Ihr auf unserer Seite?«

Drommel zuckte leicht zusammen angesichts dieser unbeholfenen und zugleich direkten Frage des Obersten, und Skynner nahm die Regung mit einer gewissen Befriedigung zur Kenntnis. Sie schien den Chef wieder zu einer eher vertrauten Gestalt zu machen. Aber letztendlich war es nur ein unbedeutender verbaler Schnitzer in Gegenwart eines Individuums, auf das es nicht sonderlich ankam. Die Fakten, die hinter dem Gesagten standen, blieben davon unbeeinflußt. Skynner nahm wieder zu seinen Bescheidenheitsfloskeln Zuflucht. »Ich bin Hüter, Sir. Ruhe und Ordnung bewahren und die gewöhnlichen Leute vor denjenigen schützen, die ihnen etwas Böses antun wollen, darin bin ich gut. Ich tue, was immer ich tun muß. Ihr könnt Euch auf mich verlassen.«

Später, allein in einer schmalen Gasse im Rücken des Hüterhauses, wohin er sich zurückgezogen hatte, damit die kühle Nachtluft seine Gedanken klären konnte, hatte Skynner eine Vision von einem Canol Madreth im Kriegszustand, unter der Knute von Cassraw und Drommel und solchen wie seinem Oberst. Ihm wurde schlecht vor Abscheu.

Der Pfeifer runzelte die Stirn. »Ihr seid ein grimmiger Anblick, Nachtaugen, und verderbt mir diesen Tag«, begrüßte er Vredech, während er seine Flöte hob und ihn über sie hinweg anblickte. Eine plötzliche Brise umwehte die beiden Männer und wirbelte die Blätter zu ihren Füßen auf. Die Augen des Pfeifers weiteten sich erfreut, und er hielt die Flöte vor sich hin und drehte und wendete sie, bis sie einen schwachen Ton von sich gab. Sein langer, knochiger Finger tanzte um die Löcher, und der Laut wurde zu einer kurzen, spritzigen Melodie. Als sie verebbte, lächelte der Pfeifer und sah dann seine Hand mit einem eigenartigen Blick an. »So bläst der Wald, so bewegen sich meine Finger. Sieht so aus, als seien sie froh, Euch wiederzusehen.« Er machte eine schlängelnde Bewegung mit seinen Fingern. »Ich frage mich nur, warum sie Euch kein Klagelied gespielt haben. Das wäre meine Reaktion auf Euren Anblick gewesen.« Er warf den Kopf zurück und schnupperte in die Luft. »Ihr habt *Ihn* an Euch, stärker als je zuvor. Fahrt zur Hölle.«

Er stand auf und machte drei hüpfende Schritte auf Vredech zu, immer denselben Fuß vorgestreckt. »Was wollt Ihr, Allyn Vredech, Priester des Ishrythan?« fragte er, während er von einem Fuß auf den anderen hüpfte. Sein Benehmen stand in seltsamem Widerspruch zu seinem düsteren Tonfall. »Warum stört Ihr schon wieder meinen Traum? Ich dachte, ich wäre Euch bereits vor hundert Jahren losgeworden.« Sein Blick wanderte nach links. »Oder war es erst gestern?« Er wanderte nach rechts. »Oder vielleicht morgen?« Dann richtete er seinen Blick geradeaus, direkt auf Vredech. »Ich kann mich nicht mehr erinnern. Seid Ihr eine Erinnerung aus der Zukunft, Priester? Ein Schatten, den das Licht einer Zeit wirft, die noch kommt?«

Vredech hob die Hand, eine stumme Bitte um Stille. Ob der Pfeifer nun seine eigene Schöpfung oder sonst etwas war, er hatte keine Zeit für ihn. Nicht jetzt. Er mußte diesen Ort verlassen, mußte ins Versammlungshaus zurückkehren.

»Wo sind wir?« hörte er sich fragen.

Der Pfeifer tänzelte fort. Er wirkte jetzt ungeduldig.

»Wir sind hier, Allyn Vredech. Wo sonst sollten wir sein?« Dann spielte er einen schrillen Pfeifton, und Vredech sah sich von dröhnendem Lärm und unbekannten, aber nicht unangenehmen Gerüchen bedrängt. Er blinzelte, nicht so sehr, um das, was sich ihm bot, genauer zu sehen, als um es überhaupt zu erkennen. Er befand sich am Ufer eines gewaltigen Sees. So gewaltig, daß er das andere Ufer nicht zu erkennen vermochte, auch wenn er in der Ferne ein oder zwei Inseln ausmachen konnte – wenn es denn Inseln waren, denn sie bewegten sich. Eine optische Täuschung, vermutete er, denn am Seeufer herrschte rege Bewegung. Wellen, höher als alles, was er je zu Gesicht bekommen hatte, mit weißen, im Sonnenlicht aufstrahlenden Gischtkronen bekränzt, türmten sich hoch auf, brachen sich, schwappten über den Sandstrand auf ihn zu und verliefen sich allmählich, bis sie wieder zurückflossen und die nächste anbrandende Wellenriege behinderten.

Das war kein See, wurde ihm allmählich bewußt.

»Das ist das Meer«, sagte er, und seine Stimme war voll von ehrfürchtigem Staunen. Er hatte nie das Meer gesehen.

»Und *wir* sind hier«, ergänzte der Pfeifer. »Genauso, wie wir hier sind.«

Ein weiterer Pfiff ertönte, scharf und abgehackt diesmal.

In der Ferne, über rollenden Hügeln, erblickte Vredech eine große Burg zwischen zwei Bergen, die wie ein kostbarer Edelstein schimmerte. Ihre himmelstürmenden Türme und Zinnen glühten golden im Schein der aufgehenden Sonne. Einen flüchtigen Moment lang, während er die Szenerie in sich aufnahm und tief die frische Morgenluft einatmete, fielen alle Sorgen von ihm ab. »Was für ein wundervoller Ort«, staunte er. »Welcher Frieden.« Er wandte sich zum Pfeifer um und erwartete schon halb einen bissigen Kommentar, doch die hagere Gestalt schwieg und runzelte die Stirn. Ein Flattern in der Nähe bewog ihn dazu, sich wieder umzudrehen. Ein großer schwarzer Vogel, der auf einem Ast saß, schlug mit den Flügeln und sah sie mit auf die Seite gelegtem Kopf an. Eines seiner Beine sah merkwürdig aus, registrierte Vredech. Bevor er jedoch irgend etwas sagen konnte, fühlte er die Hand des Pfeifers auf seiner Schulter.

Er versuchte sich dem Griff mit Nachdruck zu entwinden.

Er wollte nicht von hier fort!

Doch er hatte den Gedanken kaum zu Ende gedacht, als die Melodie des Pfeifers sie auch schon wieder forttrug. Und sie trug sie an einen Ort, den man sich gegensätzlicher kaum vorstellen konnte. Obwohl eine strahlend helle Sommersonne auf sie herunterschien, war die Luft von einem solchen Krach erfüllt, daß Vredech sich instinktiv die Hände über die Ohren preßte. Das Kreischen von Menschen und Tieren war zu hören, vermischt mit Hufdonner und Waffenlärm. Ein Stückchen weiter weg über den grünen, sanft gewellten Grasboden, aber nah genug, um ihn zu erschrecken, waren Reihen um Reihen von Männern in eine wütende Schlacht verstrickt. Vredech wich zurück und griff, schutzsuchend wie ein verängstigtes Kind, nach dem Arm des Pfeifers. Das Schlachtfeld erstreckte sich soweit sein Auge reichte, eine finstere Masse kämpfender Männer, wehender Banner und galoppierender Reiter. In diesem Augenblick erhob sich eine schwarze Wolke hoch in die Luft und senkte sich wieder zur Erde. Erst als er die Geräusche hörte, wußte er, um was es sich handelte. Pfeile! Hunderte von Pfeilen. Und wieder. Und wieder. Er erschauerte, als die Geräusche, die sie beim Auftreffen machten, ebenfalls an sein Ohr drangen. Eine Bewegung etwas abseits von der Schlacht erregte seine Aufmerksamkeit. Er drehte sich um und erblickte einen alten Mann, der weglief. Er sah sich verwirrt und furchtsam um, als werde er verfolgt. Doch genau wie zuvor hob der Pfeifer, bevor er etwas sagen konnte, die Hand an seinen

Mund. Als der Ton, den er erzeugte, sich um die Szene wob und sie beide forttrug, meinte Vredech Wölfe heulen zu hören.

Und doch war da nichts außer dem Rauschen der Bäume im Wald.

»Pfeifer! Genug!« rief Vredech zornig. »Laßt mich gehen. Laßt mich in meine Zeit und meinen Raum zurückgehen, in meine Realität, wo –« Er hielt inne.

Der Pfeifer war ungewöhnlich still, auch wenn seine Kiefer mahlten, fast als kaue er auf seinen unausgesprochenen Gedanken. Er sah Vredech mit einem seltsamen Blick an. »Alles geht schief, wenn Ihr da seid, Prediger«, sagte er. »Ich gerate an Orte, die ich nicht kenne. Der Gesang wird unendlich leise.« Er streckte ihm die Hand entgegen, Daumen und Zeigefinger fest zusammengepreßt. »Die geringste Veränderung hier . .« Er blies zwei Töne, dann riß er die Augen auf, spreizte die Hände und ließ die Flöte um eine von ihnen kreisen. ». . . und solche Veränderungen dort. Solche Veränderungen – sehr eigenartig. Hab' so etwas noch nie erlebt. Wer seid Ihr, Prediger?«

»Genug, Pfeifer!« rief Vredech. Dann bohrte er sich mit einem Schrei der Verzweiflung die Fingernägel in den Unterarm, in der vagen Hoffnung, daß der Schmerz ihn vielleicht wecken oder auf eine andere Weise wieder ins Versammlungshaus bringen würde. Nichts geschah. Der Pfeifer beäugte ihn eindringlich.

»Ihr habt Ihn also nicht getötet?« sagte er, eine nüchterne Feststellung, keine Frage.

Vredech gab den Versuch, wach zu werden, auf und funkelte den Pfeifer an.

»Ihr seid ein finsterer Anblick, Priester«, äußerte der Pfeifer mit plötzlicher Wut. »Ihr steht hier mit Eurer grabesschwarzen Robe und Euren Augen, die aussehen wie Abgründe in wer weiß welche Fegefeuer, und verbreitet Seinen Gestank in diesem Wald!« Genauso plötzlich schien seine Wut zu verblassen. Er zuckte resigniert mit den Schultern. »Also erzählt mir schon, was passiert ist«, verlangte er.

»Fahrt zur Hölle!« zischte Vredech ihn an.

»Das werde ich vermutlich auch, wenn ich Euch und Euresgleichen folge«, versetzte der Pfeifer bösartig. »Und jetzt erzählt!«

Einen kurzen Augenblick lang verspürte Vredech einen solchen Zorn, wie er es noch nie erlebt hatte. Er mußte feststellen, daß er sich auf seinen Quälgeist stürzen wollte, doch als sein Körper sich zum Sprung versteifte, bewegte der Pfeifer sich kaum merklich, führte die Flöte an den Mund und spielte die drei vertrauten Töne, langgezogen und klagend. Die Bewegung und die Notenfolge erschütterten Vredech in seiner Absicht.

»Erzählt es mir, Allyn«, bat der Pfeifer.

Vredech merkte, wie die Knie unter ihm nachgaben, und bevor er stürzte, setzte er sich. »Laßt mich zurückgehen«, flehte er ihn an. »Ich habe in der wirklichen Welt schon genug Alpträume – oder was immer es ist –, auch ohne all das hier. Ich muß dort sein. Für mich gibt es keinen anderen realen Ort.«

Der Pfeifer kam vorsichtig auf ihn zu und hockte sich vor ihn hin. »Erzählt es mir«, sagte er noch einmal, ganz sachte.

Vredech sackte in sich zusammen und berichtete ihm, ohne aufzublicken, alles, was sich seit ihrer letzten Begegnung zugetragen hatte. Es dauerte nicht lange. Währenddessen blies der Pfeifer behutsam über das Mundloch seiner Flöte, ein Geräusch, als streiche der Wind über eine kahle, ferne Ebene.

Nachdem Vredech geendet hatte, trat ein langes Schweigen ein.

»Ihr macht mir angst, Allyn Vredech, mit Eurem grauenhaften Cassraw«, erklärte der Pfeifer schließlich. »Aber Er ist es, der die Veränderungen bewirkt, nicht Ihr. Es tut mir leid. Er zerstört jedes Gewebe mit Seiner Lust.« Sein letztes Wort verebbte mit dem leisen Seufzen des Windes. Als Vredech den Blick wieder hob, schaute er Nertha an, die auf der Kante der Liege neben ihrem Patienten saß, den Kopf leicht geneigt, das Profil vom Feuerschein beleuchtet. Wie seltsam, daß er nie zuvor bemerkt hatte, wie schön sie war, wie teuer sie ihm war. Die sonderbare heitere Gelassenheit, die ihn überkommen hatte, als er vorhin die Burg im Sonnenschein betrachtet hatte, kehrte wieder zurück und beruhigte ihn.

»Bist du wach, Allyn?« fragte Nertha leise.

Er nickte und wandte sich ihr wieder zu. »Ja«, gab er zurück. »Wie lange habe ich geschlafen?«

Nertha lächelte. »Nicht lange. Yan-Elter ist noch nicht wieder da.«

Vredech reckte sich genüßlich. »Wie geht's Iryn?« erkundigte er sich.

»Er schläft jetzt normal, ist aber noch immer tief verstört«, entgegnete Nertha.

Ihre Worte riefen in ihm wieder die Erinnerung an den Traum wach, den er betreten hatte, bevor es ihn zu dem Pfeifer weggezogen hatte. Er war so überwältigend, so lebendig gewesen. Und er war noch nie so lange in einem Traum geblieben. Es mußte Iryns Traum gewesen sein, wurde ihm jetzt klar. Vielleicht, weil sie einander rein physisch so nahe waren, vielleicht, weil Iryns Traum so zwingend, so furchtbar gewesen war, oder, ging ihm plötzlich auf, vielleicht auch, weil er selbst sich noch immer veränderte, beherrschter, feinfühliger wurde. Wie die Melodien des Pfeifers.

»Ich weiß, warum«, sagte er.

Nertha sah ihn an.

»Er träumt von Bredill«, stellte Vredech fest, erhob sich aus seinem Sessel und näherte sich der Liege. »Ich war in seinem Traum.« An diesem Tag war schon so viel passiert, daß Nertha trotz aller Erfahrung und Selbstbeherrschung nicht verhindern konnte, daß ihr Gesicht bei dieser Bemerkung einen bestürzten Ausdruck annahm. Vredech kannte den Grund und schritt ohne Umschweife und ohne Zögern zur Heilung. Sanft schob er sie von dem schlafenden Iryn weg, und dann erzählte er ihr schnell, fast im Flüsterton von dem Traum. »Es war keine glorreiche Schlacht«, schloß er. »Es war ein heimtückischer und blutiger Hinterhalt. Ein Abschlachten von Schlafenden.«

Nertha ergriff seinen Arm. »Aber –«

»Weck ihn auf, und frag ihn«, befahl Vredech ihr.

Nertha zögerte.

»Weck ihn!«

Dann ging er an ihr vorbei, glättete sein von dem kurzen Schlaf zerzaustes Haar und richtete seine Priestersoutane. Er setzte sich auf den Rand der Liege und rüttelte Iryn behutsam wach. Langsam kam der junge Mann zu sich; er blinzelte und rieb sich die Augen in dem dämmrigen Lampenlicht. Vredech gab ihm keine Gelegenheit, etwas zu sagen.

»Du bist jetzt in Sicherheit, Iryn«, sagte er leise, aber im salbungsvollen Tonfall eines Priesters. Nertha beobachtete ihn genau. »Ich bin Bruder Vredech, und dies ist meine Schwe – Nertha, eine Ärztin. Dein Bruder hat dich gerettet und hierhergebracht, nachdem deine Freunde dich im Stich gelassen hatten. Er wird bald zurück sein. Er wollte nur deiner Mutter mitteilen, daß es dir gutgeht. Sie hat sich entsetzliche Sorgen um dich gemacht, seit du nach Bredill gegangen bist.«

Bei der Erwähnung von Bredill begann sich Iryns Gesicht zu verzerren. Vredech legte ihm beschwichtigend, aber auch mahnend die Hand auf den Arm. »Ich spüre deinen Schmerz, mein Sohn«, sagte er. »Und ich kann dir helfen.« Iryn schlug die Hände vors Gesicht und stieß ein ersticktes »Nein!« aus. Vredech zog die Hände weg. »*Doch*«, versetzte er. »Ich weiß, du bist kein fleißiger Kirchgänger, aber das ist nicht weiter wichtig. Das wahre Herz der Kirche liegt nicht in Gebäuden und Ritualen und Zeremonien, es liegt im Herzen der Menschen. Ishryth mag ein strenger Gott sein, aber jene, die sich hilfesuchend an Ihn wenden, richtet er immer auf. Er legt dir keine schwerere Bürde auf, als du zu tragen vermagst, aber du mußt über die Bürde sprechen, wenn du willst, daß sie von deinen Schultern genommen wird.« Er beugte sich zu ihm hinunter. »Sprich es aus. Jetzt. Sprich es aus, was du und die anderen in Bredill getan habt, sprich das aus, was dir solchen Kummer bereitet, daß es dich fast zerbricht. Sprich es aus, auf daß du den Weg der Buße und der Vergebung betreten kannst.«

Iryn kniff seine Augen fest zusammen, knirschte mit den Zähnen und warf den Kopf heftig auf dem Kissen hin und her.

Vredechs Predigertonfall war unerbittlich in seiner gebieterischen Art. »Es gibt keinen anderen Weg«, mahnte er. »Sprich es aus, und laß zu, daß wir dir helfen, oder du mußt die Bürde auf immerdar tragen.« Er beugte sich noch tiefer zu ihm hinunter. »Auf immerdar, Iryn. Für den Rest deines Lebens – und darüber hinaus.« Obwohl seine Stimme und sein Gebaren voller Mitgefühl waren, enthielt der Tonfall eine grausam kalkulierte Warnung.

Nertha berührte Vredechs Arm, aber er schüttelte sie ab.

Auf einmal begann Iryn ein hohes, schrilles Winseln auszustoßen. Wieder schlug er die Hände vors Gesicht und bohrte sich die Fingernägel in die Stirn. Vredech hielt seine Hände fest, unternahm jedoch keine Anstalten, sie von seinem Gesicht zu heben. Er verhinderte nur, daß Iryn sich etwas antat.

Das Winseln erreichte seinen Höhepunkt und löste sich dann in ein abgehacktes Schluchzen auf. Endlich kam die Geschichte von der glorreichen Schlacht von Bredill heraus, atemlos und unzusammenhängend, von unartikulierten Ausbrüchen von Reue und Scham unterbrochen. Vredech nickte und ermutigte den jungen

Mann, alles zu beichten, doch seine Blicke wanderten zu Nertha, die nun am Kopf des Patienten saß. Gegen Ende der Erzählung kam Yan-Elter zurück. Vredech bedeutete ihm mit einer dringlichen Geste, zu schweigen, als er den Raum betrat.

Als Iryn geendet hatte, hatte Nertha den Bericht, den sie kurz zuvor von Vredech erhalten hatte, in allen Einzelheiten noch einmal gehört, außer daß Iryns Bericht auch von Cassraws und Yanos' mörderischem, gehetztem Marsch übers Land handelte, als die Streitkraft nach Bredill und dann wieder zurück nach Troidmallos gebracht wurde. Zuerst waren sie ermutigt worden, aber dann waren üble Flüche und später Schläge und Tritte gefolgt. Seine Erzählung ließ vermuten, daß noch andere als Iryn sowohl auf dem Hin- als auch auf dem Rückweg einfach zurückgelassen worden waren, aber Vredech drang nicht auf Einzelheiten. Auch drängte Vredech Iryn nicht zu erzählen, was Cassraw sonst noch getan hatte, um die Krieger voranzutreiben. Die Erinnerungen an diese Dinge lagen in plötzlichem Schweigen, und sie erfüllten den jungen Mann offenbar mit einer Furcht, die tiefer ging als jede Reue.

»Tapfer erzählt, Iryn«, lobte ihn Vredech, als er offensichtlich zu Ende erzählt hatte. »Das waren entsetzliche Taten, aber nun befindest du dich auf einem besseren, wahreren Weg. Ich möchte, daß du hierbleibst und dich ausruhst, und morgen früh unterhalten wir uns dann noch einmal. Es muß etwas geschehen, um ein wenig von dem Unheil wiedergutzumachen, das hier angerichtet wurde.«

»Das macht auch niemanden wieder lebendig, oder?« klagte Iryn. Wieder bewegten sich seine Hände zu seinem Gesicht, hielten aber dann mitten in der Bewegung inne.

Vredech schüttelte den Kopf. »Nein«, gab er leise zu. »Aber wir können verhindern, daß noch mehr getötet werden. Viele mehr.«

»Was ist passiert?« erkundigte sich Yan-Elter, nachdem Vredech sich schließlich erhoben hatte.

»Eurer Mutter geht es gut?« fragte Vredech, wieder ganz der befehlsgewohnte Prediger.

»Ja, aber –«

»Ich erzähle Euch später, was passiert ist. Nertha und ich haben jetzt eine Menge zu besprechen. Was ich von Euch möchte, ist, daß Ihr bei Eurem Bruder wacht. Bleibt einfach da, wo er Euch sehen kann. Laßt ihn reden, laßt ihn schlafen, was immer er will. Aber *keine* Fragen, verstanden? Keine Fragen. Laßt bis morgen früh erst einmal alles auf sich beruhen.«

Nertha sah ihn ganz merkwürdig an, als sie wieder neben dem Kamin Platz nahmen. Sie rückte die Sessel näher zueinander, so daß sie sich ungestört unterhalten konnten.

»Ich weiß nicht, ob ich mehr oder weniger Angst habe, nachdem ich das gehört habe«, gestand sie. »Du bist wirklich in seinem Traum gewesen, nicht?«

»Ich werde deine Frage für dich beantworten«, entgegnete Vredech. »Du hast weniger Angst, weil du dir nicht mehr ganz so viele Sorgen um meine geistige Gesundheit machen mußt. Und du hast *mehr* Angst, weil du so etwas noch nie erlebt oder gehört hast und weil du nicht weißt, was vor sich geht und warum.«

»Jetzt fehlt mir nur noch«, warf Nertha mit selbstkritischer Ironie ein, »daß dein Pfeifer durch diese Tür kommt.«

Vredech lächelte und schüttelte den Kopf. »Nein, das glaube ich nicht«, widersprach er. »Dann würdest du dich nur fragen, ob du jetzt auch den Verstand verloren hättest.«

Nertha erwiderte sein Lächeln, dann tadelte sie ihn sanft. »Genug«, flüsterte sie. »Nach dem, was wir gerade zu hören bekommen haben, sollten wir nicht solche Sachen sagen.«

Vredech wandte sich zu Iryn und Yan-Elter um. Genau

wie er und Nertha waren auch die beiden Brüder in ein leises Gespräch vertieft.

»Ein Tunichtgut und Strolch«, sagte er. »Das schwarze Schaf der Familie. Ist den liebevollen Händen entglitten – oder entsprungen, sollte ich vielleicht besser sagen. Bestimmt für ein Schattenleben an den Rändern der Gesellschaft, vermutlich Gefängnis am Ende seiner Karriere. Aber nun unter Cassraws Führung ein Mörder. Ein ebenso deutlicher Beweis der Verderbnis, die Cassraw unter uns verbreitet, wie meine Wiedergabe seines Traums ein Beweis meiner fremdartigen ... Fähigkeit ist.« Er richtete den Blick wieder auf Nertha. »Du ziehst es doch vor, wenn die Dinge schärfer konturiert sind, nicht wahr?« meinte er.

Nertha begegnete seinem Blick. »Ich würde es vorziehen, daß manche Dinge erst gar nicht passieren«, sagte sie. »Aber du hast recht. Vorausgesetzt, sie existieren, ist es mir lieber, wenn möglichst viele Zeichen darauf hindeuten. Um so wohler fühle ich mich bei der Richtung, die wir einschlagen.«

Vredech griff ihren Gedanken auf. »Hast du schon einmal darüber nachgedacht, in welche Richtung wir überhaupt gehen?«

»Krieg und Schrecken«, antwortete Nertha schlicht. »Die Felden werden eine gewisse Zeit benötigen, um ihre Armee aufzustellen, aber wenn sie damit fertig sind, werden sie einen Rachefeldzug führen, da bin ich mir sicher. Und wenn Cassraw die Miliz so mit Kampfeseifer beseelen kann, wie er es bei diesen Rittern geschafft hat, dann wird, wie immer es ausgehen mag, Blut vergossen und Haß geweckt. Haß, der noch generationenlang weiterbestehen wird, auch wenn man den ursprünglichen Grund schon längst vergessen haben wird. Schon jetzt sterben ungeborene Kinder dafür.«

Vredech schauderte angesichts dieser gnadenlosen Analyse. »Und was bedeutet das für uns?« fragte er. »Für dich und mich? Für die Menschen, die wir kennen?«

Nertha betrachtete ihn lange. »Abgesehen davon, daß ich entsetzliche Angst habe vor dem, was passiert, und der Schnelligkeit, mit der alles passiert, habe ich keine Ahnung.« Sie konnte das Gefühl von Hilflosigkeit nicht ertragen.

»Ja«, flüsterte Vredech ganz leise. Dann stand er auf und ging zu einer Kommode hinüber. Er zog eine Schublade auf, und nach ungeschicktem Herumkramen in der Dunkelheit fand er, was er suchte. Er kehrte zu Nertha zurück und überreichte es ihr.

»Ich habe da ein kleines medizinisches Problem, bei dem ich deine Hilfe benötige«, sagte er.

»Das ist Vaters Milizmesser«, sagte sie lächelnd, als sie den Gegenstand wiedererkannte. Sie zog das Messer aus der Scheide und prüfte die Schneide. »So gut wie eh und je. Manchmal hat er sich damit rasiert, nur um anzugeben und uns alle zu erschrecken, erinnerst du dich noch?« Ihr Lächeln verblaßte, und sie sah Vredech ängstlich an. »Was meinst du damit, ein kleines medizinisches Problem? Und wozu hast du das hier hervorgeholt?«

Vredech warf einen Blick zu Iryn und Yan-Elter hinüber, um dann Nertha das Messer aus der Hand zu nehmen. Sie leistete keinen Widerstand. Er redete leise, aber mit großer Entschlossenheit. »Ich bin nicht minder verantwortlich für die Morde in Bredill wie dieser Bursche da drüben. Ich werde einen Rat beherzigen, den ich vor kurzer Zeit erhalten habe, den ich damals in meiner priesterlichen Weisheit jedoch in den Wind geschlagen habe. Deinem Rat aber werde ich zuhören und ihn sorgfältig befolgen.«

Er senkte den Blick auf das Messer, dessen Klinge im Feuerschein funkelte. »Ärztin, ich muß wissen, was der schnellste und effektivste Weg ist, um Cassraw hiermit zu töten.«

# KAPITEL 34

Am folgenden Tag regnete es wieder. Ein schräg herabfallender feiner Nieselregen durchnäßte alles nur unbedeutend langsamer als ein sommerlicher Gewitterregen. Graue Wolken senkten sich über das Land, verhüllten die Berggipfel und gaben den weichen Nebeln Nahrung, die alles andere grau färbten.

Aber aller Luftfeuchtigkeit zum Trotz brodelte Troidmallos vor Geschäftigkeit. Privvs Blätter waren überall, priesen den Auserwählten, schwadronierten wortreich über das Wunder, das der versammelten Menge offenbart worden war, verkündeten den Aufruf für die Aushebung der Miliz und brachten Lobeshymnen auf Mueran und Marash als Märtyrer des neuen Canol Madreth, das kommen und das Zentrum eines wiedervereinten Gyronlandt sein würde. Dann verstiegen sie sich sogar zu der Vermutung, dem Auserwählten könne möglicherweise eine Zweite Wiederkunft Ishryths folgen.

»Ich kann mich nicht daran erinnern, daß selbst in den obskursten Passagen des Santyth etwas Vergleichbares stände«, äußerte Leck zögernd, als Privv, hoch auf der Woge seiner schöpferischen Übertreibungen reitend, diese Vermutung aufgebracht hatte. Sie reckte sich. Privv dachte lange und eingehend über ihren Einwand nach, da es sich ja wirklich um eine ernste Angelegenheit handelte, aber als Leck mit ihren Dehnübungen fertig war, war er schon zu dem Entschluß gelangt, es aufzunehmen. Schließlich blieb er sich und seiner gewohnten Vorgehensweise treu: nie zuzulassen, daß Tatsachen sich seiner unsterblichen Prosa in den Weg stellten.

Überflüssig zu betonen, daß Privv nicht persönlich bei

Cassraws Gottesdienst zugegen gewesen war – selbst sein Pflichtgefühl als gnadenloser Wahrheitssucher hatte Grenzen, und die Ersteigung des Ervrin Mallos war eine solche. Zudem erschöpften ihn die wachsenden Bürden seiner Berufung zusehends.

Neben seinen Lobreden auf Cassraw geißelte er die Schwäche und Untätigkeit des Heindral und forderte lauthals eine starke und entschlossene Führung. Es war untypisch für ihn, daß er Toom Drommel erlaubt hatte, ihm in dieser Angelegenheit zur Hand zu gehen. Drommel verfügte über einen bewundernswert reichen Schatz an entschlossenen Adjektiven.

Selbstverständlich war das Ganze von Cassraw geprüft und für gut befunden worden.

Die Blätter brachten die Ströme von giftigem Klatsch, die die Stadt bereits zerfraßen, endgültig zur Gärung. Gleichgültigkeit verwandelten die Blätter in Besorgnis, Besorgnis in Furcht und Furcht in etwas, das an Panik grenzte.

Nicht, daß auch nur annähernd Einigkeit über die Vorgehensweise geherrscht hätte, wie man die Probleme anpacken sollte, aber nach der feldischen Invasion und der Schlacht von Bredill konnte sich niemand der Notwendigkeit verschließen, die Miliz einzuberufen. Und im Schatten dieser einmütigen Überzeugung entwickelte sich ein schleichender Widerwille, Bedenken oder gar Widerspruch zu äußern.

In ganz Troidmallos und den umliegenden Landgemeinden wurden nun auch die Personen, die bislang noch nicht von der wachsenden Spannung elektrisiert worden waren, endgültig erfaßt. Wenige dunkle Ecken blieben auf der eifrigen Suche nach Waffen und Ausrüstungsgegenständen ausgespart. Pfeil- und Bogenhersteller sahen sich plötzlich von Aufträgen überschüttet, genauso wie Waffenschmiede und alle anderen Handwerksmeister, deren Erzeugnisse man im Annex zum Milizstatut aufgelistet fand.

Aber all dieses geschäftige Treiben war nicht mit freudiger Erregung oder feierlichen Gefühlen verbunden. So wie die dunklen Wolken Cassraw angesteckt hatten, so verbreiteten seine Taten nun eine schwer faßbare, aber spürbare Dunkelheit über das ganze Land. Die Atmosphäre, die die Stadt beherrschte, war eine der Furcht. Und aus dieser Furcht erwuchsen, mächtig und stark, Unvernunft und grundloser Zorn. Skynner war gezwungen, viele seiner Männer umzugruppieren, um das Hab und Gut derjenigen Gesellschaften zu schützen, die Handel mit Tirfelden getrieben hatten. Der Bodensatz der madrenischen Gesellschaft rückte jetzt enger zusammen und drängte an die Oberfläche. Seine Unwissenheit und allgemeine Unfähigkeit schlugen in lärmende Selbstgefälligkeit um. Diejenigen Hüter, die sich nicht von diesem plötzlichen Erwachen des gesellschaftlichen Gewissens hatten anstecken lassen, waren damit beschäftigt, zahllose häusliche Streitereien und öffentliche Auseinandersetzungen zu schlichten – nicht zuletzt auf den Grundstücken und in den Häusern jener Händler, die plötzlich so gefragt waren.

Trotz dieses Übermaßes an Arbeit war Skynner fast erleichtert, denn die ständige Beschäftigung verhinderte, daß er zu genau über die Bedeutung seines Treffens mit dem Oberst und Toom Drommel nachdenken mußte. Er war noch unschlüssig, was das Schlimmste daran war: ihre Annahme, sie könnten Cassraw für ihre eigenen Machtspielchen benutzen, oder die Tatsache, daß sie ihm wirklich glaubten. Nicht, daß er solche Gedanken jederzeit unterdrücken konnte, und immer, wenn sie wiederkamen, merkte er, daß sein Blick wie auf magische Weise vom Gipfel des Ervrin Mallos angezogen wurde. Er war nebelverhangen, aber Skynner ahnte, bei besseren Sichtverhältnissen würde er auch den fremdartigen Dunst wieder ausmachen können, der dort entstanden und dann vorübergehend verschwunden war. Und zwar deutlicher als je zuvor. Zum ersten Mal seit vielen Jahren bekam er Bauchschmerzen. Und dann überfielen ihn mitten in seiner täglichen Arbeit immer wieder Gedanken an Albor. Diese Gedanken verstörten ihn noch mehr als seine Befürchtungen hinsichtlich des Chefs und seiner Absichten, und sie ließen sich noch viel schwerer beiseite schieben. Das Hüterhaus war voll von Erinnerungen an seinen Freund und Kollegen. Und mit den Erinnerungen an Albor kamen die Gedanken an seinen Mörder. Grimmige, furchterregende Gedanken, eine tiefe, dunkle Unterströmung unter der Kakophonie des Alltags. Auch die Tatsache, daß noch viel mehr unschuldige Menschen, die sich voller Sorgen durchs Leben schlugen, jetzt innerhalb weniger Wochen, ja womöglich Tage des Todes sein konnten, wo sie aller Voraussicht nach mit einem langen Leben hätten rechnen können, verringerte seine Wut und seine Verzweiflung über diese scheinbar zufälligen Mordtaten nicht. Es verstörte ihn zutiefst, daß all seine Erfahrung und all sein Wissen über Troidmallos und seine Bewohner seine Untersuchungen nicht weitergebracht hatten. Irgendwo streifte, vielleicht zusammen mit einem Komplizen, eine mörderische Kreatur durch diese Stadt, eine Kreatur, die wie ein ganz normaler Bürger aussah.

Streifte umher, beobachtete, lauerte auf die Gelegenheit, abermals zu töten.

Und er, Hüter-Wachtmeister, Wächter des Gesetzes und der Menschen, war ratlos und ohnmächtig. Nichts konnte er tun – außer in seiner vornehmlichsten Aufgabe zu versagen, dazu verdammt, auf den nächsten Mord zu warten und zu hoffen, daß dann irgend etwas, irgend jemand zu sehen wäre oder irgendein Hinweis auftauchen würde, an den er sich klammern und der ihn zu dem Mörder führen könnte. Alles, was er bislang herausbekommen hatte, war, daß der Täter körperlich stark war. Das mußte er sein, denn sonst hätte er Albor nicht im Kampf Mann gegen Mann besiegt …

Und bevor seine Gedanken sich wieder endlos im

Kreis zu bewegen begannen, pflegte Skynner sich den dringlichsten Bedürfnissen des Augenblicks zuzuwenden.

Vredech schlang den Umhang enger um sich. Er war naß, hielt den Regen aber immer noch ab. Nachdem er den Rest der Nacht in unruhigem Schlaf in seinem Sessel verbracht hatte, war er in der Dämmerung lautlos aufgestanden und hatte es geschafft, ungesehen das Versammlungshaus zu verlassen. Er mußte allein sein und nachdenken.

Nertha hatte auf seine Ankündigung, er wolle Cassraw töten, mit einer wirren Mischung aus Gefühlen reagiert. Sie hatten einen absonderlichen geflüsterten Wortwechsel geführt, aus Angst, den eingeschlafenen Yan-Elter zu wecken. Als sich am Ende herausstellte, wie ernst es Vredech mit seiner Ankündigung war, war Nertha in Schweigen versunken und hatte ihn eindringlich angestarrt, während ihr prüfender Blick sein Gesicht erforschte.

»Ich bin nicht verrückter als vorher«, sagte Vredech, der ihren Blick las. »Du bist doch die Verfechterin der Logik. Nenn mir eine Alternative.«

»Das hat nichts mit Logik zu tun«, versetzte Nertha.

Zu einem anderen Zeitpunkt hätte dieses Eingeständnis Vredech Anlaß zu einer ironischen Bemerkung geboten, aber in seiner augenblicklichen Stimmung lag ihm nichts so fern wie Humor.

»Nein?« meinte er in kühlem Ton. »Ich nehme an, ich könnte auch noch beten.« Nertha wirkte bekümmert wegen des Zynismus in seiner Stimme. »Seltsamerweise bedeuten mir meine Gebete jetzt viel mehr als je zuvor«, fuhr Vredech fort. Nachdem ich dich gestern verloren zu haben glaubte und dann wiederfand, wie du neben mir standest und über das Tal schautest – so wunderschön – ich glaube, ich verstehe den Ishrythan jetzt besser denn je. Mein Glauben scheint sich zu verändern. Ich scheine Ishryth Selbst nicht mehr so sehr zu brauchen. Es ist merkwürdig. Cassraw behauptet, sein ... Mentor ... enthülle ihm die tiefsten Wahrheiten des Santyth. Nun, ich glaube, ich habe sie auch für mich gefunden. Ich sollte wohl dankbar dafür sein.« Er unterbrach sich, als seine Gedanken zu eher praktischen Problemen abschweiften. »Aber mehr denn je weiß ich, daß wir für denjenigen Teil unseres Schicksals, der in unseren Händen liegt, voll und ganz verantwortlich sind.« Nertha versuchte etwas einzuwenden, aber er brachte sie zum Schweigen. »Du und ich, wir haben erkannt, was in diesem Land vor sich geht. Horld auch – vielleicht sogar Skynner. Sie werden tun, was sie ihrer eigenen Überzeugung nach tun müssen. Und ich werde tun, was ich meiner Überzeugung nach tun muß. Ich kann in seine Nähe kommen –«

Nertha unterbrach ihn: »Allyn, hör auf, so zu reden, du machst mir angst. Du bist rein körperlich nicht in der Lage, irgend jemanden zu töten. Du hast einmal einen Vogel mit einem Katapult getötet, und danach hast du zwei Nächte lang durchgeweint. Glaubst du allen Ernstes, du könntest Cassraw umbringen, einen alten Freund, den du dein ganzes Leben lang kennst, selbst nachdem er zu dem geworden ist, der er jetzt ist?« Dann schien etwas in ihrem Inneren zu platzen, und sie knurrte ihn fast an: »Du weißt doch gar nicht, wovon du redest, um Himmels willen! Schau her!« Bevor Vredech sie davon abhalten konnte, hatte sie ihm das Messer entrissen, aus der Scheide gezogen, ihm den Griff in die Hand gedrückt und die Spitze auf sich gerichtet, so daß sie fast ihre Kehle berührte. »Hier würdest du es reinstoßen. So«, sagte sie mit wilder Stimme, während sie es ihm zeigte. »Du hast recht. Du wärst wahrscheinlich in der Lage, in seine Nähe zu kommen, aber könntest du diese Klinge in sein Fleisch stoßen?« Sie zog sie noch näher an ihre Kehle und zwang Vredech, erschreckt loszulassen. »Und wenn du es getan hast, soll ich dir erzählen, was dann passiert?« Vredech starrte sie entgeistert an. »Es ist nicht ganz dasselbe, als wenn du dich beim Rasieren schneidest. Das Blut wird in hohem Bogen herausspritzen, während ihm das Herz platzt, indem es versucht, die Wunde zu schließen. Es spritzt von hier bis an jene Wand dort – und alles wird voll Blut sein. Und es wird Geräusche geben, die du nie in deinem Leben vergessen wirst. Ganz zu schweigen vom Blick in sein Gesicht.« Sie hielt seinem Blick eine Zeitlang mit wilder Entschlossenheit stand, dann erschlafften ihre Arme jäh. Das Messer entglitt Vredechs Händen und fiel klirrend zu Boden.

»Alles in Ordnung?« Yan-Elters schlaftrunkene Stimme ließ beide zusammenfahren.

Nertha faßte sich als erste wieder. »Ja«, antwortete sie mit heiserer Stimme. »Wie geht es Iryn?«

»Er scheint ruhiger zu sein.«

»Gut, schlaft weiter. Wir haben alles für ihn getan, was möglich ist. Wir müssen abwarten, was der Morgen bringt.«

Yan-Elter nickte und sank wieder in Schlaf. Vredech hob das Messer auf.

»Versprich mir, daß du keine Dummheiten machst«, bat Nertha, während sie ihn am Arm nahm. Sie schluchzte nicht, aber die Tränen rannen ihr über die Wangen. »Irgendwo gibt es einen anderen Weg.« Vredech wollte sich aufrichten, aber ihr Griff war zu stark. »Versprich es!« verlangte sie. »Uns fällt schon etwas ein, wenn wir uns ein wenig Zeit lassen.«

»Zeit?« rief Vredech aus. Er brachte sein Gesicht ganz dicht an ihres heran. »Es ist kaum zehn Tage her seit Cassraws erster Predigt, Nertha. Zehn Tage! Mir ist, als wäre es ein anderes Zeitalter, aber ...« Er wollte schon die Bemerkung des Pfeifers erwähnen, alles ereigne sich in Windeseile, besann sich jedoch eines Besseren. »Wir haben vermutlich keine Zeit mehr. Wer kann sagen, was sich in weiteren zehn Tagen zugetragen haben wird?«

Nertha sagte einfach: »Versprich mir, daß du keine Dummheiten machst.«

Vredech sah sie nachdenklich an, dann nickte er. »Nun gut«, sagte er, während er das Messer in die Scheide zurückschob. »Ich mache keine Dummheiten.«

Nein, das werde ich wirklich nicht, dachte er, während der geflüsterte, aber hitzige Wortwechsel ihm noch einmal durch den Kopf ging. Er zitterte. Nicht wegen der kühlen Feuchtigkeit des Tages, die er seltsamerweise begrüßte; die Verhüllung der Berge und das alles beherrschende Grau schienen es seinen Gedanken freizustellen, sich unbehindert von vertrauten Vorurteilen zu bewegen. Er zitterte, weil er Angst hatte. Er konnte keine Dummheiten machen, sicher, das hatte er versprochen. Aber Cassraw zu töten war keine Dummheit, sondern eine weise und notwendige Tat. Schon waren aufgrund seiner Nachlässigkeit Menschen gestorben, obwohl er sich mit der Überlegung tröstete, daß er dem Rat des Pfeifers bei ihrer ersten Begegnung kaum hätte folgen können. Das wäre gewiß nicht vernünftig gewesen. Aber jetzt? Obwohl, wie er selbst gesagt hatte, erst wenige Tage seit Cassraws erster wahnsinniger Predigt vergangen waren, schien nun ein anderes Zeitalter angebrochen zu sein. Völlig anders. Kurzfristig begann Vredech erneut an der Realität der Geschehnisse zu zweifeln. War er bei seiner Begegnung mit Horld auf dem Berg nicht in eine Welt versetzt worden, die noch immer Canol Madreth war? Vielleicht wanderte er irgendwo durch einen verregneten Park in einer Welt, in der er ins Versammlungshaus zurückgehen konnte, wo ihn tröstliche Wärme und ein Gespräch mit Nertha und eine klare Zukunft erwarteten. Eine Welt, in der Cassraw wieder der Alte war, der freundschaftliche, streitsüchtige Cassraw, unberührt von dem Unbekannten, das ihn in die Finsternis gelockt hatte.

Der Gedanke führte nur dazu, daß Vredech einen Kloß im Hals verspürte und ihm Tränen in die Augen stiegen.

Er unterdrückte sie. Es gab keine Alternative zu dem, was er vorhatte.

Nerthas wilde Demonstration, wie man das Messer benutzen mußte, war grausam, aber wirkungsvoll gewesen und hatte ihm allen Mut geraubt. Die Bilder, die sie heraufbeschworen hatte, suchten ihn immer wieder heim. Aber er war nicht mehr der kleine Junge, der sich nach der grundlosen Tötung eines Vogels in den Schlaf geweint hatte. Die Ermordung von Cassraw mochte ihn seine geistige Gesundheit kosten, vielleicht sogar sein Leben. Doch ihm waren die verheerenden Folgen gezeigt worden – vielleicht hatte er sie auch nur geträumt, aber das war jetzt ohne Bedeutung –, unter denen Tausende und Abertausende leiden würden, wenn Cassraws düstere und primitive Sicht des Ishrythan sich durchsetzen sollte. Die Realität mochte mit Schönheit und Schlichtheit unterlegt sein, aber in ihrer Wirkungsweise, in den vielen Kombinationen dieser Schlichtheit, war sie verschlungen und subtil, voll von wechselnden Notwendigkeiten und Entscheidungen, für die man unablässig die webenden, lernenden Fähigkeiten von Ishryths zweitgrößter Gabe, dem Verstand, brauchte, um den Lauf der Ereignisse zu beurteilen. Kein Buch, nicht einmal der Santyth bei aller Weisheit, die in ihm beschlossen lag, konnten ein solches Wissen enthalten.Noch weniger ein einzelner Mensch. Und jeder Mensch, der behauptete, ein solches Wissen zu besitzen, und es den anderen aufzuzwingen versuchte, der versuchte, den unberechenbaren Geist der Menschen in den Grenzen seiner eigenen Unwissenheit und Furcht einzusperren, der konnte nur Unheil und Vernichtung über sie bringen.

Und das tat er bereits.

Vredech setzte sich auf eine Bank unter der weit ausladenden Schirmkrone eines Baums. Die Bank und das Gras um sie herum waren noch trocken. Seine Gedanken hatten sich so oft im Kreis gedreht, daß sie endlich zur Ruhe gekommen waren. Er griff unter seinen Umhang und legte die Hand auf den Messerknauf. Was tust du da, Priester, daß du auch nur daran denkst, einem anderen das Leben zu nehmen? fragte er sich zum wiederholten Male. Aber die Frage hatte keine Bedeutung mehr. Und genausowenig achtete er auf Nerthas flehentliche Beteuerung, man werde schon eine andere Lösung finden. Statt dessen hielt er sich an Iryns Alptraum. Er war bereit, es auf sich zu nehmen, wenn er es dadurch anderen ersparen konnte. Das war wahrhaftig eine priesterliche Pflicht. Und jetzt mußte er einfach abwarten. Sich auf einfache, praktische Dinge konzentrieren, so zum Beispiel auf die Frage, wo er Cassraw suchen sollte. Würde er im Hafen-Versammlungshaus sein, oder maßte er sich schon die neue Rolle des Bundesmitglieds an und residierte im Haus der Zeugen?

Er mußte nur fragen.

Aber er wollte noch ein Weilchen in der grauen Stille sitzen bleiben. An den Sonnenaufgang denken, den er von dem Hügel aus gesehen hatte, während der Pfeifer seine sich wiegende Flöte gespielt hatte, an den Blick über die Täler, als er an Nerthas Seite gestanden hatte. Freu dich an dem, was du hast, solange du es noch hast. Dann würde der Schmerz, sich von all dem zu trennen, geringer werden.

Es stimmte.

Aber trotzdem wollte er noch nicht Abschied nehmen, wollte sich noch nicht dem Schmerz und dem Leid stellen, die ihn erwarteten, wenn er tat, was er tun mußte.

Allmählich fielen seine Sorgen und Befürchtungen von ihm ab, und er betrachtete die Schatten der Bäume in dem nebligen Regen und lauschte seinem stetigen Fall und dem gelegentlichen Spritzen, wenn ein einzelner Tropfen ein Blatt dazu brachte, seine winzige Wasserlast auf die darunterliegenden zu entleeren und immer mehr Blätter es ihm gleichtaten, bis schließlich eine Kaskade zahlloser Tropfen zu Boden platschte.

Er lehnte den Rücken an den Baum. In diesem Moment bemerkte er, daß sich in der Ferne etwas bewegte. Er brauchte einen Augenblick, um seine Augen auf die beiden Gestalten einzustellen.

Langsam kamen sie auf ihn zu.

## KAPITEL 35

Vredech verspürte eine leichte Verärgerung über diese Störung seiner stillen Betrachtung. Nun ja, dachte er bei sich, sie werden vermutlich weitergehen. Heute war niemand unterwegs, der nicht etwas Dringendes zu erledigen hatte. Er beobachtete sie geistesabwesend. Beide trugen Umhänge und Kapuzen. Einer, so schätzte er, hatte ungefähr seine Größe und Statur, während der andere ein wenig kleiner und kräftiger gebaut war.

Sie kamen näher, und es sah so aus, als gingen sie vorbei, aber der eine von ihnen warf ihm einen beiläufigen Blick zu, blieb dann stehen und bedeutete seinem Gefährten mit einer Handbewegung, es ihm gleichzutun. Es gab ein kurzes Gespräch, und dann hielten sie geradewegs auf ihn zu. Vredechs Verärgerung wuchs, aber er schaffte es, sich nichts anmerken zu lassen.

»Einen guten Tag wünsche ich Euch«, begrüßte ihn der Kleinere der beiden höflich. Vredech nahm mit Verwunderung ihren ausländischen Akzent zur Kenntnis.

»Guten Tag«, erwiderte er automatisch, während er sich erhob.

Der Fremde verbeugte sich ansatzweise. »Bitte verzeiht, wenn wir Euch so unvermittelt ansprechen«, sagte er. »Aber ich sehe an Euren Gewändern, daß Ihr ein Priester des hiesigen Kults seid.«

Hiesiger Kult! Vredech fühlte sich leicht herabgewürdigt, aber er antwortete, ja, das sei er.

Der Fremde hielt ihm die Hand hin.

»Ich heiße Darke.« Er betonte die letzte Silbe. »Und dies ist mein Freund Tirec. Wir sind Reisende ... Gelehrte. Können wir mit Euch sprechen, oder stören wir Euch?«

Die freundliche Bestimmtheit des Mannes verwandelte das, was von Vredechs Gereiztheit noch übrig war, in Selbstanklage. Zur Buße machte er einen kleinen Scherz. »Nicht im geringsten«, entgegnete er und wies auf die Bank. »Bitte tretet ein in mein Arbeitszimmer.« Wenigstens eine kleine Weile könnte er auf diese Weise seine Sorgen, was er tun sollte, vergessen. Er stellte sich vor. Als Darke seinen Namen hörte, wirkte er angenehm überrascht.

»Wir haben von Euch gehört«, sagte er. »Und fühlen uns geehrt, Euch kennenzulernen. Bei denen, mit denen wir sprachen, erfreut Ihr Euch großer Achtung.«

Vredech, der wenig Übung im Entgegennehmen von Komplimenten hatte, hüstelte verlegen und wechselte das Thema. »Betrüblicherweise habt Ihr Euch eine schlechte Zeit ausgesucht, um unser Land zu besuchen«, sagte er, während er Platz nahm. »Es bekümmert mich, das sagen zu müssen, aber ich fürchte, als Fremden droht Euch möglicherweise sogar Gefahr. Im Moment herrschen hier große Verwirrung und ein heilloses Durcheinander.«

»Ja«, nickte Darke. »Obwohl das Durcheinander, wie Ihr es nennt, hauptsächlich auf Troidmallos beschränkt und gegen jene im Westen gerichtet ist – die Felden, nicht wahr?« Vredech nickte zustimmend. »Die entlegeneren Regionen Eures Landes sind weniger betroffen, und bis jetzt sind all Eure Landsleute höchst zuvorkommend zu uns gewesen.«

»Aber ein wenig zurückhaltend?« fragte Vredech nach, der ein gewisses Zögern spürte.

Der Mann zuckte kaum merklich die Achseln.

»Es ist unsere Art, Fremden gegenüber etwas reserviert zu sein«, erläuterte Vredech lächelnd. »Ein Bestandteil unseres Nationalcharakters, fürchte ich, einer, auf den ich nicht besonders stolz bin. Ich hoffe, Ihr fühlt Euch durch unsere scheinbare Kälte nicht gekränkt.«

Darke schüttelte den Kopf. »Wir haben schon viele Länder bereist und gelernt, uns mit der Mentalität der verschiedenen Völker abzufinden. Wir haben gelernt, daß die Unterschiede zwischen den einzelnen Gesellschaften oft nicht viel tiefer gehen als die Trachten, die sie tragen. Im Grunde sind die Menschen überall gleich.«

Vredech, der sich mit einemmal sehr hinterwäldlerisch vorkam, stellte fest, daß er fasziniert war von dem, was Darke sagte. Es war jedoch Tirec, der als nächster das Wort ergriff. Seinem Gesicht nach schätzte Vredech, daß er in etwa sein Alter haben müsse, obwohl sein Benehmen, wie auch das von Darke, der vielleicht Horlds Alter hatte, das eines jüngeren Mannes war. »Um ehrlich zu sein, nachdem wir das hier gelesen haben, waren wir recht froh, daß man uns nicht auf der Straße angegriffen hat«, sagte er und entfaltete dabei ein säuberlich zusammengelegtes Blatt von Privv.

Vredech rümpfte voller Abscheu die Nase. »Ihr behandelt es mit mehr Respekt, als es verdient«, gab er zurück. »Knüllt es zusammen und zündet damit Euer Lagerfeuer an, oder führt es einem anderen praktischen Nutzen zu, wenn Ihr abseits der Bequemlichkeiten der Zivilisation nächtigt. Ich bitte Euch, uns nicht danach zu beurteilen.«

Tirec grinste, aber Darkes Miene war wesentlich ernster. »Wir behandeln es mit dem Respekt, den alle gefährlichen Dinge verdienen: Feuersbrünste, Überschwemmungen, scharfe Waffen.«

Bei dieser letzten Bemerkung überfielen Vredech wieder all seine düsteren Sorgen, und ohne nachzudenken tätschelte er das Messer unter seinem Umhang. »Habt Ihr in Eurem Land keine Blätter?« erkundigte er sich.

»Wir haben das gedruckte Wort und viele Bücher sowie zahlreiche Wege, um Neuigkeiten zu verbreiten, aber nichts wie dieses.«

»Jedenfalls bei unserem Weggang«, fügte Tirec hinzu.

»Wohl wahr«, räumte Darke ein.

»Betrachtet Euch als glücklich«, sagte Vredech. Es kam von Herzen.

Darke betrachtete das Blatt. »Wir nehmen mehrere davon zum Studium mit nach Hause«, erklärte er. »Es scheint mir eine lohnende Idee zu sein.«

Vredech stieß einen tiefempfundenen Seufzer aus. »Sie *sind* eine lohnende Idee«, stimmte er ihm zu. »Aber Privv ...« Er zögerte. »Privv ist ein hemmungsloser Halunke mit einer Begabung für Worte, und er scheint mit jedem Tag schlimmer zu werden.«

»Zu diesem Ergebnis sind wir auch gekommen«, sagte Darke. »Obwohl es sich meinem Verständnis entzieht, warum jemandem daran liegen sollte, die Wahrheit so ... auszuschmücken. Kann man ihm nicht irgendwie Grenzen setzen?«

»Das wäre zu kompliziert zu erklären«, entgegnete Vredech. »Und ich vermute, es wäre auch nicht sehr interessant für Euch, es zu erfahren. Wenn Ihr so etwas auf Euer eigenes Land loslassen wollt, dann lernt aus dem, was Ihr gerade gesehen habt. Was für Gesetzgeber Ihr auch habt, zwingt sie, einem Blattschreiber Grenzen zu setzen und ihn zu verpflichten, bei der Wahrheit zu bleiben.«

»Ich werde Euren Rat beherzigen«, versprach Darke.

Vredech bekam plötzlich das Gefühl, er sei auf irgendeine Weise auf die Probe gestellt worden, und diese beiden Fremden benötigten in Wahrheit gar nicht seinen Rat bei der Einführung von Blättern in ihrer Heimat. Darke fixierte ihn. »Darf ich Euch eine heikle Frage stellen?«

»Natürlich«, antwortete Vredech, sowohl aus Neugier als auch aus priesterlicher Gewohnheit.

»Ich bin der Meinung, daß dieser Mensch, Privv, Eurer

Gesellschaft großen Schaden zugefügt hat«, sagte Darke. »Vielleicht mehr, als Ihr wißt. Bitte verbietet mir den Mund, wenn ich Euch kränke – schreibt es einfach der Unwissenheit eines unbesonnenen Fremden zu – , aber uns scheint, daß noch größeres Unheil aus dem Zentrum Eurer Religion droht.« Vredech verspürte einen kleinen Stich, aber das Gefühl, gekränkt worden zu sein, entsprach eher einem Reflex als einer echten Gefühlsregung. »Dieser Bruder Cassraw scheint in seinen Predigten ...« Darke suchte nach den richtigen Worten. »... ungewöhnlich naiv zu sein und sich außerdem im Widerspruch zu den Kernaussagen Eurer Religion zu befinden, wie sie im Santyth niedergelegt sind, wenn Ihr mein begrenztes Wissen entschuldigen wollt.«

Vredech musterte ihn genau. »Ihr habt den Santyth studiert?« fragte er.

»Ich habe ihn gelesen«, stellte Darke richtig. »Nicht studiert.«

»Welche Wissenschaft vertretet Ihr?« erkundigte sich Vredech.

Darke grinste breit. »Alle, Bruder Vredech. Wir legen nur unserem Verhalten, nicht unserem Geist Zügel an. Es gibt so viele Wunder zu sehen, so viel zu lernen, so viel, vor dem man in Ehrfurcht stehen kann, so viel zu feiern.« Er bückte sich, pflückte eine kleine weiße Blume und hielt sie Vredech vors Gesicht. »Und doch mag selbst ein Leben voller Reisen und Studien uns nicht alles zeigen, was es über diese einzelne Blume zu wissen gibt. Denn dann, vermute ich, würden wir alles wissen.«

»Wie eigenartig«, sagte Vredech, zutiefst bewegt von Darkes Art. »Noch vor wenigen Augenblicken habe ich selbst ganz ähnliche Gedanken gehegt.«

Darke warf ihm wieder einen eindringlichen, forschenden Blick zu und schien dann einen Entschluß zu fassen. »Dies ist alles andere als ein fröhlicher Tag«, erklärte er und sah sich um. »Gehe ich recht in der Annahme, daß Ihr hier saßt und die Stille Eures Gartens aufgesucht hattet, weil das Verhalten Eures Amtsbruders Euch Sorgen bereitet?«

Einen kurzen Moment lang wollte Vredech aufgebracht auf die Frage reagieren, aber sie traf den Nagel auf den Kopf. Trotzdem tat sie weh, und der Schmerz schwang in seiner Antwort mit. »Ja«, sagte er schlicht. »Obwohl ich nicht sehe, was Euch das anginge.«

Darke legte ihm die Hand auf den Arm. »Ich bitte um Verzeihung für das Kränkende an dieser Bemerkung, Bruder Vredech«, sagte er, »aber ich hatte Gründe, diese Frage zu stellen.«

»Woher kommt Ihr?« fragte Vredech unumwunden und weil er keine Lust hatte, sich wieder dem Gegenstand seiner eigenen Sorge zuzuwenden. »Ihr sprecht unsere Sprache sehr gut, aber ich kann Euren Akzent nicht einordnen.«

»Wir kommen aus dem Norden«, antwortete Darke und fügte, als Vredech den Kopf zu schütteln begann, hinzu: »Von jenseits des Gebirges. Unsere Heimat liegt weit, weit weg.«

Wenn Vredech sich hinterwäldlerisch vorgekommen war, als er diese Fremden getroffen hatte, fühlte er sich jetzt klein und unbedeutend. Jenseits des Gebirges war für die meisten Völker Gyronlandts gleichbedeutend mit ›vom Mond‹, und er machte da keine Ausnahme. Er hatte hin und wieder gehört, daß Reisende aus dem Norden das Gebirge überquert und einige der Länder an der Nordgrenze von Gyronlandt besucht hatten, aber solchen Leuten tatsächlich gegenüberzustehen ...

Die Erkenntnis ließ den Kokon seiner eigenen Sorgen platzen. Ein vorübergehender Schwindel erfaßte ihn, während er diesen flüchtigen Einblick in eine weitere Welt verarbeitete.

»Ist alles in Ordnung?« hörte er Darke fragen.

»Ja, ja«, gab Vredech ein wenig verlegen zur Antwort. »Tut mir leid. Ihr habt mich überrascht.« Dann, als sein Kokon sich wieder zu schließen versuchte, fragte er in scharfem Ton: »Warum seid Ihr hier? Verdammt wenige Leute in Gyronlandt würden sich die Mühe machen, nach Canol Madreth zu kommen. Warum gerade Ihr, von so weit weg? Es gibt reichere, aufregendere Städte in Gyronlandt, die Reisende anlocken.«

Darke antwortete nicht sofort, aber seine Hand zuckte nervös. Die von Tirec auch.

Vredechs Gefühle, noch ganz unbestimmt, schlugen in Mißtrauen um. »Ihr sagtet, Ihr hättet von mir gehört. Habt Ihr mich zu einem bestimmten Zweck aufgesucht?« wollte er wissen.

Darke lächelte breit und schüttelte den Kopf. »Nein«, entgegnete er. »Wir sind zu einem bestimmten Zweck nach Troidmallos gekommen, aber Euch hier anzutreffen, nun, das war ...« Er zuckte die Schultern. »Schicksal, Bestimmung, wie immer Ihr es nennen wollt. Ich persönlich bemühe immer ganz gern den Zufall. Ich glaube allerdings, daß wir Euch zur rechten Zeit getroffen haben.«

Vredech verbarg sein Mißtrauen nicht länger. »Warum seid Ihr dann nach Troidmallos gekommen? Und warum solltet Ihr mich sprechen wollen?« fragte er. Darkes Lächeln verschwand, und ein flüchtiger Ausdruck von Kummer glitt über sein Gesicht. Er massierte sich die Schulter. Diesmal war es an Vredech zu fragen: »Ist alles in Ordnung?«

»Ja«, antwortete Darke. »Ich habe sie mir vor langer Zeit bei einem Sturz vom Pferd verletzt. Manchmal verspannt sie sich ein wenig.« Er lockerte seine Schulter ein letztes Mal. »Und Eure Frage vermag ich nicht zu beantworten, nicht direkt jedenfalls. Fürs erste nur soviel: Wir wurden *angelockt*.«

»Angelockt?« Darke schaute zu seinem Gefährten hinüber, als suche er Rat.

»Frag ihn, er wird es verstehen. Er ist derjenige, mit dem wir reden müssen«, beantwortete Tirec die unausgesprochene Frage. Er ermunterte Darke mit einem energischen Kopfnicken. »Dieser Ort ängstigt mich zu Tode. Wir müssen der Sache auf den Grund gehen.«

Vredech runzelte die Stirn über die rätselhafte Bemerkung. Darke hantierte mit dem Exemplar von Privvs Blatt herum, um es dann vorsichtig wieder in seine Tasche zu stecken.

»Bruder Vredech«, begann er. »Habt Geduld mit mir, bitte. Ich sage Euch, was ich kann, aber zuerst brauche ich Eure Hilfe.« Er wartete Vredechs Antwort erst gar nicht ab. »Seit wir hier ankamen, haben wir viel herausgefunden, einfach dadurch, daß wir dem Geschwätz der Leute zugehört und hin und wieder eine Frage gestellt haben. Bitte berichtigt mich, wenn ich irgend etwas nicht korrekt wiedergebe.« Vredechs Stirnrunzeln vertiefte sich, aber Darke fuhr unbeirrt fort: »Vor einigen Monaten kam eine Dunkelheit über dieses Land. Euer Amtsbruder, Cassraw, stürmte in großem Zorn in diese Dunkelheit hinauf. Als er zurückkam, glaubte er, von Eurer Gottheit, Ishryth, auserwählt worden zu sein, um eine große ›Säuberung‹ des Landes in die Wege zu leiten, ein besseres Wort fällt mir nicht ein. Und seit diesem Zeitpunkt hat in Eurem Land ein scheinbar unaufhaltsamer Abstieg in Unordnung und Verderbnis eingesetzt.« Er ließ Vredech nicht aus den Augen. »Wir haben des weiteren gehört, daß er über gewisse Kräfte verfügt. Kräfte, die er gestern nacht dazu benutzt hat, um den Regen zu beherrschen. Ist das eine einigermaßen korrekte Zusammenfassung der bisherigen Geschehnisse?«

»So ist es«, erwiderte Vredech. »Aber –«

Darke legte den Finger auf seine Lippen, um ihn zum Schweigen zu bringen, eine sowohl um Verzeihung bittende als auch gebieterische Geste.»Uns ist außerdem zu Ohren gekommen, daß Ihr und ein anderer Bruder ... Horld war sein Name, wenn ich mich recht entsinne ... an jenem Tag Cassraw gefolgt seid. Und wir wissen, daß ihr versucht habt, dem, was er seit seiner Rückkehr unternimmt, behutsam entgegenzuwirken.« Sein Blick ließ Vredech nicht los. »Obwohl ich Euch völlig fremd bin, Bruder Vredech, bitte ich Euch, mir zu vertrauen«, sagte er. »Ich werde Euch bitten, mir zu erzählen, was *Euch* widerfuhr, als Ihr auf der Suche nach Cassraw in jene Dunkelheit kamt, und was Ihr meint, das *ihm* widerfahren ist.«

Vredech machte den Mund auf, um etwas zu sagen, aber seine Kehle war wie ausgedörrt. »Wer seid Ihr?« war alles, was er hervorbrachte.

»Wir sind, was wir gesagt haben«, entgegnete Darke. »Reisende und Gelehrte. Und ich erzähle Euch bald, was ich kann, aber bitte, vertraut mir an, was Ihr an jenem Tag erlebt habt. Und danach.«

Vredech wandte den Blick von Darke ab und kreuzte Tirecs Blick. Obwohl der Jüngere es zu verbergen suchte, stand Angst in seinen Augen, und Tirec erweckte eigentlich nicht den Eindruck eines Mannes, der sich leicht ängstigen ließ. Bedächtig senkte Vredech den Kopf und schloß die Augen.

»Habt Ihr auf Euren Reisen jemals von einem Mann namens Pfeifer gehört?« fragte er in die Dunkelheit. »Eine Legende – eine Geschichte vielleicht?«

Er bemerkte, daß Darke neben ihm unbehaglich hin und her rückte. »Ich habe jede Menge Geschichten über Dudelsackspieler, Flötenspieler oder Pfeifer gehört, an den unterschiedlichsten Orten. In manchen wandert er durch Träume, in anderen durch fremde Welten, Welten wie diese, aber irgendwie jenseits von dieser, und seine Melodien sollen Brücken zwischen diesen Welten schlagen oder sie irgendwie verbinden. Manche behaupten, er sei verrückt, manche sagen, er sei ein großer Kämpfer für die Gerechtigkeit, andere, er sei ein Schwertmann des Bösen. Wieder andere wollen wissen, er sei in seinem eigenen Traum gefangen.«

»Gibt es Welten jenseits dieser Welt, Reisender?« fragte Vredech. »Welten um uns herum, die hier sind und doch nicht hier sind?«

Ein langes Schweigen trat ein.

»Das habe ich sagen hören, und von viel weiseren Menschen, als ich es bin«, antwortete Darke schließlich. »Es ist ein beunruhigender Gedanke, ein Gedanke, der einen Menschen wohl seine geistige Gesundheit kosten kann. Warum fragt Ihr?« Vredech entgegnete nichts, stieß aber einen tiefen Seufzer aus. Dann öffnete er die Augen und sah hoch. Ein kleiner Schauer von Regentropfen ging aus den Blättern über ihnen nieder. Die meisten fielen auf das Gras zu seinen Füßen, wo sie trotz des Dämmerlichts kurz aufblitzten, aber ein paar fielen auch auf seine Haare. Er fuhr mit der Hand darüber.

Ihn beschlich der Gedanke, er sei wieder in eine dieser anderen Welten hinübergeglitten, und die beiden Männer seien Blendwerke seiner Phantasie. Aber machte das denn einen Unterschied? dachte er. Bis jetzt hatte er bei seinen Ausflügen noch keinen Schaden genommen. Ganz im Gegenteil, beim letzten Mal hatte er Nertha womöglich vor einem gräßlichen Schicksal bewahrt, und indem er Horld mit einbezogen hatte, war viel Gutes bewirkt worden. Jetzt konnte er erkennen, daß er jedesmal ein bißchen klüger zurückgekommen war. Plötzlich war es ihm, als sei ein Schlußstein in das Gewölbe seiner Gedanken eingesetzt worden, so daß Teile, die vorher unsicher und unzusammenhängend gewirkt hatten, mit einemmal ein solides Ganzes abgaben. Er befand sich in der Welt, die er von Geburt an kannte. Und in Zukunft würde er wissen, wenn es nicht so war, obwohl er Ursprung und Ursache seiner neuen Gewißheit nicht genau benennen konnte.

Dann berichtete er Darke und Tirec ohne weitere Vorrede, was sich auf dem Berg und danach zugetragen hatte. Seinen eigenen Kummer und seine Begegnungen mit dem Pfeifer erwähnte er nicht. Seine Worte waren eine unbewußte Anlehung an Darkes schlichten, schnörkellosen Erzählstil.

Während er redete, sah er, wie die Angst in Tirecs

Augen zunahm und in Darkes Augen Schmerz aufschien. Als er geendet hatte, verharrten die Fremden in Schweigen.

»Ich habe mich in diesen letzten Monaten mehr als einmal für verrückt gehalten«, gab Vredech zu, »habe unablässig gegen zermürbende Zweifel angekämpft.« Dann fügte er bedächtig hinzu: »Welche Bedeutung meßt Ihr dem Ganzen bei?«

Keiner von den beiden gab ihm Antwort. Tirec erhob sich und wanderte ruhelos auf und ab. Er sagte etwas in seiner eigenen Sprache zu Darke, aber auch die Fremdheit der Sprache konnte Angst und Wut nicht verbergen, die seine Worte färbten.

Da schaute ihn Darke voller Mitgefühl an und erwiderte: »Natürlich ist es wahr. Wir wissen es schon die ganze Zeit.« Wieder massierte er sich die Schulter. »Wir haben nur einfach nicht den Mut aufgebracht, es zu akzeptieren.«

Tirec schien widersprechen zu wollen, aber Darke bedeutete ihm, sich zu setzen. »Sprich Madrenisch vor Bruder Vredech«, befahl er ihm mit einem Anflug von Strenge in der Stimme. Tirec ließ sich auf die Bank fallen.

Vredech wartete. Er wollte schon seine Frage wiederholen, als Darke zu reden begann. »Auch in unserem Land kennen wir den, den Ihr Ishryth nennt.«

Vredech konnte seine Verwunderung nicht verhehlen. »Ihr verehrt Ihn wie wir?« fragte er.

Darke lächelte, ziemlich traurig, wie es Vredech scheinen wollte, und schüttelte den Kopf.

»Nein, wir erweisen jedwedem Ding Achtung, soweit wir es vermögen, aber wir verehren oder beten nichts und niemanden an.«

»Aber –« Darke brachte ihn mit erhobener Hand zum Schweigen.

»Das mag für Euch schwer zu akzeptieren sein«, sagte er, »aber wir wissen, daß Ishryth und seine drei Gefährten – die Wächter nennt Ihr sie wohl – aus der Großen

Hitze zu Anbeginn der Welt kamen und während einer Zeitspanne, die wir nicht ermessen können, die Welt formten, wie wir sie kennen, und alles, was in dieser Welt ist.«

»›Wissen‹?« wunderte sich Vredech, bei dem wieder der Theologe durchkam. »›Glauben‹ meint Ihr doch wohl.«

Darke schüttelte seinen Kopf. »Wissen«, bekräftigte er. »So genau, wie man die Vergangenheit eben kennen kann. Ununterbrochene Überlieferungsstränge reichen zurück durch die Epochen in jenes Zeitalter, als er unter den Menschen wandelte.«

Vredech war plötzlich wieder auf der Hut. Hatte er es hier mit Leuten zu tun, deren religiöse Überzeugungen die Dinge genauso unzulässig vereinfachten wie jene, in denen Cassraw nun sein Heil suchte?

»Ich sehe, daß Ihr zweifelt«, fuhr Darke fort, »und ich verstehe Euch. Nehmt zunächst einfach nur hin, was ich Euch berichte. Wir verfügen über einen reichen Wissensschatz, der selbst genauester wissenschaftlicher Prüfung standhält, glaubt mir. Wir sind ein klarsichtiges und wissensdurstiges Volk.« Er machte eine wegwerfende Handbewegung. »Aber das nur nebenbei. Jetzt mag es genügen, daß Ishryth und seine Gefährten existierten und getan haben, was sie getan haben. Dasselbe gilt für das Wesen, das Ihr Ahmral nennt. Es heißt, auch Er sei aus der Großen Hitze gekommen, doch selbst Ishryth wußte nichts davon. Was Er tat, wird in Eurem Santyth erwähnt. Er nahm menschliche Gestalt an – vielleicht besaß Er sie auch bereits – und zerstörte Ishryths Werk, wo immer Er konnte, denn das Ziel all Seines Strebens war und ist die Vernichtung des Lebens. Menschen waren Seine gelehrigsten Schüler, Seine mächtigsten Verbündeten.«

»Und in der Letzten Schlacht rückte Er vor inmitten des gnadenlosen Gemetzels von Mensch gegen Mensch und suchte Ishryth zu erschlagen, der unbewaffnet betete. Doch um ihn stand ein Ring Seiner Auserwählten, mit scharfen Schwertern und Speeren bis an die Zähne gerüstet, und als Er sie erblickte, verzagte Ahmral und wurde niedergerungen. Und mit dem Hinscheiden Seines Körpers wurde auch Sein Geist in alle Winde zerstreut. Dennoch wirkten Seine Lehren weiter fort.«

Darke nickte zustimmend zu Vredechs Zitat aus dem Santyth. »Das ist aus den Schriften, die Ihr die Kleineren Bücher nennt, nicht wahr?« meinte er.

»Ja«, sagte Vredech. »Ihre Ursprünge liegen im Dunkeln, und sie lesen sich wie eine Allegorie.«

»Es ist aber keine Allegorie«, widersprach Darke in bestimmendem Ton. »Im wesentlichen ist es eine korrekte Wiedergabe.«

Vredech runzelte die Stirn. Darke unterbrach seine Gedankengänge. »Ich begreife, daß Ihr das nicht wissen konntet, Bruder Vredech, aber ich bin weder ein Einfaltspinsel noch ein Verrückter, und Scherze mache ich auch nicht«, erklärte er mit unvermittelt herrischer Stimme. »Ich bin jedoch weit weg von meiner Heimat und den Menschen, mit denen ich über die Ereignisse hier reden müßte – dieselben Menschen, die Euch die Wahrheit dessen beweisen können, was ich Euch gerade erzählt habe. Und wie Tirec hier habe ich furchtbare Angst vor dem, was wir entdecken mußten.«

»Ich weiß nicht, was ich sagen soll«, gestand Vredech.

»Sagt zunächst gar nichts, sondern hört einfach nur zu«, riet ihm Darke. Die Anspannung auf seinem Gesicht wuchs. »Fragt, was immer Ihr fragen wollt, aber erst, wenn ich zu Ende erzählt habe.«

»Also gut.« Vredech war einverstanden, wenn auch widerwillig.

Darke begann: »Vor einigen Jahren erhob sich Ahmral erneut aufgrund einer Kombination von unglücklichen Zufällen und Nachlässigkeit unsererseits. Nahm wieder menschliche Gestalt an.« Vredech gingen die Augen über, aber es gelang ihm zuschweigen. »Und auch Seine alten Befehlshaber – die, die Ihr Uleryn nennt – wurden wiedererweckt. Bevor wir entdeckten, was passiert war, waren sie schon in die Welt ausgeschwärmt, um Armeen zu sammeln, die Ihn aus dem öden Land befreien sollten, wo wir Ihn unwissentlich umzingelt hatten.« Er hielt kurz inne, bevor er weitersprach, aber ob er das tat, um seine Gedanken zu ordnen oder um eine mächtige Gefühlsaufwallung zu unterdrücken, vermochte Vredech nicht zu entscheiden. »Ich verschone Euch mit den Einzelheiten, aber am Ende wurde, ein schwacher Abglanz früherer Zeiten, ein Bündnis gebildet, Schlachten wurden gefochten, Er und Seine Uleryn vernichtet.« Dann fügte er in einem Tonfall hinzu, der Vredech das Herz schwermachte: »Das dachten wir zumindest.«

In dem einsetzenden Schweigen hätte Vredech gern laut aufgelacht, um diesen hanebüchenen Unfug abzutun, um zu erklären, daß diese beiden Fremden offensichtlich geistesgestört waren. Aber Darkes Bericht hatte sich um ihn gelegt wie ein feuchtes Tuch, und eine furchtbare Gewißheit lähmte ihn und machte ihn frösteln. »Er ist zurückgekehrt«, hörte er sich sagen. Es war keine Frage.

»Es ist Seine Hand, die hier am Werk ist, soviel steht fest«, bestätigte Darke. »Ich kann Euch keinen vernünftigen Beweis dafür geben, aber jede Faser meines Seins sagt mir, daß schreckliche Ereignisse bevorstehen. Euer Cassraw erfüllt Seinen Willen. Und um den Gipfel Eures heiligen Berges schwebt etwas Fremdartiges, etwas, das ich noch nie zuvor gesehen habe. Und Tirec, der in den Bergen geboren wurde, auch nicht.«

»Brückenkopf«, sagte Vredech leise.

Darkes Stirn furchte sich fragend.

»Eine Ausgangsbasis im feindlichen Territorium«, führte Vredech aus. »Dorthin wird Er kommen, über diesen Brückenkopf wird Er unter uns kommen. Er wartet nur auf den Tempel, den Cassraw Ihm erbauen will, dann ...« Er sprach die Schlußfolgerung nicht aus.

Darke und Tirec warfen sich einen flüchtigen Blick zu.

»Was veranlaßt Euch zu dieser Behauptung?« fragte Tirec.

»Wer hat Ihn erschlagen?« fragte Vredech dagegen. Die beiden Männer sahen sich unschlüssig an. »Wer hat Ihn erschlagen?« wiederholte er seine Frage mit demselben Nachdruck. »Ahmral! Ihr sagtet, Er sei vernichtet worden. Wer hat Ihn vernichtet? Wer hat das Schwert geführt? Habt Ihr gesehen, wie Er erschlagen wurde? Habt Ihr Seine Leiche gesehen?«

»Wir waren ... in der Nähe«, antwortete Darke nach einigem Zögern. »Aber es war kein Mensch, der Ihn erschlug. Er hat Sich Selbst vernichtet.«

»Etwas genauer, bitte«, verlangte Vredech mit kalter Stimme, und während er das sagte, dröhnte ihm das Echo der Stimme seines Vaters durch den Kopf. Es war ein Befehl, den die beiden Besucher zu schätzen schienen.

»Das wird nicht leicht werden«, wand Darke ein.

Vredech stieß ein grimmiges Gelächter aus. »Der heutige Tag versprach von Anfang an nicht leicht zu werden«, sagte er. »Erzählt mir einfach Eure Geschichte.«

»Wie Ihr wollt«, entgegnete Darke, doch sein Gesicht hatte wieder diesen schmerzlichen Ausdruck angenommen. »Er wurde vernichtet, weil Er glaubte, daß ein flackerndes Überbleibsel von Ishryths Bewußtsein in der Tat der wiedergeborene Ishryth sei, ganz wie Er selbst gewesen war. In Seinem Zorn – oder Entsetzen – entfesselte Er Kräfte, die Seine sterbliche Hülle nicht bändigen konnte, so daß sie vollständig zerstört wurde, zusammen mit der großen Zitadelle, die Er errichtet hatte.«

Vredech indes hörte kaum noch zu. »Was meint Ihr damit, ein flackerndes Überbleibsel?« rief er aus. »Ishryth ist die Quelle und der Schöpfer aller Dinge – dieser Welt, der Sterne, des ganzen Universums. Er ist das Höchste ...«

Darke schnitt ihm das Wort ab. »Ishryth kam aus dem

Anbeginn dieser Welt und hat ihr Gestalt gegeben. Was davor war, weiß niemand. Was er ist oder war weiß niemand: außer, daß er eine Zeitlang menschliche Gestalt angenommen hat. Aber er hat die Welt nicht geschaffen, viel weniger die Sterne. Wenn es ein Höchstes Wesen gibt, ist es nicht Ishryth. Und wie sollten *wir* mit unserem kümmerlichen Geist ein solches Wesen begreifen können? Zwei Dinge sagte Ishryth noch, bevor er nach dem letzten Kampf dahinging. Daß er jetzt unter uns allen sei und daß sowohl er als auch Ahmral Irrwege der Großen Hitze seien, aus der sie beide kamen. Macht daraus, was Ihr wollt.«

*Zerrissen der Sinn, Vor allem Anbeginn.*

Vredech fühlte sich, als habe man ihn plötzlich in Eiswasser getaucht. Er begann nach Luft zu schnappen. Wie in jener denkwürdigen Nacht auf dem Ervrin Mallos, als er Horld begegnet war, spürte er, wie sein Geist sich umnachtete und alle vertrauten Anhaltspunkte, jeder Halt verschwanden. Wer waren diese beiden Männer? Waren sie wirklich Ausgeburten seines fiebernden Hirns? Und der Pfeifer? Waren sie Ahmrals Dämonen, die ihn verspotteten?

Aber die Gedanken hatten kaum Gestalt angenommen, als sie auch wieder von ihm wichen, und die Gewißheit, die ihn zuvor überkommen hatte, kehrte zurück. Er konnte Darkes Geschichte weder beweisen noch widerlegen, konnte sie keiner wie auch immer gearteten theologischen Prüfung unterziehen, aber es war, als habe sie eine Ebene unterhalb seines denkenden Geistes berührt und Licht in jene Zweifel und Bedenken geworfen, die er dort im Lauf der Jahre voller Angst gesammelt hatte. Er spürte den Tod vieler Dinge, die er bislang für unverrückbare Glaubensgrundsätze gehalten hatte, aber keinen echten Schmerz, keinen Verlust. Er hatte mehr Fragen als Antworten erhalten, aber es waren weise Fragen, und sie wurden in einer neuen, wunderbaren Welt gestellt. Er hatte Nertha bereits gesagt, sein

Glauben verändere sich. Jetzt aber, unter dem Eindruck dieser Geschichte, erkannte er, daß sein Glauben, so wie ein getrocknetes, eingeschrumpftes Saatkorn zu einer Blume oder eine Raupe zu einem Schmetterling wird, in etwas weit Größeres verwandelt worden war, als er jemals gewesen war.

Er war, der er war, und dort, wo er war. Und immer noch mußte er tun, was er sich vorgenommen hatte, auch wenn es ihn sein Leben kostete. Aber jetzt gab es Hoffnung. Nun sah er sich nicht einem übernatürlichen, im Wesen der Schöpfung verwurzelten Übel gegenübergestellt, sondern dem nur allzu menschlichen Bösen, dessen Triumphgeheul er gehört hatte, als es auf dem Ervrin Mallos von Cassraw Besitz ergriffen hatte.

Er sah Darke an. Betrübnis und Schuldgefühle standen in seinem Gesicht geschrieben. »Macht Euch keine Vorwürfe«, sagte Vredech. »Wahrheit ist immer besser als Unwissenheit, wie schmerzlich sie auch sein mag. Und ich stehe tiefer in Eurer Schuld, als ich es Euch erklären könnte. Jetzt sagt mir, warum Ihr hier seid.«

Darke sah aus, als wolle er die Wunde, die er Vredech möglicherweise geschlagen hatte, noch vergrößern, aber Vredechs Verhalten gab ihm keine Gelegenheit dazu.

»Ahmral ist aufgrund unserer Nachlässigkeit und unserer Unwissenheit zurückgekehrt«, gestand er unbehaglich. »Jetzt bereisen viele von uns die Welt. Manche, um Feinde aufzuspüren, die nach der Schlacht geflohen sind und zur Rechenschaft gezogen werden müssen, andere ...« Er zeigte auf sich und Tirec. »... um mehr von der Welt jenseits unserer selbstzufriedenen Grenzen zu erfahren. Und um herauszufinden, wie weit und wie tief Seine Lehren sich bereits verbreitet haben.«

»Und nun habt Ihr Ihn gefunden, den Ihr vernichtet glaubtet?«

»So sieht es aus. Wir haben sowohl Seinen Todesschrei als auch die Zerstörung Seiner Zitadelle gefühlt und gehört. Das war nichts, was man mißdeuten oder vergessen könnte. Und diejenigen, die sich in diesen Dingen auskennen, haben verkündet, Er sei fort. Trotzdem ...«

»Trotzdem ist Sein Gestank überall um Euch herum?«

Darke nickte. »Eine treffende Beschreibung«, sagte er.

»Ich habe sie von jemandem gehört, der Ihn auch kennt«, antwortete Vredech. Darkes Augen weiteten sich, doch bevor er etwas einwerfen konnte, fuhr Vredech fort: »Was werdet Ihr tun?«

Darke schüttelte den Kopf. »Ich weiß es nicht. Wir könnten vermutlich versuchen, Cassraw zu töten, aber nach dem, was wir bis jetzt von ihm zu sehen bekommen haben, bezweifle ich, daß wir in seine Nähe gelangen könnten. Und wir wissen aus Erfahrung, daß Menschen, die solche Macht erlangt haben, oft auf eine Weise gewappnet sind, die wir nicht begreifen. Aber was habt Ihr mit ›jemand, der Ihn auch kennt‹, gemeint?«

»Ihr müßt zu Eurem Volk zurückkehren«, erklärte Vredech. »Berichtet ihm alles, was Ihr hier gesehen und gehört habt.« Er beugte sich mit ernster Miene zu ihm vor. »Und sagt ihnen dies. Es ist wichtig. Es *gibt* Welten jenseits dieser Welt. Ich weiß nicht, wie oder warum, aber ich bin in letzter Zeit in diese Welten versetzt worden, und es hat mich zutiefst erschüttert und an meiner geistigen Gesundheit zweifeln lassen. Aber es gibt sie, so gewiß, wie es uns gibt. Und irgendwo, in ihnen und zwischen ihnen, verzerrt, zerstückelt, existiert noch immer Sein Geist. Er hat auch an anderen Orten als diesem Unheil angerichtet. Vielleicht muß man Ihn dort aufspüren, ich weiß es nicht. Und sagt Eurem Volk auch, daß Er, obwohl Er in unserem Licht noch stark scheint, wesentlich geschwächt wurde durch das, was Ihr Ihm zugefügt habt.« Er hielt Darkes Blick stand. »Werdet Ihr das Eurem Volk berichten?«

Darkes Augen schienen noch auf der Suche zu sein. »Ja, das werde ich«, versprach er. »Aber ...«

»Was Cassraw angeht«, fuhr Vredech fort, der keine Unterbrechung duldete, »hattet Ihr recht – Ihr wäret nicht imstande, in seine Nähe zu gelangen. Aber er ist mein Freund, mein Bruder in der Kirche, meine Verantwortung. *Ich* werde ihn töten.« Darke zuckte bei dieser letzten Ankündigung zusammen, dann konnte Vredech sehen, daß er nachdachte. Er nahm es ihm nicht übel.

»Ihr seid Priester«, erklärte Darke am Ende. »Priester einer Kirche, die trotz aller Unwissenheit im Kern eine menschliche und mitleidige Religion ist. Ihr könntet es nicht.«

Vredech holte das Messer unter seinem Umhang hervor. Er hörte ein leises Zischen von Tirec, doch bevor er wußte, wie ihm geschah, hatte Darke seine Hand gepackt und ihm das Messer entwunden.

Er schnappte nach Luft, als er sich ohnmächtig in diesem Griff wiederfand, der ihn doch kaum festzuhalten schien. Darke reichte Tirec das Messer. »Tut mir leid«, sagte er zu Vredech, auch wenn seine Stimme wenig reumütig klang. »Ihr habt mich erschreckt. Alte Reflexe, fürchte ich.«

Tirec untersuchte das Messer. »Nicht übel«, meinte er. »Ein bißchen ungeschlacht, aber haltbar und praktisch. Die Schneide ist auch nicht von schlechten Eltern.« Darke neigte das Haupt, und Tirec gab das Messer an Vredech zurück, der es mit zitternder Hand entgegennahm.

»Ihr wolltet mir damit etwas zeigen?« wandte Darke sich an ihn.

Vredech schob das Messer ungeschickt wieder in die Scheide zurück. »Ja«, antwortete er, und dann benutzte er seine Hand und hob sie an Darkes Kehle. »So, hat man mir gesagt –« Er demonstrierte, was Nertha ihm gezeigt hatte. »Es dürfte eine ziemliche ... Schweinerei ... geben.«

Darke nickte bekümmert, und als er den Blick hob, entdeckte Vredech Tränen in seinen Augen. »Ja, das wird es, in der Tat«, erwiderte er heiser. »Aber es ist so gut wie jede andere Art. Mein Herz sagt mir, ich sollte Euch davon abbringen, aber ich sehe, daß Ihr aus eigenem freien Entschluß dazu gekommen seid. Bevor wir uns begegnet sind. Alles, was ich Euch wünschen kann, ist viel Glück.« Er wandte kurz den Blick ab, dann fügte er hinzu: »Es *ist* das Richtige, fürchte ich, aber wenn ich Euch einen Rat erteilen darf, reinigt Euer Bewußtsein von allen Zweifeln, bevor Ihr Euch ihm nähert. Von allen Zweifeln. Und nähert Euch ihm, bevor Ihr die Waffe zieht. Dann zögert nicht, nicht einen Wimpernschlag. Das ist der einzige Weg. Für Euch beide.«

»Ich verstehe«, entgegnete Vredech.

»Ich glaube, das tut Ihr tatsächlich«, nickte Darke.

»Was werdet Ihr jetzt unternehmen?« fragte Vredech, eifrig darauf bedacht, die Angelegenheit nicht weiter zu verfolgen.

»Vielleicht noch ein bißchen länger bleiben. Noch ein bißchen dazulernen«, gab Darke zurück.

Vredech wirkte nervös. »Ich werde es heute tun«, erklärte er. »Solange meine Entschlossenheit noch nicht wankt, bevor Cassraw noch stärker wird. Ich wäre ruhiger, wenn ich wüßte, daß Ihr den Menschen, die es verstehen können, Nachricht von den Ereignissen bringt.«

Darke erhob sich. »Dann wollen wir Euch nicht länger aufhalten«, verkündete er. »Wir gehen sofort.«

Auch Vredech erhob sich und streckte ihm die Hand entgegen. Darke ergriff sie. »Ich gebe Euch noch einen Rat, Bruder Vredech«, sagte er, »denn ich kann den Tod in Euren Augen sehen. Den Tod der falschen Person – Euren eigenen.« Sein Händedruck wurde fester. »Ihr befindet Euch im Krieg, Priester. Es gibt kein Gesetz für Euch außer dem des Überlebens, und Ihr *müßt* danach trachten zu überleben, oder Ihr werdet mit Sicherheit sterben. Habt keine Angst vor dem Morgen. Es wird ein Morgen geben, und Ihr werdet viel darin zu tun haben. Es gibt kein Ende und keinen Anfang. Denkt daran.«

Vredech wußte nicht, was er ihm antworten sollte. »So viele Fragen«, sagte er.

Darke lächelte ein wenig. »Immer«, entgegnete er.

Tirec ergriff Vredechs Hand. Er zeigte seine Besorgnis offener als Darke, aber seine Stimme war fest, als er sagte: »Danke. Lebt wohl, und das Licht sei mit Euch.«

Vredech sah ihnen nach, als sie sich von ihm entfernten. Bevor sie im Nebel verschwanden, drehten sie sich noch einmal um und winkten ihm zum Abschied.

Dann waren sie fort.

# KAPITEL 36

Vredech blieb noch eine Weile sitzen, nachdem die beiden Männer gegangen waren, und sann über die sonderbare Begegnung nach. Was hatte Darke gesagt? »Schicksal, Bestimmung, wie immer Ihr es nennen wollt. Ich persönlich bemühe immer ganz gern den Zufall.«

Zufall ...

Reisende aus einem fernen Land. Die eine solche Botschaft brachten.

Aber ›angelockt‹, wie Darke gesagt hatte. Vredech ließ seine Schulter kreisen, als wolle er sie lockern, eine unbewußte Nachahmung von Darkes Bewegung. Merkwürdiges Wort, ›angelockt‹, dachte er. Wie Jäger von der Beute. Und sie waren ja auch Jäger, diese beiden, entschied er, trotz ihrer ruhigen, bedächtigen Redeweise. Sie verständigten sich wortlos miteinander, und Darke hatte ihm das Messer mit traumhafter Leichtigkeit abgenommen. Und wie seltsam, daß er eine größere Wesensverwandtschaft mit ihnen spürte als mit beinahe jedem, den er in seinem bisherigen Leben kennengelernt hatte. Vielleicht widerfuhr das Menschen, die von Ihm berührt worden waren? Ein tiefes Wissen um einen gemeinsamen und gräßlichen Feind.

Und was war mit seinem Glauben? Darkes Enthüllungen hätten ihn vielleicht erschüttern sollen, aber er fühlte sich vollständiger als je zuvor.

Es erstaunte ihn, daß er solche Veränderungen so leicht hinnehmen sollte.

Welche Kräfte bewegten sich hier unter der Oberfläche?

Er schaute auf seine Hand hinunter, hob sie und ließ sie wieder fallen. Soweit er es beurteilen konnte, hatte er noch seinen freien Willen. Demnach war die Frage nicht nur unbeantwortbar, sondern auch belanglos.

»Ihr seid ein Krieger, kein Priester«, hatte der Pfeifer gesagt. »Ihr greift sehr schnell zur Gewalt.« Vredech legte eine Hand auf das Messer. »Ihr kümmert euch, jeder auf seine Weise, um die Menschen.« Die Bemerkung verstand er. Und ihre tiefe Ironie. Denn wahre Krieger feilten so an ihren dunklen Fähigkeiten, daß sie durch ein tieferes Verständnis der Gewalt in die Lage versetzt wurden, sie besser zu vermeiden. Er lächelte betrübt. *Schnell* zur Gewalt zu greifen war das Vorrecht aufbrausender Priester und solcher Menschen, die davor zurückschreckten, die ihrer eigenen Natur innewohnende Gewalt anzunehmen.

So viele Fragen.

Immer.

Langsam begab er sich zurück in sein Versammlungshaus.

Er mußte feststellen, daß Nertha nicht da und Haus in heller Aufregung war. »Diese beiden Männer sind weg«, verkündete Haus. Vredech mußte erst nachdenken, bevor er sich an Iryn und Yan-Elter erinnerte. »Der junge Mann wirkte wesentlich ruhiger«, fügte Haus hinzu, bevor er ein schlechtes Gewissen wegen seiner Vergeßlichkeit bekommen konnte. »Sein Bruder trug mir auf, Euch zu sagen, sie kämen später zurück.«

»Und Nertha?«

»Sie sucht Euch, junger Mann.« Vredech wurde ganz klein unter ihrem vorwurfsvollen Blick. Sie setzte noch einen drauf. »Sie wirkte besorgt.«

Plötzlich wurde es Vredech kalt ums Herz. Die Rückkehr in die vertraute Umgebung und Haus' Sorgen hatten ihn vorübergehend vergessen lassen, was er sich für heute vorgenommen hatte. Jetzt fiel es ihm mit allem Schrecken wieder ein.

»Ich wollte sie nicht wecken«, murmelte er, während er an Haus vorbei in sein Büro zu schleichen versuchte. »In ein paar Minuten muß ich ohnehin wieder ausgehen. Sag ihr, sie soll hier auf mich warten, wenn sie zurückkommt. Sag ihr, sie soll sich keine Sorgen machen.«

»Und was ist mit *meinen* Sorgen, Bruder Vredech?« rief Haus aus. »Ihr kommt klatschnaß herein, um sofort wieder das Haus zu verlassen. Nertha streift durch die Stadt, während an allen Ecken dieser Aufruhr herrscht, und sie trägt auch noch ihre feldische Kleidung.«

Vredech versteifte sich gereizt, schaffte es aber noch, erst nachzudenken und dann zu reden. »Nur mein Umhang ist naß geworden«, beruhigte er sie, doch gelang es ihm nicht ganz, die Anspannung aus seiner Stimme herauszuhalten. »Und ich bezweifle, daß irgend jemand Nerthas Kleidung unter ihrem Umhang sieht. Bitte, mach dir keine Sorgen.«

»Das sagt sich so leicht«, versetzte Haus, »aber heute wird es noch einige denkwürdige Auftritte geben, merkt Euch meine Worte. Wo doch Bruder Cassraw im Heindral sprechen wird und all das. Ich komme nicht eher zur Ruhe, bis sie in Sicherheit ist.«

»Wo hast du das gehört?« erkundigte sich Vredech rasch.

Haus machte eine wegwerfende Handbewegung. »Alle Welt redet davon.«

Vredech runzelte die Stirn, während er über die Neuigkeit nachdachte.

»Es heißt, er ist das neue Bundesmitglied«, fügte Haus hinzu. »Armer Bruder Mueran. So plötzlich.«

»Ja, natürlich«, entgegnete Vredech so beruhigend, wie er konnte. Es war eine alte Tradition, daß ein neuernanntes Bundesmitglied vor dem Heindral sprach, aber für Vredech war es ein weiterer Beweis für die Veränderung, die mit Cassraw vorgegangen war. Er schien sich nicht weiter um eine solche Bagatelle wie die ordentliche Wahl durch das Kapitel zu kümmern – eine Angelegenheit, die keineswegs bloße Formsache war. Viel schwerer indes wog die Tatsache, daß Cassraw auf diese Weise der Aufmerksamkeit des gesamten Heindral gewiß sein durfte. Mit an Sicherheit grenzender Wahrscheinlichkeit wäre jeder Heinder anwesend, und darüber hinaus würde das Ereignis eine große Zuschauermenge anziehen. Und obwohl es ebenfalls Tradition war, daß eine solche Rede schlicht und nicht polemisch ausfiel, wußte er doch genau, daß sie für Cassraw nur eine weitere Gelegenheit darstellen würde, eine bedeutende Zuhörerschaft mit seiner mächtigen, fesselnden Redekunst zu beeinflussen. Unzweifelhaft würde er noch so ein ›Wunder‹ vollbringen, um auch die letzten Zweifler von der Rechtmäßigkeit seines Anspruchs zu überzeugen, daß er Ishryths Auserwählter sei.

Vernünftige Einwände oder eine Diskussion würden sich gegen seine aufwieglerischen, emotionsgeladenen Parolen nicht durchsetzen können.

Vredech wurde ganz ruhig. Jetzt mußte er Cassraw wenigstens nicht mehr suchen. Und seine Einschätzung der Lage ließ sein geplantes Attentat noch zwingender erscheinen.

»Ich hole Euch den anderen Umhang, wenn Ihr noch einmal ausgeht.« Haus' beleidigter Tonfall riß ihn aus seinen Gedanken, und mit einem hastigen »Danke« zog Vredech sich in sein Arbeitszimmer zurück.

Er lehnte sich mit dem Rücken gegen die geschlossene Tür und ließ den Blick durch das Zimmer wandern.

Schreibtisch, Bücher, Möbel, Bilder. Verändert und doch unverändert. Und am Fenster ein großes Exemplar des Santyh auf einem Lesepult. Er ging hinüber und legte behutsam die Hand darauf. Das Buch wirkte irgendwie kleiner, doch die Weisheit, die es enthielt und die ihn so lange geleitet hatte, blieb bestehen. Wenn all das vorbei war, mußte es ihn noch einmal lesen, auf dem Hintergrund seiner neuen Erkenntnisse.

Seine Finger ballten sich zur Faust und kratzten über den Ledereinband, als ihm Darkes Worte wieder einfielen.

»Ihr *müßt* zu überleben versuchen«, hatte Darke gesagt. »Habt keine Angst, an das Morgen zu denken.«

Er hatte natürlich recht. Cassraw zu töten war lebenswichtig, aber er mußte zu überleben versuchen, damit er hinterher alles erklären konnte – oder es konnte trotzdem schreckliches Unheil gestiftet werden. Doch so sehr er sich auch bemühte, Vredech konnte nicht über die Tat selbst hinaussehen. Alle Wege führten zu diesem Punkt und endeten dort.

»Es gibt kein Ende und keinen Anfang.«

Auch das war wahr, in seiner jetzigen Situation jedoch ohne Wert für ihn.

*Er hatte Angst.*

Er umfaßte die Buchkanten, schloß die Augen und senkte den Kopf. »Ishryth, wenn ich diese Bürde denn tragen muß, so gib mir die Kraft dazu.«

Schweigen.

Keine Offenbarung. Kein Zitat aus dem Santyth, um ihm den Weg zu zeigen. Kein Pfeifer. Nichts. Nichts als eine schwarze, alles erstickende Wolke der Angst, an deren Rändern sich bitterer Zorn und Trotz regten, daß ausgerechnet ihm diese Bürde auferlegt wurde.

Er setzte sich an seinen Schreibtisch und verbrachte ein paar Minuten damit, einen Brief zu schreiben. Er legte ihn oben auf seinen Schreibtisch, änderte dann seine Meinung und plazierte ihn deutlich sichtbar in der mittleren Schublade. Dort würde er bei Gelegenheit gefunden werden, und er wollte ganz bestimmt nicht, daß Nertha ihn zu bald fand. Kurzfristig überwältigten ihn die Gedanken an sie. Wie alles andere auch hatten sich seine Gefühle für sie so vollständig und so plötzlich geändert, daß er es kaum glauben konnte. Warum sollte er sich diesen Gefühlen nicht hingeben? Sie beide konnten jetzt fliehen, konnten aus Canol Madreth wegreiten, bevor Cassraws Wahnsinn es völlig vereinnahmte. Sie war eine fähige Ärztin, er war ... nun, er konnte sich ändern. Sie konnten sich in einem anderen Staat Gyronlandts ein ruhiges und nützliches Leben aufbauen. Nertha würde ihn besser als jeder andere verstehen.

Doch noch während die Gedanken ihn bedrängten, ihn peinigten und in Versuchung führten, erinnerte er sich an Darke und Tirec, Gestalten im Nebel, hierher gelockt aus einem fernen Land. Ihre Anwesenheit bewies ihm, daß weder Raum noch Zeit Schutz gegen jene Macht, die er Ahmral nannte, boten, und daß Gyronlandt selbst nur ein kleiner Teil einer größeren Welt war. Und er wußte auch, daß Ahmral selbst in den geheimnisvollen Welten jenseits davon existierte – die Welten, die sowohl hier als auch nicht hier waren, die Welten, die vielleicht für solche gewöhnlichen Sterblichen wie ihn unzugänglich sein sollten.

Es gab keinen Ort, an dem er sich verstecken konnte und nicht damit rechnen mußte, daß das Böse eines Tages auch zu ihm kam. Und es gab keinen Ort für ihn, an dem er Frieden finden konnte, in dem Bewußtsein, daß er sich von der Aufgabe abgewandt hatte, die ihm zugefallen war.

Er schloß vorsichtig die Schublade und stand auf. Dann, mit einem letzten Blick durch den Raum, ging er.

Die Debatten im Heindral wurden für gewöhnlich vom Führer der Mehrheitspartei bestimmt, obwohl er dabei stark vom Gewohnheitsrecht eingeschränkt war, das dafür sorgte, daß jede Partei ungefähr im Verhältnis zu ihrer Sitzanzahl Zeit und Redner erhielt. Das System funktionierte recht gut, obwohl es häufig Anlaß zu einer Menge Lärm und scharfen Reden gab. Bei Gelegenheiten wie dieser allerdings, wenn ein hochrangiger Vertreter der Gesellschaft zu einem offiziellen oder zeremoniellen Anlaß vor dem Heindral sprechen sollte, konnten die Heinder sich beeindruckend gesittet verhalten. Sie pflegten zu verstummen, wenn der Führer sich erhob, und dem verehrten Redner aufmerksam – oder doch zumindest schweigend – zuzuhören. Dann spendeten sie ihm reichlich Applaus, worauf übertriebene Lobreden von Vertretern einer jeden Partei folgten. Mit der satten Selbstzufriedenheit solcher Anlässe pflegten sich die Heinder selbst davon zu überzeugen, daß ihr gewöhnliches Betragen annehmbar sei und seine geräuschvollsten Auswüchse den Heindern der jeweils anderen Parteien zuzuschreiben seien.

Vredech traf ziemlich früh im Heindral ein. Da Casstraws Eile das Sitzungsprotokoll völlig durcheinandergebracht und die für den reibungslosen Ablauf solcher Dinge verantwortlichen Heinder in heillose Aufregung versetzt hatte, genügte Vredech die Autorität seiner Soutane, um Einlaß zu erhalten. Die Stühle, die im Haus der Zeugen die Wände der Halle des Disputs säumten, waren während der Nacht heruntergeschafft und vor dem Rednerpult, aber mit den Rücken zu diesem, aufgestellt worden. Daran zumindest hatten die Beamten sich noch erinnern können, aber erst, als die Karren mit den Stühlen bereits eintrafen. Man plazierte die Stühle auf diese Weise, damit die Worte des Bundesmitglieds über die Köpfe der Kapitelmitglieder hinweg gesprochen wurden und so als Äußerungen der ganzen Kirche gelten konnten.

Vredech nahm neben dem Podium Platz, so daß er aufstehen und sich in gerader, unverstellter Linie zu dem

Rednerpult begeben konnte, von dem Cassraw sprechen würde. Er ging seinen Plan ein ums andere Mal durch. Es gab drei Stufen auf das Podium hinauf. Von dort, wo er saß, waren es vielleicht vier Schritte bis zum Rednerpult.

Eins, zwei, drei, vier ...

Eins, zwei, drei, vier ...

Immer wieder.

Darkes Rat war ihm auf schreckliche Weise präsent.

Reinigt Euer Bewußtsein von allen Zweifeln, bevor Ihr Euch ihm nähert.

Nähert Euch ihm, bevor Ihr die Waffe zieht.

Dann zögert nicht, nicht einen Wimpernschlag.

Das ist der einzige Weg. Für Euch beide.

Immer und immer wieder.

Würde er es tun können? Aber wie sollte er es *nicht* tun? Cassraw war nicht mehr Cassraw. Er war jetzt eine Kreatur Ahmrals – ein Gefäß, ein Vorbote, gekommen, um den Weg für Seine Wiederkunft zu bereiten. Er hatte keine Wahl.

Aber ...?

Das Wort umschmeichelte ihn, krallte sich an ihm fest wie ein bettelndes Kind, rief ihm lange vergessene Erinnerungen ins Gedächtnis – wie sie zusammen aufgewachsen waren, ihre Zeit als Novizen, die Zeit, als er Cassraws Aufstieg unterstützt hatte. Und, besonders grausam, Erinnerungen an Nertha, seine Schwester, die gar nicht seine Schwester war. Wer würde jetzt ...

Irgendwie gelang es ihm, die Sehnsucht zu unterdrücken. Es fiel ihm nicht leicht.

*Habt keine Angst, an das Morgen zu denken.*

Aber ...

Er ließ den Blick über die eintreffenden Menschen schweifen. Die Zuschauergalerien füllten sich, laute Schritte dröhnten auf dem hölzernen Boden über seinem Kopf und vermischten sich mit dem Stimmengewirr. Heinder strömten herein und nahmen mit der Behendigkeit langer Erfahrung ihre Plätze auf den langen, ansteigend angeordneten Bänken ein. Und auch Predigerbrüder trafen ein. Vredech kannte viele von ihnen, aber die Grüße, die ihm galten, erwiderte er lediglich mit einem beiläufigen Nicken. Schon ein flüchtiger Blick in ihre Gesichter sagte ihm, wie zerrissen die Kirche bereits war. Es gab Lächeln, Stirnrunzeln, bekümmerte, besorgte, ehrgeizige oder verschwörerisch ausdruckslose Mienen. Doch es hatte keinen Zweck, ihre Stimmungen genauer zu erkunden.

Sehr bald würden all diese Sorgen und Bedenken einen neuen Gegenstand haben ...

Eins, zwei, drei, vier ...

Er wußte nicht, ob es ihn wundern sollte, daß er nichts von Horld oder Morem und den anderen sah, von denen man annehmen konnte, sie würden sich gegen Cassraw stellen. Vielleicht hatten sie nicht davon erfahren, was hier vor sich ging. Schließlich hatte er auch nur durch Zufall davon gehört, und es war keine Zeit für eine förmliche Benachrichtigung gewesen. Das paßte, dachte er. Wenn Unwissenheit und Heuchelei die Vernunft außer Kraft setzten, dann war Klatsch das angemessene Medium für ihre Verbreitung. Er dachte nicht ernsthaft über ihr Fehlen nach. Alles in allem war er ziemlich erleichtert, daß die Bänke vor und neben ihm sich mit Leuten füllten, die er gar nicht oder nur flüchtig kannte. Er wollte jetzt kein ernsthaftes Gespräch mit Kollegen. Er wollte nur, daß Cassraw endlich kam, damit er diesem Schrecken ein Ende bereiten konnte. Aber mehr als alles andere wollte er die Furcht hinter sich lassen, die ihn verzehrte. Durch die Dunkelheit zum Licht, was immer es enthüllen mochte.

Dann war die Kammer der Rede voll.

Wie er schon vermutet hatte, war nahezu jeder Heinder zugegen, und auf den öffentlichen Galerien drängten sich die Zuschauer. Aus zufällig aufgeschnappten Gesprächsfetzen erfuhr er, daß sich auf dem Platz draußen trotz des anhaltenden Regens eine große Menschenmenge eingefunden hatte. Viele der Anwesenden trugen unter ihren Umhängen Milizuniformen, und Vredech konnte sehen, daß fast jeder auf die eine oder andere Weise bewaffnet war. Eure Herzen und Köpfe müßt ihr heute rüsten, nicht eure Körper, dachte Vredech. Dann legte er wieder seine Hand auf das Messer.

Die Atmosphäre war eine prickelnde Mischung aus Erregung und freudiger Erwartung. Die Regierung befand sich am Rande einer Katastrophe, die Bürgerwehr war einberufen worden, um einem kriegslüsternen Nachbarn Paroli zu bieten, und ein neuer Geist machte sich in Canol Madreth breit, ein Geist, der ohne Zweifel über seine Grenzen hinaus wirken würde: die Worte von einem ›wiedervereinten Gyronlandt‹ mit ihrer ganz besonderen Magie waren überall zu hören. Und in dieser Zeit der Not wurden überall starke Männer geboren. Toom Drommel, ausgerechnet von der Partei der Zeugen, und dieser mächtige Predigerbruder, der plötzlich zum Bundesmitglied aufgestiegen war und *Wunderkräfte* zu besitzen schien.

Ishryth war mit den Rechtschaffenen.

Das war gut.

Vredech wurde schlecht.

Dann wandten sich wie auf ein unhörbares Signal hin die Augen der Menge zur rückwärtigen Seite der Kammer der Rede, und der Lärm senkte sich über eine Kaskade zischender ›Psts!‹ zu einem leisen, summenden Raunen.

Vredech mußte sich zwingen weiterzuatmen.

Stumm erhoben sich die Heinder von ihren Plätzen. Die Predigerbrüder blieben sitzen.

Vredech merkte, wie sein Blickfeld schrumpfte, so daß sich das Mittelschiff der Kammer in eine endlose Weite zu erstrecken schien. Durch den Gang in der Mitte sah er mehrere Beamte des PlasHein in quälender Langsamkeit schreiten, angetan mit prächtigen uralten Uniformen von großer verfassungsmäßiger Bedeutung. Dann kamen an beiden Seiten des Mittelschiffs zwei Reihen Ritter von Ishryth, die Gesichter hinter jenen leeren Masken versteckt, die sie in Bredill getragen hatten. Ihre blutroten Schärpen bildeten einen auffälligen Kontrast zu der eher düsteren, gediegenen Pracht der PlasHein-Beamten. Sie verliehen der Szenerie etwas merkwürdig Bedrohliches.

Dann war Cassraw da, gekleidet wie am vorangegangenen Abend – war wirklich erst so kurze Zeit verstrichen? Dowinne hielt sich ein paar Schritte hinter ihm. Für Vredech war Cassraw sehr nah und weit weg zugleich. Er füllte Vredechs so ausschließlich auf ihn konzentriertes Blickfeld zur Gänze aus. Vredech begann unkontrolliert zu zittern.

Paradoxerweise befreite ihn diese körperliche Regung von der hypnotischen Wirkung der langsamen Prozession, die auf ihn zukam. In dem Bemühen, das Zittern zu unterdrücken, preßte er die Schenkel mit aller Kraft gegen die Stuhlbeine und seine Unterarme auf die Armlehnen, bis es weh tat. Das klärte seinen Blick noch mehr. Jetzt waren es nur noch Menschen, die sich ihm näherten, die ihre Zeremonie abhielten, wie er seine so oft abgehalten hatte. Schon bald wäre es vorbei, und Cassraw würde am Rednerpult stehen.

Eins, zwei, drei, vier ...

Plötzlich geriet er bei dem Gedanken, seine Beine könnten ihn nicht so weit tragen, in Panik; vielleicht würde er einfach der Länge nach hinschlagen, das Messer würde klirrend über den Boden rutschen, vor Cassraws Füßen liegenbleiben und seine Schuld vor aller Augen bezeugen. Er mußte langsam gehen, bedächtig. Mit einer Hellsicht, deren Kälte ihn ein wenig erschreckte, erkannte er, daß ein langsames Zugehen auf sein Opfer in jedem Fall weniger dazu angetan wäre, eine rasche Reaktion von Cassraw oder jemand anderem in seiner Nähe hervorzurufen, als wenn er sich verwegen auf ihn stürzen würde. Ja, er würde in der Lage sein, vorsichtig und bedächtig vorwärtszugehen.

Es war der einzige Weg – für sie beide ...

Seltsame, boshafte Regungen begannen sich in seine Gedanken zu schleichen. Cassraw sah lächerlich aus mit diesem Kronending, das er da trug. Was um Gottes willen sollte das darstellen? Außerdem war er schon immer ein ehrgeiziger Bastard gewesen, dem sein eigenes Fortkommen mehr am Herzen gelegen hatte als der Dienst an der Kirche oder seiner Gemeinde. Und was schwerer wog, sein Verständnis der theologischen Grundsätze war immer mangelhaft gewesen; kein Wunder, daß sein Glauben am Ende in eine ungeschliffene, um nicht zu sagen groteske Einfältigkeit gemündet war!

Die Gedanken verstörten Vredech. Es war, als versuche ein Teil von ihm, die Tragweite dessen zu rechtfertigen, was er im Begriff stand zu tun, indem er das Opfer zu einer Art lästigem, vielleicht sogar ekelhaftem Ärgernis herabwürdigte. Aber das war verkehrt, und es widerstrebte ihm, so zu denken. Das war sowohl kleinlich als auch falsch. Und es war nicht notwendig, daß Vredech Cassraw herabwürdigte, um zu tun, was er tun mußte. Im Gegenteil, es war wichtig, daß – insofern das bei einer solchen Tat überhaupt möglich war – das Ganze ehrenhaft und mit Würde erledigt wurde. Es wäre widerwärtig, Cassraw mit gemeinen oder mürrischen Gefühlen zu töten. Diese Tat mußte in ...

In was?

*In Liebe.*

Das Wort versetzte ihm einen Schock.

Aber es paßte. Er mußte Cassraw zu einem Wohl töten, das über sie beide hinausreichte. Zum Wohle des Volkes von Canol Madreth und wer weiß wie vieler anderer Länder in Gyronlandt und darüber hinaus. Und er mußte ihn zum Wohle des wahren Cassraw töten, der gewiß gefesselt und blind im Herzen dessen lag, was er geworden war.

Wieder wurde ihm übel.

Cassraw begab sich zum Rednerpult. Dowinne stellte

sich ein wenig seitwärts hinter ihn. Die Ritter nahmen in einem Halbkreis hinter beiden Aufstellung. Vredech drehte sich um und nahm noch einmal den Weg in Augenschein, den er zurücklegen mußte.

Eins, zwei, drei, vier ...

Das Zittern, das von ihm Besitz ergriffen hatte, schien aus seinen Gliedern gewichen und zu einer schimmernden Kraft geworden zu sein, die durch ihn hindurchschien.

Cassraw ließ langsam den Blick über die vollen Zuschauertribünen gleiten, dann über die Heinder, dann schloß er die Augen und senkte das Haupt, als bete er. Kurz darauf hob er wieder den Blick. Seine Augen strahlten mit furchterregender Intensität. Bedächtig breitete er die Arme aus, als wolle er die ganze Kammer der Rede umarmen.

»Meine Gemeinde«, sagte er. Die Worte hallten durch den Raum wie ein Donnerschlag am Sturmhimmel. Vredech merkte, wie die Härchen auf seinen Armen sich aufstellten. Welche Gewalt in Cassraws Stimme lag! Er war immer ein guter Redner gewesen, der seine Zuhörer in den Bann zu schlagen wußte, aber in der hypnotischen Wirkung dieser beiden Worte schwang etwas Unnatürliches mit, das zugleich aufrüttelte und erregte.

»Wir stehen an der Schwelle dunkler Zeiten. Der geliebte Führer unserer Kirche ist viel zu früh abberufen worden. Das Heer der Ungläubigen aus Tirfelden wird sich bald mit ruchlosem Haß gegen uns wenden. Üble Kräfte haben sich verschworen, um unsere Regierung zu schwächen, so daß sie das Volk ohne rechte Führung in weltlichen Angelegenheiten läßt.«

Vredech beobachtete die Zuhörer, während er den Worten lauschte. So groß war die Gewalt von Cassraws Stimme, daß jedes einzelne Wort Wirkung zeigte. Und mit jedem weiteren Wort würden mehr von den Anwesenden seinem Zauberbann erliegen. Das Zittern in Vredech nahm unerbittlich zu. Es war, als habe sein Plan eine Eigendynamik entwickelt, die nicht mehr aufzuhalten war, die ihn zerreißen würde, wenn er ihr nicht nachgab.

»Aber, meine Kinder, ich bringe euch gute Botschaft. Ich bringe euch Botschaft vom Licht, das diese Dunkelheit erhellen wird. Das Licht, das eure Feinde blenden und in alle Winde zerstreuen wird. Das Licht, das euch den wahren Weg weisen wird. Seinen Weg. Das Licht, welches das Eine Wahre Licht ist ...«

Genug!

Vredech wußte nicht, ob sein stummer Schrei seinen zunehmenden körperlichen Beschwerden galt oder Cassraws sich steigernder Rhetorik. Ihm wurde klar, daß er sich erhob. Dann stieg er ganz langsam die Treppen zum Podium hinauf und näherte sich Cassraw.

Eins, zwei ...

Er war sich der Blicke von Cassraws Wächter-Rittern bewußt. Ratlos blickten sie hinter ihren leeren Masken von einem zum anderen. Aber keiner von ihnen rührte sich.

Drei, vier ...

Vredechs Hand schloß sich um das Messer.

Zögert nicht, nicht einen Wimpernschlag lang.

Als Vredechs Griff um den Messerknauf sich schloß, wandte Cassraw sich ihm zu. Ihre Blicke begegneten sich.

Vredech zögerte.

»Allyn«, sagte Cassraw leise, aber mit einem leichten Lächeln. »Ich bin so froh, daß du gekommen bist, um an meiner Seite zu stehen.«

Vredech blickte in das vertraute Gesicht seines alten Freundes.

»Du mußt ihn töten! Jetzt!« schrien die Stimmen in seinem Innern verzweifelt auf.

TÖTE IHN!

Aber seine Hand wollte sich nicht bewegen.

Cassraw wandte sich wieder seinem Publikum zu.

»Meine Freunde«, sagte er, und seine Stimme klang jetzt weniger kraftvoll, aber gefühlsgeladen, »ihr müßt mir vergeben, wenn ich plötzlich ein wenig schwach werde, aber Bruder Vredech hat völlig zu Recht versucht, die Offenbarung in Zweifel zu ziehen, die mir zuteil wurde, und das mit aller Strenge. Ihn nun hier an meiner Seite stehen zu sehen, bewegt mich ... mehr, als ich sagen kann.« Er hielt inne und breitete erneut die Arme aus. »Und Bruder Vredechs öffentliche Versöhnung mit mir ist ein weiteres Zeugnis für die leitende Gegenwart Seiner Hand –«

»NEIN!«

Der Schrei, hoch und schrill und mit einer rasenden Verzweiflung befrachtet, füllte die Kammer der Rede aus, fuhr knisternd durch die Spannung, die Cassraw aufgebaut hatte, und brachte sie ins Wanken. Jeder einzelne der Anwesenden erschrak, als der Schrei erklang.

Dann trat heillose Verwirrung ein, weil alle herauszufinden versuchten, wer geschrien hatte. Vredech war einer der ersten, der entdeckte, wer es gewesen war. Sein Blick fiel auf einen Aufruhr auf der Zuschauergalerie, auf der Seite, die dem Podium am nächsten war.

Eine Gestalt kletterte über die Balustrade.

»Nein! Nein!« erklang der Entsetzensschrei immer wieder und wieder. Vredech erkannte die Gestalt. Es war der Irre Jarry. Mit einer Behendigkeit, die seine Größe und seinen gewohnten ungeschlachten Gang Lügen strafte, ließ er sich auf die ansteigenden Sitzreihen unterhalb der Galerie hinab und begann über die verblüfften Heinder, die ihm im Weg saßen, hinwegzuklettern.

Er bewegte sich auf das Podium zu, und Vredech erkannte seine Absicht, noch bevor er Jarry erneut brüllen hörte.

»Nein! Nein! Hört mir zu! Er ist Ahmral! Er ist besessen! Er kam mit der Dunkelheit! Ich habe Seine Träume gesehen! Ich habe Seine Träume gesehen!«

Dann sah er, daß Jarry ein großes Messer schwang.

In diesem Moment bemerkte er, daß Cassraws Ritter wieder zu sich kamen und langsam vorrückten, um diese unvermittelte Bedrohung abzufangen. Ohne Erfolg allerdings. Troidmallos' berüchtigten Jugendlichen, auf Cassraws Weisung heimlich von Yanos ausgebildet und in Bredill abgehärtet, war Gewalt keineswegs fremd. Aber Jarrys wahnsinnigem Angriff konnte kaum einer etwas entgegensetzen. Diejenigen, die in die Nähe von Jarrys riesigen um sich schlagenden Fäuste kamen, wurden brutal weggeschleudert. Zweien gelang es, ihn festzuhalten, aber er beachtete sie gar nicht, sondern zog sie hinter sich her wie Papierschlangen. Ein anderer Ritter stellte sich Jarry in den Weg, wurde jedoch einfach hochgehoben und in eine Gruppe geschleudert, die ihm zu Hilfe eilen wollte.

Und die ganze Zeit über schrie Jarry.

»Ahmral! Ahmral! Ich habe Seine Träume gesehen!«

Vredech, am ganzen Leib zitternd, war durch seine Unfähigkeit, Cassraw niederzustechen, in einen Zustand der Betäubung versetzt worden. Er betrachtete das Ganze wie eine Darbietung von Straßenschauspielern, die ein absurd langsames Ballett aufführten. Er sah, wie Cassraw der Mund offenblieb angesichts des auf ihn zustürzenden Verhängnisses. Er sah, wie Dowinne schützend die Hände hochriß, und er hörte, wie sie zu kreischen begann. Ohne zu überlegen, packte er sie und zerrte sie grob von Cassraw weg, während er sich gleichzeitig zwischen sie und Jarry warf. Er hörte, wie sich die Worte »Nein, Jarry!« in seiner Kehle formten, doch in dem Augenblick, in dem die Laute über seine Lippen kamen, sah er auch schon, wie Jarry Cassraw erreichte und ihm das Messer in den Leib stieß. Gleichzeitig verschwand Jarry in einem zuckenden Knäuel von Gestalten, die auf ihn einstachen und -schlugen. Funkelnde Klingen, rote Schärpen und blutige Wunden verschwammen vor seinen Augen und vermischten sich mit einer alptraumhaften Kakophonie aus Kreischen, Stöhnen,

Entsetzensschreien und ekelhaftem, angestrengtem Grunzen. Und das Zittern, das seinen ganzen Körper schüttelte, drohte ihn vollends zu überwältigen.

Dann setzte sich ein Geräusch gegen alle anderen durch, und er wurde sich einer kraftvollen Hand auf seiner Schulter bewußt, die ihn herumdrehte. Dowinnes Gesicht stand vor ihm. Sie war kaum wiederzuerkennen, so wutverzerrt, wie es war. Er hörte den schrillen, furchtbaren Schrei, der ihm durch Mark und Bein ging: »Fahr zur Hölle, Allyn. Was hast du getan?«

Er starrte sie entsetzt und hilflos an, doch bevor er begreifen konnte, was sie sagte, traf ein Hieb mit voller Wucht seinen Körper und stürzte ihn in den Schlund der Dunkelheit.

# KAPITEL 37

Während der hastigen Vorbereitungen für die Zeremonie im PlasHein hatte Skynner nur zu gern seine Zustimmung dazu gegeben, daß Cassraws Ritter die Ehrengarde für ihren Führer stellten. Seine eigenen Männer hatten im Augenblick mehr als genug zu tun, und er persönlich hielt sich am liebsten so weit weg von Cassraw wie nur möglich. So kam es, daß er nur mit wenigen Hütern zugegen war, die eine kleine Ehrengarde für ihren Hüter-Oberst und andere hohe Offiziere bildeten, die auf der Zuschauergalerie Platz genommen hatten.

Als Skynner Jarrys rücksichtslosen Sprung vom Balkon beobachtete, fegte sein tiefverwurzeltes Pflichtgefühl alle bösen Ahnungen bezüglich Cassraw beiseite, so daß er ohne Zögern auf die Treppe zustürmte. Ein knapper Befehl sorgte dafür, daß seine Männer ihm dicht auf den Fersen blieben. In den wenigen Sekunden, die sie brauchten, um die Kammer der Rede zu erreichen, hatte Jarry jedoch Cassraw schon niedergestochen und war selbst überwältigt worden. Die ganze Kammer war in Aufruhr begriffen, alles brüllte und schrie durcheinander, die eine Hälfte der Anwesenden versuchte die Halle fluchtartig zu verlassen, während die andere auf das Podium zudrängte, um zu sehen, was dort passierte. Er nahm einen scharfen, kaleidoskopartigen Eindruck von Menschen in sich auf, die gegen die Wände oder die fest installierten Möbel gequetscht oder niedergetrampelt wurden. Gleichzeitig sah er Körper von der Zuschauertribüne auf die Heinder hinunterfallen, die wild durcheinanderliefen. Kurzzeitig war er wie gelähmt, da ihn die Erinnerung an die Panik auf dem PlasHein-Platz zu überwältigen drohte. Dann brachen Furcht und Zorn, die seit seinem Gespräch mit dem Oberst und Toom Drommel in ihm geschwelt hatten, sich Bahn und befreiten ihn aus seiner Lähmung. Bezüglich der Menge konnte er nichts ausrichten, aber er konnte sich zum Podium durchkämpfen und die Sache in die Hand nehmen. Was immer dort vorgehen mochte.

Er hatte sich keine leichte Aufgabe vorgenommen, und obwohl er nicht eben sanft zu Werke ging, brauchten er und seine Männer eine Weile, um sich durch die lärmenden Zuschauer zu zwängen. Im Laufe seines Vorrückens mußten mehrere politische Würdenträger Hiebe mit dem Schlagstock einstecken, die ihnen die schlimmste Neugier austrieben. Unter ihnen befand sich auch Toom Drommel, der rein zufällig einen Ellbogenhieb in die Magengegend erhielt.

Skynners Befriedigung darüber wurde indes durch den Anblick gedämpft, der ihn auf dem Podium erwartete. Cassraw lag blutbedeckt auf dem Rücken. Er rührte sich nicht mehr. Über ihm lag der ebenso regungslose Körper von Jarry, dessen grobe Tunika von blutigen Rissen und Stichen zerfetzt war. Daneben lag Vredech. Mehrere Ritter versuchten unter den hektischen Befehlen Dowinnes, Jarrys Körper von seinem Opfer herunterzuzerren. Die anderen liefen einfach nur ziellos umher.

Als ihre Bemühungen schließlich zum Erfolg führten und Jarrys mächtige Gestalt mit einem dumpfen Aufprall von Cassraw herunter und auf den Rücken rollte, verzog Skynner das Gesicht. Er war schrecklich zugerichtet.

Dowinne, offenbar im Zustand des Schocks, kniete neben ihrem Mann nieder und begann seinen Kopf zu wiegen. Skynner bückte sich und faßte sie behutsam am Arm. Dowinne wirbelte herum, die freie Hand offenbar in der Absicht erhoben, ihn zu schlagen. Reflexartig riß er seinen Arm hoch, um den Hieb abzuwehren, aber sofort griff die andere Hand ihn an. Ohne Umstände packte er beide Arme und riß Dowinne unsanft hoch.

»Das reicht!« rief er. »Bedenkt, wer Ihr seid! Das hat doch keinen –«

Bevor er den Satz zu Ende bringen konnte, legte sich eine Hand um seine Schulter und wirbelte ihn herum. Er sah sich in die leere Maske eines der Ritter blicken. »Behaltet Eure Hände bei Euch, Ungläubiger. Niemand darf die Gemahlin des Auserwählten berühren. Auf die Knie, und bittet sie um Verzeihung!« Die Stimme des Ritters bebte vor Erregung; er hatte ein blutiges Messer in der Hand.

Skynner erkannte die Stimme, und da er immer noch in der Stimmung war, einige unerledigte Rechnungen zu begleichen, packte er die Hand und drehte sie ruckhaft um. Der Ritter erhob sich mit einem unwürdigen Schrei auf die Zehenspitzen, um dann, als Reaktion auf den schmerzhaften Druck gegen sein Handgelenk ebenso schnell in die Knie zu sinken. Da riß Skynner ihm die Maske vom Gesicht, löste in derselben Bewegung den Schlagstock von seinem Gürtel und ließ ihn auf seinen Gefangenen niedersausen. Es war ein gnadenloser Hieb, und Yanos' Körper schlug krachend zu Boden. »Behalte du deine Hände bei dir, junger Mann«, knurrte Skynner. »Du bist verhaftet. Bedrohung eines Hüters mit der Waffe.«

Einige der Ritter machten Anstalten einzuschreiten, aber ein schneller Hagel von Schlägen ließ drei von ihnen zurücktaumeln; sie schrien vor Schmerz laut auf und hielten sich Ellbogen und Handgelenke fest. Die übrigen verloren das Interesse, ihren besiegten Anführer zu verteidigen. Skynner nutzte seinen Vorteil aus. »Und wenn es sich bewahrheiten sollte, daß wir im Augenblick unter Ausnahmerecht stehen, dann wißt ihr ja, welche Strafe auf tätlichen Angriff gegen einen Hüter steht, nicht wahr?«

Sie wußten es nicht. Auch Skynner wußte es übrigens nicht, aber seine Stimme klang so drohend, daß sich keiner zum Widerspruch aufgelegt fühlte. »Nehmt diese dummen Masken ab, laßt die Messer fallen und geht da rüber. Aus dem Weg!« Obwohl die Hüter zahlenmäßig unterlegen waren, erzwangen Skynners Autorität und seine grimmig dreinblickenden Kameraden mit ihren gezogenen Schlagstöcken Gehorsam. Die finsteren Ritter von Ishryth waren nur noch eine Gruppe trotziger junger Männer.

Skynner wandte sich wieder Dowinne zu, die die Vorgänge mit entrücktem Blick verfolgt hatte. Das, was er sah, ließ ihn beinahe die Nerven verlieren. Es war, als blicke er in die Augen eines wilden, in die Enge getriebenen Tiers. Tief in seinem Innern rührte sich etwas. »Töte das da, oder flieh«, sagte die Stimme, aber aus reiner Gewohnheit hielt er die Stellung und nahm lediglich den Blick von ihr.

»Gestattet, daß wir uns Euren Gemahl ansehen, meine Dame«, sagte er, während er sich neben Cassraw auf den Boden kniete. Zugleich bedeutete er einem seiner Männer, sich zu Vredech zu begeben. Jarry, soviel konnte er auch von hier erkennen, war tot. Bevor er jedoch damit beginnen konnte, Cassraw zu untersuchen, wurde er von einer zornigen Frauenstimme unterbrochen.

»Laßt mich durch, verdammt!«

Beim Aufblicken entdeckte er Nertha, die sich einen Weg durch die Menge bahnte. Er schnippte mit den Fingern, und zwei seiner Männer machten sich auf, um ihr zu helfen. Sie erreichte das Podium, stieg über Cassraws Körper, ohne einen Blick auf ihn zu werfen, und ging unverzüglich zu Vredech. Dowinne wollte sich ihr nähern, aber Skynner hielt sie unauffällig zurück.

»Wo ist er getroffen worden?« fragte Nertha in die Runde, während sie Vredech abtastete.

»Er wurde gar nicht getroffen«, meldete sich einer der Ritter zu Wort. »Er ist einfach umgefallen.«

Nertha hob behutsam eines von Vredechs Augenlidern an, ließ es dann rasch wieder los und richtete sich auf. »Er ist nur ohnmächtig«, erklärte sie. Skynner spürte plötzlich, daß irgend etwas mit ihr nicht stimmte. »Bleibt weg von ihm, bitte. Laßt ihm Luft.«

Sie warf einen betrübten Blick auf Jarrys Leichnam, dann ging sie zu Cassraw weiter. Zuerst erweckte ihre Untersuchung einen fast beiläufigen Eindruck. Dann wurde sie unruhig. »Er lebt!« sagte sie mit leiser und eindringlicher Stimme. Sie sah sich um. »Schafft diese Leute hinaus, und besorgt mir anständiges Licht!« Sie begann Cassraws Robe zu öffnen.

Dowinne trat vor. »Nein«, sagte sie mit Nachdruck.

Nertha betrachtete sie mit einer Mischung aus Ärger und Verwunderung. »Er wird unter diesen Stoffmassen wie ein Schwein bluten«, erklärte sie mit brutaler Offenheit. »Wenn man sich ansieht, wo er überall getroffen wurde, kann er von Glück sagen, noch am Leben zu sein. Aber das bleibt er nicht mehr lange, wenn er nicht –«

»Der Auserwählte wird kein Blut verlieren«, verkündete Dowinne verbissen. Sie gab den Rittern ein Zeichen. »Hebt ihn hoch und bringt ihn auf den Gipfel des Heiligen Berges.«

»Was?« rief Nertha mit fassunglos aufgerissenen Augen aus. »Seid Ihr verrückt?« Sie wandte sich an Skynner. »Das dürft Ihr nicht zulassen. Sie ist wahnsinnig, um Himmels willen. Er stirbt vielleicht schon, wenn wir ihn nur ins Siechenhaus schaffen, geschweige denn auf den Ervrin Mallos.«

Skynner sah sie an. »Das wäre das Beste für alle«, las sie in seinen Augen, und einen kurzen Augenblick lang zögerte sie, weil sie Skynners harten, aber praktischen Gedankengang verstand. Was mochte Cassraws Überleben zur Folge haben? Und dann fiel ihr all das wieder ein, was sich in den letzten Tagen zugetragen hatte. Aber trotzdem konnte sie ihn nicht sterben lassen, solange er durch ihr Zutun möglicherweise gerettet werden konnte.

»Wachtmeister.« Dowinnes Stimme unterbrach ihr stummes Zwiegespräch. »Sorgt dafür, daß er hinaufgebracht wird, wie ich es befohlen habe. Sofort.« Sie wandte sich an Nertha und wies mit einem Kopfnicken in Vredechs Richtung. »Sorgt Ihr für Euren ... Bruder«, sagte sie, und ein höhnischer Unterton schlich sich in ihren kalten Hochmut.

Nerthas Augen wurden zu Schlitzen, und ihre Kinnpartie versteifte sich, aber sie entgegnete nur: »Er stirbt, wenn Ihr ihn transportiert.«

»Nein«, widersprach Dowinne, eiskalt und kategorisch. Mit einer herrischen Geste wandte sie sich an die Ritter. Skynner nickte, und sie traten vor und hoben Cassraws Körper auf. Nertha zuckte zusammen, als sie das mitansehen mußte. Bestürzt schaute sie Skynner an.

»Laßt sie«, sagte er schlicht. »Kümmert Euch um Allyn.« Sie wollte gerade Einwände erheben, als er sie sachte umdrehte und sagte: »Seht.«

Mit Dowinne an der Spitze trugen die Ritter Cassraws Körper auf ihren Schultern durch das Mittelschiff der Kammer der Rede hinaus. Ohne Aufforderung war die Menge verstummt und machte einen Korridor für die feierliche Prozession frei. Viele schlugen das Zeichen des

Kreises über ihren Herzen oder schlossen sich der Prozession mit gesenktem Kopf an.

»Als beteten sie ihn an«, sagte Skynner, der plötzlich Angst bekam.

Das diamantharte Nichts, das Allyn Vredechs Bewußtsein war, trieb inmitten der flackernden Lichter, die da und doch nicht da waren, die zu dem schnatternden Chor der Geräusche tanzten, die zu hören und doch nicht zu hören waren.

Er war ihm nicht mehr fremd, aber er störte ihn noch immer. *Zwischen den Träumen*, dachte er.

Zeitloses Warten.

Dann drangen Erinnerungen an den PlasHein in das Bewußtsein. Erinnerungen an sein eigenes Versagen, an den wahnsinnig gewordenen Jarry, an Blut und Aufruhr, den zu Boden stürzenden Cassraw, die rasende Dowinne …

Warum war er hier?

War es vorbei? War Cassraw tot? Hatte der arme, einfältige Jarry mit seinem klaren, gehetzten Blick Erfolg gehabt, wo er mit seinen selbstgerechten Zweifeln gescheitert war?

Sinnlose Fragen, das wußte er. Wie immer er hierhergekommen war, er war hilflos, und er fühlte sich, wie immer, unvollständig. Etwas fehlte – etwas, das ihn leiten würde. Dann witterte er irgendwo in dieser verlorenen, dimensionslosen Welt Gefahr. Schreckliche Gefahr. Die Lichter und Umrisse, die um ihn herumwirbelten, machten aufgeregte, ruckhafte Bewegungen und funkelten wie eine Myriade auf ihn niedersausender Messerklingen. Und ein aufgeblähtes rotes Etwas wurde sichtbar und begann alles mit seinem Schein zu besudeln. Die Angst drohte ihn zu überwältigen, aber er konnte nichts tun: sich nicht bewegen, nicht schreien. Und bald, insofern Zeit hier überhaupt Bedeutung hatte, denn dies war alles, was je gewesen war, würde er kopfüber in dieses furchterregende, bedrohliche Chaos stürzen ...

Eine Präsenz regte sich.

Vredech wurde von Gefühlen durchdrungen, die ihm vollkommen fremd waren, seltsame, überwältigende Gerüche, von denen jeder seine ganz besondere Botschaft mit sich trug, und Geräusche, die eigentlich nicht zu hören waren, und die er dennoch genau hören konnte. Und über allem lag eine nach Moschus duftende Trägheit, durchsetzt mit Lüsten und Begierden.

*Das gehörte nicht ihm, aber es würde genügen.*

Die plötzliche Erkenntnis kam aus seinem tiefsten Innersten, und auch wenn sie keinen Sinn für ihn machte, war sie doch wahr.

»Was bist du?« fragte er die Präsenz.

Das Echo seiner Frage fiel auf ihn zurück.

»Ich bin Allyn Vredech«, antwortete er, und obwohl die Worte nur die Oberfläche der wahren Bedeutung berührten, sagte er: »Du bist mein Führer.«

Er spürte Verwirrung und Widerspruch. »Ich bin Leck. Ich gehöre zu Privv. Das ist unmöglich.«

Vredech wurde plötzlich wütend, als würde er zurückgewiesen. »Aber es *ist*«, erklärte er schonungslos. »Tu, was du tun mußt. Führe mich, schütze mich.«

Erkenntnis überflutete ihn – Lecks Erkenntnis. So sollte es eigentlich sein. Das war ihre wahre Aufgabe. Ganz kurz färbte Bedauern die neu gewonnene Einsicht mit Bitterkeit, Bedauern über Getanes, über vergeudete Zeit, dann führte sie ihn hinab, obwohl Vredech keine Bewegung spürte, leitete ihn durch die verworrenen Traumwege und über sie hinweg, die Traumwege, von denen er nun ein Teil war. Das Band zwischen ihnen, so neu es auch war, würde die Katze an den Ort führen, wo sie gebraucht wurden.

Es blieb keine Zeit, die zahllosen Fragen und Gedanken zu verfolgen, die diese Reise aufwarf.

Und, ohne daß er eine Veränderung gespürt hätte, war

er da. Er war Cassraw, der regungslos dastand und zum Gipfel des Ervrin Mallos hinaufstarrte. Er bewegte sich unbehaglich in einem wabernden Dunstschleier. Vredech hatte schon in den Träumen anderer gestanden, wenn auch nur kurz, hatte ihre Empfindungen gespürt und ihre Gedanken nachvollzogen, während er doch über ihnen gestanden hatte, aber hier pulsierte ein solch gewaltiges, zügelloses Verlangen, daß nichts ihn vor der Wucht dieser Leidenschaft hätte bewahren können!

Cassraw wandte sich von dem Gipfel ab und schaute über das Land. Zu seinen Füßen lag ganz Gyronlandt, unterworfen und willfährig. Armeen seiner Ritter hielten das Land unter ihrer Knute, während unter schwarzen Kapuzen verborgene Richter des Gerichts der Wahrheitsfinder ›zu einem höheren Wohl‹ unbarmherzig jene verlorenen Seelen aufspürten und ›ans Licht brachten‹, deren Glauben zu wünschen übrig ließ oder deren Gedanken vom Wahren Wort abwichen. Die Flüsse waren rot vom Blut der Zweifler und Ungläubigen und glitzerten im Feuerschein der Scheiterhaufen, auf denen sie bei lebendigem Leib verbrannt wurden. Und er selbst, die Hände auf dem Santyth, den nur er allein auslegen konnte, stand auf dem Gipfel der Macht, er, der Richter der Richter. Auf einen Wink von ihm wurden ganze Städte dem Schwert überantwortet. Er ertrug die Schreie der Ermordeten mit stoischer Gelassenheit. Der Geist der Speichelleckerei, der im ganzen Land herrschte, sorgte dafür, daß das Feuer seiner religiösen Inbrunst niemals erlosch. Vredech, zutiefst entsetzt von dieser Vision, von Schuldgefühlen über sein Versagen verzehrt, daß er den Urheber dieses Grauens nicht zu erschlagen vermocht hatte, verhielt sich ganz still.

Cassraw drehte sich wieder zu dem von gleitenden Nebelschwaden umhüllten Gipfel um.

»Hier ist die Gabe, die ich Dir darbringen werde, o Herr«, intonierte er. »Offenbare mir Deinen Willen, und auch ihn will ich in die Tat umsetzen.«

In diesem Moment begann sich der Gipfel zu verwandeln. Bald schnell und sprunghaft, dann wieder langsam und mit eigenartig graziler Eleganz begannen Türme und Zinnen und himmelstürmende Mauern aus ihm hervorzusprießen. Sie waren unablässig in Bewegung begriffen und veränderten sich ständig, wenn ihr Schöpfer sie für ungenügend erachtete. Und während sie wuchsen, sah Cassraw sie alle, aus jedem Blickwinkel zugleich, vom Fuße des Berges und von hoch oben, als seien sie Wolkengebilde, von fernen Horizonten und vom Fuße der hochaufragenden Mauern hob sich sein Blick zu den schwindelerregenden Perspektiven hoch oben. Unaufhaltsam stieg das Gebäude in den Himmel, schimmerte bedrohlich vor den aufziehenden schwarzen Wolken, wie eine gesegnete Hand, die sich ausstreckte, um den Herrn hervorzubringen.

Doch wo Cassraw eine Erfüllung, einen Höhepunkt sah, erblickte Vredech das Werk einer furchtbaren und unmenschlichen Intelligenz. Ihm war, als pfähle ihn jeder einzelne Turm mit seiner Schrecklichkeit. Die messerscharfen Spitzen und harten Kanten zerrissen das Gewebe dessen, was war, und fügten zusammen, was besser getrennt geblieben wäre. Es war eine monströse Schöpfung, die eine Dunkelheit und ein Grauen über diese Welt bringen würde, die selbst Cassraws Geist noch nicht bis ins letzte begriffen hatte.

Und wie um das zu bestätigen, wurde ihm, während die Türme sich noch höher gen Himmel schraubten, eine Vision von labyrinthischen Tunneln und Schächten und naßkalten Gängen zuteil, die sich tief ins Herz des Berges hineinfraßen und tiefer, noch tiefer, wie saugende Wurzeln, die ihren Lebenssaft aus der Welt selbst zogen.

Dann kam ihm die noch weit schlimmere Erkenntnis, daß dieses unmögliche Gebäude von Menschenhand errichtet werden sollte. Daß Blut und Schrecken, die Cassraws Kriegszüge über Gyronlandt verbreiteten, nur dazu dienten, für den Nachschub an Menschen, Material und Fähigkeiten zu sorgen. Daß sein gräßliches Abbild in die Herzen aller eingebrannt werden sollte. Daß der Schmerz und das Entsetzen, die mit seiner Errichtung einhergehen würden, Bestandteil davon waren – ja, in Wahrheit, sein blutiger Kern.

Vredech spürte, daß er seine geistigen Fühler nach Lecks Bewußtsein ausstreckte, um sich zu vergewissern. Die Katze war fast verrückt vor Angst, aber er wußte, sie würde die Stellung behaupten. Die Gabe, die sie zu dem gemacht hatte, was sie war, und die sie in diesem Moment der Not zu ihm geführt hatte, war mit großen Pflichten verbunden. Und ihr tiefes Bedauern über Dinge in der Vergangenheit verstärkte dieses Pflichtgefühl noch. Dennoch schärfte ihre Furcht auch sein Bewußtsein, und er begann eine weitere Präsenz neben Leck und sich selbst in dem Traum zu ahnen. Der Traum war unnatürlich und verzerrt. Er war mehr als nur ein Traum. Er reichte über die Traumwege hinaus.

Das konnte nicht sein ...

Er fühlte, wie Lecks Furcht an ihm zerrte, ließ sich jedoch nicht davon beeinflussen.

Dann wußte er, daß die schreckliche Krone aus Stein, die aus dem Haupt des Berges sproß, nicht von Cassraw geschaffen war.

Sie wurde für ihn geschaffen. Durch jenen Teil des Traums, der kein Traum war, kam der Wille, der dieses Greuel formte, indem er jedes einzelne Detail in Cassraws Geist verankerte.

Vredech konnte nicht anders.

»Nein«, sagte er.

Der Traum bewegte sich, und die Szenerie vor ihm verwandelte sich in etwas, was aussah wie ein verblichenes Bild in einem alten Buch.

Und er war nicht mehr Cassraw. Er war er selbst. Und aus einem ihm unerklärlichen Grund war Leck fort, was ihn zutiefst erschreckte. Er war sich jedoch ganz schwach bewußt, daß sie an irgendeinem unbekannten Ort voller

Angst und Entsetzen kratzte und kreischte. Irgendwo suchte sie verzweifelter nach ihrem verlorengegangenen Schutzbefohlenen, als sie selbst nach ihren eigenen Jungen gesucht haben würde. Aber er war allein. In dem Traum und außerhalb des Traums. Er stand vor einem Portal, ahnte er, obwohl ihm das weder seine Augen noch seine Ohren sagten.

Einige der Ritter scharrten unbehaglich mit den Füßen. Sie befanden sich am Beginn der Straße, die zum Haus der Zeugen hinaufführte. Dowinne war stehengeblieben, fast als hätte es ihr jemand befohlen, und hatte alle anhalten lassen. Seit diesem Zeitpunkt stand sie unbeweglich da, die Hand auf Cassraws Brust, der auf einer provisorischen Bahre ruhte, die man eilig aus Speeren und Vorhängen im PlasHein gezimmert hatte.

Es regnete noch immer.

Ein Stückchen abseits stand Skynner mit Stiel und Kerna. Der Wachtmeister hatte rasch die Entfernung von Jarrys Leichnam und den sicheren Transport von Nertha und dem bewußtlosen Vredech in sein Versammlungshaus überwacht, dann hatte er sich mit seinen beiden Kollegen unauffällig an Dowinnes Verfolgung gemacht. Vordergründig sollte seine Aktion verhindern, daß das neue Bundesmitglied durch Nachlässigkeit zu Schaden kam, seine wahren Beweggründe jedoch waren eine vage Mischung aus Neugier, Argwohn und Beunruhigung angesichts der merkwürdigen Entwicklung, die sich ankündigte.

An diesem zeitlosen Ort wartete Vredech. Dann spürte er allmählich wieder den Willen, der ihn in der Dunkelheit auf dem Ervrin Mallos berührt hatte, als er und seine Amtsbrüder sich auf die Suche nach Cassraw gemacht hatten. Langsam schlang er sich um ihn, drang in ihn ein.

Wand sich durch sein Inneres, suchend, prüfend. Aber wo er vorher verächtlich über ihn hinweggegangen war, hielt er nun inne.

Ein langer Seufzer wehte durch ihn hindurch. Verstehen.

In einer verzweifelten Anstrengung versuchte er, zu Lecks panischem Kratzen zu gelangen. »Hilf mir«, schrie er. Aber Leck war nicht von diesem Ort.

Plötzlich sprangen Dowinnes Augen auf, und sie stand unbeweglich da. Die müden Ritter, die noch immer den verletzten Körper ihres Meisters trugen, taten es ihr nach, da sie auf den Befehl warteten, ihre Reise fortzusetzen.

»Ich höre, Herr«, sagte sie. Dann, bevor irgendeiner der Ritter reagieren konnte, zog sie ein langes Messer unter ihrer Robe hervor und stach es zweimal tief in Cassraws Brust. Einen kurzen Augenblick lang glotzten die Ritter nur mit aufgerissenem Mund, doch als sie das Messer erneut hob, ließen sie die Bahre fallen, und Cassraw rollte zu Boden. Einige von ihnen wandten sich zur Flucht, während andere versuchten, Dowinne das Messer zu entreißen. Der erste, der ihr nahe kam, starb durch einen einzigen blitzschnellen Stoß, während der zweite mit einem pfeifenden Schlag von der Schulter bis zur Hüfte zerteilt wurde. Die anderen wichen auf der Stelle zurück und bildeten einen unregelmäßigen Kreis von Unschlüssigen um sie und das blutige Bündel herum, das einmal ihr Ehemann gewesen war. Dann stieß sie den Dolch noch einmal tief in Cassraws Körper und tauchte ihre Hand in die Wunde.

Skynner, der zu der Gruppe hinübergestürmt war, um zu sehen, was dort vor sich ging, schnappte nach Luft. Rauh drängte er sich durch die Männer und sah sich Dowinne gegenüberstehen. Stiel und Kerna befanden sich dicht hinter ihm. Dowinne bot einen schrecklichen

Anblick mit ihren weit aufgerissenen, wahnsinnigen Augen, den aufgeblähten Nüstern, die Zähne gebleckt wie ein in die Enge getriebenes Tier. Sie zischte, während sie das Messer langsam vor sich schwenkte.

Skynner zog seinen Schlagstock.

Um Vredech herum herrschten Chaos und ohrenbetäubender Lärm. Es war, als sei er von einer Lawine erfaßt worden. Gewaltige Kräfte waren aus dem Nichts über ihn hergefallen, um ihn unerbittlich hinabzuschleudern in …

Ja, wohin?

Instinkte, deren Existenz er bislang nicht einmal erahnt hatte, wurden wach und warnten ihn vor der entsetzlichen Gefahr, vor der er fliehen mußte, solange er noch konnte. Aber mit dieser Erkenntnis ging kein zündender Einfall einher, wie er das bewerkstelligen sollte. Alles, was ihn in seinem panischen Schrecken noch aufrecht hielt, war das schwache, hysterische Scharren von Leck, die zu ihm wollte: ein dünner, allmählich reißender Faden, der sich durch den Tumult spann.

Eine leise, freundliche Stimme sprach zu ihm: »*Wehre dich nicht gegen das Unvermeidliche, Allyn Vredech. Folge deinem wahren Schicksal.*« Und Vredech wollte es scheinen, als tue sich eine breite Straße vor ihm auf, eine Straße, die ihn sicher aus diesem tobenden Mahlstrom führen würde.

Lecks fernes Suchen wurde noch verzweifelter. Es rührte etwas tief in seinem Inneren Verborgenes an, und just in dem Augenblick, als er im Begriff war, den Fuß auf die Straße vor sich zu setzen, brach dieses Wissen, glühendheiß in seiner Dringlichkeit, an die Oberfläche durch.

»Du bist im Traum eines Toten. Flieh!«

Es war primitiv und unwiderstehlich, wie das, was einem Ertrinkenden ungeahnte Kräfte verleiht.

»*Allyn...* «, wiederholte die Stimme, noch honigsüß und schmeichelnd, aber Vredech schaute in ihr verderbtes Herz und schrie:

»Zu mir, Leck! Zu mir! Ich höre dich!«

Und plötzlich war die krallende, kratzende Persönlichkeit der Katze überall um ihn herum, und er taumelte und taumelte, gefangen in ihrer mörderischen Raserei.

Dann war er von der furchtbaren Verlockung befreit und kam plötzlich und heftig zu Bewußtsein. Doch in diesem Moment fühlte er zu seinem unendlichen Schrecken, daß Lecks Herz brach.

»Zu dumm. Wie unwissend ich war«, keuchte die Katze schwach. »Mein ganzes Leben. Hab' es nicht gewußt. Tut mir leid. Und ich gehöre nicht wirklich zu dir. Irgendwo gibt es einen Gefährten für dich. Finde heraus, wer du bist, Allyn Vredech. Es ist noch nicht vorbei.«

Und dann entschwand sie in immer enger werdenden Spiralen in eine unerreichbare Ferne.

»*Nein!*« schrie Vredech.

Er warf sich nach vorn.

Skynner merkte, daß sich die Haare in seinem Nacken aufrichteten. Dowinnes entmenschte Augen starrten ihn an, das blutbesudelte Messer hielt sie vor sich ausgestreckt, und ihre mit Innereien und Blut verschmierte Hand winkte ihn zu sich. Der Umgang mit gewalttätig werdenden Frauen war immer besonders furchterregend, weil sie unter diesen Umständen einen geradezu selbstmörderischen Mangel an Zurückhaltung an den Tag legten. Und der Umgang mit einem Gegner, der ein Messer besaß, hatte auch seine Schrecken. Aber es war mehr als nur eine Kombination dieser beiden Ängste, die ihn so bestürzte. Es war noch etwas anderes. Etwas unaussprechlich Grauenhaftes.

Dann legte Dowinne den Kopf zur Seite, als höre sie jemandem zu, der ihr etwas ins Ohr flüsterte, und verdrehte die Augen himmelwärts, so daß ihr wahnsinniger Blick verschwand und nur noch das Weiße ihrer Augäpfel sichtbar war. Und dennoch spürte Skynner, daß ihr Blick noch immer auf ihn gerichtet war.

»Dein Wille geschehe, Herr«, sagte sie.

Ihre Augen schlossen sich, und sie sank zu Boden.

## KAPITEL 38

Vredech sprang auf und sah sich mit wildem Blick um. Er befand sich auf dem Gipfel des Ervrin Mallos. Ein dünner Nieselregen fiel, und alles um ihn herum war in Grau getaucht.

»Allyn!« Ein heftiges Zerren an seinem Arm begleitete den Schrei. Erschrocken riß er sich los und wirbelte verteidigungsbereit herum, um sich lediglich Nertha gegenüberzusehen, die ihn mit angstgeweiteten Augen anschaute. »Um Himmels willen, was ist passiert, wo sind wir?«

Ohne nachzudenken, nahm er sie in die Arme und hielt sie fest. Er wollte sagen: »Hab keine Angst«, aber er konnte es nicht. Zwischen ihnen hatte immer Offenheit und Ehrlichkeit geherrscht, und das hatte sich selbst jetzt nicht geändert. »Ich weiß es nicht«, antwortete er. »Bleib einfach bei mir. Und sei auf der Hut.«

»Allyn, wie ist das möglich?« platzte Nertha los. »Sag mir, daß ich träume.«

Vredech schüttelte sie. »Hör zu«, rief er. »Du träumst *nicht*. Ich weiß nicht, wie wir hergekommen sind oder warum, aber wenn du mich liebst, bleib bei mir.« Er schloß die Augen. Er war verändert. Etwas in ihm war durch seine geheimnisvolle Verbindung mit Leck geweckt worden. »Wir sind hier«, sagte er leise. »Und wir sind auch im Versammlungshaus. Ich kann es spüren.« Seine Stimme war voller Ehrfurcht, doch dann kam ein ironischer Unterton hinein: »Jeder, der uns sieht, denkt, wir schlafen.«

Nertha sah ihn immer noch ängstlich an. »Das ist Wahnsinn«, staunte sie. »Und ich träume doch.«

»Nein«, versetzte Vredech. »Dieser Ort ist so real wie Troidmallos. Ob er so richtig ist oder ob wir an diesem Ort sein sollen, weiß ich nicht. Ich habe nicht eine einzige Antwort auf all deine Fragen, aber vertrau deinen Sinnen, und bleib wachsam. Etwas Schreckliches ist geschehen. Ich glaube, Cassraw ist tot.«

Nertha drückte seine Hand. Ihr Griff wirkte verzweifelt. Sie holte zweimal tief Luft, und ihr Verstand versuchte die Herrschaft über ihren zitternden Körper zurückzugewinnen. »Wir können nicht an zwei Orten gleichzeitig sein, das ist unmöglich«, murmelte sie, als müsse sie die Worte erst laut ausgesprochen hören, bevor sie weitermachen konnte.

»Dies ist die Dunkelheit, in der deine Fähigkeit, zu messen, endet«, erklärte Vredech. »Du hast doch keine Angst vor der Dunkelheit, oder?«

»Nicht um zwölf Uhr mittags«, entgegnete Nertha unverzüglich.

Dieses leise Anzeichen einer Erholung ließ ein Lächeln in Vredech aufsteigen, doch es erreichte kaum sein Gesicht, so angespannt fühlte er sich.

»›Zerrissen der Sinn, Vor allem Anbeginn‹«, zitierte er.

»Ich habe mich schon gewundert, wer bei so abscheulichem Wetter auf den Berg steigt.«

Die Stimme jagte ihnen beiden einen Schrecken ein, auch wenn Vredech sie wiedererkannte. Der Pfeifer kam hinter einem Felsen hervor. Er betrachtete Vredech nachdenklich. »Ich wollte Euch schon Nachtaugen nennen, aber ich sehe, Ihr seid es nicht mehr.« Er hielt sich die

Flöte mit einer ruckhaften Bewegung ans Auge und blinzelte an ihr entlang. »Eine ausgesprochene Verbesserung«, fuhr er fort. »Ihr seht fast menschlich aus.« Dann wandte der Pfeifer, bevor Vredech noch etwas erwidern konnte, seine Aufmerksamkeit Nertha zu. Seine Augen glühten, spöttisch und lüstern zugleich. »Ah, Ihr müßt die Schwester sein, die keine Schwester ist. Die wundervolle Nertha.« Er hielt ihr die Hand hin. »Meine Liebe, Ihr seid genauso schön, wie ich mir Euch vorgestellt habe. Genau die Art von Traum, die ich mag. Ich kann verstehen, warum der Bursche hier so hingerissen von Euch ist.«

Nerthas Augen verengten sich, aber sie ergriff die ausgestreckte Hand mit einer Mischung aus Höflichkeit und Neugier, während sie gleichzeitig Vredechs Hand noch fester drückte. Vredech verfolgte die Szene mit finsterem Blick. »Gestattet, daß ich mich vorstelle«, sagte der Pfeifer. Er führte ihre Hand an seinen Mund und hauchte einen gezierten Kuß auf ihre Fingerspitzen. »Ich bin Euer . . .«, er stockte, ». . . Schöpfer, nehme ich an.«

Vredech beugte sich vor und legte dem Pfeifer vielsagend einen Finger auf die Brust. »Waffenstillstand, Pfeifer«, beschwor er ihn. »Wer hier wen träumt ist im Augenblick ohne Bedeutung. Wir müssen wieder in unsere eigene Welt zurückkehren: Etwas Böses ist im Schwange.«

Der Pfeifer sah auf den Finger hinab. »Kriegerisch wie eh und je, häh, Priester?« spöttelte er, während er Nerthas Hand nur zögernd freigab und sie unablässig anlächelte. Dann zuckte er die Schulter. »Meine Träume nehmen ihren eigenen Lauf, Allyn, das wißt Ihr doch«, fügte er hinzu, aber dann kam auf einmal ein schmerzlicher Ausdruck in seine Augen. »Er ist hier, nicht wahr? Überall um uns herum. Verpestet die Luft.«

Vredech spürte, daß Nerthas Händedruck wieder kräftiger wurde. Er war damit beschäftigt gewesen, ihren Kummer über ihre mysteriöse Anwesenheit an diesem

Ort zu lindern und so war ihm entgangen, daß, wie der Pfeifer richtig bemerkt hatte, die Präsenz des Geistes, der Cassraw angesteckt hatte, alles hier durchdrang. »Verdammt sollt Ihr sein, Priester«, brach es zornig aus dem Pfeifer heraus. »Muß es denn immer dazu kommen? Muß ich Ihm immer selbst gegenübertreten? Warum habt Ihr Ihn nicht getötet, wie ich es gesagt habe?«

»Cassraw *ist* tot«, schrie Vredech zurück. »Ich war in seinem Traum, als er starb. Er hat mich fast mitgenommen.« Dann, erbost: »Warum spielt Ihr nicht auf Eurer verdammten Flöte und verpfeift Euch an einen anderen Ort, wenn Euch dieser hier nicht gefällt? Laßt uns in Ruhe! Wir kommen schon irgendwie zurück.«

Überraschenderweise sank der Pfeifer in sich zusammen und sah betrübt auf seine Flöte hinunter. »Ich habe mich nicht getraut«, gestand er verlegen. »Es ist zu ... heikel. So ist es immer, wenn Er zu nah ist. Ich wage es nicht, sie zu spielen. Alles ist so zerbrechlich – so viele Welten sind zusammengekommen. Der kleinste Ton öffnet unendlich viele, und ich habe nicht das Geschick, sie zu trennen. Keine Gewalt über sie.« Er beugte sich vertraulich vor und sagte leise: »Ich habe Angst, Allyn. Ich denke, ich stehe vielleicht kurz vor dem Erwachen, aber was erwartet mich, wenn ich erwache? Bin ich irgendein Geisteskranker, zu seinem eigenen Besten in einer Zelle angekettet und ruhiggestellt? Oder ein elender, sich krumm schuftender Bauer, der in irgendeinem Schuppen vor sich hinvegetiert? Vielleicht liege ich auch gerade im Sterben. Aber wie auch immer, wo werdet Ihr sein, wenn ich Euch im Stich lasse?« Er hob den Kopf und schaute in das triste Grau über ihnen, während seine Hand kreisende Bewegungen vollführte und seine Finger unruhig zuckten. »Ihr werdet vergehen. Ein Nichts. Alle meine Schöpfungen, dahin.« Hin und her gerissen zwischen seinem Mitgefühl für die Qualen des Pfeifers und der Wut über seine eigene Verwirrung und Ohnmacht, konnte Vredech ihn nur stumm anstarren.

Dann streckte Nertha die Hand aus und ergriff den Arm des Pfeifers. »Helft uns, bitte«, beschwor sie ihn.

Der Pfeifer betrachtete sie mit Augen voller Schmerz. Dann sah er zu Vredech hinüber.

»Ich habe so nette Menschen erschaffen«, sagte er. Er schürzte die Lippen und kniff die Augen zusammen, bis er nichts mehr sehen konnte. Als er sie wieder aufschlug, waren sie weit aufgerissen und funkelten boshaft. »Bei schönen Frauen bin ich schon immer schwach geworden. Und außerdem sollten wir unsere Träume mit ein wenig mehr Grandezza ausleben, findet Ihr nicht auch, Allyn? Laßt uns den Teufel rufen!« Er setzte die Flöte an die Lippen und sah Nertha an. »Für Euch, meine Liebe, meine Lieblingsnote.« Er zögerte ganz kurz, und in seinen Augen flackerte Furcht auf, dann spielte er einen einzigen kurzen Ton, zart und leise.

Der Ton trieb in die graue Feuchtigkeit hinaus, die sie umgab, und schien ins Herz von allem vorzudringen, was dort war, von den nebelhaften Regentropfen bis zu den vor Nässe glänzenden Felsen. Vredech fühlte, wie die Präsenz um sie herum sich veränderte. Er begann sich schrecklich zu fürchten.

Der Pfeifer stieß ein ganz und gar unpassendes »Oh!« aus und begann nervös mit den Zeigefingern über die Daumenkuppe zu reiben. »Da kommt etwas sehr, sehr Garstiges«, sagte er, während er zu dem Felsen weiterhüpfte, von dem Cassraw behauptet hatte, er sei der Ausgangspunkt seiner Offenbarung gewesen. Er hockte sich auf seine Fersen, die Flöte am Mund, und seine Augen huschten hin und her und versuchten die Düsternis zu durchdringen.

Aus dem Nebel tauchte eine Gestalt auf.

Es war Dowinne. Langsam schritt sie auf sie zu. Sie schien fast so etwas wie eine Aura um sich zu haben, doch dann bemerkte Vredech, daß es um sie herum nicht regnete. Er war wie Nertha bis auf die Haut durchnäßt, und der Regen hatte ihm die Haare an den Schädel geklebt und rann ihm die Wangen hinunter. Dowinne indes war davon unberührt. Und ihr Gang hatte etwas Schlangenhaftes – halb ging sie, halb glitt sie dahin –, als befinde sie sich an einem anderen Ort. Als sie den letzten Gipfelhang heraufkam, entdeckte Vredech in ihrer herunterhängenden Hand ein langes blutverschmiertes Messer. Der Pfeifer holte zischend Luft.

Dowinne blieb stehen, als sie bei ihnen angelangt war, dann drehte sie sich langsam zu Nertha um. Vredech wollte sich schützend vor sie stellen, doch Nertha hielt ihn zurück, als sie Dowinnes Blick begegnete. Lange sahen die beiden Frauen einander schweigend an, dann kräuselte die Andeutung eines unangenehmen Lächelns Dowinnes Mundwinkel, und sie wandte sich ab und fixierte Vredech mit ihrem Blick. Vredech konnte ihm nichts entnehmen, außer daß er zutiefst entmutigend auf ihn wirkte. Es war, als sehe ihn durch ihre Augen hindurch jemand anderer an, der ihn abschätzig maß, voll kalter Neugier und wilder Erregung zugleich.

Schließlich wandte sie sich dem Pfeifer zu, den Kopf leicht zur Seite geneigt. Der Pfeifer, die Flöte noch immer an den Lippen, zog eine Augenbraue hoch.

»Du lästerst Gott«, sagte sie nach einem kurzen Moment, und ihre Stimme klang hart und wie von weither. Ohne ein Wort sprang der Pfeifer von seinem Felsen und hüpfte zur Seite. Dowinnes Blick, noch immer nicht zu deuten, folgte ihm. Sie legte das Messer auf den Felsen und dann ihre Hände daneben. Auf ihre Berührung hin wurde der Felsen trocken, doch sofort begann Blut aus ihrer Hand zu fließen. Langsam verteilte es sich über den Felsen, weiter und weiter.

»Soviel Blut in ihm«, sagte sie mit ruhiger Stimme.

Die Präsenz um sie herum wurde immer stärker.

Nertha ergriff Vredechs Arm. Sie zitterte.

»Laß ihn los, Frau«, sagte Dowinne. »Er gehört mir.«

Nerthas Kinn wurde steif, aber Vredech bedeutete ihr zu schweigen und löste behutsam ihre Finger von seinem Arm. »Warum bist du hierhergekommen, und warum hast du deinen Mann umgebracht?« fragte er und verlieh seiner Stimme einen priesterlichen Tonfall, nach dem ihm gar nicht zumute war.

Das Blut hörte auf zu fließen. Dowinne sprach zu ihm: »Ich habe Cassraw nicht umgebracht, ich habe ihn geopfert. Wie ich die anderen geopfert habe. Blut und das Entsetzen, wenn es vergossen wird, sind notwendig für den Herzstein Seines Tempels. Und Er hat mich hierhergebracht, wie Er auch euch hierhergebracht hat.« Sie vollführte eine elegante Handbewegung in Richtung von Nertha und dem Pfeifer. »Und diese beiden sind vielleicht für den Stein.«

Nun begann auch Vredech zu zittern. Dowinne näherte sich ihm, bis sie direkt vor ihm stand. Er fühlte, daß der Regen nicht mehr auf ihn niederfiel. Dowinne öffnete ihren Mund und blies ihm einen leicht duftenden Atemhauch ins Gesicht. Plötzlich wurde er von unwiderstehlichem Verlangen nach dieser Frau verzehrt; alte, längst vergessene Begierden seiner Jugend. Sein Zittern nahm einen anderen Charakter an, und Schweiß bildete sich auf seiner Stirn.

»*Du* bist der Auserwählte, Allyn Vredech«, sagte sie und rieb sich an ihm. »Du gehörst mir, wir werden vereint sein in Seinem Namen und im Dienst an Ihm, und Sein Wille wird durch uns geschehen.«

»Das ist Wahnsinn«, sagte Vredech mit heiserer Stimme. Er hob seine Hände, um sie wegzustoßen, aber als hätten sie einen eigenen Willen, legten sie sich auf ihre Schultern. Sie schloß bei seiner Berührung hingebungsvoll die Augen.

»Nein«, sagte Dowinne. »Wahnsinn wäre nur, das Schicksal zurückzuweisen, das vom Anbeginn aller Dinge an für uns bestimmt war. Wir sind Seine Diener, und wir werden die Herrscher dieser Welt sein. Alles wird vor uns auf die Knie fallen.«

»Ich habe keine Gaben«, widersprach Vredech.

Dowinne lächelte. »Ich habe die Macht, das zu ändern«, versprach sie und berührte Vredechs Wange. Als er ihre Hand betrachtete, sah er, daß sich glitzernde Silberspiralen um ihre Finger und ihr Handgelenk wanden, kreuz und quer über ihren Handrücken verliefen wie ein feiner und magischer Handschuh. Erst nach einer Weile wurde ihm klar, daß die gleitenden silbernen Fäden Wasser waren, das sich auf eine Art drehte und floß, wie Wasser es eigentlich nicht kann. »Er hat es in mir erweckt. Und du ...? Du schlägst Brücken zu den Welten jenseits von dieser. Das ist deine Gabe, und nur Seine Gegenwart hat diese Gabe in dir geweckt. Cassraw besaß nur einen Schatten davon. Er war nur ein Gefäß, durch das Er mich erreichen konnte. Jahrtausende mögen vergehen, bis wieder zwei wie wir zusammenkommen, um den Weg für Seine Wiederkunft zu bereiten.« Sie schlang die Arme um seinen Hals. Vredechs Arme bewegten sich auf unwiderstehliche Weise, um ihre Umarmung zu erwidern, als er spürte, wie sie ihren Körper gegen seinen preßte. »Komm zu mir, Allyn Vredech«, flüsterte sie. »Bleib bei mir. Alles, wonach es dich je verlangt hat, ist jetzt in deiner Reichweite. Wir gehören Ihm, und du gehörst mir.«

Ihr Gesicht näherte sich seinem.

Vredech beugte den Kopf vor.

»Die Hölle ist er, du mörderische Hündin!«

Begleitet von diesem Wutschrei krallte Nertha ihre Hand in Dowinnes Gesicht, stieß sie mit aller Kraft weg und befreite Vredech aus ihrer Umarmung. Dann rammte sie Vredech den Ellbogen in die Brust, so daß er zurücktaumelte. Plötzlich fiel wieder der kalte, klare Regen auf ihn nieder.

Dowinnes Zauber war verflogen.

Die Blicke des Pfeifers huschten zwischen den drei Akteuren hin und her.

Dowinne hatte auf dem Felsen das Gleichgewicht wiedergefunden. Ihr Gesicht verzerrte sich zu einer wilden

Maske: die Zähne gebleckt, die Augen weit aufgerissen in rasender Wut. Sie packte das Messer und wirbelte zu Nertha herum. Vredech war zu Boden gegangen. Als er sich aufrichtete, sah er, daß Nertha sich bückte und einen dicken Stein aufhob.

Da wandelte sich, bevor er Nertha eine Warnung zurufen konnte, Dowinnes Fratze in ein Lächeln. Die Grausamkeit in ihrem Gesicht ließ ihn vor Entsetzen erstarren. Demonstrativ legte sie das Messer auf den Felsen zurück, um dann Nertha die Hand entgegenzustrecken.

Nertha zuckte zurück, als habe man ihr ins Gesicht geschlagen. Vredech fing sie auf. Ihre Arme ruderten ziellos durch die Luft, und ihr Gesicht war verzerrt. Er brauchte einen Augenblick, um zu begreifen, was geschah: So wie das Wasser zuvor in einem feinen Netz über Dowinnes Hände geflossen war, so floß es nun über Nerthas Gesicht, ein dünnes, erstickendes Tuch, das sich mit Gewalt Einlaß durch ihre fest aufeinandergepreßten Lippen und in ihre Nasenlöcher erzwang. Verzweifelt versuchte er es wegzuwischen, aber es strömte unaufhaltsam weiter.

»Hör auf, Dowinne!« schrie er auf. »Um Himmels willen, hör auf. Du bringst sie um.«

»So muß es geschehen«, sagte Dowinne. »Sein Hunger ist unstillbar. Und damit du vollständig zu mir gehörst, müssen alle Bindungen, die dich noch hier halten, zerschnitten werden. So wie deine Gabe Ihn hierhergebracht hat, so hat deine blutschänderische Liebe ihren Tod herbeigeführt.«

Vredech schaute auf Nertha hinab. Er konnte sie kaum festhalten, so heftig schlug sie um sich. Ihre flehenden Augen brannten sich in seine Seele ein.

»Pfeifer, hilf mir! Tu etwas!«

Aber der Pfeifer sah nur zu.

»Niemand kann dir helfen, mein Liebster«, sagte Dowinne, immer noch lächelnd. »Ich ertränke sie in ein bißchen mehr, als du benötigen würdest, um deinen

Durst zu stillen. Es ist faszinierend!« Nerthas Beine gaben nach, und sie entglitt Vredechs Armen.

»Nein, nein«, keuchte sie, während sie heftig um sich tretend, zu Boden ging. Dann stürzte Vredech sich mit einem Wutschrei auf Dowinne. Er hatte indes noch keinen Schritt nach vorn gemacht, als ihn ein furchtbarer Schlag traf. Ihm war, als stehe sein Körper lichterloh in Flammen.

»Ich kann dich mit Wasserketten fesseln, mein Liebster, oder langsam ertränken, wie deine Schwester hier. *Oder das Blut in deinen Adern verkochen lassen.* Du gehörst mir, und wir gehören Ihm, so sehr du dich auch dagegen wehrst. Finde dich jetzt damit ab, dann ersparst du dir endlose Qualen.« Vredech wollte aufschreien, aber er konnte es nicht. Er sah hoch. Über seinem Kopf braute sich eine Finsternis zusammen.

Dowinne bewegte sich auf Nertha zu und beugte sich über sie. »Sieh nur, wie sie um ihr Leben kämpft. Sieh dir an, wie sie stirbt. Genieße es. Es werden zahllose andere kommen.« Und sie lachte.

Da begann der Pfeifer zu sprechen. »Auch ich habe die Gabe, zwischen den Welten zu wandern, Frau«, sagte er.

Dowinne erschrak und drehte sich ruckartig zu ihm um. Die Schmerzen, die Vredech verzehrt hatten, verschwanden so plötzlich, wie sie aufgetreten waren. Und Nerthas furchtbare Erstickgeräusche wurden zu einem erleichterten Nach-Luft-Schnappen, als das Wasser von ihrem Gesicht hinunterglitt.

»Siehst du?« sagte der Pfeifer. Er begann ganz leise auf seiner Flöte zu spielen.

Vredech spürte, wie sich die Dunkelheit über ihm bewegte und zu Boden senkte. Und während der Pfeifer spielte, erblickte Vredech, was Augen nicht sehen können und der Verstand nicht fassen kann. Er sah Tausende von Welten, die sich vor ihm auftaten. Welten jenseits seiner Vorstellungskraft, die aber dennoch, und das wußte er bestimmt, innerhalb seiner Reichweite lagen. Welten, deren Angelpunkt der Pfeifer und seine verwunschene Flöte waren.

Dowinne schaute mit unschlüssiger Miene vom Pfeifer zu Vredech. Dann richtete sie den Blick himmelwärts. »Leite mich, Herr!« rief sie laut.

Die Dunkelheit begann sich um den Gipfel zu legen, genau wie die Präsenz, die die ganze Zeit über dort gewesen war: unmenschlich in ihrer Kälte, nur allzu menschlich in ihrer ungezügelten Grausamkeit.

Dowinne machte eine Bewegung auf den Pfeifer zu, und die Dunkelheit kroch näher herbei.

Dann bemerkte Vredech den Ausdruck in den Augen des Pfeifers. Welche Furcht!

Er mußte etwas unternehmen. Was immer der Pfeifer war, er saß hier genauso in der Falle wie er selbst, an Ort und Stelle gebannt von den Welten, die er offenhielt, um einen törichten Priester zu retten. Und dennoch spürte Vredech die rasende Gier in der einfallenden Dunkelheit. Er durfte nicht zulassen, daß Dowinne sich seinem Retter näherte.

Aber was konnte er tun?

Eins, zwei, drei, vier ...

Die gräßliche Litanei, die er sich selbst beim Warten auf Cassraw beigebracht hatte, kam ihm wieder in den Sinn. Diesmal, von Schuldgefühlen getrieben, zögerte er nicht. Als Dowinne den Arm ausstreckte, um den Pfeifer zu berühren, tastete Vredech nach dem Milizmesser seines Vaters.

Es war nicht da.

Panik stieg in ihm auf.

»Allyn!«

Nerthas Schrei ging ihm durch Mark und Bein. Sie war mit derselben Absicht wie er auf den blutbesudelten Felsen zugekrochen. Aber sie war zu geschwächt. Als er sich umdrehte, sah er sie zu Boden sinken, Dowinnes Mörderklinge in der Hand. Dann warf sie ihm mit letzter Kraft, das Gesicht von Verzweiflung gezeichnet, das

Messer zu. Bevor sein Verstand begreifen konnte, was geschah, hatte seine Hand den durch die Luft wirbelnden Griff aufgefangen.

Mit zwei langen Schritten war er bei Dowinne, legte ihr den Arm um die Kehle, riß sie von dem Pfeifer weg und stieß ihr das Messer in den Rücken.

In diesem Augenblick verwandelte sich die sanfte Melodie des Pfeifers zu einem schrillen, kreischenden Triller. Vredech fühlte, wie die vielen Welten um ihn herum aufleuchteten, sich bewegten und zu einem einzigen gewaltigen Wirbel wurden. Und dann gab es keinen Gipfel, keine Nertha und keinen Pfeifer mehr, nur noch den rasenden Triller, der alles durchdrang. Und die dunkle Präsenz griff verzweifelt nach der noch lebenden Dowinne.

Dowinne krallte die Finger um Vredechs Hand, die noch immer um ihren Hals lag, und versuchte sie wegzuzerren. »Nein, Allyn, bitte!« rief sie. »Bitte!«

Mitleid und ein ganzes Leben voller Erinnerungen überfluteten ihn.

»Verdammt sollst du sein in alle Ewigkeit«, brüllte er in die sich ausbreitende Finsternis. Dann stach er erneut zu, und mit der letzten Kraft, die ihm noch geblieben war, stieß er Dowinne von sich in das Chaos zwischen den kreisenden Welten.

Er hörte sie seinen Namen rufen, als sie stürzte.

Vorsichtig näherte sich Skynner der zusammengebrochenen Gestalt. Mit erhobenem Schlagstock trat er mit der Fußspitze das Messer aus ihrer Reichweite, beugte sich zu ihr hinab und legte die Hand an ihre Kehle.

Kurz darauf hob er den Kopf.

»Sie ist tot«, sagte er.

Die Melodie des Pfeifers trug Vredech und Nertha durch Zeit und Raum, die nicht sein können, zurück in das Versammlungshaus. Sie heilten viele Wunden und erzählten viele Geschichten, und dennoch weinten Vredech und Nertha lange, während sie einander in den Armen hielten.

# KAPITEL 39

Der Tenor von Privvs Blatt am folgenden Tag war ziemlich düster. Es sah so aus, als sei Bundesmitglied Cassraw seinen Verletzungen infolge des Attentatsversuchs des tragisch umnachteten Jarold Harverson erlegen. Seine tapfere Gemahlin Dowinne war mit gebrochenem Herzen vor Gram gestorben, als sie die Nachricht erfuhr. Das Paar würde ein großer Verlust für die Gemeinschaft sein.

Nachdem Cassraws Tod bekannt geworden war, hatte es eine Dringlichkeitssitzung des Heindral gegeben, auf der man sich mit bemerkenswerter Einmütigkeit darauf verständigt hatte, die Einberufung der Bürgerwehr zwar fortzusetzen, gleichzeitig aber auch Gesandte nach Tirfelden zu schicken, um über die jüngsten Ereignisse zu sprechen, bevor noch mehr Schaden angerichtet wurde. Die Gesandten wurden diskret instruiert, den ›Vorfall‹ in Bredill notfalls Cassraws ... Glaubenseifer ... zuzuschreiben. Toom Drommel saß stumm dabei und rieb sich von Zeit zu Zeit seinen Magen.

Des weiteren stand eine Meldung zu lesen, die den verhältnismäßig moderaten Ton des Blatts erklärte. Offenbar hatte Privv, zweifellos infolge von Überarbeitung bei seiner aufopferungsvollen Berichterstattung während der jüngsten Ereignisse, einen Zusammenbruch erlitten und war gestorben. Man würde ihn vermissen, aber seine ehemaligen Angestellten würden seine bewährte Arbeit fortsetzen, wenn auch mit gewissen Änderungen hinsichtlich des Stils – ›zum Beispiel die Wahrheit zu schreiben‹, habe einer von ihnen verlauten lassen. Niemand kümmerte sich um die tote Katze, die man neben Privvs Leiche fand, obwohl die Beerdiger später eine offizielle kirchliche Anweisung erhielten, daß das Tier zusammen mit Privv beizusetzen und sein Name zusammen mit dem seines Besitzers in den Grabstein zu meißeln sei.

Eine letzte schmale Notiz stellte fest, daß der merkwürdige Dunstschleier, der in den letzten Tagen um den Gipfel des Ervrin Mallos gehangen hatte, nach Ende des Regens nicht wiedergekommen war.

In den folgenden Wochen kehrte in Troidmallos wieder Normalität ein. Mit Cassraws Hinscheiden verblaßte der Fanatismus, den er verbreitet hatte, rasch. Seine Ritterschaft löste sich auf, nachdem mehrere von ihnen wegen des Überfalls auf die Enthüller und Aufwiegelung zur Panik auf dem PlasHein-Platz verhaftet wurden. Menschen, die in der letzten Zeit an Alpträumen und Ähnlichem gelitten hatten, stellten fest, daß es damit vorbei war. Die Verhandlungen mit den Felden verliefen erstaunlich gut. Die Rückkehr der Überlebenden von Bredill hatte zunächst einen ziemlichen Aufruhr verursacht, doch da die eine Fraktion die Invasion befürwortet hatte, kam nun die andere ans Ruder. Umsichtig legten ihre Anhänger dar, Tirfelden habe schließlich als erster angegriffen, und zudem sei die madrenische Miliz, einmal provoziert, für ihre Wildheit berüchtigt. Und da die Madren ziemlich begierig darauf zu sein schienen, die Angelegenheit im Sande verlaufen zu lassen, ließ man sie auch auf feldischer Seite gern ruhen.

Vredech wurde an Muerans Statt zum Bundesmitglied

ernannt, aber er gab seine Machtbefugnisse unverzüglich nach der Wahl an Horld und Morem weiter, da er sich auf eine Pilgerreise begeben wollte, um die Ursprünge des Ishrythan und des Santyth zu erforschen.

Seine Amtsbrüder im Kapitel zeigten sich ziemlich überrascht, als er ebenfalls ankündigte, daß er Nertha zu heiraten gedenke. Diese Erklärung rief eine Menge ziemlich unpriesterlichen Augenzwinkerns hervor, und eine Zeitlang dachte jeder die Anführungsstriche gleich mit, wenn im Kapitel das Wort ›Pilgerreise‹ fiel.

Darke und Tirec staunten nicht schlecht, als Nertha und Vredech eines Nachmittags in ihr Lager ritten. Sie hatten viel zu besprechen. Darkes Erleichterung über die guten Neuigkeiten war fast mit Händen greifbar, aber es beunruhigte ihn trotzdem zutiefst, daß es überhaupt soweit hatte kommen können. Er blieb bei seinem Entschluß, die Nachricht zurück in seine Heimat zu bringen. Noch mehr staunten die beiden Fremden indes, als Vredech die Bitte äußerte, daß er und Nertha die beiden begleiten dürften, um mehr über die madrenische Geschichte und andere Dinge zu erfahren, die in der Welt jenseits der Grenzen Gyronlandts vor sich gingen. Vredech gestand auch, daß er soviel wie möglich über seine fremdartige und unkontrollierbare Gabe und über die Rolle, die Leck dabei gespielt hatte, lernen müsse. »Und über die Dunkelheit, die Ihr in Euch selbst entdeckt habt«, sagte Darke leise zu ihm, als sie allein waren, und er legte Vredech verständnisvoll die Hand auf die Schulter. Vredech nickte, entgegnete jedoch nichts.

Tirec hatte nur widerwillig zugestimmt. »Es ist eine lange Reise durch schwieriges Gelände«, hatte er lang und breit protestiert, aber Darke hatte nur freundlich gelächelt und gesagt: »Sie werden's schon lernen. Und ich bezweifle, daß sie so ein hoffnungsloser Fall sind, wie du es einmal warst.«

Nachdem sie das Mahl mit ihren neuen Gefährten geteilt hatten, entfernten Vredech und Nertha sich gemeinsam vom Lager. Schließlich kamen sie zu einem kleinen Hügel. Vredech sah sich leicht verdutzt um, dann setzte er sich hin. »Das hier ähnelt dem Ort, wo ich den Pfeifer das erste Mal getroffen habe«, sagte er. Und mit der Erinnerung legte sich auch der sonderbare Frieden von damals wieder über ihn. Er ergriff Nerthas Hand. Es gab keine Antworten auf die vielen Fragen, die sie sich über den Pfeifer gestellt hatten – wer er war, *falls* es ihn überhaupt gab –, aber sie würden nicht aufhören, die Fragen zu stellen.

Der Pfeifer, der auf einem breiten Ast saß, den Rücken an einen Baumstamm gelehnt, spielte leise seine drei Noten. Er beobachtete Vredech und Nertha auf ihrem fernen Hügel. Nach einer Weile lächelte er, dann spielte er die drei Noten sehr laut, so daß sie über die Wiese schallten.

Dann verschwand er.

Vredech schrak aus seinem Halbschlaf auf. »Was war das?« murmelte er.

Nertha schaute zu den weit entfernten Bäumen hinüber. Sie lächelte. »Nur der Pfeifer, der uns Lebewohl gesagt hat«, antwortete sie.

»Sehr witzig«, sagte Vredech.

Dann rollte er sich auf den Rücken und legte den Kopf in ihren Schoß. Er entspannte sich in dem warmen Sommernachmittag und sah zu den weißen Wolken empor.

ENDE